HET BUREAU

Vuile handen

Eerste druk augustus 1996
Vijftiende druk september 2002

© Copyright 1996 J. J. VOSKUIL, AMSTERDAM
Niets uit deze uitgave mag worden verveelvoudigd en/of openbaar gemaakt, op welke wijze ook, zonder voorafgaande schriftelijke toestemming van de uitgever.

J. J. Voskuil

HET BUREAU

2

Vuile handen

Uitgeverij G. A. van Oorschot
Amsterdam

(1965)

Hij opende de voordeur. Achter de deur was het donker. In de gang en het hok van de conciërge brandde geen licht. Op hetzelfde ogenblik ging de telefoon. Hij sloot de deur, haastte zich naar het hok, dat via het binnenplaatsje vaag verlicht werd vanuit het huis van de bovenburen, zette zijn tas neer en nam de hoorn op. 'Met Koning.'
'Ook goeiemorgen,' zei de telefonist van het Hoofdbureau. 'Hier is mevrouw Wigbold voor je.'
'Dank u.' Hij wachtte op de klik. 'Met Koning,' herhaalde hij. De deurbel ging over.
'Met mevrouw Wigbold,' zei een klagende, enigszins platte stem aan de andere kant van de lijn. 'Mijn man is ziek.'
Maarten reikte naar de deuropener en drukte op de knop. 'Ach,' hij keek om de hoek, 'wat scheelt hem?' Van Ieperen kwam binnen. Hij schokschouderde toen hij Maarten zag en bleef bij de ingang van het hok staan.
'Verschrikkelijke hoofdpijn.'
'Dat is vervelend.' Hij knikte tegen Van Ieperen.
Van Ieperen spreidde zijn handen. 'De deur in de steeg was niet open,' zei hij sterk articulerend en bijna zonder geluid, alsof hij tegen een dove praatte.
'Ja,' zei ze.
Er werd opnieuw gebeld. Maarten drukte op de knop, hij legde zijn hand op de hoorn en keek naar Van Ieperen. 'Wigbold is ziek. Wilt u even opendoen?' Hij keek wie er binnenkwam. Schaafsma. Hij groette met een klein, verlegen knikje en liep kaarsrecht achter Van Ieperen aan de donkere gang in, alsof die altijd donker was.
'Wilt u het doorgeven?' vroeg mevrouw Wigbold.

'Ik zal het doorgeven,' hij reikte om de deurpost en deed het licht in de gang op.
'Hij zal er morgen wel weer zijn, of anders maandag.'
'Goed,' hij begreep dat Wigbold liever geen controle had, 'wenst u hem beterschap.'
De voordeur werd met een sleutel geopend. Balk kwam binnen, een geruite pet op.
'Dank u wel. Dag meneer Koning.'
'Dag mevrouw Wigbold.' Hij legde de hoorn neer.
Balk bleef in de deuropening staan. 'Wat is er aan de hand?' vroeg hij ontstemd.
'Wigbold is ziek.'
'Wat heeft hij?'
'Hoofdpijn.'
'Hoofdpijn!' – hij kneep zijn lippen samen. 'Zeg tegen Bavelaar als ze komt dat ze met Hindriks belt en als hij niet kan, laat ze dan contact met mij opnemen. Om tien uur komt de eerste sollicitant voor de plaats van De Gruiter.' Hij wendde zich af en liep door.
Er werd gebeld. Maarten drukte op de deuropener. Slofstra kwam binnen, oorwarmers op, een winterjas over zijn arm.
'Dag meneer Koning,' zei hij zonder enige verrassing te tonen.
'Dag meneer Slofstra,' zei Maarten geamuseerd. 'Hebt u twee jassen bij u?'
'Deze is voor Schaafsma. Dat is mijn oude jas.'
'Maar Schaafsma heeft toch een jas?' Het leek hem niet zo'n goed idee.
'Ja, zo'n fliedertje,' zei Slofstra laatdunkend. 'Daar heeft hij toch niks aan, met deze kou?'
Terwijl Slofstra doorliep, de gang door, trok Maarten zijn jas uit en legde hem over een stoel. Het was koud in het hok. Hij keek om zich heen, haalde een doosje lucifers uit zijn zak en hurkte bij de oliekachel. Er werd gebeld. Hij stond op en drukte op de deuropener. Bosman kwam binnen. Hij droeg ook oorwarmers en maakte, hoewel hij een paar jaar jonger was dan Maarten, met zijn lange, wat gebogen gestalte een vroeg versleten indruk.
'Dag meneer Bosman,' zei Maarten.

'Ik heet eigenlijk Wim,' zei Bosman met een lachje.
De opmerking verraste Maarten. 'Ik heet Maarten,' zei hij zonder verder nadenken. Hij wendde zich af, hurkte opnieuw bij de kachel, streek een lucifer af, zette de oliekraan open en stak de brandende lucifer in het daarvoor bestemde gat. Er gebeurde niets. De lucifer brandde op tot bij zijn vingers, zodat hij hem uit moest slaan.
'Kan ik je misschien helpen?' vroeg Bosman gedienstig. Hij was in de deuropening blijven staan en zette zijn tasje bij de post, klaar om te hulp te schieten.
'Nee, maar als je in jouw lokaal de kachels wilt aanmaken?'
Er werd gebeld. Bosman drukte op de deuropener. Maarten stak een nieuwe lucifer aan. 'Dag Bart,' hoorde hij Bosman zeggen.
'Hé, dag Wim,' zei Bart.
'Ik loop het gebouw wel even door,' zei Bosman tegen Maarten. Hij nam zijn tasje op en liep weg.
Maarten stak de brandende lucifer in het gat. De kachel plofte, maar hij brandde. 'Goed,' zei hij tevreden. Hij stond op.
'Moet jij dit nou doen?' vroeg Bart bezorgd. Hij was in de deuropening blijven staan. Zijn ronde gezicht met de dikke bril was diep roze van de kou.
Maarten lachte. 'Eerlijk gezegd is dit de enige plek op dit Bureau waar ik me op mijn plaats voel.' Het klonk vals, eigenlijk had hij de pest in.
'Zal ik het niet van je overnemen?' Hij besteedde geen aandacht aan die opmerking.
'Nee, heus niet. Als jij in jouw en in mijn kamer de kachel vast aan wilt maken?' Hij ging zitten om duidelijk te maken dat het hem ernst was, maar moest meteen weer opstaan omdat er gebeld werd. Juffrouw Bavelaar.
'Is Wigbold nou al weer ziek?' vroeg ze verontwaardigd. Ze veegde de tranen van de kou met een zakdoek van haar gezicht. 'Dat is nou al de derde keer deze maand.'
'Hij heeft hoofdpijn. Balk vraagt of u Hindriks wilt bellen.'
'Gelukkig dat we die tenminste nog achter de hand hebben. Nee, is het niet?'
'Ja,' gaf hij toe. Er werd gebeld. Hij drukte op de deuropener.

De postbode kwam binnen. 'De post!' riep hij luid, op hen toelopend. Hij overhandigde Maarten een dik pak, draaide zich om en trok de deur weer achter zich dicht.

'Geeft u maar,' zei juffrouw Bavelaar. Ze liep met het pak onder haar arm, haar tasje aan de andere, de gang in.

Maarten ging zitten en keek op zijn horloge. Kwart voor negen. Hij stond weer op omdat er opnieuw gebeld werd en bleef in de deuropening staan terwijl mevrouw Moederman langzaam de deur achter zich sloot. 'Dag meneer Koning. Foei, wat is het koud!'

'Ja, het is koud.' Het amuseerde hem dat ze zonder enige verbazing zijn aanwezigheid op de plaats van Wigbold voor lief nam.

'En pas november,' ze schudde licht met haar hoofd. 'Dan vraag je je toch af wat ons nog te wachten staat.'

'Bent u daarom niet met de fiets gekomen?'

'Nee, mijn fiets is stuk. De band is lek en mijn man had gisteren geen tijd meer om hem te plakken.' Ze liep door. Vanachter uit de gang kwam Slofstra aanlopen, de winterjas voor Schaafsma over zijn arm. Hij en mevrouw Moederman groetten elkaar in het voorbijgaan. Maarten wachtte hem op. 'Juffrouw Bavelaar zegt dat ik u moet aflossen,' zei Slofstra.

'Wil Schaafsma hem niet hebben?'

'Hij is hem te klein! Hij komt hem tot hier!' Hij wees halverwege zijn arm en lachte kort.

'Terwijl u toch allebei Friezen bent.'

'Dat zegt niks.'

'En wat doet u er nu mee? U gooit hem toch niet weg?'

'Hij gaat naar het Leger des Heils. Die weten er wel weg mee.' Hij knikte, in zichzelf gekeerd, als om nog eens aan te geven dat hij daarvan overtuigd was.

*

'Zullen we naar Frans gaan?' stelde hij voor toen ze uit Djokja kwamen.

'Dat was ik ook van plan,' zei ze.

Ze sloegen in het donker linksaf en meteen nog eens linksaf,

door een van de hoge, smalle straten van de Pijp. Het was stil. Uit een café op de hoek van het Gerard Douplein kwam het geluid van een jukebox. Binnen stond één man, achter de speelautomaat. Ze liepen langs het Sarphatipark, staken de Ceintuurbaan over, kwamen onder de hoge bomen van het Van der Helstplein en sloegen linksaf de Dujardinstraat in.
Frans was thuis.
'Maarten en Nicolien,' riep Maarten in het trapgat toen de deur was opengesprongen. Ze klommen de vier trappen op.
'Emma klimmù, emma klimmù,' mompelde hij toen hij achter haar aan aan de vierde trap begon, 'emma zeggù: houdt het op.'
Frans kwam uit zijn kamer toen ze zijn gangetje inkwamen.
'Ha,' zei hij.
'We hebben Indisch gegeten en toen dachten we dat het misschien leuk was om jou op te zoeken,' zei Nicolien.
'Ja,' zei Frans.
Zijn kamer lag in het donker behoudens de lichtkegel onder de lamp op zijn schrijftafel en de vlammen achter de ronde ruit van de oliekachel. Ze gingen zitten. Bij de stoel van Frans stond op een krukje een afgebroken schaakpartij.
'Dan hebben jullie zeker al koffie gehad?' vroeg Frans.
'Ik wil best nog een kopje,' zei Nicolien. 'En jij?'
'Ik ook,' zei Maarten.
'Dan zal ik het even maken.' Hij ging de kamer weer uit. Ze hoorden hem praten in de keuken. Het papier achter de gordijnen ritselde. Maarten stond op. Hij deed het gordijn wat opzij en keek naar het witte kastpapier waarmee Frans zijn ramen geblindeerd had. Uit de bewegingen van het papier maakte hij op dat het kleine raampje, rechtsboven, op de haak stond. De geluiden van buiten kwamen de kamer in. Wel horen, maar niet zien. Dat gaf hem het gevoel te zijn opgesloten.
'Ik wil niet blijven zeiken,' zei hij toen Frans de kamer weer inkwam, hij ging weer zitten, 'maar als je nou vitrages neemt, dan kunnen ze jou niet zien, maar je kunt zelf wel zien.'
'Maar ik wil zelf ook niet zien,' hij zette drie schoteltjes neer.
'Merkwaardig. En dan te bedenken dat je ook nog mensen hebt die niet willen zien, maar wel gezien willen worden.'

'Dat zijn de normale. Dat is zeker vijftig procent.'
'Vijftig procent is niet normaal.'
'Jawel, in dit geval wel, want je hebt mensen die willen zien en gezien worden, en mensen die willen zien en niet gezien worden, en mensen, enzovoort, vier groepen dus, dus als één van die groepen vijftig procent is, dan is dat normaal,' hij keek naar Nicolien.
'Negentig procent is normaal,' hield Maarten vol, 'of desnoods tachtig, maar niet minder.'
'Nee, dat ben ik niet met je eens.'
'En als twee van die vier groepen nu eens niet meer dan een half procent zijn? Dat lijkt me helemaal niet zo onwaarschijnlijk zelfs.'
'Goed, laten we er geen zaak van maken.'
'Nee, omdat je die verliest,' zei Maarten tevreden.
Frans ging naar de keuken. Maarten bekeek de stand op het schaakbord. 'Wie van jullie tweeën wint?' vroeg hij, toen Frans met twee kopjes de kamer inkwam.
'Ik denk wit.'
'Dank je,' zei Nicolien.
Frans liep de kamer weer uit en kwam met het derde kopje terug. 'Laatst heeft zwart een paar keer gewonnen en dat heeft me wel verontrust. Dat moet natuurlijk niet.'
'Ik geloof dat ik me juist met zwart zou identificeren,' overwoog Maarten. 'Wit is me te rein.'
'Misschien is dat wel typerend voor mij,' zei Frans. 'Ik wil graag rein zijn,' hij keek snel naar Nicolien.
'Maar je bent het niet,' begreep Maarten.
Frans lachte. 'Nee.'
Ze zwegen en dronken hun koffie.
'Het is lekkere koffie,' vond Nicolien.
'Ja hè?' zei Frans. 'Die heb ik bij Wijs gehaald.'
Ze zwegen opnieuw.
'Beerta heeft afscheid genomen,' vertelde Maarten.
'O,' zei Frans. 'Ja, dat gebeurt natuurlijk ook.' Het maakte niet de indruk dat het hem bijzonder interesseerde. 'Na die laatste keer heb ik nooit meer iets van hem gehoord,' hij keek naar Maarten. 'Dat vind ik eigenlijk niet zo aardig.'

'Na de laatste keer hoor je nooit meer iets.'
Frans glimlachte flauw. 'Ja, maar zo bedoel ik het niet.'
Ze zwegen. Frans stond op. Hij deed een tweede en een derde lamp aan. Het licht van de drie lampen was zo laag bij de grond dat ze met hun hoofden in het schemerduister zaten.
'Zo is het beter,' merkte Maarten op.
'O ja,' herinnerde Frans zich, 'ik heb een huisgenoot, daar moeten jullie nog kennis mee maken,' hij stond op.
'Over Beerta gesproken,' zei Maarten.
Frans glimlachte. 'Ja, daar dacht ik natuurlijk ook aan.' Hij liep de kamer uit en kwam terug met een grote jampot, waarin wat bladeren zaten. 'Kijk maar eens,' zei hij tegen Nicolien.
Nicolien hield de pot tegen het licht van de lamp. 'Een slak,' zei ze verrast. Ze gaf de pot aan Maarten. Tussen groene bladeren zat een bruine huisjesslak.
'Hoe kom je daaraan?' vroeg Maarten.
'Uit de Waterleidingduinen.'
'Maar zou hij dat wel prettig vinden?' vroeg Nicolien.
'Denk je niet?' – hij keek haar onzeker aan.
'In zo'n klein potje?'
'Maar hij mag er ook wel eens uit.'
Ze keek bedenkelijk.
'Nicolien is erg gesteld op slakken,' zei Maarten.
'Niet alleen op slakken!' protesteerde ze.
'Op alle beesten,' verbeterde Maarten, 'maar vooral op slakken. Als we wandelen of fietsen zet ze altijd alle slakken van de weg af.'
'Dat doe jij net zo goed.'
'Ja, dat doe ik ook,' zei Frans.
'Maar als het er erg veel zijn, dan krijg ik er wel eens genoeg van,' zei Maarten. 'Laatst had het net geregend, toen lagen er honderden, ook van die slakken zonder huis, waar je vingers zo van gaan kleven, dan denk ik aan die millioenen die overal op de wegen liggen en dat ze achter je gewoon weer de weg op kruipen, en dat we nog vijfentwintig kilometer moeten lopen, maar Nicolien denkt zo niet.'
'Jij ook niet,' zei ze beslist.
'Ik laat het niet merken, maar in stilte denk ik: barst.'

'Dat zal wel cultuur zijn,' meende Frans.
'Ben je gek. Dat is plat eigenbelang. Het oprapen van slakken is cultuur.'
'Ik dacht dat dat nu juist een primitieve drift was en dat de beheersing ervan cultuur is,' hij keek snel naar Nicolien.
'Maar je denkt toch niet dat er één primitieve idioot is die slakken opraapt? Primitief is juist dat je ze doodtrapt.'
'Dat dacht ik eigenlijk niet,' zei Frans voorzichtig. 'Ik heb wel eens gehoord dat echte primitieven niet meer beesten doodmaken dan ze nodig hebben om in leven te blijven,' hij keek opnieuw naar Nicolien.
'Ja, omdat hun godsdienst hun dat verbiedt!' zei Maarten beslist, 'maar als ze een slak zien dan trappen ze hem dood, als ze niks anders te doen hebben tenminste.'
'Misschien is de grens tussen natuur en cultuur wel niet zo scherp,' zei Frans verzoenend.
'Het is anders,' zei Maarten. 'Bij Nicolien is het verzet tegen de maatschappij, en tegen de auto en de automobilisten. Nicolien identificeert zich met die slakken. Ik heb dat minder.'
'Elke aandrift is natuur,' zei Frans, 'en cultuur is dat je daarmee ophoudt, omdat je anders doodgaat.'
'Dan hebben planten en dieren ook cultuur,' wierp Maarten tegen.
'Ja, misschien is dat ook wel zo. Waarom niet?'
'Gelul!'
Ze zwegen, allebei enigszins ontstemd. Frans keek onderzoekend naar Nicolien. Nicolien rookte een sigaartje en keek voor zich op de grond, één wenkbrauw wat opgetrokken. In de stilte klonk het tikken van de pendule die Frans uit de boedel van zijn grootmoeder had gekregen toen ze naar een verpleeghuis moest, een langzaam tikken.
'Hoe gaat het nu met je grootmoeder?' vroeg Maarten.
'Wel goed, maar ze herkent alleen mijn vader nog en ze maakt altijd ruzie omdat ze hem ervan verdenkt dat hij met de verpleegsters in een kast kruipt.'
'Daar zal ze dan wel haar redenen voor hebben.'
'Dat denk ik ook altijd. In de ergste fantasieën moet toch iets van waarheid zitten.'

'Of ze is onmenselijk jaloers,' overwoog Maarten. 'Dat kan natuurlijk. Ze heeft ook de pest aan je moeder.'
'Heb ik dat verteld?' vroeg Frans verbaasd.
'Een poos geleden.' Hij keek naar Nicolien. 'Herinner je je dat niet?'
'Nee, dat herinner ik me niet,' zei ze.
'Ik geloof dat ik me zoiets ook niet zou herinneren,' zei Frans.
'Van de verhoudingen tussen mensen herinner ik me altijd alles, meer dan van de mensen zelf. Hoe dat komt, weet ik niet.'
'Nee,' zei Frans. 'Ik herinner me juist alles van de mensen zelf, of ze brede vingers hebben en hoe ze hun voet bewegen. Iemand op het werk bijvoorbeeld, die beweegt zijn voet zó als hij schaakt,' hij bewoog zijn voet op en neer onder het licht van de lamp. Ze keken er alle drie naar. Hij droeg grote, bruine klompschoenen.
'Dat doe ik ook,' zei Maarten.
'Nee, jij doet het anders,' zei Nicolien.
'Kijk!' – hij bewoog zijn voet heen en weer.
'Nee,' zei Frans, 'nou beweeg je je voet heen en weer, ik bedoel zó!' – hij bewoog hem op en neer.
Maarten probeerde dat ook, maar hij kon dat niet. 'Ik kan dat niet,' stelde hij vast, 'of bijna niet.'
Frans probeerde zijn voet heen en weer te bewegen. 'En ik kan hem niet heen en weer bewegen.'
'Gek,' vond Maarten, 'heen en weer, daar is niks aan. Kijk!' – hij bewoog zijn voet snel heen en weer, zo snel, dat het bijna een kwartcirkel voet werd.
De beide anderen keken er aandachtig naar. Ze lachten toen Maarten ophield.
'De vraag is natuurlijk wat dat zegt van onze karakters,' zei Maarten.
'Willen jullie nog een kop koffie?' vroeg Frans. Hij stond op en ging naar de keuken.
Maarten legde zijn armen op de leuningen van zijn stoel en keek om zich heen in het halfduister van de kamer. Aan de zoldering, naast de stoel waar Nicolien in zat, hing een leren riem. Aan een lijntje dat dwars door de kamer was gespannen hing een grote bal van zilverpapier of glas. In de keuken hoorde hij

Frans zachtjes praten. Hij lachte tegen Nicolien. 'Ha.'
'Ha,' zei ze.
Hij draaide zijn hoofd opzij. In plaats van de plastic soldaat stonden er nu vier paardjes en twee schaapjes op de schoorsteenmantel en er lag een hoopje schelpen. Daarnaast stond een foto van twee kleine kinderen aan het strand. De oude Franse boer die ze hem vanuit Frankrijk hadden gestuurd, was verdwenen.
'Ik heb ook weer wat problemen op mijn werk,' zei Frans de kamer inkomend.
'Zoals daar zijn,' zei Maarten.
'Met een vrouw natuurlijk,' zei Frans verlegen. 'Als ik ergens werk krijg ik altijd problemen met vrouwen. Dat had ik in de Valeriuskliniek en Wolfheze ook. Als een vrouw in het wit was, werd ik al geestdriftig.' Hij ging de kamer weer uit en kwam terug met het derde kopje.
'Wat is dat voor vrouw?' informeerde Maarten.
'Ze werkt op de administratie. Ada Koppejan. Ze heeft al twee kinderen, maar ze is niet getrouwd.'
'Klein, zwart?'
'Nee, meer blond.'
'Niet knap, een beetje smoezelig, dik, vettig haar,' fantaseerde Maarten door.
Frans lachte. 'Ja, vettig haar heeft ze wel. Ik ben tenminste altijd weer blij als ze het gewassen heeft.'
'En ook niet knap,' hield Maarten vol.
'Nee, knap is ze niet. En ze is ook niet erg aardig eigenlijk.'
'Zijn er dan geen andere vrouwen?'
'Op de bibliotheek is er nog een, maar die is al zo oud.'
'Nee, dat is niks,' gaf Maarten toe.
Ze zwegen en dronken hun koffie.
'Het begon er natuurlijk mee dat ik fantasieën over haar kreeg,' vertelde Frans, 'en dat heb ik haar toen bekend. Dat had ik natuurlijk niet moeten doen, maar zo ben ik nu eenmaal. Toen zei ze dat ze dat nou juist van mij niet verwacht had.'
'Dat valt me van je tegen, Frans,' zei Maarten met een wat hogere stem.
Frans schrok. Hij keek argwanend naar Maarten. 'Hoe bedoel je?'

'Ik deed haar na,' stelde Maarten hem gerust.
'O,' zei Frans verbluft.
'En toen?'
'Toen heb ik natuurlijk weer dagen nodig gehad om daaroverheen te komen, en op het ogenblik loop ik weer achter haar aan terwijl ik weet dat dat niet goed is, en ik koop cadeautjes, die zich dan weer in mijn huis opstapelen omdat ik me nog net weet te beheersen,' hij lachte verlegen. 'Ik heb zelfs een dag niet gerookt voor haar, om een offer te brengen. Daar begreep ze niets van natuurlijk, want ze rookt zelf ook.' Hij lachte nu voluit.
'Kortom, ze is dom!'
'Ja. Ik heb een keer ruzie met haar gemaakt en toen is ze meteen naar Van Kruysbergen gelopen en die zei toen tegen mij: Wat je in mevrouw Koppejan ziet, begrijp ik niet, want ik vind dat ze zo'n bloot gezicht heeft.'
Ze lachten.
'Die Van Kruysbergen lijkt me een aardige man,' zei Maarten.
'Ja, dat is hij ook wel.'
'Beerta zou ook zo kunnen reageren.'
'Ja, misschien wel.'
Ze zwegen.
'Ik heb een mooie droom over Beerta gehad,' herinnerde Maarten zich. 'Hij zat achter zijn bureau en toen kwam De Gruiter binnen, dat is de opvolger van Wiegel, die ken jij niet. Toen Beerta zich naar hem omdraaide, had hij een condoom op zijn neus en die moest De Gruiter er met zijn mond afnemen.' Hij moest erom lachen, eerst een beetje, maar toen ze meelachten harder.
'Ja, een heel mooie droom,' vond Frans toen ze uitgelachen waren. 'Heb je die ook aan Beerta verteld?'
'Nee, aan Beerta vertel ik geen dromen.'
'Ik heb onlangs nog een mooie droom gehad,' herinnerde Frans zich op zijn beurt.
'Nu we toch bezig zijn,' begreep Maarten.
'Ja. Ik droomde dat ik met mijn moeder op mijn schouders de Valeriuskliniek inging.' Hij lachte. 'Mijn moeder moest naar de vrouwenafdeling en ik naar de mannenafdeling. Daar bood een man me een Phyllocactus aan.'

'Heb je hem op zijn bek geslagen?'
'Nee, maar ik reageerde heel verontwaardigd. Van homoseksualiteit ben ik niet gediend, heb ik gezegd.' Hij lachte opnieuw, wat verlegen.
'Heel goed,' vond Maarten. 'Een mooie droom.'
'Ja, ik was er tenminste heel tevreden over,' zei Frans.

*

'Meneer Koning!' zei Slofstra, de kamer inkomend. 'What about the birds?'
Maarten en Bart zaten aan de middentafel te praten.
'O ja,' zei Maarten, opkijkend, 'de vogels.'
'Misschien wil meneer Asjes meedoen nu meneer Ansing er niet meer is,' opperde Slofstra.
'Waar wilt u dat ik aan meedoe, meneer Slofstra?' vroeg Bart.
'Voer! Voor de vogels! Meneer Koning, meneer Ansing en ik zorgen hier altijd voor de vogels!'
'Meneer Slofstra koopt zaad en vetbollen en die betalen we samen,' legde Maarten uit.
'Ik weet niet of ik daar nu wel zo voor ben,' zei Bart aarzelend.
'Met deze kou?' vroeg Slofstra verbaasd.
'Omdat ik gelezen heb dat we dat beter aan de natuur kunnen overlaten.'
'Maar die beestjes hebben honger! In de natuur vinden ze nou niks.'
'Dat vind ik ook akelig, meneer Slofstra, maar als we de zwakken in leven houden, dan gaat dat ten koste van de soort.'
'Het is wel een keihard standpunt,' vond Maarten. 'Als je dat nou met de mensen ook hebt.'
'Met de mensen kan dat nu eenmaal niet meer.'
'Zal ik dan maar weer wat gaan kopen?' vroeg Slofstra aan Maarten.
'Hoeveel hebt u nodig?' vroeg Maarten, zijn portemonnaie uit zijn zak halend.
'Vijf gulden is wel genoeg.'
Maarten gaf hem een briefje van vijf.
'Dank u,' zei Slofstra formeel. Hij verliet de kamer.

'Het is niet omdat ik niet met die vogels te doen heb,' zei Bart. 'Ik vind het ook heel akelig als ze honger hebben.'
'Ja natuurlijk,' zei Maarten. 'Ik ken het standpunt.'
'Maar als je de zwakken op deze wijze in leven houdt, dan gaat dat tenslotte ten koste van de soort. Als je de natuur haar gang laat gaan, dan blijven alleen de sterken over.'
'Jawel. Ik weet het.'
'Daarvoor waarschuwen ze ook altijd van de Vogelbescherming.'
'Maar de Vogelbescherming zegt ook dat je in strenge winters bij moet voederen,' zei Maarten ongeduldig.
'Daar ben ik het dan toch niet mee eens,' zei Bart. 'Het gaat om het principe! Ik vind dat je daarin principieel moet zijn!' Hij sprak het woord *principieel* heel precies uit, met nadruk op alle klanken.

*

'Jij was er gisterenmiddag niet!' zei Balk de kamer inkomend.
'Nee, ik was op de Bibliotheek,' verontschuldigde Maarten zich. Hij had daar meteen het land over, maar het was eruit voor hij erover had nagedacht.
'Bij die sollicitanten was een man die heel geschikt voor jou is,' hij besteedde geen aandacht aan Maartens woorden, 'een flinke vent! Ik had hem willen doorsturen, maar ik heb nu gezegd dat hij morgen terug moet komen. Ben je er morgen?'
'Ja, maar ik heb geen vacature.'
'Dat is van geen belang. Als je die man gebruiken kunt, dan is er ook een vacature! Jij bent hier de enige die nog geen documentalist heeft en deze is precies wat je hebben moet! Ik breng je zijn brief!' Hij liep gedecideerd de kamer weer uit.
Maarten keek voor zich uit, in de tuin, maar zonder iets te zien. Hij voelde het overrompelend optreden van Balk als bedreigend omdat hij er geen verweer tegen had. Dat Balk in staat zou zijn iemand uit te zoeken met wie hij overweg zou kunnen, leek hem onwaarschijnlijk, maar hij voorzag ook dat hij Balk daarvan niet zou kunnen overtuigen zonder ruzie te krijgen en voor ruzie was hij bang. Dat inzicht maakte hem van

het ene ogenblik op het andere diep ongelukkig. De deur ging weer open. Balk marcheerde binnen en legde de brief met een krachtig gebaar voor hem neer. 'Asjeblieft! Morgenochtend tien uur! De man woont op Rozenburg, maar dat vindt hij geen bezwaar. Breng hem na afloop nog even bij me, dan kunnen we de zakelijke details bespreken!' Hij draaide zich om en was de kamer al weer uit voor Maarten had kunnen antwoorden.

Maarten las de brief met tegenzin. De naam was Jan Boerakker, 29 jaar, woonachtig te Rozenburg en werkzaam op de administratie van een laboratorium van Shell. Hij was in het bezit van het bibliotheekdiploma C, vrouw, twee kinderen, en zou graag in aanmerking komen voor de vacature van bibliothecaris. De brief was geschreven in een schools, wat hanig handschrift en wekte bij Maarten geen sympathie. Gedeprimeerd stond hij op, nam de brief mee en liep door het tweede lokaal naar de achterkamer. Zijn volledige staf was aanwezig: Heidi Bruul, die nu dus Heidi Muller heette, de dames Schot-van Heusden en Boomsma-Varkevisser, die in de plaats van Kees Stoutjesdijk en Ad Muller waren gekomen als student-assistenten, en Bart. Hij groette Heidi en Bart bij hun voornamen en de twee anderen bij hun achternamen en ging tegenover Bart aan de andere kant van zijn bureau zitten. 'Er komt morgen een sollicitant,' hij schoof Bart de brief toe.

Bart las de brief met verbaasd opgetrokken wenkbrauwen, het papier dicht bij zijn bril, omdat hij zelfs met een bril op moeite had met lezen. 'Dat is toch zeker voor de plaats van meneer De Gruiter?' zei hij, opkijkend.

'Nee, hij komt voor ons. Balk kwam ermee aan.'

'Daar had ik dan toch wel graag eerst in gekend willen worden.'

'Ik ook, maar Balk heeft dat zo beslist, die denkt dat hij geschikt voor ons is.'

'Maar we hebben toch geen vacature?'

'Die heeft hij voor ons gemaakt.'

'Dat vind ik heel aardig van meneer Balk, maar ik zou dat geloof ik toch niet geaccepteerd hebben.'

'Daar zie ik geen argumenten voor. Zullen we hem samen ontvangen?'

'Daar moet ik eerst nog eens over nadenken,' zei Bart zuinig. Een uur later kwam hij zeggen dat hij niet bij het gesprek aanwezig wilde zijn omdat hij dan medeverantwoordelijk zou worden voor een beslissing waarin hij niet gekend was.

★

'En je hebt beloofd dat je niet nog iemand zou aanstellen!' zei ze verontwaardigd.
'Dat heb ik niet beloofd.'
'Dat heb je wél beloofd! Asjes zou de laatste zijn! Dat heb je zelf gezegd! Asjes was een vergissing, maar daar kon je nou eenmaal niks meer aan veranderen, maar nou was het afgelopen, nou zou je er niemand meer bijnemen!'
'Hoe kan ik dat nou beloofd hebben? Zoiets beloof je toch niet?'
'Zoiets beloof je wél! Ik weet zeker dat je het beloofd hebt! Dat doe ik niet meer, zei je. Dat heb je zelf gezegd!'
'Dat kan ik me niet herinneren.'
'Maar ík herinner het me! Is dat soms niet genoeg, dat ik het me herinner? Je zou niemand meer aanstellen omdat je het zelf ook onzin vindt!'
Hij schudde zijn hoofd.
'Geloof je me niet? Moeten we in het vervolg soms onze gesprekken op een bandrecorder opnemen? Moet ik het zweren soms? Wil je dat, dat ik zweer dat je dat gezegd hebt?'
'Ik weet niet meer wat ik gezegd heb,' zei hij onwillig.
'Nou, dat zeg ik je dan! Je hebt gezegd dat je niet nog iemand zou aanstellen! Dat heb je beloofd! En als je je dat niet meer herinnert, dan moet je in het vervolg maar opschrijven wat je belooft! Dan hoef ik me niet zo kwaad te maken!'
'Maar ik wil deze man helemaal niet aanstellen,' zei hij wanhopig. 'Balk kwam met hem aan! Ik had niet eens een vacature!'
'En als Balk met zo iemand aankomt, dan neem je hem! Dan zeg je niet: Barst! Neem hem zelf maar! Nee, dan zeg je: Ja, meneer Balk! Ik zal het doen meneer Balk! Dank u wel meneer Balk!'
'Ik noem hem Jaap,' corrigeerde Maarten.

'Nou Jaap dan! Nog erger! Waarom zeg je niet: Rotop asjeblieft! Ik beslis hier wie ik aanneem! Daar heb jij niks mee te maken! Ik ben hier hoofd van de afdeling!'
'Balk is directeur.'
'En als de directeur het zegt, dan doe jij het! Als de directeur zegt: Ga jij eens op je kop staan – dan ga je op je kop staan! Want het is de directeur! Laat me niet lachen! Zoiets bepaal je toch zelf? Zoiets laat je toch niet door Balk beslissen?'
'Als ik geen argumenten heb, dan kan ik zo'n man niet afwijzen.'
'Dan maak je maar argumenten! Of je maakt helemaal geen argumenten, je zegt gewoon: Ik doe het niet! Punt! Uit! – Dát is een houding! Daar zou ik respect voor hebben! Maar niet als je als een zoet hondje achter Balk aanloopt omdat hij toevallig directeur is! Laat hem barsten met zijn directeur! Directeur! Laat me niet lachen! Jij bent het toch zeker die bepaalt wat er op jouw afdeling gedaan moet worden? Dat is Balk toch niet? Daar heeft Balk toch geen ene moer mee te maken? Als jij vindt dat je niemand meer nodig hebt, dan héb je niemand meer nodig! En dan kan Balk hoog of laag springen, maar dan komt er niemand meer bij! Zo liggen de zaken en niet anders!'
'Goed,' het gesprek deprimeerde hem.
'Stel je voor, dat Balk ging bepalen dat jij er iemand bij moet hebben! Dat zou de wereld op zijn kop zijn! Alsof Balk kan beoordelen wat jij moet doen! Niets moet je doen! Helemaal niets! Laat ze naar de pomp lopen met hun wetenschap!'
'Ja.'
'Nou weiger het dan, als je het met me eens bent!'
'Ik zal wel zien. Ik moet in ieder geval met die man praten, want Balk heeft een afspraak met hem gemaakt.'
'En als je dan met hem gepraat hebt, dan zeg je maar dat het je spijt, maar dat je hem niet nodig hebt.'
'Ik zal wel zien,' herhaalde hij. 'Ik zal zelf wel bepalen wat ik doe. Ik kan me toch niet anders gedragen dan ik ben.'
'Als je maar weet dat ik het niet accepteer als je er weer iemand bijneemt!' zei ze heftig.

★

'Meneer Koning, kijk eens wat ik gevonden heb!' zei Slofstra, de kamer inkomend.
'De vraag is of het een traditie is,' zei Maarten tegen Bart, hij keek om.
Slofstra hield een bezemsteel en een vierkant plankje omhoog.
'Wat wilt u daarmee?' vroeg Maarten.
'Voor de vogels! Een vogelhuisje! Dan kunnen de katten er niet bij.'
Maarten stond op en nam de stok en de plank van hem over. Hij zette de stok rechtop en legde de plank daarbovenop. 'En hoe wou u dat dan aan elkaar bevestigen?' vroeg hij sceptisch.
'Met een spijker!'
Bart keek toe. Beerta tikte door, zonder om te zien.
Maarten schudde zijn hoofd. 'Dat kantelt.'
'O.'
'Hebt u niet nog zo'n stok?'
'Ik denk het wel. Deze lag in het fietsenhok.'
'Kijkt u dan eerst eens of er nog een stok is en dan moeten we ook een hamer en een paar spijkers hebben natuurlijk.'
'Ik zal eens kijken,' zei Slofstra neutraal. Hij ging de kamer weer uit, de stok en de plank op het bureau van Maarten achterlatend.
'Een straatfeest is geen traditie,' vervolgde Maarten terwijl hij weer ging zitten.
'Jawel,' zei Bart, 'want hier staat,' hij boog zich diep over het knipsel dat tussen hen lag en las met nadruk voor: '*het feest, dat nu voor de twintigste keer gehouden zal worden.*'
'Jawel, maar twintig jaar vind ik geen traditie.'
'Wanneer is iets dan een traditie?'
'Driehonderd jaar,' zei Maarten lukraak.
Beerta was opgehouden met tikken. Hij richtte zich op en luisterde, met zijn rug naar hen toe.
'Dat vind ik toch wel erg willekeurig.'
'Het interesseert ons pas als we de verspreiding kunnen reconstrueren,' verduidelijkte Maarten. 'Die feesten zijn geen doel op zichzelf, ze zijn een middel om cultuurgrenzen vast te stel-

len. Bij een straatfeest is daar al helemaal geen sprake van.'
Beerta boog zich weer over zijn machine en ging door met tikken.
'Maar deze rubriek heet toch *Feesten*?' zei Bart. 'Dat betekent dat wij gegevens bijeenbrengen over feesten!'
'Alleen als die feesten bruikbaar zijn voor ons onderzoek.'
'Dat ben ik dan toch niet met je eens. Als zo'n rubriek *Feesten* heet, dan verwacht ik, als beschouwer, dat ik daarin gegevens over alle feesten aantref, ook over feesten die geen lange traditie hebben.'
'Dan is het eind zoek.'
'Dat mag toch nooit een reden zijn om ons te beperken?'
De deur ging opnieuw open. Slofstra kwam binnen. 'Ik heb ze!' Hij had een tweede stok bij zich en in zijn andere hand een hamer en een doosje spijkers.
Maarten stond op. Hij nam de stok van Slofstra over en hield hem naast de andere. Ze waren ongeveer even lang. 'Mooi. Houdt u ze eens vast.'
Slofstra hield de stokken rechtop, naast elkaar, terwijl Maarten het plankje van zijn bureau nam.
'Iets dichter bij elkaar,' zei Maarten, het plankje op de stokken passend.
Slofstra verplaatste de stokken wat. Hij keek langs Maarten in de ruimte, alsof hij met de zaak verder niets te maken had.
'Zo!' besliste Maarten. 'Slaat u de spijkers erin?'
'Hoe kan dat nou?' – hij lachte kort. 'Ik heb die stokken toch vast?'
'Bart, kun jij ook even helpen?' vroeg Maarten.
Bart kwam erbij staan. 'Wat moet ik precies doen?'
'Dat ligt eraan wie de spijkers erin slaat.'
'You are the boss,' vond Slofstra.
'Dat plankje vasthouden graag,' zei Maarten tegen Bart. Terwijl Bart het plankje van hem overnam, haalde hij een spijker uit het doosje en pakte de hamer. 'Misschien kan meneer Beerta ook nog helpen,' zei hij met ironie.
'Waarmee moet ik helpen?' vroeg Beerta zonder met tikken op te houden.
'Nee, het is een grapje.' Hij bukte zich, zodat hij op ooghoogte

met het plankje kwam, zette de spijker op het plankje, boven de stok, en dreef hem toen met een paar slagen door het plankje heen de stok in.

'Dat hebt u meer gedaan,' meende Slofstra.

'Toch niet. Dit is mijn eerste vogelhuisje.'

De tweede spijker sloeg hij dan ook naast de stok, maar nadat Slofstra de stok wat verplaatst had, zat die ook. 'Een gammele constructie,' vond hij zelf, toen hij de stokken van Slofstra overnam.

'Die vogeltjes zijn licht,' zei Slofstra.

'Gelukkig wel. U zou er niet op moeten gaan zitten.'

Slofstra vond dat een goeie mop. 'Ik kijk wel uit!' Hij lachte.

Ze liepen achter elkaar, Maarten met het vogelplatje, door het tweede en het eerste lokaal naar de tuindeur. Toen ze de gang op kwamen, kwam Balk juist de barak uit.

'Meneer Koning en ik hebben een vogelhuisje gemaakt,' deelde Slofstra mee. 'Die gaan we in de tuin plaatsen.'

'Mooi,' zei Balk afwezig. Hij liep zonder te kijken langs hen en verdween in de gymnastiekzaal.

Ze gingen de tuin in. Er woei een harde, gure wind, onder een grauwe lucht. Slofstra zette de kraag van zijn jasje op. Maarten keek om zich heen naar een geschikte plek. Hij keek omhoog. Tegen de grauwe wolken woeien wat meeuwen voorbij. 'We kunnen hem het beste onder die Japanse kers zetten,' besliste hij, 'tegen de meeuwen.'

'Ook goed,' zei Slofstra.

Achter het raam van het tweede lokaal stond Van Ieperen tegen hen te grijnzen en zijn schouders te bewegen.

Maarten negeerde hem. Hij plaatste de beide stokken naast elkaar in de aarde, zodat ze evenwijdig stonden, en liet er een los. 'Als u nu die andere neemt, en dan tegelijk duwen. Ik tel tot drie.' Slofstra pakte de stok beet. 'Eén, twee, drie!' Ze duwden tegelijk, maar veel uitwerking had het niet. 'We moeten een beetje wrikken,' commandeerde Maarten, 'maar niet te erg.' Naast elkaar wrikten ze de stokken heel langzaam de aarde in. Terwijl ze daarmee bezig waren, werd het raam van het eerste lokaal geopend en keek juffrouw Bavelaar naar buiten. 'Meneer Koning! De sollicitant is er!'

'Ik kom!' riep Maarten terug. 'Wrikken!' zei hij tegen Slofstra. 'En wrikken!'
Slofstra hijgde van inspanning.
'Zo is het wel genoeg.' Hij voelde aan het plankje. Het bewoog wel heen en weer, maar niet onrustbarend.
Slofstra keek met zijn handen in zijn zij toe. 'Is het zo goed?'
'Zo is het goed,' zei Maarten tevreden.
'Dan zal ik er meteen wat zaad op strooien.'
Ze liepen terug naar de tuindeur, stampten op de stenen voor ze naar binnen gingen om de aarde van hun schoenen te verwijderen en gingen het eerste lokaal in.
'Echt meneer Koning!' zei mevrouw Moederman glimlachend toen hij binnenkwam.
Maarten glimlachte. Hij voelde zich goed en schijnheilig: de hoge mieter die toch zo eenvoudig is gebleven, maar hij had niet veel tijd om daarvan te genieten, want Boerakker stond hem bij het bureau van Bavelaar op te wachten. 'Meneer Boerakker?' vroeg hij.
'Jan Boerakker,' zei de jongen hem een hand gevend, een krachtige, wat vochtige hand. Hij had kortgeknipt rood haar en een eigenwijs gezicht, dat enigszins geschonden was door jeugdpuistjes.
'Koning,' zei Maarten. 'Komt u mee.'
'Gek Bureau is dit,' zei de jongen geamuseerd, terwijl ze doorliepen naar Maartens kamer.
'Ja?' vroeg Maarten afwezig.
'Waar ik nou werk zou zoiets in ieder geval niet kunnen.'
'Bij dat laboratorium...' Hij opende de deur van zijn kamer. 'Gaat u binnen.'
Toen ze binnenkwamen stond Bart op. Beerta tikte gewoon door. 'Dan ga ik dus maar weg,' zei Bart. Hij knikte tegen Boerakker. 'Dag meneer.' Hij ging de kamer uit.
'Dat is meneer Beerta,' zei Maarten tegen Boerakker, naar de rug van Beerta knikkend. 'Dat is onze vroegere directeur, die werkt hier nog. Gaat u zitten.'
Boerakker ging op Maartens stoel zitten, achter de stapels knipsels. Hij zette zijn tas naast zich op de stoel van Bart en keek geamuseerd om zich heen.

Maarten trok zijn bureaustoel naar de korte kant van de tafel en nam de brief van Boerakker voor zich. 'U werkt op de administratie van een laboratorium.'
'Ja, en hoe gauwer ik daar weg ben, hoe liever het me is, want het is daar de dood in de pot! Geen boek te zien!' Hij lachte en schudde zijn hoofd. 'Héél dom!'
'En daarom wilt u bibliothecaris worden.'
'Dat is juist, ja.'
'Maar het werk dat u bij mij zou gaan doen is niet dat van een bibliothecaris.'
'Ach, bibliothecaris! Dat is ook maar een naam natuurlijk! Ik zeg nog tegen die meneer met wie ik de vorige keer heb gesproken'...
'Balk,' hielp Maarten.
'Balk! Ja, dat is eigenaardig, maar als het niet doorgaat, dan ben ik zo'n naam ook meteen weer vergeten.' Hij lachte geamuseerd. 'Balk! Rare naam trouwens.'
'Het is een dorp in Friesland.'
'Ja verrek. Natuurlijk! Daar denk je alleen niet zo gauw aan! Balk! Dorp in Friesland! Maar goed, ik zeg dus tegen die meneer Balk: Tenslotte wil ik natuurlijk op uw stoel terechtkomen. – Vond hij niet zo leuk, geloof ik. Maar ja, zo is het beestje nu eenmaal gebakken!' Hij lachte vergenoegd. 'Rare man,' vond hij van zichzelf.
Beerta hield op met tikken. Hij draaide zich om en keek over zijn bril naar Boerakker.
Maarten glimlachte. De jongen amuseerde hem. Tegelijk begon hij te beseffen dat het heel moeilijk zou zijn om hem te ontmoedigen.
'Maar goed,' zei Boerakker. 'Geen bibliothecaris dus,' hij keek Maarten afwachtend aan.
'We maken hier een atlas,' legde Maarten uit. 'Dat doen meneer Beerta en ik' – Beerta wendde zich af en hervatte zijn werk – 'en daarvoor sturen we vragenlijsten rond en verzamelen we volksverhalen. De antwoorden op die vragenlijsten en die verhalen komen met de gegevens uit de litteratuur in dat kaartsysteem,' hij wees naar de kaartenbakken naast zijn bureau en ingebouwd in de boekenkast achter Boerakker. 'Dat gebeurt

door student-assistenten en dat werk zou u moeten coördineren, en daarbij is er nog een knipselarchief, waaraan u ook zou moeten werken.'
Terwijl hij zat te praten had Boerakker zich omgedraaid naar het deel van het kaartsysteem dat achter hem stond en knikte geïmponeerd. 'Dát is de moeite waard! Hoeveel fiches zijn dat wel niet?'
'Een kwart millioen.'
'Asjeblieft! En hoe is dat opgeborgen?' Hij stond op. 'Mag ik even kijken?' Hij trok een la open en ging met zijn vingers door de fiches. 'Een trefwoordencatalogus! Net zoals in Delft!'
'Hebben ze daar een trefwoordencatalogus?'
'Ja, dat weet ik ook alleen maar omdat ik daar stage heb gelopen, maar er is een boekje over, van een meneer Voogd. Dat zal ik wel eens voor u meebrengen. Goed systeem!'
'De bedoeling is om daar op de duur een woordenboek van te maken,' het enthousiasme van de man tegenover hem sleepte hem mee.
'Heel goed! Eruit halen wat erin zit! Lijkt me interessant werk!'
'Maar u woont op Rozenburg,' wierp Maarten tegen.
'Geen bezwaar. Hoe laat begint u?'
'Half negen.'
'Dat wordt dan het pontje van zes uur, half vijf opstaan. Dat trekken we wel! En dat knipselarchief? Mag ik dat ook nog even zien?'
'Dat is in de kamer hierachter.'
In de achterkamer waren toen ze daar binnenkwamen alleen Bart en Elsje Schot aanwezig.
'Dit is meneer Boerakker,' zei Maarten, 'die komt hier misschien werken. En dit zijn mevrouw Schot en meneer Asjes.'
'Jan Boerakker,' corrigeerde Boerakker. Hij gaf hun een hand en keek om zich heen. 'Geen boeken,' stelde hij vast.
'Dat zijn de vragenlijsten,' zei Maarten, op de dozen tegen de wand onder de ramen wijzend.
'Dat is nogal wat.'
'Veertigduizend ongeveer.'
'Mag ik eens kijken?'
Maarten trok een doos uit de kast en zette die op het bureau

van Heidi. 'Dit is de laatste lijst, over de gebruiken bij de dood.'
Boerakker bladerde in de lijsten. 'En dat ik daar nou niks vanaf wist! U moet daar veel meer reclame voor maken! U moet de pers erbij halen!'
'Asjeblieft niet. Hoe minder mensen hier vanaf weten, hoe liever het ons is.'
'O ja?' Hij lachte. 'Raar Bureau!'
'En hier zou u dus komen te zitten,' hij keek om zich heen. 'Er moet dan alleen nog een bureau bij.'
'Niet gek,' vond Boerakker. 'Ik teken ervoor.'

'Ik heb hem niet kunnen ontmoedigen,' zei Maarten. Hij was bij het bureau van Bart blijven staan en keek naar hem.
'Toen ik hem binnen zag komen, was ik daar al bang voor,' zei Bart. Hij lachte. 'Hoewel ik nog even hoopte dat het net zo zou gaan als op het kantoor van mijn vader.' Hij had veel plezier bij de herinnering.
'Wat was dat dan?' vroeg Maarten nieuwsgierig.
'Daar was ook zo'n man, en toen ze hem het hele bedrijf hadden laten zien, vroeg hij of hij nog even zijn fiets mocht wegzetten,' hij lachte nu voluit, zodat er tranen in zijn ogen kwamen. 'Hij is nooit meer teruggekomen.'
Maarten lachte. 'Dat zal met deze niet het geval zijn, vrees ik.'
'Nee,' zei Bart, nog steeds lachend, 'dat vrees ik ook.'

'Wat was dat voor jongen?' vroeg Beerta, hij draaide zich om en keek Maarten over zijn bril aan.
'Dat was een nieuwe kracht waar Balk mee aankwam.'
'Had je dat niet aan de Commissie moeten voorleggen?'
'Moet dat?'
'Natuurlijk moet dat.'
'Maar het is een documentalist. Voor de student-assistenten vragen we toch ook nooit toestemming?'
'Dat is een argument,' gaf Beerta toe. Hij wendde zich af en begon weer te tikken. 'Het zal me benieuwen,' zei hij sceptisch.

★

Ze bracht hem naar de deur. 'Heb je vandaag nog iets?'
'Ik geloof het niet.'
Ze gaven elkaar een zoen.
Hij draaide de knop van het slot om en opende de deur. 'Doe vast de groeten aan moeder.'
Het was nog donker. Langs de gracht was het stil. Bij de boom op de hoek van de Egelantiersgracht hipten vijf of zes mussen rond in de lichtkring van de lantaarn. Ze pikten in het zand en tussen de stenen. Hij sloeg rechtsaf, de Egelantiersstraat in. De straat lag verlaten onder het licht van de lampen, dat links en rechts tot de gevels van de huizen reikte. Hier en daar stond aan de rand van het trottoir een auto. In een voorkamer, waarvan de gordijnen open waren, stond een kerstboom waarin de lampjes nog brandden. Voor het raam van een andere kamer hing een tros zilveren kerstballen aan een rood lint. Een fiets met een lispelende dynamo kwam hem achterop. Hij wierp een nerveuze lichtkegel vooruit. Toen hij voorbij was, kon Maarten het rode achterlicht tot voorbij de laatste zijstraat volgen. Een man kwam zijn huis uit, veegde de voorruit van zijn auto schoon, stapte in en probeerde te starten. De motor reutelde, sloeg weer af, reutelde opnieuw en sloeg weer af. Het was koud, een doordringende kou, die door zijn jas tot op zijn lijf doordrong.
Wigbold was in zijn hok. Hij kwam in de deuropening staan toen Maarten de voordeur inkwam. 'Dag Koning,' zei hij amicaal.
'Dag meneer Wigbold,' zei Maarten, zijn afkeer van de man onderdrukkend.
'Ik wilde eigenlijk vanmiddag wat vroeger naar huis omdat mijn vrouw ziek is.'
'Dat moet u aan meneer Balk vragen,' antwoordde Maarten, doorlopend, 'en anders aan mevrouw Haan.'
'Ja, maar die zijn er niet,' zei Wigbold hem achterna.
'Die komen nog wel,' zei Maarten terug.
Humeurig hing hij zijn jas aan de kapstok en ging achterom door het tweede lokaal naar zijn kamer. Er was nog niemand. Hij legde zijn brood en zijn appel in de linkerla van zijn bureau en deed de stekker van zijn lamp in het stopcontact. Een ogen-

blik bleef hij staan, in gedachten, voor hij zich omdraaide naar de middentafel. Hij legde de gegevens voor het jaarverslag naast zijn machine, deed het bovenlicht aan, ging zitten, draaide een blad kladpapier in zijn machine, keek in zijn aantekeningen en naar het jaarverslag van het vorig jaar en tikte toen: *Commissie*. Hij haalde de wagen terug naar de kantlijn, sprong in, dacht even na en vervolgde, in één keer: *De heer Beerta legde op 30 september zijn functie van Directeur van het Bureau neer. In verband daarmee nam hij tevens ontslag als secretaris-penningmeester van de Commissie en werd hij benoemd tot lid. In zijn plaats werden als penningmeester de nieuw benoemde Directeur, Dr. J. C. Balk, en als secretaris het hoofd van de afdeling Volkscultuur, de heer Koning, aangewezen.* Hij aarzelde, met één vinger boven de toetsen, en dacht na.

De deur ging open. Balk kwam binnen. 'Morgen,' zei hij kort. Hij stak zijn vinger naar Maarten uit. 'Wil jij in je jaarverslag een klacht over de ruimte opnemen?' Het klonk meer als een bevel dan als een verzoek. 'Ik ga daar wat aan doen.'

'Jawel.' Het verzoek overrompelde hem.

'Mooi.' Hij wendde zich af en wilde de kamer weer verlaten.

'Houden we eigenlijk nog een stafvergadering over het jaarverslag?' vroeg Maarten. Het optreden van Balk maakte hem onzeker. Hij moest zich dwingen om duidelijk en rustig te articuleren.

'Nee,' zei Balk ongeduldig. 'Waarom?'

'Omdat we dat altijd doen.'

'Ik ben niet van plan om daarmee door te gaan. Als ik iets heb, dan deel ik dat wel mee.' Hij verliet de kamer weer en sloot de deur.

Maarten boog zich over zijn machine en las wat hij getikt had, maar hij was er met zijn hoofd niet bij. De inbreuk door Balk bleef in zijn gedachten en herhaalde zich. Tegenover een dergelijk gedrag voelde hij zich weerloos. Hij hoorde de deur van de achterkamer. Iemand was binnengekomen. Er werd een stoel verschoven en even later hoorde hij een schrijfmachine. Meteen daarop hoorde hij de deur opnieuw en de stemmen van Bart en mevrouw Boomsma. Hij boog zich weer over zijn machine en herlas wat er stond.

'Koffie!' zei Wigbold. Hij zette het blad op de middentafel, naast de gegevens voor het jaarverslag.

Maarten keek opzij. Op het blad stond ook een bord met stukjes kerstkrans. 'Van wie is die kerstkrans?' vroeg hij.

'Van Bavelaar,' antwoordde Wigbold terwijl hij een kopje volschonk.

'Dat is aardig.'

'Overgehouden van de kerstmaaltijd,' grapte Wigbold.

Maarten herinnerde zich zijn verzoek vanochtend bij het binnenkomen. 'Wat heeft uw vrouw eigenlijk?'

'Griep. Dus ik kan ook nog de huishouding doen,' hij hield Maarten het bord voor.

Maarten nam er een stukje kerstkrans af en legde dat op zijn schoteltje. 'Lekker.'

'Dat moet je afwachten.' Hij nam het blad weer op en verliet de kamer.

Maarten nam het stukje kerstkrans van zijn schoteltje en liep achter hem aan. Juffrouw Haan was er niet. Wim Bosman en meneer De Roode, die elke vakantie aan zijn proefschrift kwam werken, zaten aan de middentafel. 'Dag Wim, dag meneer De Roode,' zei hij.

'Dag Maarten,' zei Bosman.

'Dag meneer Koning,' zei De Roode. Hij had een verfijnd, heel nauwkeurig stemgeluid, een rood hoofd met een klein mondje, een snorretje en kortgeknipt, rood haar. De ironie in zijn stem herinnerde Maarten elke keer weer aan Beerta, hoewel hij verder geen overeenkomsten zag.

Maarten liep door naar het eerste lokaal, het stukje kerstkrans tussen zijn vingers.

Juffrouw Bavelaar zat achter haar bureau. Ze keek op toen Maarten binnenkwam.

'Wat aardig om op kerstkrans te trakteren,' zei Maarten, het stukje kerstkrans omhoogstekend.

'Ja, ik dacht, er moet toch iets feestelijks zijn?'

'En met oudejaar krijgen we oliebollen!' riep Slofstra vanachter uit het lokaal.

'Ach meneer Slofstra, dat moet u toch niet verklappen?' zei mevrouw Moederman, zich naar hem omdraaiend.

'Iedereen weet het toch al.'
'Maar meneer Koning wist het in ieder geval nog niet.'
'Kan zijn,' zei Slofstra onverschillig, 'maar wat doet dat er nou toe.'
Maarten lachte. 'In ieder geval vind ik die kerstkrans lekker,' zei hij, de kerstkrans nog eens omhooghoudend. Hij wendde zich af en liep glimlachend terug naar zijn kamer. Toen hij zijn deur binnenging, bestierf de glimlach op zijn gezicht. Hij nam zijn koffie mee naar het bureau van Beerta, trok een stoel bij en draaide het nummer van zijn huis. Terwijl hij wachtte op aansluiting roerde hij gedachteloos in zijn koffie.
'Met mevrouw Koning.'
'Ha,' zei hij.
'O, ben je daar? Is Beerta er niet?'
'Nee. Is moeder er al?'
'Ja, we komen net binnen.'
'Dag Maarten!' hoorde hij zijn schoonmoeder op de achtergrond roepen.
'Doe moeder de groeten.'
'U moet de groeten hebben,' zei ze. 'Je moet de groeten terug hebben.'
'Dank je.'
'Wat ben je aan het doen?'
'Het jaarverslag.'
'Schiet het op?'
'Nog niet erg.'
'Maar je kunt toch zeker gewoon het jaarverslag van het vorig jaar overschrijven?'
'Nee, dat kan niet. Het moet anders.'
'Waarom moet alles toch altijd anders?'
'Ja, zo ben ik nu eenmaal.'
Ze zwegen.
'We hebben een stukje kerstkrans gehad,' vertelde hij.
'Van Balk?' vroeg ze ongelovig.
'Nee, van juffrouw Bavelaar.'
'O, ik dacht al,' ze lachte.
'Dat zou wel gek zijn,' gaf hij toe. 'Griezelig bijna.'
'Ja,' zei ze vermaakt.

Zijn schoonmoeder zei iets dat hij niet kon verstaan.
'Moeder wil je ook even spreken.'
'Dag Maarten!' zei zijn schoonmoeder vlakbij zijn oor. Door de telefoon praatte ze altijd heel hard.
'Dag moeder.'
'Zul je zoet zijn?'
'Dat was ik wel van plan.'
'Mooi zo.'
'Hebt u een goeie reis gehad?'
'Ja hoor! Het kind stond aan het station, dus dat was allemaal wel in orde.'
'Goed zo.'
Ze waren stil.
'Het kind wou je ook nog even spreken. Dag!'
'Dag moeder.'
'Daar ben ik weer,' zei Nicolien. 'Heb je verder nog iets?'
'Nee, verder heb ik niets.'
In gedachten dronk hij zijn koffie en at hij zijn kerstkrans. Hij keek naar het kaartsysteem naast zijn bureau zonder het te zien en luisterde naar de geluiden in de andere kamer zonder dat de betekenis daarvan tot hem doordrong. Daarna zette hij zich weer aan de middentafel en herlas opnieuw wat hij getikt had.
Bart kwam binnen. 'Ben je aan het werk?' vroeg hij toen hij Maarten achter zijn machine aantrof.
'Ja,' zei Maarten, achteruitleunend, 'maar ga je gang.'
'Ik heb er nog eens over nagedacht, maar ik ben bereid het bedrag voor één vetbol aan de actie voor de vogels bij te dragen,' hij greep naar zijn achterzak, 'niet omdat ik het ermee eens ben, maar omdat ik het zo aardig van meneer Slofstra vind dat hij er zo'n moeite voor doet.'
'Reken dat dan maar met hem af.'
'Maar jij hebt er toch ook aan bijgedragen?'
'Jawel, maar anders wordt het zo ingewikkeld, en Slofstra heeft minder dan ik.'
'Goed,' hij stak zijn portemonnaie weer terug, 'dat zal ik dan doen. En in de tweede plaats wilde ik het toch nog eens over de inhoud van de map *Feesten* hebben, want ik kan me toch niet

met het standpunt verenigen dat daarin alleen gegevens over oude feesten worden opgeborgen.'
'Daar wil ik wel over praten, maar niet nu. Ik moet eerst mijn jaarverslag schrijven.'
'Want als je alleen gegevens over oude feesten opbergt, dan vind je straks geen informatie over nieuwere feesten, zodra die voor ons werk van belang zijn geworden.'
'Dat worden ze niet, omdat hun verspreiding tegenwoordig heel anders gaat.'
'Dat zou ik dan toch eerst nog wel eens bewezen willen zien.'
'Goed, we zullen het erover hebben, maar eerst mijn jaarverslag.'
'In principe is er namelijk geen verschil tussen een oud en een nieuw feest.'
'Nee, maar eerst mijn jaarverslag.'
'Dan houd ik zolang die knipsels nog maar even apart.'
'Goed.' Hij boog zich weer over zijn tekst, terwijl Bart de kamer verliet. Terwijl hij zo zat, dwaalden zijn gedachten af. Hij luisterde. In zijn hoofd kwamen de woorden van een liedje: *Ik wil met je rijen, langs de rozen rood, maar je mag niet schreien, ik ben immers bij je en je bent al groot, en je bent al groot.* – Bij de laatste zinnen zong hij de woorden mee, maar zonder geluid te geven, en hij voelde zich overspoeld door heimwee.

★

'Balk maakt er bezwaar tegen dat ik nog nieuwjaarskaarten verzend nu ik hier niet meer werk,' zei Beerta. Hij stond bij zijn bureau en keek Maarten ontdaan aan.
'Omdat ze dan niet weten wie hier directeur is,' begreep Maarten.
'Ja, zoiets denk ik.'
Maarten trok zijn stoel onder zijn bureau uit en ging zitten.
'Hoe moet dat nu? Want ik krijg nog wel nieuwjaarskaarten en die zal ik toch moeten beantwoorden.'
'Hoeveel verstuurt u er anders altijd?'
'Toch wel tachtig, misschien wel honderd. Ik zit nog in allerlei commissies natuurlijk en die kaarten van het Bureau zijn daar

nu juist zo handig voor, want daar staat ook de naam van het Bureau op, anders weten ze nog niet eens van wie hij komt ook.'
Maarten dacht na. 'Hoeveel van die mensen vallen onder mijn afdeling?'
'De meeste.'
'Schrijft u die dan in ieder geval en geeft u ze dan maar aan mij, dan zet ik mijn naam er ook op.'
'Zou Balk daar dan geen bezwaar tegen hebben?' vroeg Beerta onzeker.
'Nee, natuurlijk niet. Ik mag toch wel nieuwjaarskaarten versturen?'
'Nou, op jouw verantwoording dan,' zei Beerta opgelucht. Hij wendde zich af en ging zitten. 'Ik ben er natuurlijk wel blij mee.'
De angst van Beerta voor Balk deed Maarten weer twijfelen, maar nu hij eenmaal beslist had, kon hij niet terug. Wel bleef hij de hele verdere ochtend het gevoel houden dat er iets onaangenaams was, maar omdat hij er niet over wilde nadenken wat dat dan was, zakte het geleidelijk weg.

★

1966

Frans nam zijn schoudertas op schoot en maakte de gespen los. 'Ik heb nog wat bij me voor je verjaardag.' Hij haalde een kaart in een plastic hoesje uit de tas en overhandigde die aan Nicolien.
Maarten keek vanaf de divan toe.
'Wat leuk!' zei ze verrast. Ze gaf de kaart aan Maarten. 'De slak van Frans.'
Het was een afbeelding in waterverf van de slak, met een appelschil op een blauw Chinees bordje tegen een zwarte achtergrond.
'Vind je hem leuk?' vroeg Frans onzeker. Hij had een kleur gekregen.
'Ik vind hem ontzettend leuk.'
'Verdomd knap,' vond Maarten. Hij gaf de kaart weer aan Nicolien. 'Houdt hij van appelschillen?'
'Ja, appelschillen vindt hij lekker.' Hij keek opnieuw in zijn tas en haalde er een pocketboekje uit: *Eens was ik een mens* van Primo Levi. 'En dit breng ik maar weer terug.' Hij aarzelde even, onzeker aan wie hij het geven zou.
Maarten nam het van hem aan.
'Hoe vond je het?' vroeg Nicolien.
'Om de waarheid te zeggen heb ik het maar niet gelezen,' hij kreeg een kleur.
Maarten bladerde wat in het boekje en legde het toen tussen hen in op tafel.
'Vond je het te erg?' vroeg Nicolien.
'Ja, eigenlijk wel. Ik heb al genoeg ellende van mezelf, nietwaar?' Hij keek haar onzeker aan en keek toen naar Maarten.
'Ja, gek hè?' zei ze.

'Ja, zo ben ik nu eenmaal,' hij strekte zijn hand uit en draaide het boekje om met de afbeelding van de muzelman op de omslag naar beneden, waarbij hij opnieuw een kleur kreeg.
'En je wilt dat ook liever niet zien,' begreep ze.
Hij schrok. 'Nee... ach, hij heeft er natuurlijk wel recht op, maar...' hij aarzelde.
'Maar jij vindt dat je het daarom nog niet hoeft te zien,' vulde ze aan.
'Nee,' zei hij aarzelend, 'nee, misschien is dat wel zo,' hij keek haar hulpeloos aan. 'Vind je dat niet behoorlijk?'
Ze lachten en hij lachte nu zelf ook.
'Als ik zoiets lees, dan maakt me dat juist sterker,' zei ze.
'Nee, dat heb ik dus niet. Het maakt mij alleen maar triest.'
'Nog triester,' begreep Maarten.
'Ja,' zei hij onzeker, 'maar dat deugt natuurlijk niet.'
'Och,' zei Maarten. 'Iedereen heeft zijn eigen therapieën.'
'Ja, zo denk ik er eigenlijk ook over,' zei hij dankbaar.
Ze zwegen.
'Wil je koffie?' vroeg Nicolien. Ze stond op en ging naar de keuken.
'Hoe gaat het nu?' vroeg Maarten. Hij pakte zijn pijp en zijn tabak en begon hem te stoppen.
'Wel goed.'
Maarten lachte. 'De moeder van Nicolien zegt dan: Dank je, je moet de groeten hebben.'
'Ja, zoiets,' hij lachte een beetje. 'Ik ben maar weer eens bij Van der Meer geweest.'
'Waarom?'
'Om die mevrouw Koppejan.'
Maarten haalde zijn hoofd terug, de helft van een knikje.
'Ik heb pillen gekregen om mijn libido te sturen.'
'Dat was nodig?'
'Anders kom ik nooit van haar af,' hij keek Maarten vluchtig aan. 'Jij vindt dat verkeerd?'
'Ach, verkeerd...'
'Als ik geen pillen neem, zit ik de hele dag aan haar te denken,' verontschuldigde Frans zich. 'Het zien van haar fiets brengt me al in de war. Als ik haar schrijfmachine hoor, word ik helemaal

gek. En als ze één woord tegen me zegt, loop ik daar de hele dag mee rond te draaien.'

'En als je zo'n pil neemt, dan heb je dat niet,' begreep Maarten, sceptisch.

'Nee, hoewel... laatst had ik een pil genomen en toen heb ik toch nog half en half afgesproken om met zijn tweeën een tuin te nemen, en dan heb ik meteen weer allemaal fantasieën over 's nachts samen slapen en zo'...

'In de vrije natuur.'

Frans glimlachte. 'Ja, maar het deugt natuurlijk niet,' hij keek Maarten onzeker aan. 'Vind je ook niet?'

'Van mij mag het,' verzekerde Maarten glimlachend, 'maar ik ben Onze Lieve Heer niet.'

'Nee, dat ben ik zelf,' gaf Frans toe.

Nicolien kwam de kamer weer in met de koffie.

'Frans gebruikt weer pillen,' vertelde Maarten, 'tegen zijn libido.'

'O ja?' vroeg ze verbaasd.

'Tegen mevrouw Koppejan,' legde Frans uit. 'Het begon me allemaal weer een beetje over het hoofd te lopen.'

'En werkt dat dan?'

'Ja, als ik een pil neem, dan kan ik rustig haar fiets zien staan zonder dat er iets gebeurt.'

'Wat gek.'

'Ja, gek,' vond Maarten ook.

'Ach, als het nou helpt, dan heb ik daar niet zulke problemen mee. Ik was al van plan om me anders maar weer ziek te melden.'

'Ziek melden is ook zoiets,' vond Maarten.

'Ja, daar ben jij tegen, hè?' zei Frans.

'We hebben nu een conciërge, die meldt zich ieder ogenblik ziek,' vertelde Maarten, 'en als hij zelf niet ziek is, dan wil hij vroeger naar huis omdat zijn vrouw ziek is. Zo'n man zou iedere dag, meteen bij het opstaan, een pak ransel moeten hebben, met een stok.' De laatste zin klonk heel wraakzuchtig.

'Dat vind ik om je de waarheid te zeggen nogal fascistisch,' zei Frans, hij keek snel naar Nicolien.

'Ja, ik ook,' zei ze fel. 'En ik ben het er ook helemaal niet mee eens!'

'In die dingen ben ik een fascist,' zei Maarten tevreden. 'Het kan me niets verdommen. Daar ben ik een rare in!'
'Nou ja, ik kan het me wel voorstellen,' zei Frans. 'Ik heb dat ook wel.'
'Maar alleen als het anderen betreft,' begreep Maarten.
'Ja,' hij kreeg een kleur.
'Nou, ik heb het niet!' zei Nicolien. 'Ik vind het heel erg om zo te praten! Stel je voor dat die man echt ziek is!'
'Die man is niet echt ziek,' verzekerde Maarten. 'Het is een charlatan en een profiteur, dat heb ik van de eerste dag af gezien. Ik heb met zo iemand geen medelijden.'
'Maar hij heeft toch hoofdpijn?'
'Dat zegt hij! Maar ik geloof er geen barst van. Trouwens, hoofdpijn... ik heb elk ogenblik hoofdpijn, dan kun je nog wel naar je werk!'
'Je blijft ook wel eens thuis.'
'Ja, als ik scheel zie van de hoofdpijn! Als ik zo'n hoofdpijn heb dat ik moet overgeven!'
'Misschien heeft Wigbold dat ook wel.'
'Ach wat,' zei hij geërgerd. 'Een man met zo'n hoofd! Die man heeft geen hoofdpijn! Die weet niet eens wat hoofdpijn is!' Hij keek naar Frans. 'Wist jij dat Beerta nog nooit hoofdpijn heeft gehad? Die weet echt niet wat hoofdpijn is, zegt hij. Geloof je dat?'
'Dat zegt hij misschien maar,' opperde Frans.
'Dat kan. Zoals hij ook zegt dat hij nooit vakantie neemt.' Hij lachte. 'Het Beerta-fascisme!'
'Misschien moet je wel heel leeg zijn om geen hoofdpijn te hebben,' veronderstelde Frans voorzichtig.
'Ja,' zei Maarten.
'Ik heb ook nog geprobeerd om een oor te tekenen,' vertelde Frans.
'Van jezelf?' vroeg Maarten.
Frans kreeg een kleur. 'Nee, van mevrouw Koppejan.'
'Waarom een oor?'
'Heb jullie dat dan niet, dat je belangstelling hebt voor oren?' – hij keek onzeker van Maarten naar Nicolien.
Nicolien lachte. 'Ik geloof het niet.'

'Je hebt zo weinig variatie in oren,' vond Maarten. 'Ze kunnen uitstaan, zoals bij Klaas...' Hij dacht na. 'Ze kunnen ook nog gekreukt zijn, lange lellen, geen lellen, maar dan houdt het toch wel op. Ze typeren niet erg.'
'Nee, dat bedoel ik niet. Ik bedoel de sensatie bij het zien van een oor, het gevoel van verrassing.'
Maarten schudde langzaam zijn hoofd. Hij probeerde zich er iets bij voor te stellen, maar hij slaagde daar niet in.
'Want eigenlijk is een oor iets heel vreemds,' hielp Frans.
'Elk lichaamsdeel is vreemd,' vond Maarten, 'behalve de ogen misschien.'
'En toch heb ik het gevoel dat het heel plezierig zou zijn als het me lukte.'
'Wat zou dat betekenen?' vroeg Maarten zich af.
'Dat heb ik me ook afgevraagd.'
'Kinderen tekenen meestal geen oren,' bedacht Maarten.
'Wel een hoed of een pet.'
'En dan een heel klein hoedje,' zei Maarten vergenoegd, 'maar geen pet.'
Frans lachte. 'Nee, een pet is te moeilijk.'
'Maar oren roepen toch ook psychische spanningen op?' zei Nicolien.
Maarten meende aan haar stem te horen dat het gesprek haar irriteerde. 'Ja?' vroeg hij. Hij keek naar Frans als de meest deskundige in deze zaken.
'Anders zouden mensen zich toch niet aan hun oren laten opereren?' zei Nicolien.
'Nee,' gaf Frans toe.
Ze zwegen.
'Ik lees op het ogenblik Wittgenstein,' vertelde Frans.
'Asjeblieft!' zei Maarten.
Frans lachte verlegen. 'Ja, je moet toch iets te doen hebben? En anders verveel ik me en volgens de psychiaters is dat niet goed.'
'En wat zegt Wittgenstein?' vroeg Maarten. 'Beknopt samengevat?'
Frans kreeg een kleur. 'Hij zegt onder andere dat er twee soorten mensen zijn: de een kijkt naar wat je aanwijst, de ander kijkt langs je arm omhoog.'

'Zoals een kat,' begreep Maarten. 'Een kat kijkt naar je hand, een hond naar wat je aanwijst.'
'Een hond kijkt ook naar je hand,' meende Nicolien.
'Niet als je hem dresseert.'
Frans lachte. 'Dan klopt het, want gedresseerde mensen kijken volgens Wittgenstein naar wat je aanwijst.'

★

'Ik zou het toch wel op prijs stellen als we eerst een definitie opstelden van wat nu eigenlijk een feest is, voor we de knipsels indelen,' zei Bart, nauwkeurig de woorden uitsprekend.
'De definitie van feest!' zei Jan Boerakker, hij sloeg zijn blocnote open, schroefde zijn pen los en keek naar Maarten.
'Definities zijn zinloos,' vond Maarten.
'Definities zijn zinloos,' herhaalde Jan Boerakker lachend. 'Gekke discussie!' Hij schudde zijn hoofd en schroefde zijn pen weer dicht.
'Dat ben ik toch niet met je eens,' zei Bart. 'Definities kunnen heel nuttig zijn.'
Ze zaten in de kamer van Maarten aan de middentafel, die voor dit doel voor de helft ontruimd was. Beerta zat met zijn rug naar hen toe te tikken. Tussen hen in lag een stapel knipsels. Aan elk knipsel was door Bart een briefje gehecht met een voorstel voor indeling. Onder dat voorstel stond het commentaar van Maarten. De bedoeling was dat Jan Boerakker voortaan het voorstel zou formuleren, waarna Bart en Maarten commentaar zouden geven, met afsluitend een gezamenlijke discussie, zoals die ook nu gevoerd werd.
'Onze opdracht is om een atlas van de volkscultuur te maken,' zei Maarten, hij ging onwillekeurig wat luider en met meer nadruk praten, alsof hij Bart bij voorbaat de mond wilde snoeren. 'In die atlas komen kaarten van de verspreiding van cultuurverschijnselen, dus ook die van feesten. De bedoeling is om op die manier een overzicht te krijgen van de cultuurgrenzen die door ons land lopen. De achterliggende gedachte is dat dergelijke cultuurgrenzen ons iets vertellen over de culturele tegenstellingen die in het verleden op ons grondgebied hebben bestaan.'

'Kunt u dat laatste nog eens herhalen?' vroeg Boerakker, die als een razende had zitten schrijven.
'Wat zei ik ook weer?' vroeg Maarten aan Bart. Hij lachte.
'Je zei dat die cultuurgrenzen ons iets vertellen over de tegenstellingen die in het verleden op ons grondgebied hebben bestaan,' antwoordde Bart.
'Ja,' zei Maarten. Hij keek naar Boerakker. 'Maar u hoeft dat niet allemaal op te schrijven.'
'Ik heb het al,' zei Boerakker. Hij keek op, afwachtend, gespitst op wat er verder zou komen.
'Mag ik nu iets zeggen?' vroeg Bart.
'Ga je gang,' zei Maarten.
'Naar mijn mening zijn wij een afdeling voor volkscultuur,' zei Bart, langzaam en precies. 'Dat betekent dat wij een beschrijving moeten geven van de volkscultuur!'
'Nee,' zei Maarten. 'Wij zijn een afdeling voor de samenstelling van een atlas van de volkscultuur,' hij keek even naar Beerta, maar Beerta tikte gewoon door.
'Dan begrijp ik toch niet, hoe we een atlas van de volkscultuur kunnen maken als we niet de héle volkscultuur beschrijven!' zei Bart.
Boerakker lachte geamuseerd. 'Leuke discussie!' vond hij.
'Wat is dat, volkscultuur?' vroeg Maarten. 'Volkscultuur bestaat niet.'
'Volkscultuur is de cultuur van het volk,' antwoordde Bart.
'Welk volk?'
'Daarvan zullen we ook een definitie moeten opstellen,' meende Bart, 'want er zijn verschillende mogelijkheden.'
De deur ging open. Ze keken om. Balk kwam binnen. Hij legde het concept-jaarverslag naast Maarten op de tafel. 'Geen opmerkingen,' zei hij. 'Ik heb er alleen bezwaar tegen dat je *Asjes* en *Muller* schrijft. Dat is boers. *De heer Asjes* en *de heer Muller*! Verander dat even, dan kan het naar de drukker!' Hij wendde zich af en liep de kamer weer uit.
Maarten was overdonderd en het volgende ogenblik woedend. Waar bemoeide die man zich mee! Het was het jaarverslag van de Commissie en niet van de directeur! Hij voelde zich bedreigd, zag zo gauw geen reactie en keek weer naar Bart, zijn

woede verbijtend. 'Het Nederlandse volk,' opperde hij.
'Daar kan ik voorlopig wel in meegaan,' zei Bart zuinig.
'Dus de definitie van *volk* is Het Nederlandse volk!' begreep Boerakker.
'Ja,' zei Maarten.
Boerakker schreef dat op.
Maarten keek naar hem. Hij herinnerde zich hoe belachelijk hij dit opschrijven van definities had gevonden toen hij nog student was. Tegelijk had de tussenkomst van Balk hem afwezig gemaakt en hij zon nog op een reactie. Toen hij merkte dat de beide anderen afwachtend naar hem keken, hernam hij zich.
'Kunnen we niet beter van een aantal concrete voorbeelden uitgaan?' stelde hij voor, 'dan kunnen we zien waar de problemen liggen.'
'Daar ben ik voor!' zei Boerakker. Hij sloeg de bladzij van zijn blocnote om en nam een nieuwe bladzij voor zich.
'Kom eens met een knipsel,' zei Maarten tegen Bart.
Bart nam het bovenste knipsel van de stapel en bracht dat naar zijn bril. 'Ik heb hier een knipsel over een slachtfeest'...
Boerakker schreef dat woord op. 'Is dat ook al een feest?' vroeg hij verbaasd. 'Een dier doodmaken?' Hij lachte. 'Heel gek!'
'Daarná vieren ze feest,' legde Maarten uit. 'Volgens een Zwitser die ik eens ontmoet heb is dat een overblijfsel van een oud offerfeest.'
'Is het verdomd?' vroeg Boerakker ongelovig.
'Ik geloof er geen bal van,' zei Maarten sceptisch.
Boerakker lachte smakelijk. 'Ik schrijf het toch maar op.'
'Dus jij wilt dat niet bewaren?' begreep Bart.
'Ja, natuurlijk wil ik dat bewaren,' zei Maarten. 'Dat is nou een voorbeeld van zo'n oud gebruik dat misschien een verspreiding heeft.'
'Maar je gelooft er niet in,' herinnerde Bart hem.
'Dat doet er niets toe. Als we deden waarin ik geloof dan konden we de afdeling meteen wel opheffen.' – Boerakker moest daar smakelijk om lachen. – 'We hebben daar ook een vragenlijst over,' zei Maarten tegen Bart, 'en ik stel me voor dat we kaarten moeten tekenen van alles wat daarbij gegeten werd: ingewanden, zult, hersens, bloedworst.' Hij lachte. 'Mijn

schoonvader wilde nooit bloedworst eten omdat er bloed in de naam zat. Gewone worst at hij wel.'
'Heel primitief,' vond Boerakker.
'Ja,' zei Maarten, 'maar het was wel een heer.' Hij herinnerde zich het varken op de ladder. 'Ik heb zo'n geslacht varken wel gezien toen we bandopnamen maakten in Drente. We kwamen op een avond in het stikdonker bij een boerderij en toen hing er een naast de deur op een ladder, onder een wit laken, met bloedvlekken erop.'
'Was dat niet akelig?' vroeg Bart bezorgd.
'Ja, dat was niet leuk. Nicolien was er helemaal van streek van.'
'Het hoort er nou eenmaal bij,' vond Boerakker.
'Ja, maar zo'n varken is zo'n aardig beest,' zei Maarten. 'Die boerin vertelde dat de kinderen 's ochtends voor ze naar school gingen afscheid van hem hadden genomen.'
Boerakker lachte. 'Heel gek.'
'Het jongetje had hem op zijn kop gezoend en gezegd: Dag lieve knor, wees maar niet treurig.' Het verhaal emotioneerde hem, hij moest voor zich op de tafel kijken om zich te beheersen.
'Ja,' zei Bart. 'Laatst liep ik ergens en toen stond er een alleen in een weiland. Ik ben toen naar het hek gegaan.'
Maarten keek oplettend naar hem. 'En een beetje tegen hem gepraat.'
'En een beetje tegen hem gepraat,' bevestigde Bart. 'En toen kwam hij voorzichtig naar me toe, voortdurend zó met zijn neus,' hij kneep zijn hand wat toe en maakte hem weer open, 'en toen heb ik hem een beetje geschrobd.'
'Achter zijn oor,' begreep Maarten.
'Ja, dat vinden ze heerlijk, dan gaan die oogjes een beetje dicht.' Hij lachte vergenoegd.
'Prachtig,' zei Maarten.
Boerakker keek in opperste verbazing naar Bart.
'En toen ik wegging,' vertelde Bart lachend, 'toen liep hij op een drafje mee, zo waggelend, zoals een zwijn dat doet.'
Terwijl hij zat te vertellen was Beerta opgehouden met tikken en luisterde mee. Voor hij uitgesproken was, ging de deur open en kwam juffrouw Bavelaar binnen met een wat oudere, gebo-

gen, grijze man. 'Meneer Beerta,' zei ze. 'Ik wou u de nieuwe bibliothecaris voorstellen, die in de plaats komt van meneer De Gruiter.'
Beerta stond op en draaide zich om. De man boog licht en gaf hem schuw een hand. 'Krak,' zei hij. Het was een kleine, vale man, met een doodvermoeid gezicht en een kleine bochel.
'Meneer Krak,' zei Beerta plechtig.
'Meneer Beerta is hier vroeger directeur geweest,' vertelde juffrouw Bavelaar, 'maar hij is hier nog veel en hij weet alles van de bibliotheek.'
'Niet alles, maar wel veel,' corrigeerde Beerta minzaam. Hij wendde zich tot Krak. 'U hebt een interessante naam. Wist u dat?'
'Nee, dat wist ik niet,' zei de man schuw.
'Ja, u hebt een interessante naam.'
'En dit is meneer Koning, die is hoofd van de afdeling Volkscultuur, en dat zijn de heren Asjes en Boerakker,' zei juffrouw Bavelaar.
'Aangenaam,' zei Krak.
Ze gaven elkaar een hand.
Beerta had zich afgewend en zette zich weer achter zijn bureau.
'Dan hebben we nu alleen nog de achterkamer,' zei juffrouw Bavelaar. 'Is daar op het ogenblik iemand?'
'In ieder geval is Heidi er,' zei Maarten. Hij ging weer zitten.
'Krak,' herhaalde hij toen juffrouw Bavelaar en Krak de kamer uit waren, 'een eenvoudige naam.' Hij keek naar zijn twee medewerkers: 'Knipsels over slachtfeesten worden dus bewaard,' vatte hij de tot nu toe gevoerde discussie samen.
'Doen we!' zei Boerakker. Hij boog zich over zijn blocnote en maakte de notitie.
'Volgende knipsel!' zei Maarten. Hij keek naar Bart.
Bart nam het volgende knipsel van de stapel en hield het bij zijn gezicht. 'Het volgende knipsel handelt over het paasvuur.'
'Bewaren!' besliste Maarten.
Boerakker noteerde dat.
Bart las het knipsel aandachtig door. 'Het is een paasvuur dat is georganiseerd door de v v v van Hellendoorn.'
'Nee, dan bewaren we het niet!'

Boerakker streepte de notitie weer door.

'Kijk, dat begrijp ik nu niet,' zei Bart geïrriteerd. 'Dat ben ik nu volstrekt niet met je eens.'

'Het is georganiseerd,' zei Maarten. 'Iets wat georganiseerd is, is niet traditioneel.'

'Maar het kan toch heel goed traditioneel zijn gewéést,' zei Bart. 'Ik vind dat nu juist interessant.'

'Het kan best zijn dat het interessant is, maar het is ons werk niet.'

'Dat zou ik dan toch nog wel eens aan meneer Beerta willen voorleggen.'

'Die wil alles bewaren,' voorspelde Maarten.

'Wat wil je me voorleggen?' vroeg Beerta. Hij hield op met tikken, legde zijn bril neer en draaide zich om.

'Bart wil knipsels over georganiseerde feesten bewaren,' zei Maarten.

'Nee,' corrigeerde Bart, 'ik wil de knipsels over féésten bewaren, ook als ze georganiseerd zijn.'

'En wat wou jij dan met die knipsels doen?' vroeg Beerta aan Maarten.

'Weggooien.'

'Ik gooi nooit iets weg.'

'Maar u knipt ze ook nooit uit!'

'Dat is iets anders. Als ik ze niet uitknip, hoef ik ze niet weg te gooien, maar als ze eenmaal uitgeknipt zijn, dan zou ik ze bewaren.'

'Dan bewaren we ze gewoon,' vond Boerakker. 'Wat doet het er ook toe. Of je nou honderd knipsels bewaart of honderdtwintig.'

'Het gaat om duizenden!' waarschuwde Maarten.

'Nou, duizenden!' zei Boerakker. 'Dat is één kast erbij! Geen probleem.'

'Ja, maar het gaat ook om het principe!' zei Bart met een duidelijk rollende r.

'Het principe is dat je, zodra je een kaart tekent van de verspreiding van het paasvuur, dat je dan de georganiseerde vuren buiten beschouwing laat,' zei Maarten.

'Ik ben nu juist van mening dat je die met een apart teken zou

moeten aangeven!' zei Bart, 'zodat men ook de huidige situatie in ogenschouw kan nemen.'
Maarten dacht even na. 'Goed. Maar maak dan wel een apart binnenmapje voor de georganiseerde feesten!'
Boerakker noteerde dat.
'Volgende knipsel!' zei Maarten.
'Het volgende knipsel,' zei Bart terwijl hij het van de stapel nam, 'handelt over de één-meiviering in Amsterdam.'
'Nee!' zei Maarten beslist.
'Zie je wel!' zei Bart. 'En ik vind nu dat we dat net zo goed moeten bestuderen!'
'Nee, want de één-meiviering is een nieuw feest, dat van bovenaf is georganiseerd en dat dus een heel ander soort verspreiding heeft. Ondenkbaar dat we van de één-meiviering een kaart zouden tekenen.'
'Maar het is wél volkscultuur.'
'Het is internationale cultuur.'
'Dat ben ik dan niet met je eens!' zei Bart. 'Het is misschien internationaal, maar het is ook volkscultuur!'
Boerakker moest om deze discussie hartelijk lachen. 'Gek Bureau!' zei hij vergenoegd, en hij wreef zich in de handen.

'Meneer Koning,' zei Boerakker terwijl Bart de kamer verliet, 'ik heb nog een verzoek.'
'En dat is?' zei Maarten, hij trok de la van zijn bureau open en legde een velletje doorslagpapier op zijn vloeiblad, als onderlegger voor de lunch.
'Zoudt u mij voortaan Jan willen noemen?'
Maarten keek op. 'Ja, natuurlijk,' zei hij aarzelend.
'Graag!'
'Maar dat betekent dat je tegen mij ook je en jij moet zeggen.'
Hij vermeed het op het laatste ogenblik om zijn voornaam uit te spreken, omdat hij dat voor deze jongen toch te intiem vond.
'Dat is nu juist niet de bedoeling. Bij Shell bestaat de gewoonte dat nieuwe werknemers hun chef pas bij de voornaam noemen als ze een jaar in dienst zijn. Ik vind dat een prima regeling.'
'Goed,' zei Maarten, enigszins opgelucht. 'Laten we dat afspreken.'

'Dank u wel!' Hij ging de kamer uit.
Maarten haalde in gedachten zijn brood, zijn appel en zijn glas uit zijn bureaula en ging zitten. Hij haalde het brood uit het zakje, legde het op het doorslagpapier, schonk de melk in en schoof wat onderuit. 'Wie is eigenlijk verantwoordelijk voor het jaarverslag?' vroeg hij. 'De directeur of de voorzitter van de Commissie?'
Beerta hield op met tikken. 'Het jaarverslag wordt ondertekend door de Voorzitter en de Secretaris, dus die zijn verantwoordelijk. Waarom vraag je dat?'
'Zomaar. Ik wou dat weten. En wat is de rol van de directeur dan?'
'Die heeft geen rol, behalve dat hij als penningmeester verantwoordelijk is voor de begroting.'
'Ja, zo dacht ik het ook.'
'Heeft Balk aanmerking gemaakt op je jaarverslag?'
'Nee. Hij wil alleen dat ik Asjes en Muller met *de heer* aanduid.'
Hij moest moeite doen om het neutraal te laten klinken, maar hij slaagde daar redelijk in.
Beerta zweeg. 'Als directeur heeft Balk natuurlijk wel het recht om erop toe te zien dat de drie jaarverslagen van de afdelingen naar de vorm op elkaar zijn afgestemd.'
'Ja,' zei Maarten. 'Ik zal dat veranderen, al vind ik het eigenlijk onzin.'

★

'Is dat niet iets voor jou?' vroeg zijn vader. Ze stonden voor de etalage van Allert de Lange, hij wees naar *Knaurs Lexikon moderner Kunst*.
'Dat lijkt me wel een handig boek,' zei Maarten.
'Dan krijg je het van me!' Hij liep voor hem uit de winkel in, de trap op naar de eerste verdieping.
Op de eerste verdieping was het rustig. Bij de middentafel stonden twee mensen langs de daar uitgestalde boeken te kijken. Tussen de schappen links liep nog iemand. De lange juffrouw zat aan haar bureau bij het raam. Zijn vader liep zonder om zich heen te kijken naar haar toe. 'Juffrouw!' zei hij auto-

ritair, en hij liet de *r* rollen. 'U hebt in de etalage *Knaurs Lexikon moderner Kunst*' – de lange juffrouw hield op met tikken en keek hem aan – 'ik zou daar graag een exemplaar van hebben! Niet voor mijzelf, daar ben ik te oud voor, maar voor mijn zoon hier!' – hij maakte een kort gebaar naar Maarten.
De lange juffrouw keek even naar Maarten en knikte vriendelijk. Ze stond op. 'Een ogenblik.'
Maarten schaamde zich. Hij keek van haar weg naar de middentafel.
'Is er nog iets wat je graag wilt hebben?' vroeg zijn vader, zijn blik volgend. 'We zijn hier nu toch.'
'Nee, zo is het wel genoeg,' hij wendde zijn blik af en keek in de richting waarin de lange juffrouw verdwenen was – de oude, ongetrouwde zoon, een beetje gek, nog altijd bij zijn oude vader thuis, een zielig geval eigenlijk.
De lange juffrouw kwam weer tussen de schappen vandaan met een exemplaar van *Knaurs Lexikon* in haar hand. 'Dit is wat u bedoelt.'
'Juist!' zei zijn vader. Hij greep in zijn binnenzak en haalde zijn portefeuille eruit. 'Hoeveel krijgt u van me?'
'Twaalfvijftig.'
Terwijl ze het boek inpakte, haalde zijn vader een briefje van vijfentwintig uit zijn portefeuille en wachtte met het briefje in zijn hand ongeduldig tot ze klaar was.
Ze gaf hem het pakje en nam het geld aan.
'Dat is voor jou,' zei hij, het pakje doorgevend, terwijl de lange juffrouw de kassa aansloeg en het wisselgeld eruit haalde.
'Dag juffrouw,' zei Maarten vriendelijk, als om zich te verontschuldigen voor het gedrag van zijn vader.
'Dag heren,' zei de lange juffrouw.
'Jufrrrouw!' zei zijn vader al op weg naar de trap, zonder om te kijken, alsof hij haar een verwijt gemaakt had.
Maarten liep achter hem aan, het pakje in zijn hand.
'Het is natuurlijk wel belangrijk,' zei zijn vader met luide stem terwijl ze de trap afgingen naar de winkel, 'dat je al die kerels die iets te betekenen hebben gehad in één boek bij elkaar hebt!'
Maarten zag de mensen in de winkel omhoogkijken en wist niet hoe hij zich houden moest. Hij was woedend over het mis-

baar dat zijn vader maakte, over die stomme opmerking, en onderdrukte met moeite de neiging om een gezicht te trekken. Maar toen zijn vader zich op straat naar hem omkeerde en hij op zijn gezicht onzekerheid zag, zakte die woede meteen.
'Gaan we nog ergens koffiedrinken?' vroeg zijn vader.
Maarten keek op zijn horloge. 'Goed, maar niet lang, want ik heb eigenlijk maar een half uur tegenwoordig.'
'Dan gaan we naar De Rode Leeuw,' besliste zijn vader.
Ze namen plaats in de erker. Zijn vader bestelde koffie. 'Ben je er blij mee?' vroeg hij toen Maarten het boek tussen hen in op het tafeltje legde.
'Ja,' zei Maarten.
'Dan ben ik daar in ieder geval nog goed voor,' zei zijn vader met een wat valse ironie.
'Er zijn wel meer dingen waar je goed voor bent.'
Zijn vader glimlachte, een scheef, verlegen lachje. 'Ja, jongen.'
Ze zwegen en keken naar de voorbijgangers, die onafgebroken langs de erker kwamen.
'Wat vind jij van die Claus?' vroeg Maarten.
'Claus lijkt me een prima jongen. Ze had een slechtere keus kunnen maken.'
'Beerta heeft een manifest tegen het huwelijk ondertekend,' in zijn stem was een ondertoon van ergernis.
'Er zijn weinig manifesten die Beerta niet ondertekent,' meende zijn vader.
'Maar niet omdat hij tegen Duitsers is, want hij is zo pro-Duits als de pest!' zei Maarten nu duidelijk kwaadaardig, 'maar omdat hij republikein is!'
'Goeie God!'
'Hij haalt gewoon twee dingen door elkaar.'
'Beerta is een beste man,' zei zijn vader, 'maar denken kan hij niet.'
Ze zwegen opnieuw, tevreden omdat ze het met elkaar eens waren.
'Weet jij uit je hoofd wanneer tante Zus jarig is?' vroeg Maarten.
Zijn vader dacht na. 'Ik geloof 3 maart. Dat kan ik onthouden omdat ze bijna tegelijk met mijn moeder jarig was. Mijn moe-

der was 8 maart jarig, of 3 maart, en tante Zus ook zoiets. Precies weet ik het niet meer. Maar als je dat onthouden wilt, dan moet je dat in je agenda schrijven. Dat doe ik ook. Want verjaardagen vergeet ik. Ja, behalve die van mijn ouders en mijn broer en zusters. En die van jullie natuurlijk.'
Behalve dan weer die van Nicolien, wilde Maarten zeggen, maar hij hield dat voor zich.

★

Zaterdagochtend. Ze gingen het huis uit om boodschappen te doen. Maarten droeg de tas. Het dooide. Op het ijs in de gracht lag een plas geel water waarin wat eenden rondscharrelden. Een oude man stond op de wallenkant en gooide brood naar ze, een kleine, gebogen man in een zwarte jas, die hem in de verte aan zijn vader herinnerde. Ze bleven staan en keken van een afstand toe. De man gooide uit alle macht, zodat Maarten bang was dat hij zijn evenwicht zou verliezen. De eenden besteedden er geen aandacht aan. Ze rekten zich uit, kwispelden en schudden zich, alsof het al lente was.
'Ik vind oude mannetjes altijd wel aardig,' zei ze terwijl ze weer doorliepen.
'Dan kun je nog veel plezier aan me beleven als ik het zover breng.'
'En jij aan mij als ik een oud vrouwtje word.'
Hij wilde zeggen dat hij niet zo van oude vrouwtjes hield als zij van oude mannetjes, maar hij hield dat voor zich, omdat het niet aardig zou zijn. 'Een van ons zal het wel halen,' veronderstelde hij.
'Daar ben ik nu juist zo bang voor, dat we niet allebei tegelijk dood zullen gaan.'
'Daar mag je niet op rekenen.'
'Het idee dat je ouder wordt en dat je dan alleen blijft. Als ik daaraan denk, dan kan ik zo wel in paniek raken.'
'Misschien heb je dat als je zoals wij geen kinderen hebt willen hebben,' bedacht hij, 'dat er niemand meer is die voor je zorgt.'
'Maar als ze kinderen hebben dan klappen ze op hun vijftigste in elkaar.'

'Ja, dan verdrinken ze zich in de regenton.'
'Wat is dat voor raar verhaal?'
'Dat is een verhaal van Beerta,' ze gingen de voetgangersbrug aan het eind van de Tuinstraat over, 'dat doen de vrouwen in Zeeland als de kinderen het huis uit zijn.'
Ze sloegen rechtsaf, de kade langs.
'Wat een afschuwelijke dood,' zei ze.
'Je moet er een harde kop voor hebben,' gaf hij toe.
'Maar ik kan het me wel voorstellen dat je er een eind aan maakt. Vroeger dacht ik, als ik veertig ben maak ik er een eind aan.'
'En nu ben je veertig.'
'Hoe kom je daar nu bij,' zei ze verontwaardigd. 'Ik ben toch nog geen veertig?'
'Nou, negenendertig dan.'
'Maar dat is toch geen veertig! Je hoeft me toch niet nog ouder te maken dan ik al ben?'
'Zo bedoelde ik het niet.'
'Waarom zeg je het dan?'
'Omdat je in je veertigste jaar bent.'
'Ik ben ook niet in mijn veertigste jaar!'
'Je bent wél in je veertigste jaar! Van je nulde tot je eerste ben je in je eerste jaar, dus van je negenendertigste tot je veertigste ben je in je veertigste jaar!'
'En toch ben ik niet in mijn veertigste jaar!'
'Goed,' zei hij verzoenend.
'Zeg het dan ook niet. Waarom zeg je dat dan? Je weet dat je me er van streek mee maakt.'
'Dat was niet de bedoeling,' herhaalde hij.
Ze staken de Marnixstraat over naar het Frederik Hendrikplantsoen.
'Waar gaan we naartoe?' vroeg hij, om het gesprek een wending te geven.
'Naar Puul,' zei ze humeurig. 'Waar anders? Ik moet toch vis voor Jonas hebben?'

★

Hindriks stond in de opening van zijn hok toen Maarten de voordeur binnenkwam.
'Is Wigbold ziek?' vroeg Maarten.
'Wigbold heb me opgebeld,' zei Hindriks. 'Hij heb moeilijkheden met zijn auto, zegt ie.'
'Maar dan kan hij toch wel met de tram komen?'
'Ja, maar hij moet eerst naar de garage en dat kan wel effe duren.'
'Je hoort ook geen auto te hebben, dat geeft alleen maar ellende.'
Hindriks grinnikte.
Maarten liep door. Hij hing zijn jas aan de kapstok en liep achterom, door het tweede lokaal naar zijn kamer. In het Bureau heerste nog een aangename stilte. Toen hij zijn kamer binnenging, ging de telefoon. Hij nam op. 'Met Koning.'
'Hier is meneer Beerta voor je,' zei Dekker.
'Dag meneer Beerta,' zei Maarten. Hij keek naar buiten in de tuin, het was gaan sneeuwen.
'Dag Maarten. Ik ben van plan een paar dagen naar Zeeland te gaan, maar nu kan er een brief voor me komen van Horvatić over de Europese Atlas. Als die komt, wil je die dan voor me openmaken?'
'Ja.'
'En als het dringend is, zou je me dan willen opbellen?'
'Natuurlijk.'
'Je kunt me overdag bereiken op de Provinciale Bibliotheek.'
'Goed.'
'Heb je het nummer?'
'Nee, maar dat zal ik wel kunnen vinden.'
'Het nummer staat in dat bruine boekje links op mijn bureau, onder *bibliotheek*.'
Maarten keek naar de aangeduide plaats. 'Ik zie het.'
'Dank je wel.'
'Was dat alles?'
'Ja, dat was alles. Ik denk dat ik vrijdag weer terug ben.'
'Dan wens ik u prettige dagen,' zei Maarten, met zijn gedachten al bij de brief op zijn bureau die hij daar gisteravond had laten liggen en die hij zich nu herinnerde.

'Dank je.'
'Tot uw dienst,' antwoordde Maarten werktuiglijk. Het was eruit voor hij erbij had nagedacht en toen hij de hoorn had neergelegd, had hij geweldig het land. Idioot om zoiets te zeggen. Humeurig zette hij zich achter zijn bureau. Hij pakte de brief en las hem met weerzin nog eens over. Een Amerikaanse hoogleraar die Beerta ontmoet had op een congres in Zweden en die van hem Maartens naam had opgekregen, vroeg nadere bijzonderheden over Hansje Brinker en een fotoreportage van diens woonhuis, het dorp waar het huis stond en de dijk waarin hij zijn vinger had gestoken. Om Maarten op weg te helpen had hij een kopie van het verhaal uit een Amerikaans boek van de schrijfster Mary Mapes bijgevoegd. Maarten las het verhaal nu voor de tweede keer. Het zei hem niets en hij kon zich niet herinneren het ooit eerder te hebben gehoord. Bovendien stond het hem tegen. Verstrooid keek hij naar zijn kaartsysteem, naar de plek waar de letter B was opgeborgen, maar hij was er zo zeker van dat hij daarin niets zou vinden, dat hij niet de moeite nam om dat na te gaan. Terwijl hij overwoog om in de bibliotheek op zoek te gaan, keek hij naar buiten, naar de neerdwarrelende sneeuw, waarin Beerta nu onderweg was naar de trein. Hij herinnerde zich met schaamte dat idiote *tot uw dienst*, vermande zich, trok de la van zijn bureau open, nam er een vel briefpapier en twee doorslagen uit en zette zich met de brief en de blaadjes papier achter zijn machine aan de middentafel. Met ingehouden kwaadaardigheid tikte hij het adres, onderstreepte de landsnaam U.S.A., haalde het papier driemaal door, begon krachtig met *Dear Sir*, haalde het papier nog eens twee keer door en stokte. Nadenkend keek hij in de brief, aarzelde en tikte met boosaardig plezier: *As I read your letter with the utmost interest and would have been pleased to send you the historical information you are craving for, I am sorry to inform you that to my opinion the story of Hans Brinker has no historical background at all, but is a typical product of 19th century historical fantasy. For that reason, but not for that reason only, it would be of great interest, if you could find time to lose yourself in the technique as a writer of miss or mrs Mary Mapes and the origin of her ideas and stories, the results of which I would certainly read with the same interest as I read your friend-*

ly letter. With the best greetings of mr Beerta, who remembers you with great pleasure, I please myself to remain yours sincerely, hij draaide de brief uit de machine, ondertekende met M. Koning en las hem nog eens over, met grimmige voldoening. Daar kan de lul het mee doen, dacht hij tevreden. Toen hij de enveloppe tikte, ging de deur van zijn kamer open. Iemand bleef bij de deur staan. Hij tikte het adres af, draaide de enveloppe uit zijn machine en keek om. Bij de deur stond een jongen, of een man, die hem vrolijk aankeek. 'Ik ben Flip de Fluiter,' zei hij. 'Ik ben de opvolger van Ansing.'
Maarten stond op. 'Maarten Koning,' hij gaf hem een hand.
'Ik heb gehoord dat jullie hier een kaartsysteem hebben,' zei De Fluiter, om zich heen kijkend, 'en ik zie dat dat niet te veel is gezegd.' Hij lachte. De situatie vermaakte hem kennelijk.
'Ja,' zei Maarten terughoudend.
'En mag een gewoon mens dat ook raadplegen? Want daarover bestaan tegenstrijdige berichten.'
'Het ligt eraan waarvoor,' zei Maarten zuinig.
'Ik ben bezig aan een proefschrift over molens.' Hij lachte. 'Ik loop dus met molentjes. Ik maak het grapje maar zelf, dan hoeft een ander het niet meer te doen.' Om die opmerking had hij ook veel plezier.
Maarten glimlachte. Hij wendde zich af naar het kaartsysteem, zocht de bakken met de letter M, en trok de bak naar voren waarin de molens zouden moeten zitten. 'Ik denk niet dat we daar veel over hebben, behalve dan de molen in het volksgeloof en het volksverhaal.'
De Fluiter kwam naast hem staan terwijl hij de bak doorliep en keek mee, zo dicht tegen hem aan, dat Maarten een stap opzij deed. 'Kijk zelf maar,' zei hij, terugtredend.
De Fluiter zocht gretig tussen de fiches, las de titels, grabbelde wat verder, kwam weer terug naar de plaats waar hij eerst gezocht had. 'Nemen jullie geen gegevens op over materiële cultuur?' vroeg hij, naar Maarten omkijkend.
'Dat zou Ansing gaan doen.'
'En nu die het niet doet? Want ik geloof niet dat mevrouw Haan die lijn wil voortzetten.'
'Dan gebeurt het niet.'

'Jammer. Kunnen jullie geen uitzondering maken voor molens? Dat zou me een hoop werk schelen.'
'Nou...'
Zijn terughoudendheid vermaakte De Fluiter zichtbaar. 'Je kunt het allicht proberen, hè?'
Terwijl De Fluiter de kamer weer verliet, vouwde Maarten zijn brief in vieren. Hij stopte hem in de enveloppe, plakte hem dicht en hechtte de brief van de Amerikaan aan één van de twee doorslagen. Hij maakte er een briefje aan vast waarop hij de namen van Bart en Jan Boerakker schreef, met onder een streep zijn eigen naam, haalde een knipsel uit zijn tas en ging naar de achterkamer. In het voorbijgaan groette hij mevrouw Haan, Van Ieperen, Wim Bosman en Pier Schaafsma. Flip de Fluiter zat achter het bureau van Hendrik te rommelen. In de achterkamer waren op dat ogenblik alleen Bart en Jan Boerakker. Maarten legde de brief op het bureau van Bart, ging op het trapje voor de wand met vragenlijsten zitten en keek naar hen.
'Hebben jullie wel eens van Hans Brinker gehoord?'
'Dat kereltje dat zijn vinger in de dijk stak,' herinnerde Jan zich.
'Ja natuurlijk,' zei Bart.
'Ik had er nooit van gehoord,' bekende Maarten.
'Gek verhaal,' zei Jan.
'Er staat een monument voor hem in Spaarndam,' wist Bart.
'Maar hij heeft toch zeker niet echt bestaan?' zei Maarten ongelovig.
Bart had de brief van de Amerikaan opgenomen en las hem aandachtig.
Ze keken toe.
'Daar zal toch wel litteratuur over zijn?' zei hij toen hij hem uit had.
'Ik heb het niet kunnen vinden,' antwoordde Maarten.
'Daar is zeker litteratuur over,' zei Bart. Hij stond op.
'Wacht even!' zei Maarten, hij stak hem het knipsel toe. 'De PSP heeft een protestsong-wedstrijd uitgeschreven. Zoiets zou jij dus bewaren?'
Bart las de advertentie. 'Nee,' hij gaf het knipsel terug, 'zoiets zou het Archief van mevrouw Veldhoven nou moeten bewaren.'

'Mag ik het ook eens zien?' vroeg Jan.
Maarten stak hem het knipsel toe.
Jan las het met een glimlach. 'Heel gek,' vond hij.
'Ik was net van plan om maar eens op ze te stemmen,' zei Maarten, 'maar als je zoiets leest, vergaat je de lust.'
'Op de PSP?' vroeg Jan verbaasd. 'Nee, dat is het laatste waar ik aan zou denken.'
'Waar stem jij dan op?' vroeg Maarten.
'Op de VVD natuurlijk! Altijd op de VVD!'
'Dat vind ik helemaal niet zo natuurlijk.'
'Hé! Daar hoor ik nou van op!'
'Wat waren dan je overwegingen om PSP te stemmen?' vroeg Bart.
'Vietnam,' antwoordde Maarten. 'Ik vind dat ze in die kwestie Vietnam een goed standpunt hebben.'
'Ik vind het heel moeilijk om me daar een oordeel over te vormen,' bekende Bart, 'en bovendien gaat het dit keer om de Provinciale Staten.'
'Waar stem jij dan op?' vroeg Maarten.
'Op de VVD!' zei Jan vrolijk.
'Ik heb nog niet beslist,' zei Bart. 'Ik heb alle partijprogramma's opgevraagd en ik ben nog bezig die te bestuderen, maar ik moet bekennen dat ik maar heel weinig verschil zie. Misschien dat de partij van dominee Zandt mij nog het sympathiekst is, maar ik deel alleen zijn geloof niet.'
'Over dominee Zandt heb ik ook wel eens gedacht,' bekende Maarten.
'Dat is toch zeker een grap?' vroeg Jan.
Maarten lachte.
'Ja, ik dacht al. Het is wel een raar Bureau hier, maar zo gek is het toch nog niet.'
'Je kunt ook nog blanco stemmen,' zei Bart.
'Blanco stemmen is ook stemmen,' vond Maarten, 'alleen weet je niet op wie.'
'Nee,' zei Bart, 'niet als je je stem ongeldig laat verklaren, dan telt hij niet mee voor de kiesdeler.'
'Hoe gaat dat dan?'
'Dan komt er een groot, zwart stempel op.'

'Heb je dat dan wel eens gezien?'
'Jazeker.'
Maarten lachte. 'Wat was dat voor man? Hoe zag hij eruit?'
Bart aarzelde. 'Die man was ikzelf.'
'Ja?' vroeg Maarten ongelovig.
'Heel goed!' zei Jan.
'Maar dat moeten jullie niet verder vertellen,' zei Bart, 'want ik heb liever niet dat men dat hier weet.'
'En waarom deed je dat dan?' wilde Maarten weten.
'Omdat ik na ampele bestudering van de programma's de verschillen te klein vond om te kunnen kiezen.'
'Dan toch maar liever dominee Zandt,' zei Maarten, van het trapje omhoogkomend. 'Als iemand mij zoekt: ik ben in de barak.' Hij verliet de kamer weer. Het sneeuwde nog steeds maar de vlokken smolten weg zodra ze op de grond kwamen, alsof ze zich ingroeven. Hij ging de kamer van Freek Matser binnen, waar sinds een maand ook Jaring Elshout een bureau had gekregen. Ze waren beiden aanwezig. 'Morgen,' zei hij.
'Goeiemorgen,' zei Elshout vriendelijk.
'Dag meneer Koning,' zei Matser.
Maarten haalde een stoel onder de kleine tafel in de hoek van de kamer weg, zette die scheef, zodat hij hen allebei kon zien en ging zitten. 'Wij hebben bij ons verschil van mening over het bewaren van dit soort knipsels,' zei hij, het knipsel over de protestsong-wedstrijd omhoogstekend, 'en het interesseert mij wel wat jullie daarmee doen.' Hij stond op en gaf het knipsel aan Elshout.
Elshout las het met een onbewogen gezicht. 'Ja,' zei hij toen hij het uit had, hij stond op en gaf het aan Matser, 'ik kan me voorstellen dat daar verschil van mening over bestaat.' Hij zei het vriendelijk.
Freek Matser schoot in de lach, zijn gezicht afwendend, een zenuwachtig lachje dat hij verborg achter zijn hand. 'Neem me niet kwalijk,' zei hij, zich vermannend, 'maar ik neem aan dat dit een grap is?' Hij gaf het knipsel aan Maarten terug.
'Het is een wat extreem voorbeeld,' zei Maarten, 'maar een grap is het niet.'
'Nou, dan ben ik zo vrij het toch maar als een grap te be-

schouwen,' zei Matser met een nerveus lachje.
Elshout keek glimlachend in de ruimte, een beetje afwezig.
'Het gaat erom of we ons alleen bezighouden met de resten van het verleden of ook met wat de mensen nu bezighoudt,' legde Maarten uit.
'Nee, de vraag is mij helemaal d-duidelijk,' zei Matser spottend, 'als ik maar ontslagen word van het geven van een antwoord.' Hij giechelde.
'De vraag lijkt me niet zo onzinnig,' zei Elshout rustig. Hij keek naar Matser. 'Hebben wij eigenlijk een knipselarchief?'
'God behoede ons daarvoor als dit de consequentie is,' zei Matser.
Elshout glimlachte. 'Eigenlijk zouden wij wel zoiets moeten hebben.'
'Over mijn lijk!'
Elshout wendde glimlachend zijn hoofd af en keek naar buiten, waar de sneeuw op het plaatsje achter de barak gestaag neerdwarrelde.
'Ik kwam eigenlijk nog voor iets anders,' zei Maarten.
Elshout keek hem vriendelijk aan.
'Zou het mogelijk zijn dat ik eens met u meega op veldwerk?' Hij had dat al eerder willen vragen, omdat Elshout een reputatie had, maar ook wel omdat hij wilde weten wat er precies op zijn afdeling gedaan werd. Die laatste overweging had hem doen aarzelen en daarom klonk zijn vraag onzeker.
Elshout knikte bedachtzaam. 'Dat zou wel mogelijk moeten zijn,' vond hij.

Terug op zijn kamer zette hij zich achter zijn bureau, nam zijn briefopener in de hand en begon de post open te snijden. Terwijl hij daarmee bezig was, kwam Bart binnen. 'Ik heb het gevonden,' zei hij. Hij legde triomfantelijk een aflevering van een tijdschrift open op Maartens bureau. 'En je moet het al kennen, want het is van 1957.'
Maarten keek op de opengeslagen bladzij, zag de naam *Hans Brinker*, bladerde terug tot het begin van het artikel, keek naar de omslag van het tijdschrift en stond op om in het kaartsysteem te kijken.

'Ja, dat wilde ik ook net doen,' zei Bart. 'Het zit waarschijnlijk al in het kaartsysteem.'
'Dan zou ik me wel heel erg moeten vergissen,' zei Maarten. Hij trok de la open en zocht in het systeem. 'Nee, het zit niet in het kaartsysteem.'
'Maar je was hier al wel!'
Maarten zocht in het nummer naar de datum van verschijnen, liep weer terug naar het kaartsysteem en raadpleegde de schaduwkaart, waarop de nummers die in het kaartsysteem verwerkt waren, stonden afgetekend. 'Het hiernavolgende nummer is het eerste dat ik geficheerd heb,' stelde hij tevreden vast.
'Dat is wel heel toevallig,' vond Bart met een zweem van teleurstelling in zijn stem.
'Ja,' gaf Maarten toe.
'Maar je hebt het waarschijnlijk toch wel gelezen,' hield Bart vol.
'Dat is mogelijk, maar als ik er geen fiche van maak, dan onthoud ik het niet. Dat is de zin van het kaartsysteem! Wat zegt die man?' Hij ging weer zitten en bekeek de bladzijden over Hans Brinker.
'Het is inderdaad historische fantasie.'
'Goed zo,' zei Maarten voldaan, 'dan hoef ik die brief in ieder geval niet te veranderen.' Hij keek naar Bart, omdat die bleef staan wachten. 'Laat het maar hier. Ik zal er een fiche van maken.'

★

'Heb jij gelegenheid om even een nieuw gebouw te bekijken?' vroeg Balk.
'Jawel,' zei Maarten. 'Nu?'
'Nu!' Hij draaide zich om en liep de kamer weer uit. Maarten stond op en liep achter hem aan. Balk stond in de gang op hem te wachten. Toen Maarten zijn jas van de kapstok haalde, liep hij ongeduldig de gang in naar de buitendeur.
'Waar is het?' vroeg Maarten, hem inhalend terwijl hij zich in zijn jas werkte.
'Herengracht!'

'Welk nummer?'
'Dat weet ik niet uit mijn hoofd.'
Wigbold kwam uit zijn hok. 'Er is een pakje voor u gekomen,' zei hij tegen Balk. Hij wilde het hem geven, maar Balk negeerde dat. 'Leg maar op mijn bureau!' Hij trok resoluut de buitendeur open en stapte de straat op.
'Gaan we lopen?' vroeg Maarten.
'We gaan met de auto!'
Zijn auto stond in een klein straatje tegenover het Bureau, met één wiel op het trottoir. Balk stapte in, reikte naar het slot van de deur aan Maartens kant en startte de motor terwijl Maarten instapte. Hij trok een papiertje uit zijn zak, keek erop, frommelde het weer terug en reed de straat uit naar de gracht, zich ver naar voren buigend om zich ervan te vergewissen dat er van links geen verkeer aankwam. Hij sloeg rechtsaf, gaf vol gas en remde meteen daarop weer, waardoor de auto schokte, om linksaf te slaan, de brug over en opnieuw links, langs de overkant van de gracht in de richting van de Doelenstraat.
'Wat is het voor huis?' vroeg Maarten. Hij voelde zich naast deze man slecht op zijn gemak en woog zijn woorden tweemaal voor hij wat zei.
'Dat gaan we nu juist bekijken.'
'Ik bedoel, hoe kom je eraan?' corrigeerde Maarten zichzelf, kwaad omdat hij toch nog een stomme opmerking had gemaakt.
'Van Papendal.'
'Heeft Papendal daar belang bij?' Hij kon zich niet voorstellen dat het Hoofdbureau belang had bij een verhuizing.
'Papendal heeft er belang bij om ons ter wille te zijn.'
Ze reden over de Munt de Vijzelstraat in en sloegen rechtsaf de Herengracht op. Op de hoek stond een agent die een stap vooruit deed en zijn hand opstak.
Balk stopte. 'Wat nou weer,' zei hij ongeduldig, binnensmonds. Hij reikte voor Maarten langs en draaide het raampje open.
De agent boog naar voren en keek naar binnen.
'Wat is er aan de hand?' vroeg Balk nors.
'U hebt geen richting aangegeven.'

Balk reageerde geïrriteerd met zijn hand achter zijn oor.
'U hebt geen richting aangegeven,' herhaalde de man wat luider.
'Nee, natuurlijk heb ik geen richting aangegeven,' zei Balk ontstemd, 'want het lampje is stuk.'
'Dan moet u dat laten maken.'
'Ik ben op weg naar de garage.' Hij draaide het raampje weer dicht, keek snel in zijn achteruitkijkspiegel naar een auto die zich achter hem opstelde en sprong weg. 'Alsof zo'n man niets beters te doen heeft,' zei hij.
Maarten zweeg. Hij had zich tijdens het korte gesprek geschaamd maar zag geen kans daar uiting aan te geven en voelde zich daardoor medeplichtig.
Terwijl ze de Herengracht afreden, boog Balk zich van tijd tot tijd ver over zijn stuur om naar de nummers van de huizen te kijken. 'Daar is het!' zei hij plotseling. Hij remde abrupt, zodat Maarten zich tegen het dashboard moest afzetten, reed zijn auto naar de grachtkant, bracht hem tot stilstand, draaide het contactsleuteltje om en stapte uit.
Maarten volgde zijn voorbeeld. 'Moet de deur op slot?' vroeg hij.
'Dat knopje indrukken,' zei Balk. Hij keek omhoog naar het huis, met zijn rug naar Maarten toe.
Maarten drukte het knopje in en sloeg de deur dicht. Hij keek nu ook omhoog, van het souterrain tot de dakrand. Het was een huis met vier verdiepingen, zo op het eerste gezicht in een niet al te beste staat.
'De stand is in ieder geval riant,' vond Balk. Hij stak de straat over, ging het bordes op en belde aan. In het huis rinkelde een bel. Daarna was het weer stil. Balk keek de gracht af. 'En het punt is goed.' Hij keek ongeduldig op zijn horloge en belde nog eens. Meteen daarna ging de deur open. Een man met een schlemielig, onbetrouwbaar gezicht, in een te duur grijs pak, stond in de deuropening. 'Meneer Balk?'
'U bent de makelaar?' vroeg Balk binnenstappend.
'De eigenaar.'
'Des te beter.'
De man keek vragend naar Maarten.

'Koning,' zei Maarten hem een hand gevend. Hij aarzelde, onzeker hoe hij zichzelf moest introduceren. 'Ik hoor bij meneer Balk,' zei hij tenslotte maar en vond dat zelf meteen een idiote opmerking.
'Meneer Koning is mijn plaatsvervanger,' kwam Balk tussenbeide.
De opmerking verbaasde Maarten. Hij had zichzelf zo nog niet eerder gezien.
'Zullen we het huis dan maar even doorlopen?' stelde de man voor.
'Daar komen we voor,' zei Balk.
Het huis bestond uit een voor- en een achterhuis, die door een lichtschacht van elkaar gescheiden waren. Het achterhuis was ongeveer half zo diep en had een blinde achtermuur, waarschijnlijk omdat het huis niet ver van de hoek lag. Zowel voor- als achterhuis hadden een zolder en een souterrain. Het souterrain liep door en had aan de voorkant dubbele deuren.
'Ik weet niet hoeveel personeel u hebt?' zei de man toen ze in het lege souterrain stonden en om zich heen keken.
'De vaste staf bestaat uit vijfentwintig man, maar we hebben ook nog veel los personeel,' antwoordde Balk.
'Dan zou u hier eventueel een fietsenbergplaats kunnen maken, want op de gracht is daar geen ruimte voor.'
'Dat is niet nodig, want we zijn allemaal gemotoriseerd,' zei Balk. 'Hoe staat het met de parkeerruimte? Dat is belangrijker.'
'Met zoveel mensen zou dat wel eens problemen kunnen geven,' gaf de man toe terwijl hij voor hen uit de trap opklom. 'Maar ze zullen toch wel niet allemaal tegelijk met de auto komen?'
Balk gaf daar geen antwoord op.
De ruimte op de bel-etage was in tweeën gedeeld, met een grote schouw van imitatie-marmer in de voorkamer. De kamer had twee hoge ramen op de gracht. Ze leek de eigenaar bij uitstek geschikt als directeurskamer met in de achterkamer het directiesecretariaat, wat Balk met hem eens was. De ruimte op de eerste verdieping had drie ramen en liep ongedeeld door tot de lichtschacht. Het uitzicht op de gracht, waar de vroege voorjaarszon schitterde op het water, was fraai. Terwijl Balk en

de eigenaar van gedachten wisselden, mat Maarten met lange passen eerst de breedte en toen de lengte van de ruimte. 'We krijgen bovendien veel bezoekers,' hoorde hij Balk zeggen, 'ook veel buitenlandse bezoekers, en die moeten hun auto ergens kwijt.'
'Dat zou inderdaad een probleem kunnen worden,' herhaalde de man, 'maar daar moet toch een oplossing voor te vinden zijn.'
'Een taak van de gemeente,' meende Balk.
De rest van het gesprek kon Maarten niet verstaan. Hij liep met lange passen door tot de lichtschacht en keek toen door de vuile ramen naar het achterhuis. De lichtschacht was maar smal. Wie aan de achterkant en in het achterhuis kwam te zitten, zou het grootste deel van de dag bij kunstlicht moeten werken.

'Wat vond je ervan?' vroeg Balk terwijl hij de motor startte. Hij keek achterom, met zijn arm op de rugleuning zodat Maarten wat opzij moest, en reed achteruit de rijweg op.
'Ik vind het ongeschikt,' antwoordde Maarten voorzichtig.
'Onzin!' zie Balk. 'Het is heel geschikt. En het is bovendien representatief. Vergeleken bij waar we nu zitten is het een vooruitgang.'
'Ik heb de oppervlakte berekend,' zei Maarten terwijl hij zich in de bocht vastgreep, 'maar die vier etages beslaan met elkaar, het achterhuis meegerekend, iets meer dan vierhonderd vierkante meter. Dat hebben we nu al, de barak niet meegerekend.'
'Dat is een kwestie van efficiënt indelen.'
'En bovendien zullen de mensen die achterin komen te zitten bij kunstlicht moeten werken.'
Balk gaf daar geen antwoord op. Zijn aandacht was bij het verkeer. Maarten herinnerde zich zijn opmerking over het autobezit van het personeel. 'Je zei tegen die man dat iedereen gemotoriseerd is,' zei hij met nauwelijks bedwongen spanning, 'maar jij, Dé Haan en Wigbold zijn de enigen die een auto hebben.'
Balk glimlachte boosaardig. 'Een kwestie van tijd,' meende hij.

*

Hij droomde dat hij de kamer van Balk binnenkwam en tegen de muur een grote stapel balken zag liggen. 'Je hebt hier wel honderd balken liggen,' zei hij. Die opmerking irriteerde Balk zichtbaar. 'Als Dé Haan zoiets zou zeggen, zou ik denken dat het echt een opmerking voor haar was.' Hij keek nog eens en zag toen dat er inderdaad maar één balk lag. 'Je hebt gelijk,' zei hij. 'Het is er maar één,' en hij had het land over zijn onnauwkeurigheid.

*

Jaring Elshout pikte hem op voor het station in Amersfoort. Maarten gooide zijn jas op de achterbank en nam naast hem plaats. Ze reden de stad uit. Elshout reed met groot gemak, zijn handen losjes op het stuur, vrijwel zonder vertragingen of versnellingen, waardoor het leek of ze gleden. Uit de autoradio kwam zachte muziek, een pianoconcert van Mozart.
'Waar gaan we naartoe?' vroeg Maarten.
'Het eerste adres is in Rotsterhaule,' hij reikte opzij, opende een kastje in het dashboard, zocht tussen de kaarten en gaf Maarten een kaart van Noord-Nederland.
Maarten vouwde de kaart open.
'Ten zuidwesten van Heerenveen,' hielp Elshout, 'bij het Tjeukemeer,' hij keek even opzij.
'Ik heb het.' Hij bekeek de kaart aandachtig. 'Wat is dat voor iemand?'
'Iemand die me geschreven heeft naar aanleiding van een radio-uitzending. Ze heeft me een schrift met liedjes gestuurd, maar ik denk dat ze er nog wel meer weet.'
'Waarom denkt u dat?' vroeg Maarten nieuwsgierig.
'Dat zie ik aan het soort liedjes.'
De eenvoud waarmee hij dat zei maakte indruk op Maarten.
'Het schrift zit in mijn tas,' zei Elshout met een knikje naar de tas die tussen hen in stond.
Maarten boog zich over de tas en zocht tussen de papieren.
'Het is een groen schrift.'

Op het etiket stond: *Liedjes en versjes, opgetekend door Anje Van Norden-Boschgra.* Op het kaft zat een vetvlek rond een vastgekoekte koekkruimel. Hij sloeg de eerste bladzij op. In een schools handschrift was bovenaan de eerste bladzij geschreven: *De drie koningsdochtertjes,* en daaronder: *Een koning die had er drie dochtertjes groot, En een koning, een koning, Die had er drie dochtertjes groot.* Hij las niet verder, bladerde door, las hier en daar een regel zonder dat de betekenis tot hem doordrong. Zijn gedachten dwaalden af. Hij keek naar het voorbijglijdende landschap. Het was zonnig. De struiken en bomen waren heel lichtgroen en woeien in de voorjaarswind, maar in de kleine, beschutte ruimte, met op de achtergrond zachtjes het pianoconcert van Mozart, had dat iets onwezenlijks. 'Ik heb hier veel gefietst,' zei hij.
'Ik ook,' zei Elshout.
'Maar vanuit de auto herken ik het niet.'
Elshout knikte.
'Toen fietste ik nog langs jeugdherbergen,' herinnerde Maarten zich.
'Ik ook,' zei Elshout.
Ze zwegen.
'Zijn wij eigenlijk even oud?' vroeg Maarten.
'Ik ben van zesentwintig.'
'Ik ook.'
Ze zwegen opnieuw. Het idee dat ze even oud waren en in dezelfde tijd langs jeugdherbergen gefietst hadden, gaf Maarten een gevoel van verbondenheid. Bovendien had de ander een vanzelfsprekende eenvoud en bescheidenheid die hem vertrouwen inboezemden. Hij aarzelde. 'Zou het lastig zijn om voortaan je en jij tegen elkaar te zeggen?' vroeg hij voorzichtig.
'Ik denk niet dat dat lastig is,' zei Elshout rustig.
'Laten we dat dan doen.'
Een tijdlang zeiden ze niets. Het pianoconcert werd besloten met een paar forse accoorden. De omroepster kondigde een symfonie van Brahms aan. Elshout schakelde de radio uit. 'Of had je dat willen horen?'
De vertrouwelijkheid van dat *je* deed Maarten huiveren. 'Nee,' zei hij verward.

Ze passeerden met hoge snelheid Harderwijk. Maarten zag op de snelheidsmeter dat ze tussen de 140 en 150 reden, maar de rust waarmee Elshout achter het stuur zat gaf geen ogenblik het gevoel dat dat hoog was. 'Hoe ben jij eigenlijk de oorlog doorgekomen?' vroeg hij.
'Eigenlijk gewoon. In het dorp waar ik woonde merkte je daar niet zoveel van.'
'Waren er ook geen onderduikers?'
'Er waren wel onderduikers.' Hij ging daar niet verder op in.
'En daarna?' vroeg Maarten toen hij bleef zwijgen.
'Daarna...' hij zwenkte soepel naar links om een voor hen rijdende auto te passeren en keek afwezig voor zich uit, alsof daar zijn verleden lag.
'Toen je langs de jeugdherbergen fietste,' verduidelijkte Maarten. Hij keek van opzij naar hem. Het gezicht van Elshout had iets vergeestelijkts, waardoor het leek of dit soort vragen abstract voor hem bleven.
'Daarna kwam ik terecht op de administratie van een bank.'
'En toen ben je dit gaan doen,' begreep Maarten op het schrift tikkend dat nog steeds opengeslagen op zijn knieën lag.
'Ja.'
Ze deinden tegen de IJsselbrug op. Rechts van hen schitterde het water van de IJssel in het zonlicht. Achter de spoorbrug rezen in de ochtendnevel de pijpen van de IJsselcentrale omhoog.
'Hier kom ik vandaan,' zei Maarten, 'dat wil zeggen: mijn ouders.'
'Zoiets dacht ik al,' zei Elshout.
De opmerking verbaasde Maarten, maar omdat Elshout op dat ogenblik zijn aandacht bij het verkeer had en vaart moest minderen vroeg hij niet waarom, en toen hij even later het tempo weer opvoerde, leek het hem al niet belangrijk meer.
'Wat trok je daarin aan, in die liedjes?' vroeg hij zodra ze Zwolle weer achter zich hadden.
Elshout dacht na. 'Dat is moeilijk in twee woorden te zeggen,' zei hij tenslotte.
'Omdat het resten zijn uit het verleden?' probeerde Maarten.
'Zoiets.'

'Of het contact met oude mensen?'
'Dat ook wel.'
'Omdat die niet ambitieus meer zijn?'
'Bijvoorbeeld.' Hij knikte.

Mevrouw Van Norden zat met de koffie op hen te wachten, in een kleine huiskamer vol familiefoto's en kleine, koperen snuisterijen. 'Maar ik ga niet zingen,' zei ze verschrikt toen Elshout de bandrecorder voor zich op het gebloemde tafelkleed zette.
'Nee,' zei Elshout, 'ik zet hem hier alleen even neer.' Hij ging zitten en keek haar vriendelijk aan.
Maarten was ook gaan zitten, wat terzijde, in een kleine fauteuil bij het raam.
'Wat vind ik dat aardig, dat ik u nou ook eens in werkelijkheid zie,' zei mevrouw Van Norden. 'Toen ik die brief schreef had ik niet durven hopen dat u ook nog bij me op bezoek zou komen.'
Elshout glimlachte.
'Wilt u een kopje koffie?'
'Ik wil graag een kopje koffie,' zei Elshout.
'En u ook meneer?'
'Graag,' zei Maarten.
Ze schonk drie kopjes in en presenteerde gevulde koeken, die op een schoteltje klaarstonden. Er waren maar twee gevulde koeken. Op Maarten was niet gerekend.
'Dank u wel,' zei Maarten, 'maar voor mij is het nog een beetje te vroeg.' Hij herinnerde zich de koekkruimel.
'Ook geen plakje koek?' vroeg ze.
'Nee, heus niet,' verzekerde Maarten.
'Mijn man wilde dat ook nooit.'
'Is uw man al lang geleden overleden?' vroeg Elshout.
'Vijf jaar, maar ik mis hem nog elke dag.'
'Dat kan ik mij voorstellen,' zei Elshout meelevend. Hij nam een hapje van zijn koek en dronk een slokje koffie. Hij keek haar vriendelijk aan. 'U hebt mij met dat schrift een groot plezier gedaan.'
'Is het werkelijk?' Ze kreeg een kleur.

'Een heel groot plezier zelfs, want er stonden verschillende liedjes in die ik nog niet kende.'
'Daar ben ik nou echt groots mee.'
Elshout glimlachte. Er viel een stilte, maar de stilte was niet beklemmend, eerder genoeglijk. In die stilte klonk het tikken van de klok op de schoorsteenmantel.
'Ik ken er nog wel meer hoor,' zei ze, 'maar daar ben ik nog mee bezig. Die zal ik u ook nog wel sturen.'
'Dat dacht ik al,' zei Elshout. 'Toen ik uw brief las, dacht ik: Mevrouw Van Norden kent er vast nog veel meer,' hij keek haar met veel sympathie aan.
'Is het heus?' vroeg ze verguld.
'Ja,' hij knikte.
'En dat liedje van die koningskinderen, kende u dat ook nog niet?'
'Niet zo uitvoerig. Hebt u dat zelf nog gezongen?'
'Ik heb ze allemaal gezongen.'
'Wanneer was dat?'
'Nou, bij het werk. En in de avondschemering, als we allemaal bij elkaar zaten. Dan werd er veel gezongen.'
Elshout knikte. Hij draaide zijn koffiekop rond, dronk hem voorzichtig leeg, zette hem neer en keek haar opnieuw aan.
'Kent u de melodie van die koningskinderen ook nog?'
'Jawel,' zei ze aarzelend, 'maar ik kan hem niet meer zingen.'
'Probeert u het eens?' Hij bladerde in het schrift en schoof haar haar eigen tekst toe.
'Ik weet niet of ik dat nog kan hoor,' zei ze verlegen.
'Het gaat vast wel.' Hij drukte de knoppen van de recorder in en hield de microfoon in haar richting.
'Nou,' ze keek op het papier, slikte even en zette toen in met een wat bevende, maar nog heldere oudevrouwenstem, haar ogen eerst nog strak op het papier gericht, maar na twee coupletten keek ze op, voor zich uit, alsof ze de woorden in haar herinnering voor zich zag, en toen het bijna uit was, brak haar stem even van ontroering. Het volgende ogenblik keek ze Elshout hulpeloos aan. 'Hebt u er zo wat aan?' vroeg ze.
'Heel veel,' verzekerde Elshout. 'Zoudt u het nog eens willen zingen nadat ik de klok heb afgezet?'

'Precies drie kwartier,' zei Maarten zodra ze weer in de auto zaten.
'Langer moet ook niet,' zei Elshout.
'Maar ik heb het gevoel dat we er uren geweest zijn.'
'Ik ga er nog wel eens langs. Ze weet vast veel meer.'
Maarten zweeg. Hij was onder de indruk van wat hij had meegemaakt en zocht naar de woorden die aan zijn bewondering uiting zouden kunnen geven. 'Toen wij met vakantie waren, heeft mijn schoonmoeder voor onze kat gezorgd,' vertelde hij.
'Ja,' zei Elshout, met zijn aandacht bij de weg.
'Mijn schoonmoeder heeft twee Chinese vaasjes, die staan op de schoorsteenmantel.'
Elshout knikte.
'En een van die vaasjes is er door onze kat afgegooid, in veertien stukken.'
'Ja.'
'Ik heb die stukken toen allemaal tegelijk met lijm bestreken en op hun plaats gedrukt en toen die vaas in mijn handen genomen. Ik voelde die vaas golven, totdat alles precies op zijn plaats zat. Er was geen barst meer te zien.'
'Met velpon zie je er geen barst van,' begreep Elshout.
'Dat gevoel had ik ook toen jij met die vrouw zat te praten,' verduidelijkte Maarten.
Elshout glimlachte. 'Ja,' zei hij. 'Ik begrijp geloof ik wel wat je bedoelt.'

★

Freek Matser was alleen in de kamer.
'Is Jaring er niet?' vroeg Maarten. Hij bleef bij de deur staan.
'Nee.'
Maarten aarzelde.
'U had hem ongetwijfeld willen spreken,' begreep Matser, met een lichte ironie.
'Ja.'
'Ik denk niet dat hij vandaag nog komt.'
'Waar is hij naartoe?'
'Hij is gisteren op opneming geweest.'

'Dat weet ik. Daar was ik bij.'
'Dan weet u vast ook wel of het laat geworden is.'
'Elf uur. Dat wil zeggen, ik was om elf uur thuis.'
'Dan k-komt hij vandaag niet meer,' hij stotterde even.
Maarten zweeg, besluiteloos. Hij keek Matser aan. 'Zullen wij je en jij tegen elkaar zeggen?'
'Ik weet niet eens hoe je voornaam is,' zei Matser op een wat gekwetste, verontwaardigde toon.
'Maarten,' hij aarzelde, 'maar ik wil best meneer Matser blijven zeggen als je dat prettiger vindt.'
'Nee, laat maar. Ik moest er alleen even aan wennen.' Hij stootte een kort, zenuwachtig lachje uit en wendde zijn hoofd af naar de grond.
'Ben jij wel eens met Jaring op opneming geweest?' vroeg Maarten, zonder acht te slaan op dat lachje.
'Nee, moet dat?'
'Het is meesterlijk.'
'Dat heb ik meer gehoord, zij het niet in die bewoordingen.'
'Jij bent toch voor het historisch onderzoek naar die liedjes?' Hij onderdrukte zijn bevreemding.
'Als je dat zo noemen wilt,' zei Matser sceptisch.
'Stemmen jullie dat dan niet op elkaar af?'
'Asjeblieft niet. Ik moet er niet aan denken,' er was opnieuw verontwaardiging in zijn stem.
'Wat doe jij dan precies?'
'Al wat mijn hand te doen vindt,' antwoordde Matser ironisch.
'Prediker negen, vers tien, zoals je ongetwijfeld weet.'
'Nee, dat wist ik niet.'
'O, sorry,' hij boog vooruit en drukte zijn hand even tegen zijn gezicht om zijn lachen te verbergen, 'maar ik vind het ook zo'n onmogelijke vraag.' Hij richtte zich weer op.
Maarten keek verbaasd naar hem, onzeker wat hij nog moest zeggen.
'Ik bedoel daar niets onaangenaams mee,' zei Matser verontschuldigend.
'Nee, natuurlijk niet.' Hij drukte de deurknop naar beneden, aarzelde, alsof hij nog iets wilde zeggen, maar bedacht zich en verliet verbouwereerd het vertrek. In de gang, bij de deuren

van de gymnastiekzaal, kwam hij een man tegen die hij al een paar keer eerder had gezien, een man van zijn leeftijd, in een keurig pak, met een bol gezicht en al enigszins kalend. De man boog naar hem, een klein, vriendelijk buiginkje. Maarten bleef staan. 'Bent u hier nieuw?' vroeg hij.
'Ja.' Hij praatte zangerig en had iets kinderlijks.
'Ik ben Koning,' hij stak zijn hand uit.
'O ja. Ik ben Goud.'
'Wat een betrouwbare naam.' Hij glimlachte, de man amuseerde hem.
De man moest daar hartelijk om lachen. 'Ja,' zei hij, 'zegt u dat wel, ja.'
Maarten lachte nu ook. 'Bent u hier al lang?'
'Morgen drie weken. Ik werk bij meneer Balk.'
'Ik werk ook bij meneer Balk,' zei Maarten geamuseerd.
Goud begreep hem niet meteen.
'We werken allemaal bij meneer Balk,' verduidelijkte Maarten.
'O zo!' zei Goud, hartelijk lachend. 'Ja, zo had ik het nog niet bezien, maar dat is natuurlijk zo.' Hij lachte aanstekelijk.
'Wat doet u daar?' vroeg Maarten.
'Ik schrijf woorden op lijstjes,' zei Goud, weer ernstig wordend.
'Is dat leuk werk?'
'Ja-a,' zei Goud ernstig. 'Ik vind het heel interessant. Er zijn vaak heel interessante woorden bij.'
'Het zullen toch wel namen zijn?' Hij kon zich niet voorstellen dat Balk nu ook al met woorden bezig was.
'Ach ja natuurlijk! Namen! Ja, namen natuurlijk, geen woorden. Goed dat u dat zegt.'
'Namen kunnen ook interessant zijn,' meende Maarten met bedwongen ironie.
'Ja zeker!' zei Goud ernstig, hij knikte overtuigd, 'namen kunnen héél interessant zijn.'
'Goud bijvoorbeeld.'
'Ja,' zei Goud, hartelijk lachend. 'Ja, daar zegt u zo wat.'
Ze zwegen. Maarten wilde vragen wat Goud hiervoor had gedaan, maar omdat hij vermoedde dat hij van de Sociale Dienst kwam, hield hij die vraag voor zich.

'En waar werkt u?' vroeg Goud voorzichtig.
'Ik werk op de afdeling Volkscultuur.'
'O ja.' Het was duidelijk dat hij geen idee had wat hij zich daarbij voor moest stellen.
'Dat is in de achterste kamer,' hij maakte een gebaar in die richting.
'O ja. Ja, daar ben ik nog nooit geweest natuurlijk.'
'Dat komt nog wel.'
Goud knikte. 'Ja, dat komt nog wel.'
Maarten knikte vriendelijk en liep door naar de achterkamer. Door het glas in de deur zag hij dat ze er alle vijf waren. Hij ging de kamer binnen. 'Morgen.' Hij trok het trapje wat naar voren en ging zitten.
'En? Hoe was het in Friesland?' vroeg Bart nieuwsgierig.
'Meesterlijk.'
De andere vier waren opgehouden met werken en luisterden mee, zodat hij wat harder ging praten. 'Elshout komt zo'n huis binnen, gaat zitten, kijkt zo'n vrouw vriendelijk aan en dan begint ze te zingen, of ze wil of niet.' Hij lachte.
'Totaal gehypnotiseerd,' begreep Jan Boerakker vergenoegd.
'Ja,' zei Maarten.
'Als dat zo is dan vind ik dat toch iets akeligs hebben,' zei Bart.
'Ach wel nee,' zei Jan. 'Het gaat er toch om dat je die liedjes op de band krijgt! Als zo'n mens straks dood is dan zijn ze weg!'
'Maar toch vind ik het iets akeligs hebben,' hield Bart vol.
'Heb jij dit weekend nog gewandeld?' vroeg Maarten, om het gesprek op een ander onderwerp te brengen.
'Jazeker,' zei Bart.
'Waar?'
'Ik heb de Lambrechtskade weer eens verkend.'
'Bij Vreeland.'
'Iets ten zuiden van Vreeland.'
'En?'
'Ik moet zeggen dat ik een paar aardige waarnemingen heb gedaan,' zei Bart tevreden.

★

De eerste twee weken van juni waren Maarten en Nicolien met de moeder van Nicolien in Wapenveld, waar ze een huis hadden gehuurd. Daar hoorden ze de veertiende juni, 's middags, via de Nieuwsberichten van het Bouwvakkersoproer, en de rest van de dag volgden ze ademloos de gebeurtenissen, eerst via de radio, later ook op de t.v., die in dat huis aanwezig was. Vooral de beelden van de chaos op de Dam en het Damrak, de oproerige mensenmenigte, de barricaden, de pantservoertuigen, politieruiters en politiemotoren die op de menigte inreden, maakten diepe indruk. Die indruk werd nog versterkt doordat het de eerste keer was dat ze zolang achter elkaar en van zo dichtbij t.v.-beelden van een oproer zagen en door het besef dat wat daar gebeurde zich vlakbij hun huis en op maar een paar honderd meter van het Bureau afspeelde. Toen ze die avond laat naar bed gingen, was het onzeker hoe het af zou lopen en Maarten hield er ernstig rekening mee dat het oproer verder om zich heen zou grijpen en de binnenstad in een brandende puinhoop zou veranderen. Nicolien vond dat onzin, maar die nacht sliep hij niet en de volgende ochtend vroeg hij zich af of hij het Bureau niet moest bellen om te horen of hij misschien nodig was.
'Het Bureau bellen?' zei ze verontwaardigd. 'In je vakantie?'
'Ja, waarom niet?' Haar verontwaardiging maakte hem weer onzeker.
'Omdat je met vakantie bent!' zei ze heftig. 'Het Bureau bellen! Stel je voor dat je het Bureau zou bellen! Alsof ze niet zonder jou kunnen! Waarom wil je in godsnaam het Bureau bellen?'
'Omdat er van alles kan gebeuren,' zei hij schaapachtig.
'Van alles gebeuren?' herhaalde ze. 'Wat zou er in godsnaam kunnen gebeuren van zo'n beetje oproer? Dat is morgen toch zeker weer over? Het Bureau bellen! Ik weet niet wat ik hoor! Denk je nou werkelijk dat ze in jouw Bureau een beetje met elkaar gaan vechten? Tussen die kaartenbakken zeker! Alsof ze geen betere plek kunnen uitzoeken!'
'Er kan toch brand uitbreken?'
'Brand uitbreken?' vroeg ze verontwaardigd. 'In je Bureau? Nou, dan breekt er brand uit! Dan ben je meteen van dat rot-Bureau af! Laat er maar rustig brand uitbreken hoor! Daar is

heus niks aan verloren, aan die paar fiches! Daar hoef je geen traan om te laten!'
'Dat is natuurlijk onzin,' zei hij wrevelig. 'Als de boel verbrandt, dan kan ik weer helemaal overnieuw beginnen.'
'Nou, dan begin je overnieuw! Ook erg! Of je nou het een doet of het ander! Dat doet er toch allemaal niets toe?'
Hij haalde zijn schouders op. 'Dat doet er natuurlijk wel toe.'
'En wat wou je dan doen als er brand uitbreekt? Wou je die dan soms in je eentje gaan blussen? Denk je dat jij die dan blussen kan? En dat hij niet geblust wordt als jij er niet bij bent? Laat me niet lachen! Wees nou een beetje normaal!'
'Het is gewoon dat ik me verantwoordelijk voel.'
'Nou, dan voel je je maar eens niet verantwoordelijk. Je voelt je al veel te veel verantwoordelijk. Je bent in staat om met dat verantwoordelijkheidsgevoel van jou je hele leven te verpesten! En het mijne erbij! Dat idiote verantwoordelijkheidsgevoel altijd! Alsof er geen belangrijker dingen in de wereld zijn dan het Bureau! Denk maar liever aan je vakantie, en aan de vakantie van moeder en van mij dan aan zulke idiote dingen als brand! Brand! Het idee alleen al! Dat is echt weer iets voor jou om als je met vakantie bent aan brand te denken!'
Hij reageerde daar niet meer op, maar zijn onzekerheid bleef de hele dag op de achtergrond aanwezig en was er ook nog toen ze op donderdagochtend op de t.v. het debat in de Tweede Kamer volgden. Terwijl ze naar de toespraak van Samkalden zaten te luisteren, kwam de postbode het tuinhekje binnen met een brief. Maarten haalde hem uit de bus. 'Een brief van Balk,' zei hij, de kamer inkomend.
'Van Balk?' vroeg Nicolien verbaasd.
Hij sneed met zijn zakmes de enveloppe open, bevangen door bange voorgevoelens. Het was een kort briefje: *Maarten, Ik hoor van Asjes dat je in Wapenveld zit. Kun jij even naar het dorp gaan en bij een autochtoon informeren hoe ze daar 'Euvelgunne' uitspreken? Let vooral op of het 'euvel-' of 'euver-' is. Dat is belangrijk. En wil je mij dat even telefonisch laten weten? Het heeft haast. Jaap.*

★

'Eerst hoorde je in de verte een zacht mompelen,' vertelde Bart – ze zaten met zijn drieën aan de tafel in de kamer van Maarten met een stapel knipsels tussen zich in – 'zoals je dat in boeken wel leest'...
'Waar stonden jullie dan?' vroeg Maarten.
'Bij de voordeur.'
'Allemaal?' vroeg Maarten ongelovig.
'Dat weet ik niet meer zo precies.'
'Ik was er ook bij,' zei Jan Boerakker, 'en Balk, en Wigbold en De Fluiter.'
'Meneer Slofstra was er ook bij,' herinnerde Bart zich.
'Natuurlijk!' zei Maarten. 'En toen?'
'Je hoorde dat mompelen langzaam dichterbij komen, terwijl het in onze straat heel stil was.'
'Doodstil!' bevestigde Jan.
'Er was niemand op straat, net als voor een onweer.'
'Ja, verdomd,' zei Jan, hij lachte vergenoegd, 'daar leek het op!'
'Maar hoe wisten jullie dan dat ze er aankwamen?' vroeg Maarten.
'Weet jij dat nog?' vroeg Bart aan Jan.
'Wigbold kwam ons waarschuwen,' herinnerde Jan zich. 'Die had het geloof ik gehoord, dat ze op weg waren gegaan.'
'Verder!' zei Maarten.
'Je hoorde dat mompelen dichterbij komen en toen ze vlakbij de hoek van de Antoniebreestraat waren, hoorde je ook hun schoenen, bouwvakkers hebben van die grote schoenen.'
'En jullie stonden in de deuropening,' begreep Maarten, 'of stond je op straat?'
'Zo half en half,' zei Bart. 'Meneer Balk stond voor ons.'
Jan schudde vermaakt zijn hoofd. 'Prachtig!'
'En toen kwamen ze de hoek om, over de hele breedte van de straat, met een paar van die enorme kerels voorop.'
'Met van die stierennekken,' verduidelijkte Jan.
'Het was heel dreigend, vooral omdat er niets gezegd werd. Je hoorde alleen dat mompelen en dat stappen van die schoenen, vlak voor ons langs, terwijl er achter hen steeds meer de hoek om kwamen.'
'Hoelang duurde het wel niet?' vroeg Maarten.

'Nou,' zei Bart, hij keek naar Jan, 'toch zeker twintig minuten?'
'Als het niet meer is!'
'In ieder geval waren het er duizenden!' zei Bart.
'Ik heb wat gemist,' begreep Maarten.
'Terwijl dat nu eigenlijk pas echt volkscultuur is,' meende Bart.
'Verdomd!' zei Jan lachend.
Ze zwegen vergenoegd.
'Goed!' zei Maarten. 'De knipsels!' Hij nam het bovenste knipsel van de stapel, las de kop en keek toen op het aangehechte fiche. 'Een knipsel over spiritisme. Jan stelt voor om het te vernietigen, Bart wil het bewaren, ik wil het vernietigen. Argumenten! Jan!'
'Nou, dat is toch gewoon flauwekul? Spiritisme, wie heeft daar nou wat aan? Als je er dan met alle geweld iets over weten wilt, dan moet je er maar een boek over lezen, vind ik.'
'Goed. Bart?'
'Dat ben ik volstrekt niet met je eens, dat het flauwekul is,' zei Bart. 'Cultuurhistorisch gezien is het een heel interessant verschijnsel, ook al geloof je er zelf niet in. Dat is dan ook de reden dat ik het wil bewaren! Het is vólkscultuur!'
'Het is elitecultuur,' corrigeerde Maarten.
'Maar volgens de definitie hoort de elite evengoed tot het volk,' herinnerde Bart hem.
'Maar dan kunnen we alles wel gaan bewaren.'
'Als het tot de volkscultuur behoort wel! Daar ben ik dan ook voor.'
Maarten schudde zijn hoofd. 'De vraag is of het in het verleden in brede lagen van de bevolking gebruikelijk is geweest, zodat je een cultuurgrens kunt tekenen.'
'Zie je wel, daar heb je het nou weer! En dat ben ik nu absoluut niet met je eens! Volkscultuur is volkscultuur, ook als het maar bij een klein groepje voorkomt!'
'Dat wordt dan een binnenmapje,' zei Jan lachend. 'Kan niet verdommen!'
Ze lachten.
Maarten bekeek het knipsel. 'Het is natuurlijk ook zo dat ik de pest aan deze dingen heb.'

'Helemaal mee eens!' zei Jan. 'Spiritisme, dan denk je aan halfgare oude vrouwen.'
'Dat mag nooit het criterium zijn,' vond Bart. 'In de wetenschap moet je objectief zijn!'
'Vlak na de bevrijding hebben we met de klas eens een spiritistische seance georganiseerd,' herinnerde Maarten zich, 'met zo'n glas dat over de tafel schoof en rondom de letters van het alfabet. Dat glas bewoog echt, je voelde het onder je vingers vandaan schuiven.'
'Is het verdomd?' vroeg Jan ongelovig.
'En wat vroegen jullie dan?' wilde Bart weten.
'Met wie we gingen trouwen natuurlijk,' zei Maarten lachend. 'Van één van de meisjes was net de verloving verbroken en toen kwam de naam van haar vriend eruit. Toen is ze in huilen uitgebarsten.'
'Hoe kan dat nou?' zei Jan.
'Dat weet ik niet, maar onze conclusie was dat je bij zo'n experiment geen alfa's moet hebben. Dat meisje zat in alfa.' Hij lachte vermaakt.
'Verdomd!' zei Jan, hij sloeg met zijn vlakke hand op tafel, 'daar maak ik een fiche van!' Hij lachte vrolijk.
'Dateren op mei 1945,' zei Maarten lachend. 'Den Haag.'
Terwijl ze daar alle drie plezier om hadden, ging de deur open. Flip de Fluiter keek om de hoek. 'Als hier gelachen wordt, wil ik er wel graag bij zijn,' zei hij. Achter hem verscheen ook Wim Bosman.
'We hebben een hooglopende wetenschappelijke discussie over het spiritisme,' verduidelijkte Maarten.
'We zijn al weer weg,' zei Flip. Ze sloten de deur.
'Zie je,' zei Maarten tegen Bart, 'het grote publiek is niet geïnteresseerd.'
'Dat kan heel wel betekenen dat we op de goede weg zijn,' vond Bart.
Ze lachten.
'Wat doen we nu?' vroeg Maarten, het knipsel weer opnemend.
'Binnenmapje?' stelde Jan voor.
'Goed,' besliste Maarten.

'Maar alleen als jullie het ermee eens zijn,' wierp Bart tegen.
'Nee, mee eens ben ik het niet,' zei Maarten. 'Ik vind het idioot.'
'Dan moet je ook voet bij stuk houden,' vond Bart. 'Het is een principiële kwestie, dus je moet ook een principieel standpunt innemen!'
'Maar dan blijven we aan de gang.'
'Niet als we het met elkaar eens worden!'
'Zullen we het dan maar in de map met problemen leggen?' stelde Jan voor.
'Dat wordt zo langzamerhand wel een aparte kast,' zei Maarten bedenkelijk. 'Orden het daarin dan in ieder geval op onderwerp zodat we niet nog eens die hele troep door moeten.'
'Accoord!' zei Jan.
'Mee eens?' vroeg Maarten aan Bart.
'Ik zou liever zien dat we de discussie nu maar meteen afronden,' vond Bart.
Maarten aarzelde. 'Nee,' zei hij toen beslist. 'We kunnen beter wachten tot we een overzicht van de problemen hebben.'
'Dat wilde ik daarstraks al vragen,' zei Jan, 'maar hoe staat het nu met dat nieuwe gebouw dat u toen met Balk bekeken hebt?'
'Daar hoor ik niets meer van.'
'Dus dat gaat niet door?'
'Ik weet het waarachtig niet. Ik denk het niet.'
'Ik waardeer dat toch wel in meneer Balk,' zei Bart, 'dat hij zo'n afweging zo zorgvuldig doet.'

★

Bij de post was een brief uit Zuid-Afrika. Maarten maakte hem open. Hij was gericht aan de *Sekretaris van de Kommissie voor Volkskultuur* en gesteld in het Afrikaans. In de brief werd melding gemaakt van de oprichting van een Instituut voor Afrikaanse Taal en Kultuur, dat zich bezig zou houden met *navorsing oor die Afrikaanse en Dietse kultuur*, en er werd voorgesteld om te komen tot *samewerking en skakeling met soortgelyke liggame in ons stamlande*. De brief was ondertekend door E. I. Kipp, *met vriendelike groete uit Suid-Afrika*.

Terwijl Maarten dat las en de strekking van de brief geleidelijk tot hem doordrong, had hij het gevoel of zijn benen volliepen met zand. Hij legde hem op zijn bureau, leunde achteruit en keek de tuin in. Gedachteloos tikte hij met de toppen van de vingers van zijn rechterhand op de rand van zijn bureau. Hij voorzag problemen en dat benauwde hem. Een tijdlang bleef hij zo zitten, zonder zich te verroeren. Toen stond hij op en liep met de brief naar de achterkamer. Hij groette afwezig, legde de brief voor Bart op diens bureau, trok het trapje naar zich toe, ging zitten en wachtte.

Bart las de brief aandachtig en heel langzaam, keek of er op de achterkant ook nog iets stond en las hem nog eens over. 'Ja,' zei hij tenslotte, opkijkend. 'Ik heb hem gelezen.'

Jan Boerakker was opgehouden met werken en keek toe.

'Wat moet ik antwoorden?' vroeg Maarten. Hij nam de brief terug en gaf hem door aan Jan.

'Dat lijkt me moeilijk,' zei Bart, de woorden zorgvuldig uitsprekend. 'Dat zou ik zo gauw niet weten.'

'Maar ik moet iets antwoorden.'

'Ja.'

'Wat is het probleem eigenlijk?' vroeg Jan. 'Die man wil *samewerking en skakeling*, nou dan skakelen we toch? Wat zal dat nou helemaal voorstellen?' Hij reikte Maarten de brief weer aan.

'Voor die man heeft het een politieke betekenis,' legde Maarten uit.

'O, vanuit die hoek!' zei Jan.

'De vraag is alleen of je politieke overtuiging van invloed mag zijn op je zakelijk optreden als secretaris,' zei Bart. 'Volgens mij mag dat niet.'

'Ik denk dat je dat niet kunt scheiden. Voor die man is het ook niet gescheiden.'

'Dat weet ik nog zo net niet,' zei Bart. 'Daar schrijft hij niet over. Dat zou hij dan eerst moeten schrijven!'

Maarten aarzelde. Het probleem was nog te nieuw om het helemaal te overzien.

'Zou je het niet eens aan meneer Balk voorleggen?' hielp Bart. 'Die lijkt me heel zakelijk in deze kwesties.'

'Ik zal er nog eens over denken,' zei Maarten. Hij ging terug

naar zijn kamer en zette zich weer achter zijn bureau. Even dacht hij erover om Nicolien te bellen, maar het standpunt van Nicolien kende hij voor hij het gehoord had. Nicolien zou geen enkele twijfel accepteren. Hij stond weer op en liep met de brief naar de kamer van Balk.
Balk zat achter zijn bureau te schrijven. Hij keek verstoord op toen Maarten binnenkwam. 'Ja?'
'Ik heb een brief gekregen die ons wel eens in de problemen zou kunnen brengen,' zei Maarten, 'dat wil zeggen, het antwoord.' Hij gaf Balk de brief.
Balk nam de brief aan, las de aanhef en gooide hem toen met een driftig gebaar van zich af. 'Dergelijke rotzooi lees ik niet,' zei hij geprikkeld.
'Maar ik moet hem wel beantwoorden,' zei Maarten, een opkomende woede onderdrukkend, 'en dan krijg jij er ook mee te maken.' Hij bukte zich en raapte de brief op.
'Hij is gericht aan de secretaris, niet aan de penningmeester!'
'Goed,' hij was razend, wendde zich af en ging zonder nog iets te zeggen terug naar zijn kamer. Zodra hij weer achter zijn bureau zat, zakte zijn woede. Hij voelde de onbehouwen reactie van Balk als kritiek op zijn eigen weifelmoedigheid en schaamde zich. Niettemin legde hij de brief opzij om er nog eens over na te denken.

★

'Ik heb een brief van het Instituut voor Afrikaanse Taal en Kultuur gehad,' vertelde Maarten zodra hij achter zijn bureau had plaatsgenomen.
'O,' zei Beerta – hij zat te tikken.
'Ze willen samenwerking en *skakeling*.' Hij stond op en bracht de brief naar Beerta.
Beerta tikte de zin af waaraan hij bezig was, nam de brief aan, leunde achteruit en las hem aandachtig. Terwijl hij las spitste hij in gedachten zijn lippen, alsof hij de woorden proefde. 'Ben je er zeker van dat die brief voor ons bedoeld is?' vroeg hij naar Maarten opkijkend terwijl hij de brief aan hem teruggaf.

'Hij is gericht aan de Commissie.'
'Dat zie ik ook wel, maar ze vragen om nadere inlichtingen over onze vereniging en we zijn geen vereniging! We zijn een wetenschappelijk Bureau!'
'Dat is een kleinigheid.'
'Ik vind dat geen kleinigheid,' zei Beerta ernstig. 'Als ik jou was zou ik hem doorsturen naar het Genootschap voor Volkscultuur.'
'Dan krijg ik over twee maanden dezelfde brief met *Bureau* in plaats van *vereniging*.'
'Dat kun je dan wel weer zien.'
Maarten schudde zijn hoofd. 'Ik vind dat niks. Dat is uitstel van executie.'
'Je moet het zelf maar weten.' Hij boog zich weer naar zijn machine en ging door met tikken.
Maarten nam de brief mee terug naar zijn bureau en legde hem naast zich. Hoewel hij eigenlijk al wist wat hij doen moest, wilde hij er nog niet over nadenken. Twee dagen later, toen hij alleen in zijn kamer was, schreef hij de heer Kipp dat samenwerking hem belangrijk leek, maar dat onderzoek zoals Kipp zich dat voorstelde een politieke bijsmaak had zolang een deel van zijn landgenoten op grond van hun afkomst door zijn regering als ongelijkwaardig werd beschouwd, en dat hij om die reden op zijn verzoek niet kon ingaan. Hij voegde er nog aan toe dat hij uiteraard wel bereid was bij voorkomende gelegenheden inlichtingen te verschaffen en sloot het laatste jaarverslag bij om de heer Kipp een indruk te geven van de werkzaamheden van het Bureau. Even overwoog hij om daar nog een boekje over Apartheid aan toe te voegen, als persoonlijke noot, maar hij zag daar op het laatste ogenblik van af. Toen hij Beerta de brief de volgende dag liet lezen, was hij gespannen, wat hem het gevoel gaf dat hij eigenlijk niet goed durfde en hij nam zichzelf dat kwalijk, alsof het niet vanzelfsprekend was om zo te reageren.
Beerta las de brief aandachtig. Toen hij hem uit had, gaf hij hem terug. 'Ik zou niet weten wat ik daarop moest aanmerken. Ik vind het een goeie brief.'
'Moet ik hem ook nog aan Kaatje Kater laten lezen?' Hij had

moeite om de spanning in zijn lichaam te verbergen, zijn hoofd trilde.
'Nee, het is voldoende dat ik hem gezien heb, maar ik zou hem wel aan Balk laten lezen.'
Balk was in zijn kamer. Hij keek op toen Maarten binnenkwam, met zijn gedachten ver weg.
'Die brief van die Zuid-Afrikaan,' herinnerde Maarten hem. Hij wachtte even om Balk de gelegenheid te geven om te schakelen.
Balk keek hem aan en kwam langzaam bij zinnen. 'Ja?'
'Ik heb daar een antwoord op geschreven en het lijkt me goed dat jij dat leest voor het de deur uitgaat.'
Balk strekte zijn hand uit. Hij nam de brief van Maarten over en las hem met gefronst voorhoofd. Zijn voet ging nerveus heen en weer. 'Moet je zoiets niet met de Commissie bespreken?' vroeg hij, de brief teruggevend. Hij keek bedenkelijk.
'Beerta vindt van niet.'
'Dan heb ik geen bezwaar.'
Beerta stond bij zijn bureau toen Maarten de kamer weer inkwam. Hij keek Maarten recht aan, zijn kin opgeheven, een hand op de leuning van zijn stoel. 'Als je moeilijkheden krijgt,' zei hij ernstig, 'maar je krijgt geen moeilijkheden, want daarvoor is mijn invloed in de Commissie te groot, maar als je moeilijkheden krijgt, dan sta ik achter je.'
'Dat had ik niet anders verwacht.'
Het was te zien dat die reactie Beerta bevreemdde. Hij trok zijn wenkbrauwen op alsof hij vond dat Maarten zijn gebaar onvoldoende waardeerde. 'Maar dan weet je dat in ieder geval,' zei hij zich afwendend. Hij trok zijn stoel naar zich toe en ging zitten.

*

'Ik heb lang niets van mij laten horen,' zei Klaas, 'maar jullie komen ook nooit bij mij.'
'We zijn op elkaar uitgekeken,' concludeerde Maarten.
Klaas grijnsde. 'Zak!'
Maarten glimlachte.

'Nee, maar nou serieus,' zei Klaas. 'Ik meen het echt! Waarom komen jullie nooit meer eens bij mij?'
'Ik ben serieus,' verzekerde Maarten. 'Wat moeten een leraar en een wetenschappelijk ambtenaar nu nog tegen elkaar zeggen? We kunnen toch moeilijk over elkaars werk gaan zitten praten?'
'Dat zie ik niet zo in.'
'Nee, maar ik heb het gewoon te druk,' zei Maarten nu ernstig. 'Door de week vreet ik me op en 's avonds en het weekend ben ik te moe om de deur nog uit te gaan.'
'Is dat zo?' vroeg Klaas aan Nicolien.
'Ja, dat is wel zo,' zei ze.
'Wat doe je dan allemaal?' wilde Klaas weten.
'Eigenlijk niks,' bekende Maarten. 'Het is meer dat ik er niet tegen kan om de hele dag tussen mensen te zijn. Ik denk gewoon dat ik een beetje gek ben,' hij lachte schuldig.
Klaas keek hem vorsend aan. Hij had zijn middelvinger over zijn wijsvinger gekromd en hield zijn hand wat in de hoogte met zijn elleboog op de leuning van zijn stoel. 'Denk je er nog wel eens over om ontslag te nemen?'
'Nee.'
'Indertijd dacht je daar nog wel over.'
Maarten herinnerde zich dat niet.
'Toen met die kwestie met Asjes,' hielp Klaas hem. 'Toen Beerta hem niet wilde hebben.'
'O ja, maar dat is al lang geleden en ik heb toen mijn zin gekregen.'
'En als je je zin krijgt, dan blijf je,' zei Klaas met een sarcastisch lachje.
Maarten lachte. 'Ja, zo zou je het kunnen formuleren.'
Ze zwegen.
'Hoe gaat het nu met die Asjes?' informeerde Klaas.
'Met die Asjes gaat het wel goed. Hij is wat hardnekkig, maar hij heeft ook wel iets aardigs.'
'Hij is aardig voor dieren,' zei Nicolien.
'Hoezo?' vroeg Klaas.
'Voor varkens,' verduidelijkte Maarten. 'Als hij op zijn wandelingen een varken tegenkomt dan praat hij tegen hem en krauwt hem achter zijn oor.'

Klaas glimlachte vaag.
Ze zwegen opnieuw.
'Horen jullie nog wel eens wat van Henriette?' vroeg Klaas.
'We krijgen af en toe een brief.'
'Heel aardige brieven,' preciseerde Nicolien.
'Heel aardige brieven,' bevestigde Maarten.
'We worden wel oud, hè?' vond Klaas, 'als je dat vroeger voorspeld had...'
'Ja,' zei Maarten, 'Paul, Hans en Flap hoogleraar, Hettie lector, David en ik wetenschappelijk ambtenaar, alleen jij werkt nog altijd hard voor je doctoraal.'
Klaas grijnsde.
'Hoe gaat het daar nou mee?'
'Ik ben bezig met een scriptie over Achterberg.'
'Waarom? Dat is toch zinloos?'
'Alles wat Klaas doet is toch zinloos?' zei Nicolien.
Ze lachten.
'Nee, maar waarom doe je dat nog?' drong Maarten aan. 'Je kunt het toch niet.'
'Nee hè?' zei Klaas hard, grijnzend.
Ze zwegen.
'Nee, maar ik heb van de inspecteur te horen gekregen dat als ik niet binnen een jaar mijn doctoraal doe, dat ik dan ontslagen word.'
'Godverdomme,' zei Maarten geschrokken.
'Waarom is dat dan?' vroeg Nicolien. 'Als leraar ben je toch goed?'
'Ik denk ook niet dat de soep zo heet gegeten wordt, maar het lijkt me beter dat ik in ieder geval mijn goede wil toon.'
Ze zwegen.
'Blijf je eigenlijk eten?' vroeg Nicolien.
'Of zullen we buiten de deur gaan eten?' stelde Klaas voor.
'Dat is ook wel lekker,' zei ze aarzelend. Ze keek naar Maarten.
'Net zoals vroeger,' begreep Maarten.
Klaas reageerde daar niet op.
'Maar zullen we dan niet eerst hier een borrel drinken?' stelde ze voor. Ze zette Jonas van haar schoot en stond op. 'Wil jij ook een borrel?' vroeg ze aan Klaas.

'Liever een glaasje port, als je dat hebt.'
Ze liep door naar de achterkamer.
Maarten pakte een pijp en trok zijn tabak naar zich toe. 'Ik heb een conflict met Zuid-Afrika. Dat zal je plezier doen.'
'Wat is dat dan?'
'We kregen een verzoek om samenwerking en *skakeling* van een Zuid-Afrikaans instituut dat zich bezighoudt met het onderzoek naar de Afrikaanse en Dietse cultuur.' Hij stond op. 'Het antwoord kan ik je wel laten lezen want ik heb er een doorslag van.' Hij liep naar zijn bureau en zocht tussen de papieren die daar opgestapeld lagen. Vlakbij hem, met hun rug naar hem toe, zaten twee mannen op zijn vensterbank met elkaar te praten, met trage Amsterdamse stemmen. Klaas keek vanuit zijn stoel toe. Nicolien kwam de kamer weer in met de drank en de glazen. 'Wat zoek je?' vroeg ze.
'Die brief aan Zuid-Afrika.'
'O ja,' zei ze, 'dat is een mooie brief.'
'Nou praten we dus toch over het werk,' zei Klaas glimlachend.
'Ja,' hij had de brief gevonden en bracht hem mee, 'en het gekke is dat ik toen ik die brief schreef voor het eerst even het gevoel had dat het ook zin had.' Hij gaf de brief aan Klaas. Terwijl Klaas de brief zat te lezen, lette hij gespannen op zijn gezicht.
'Asjeblieft,' zei Nicolien. Ze zette een borrel voor hem neer.
'Dank je,' antwoordde Maarten, zonder ernaar te kijken.
Klaas had zijn wenkbrauwen gefronst. Toen hij de brief uit had, legde hij hem naast zijn glas op de kleine tafel. 'Ik weet niet of ik dat nu wel zo geschreven zou hebben.'
'Waarom niet?' Hij had die reactie niet verwacht en kon zijn teleurstelling nauwelijks verbergen.
'Omdat je die mensen op deze manier in een isolement drijft.'
'Maar het zijn toch zeker schoften?' zei Nicolien verontwaardigd.
'Ik weet niet of het schoften zijn. Er zullen wel schoften onder zijn, maar die heb je overal. De meesten zijn net zoals wij.'
'Maar dat is toch te gek,' zei Maarten. 'Dat is net alsof je in de oorlog met de Duitsers had samengewerkt omdat er ook wel goeie Duitsers zijn!'

'Ik vind niet dat je dat zo met elkaar mag vergelijken.'
'Natuurlijk mag je dat met elkaar vergelijken!' zei Nicolien fel. 'Stel je voor dat je dat niet met elkaar zou mogen vergelijken! Het is toch zeker schandelijk wat daar gebeurt? Je hebt dat boekje over apartheid toch zeker wel gelezen?' Ze pakte het boekje *Apartheid. Feiten en commentaren* van tafel en legde dat met een heftig gebaar op de brief. 'Anders moet je dat boekje maar eens lezen!'
'Ja, dat ken ik,' zei Klaas. 'Ik vind alleen dat je niets oplost als je die mensen isoleert.'
'Maar je isoleert ze juist als je samen naar de wortels van hun cultuur gaat zoeken,' zei Maarten.
'Dat ben ik dus niet met je eens. Ik denk dat je ze juist op die manier de betrekkelijkheid kunt doen inzien.'
'Goeie hemel,' zei Maarten verbijsterd. 'En ik dacht nog wel dat jij dit zeker met me eens zou zijn.'
'En ik vind ook dat je andere mensen niet zomaar mag veroordelen,' zei Klaas, zonder acht op die opmerking te slaan.
Ze zwegen.
Maarten nam een slok van zijn borrel. 'Ik moet dit even verwerken.'
'Ik dacht dat je mij zo langzamerhand wel kende.'
'Ja, dat dacht ik ook, maar je weet me elke keer weer te verrassen.'
Ze zwegen opnieuw.
'Gaan jullie nog met vakantie?' vroeg Klaas na een lange stilte.
'Ja,' zei Maarten afwezig.
'Waar naartoe?'
'Naar Auvergne,' antwoordde Maarten. 'Hetzelfde waar we altijd naartoe gaan.'

*

Toen ze donderdagavond laat van vakantie terugkwamen, lag op de mat achter de voordeur, tussen de kranten, het drukwerk en de overige post, een brief van Balk.
'Een brief van Balk,' zei Maarten verrast. Hij zette zijn rugzak neer en nam met zijn jack nog aan de brief mee naar zijn bureau om hem open te snijden.

'Die ga je nu toch nog niet lezen?' zei ze. 'Je helpt toch wel eerst de rommel opruimen?'
'Ja even,' hij was gaan zitten, knipte de bureaulamp aan, sneed de brief open en trok hem uit de enveloppe.
'Maarten! Je hebt nog niet eens de gordijnen dichtgedaan! Je kunt die brief toch wel laten liggen tot we binnen zijn? Je hoeft nu toch al niet weer met dat Bureau bezig te zijn?'
Beste Maarten. Er is geduvel op hoog niveau ontstaan over de snauw, die je aan de Zuidafrikaanse Volkskultuuronderzoekers hebt gegeven. Maandag a.s. moet ik op het matje bij het bestuur. Mocht je tijdig thuis zijn, neem dan meteen contact met me op. Jaap. Hij keek werktuiglijk naar de kop van de bladzij, de brief was gedateerd op 7 oktober. 'Er is gedonder over die brief aan Zuid-Afrika,' zei hij, opstaand.
'Wat kan mij dat nou schelen!' zei ze kwaad. Ze trok achter hem de gordijnen dicht. 'Help liever eerst de dingen in orde te brengen! Ik hoef toch niet alles alleen te doen?'
'Nee,' zei hij afwezig. Hij trok zijn jack uit en bracht het naar de alkoof.
'Dat je nu al weer met dat Bureau bezig bent!'
Haar woorden drongen langzaam tot hem door. 'Ik ben niet met het Bureau bezig. Ik was alleen benieuwd naar die brief.'
'Wat is dat anders dan met het Bureau bezig zijn?'
'Ja,' gaf hij toe, 'maar het interesseert me natuurlijk.' Hij keek naar haar. 'Wat wil je dat ik doe?'
'Erbij zijn als ik je wat vraag! En niet altijd met dat rotBureau bezig zijn!'
Hij ging op de divan zitten en wachtte. Ze had haar rugzak ook neergezet, trok haar jack uit en liep door naar de keuken. Hij hoorde de kraan lopen en de ketel op het gasstel zetten. In zijn hoofd was het leeg. De betekenis van de brief drong maar langzaam tot hem door zonder dat hij kon overzien wat de consequenties konden zijn. 7 oktober. Dat gesprek had in ieder geval al plaatsgehad. Hij stond weer op, zocht naar de stekker van de staande lamp, stopte die in het contact, knipte de bureaulamp uit en ging weer zitten.
Ze kwam de kamer in met de theepot, zette hem onder de muts en ging zitten. 'Zo! Laat me nu die brief maar eens zien.'

Hij gaf haar de brief en keek toe terwijl ze hem las.
'Maar dat is toch prachtig dat daar gedonder over is?' zei ze, opkijkend. 'Dat had je toch niet beter kunnen wensen?'
'Ik vind het niet zo prachtig.'
'Niet prachtig? Vind je het niet prachtig dat al die klootzakken nu door de mand vallen? Dat is toch heerlijk? Laat ze maar kwaad zijn, dan kun jij ze eens precies zeggen waar het op staat! Ik wou dat het mij overkomen was! Ik zou wel weten wat ik zeggen moest!' Ze keek opnieuw naar de brief. 'En zo'n Balk,' zei ze vermaakt, 'die het in zijn broek doet van angst! Prachtig vind ik het!'
Hij glimlachte, maar niet helemaal van harte.
'En wat doe je nou?' vroeg ze.
'Dat weet ik nog niet.'
'Je neemt nou toch nog geen contact op, hè? Nou heb je nog vakantie! En we moeten eerst nog naar moeder om Jonas te halen!'
Hij schudde zijn hoofd. 'Dat gesprek heeft nou toch al plaatsgehad.'
'Want moeder mag er niet de dupe van worden! Die heeft hier al die tijd naar uitgezien!'

*

'Ha, daar ben je!' zei Balk verheugd. Hij kwam overeind achter zijn bureau en maakte een gebaar naar het vroegere zitje van Beerta, dat verdwaald in de hoek van zijn kamer stond. 'Ga even zitten!'
Maarten ging zitten, verrast door de ongewone ontvangst. 'Is Wigbold weer ziek?' vroeg hij.
'Wigbold is weer ziek. Die man daar word ik nog eens gek van. Hoe was je vakantie?' Hij kwam bij hem zitten.
'Goed.'
'Waar ben je geweest?'
'Cantal.'
'Je hebt mijn brief ontvangen?'
'Ja. Wat is er aan de hand?'
'Een hoop gedonder. Die man waar jij een brief van hebt gehad... hoe heet hij ook weer?'

'Kipp.'
'Kipp! Die Kipp blijkt verbonden te zijn aan de universiteit van Stellenbosch en die heeft de rector magnificus zover gekregen dat hij bij het Bestuur van het Hoofdbureau geprotesteerd heeft tegen jouw brief. Het Bestuur is daar razend over, want die schijnen een goeie relatie met Stellenbosch te hebben en die ook te willen behouden. Vooral Pameijer heeft zich heel boos gemaakt. Hij vindt dat je het Bestuur had moeten raadplegen voor je die brief schreef, of in ieder geval je Commissie.'
'Ik dacht dat Pameijer zo links was.'
'Dat is hij ook, maar niet in functie! Hij heeft zelfs tegen me gezegd dat hij zo'n beslissing nooit had durven nemen zonder eerst de voltallige ledenvergadering te raadplegen.'
'Goeie God,' zei Maarten laatdunkend.
'Zo gevoelig ligt dat! Toen ik dat in de gaten had, heb ik maar toegegeven dat we het misschien wat lichtzinnig behandeld hadden en dat we natuurlijk wel bereid zijn om wetenschappelijk met ze samen te werken! Die concessie zul je moeten doen! Doe je dat, dan is er kans dat het met een sisser afloopt.'
Maarten zweeg. De wending in het gesprek overviel hem.
'Waarom denk je dat het dan met een sisser afloopt?' vroeg hij om tijd te winnen.
'Omdat ze het in hun hart fijn vinden dat je die kerels een trap hebt gegeven! Hamburger heeft achteraf zelfs tegen me gezegd dat hij er persoonlijk helemaal achter stond, maar dat hij het alleen als bestuurslid niet kan verdedigen! Daar moeten we gebruik van maken!'
'Goed,' hij stond op, 'ik zal erover nadenken.'
'Doe dat! Zo'n wetenschappelijke samenwerking stelt natuurlijk niets voor, daar kun je net zoveel inhoud aan geven als je zelf wilt.'
'Ja,' zei Maarten vaag. Hij verliet de kamer van Balk, onzeker wat hem te doen stond nu Balk de kant van het Bestuur koos. Op de gang kwam hij Goud tegen.
'Dag meneer Koning,' zei Goud met een lichte buiging, hij straalde. 'Bent u weer terug?' Hij bleef staan.
'Dag meneer Goud,' hij glimlachte. 'Ja, ik ben weer terug.' Hij bleef aarzelend staan.

'Fijn!'
'Hoe gaat het met u?'
'Dank u. Goed. En met u?'
'Met mij gaat het ook goed.' Hij lachte nog eens tegen hem en liep door naar de achterkamer. Toen hij de kamer binnenkwam, bracht Jan Boerakker zijn hand aan zijn mond. 'Pa-pa-pa-paa!' toeterde hij.
Bart keek verheugd. 'Hoe was je vakantie?' vroeg hij toen Maarten op het trapje ging zitten.
'Goed. We hebben vierhonderd kilometer gelopen.'
'Vierhonderd kilometer!' zei Bart bewonderend. 'Dat doe ik je niet na.'
'En altijd zon!' begreep Jan.
'Altijd zon.'
'Jij boft ook altijd maar, hè?' vond Bart.
Maarten lachte. 'Hoe is het hier geweest?' vroeg hij, met zijn gedachten nog bij het gesprek met Balk.
'Nou, je hebt het zeker al wel gehoord?' zei Bart.
'Eén grote zenuwenboel!' verzekerde Jan.
'Ik geloof dat ik meneer Beerta nog nooit zo zenuwachtig heb gezien,' bevestigde Bart. 'Hij heeft me een paar keer gevraagd of ik nog wist wat hij tegen je gezegd heeft, want dat kon hij zich niet meer herinneren.'
'Nou, ik herinner het me nog wel.'
'Dat heb ik ook gezegd. Ik heb gezegd: Vraagt u het maar aan Maarten zelf, want die weet het vast nog wel.' Hij zei het argeloos.

Beerta was er niet. Maarten zette zich achter zijn bureau en keek in de tuin. Hij dacht na over de woorden van Balk. Nu hij alleen was, vond hij het onbegrijpelijk dat hij ze niet meteen categorisch had afgewezen. Idioot om te zeggen dat zijn antwoord lichtzinnig was geweest en om daar dan nog aan toe te voegen dat hij wel wetenschappelijk zou willen samenwerken. Terwijl het juist over die wetenschappelijke samenwerking ging! De enige juiste reactie was geweest Balk te vragen of hij gek geworden was, maar blijkbaar had hij tegen zo'n confrontatie opgezien. Hij nam zichzelf dat kwalijk. Om tijd te win-

nen pakte hij zijn lege melkfles en verliet de kamer weer. In het eerste lokaal bleef hij even hangen omdat mevrouw Moederman en juffrouw Bavelaar naar zijn vakantie vroegen en om een houten doosje te bekijken dat Slofstra op straat had gevonden, maar hun woorden drongen nauwelijks tot hem door en zijn antwoorden waren afwezig. Hindriks was in zijn hok bezig met de koffie. Hij stak de straat over naar de melkboer, verwisselde de lege fles voor een volle en keerde weer terug. Balk was in zijn kamer. Maarten bleef bij de deur staan met zijn melkfles in zijn hand. 'Ik heb erover nagedacht,' zei hij gespannen, hij moest zichzelf dwingen om langzaam te praten...
Balk keek op.
'Maar er kan natuurlijk geen sprake van zijn dat ik die mensen schrijf dat ik wel wetenschappelijk met ze wil samenwerken. Daar ging het nu juist om!'
Balk keek hem aan zonder te antwoorden. Zijn blik was onzeker.
'En dat was geen lichtzinnige beslissing! Dat was een weloverwogen beslissing!'
'Dan krijg je gedonder,' voorspelde Balk, maar zijn woorden hadden geen kracht.
'Als ik daarover gedonder krijg, kan ik altijd nog mijn functie als secretaris neerleggen.'
Balk haalde zijn schouders op. 'Daar zou ik eerst nog maar eens over nadenken. Als ik jou was zou ik me terugtrekken op emotionaliteit en die samenwerking accepteren.' Hij boog zich weer over zijn werk.

Beerta was intussen gearriveerd en zat achter zijn bureau. Hij keek om toen de deur openging, legde zijn bril neer en stond op.
'Dag meneer Beerta,' zei Maarten. Hij zette de fles op zijn bureau.
'Dag Maarten,' hij keek hem recht aan. 'Je hebt van Balk gehoord wat er aan de hand is?'
'Ik heb het gehoord.'
'Het Bestuur is des d-duivels.'
Maarten knikte.

'Het was misschien ook niet zo'n verstandige brief.'
'Ik heb hem u voorgelegd.'
'Ja, je hebt hem mij voorgelegd. En ik maak mezelf er dan ook een verwijt van dat ik er toen niet meer aandacht aan heb besteed.'
'En u had dezelfde bezwaren tegen de brief van Kipp.'
'Ja, ik vond dat een rare brief,' hij keek Maarten slim aan. 'Ik vond dat vooral een rare brief omdat hij net doet of hij het enige instituut in Zuid-Afrika is, terwijl wij toch al heel lang heel goeie, wetenscháppelijke contacten met het instituut van Abel Coetzee hebben.'
'Daar weet ik niets van.' Hij vermoedde waar Beerta naartoe wilde, maar hij had geen zin in dat spelletje.
'We hebben heel goeie, wetenschappelijke contacten met Abel Coetzee,' herhaalde Beerta, het woord wetenschappelijk met een los gebaar van zijn hand onderstrepend. Hij keek Maarten recht aan, alsof hij hem dat feit goed wilde inprenten.
De telefoon ging. Beerta nam de hoorn op. 'Met Beerta ... Dank u wel, meneer Dekker ... Dag Kaatje ... Ja, die is hier. Ik zal je hem geven.' Hij nam de hoorn van zijn oor en hield zijn hand op de microfoon. 'Hier is Kaatje Kater voor je.'
Maarten verstarde. Hij nam de hoorn over. 'Ja, mevrouw Kater.'
'Zo, u bent dus terug!' – haar stem klonk niet onvriendelijk.
'Ja.'
'U hebt wel voor een hoop opwinding gezorgd terwijl u weg was.'
'Ik hoor dat net.'
'Was dat nu allemaal wel nodig?'
'Ik vond van wel. Dat wil zeggen,' verbeterde hij haastig, 'die opwinding was voor mij niet nodig geweest.' Tot zijn verrassing vroeg ze hem niet waarom hij haar niet had ingelicht over de brief van Kipp.
Ze negeerde zijn verwarring. 'Want het sop lijkt me de kool niet waard, ik bedoel maar.'
Hij aarzelde. 'Mij eigenlijk ook niet.'
'Dan zijn we dat in ieder geval met elkaar eens. Ik wil die brief van die meneer en uw antwoord wel eens zien, want ik heb hier

alleen een brief van een meneer Ton en het concept van het antwoord van het Bestuur en daar word ik geen wijs uit.'
'Ik stuur ze u toe.'
'En dan vóór de commissievergadering!'
'U hebt ze morgen.'
'Afgesproken. Mauw!' – ze had de hoorn al neergelegd voor hij haar terug kon groeten.
Verbluft door de manier waarop ze had afgebroken, ontevreden over zijn eigen gedrag, legde hij de hoorn neer. 'Kaatje Kater wil de brief van Kipp en mijn antwoord hebben.'
'Dan moet je die maar toesturen,' vond Beerta, 'maar zorg wel dat je er kopie van houdt, want Kaatje Kater is nogal slordig.'

★

'Lange Rede, kurzer Schluß,' besloot Kaatje Kater haar uiteenzetting. 'De brief van de Secretaris had misschien wat tactischer gekund, maar die meneer Kipp heeft het er dan ook naar gemaakt. Als je niet eens weet dat onze Commissie geen vereniging is, waar ben je dan mee bezig, ik bedoel maar! Als die meneer Kipp had geschreven dat hij verbonden is aan de universiteit van Stellenbosch en, zoals die meneer Ton beweert, een briljant geleerde, dan had hij een heel ander antwoord gekregen. Ik wil maar zeggen! En dat die Ton eraan toevoegt dat het niet aangaat dat hij door een ondergeschikt ambtenaar van het Hoofdbureau op een dergelijke manier te woord wordt gestaan, vind ik helemaal een gotspe! Pamcijer zal die Ton toch in ieder geval duidelijk moeten maken dat meneer Koning nog enkele niveaus hoger staat dan die meneer Kipp van hem. Enzovoort, enzovoort. Beerta!'
De andere commissieleden wendden de blik van haar naar Beerta. Er was een bijna voelbare spanning in de kamer. In de stilte piepte de tafel onder de hand van Maarten, die de woorden van de Voorzitter notuleerde.
Beerta richtte zich wat op en knikte kort. 'Ja, mevrouw de Voorzitter, Koning heeft mij indertijd die brief van meneer Kipp laten lezen en op mij maakte die brief ook géén bonafide indruk,' hij sprak de woorden zorgvuldig en met nadruk uit,

op een iets hogere toon dan gewoonlijk. 'Ik herinner mij dat het mij toen al meteen zeer verbaasde dat meneer Kipp het zo voorstelde alsof zijn instituut het enige is in Zuid-Afrika dat zich bezighoudt met de Afrikaanse taal en cultuur, terwijl wij toch al jaren heel goede wetenscháppelijke contacten hebben met het instituut van Abel Coetzee. Dat maakte op mij geen wetenscháppelijke indruk!' – Van der Land trok een asbakje naar zich toe en klopte zijn pijp uit – 'Het enige verwijt dat ik mij nu achteraf, maar dat is achteraf, het enige verwijt dat ik mij maak is dat ik niet meer aandacht aan het antwoord van de Secretaris heb besteed, omdat ik van mening was dat dat meer een zaak was van de Secretaris en de Directeur.'
'Natuurlijk!' zei Kaatje Kater. 'U kunt zich niet overal mee bemoeien.'
Maarten schreef het op. Hij was razend. Hij verwachtte dat Balk, die naast hem zat, zou reageren, maar Balk zei niets.
'Dank u wel,' zei Beerta. 'Ik heb het ook zo gevoeld, maar het spijt mij nu toch dat ik de Secretaris toen niet op het hart heb gedrukt dat hij er de nadruk op moest leggen dat hij wél wetenscháppelijke samenwerking wil. Dat is misschien niet zo duidelijk uit de verf gekomen.'
'Nee, zo kunt u dat wel zeggen,' zei Kaatje Kater met enig sarcasme. 'Meneer Vervloet!'
Vervloet had bescheiden zijn hand opgestoken. 'Is dat wel zo zeker dat de Secretaris wel wetenschappelijke samenwerking wil?' vroeg hij vriendelijk met zijn wat krakende oudemannenstem. 'Als ik zijn brief goed heb gelezen, dan berust zijn afwijzing niet op wetenschappelijke, maar op politieke gronden.'
Maarten knikte instemmend terwijl hij dat opschreef. Hij voelde sympathie voor Vervloet.
'Inderdaad, mevrouw de Voorzitter,' viel Van der Land hem bij, hij boog zich naar voren, zijn hoofd scheef, 'als u mij toestaat, dan ligt daar de kern van het conflict! Ik ben het wat dat betreft geheel met professor Vervloet eens! Ik moet u zeggen, toen ik de brief van de Secretaris las, was ik verbijsterd!' – Buitenrust Hettema, die naast Van der Land zat, richtte zich nog wat op en keek van opzij naar hem, zijn onderlip naar voren

geduwd – 'En ik vroeg mij af waar de Secretaris het recht vandaan haalt om zijn privé-opvatting over de politiek in Zuid-Afrika in een wetenschappelijke brief te ventileren! Ik maak daar ernstig bezwaar tegen.'
'Dat ben ik volledig met collega Van der Land eens!' merkte Stelmaker op. 'Naar mijn mening kunnen we als Commissie zoiets niet tolereren!'
'Mag ik daarop antwoorden, mevrouw de Voorzitter?' vroeg Maarten terwijl hij nog bezig was met het opschrijven van hun woorden. Hij was woedend en dat was aan zijn stem te horen.
'Graag,' zei Kaatje Kater vriendelijk, ze knikte tegen hem van de overkant van de tafel.
Maarten zette een *K.* onder de woorden van Stelmaker en daarachter een streep om zijn emoties onder controle te krijgen en omdat hij wel kon onthouden wat hij ging zeggen. 'Meneer Kipp vraagt in zijn brief twee dingen,' zei hij, opkijkend, zijn stem trilde van ingehouden emotie, hij praatte in korte zinnen, overtuigd van zijn gelijk, 'hij vraagt om inlichtingen en hij vraagt om *samewerking en skakeling.*' – Juffrouw Veldhoven, die rechts van hem om de hoek van de tafel zat, boog zich naar mevrouw Wagenmaker en fluisterde iets tegen haar, waarna ze haar tasje opende en er een brief uithaalde, die mevrouw Wagenmaker openvouwde – 'Die inlichtingen heb ik hem verschaft en ik heb hem geschreven dat ik dat ook in de toekomst wil doen. Samenwerking en skakeling kan niet,' hij keek nu naar Van der Land, die naar voren gebogen, voor Buitenrust Hettema langs, ontstemd naar hem keek, 'omdat Kipp met die samenwerking politieke bedoelingen heeft! Het enige motief voor samenwerking dat Kipp aanvoert is stamverwantschap! Dat is ideologie! Zodra iemand onderzoek doet op grond van stamverwantschap bedrijft hij politiek en niet andersom.'
'Mevrouw de Voorzitter,' viel Van der Land hem in de rede, hij wendde zich tot de Voorzitter en sputterde van boosheid, 'de Secretaris zal toch niet willen ontkennen dat er stamverwantschap is! Of is die opvatting intussen ook al verouderd?' Het klonk giftig.
'Ik ontken niet dat sommige Zuid-Afrikanen oorspronkelijk

hiervandaan komen,' zei Maarten tegen hem, met stijgende boosheid, 'maar de meesten komen dat niet, en toevallig zijn de meesten zwart. Als je onder die omstandigheden de oorsprong van je eigen cultuur onderzoekt op grond van stamverwantschap, dan baken je die cultuur af en dan bedrijf je politiek! Daar gaat het om! En als ik daar zo de nadruk op leg, dan is dat omdat we juist in ons vak leergeld hebben betaald. Als we tussen 1933 en 1945 duidelijker stelling hadden genomen tegen zogenaamd stamverwant onderzoek, dan zou de positie van ons vak nu een andere zijn. Iedereen die zich met volkscultuur bezighoudt weet dat het misbruik dat ervan gemaakt is aan de belangstelling daarvoor in Nederland bijna de nekslag heeft gegeven en dat ons vak voor veel buitenstaanders nog altijd een fascistische wetenschap is. Dat dwingt ons tot zorgvuldigheid!'
'Mevrouw de Voorzitter,' protesteerde Stelmaker, 'ik maak er bezwaar tegen dat de Secretaris Zuid-Afrika vergelijkt met nazi-Duitsland! Ik acht dat kwetsend voor zeer veel goede Zuid-Afrikanen. Ik meen toch begrepen te hebben dat ook het Hoofdbureau daar heel goede contacten heeft. Verwerpt de Secretaris die soms ook?'
'Wat toen Germaans was, is nu Diets,' beet Maarten hem toe, 'en de goede Zuid-Afrikanen zullen het alleen maar toejuichen dat wij weigeren aan zo'n onderzoek mee te doen.'
'En als het verzoek nu eens niet uit Zuid-Afrika was gekomen, maar bijvoorbeeld uit Rusland?' vroeg Kaatje Kater.
Maarten keek haar verbluft aan. Een ogenblik wist hij niet wat hij zeggen moest. 'Zoiets zullen de Russen nooit vragen,' zei hij, hij zocht naar een vergelijking, 'maar stel dat ze ons zouden vragen om samen onderzoek te doen, bijvoorbeeld naar de uitbuiting van de arbeiders door de kapitalisten, dan zou ik dat weigeren, ja,' hij keek naar Van der Land, 'ook als meneer Van der Land mij dan zou verwijten dat ik politiek bedreef.' Zijn stem was geladen met ironie.
'Dan is het goed,' zei Kaatje Kater tevreden.
Buitenrust Hettema had al die tijd, hoog opgericht, naar Maarten gekeken, maar wendde zich na die laatste woorden langzaam tot de Voorzitter. 'Ik moet zeggen, mevrouw de

Voorzitter, dat het betoog van de Secretaris mij overtuigd heeft, hoewel ik het eerst maar een rare brief vond.'
'In deze vorm is die brief kwetsend,' zei Van der Land met grote stelligheid, zijn pijp even uit zijn mond nemend.
'Kwetsend is te sterk uitgedrukt,' meende Buitenrust Hettema, 'maar hij had wel wat minder openhartig gekund.'
'Dat is dan toch wel door die meneer Kipp of hoe hij heet uitgelokt,' zei Kaatje Kater, 'neem me niet kwalijk. Als je toch met woorden als stamverwantschap komt aanzetten! Ik wil maar zeggen.'
'Dat is inderdaad heel ontactisch,' beaamde Buitenrust Hettema.
Van der Land zweeg. Hij sloeg zijn pijp uit in de asbak en stopte een nieuwe.
'Het is de vraag of dat woord voor de heer Kipp dezelfde gevoelswaarde heeft als voor ons die de tweede wereldoorlog hebben meegemaakt,' merkte Stelmaker fijntjes op. 'Ik zou hem daarin toch de benefit of the doubt willen geven. En de Secretaris heeft mij er dan ook geenszins van overtuigd dat wetenscháppelijke samenwerking met Zuid-Afrika altijd uit de boze is. Ik denk nu even aan de samenwerking met Abel Coetzee waarover de heer Beerta zo even sprak,' hij maakte een hoffelijk gebaar naar Beerta.
Beerta keek zuinig. 'Ik bedoelde daarmee wetenschappelijke contacten. Tegen samenwerking zou ik toch wel bezwaar maken.'
'Samenwerking is in ieder geval uitgesloten,' zei Balk, tot Maartens verrassing.
'Maar kunnen we dat dan niet schrijven?' stelde Stelmaker voor, 'dat we prijs stellen op wetenschappelijke contacten?'
Kaatje Kater keek naar Maarten. 'Secretaris?'
'Nee,' zei Maarten. 'Ik heb geschreven dat ik bereid ben inlichtingen te geven. Ik zie geen reden om daarop terug te komen.'
Zijn beslistheid amuseerde Kaatje Kater zichtbaar. 'U hoort het!' zei ze tegen Stelmaker.
'Maar het is toch niet aan de Secretaris om daarover te beslissen?' zei Stelmaker ontstemd. 'Zoiets behoort toch tot de bevoegdheid van de Commissie?'

'De Secretaris is verantwoordelijk voor het dagelijks beleid en daar reken ik ook deze kwestie toe,' antwoordde Kaatje Kater.
'Mag ik een voorstel van orde doen?' kwam Vervloet tussenbeide.
'Alstublieft!' zei Kaatje Kater opgewekt.
'Dan stel ik de Commissie voor de Voorzitter, meneer Beerta en de Secretaris te machtigen om deze zaak verder te behandelen.'
'Mag ik eerst nog een opmerking maken?' vroeg juffrouw Veldhoven, bescheiden haar hand opstekend.
'Het woord is aan mevrouw Veldhoven!' besliste Kaatje Kater.
'Ik heb ook zo'n brief ontvangen.' Ze nam de brief die ze eerder aan mevrouw Wagenmaker had laten lezen van tafel en hield hem in de hoogte.
Kaatje Kater barstte in lachen uit. 'En, wat hebt u ermee gedaan?' vroeg ze lachend.
'Ik heb hem niet beantwoord.'
'Heel goed!' zei Kaatje Kater lachend. 'Als de Secretaris dat ook gedaan had, dan was ons een hoop ellende bespaard gebleven. Ik wil maar zeggen!'

Buitenrust Hettema verliet als laatste de kamer terwijl Maarten al bezig was zijn papieren te ordenen. Hij bleef in de deur staan en draaide zich naar hem om. Maarten keek op, afwachtend. Buitenrust Hettema richtte zich op en duwde zijn onderlip naar voren. 'Ik heet Karst,' zei hij, 'en het zou me aangenaam zijn als je me voortaan zo noemde.' Vervolgens draaide hij zich om, zonder op antwoord te wachten, Maarten verbouwereerd achterlatend.

★

'Milletstraat 23.' Het was de stem van Kaatje Kater, maar zo afwerend dat ze bijna niet te herkennen was.
'Met Koning.'
'O ja, ja,' het klonk meteen vriendelijker.
'Hebt u de notulen al gelezen?'
'Ja. Ik moet zeggen, u geeft uzelf wel honderdtwintig procent.'

Hij verstarde. 'Heb ik iets weggelaten of geschreven dat ik niet gezegd heb?'
'Nee, dat niet, dat wil zeggen, nee, dat is me niet opgevallen.'
'Dan lijkt het me in dit geval toch verantwoord.'
'Ja, jazeker. Ik vind het ook niet erg. Ik was alleen verbaasd te lezen dat Beerta nadat hij uw brief gelezen had zijn instemming had betuigd. Dat heeft hij tegen mij niet gezegd.'
'Tegen mij wel.'
'Maar niet in de vergadering.'
'Nee,' gaf hij toe. Hij voelde zich betrapt.
'Zie je wel!' ze lachte geamuseerd. 'Maar ik vind het goed hoor, op voorwaarde dat je het hem nog even voorlegt. Als hij geen bezwaar heeft, ga ik accoord. Ik bedoel maar.'
'Ik zal het doen,' het verraste hem dat ze hem tutoyeerde, 'en anders zal ik het schrappen.'
'Dat zou natuurlijk jammer zijn.' Ze lachte.
Hij reageerde daar niet op. 'Zou het niet goed zijn om ze in dit geval ook aan het Bestuur te sturen?'
'Doe dat maar.'
'Met het oog op hun antwoord.'
'Dat antwoord hebben ze al verzonden.'
'Hebben ze dat al verzonden?'
'Heel vervelend.'
'Ik dacht dat ze op uw advies zouden wachten.'
'Dat dacht ik ook, ja, maar dat hebben ze dus niet gedaan. En nog vervelender is wat er in dat antwoord staat. Ik haal het er even bij.'
Hij hoorde de hoorn neerleggen en haar stappen die zich verwijderden. Ze neuriede. Hij wachtte, gedachteloos, bekropen door een voorgevoel van onheil. Het geneurie kwam weer dichterbij. De hoorn werd opgenomen. Er ritselde papier.
'Ben je daar nog?'
'Ja.'
'Nou, ze schrijven, het is een brief aan die meneer Ton, dat ze zijn brief hebben ontvangen, enzovoort, enzovoort, dat ze de gang van zaken onjuist vinden en dat het hen verheugt, en nu komt het, zet je maar schrap, dat ze de Commissie wel bereid hebben gevonden tot wetenscháppelijke samenwerking, en

dat jouw eerste reactie verklaard moet worden, ik citeer nu letterlijk, uit het feit dat in enkele gevallen in andere landen het onderzoek der volkscultuur niet buiten de invloed der politiek heeft gestaan. Iets dergelijks heeft de schrijver blijkbaar gevreesd. Tableau!'

Hij zweeg, overrompeld.

'En? Wat zeg je daar nu op?'

'Dat kan natuurlijk niet.'

'Nee, dat kan niet, maar ik zou niet weten wat we er nog aan kunnen doen. Die brief is de deur uit.'

'Maar de Commissie is er helemaal niet toe bereid. Dat blijkt uit de notulen.'

'De Commissie is daar niet meer toe bereid,' gaf ze toe. 'Ze moeten zich gebaseerd hebben op eerdere reacties.'

'Ja,' hij begreep zo gauw niet op welke reacties ze doelde. 'En wat nu?'

'Ja, wat nu? wat nu? Ik begin maar met je de brief toe te sturen. Goed?'

'Ja graag.'

'Mauw.' Ze legde de hoorn neer.

'Dag mevrouw Kater,' zei hij werktuiglijk terwijl het in-gesprek-signaal al uit de hoorn kwam. Toen hij zich afwendde naar zijn bureau kwam Beerta de kamer weer in. 'Het Bestuur heeft die brief al geschreven.'

Beerta knikte stijf. 'Ik heb het gehoord.'

'Ik begrijp daar niets van.'

'Er moet een misverstand in het spel zijn. Maar ik zou me dat maar niet al te erg aantrekken want je hebt in de Commissie in ieder geval gelijk gekregen.'

'Ik trek het me wel aan.' Hij ging achter zijn bureau zitten en trok de notulen naar zich toe. Achter zich hoorde hij Beerta ritselen met papieren. Langzaam bekroop hem het verlammende gevoel dat er dubbel spel was gespeeld. Maar door wie? Door Balk? Ze konden zich gebaseerd hebben op het gesprek met Balk, in de veronderstelling dat Balk zijn standpunt in de Commissie zou doorzetten. Kaatje Kater? Kaatje Kater had misschien voor de vergadering al contact gehad met het Bestuur, maar hij kon niet geloven dat Kaatje Kater zich voor

een dergelijk spel zou lenen. Beerta? Onbegrijpelijk dat ze met het verzenden van die brief niet gewacht hadden op de uitkomst van de vergadering van de Commissie. Hij keek naar de notulen en herinnerde zich de kritische opmerking van Kaatje Kater over zijn weergave van de woorden van Beerta. Hij zocht de passage op en las hem over: *De heer Beerta zegt dat de brief van Kipp ook op hem geen bonafide indruk maakte. Hij heeft hem na ontvangst gelezen en ook het antwoord, al heeft hij daarmee misschien te snel zijn instemming betuigd.* Die laatste toevoeging was van hemzelf, een kleine wraak voor de dubbelhartigheid van Beerta. In de vergadering had hij dat inderdaad niet gezegd. Hij keek wel uit. Ze had dat doorzien. Knap. Hij stond op en legde de notulen voor Beerta neer. 'Kaatje Kater wil weten of u het met die passage eens bent. Anders moet ik hem schrappen.' Hij wees de passage aan.
Beerta boog zich over het papier en las haar aandachtig. 'Ik kan me dat niet herinneren,' zei hij, opkijkend.
'Ik herinner het me wel,' hij voelde woede opkomen.
'Ik herinner me alleen dat ik toen ik die brief las gedacht heb: Kijk, daar heb je nu weer zo'n eigenwijze brief van hem. Zo zou ik het nu nooit doen.' Hij keek hem recht aan.
'Wat u gedacht hebt, weet ik natuurlijk niet,' zei Maarten met bedwongen woede, 'maar ik weet nog wel wat u gezegd hebt. U hebt gezegd: Als je moeilijkheden krijgt, maar die krijg je niet want daarvoor is mijn invloed in de Commissie te groot, maar als je moeilijkheden krijgt, dan sta ik achter je. – En dat kan me niet schelen! Ik zal u daar niet aan houden! Ik kan het alleen wel aan, maar het zou te gek zijn als ik zelfs niet kon zeggen dat u aanvankelijk uw instemming hebt betuigd!'
'Nu je dat zo zegt, kan ik me vaag zoiets herinneren,' gaf Beerta toe.
'Dus ik kan het laten staan?'
'Je kunt het laten staan.'
'Goed, dank u!' Hij wendde zich af, wilde weer gaan zitten, bedacht zich en liep met de notulen de kamer uit.
'Jij hebt moeilijkheden met je Commissie, hè?' zei Flip de Fluiter geamuseerd toen hij langs zijn bureau kwam.
'Niet met mijn Commissie,' hij bleef staan, 'maar met het Be-

stuur. Hoe kom je daarbij?' Hij merkte dat Dé Haan, Van Ieperen en Wim Bosman meeluisterden, alleen Pier Schaafsma werkte onverstoorbaar door.
'Van Beerta,' zei Flip. 'Hij zei dat je zo'n radicaal standpunt tegenover Zuid-Afrika hebt ingenomen dat híj er zelfs van geschrokken is.'
Maarten lachte. 'Dan kun je nagaan hoe radicaal het is.'
Flip lachte vrolijk.
Maarten liep door. In de achterkamer zaten Heidi, Emma Boomsma, Jan en Bart achter hun bureaus. Maarten legde de notulen voor Bart neer en ging op het trapje zitten. Terwijl Bart de notulen langzaam zat te lezen, keek hij in gedachten voor zich uit. In deze uithoek van het gebouw was het heel stil, zo stil dat hij de was van de achterburen op tweehoog in de wind hoorde flapperen. Uit zijn eigen kamer kwam het tikken van de machine van Beerta. Hij keek naar Jan Boerakker, die met zijn benen ver onderuit, zodat zijn voeten aan de andere kant onder zijn bureau uitstaken, zat te lezen, af en toe iets aanstrepend, en naar Emma en Heidi die fiches tikten. Hij probeerde na te denken over de brief van het Bestuur en trachtte zich te herinneren wat Kaatje Kater precies gezegd had, maar het was net alsof er tussen die mededeling en zijn gedachten een wand was opgetrokken. Hij kon er niet over denken.
'Ja, ik heb ze gelezen,' zei Bart. Hij schikte de papieren, zodat ze precies op elkaar lagen.
Maarten keek naar hem. 'En?'
'Ik ben het in grote lijnen natuurlijk wel met je eens, maar ik zou zelf toch eerst aan die meneer gevraagd hebben wat hij precies onder samenwerking verstaat.' Hij sprak de woorden heel precies uit, alsof ze meteen gedrukt moesten worden.
'Niks. Hij wil alleen morele steun.'
'Daar zou ik dan toch eerst zekerheid over willen hebben.'
'Die krijg je niet.'
'Natuurlijk krijg je die niet!' viel Jan hem bij. 'Wees blij dat er eindelijk eens iemand zegt waarop het staat! Ik zou het net zo gedaan hebben!'
Maarten glimlachte.
'Daar kun je dan toch op aandringen,' vond Bart. 'Want als ze

inderdaad alleen maar wetenschappelijke belangstelling hebben, dan heb je geen reden om zo'n samenwerking af te wijzen.'
'Ik vind dus van wel,' hij strekte zijn hand uit om de notulen terug te nemen en ook om duidelijk te maken dat hij op dat ogenblik niet nog eens die discussie wilde. 'Wil een van jullie die notulen voor me stencillen?' vroeg hij.

*

Hij draaide zich op zijn rechterzij en probeerde opnieuw om zijn gedachten onder controle te krijgen en zich te ontspannen. Het lukte hem even, toen kwamen er opnieuw zinnen in zijn hoofd, flarden van zinnen die elkaar verdrongen, dwars door elkaar heen liepen, over elkaar heen schoven. Zijn spieren spanden zich, zijn lichaam begon opnieuw overal pijn te doen, de spanning drukte op zijn slapen. Hij richtte zich voorzichtig op, legde zijn kussen om, duwde het in elkaar, draaide zich op zijn linkerzij en liet zijn hoofd weer langzaam in het kussen wegzakken. De koelte van de sloop was weldadig. Hij probeerde zich op zijn handen te concentreren en bewoog zijn vingers om ze te ontspannen terwijl hij hardnekkig zijn gedachten tegenhield, maar na enkele ogenblikken glipte de eerste zin alweer door de afweer heen en werd hij opnieuw overspoeld door flarden van een brief, onder woorden gebrachte, ingehouden woede. Hij ging voorzichtig op zijn rug liggen en opende zijn ogen. De kamer werd vaag verlicht door het schijnsel van de lantaarn voor het huis, dat door de gordijnen naar binnen drong. Hij keek naar de muur aan het voeteneind van zijn bed, de verveloze kastdeur en het gele gordijn dat het portaaltje van de kamer afscheidde, zonder rust te vinden. Hij luisterde. Op de gracht was het stil. In de achterkamer tikte de wekker. Hij richtte zich op en keek op zijn horloge dat aan een spijker naast zijn bed hing. Half vier. Hij ging weer op zijn rechterzij liggen en meteen daarna op zijn linker, kwam nog eens overeind om zijn kussen op te schudden en bleef in die houding zitten, op zijn knieën. Hij keek naar Nicolien. Nicolien sliep, met haar rug naar hem toe, haar gezicht verborgen

onder het laken. Voorzichtig, om haar niet te wekken, schoof hij zijn benen over de rand van zijn bed en zette zijn voeten op de mat. Een ogenblik bleef hij zo zitten, met zijn handen op zijn knieën. Toen stond hij zachtjes op, ging achter zijn bureau zitten, verplaatste de stoel bijna geruisloos, hing zijn hemd over de zijkant van zijn bureaulamp, trok de la onhoorbaar open om papier te pakken en knipte de lamp aan.
'Wat doe je?' vroeg ze slaperig.
'Niets,' zei hij, ontstemd dat ze toch wakker was geworden.
'Je maakt me wakker!'
'Ga nu maar weer slapen,' zei hij gedempt.
'Je hebt me wakker gemaakt!' Er was verwijt in haar stem.
'Dat was niet de bedoeling.'
Ze tilde haar hoofd op en keek naar hem. 'Waarom heb je me dan wakker gemaakt?'
'Omdat ik even wat moet opschrijven.'
'Wat moet je dan opschrijven?'
'Mijn ontslagbrief,' zei hij onwillig.
'Ga je je ontslagbrief schrijven?' vroeg ze verheugd, ze kwam overeind.
'Ja, maar ga jij nu maar slapen,' zei hij, humeurig omdat ze hem gedwongen had om over die brief te praten voor hij geschreven was.
'Ik mag toch wel zeggen dat ik het fijn vind?' zei ze verontwaardigd.
'Ja, maar houd dan nu je mond en laat me die brief schrijven. Het spijt me dat ik je wakker heb gemaakt.'
'Ik houd mijn mond toch al? Jij praat!'
'Ik houd ook mijn mond.'
'Stel je voor dat ik niet eens zou mogen zeggen dat ik het fijn vind!'
Hij reageerde daar niet op, haar woorden drongen nauwelijks meer tot hem door. Hij zette de datum rechtsboven op het lege blad en linksboven: *Aan het Bestuur van het Hoofdbureau* en begon zonder aanhef, zoals dat in ambtelijke stukken gebruikelijk is, te schrijven. Zodra hij zijn pen op het papier had, werd het ordelijk in zijn hoofd en leek het of de zinnen vanzelf kwamen, de een na de ander, op het juiste ogenblik. Hij schreef

snel, bijna zonder doorhalingen, en met een grote, ingehouden woede, die de woorden kracht gaf, zonder dat ze ontspoorden. Dat laatste stelde hij vast toen hij klaar was en de brief nog eens overlas. Tevreden schroefde hij zijn pen dicht, knipte het licht uit en wilde weer in bed kruipen.
'Lees je hem niet voor?' vroeg ze. Ze zat rechtop in haar bed.
'Nu nog?'
'Je leest hem toch zeker voor? Je begrijpt toch wel dat ik hem graag horen wil?'
Hij wierp een blik op het horloge. 'Maar het is vier uur!'
'Wat doet dat er nou toe? Ik ben nou toch wakker. En ik ben natuurlijk nieuwsgierig. Het is toch ook een beetje mijn brief zeker?'
'Goed.' Hij knipte het licht aan en zette zich weer achter zijn bureau. 'De brief is dus gericht aan het Bestuur van het Hoofdbureau,' hij verschoof de lamp wat zodat het licht op de brief viel als hij hem ophield. '*Van de Voorzitter van de Commissie ontving ik een afschrift van uw brief aan de heer P. W. K. Ton van 1 november j.l. Aan het feit dat u hierin de wijze waarop ik het verzoek om samenwerking van het Instituut voor Afrikaanse Taal en Kultuur heb behandeld, veroordeelt en alsnog samenwerking toezegt, ontleen ik de vrijheid om te reageren.*' Hij onderbrak zichzelf: 'Ik ben echt razend. Je moet je dat toch eens even voorstellen!' Hij keek weer op het papier: '*U acht het onjuist dat ik in deze zaak geen overleg heb gepleegd met de Voorzitter. Ik ben ervan overtuigd dat ik als secretaris, op grond van mijn functie op het Bureau, een eigen verantwoordelijkheid heb. Niettemin heb ik, voor ik mijn antwoord verzond, de heer Beerta geraadpleegd over de noodzaak contact op te nemen met de Voorzitter en, toen ook hem de zaak niet belangrijk genoeg leek, de Directeur van een en ander op de hoogte gebracht. Zoals u in de notulen van de Commissievergadering, die ik u inmiddels heb toegezonden, kunt lezen, heeft de Commissie dezelfde opvattingen over de bevoegdheden van haar secretaris en heeft ze geen bezwaar gemaakt tegen de gevolgde procedure,*' hij onderbrak zichzelf opnieuw: 'Dat is voor Beerta, dat begrijp je wel,' zei hij wraaklustig. '*Inmiddels zult u, naar ik hoop, uit de notulen hebben begrepen dat ik mijn standpunt tegenover de brief van de heer Kipp weloverwogen heb bepaald. De heer Kipp vroeg, behalve om inlichtingen die hem zijn verschaft, om* samewerking en skakeling.

Ik ben van mening dat ons Bureau zich geen enkele samenwerking kan veroorloven met verenigingen of instituten in een land waar men officieel een racistische politiek voert. Op dit punt is ons vak door zijn verleden kwetsbaar. Wie zich in Zuid-Afrika bezighoudt (bezig mag houden) met de cultuur van de Boeren, accentueert onder de huidige omstandigheden onvermijdelijk de apartheid. Dat de wetenschappelijkheid van de onderzoekers tegen een dergelijk gevaar geen garantie geeft, heeft de recente geschiedenis geleerd. Tenslotte spreekt het voor mij vanzelf dat men, wanneer men op deze grond samenwerking afwijst, dit ook duidelijk moet stellen. Dit standpunt, dat naar mijn mening voor het aanzien van ons vak het enig juiste is, is ook voor mij persoonlijk van voldoende principieel belang om er mijn functie van secretaris aan te verbinden. Om die reden heb ik, nu u zich ervan hebt gedistantieerd, de Voorzitter van de Commissie laten weten dat ik deze functie neerleg, waarvan ik u hierbij mededeling doe.' Hij zweeg. Onder het voorlezen was hij steeds beslister en harder gaan praten omdat hij zich opnieuw kwaad maakte. Toen hij zweeg, was het of zijn stem nog even naklonk in de stilte van de nacht. Hij stond op en knipte de lamp uit. 'En?'
'Je neemt dus alleen maar ontslag als secretaris,' zei ze teleurgesteld. 'Ik dacht dat je echt ontslag zou nemen.'
Haar woorden kwamen hard aan. 'Godverdomme,' zei hij, ook teleurgesteld. 'Dan vaar je tussen honderd klippen door en wat krijg je dan te horen? – Kan het niet wat harder?' Hij kroop in zijn bed. 'Het is godverdomme ook nooit goed!' Hij keerde haar zijn rug toe.
'Ik vind hem wel goed.'
'Maar hij deugt niet.'
'Ik was alleen wat teleurgesteld omdat je toch nog op dat rot-Bureau blijft zitten.'
'Wat wil je dan?' viel hij uit. 'Ik heb toch geen reden om wég te gaan? Reden om weg te gaan heb ik pas als het Bureau of de Commissie iets doet wat me niet bevalt! Dat is toch helemaal niet aan de orde? De Commissie heeft me gelijk gegeven! Ik kan toch niet zeggen: Je hebt me wel gelijk gegeven, maar ik donder toch maar op? Je begrijpt er niks van, jij! Je denkt alleen maar aan jezelf!'
Ze zweeg.

'Het is verdomme altijd hetzelfde,' mopperde hij verongelijkt. 'Wat ik doe deugt niet! Alleen wat jij doet is goed! Of wat je niet doet. Want je doet helemaal niks natuurlijk. Je laat mij de kastanjes uit het vuur halen!'
Ze zweeg.
Verongelijkt trok hij zich in zichzelf terug en probeerde te slapen. Hij schrok toen hij haar hand op zijn hoofd voelde. 'Wat is er?' vroeg hij.
'Ik wil je een zoen geven.'
'Waarom?'
'Omdat ik je lief vind.'
Hij draaide zich onwillig om. Ze gaf hem een zoen. 'Ik vind het een goeie brief.'
'O.'
'Ik meen het.'
'Ja.'
'Je moet je maar niks van mij aantrekken. Ik ben vaak zo'n opgewonden standje.'
'Ja.'
'Zul je dat niet doen?'
'Nee.'
'Want ik vind het echt een goeie brief.'
'Ja.'
'Ga je nu dan slapen?'
'Ja.'
'Dag.'
'Dag,' zei hij afgemeten.
Een tijdlang was het stil. Langzaam ontspande hij. Toen hij bijna sliep, werd hij weer wakker omdat hij haar onderdrukt hoorde lachen. 'Wat is er?' vroeg hij. Hij richtte zich op en keek naar haar.
'Niks. Ga nou maar slapen.'
'Waarom lig je te lachen?'
'Omdat ik moet lachen.'
'Waarom moet je dan lachen?'
'Ik denk aan de gezichten van die mannen als ze morgen je brief krijgen.'
'Morgen krijgen ze hem nog niet.'

'Nou, overmorgen dan,' ze proestte het uit. 'Om je dood te lachen.'
'Ja,' zei hij verlegen.
'Maar ga jij nou maar slapen. Laat me maar.'
'Goed, maar jij ook.'
'Ja, ik ga ook slapen.'
Hij kroop weer onder de dekens en strekte zich uit. Twee tellen later sliep hij.

*

'Ik heb een brief aan het Bestuur geschreven,' zei hij terwijl hij de tweede bladzij uit zijn machine trok. 'Wilt u die lezen?'
'Natuurlijk wil ik die lezen,' zei Beerta.
Maarten legde de doorslagen uit en gaf hem de op één na laatste doorslag.
Beerta schoof zijn stoel wat terug en begon de brief te lezen. Terwijl hij hem zat te lezen, zette Maarten zijn handtekening onder het eerste exemplaar, draaide een enveloppe in zijn machine en tikte het adres.
'Maar dat kan toch niet!' zei Beerta uit zijn stoel opstaand. 'Je kunt toch geen ontslag nemen als secretaris!' Hij was geëmotioneerd.
'Waarom niet?' vroeg Maarten, opkijkend.
'Omdat dat niet kán! Je kúnt geen ontslag nemen als secretaris! Een secretaris wordt aangesteld uit hoofde van zijn functie! Dat zou wel heel gemakkelijk zijn als je als secretaris ontslag kon nemen! Wie moet dat werk dan doen? Uitgerekend het vervelendste baantje dat erbij is!'
'Dat is mijn zaak niet.'
'Dat is jouw zaak wél! Want jij bent verantwoordelijk! Als de Commissie je opdraagt om dat werk te doen, dan kun je dat niet weigeren! Dat staat in je arbeidscontract!'
'Ik heb niet eens een arbeidscontract,' hij stond nu ook op. 'Maar als ik dat niet kan weigeren, dan neem ik gewoon ontslag. Ik neem aan dat niemand daar bezwaar tegen kan maken! Geen probleem!' Hij was kwaad.
Beerta keek hem ontzet aan. 'Wat bezielt je eigenlijk? Toen ik

zo oud was als jij zou ik het niet in mijn hoofd hebben gehaald om zo'n brief aan het Bestuur te schrijven! Ik zou het nóg niet in mijn hoofd halen! Het Bestuur van het Hoofdbureau! Ik zou me wel tienmaal bedacht hebben, ook als ik vond dat ik gelijk had!'

Maarten haalde zijn schouders op. 'Het Bestuur interesseert me niet.'

'Wat dacht je dan dat het Bestuur met zo'n brief doet? Dacht je nu werkelijk dat het Bestuur zich de les kan laten lezen door zo'n ondergeschikte ambtenaar? Dan zou het hek toch van de dam zijn? Je kunt toch niet van het Bestuur verlangen dat het tegenover de rector magnificus van de universiteit van Stellenbosch zijn gezicht verliest?'

'Als het Bestuur er prijs op stelt dat ik secretaris blijf, dan zal het zijn brief moeten terugnemen.'

Beerta schudde zijn hoofd. 'Dat is toch scherpslijperij! Terwijl de Commissie je al gelijk heeft gegeven. Dat is toch alleen maar dat je met alle geweld gelijk wilt hebben! Je moet je er toch bij neer kunnen leggen dat je niet in alles je zin kunt krijgen!'

'In dit geval niet,' zei Maarten kort. 'Het gaat trouwens in dit geval helemaal niet om mij, maar om het aanzien van het vak, en daar ben ik verantwoordelijk voor! Die verantwoordelijkheid wil ik dragen, maar die draag ik dan ook! En als het Bestuur daar geen rekening mee wil houden, dan trek ik daar de consequenties uit! Het is zo helder als glas. Ik begrijp niet dat u dat niet ziet!'

'Nee, dat zie ik niet,' zei Beerta, zich afwendend, 'daar ben ik dan zeker te oud voor.'

'Dat weet ik niet. Dat hoop ik niet, want dat zou wel heel deprimerend zijn.' Hij ging weer zitten, maakte een nieuw pakje papier met carbonpapier ertussen voor een brief aan Kaatje Kater en draaide dat in zijn machine.

'Je laat die brief toch wel eerst aan Balk zien, hoop ik,' zei Beerta, met zijn rug naar Maarten toe, 'en aan Kaatje Kater?'

'Natuurlijk,' zei Maarten. 'Ik ben al bezig met een brief aan Kaatje Kater en daarna ga ik naar Balk.'

Balk zat achter zijn bureau. Hij keek op toen Maarten binnenkwam.
'Ik heb een brief aan het Bestuur geschreven,' zei Maarten. Hij legde een doorslag voor Balk neer.
Balk nam hem op. Terwijl hij hem las, bewoog zijn voet nerveus heen en weer. 'Is dat nou wel nodig?' vroeg hij toen hij hem uit had.
'Ja.'
'Wat denk je dan dat je hiermee bereikt?'
'Dat weet ik niet.'
'Dan wil ik je dat wel voorspellen. Je bereikt er niets mee! Het enige wat je bereikt is dat ze de pest aan ons krijgen en dat gaat niet alleen ten koste van jou, maar van het hele Bureau!'
Maarten gaf daar geen antwoord op. Vanuit dat gezichtspunt had hij het nog niet bekeken.
'Ik zou die brief niet versturen!' zei Balk beslist. 'Nu je de Commissie achter je hebt, kun je iedere poging tot samenwerking zonder enig probleem saboteren.'
'Daar gaat het natuurlijk niet om.'
Balk haalde zijn schouders op. 'Als je denkt dat je hiermee enig belang dient, dan vergis je je.'
'Daar denk ik dan anders over,' antwoordde Maarten.

Een uur later belde Papendal. Maarten zag hem aan de andere kant van de tuin in zijn kamer in het Hoofdbureau achter zijn bureau staan met de hoorn aan zijn oor. 'Ach meneer Koning,' zei hij op zangerige toon, 'blij dat ik u net tref, maar ik sprak net met meneer Balk over de problemen die er ontstaan zijn over die brief van professor Ton, en nu zou ik zo dolgraag ook een exemplaar van de notulen van uw Commissie hebben. Ik heb ze natuurlijk al wel gelezen, maar dat exemplaar bevindt zich nu bij het Bestuur en ik zou er ook zo graag zelf een bezitten. Hebt u nog een exemplaar voor me, of is dat te veel gevraagd?'
'Nee, natuurlijk niet.' De man amuseerde hem.
'Werkelijk niet?'
'Nee, echt niet.'
'Dolgraag! Mag ik het dan even komen halen?'

'Ik breng het u wel even.'
'O, dat is heel erg vriendelijk van u. Als u dat doen wilt...'
'Ik kom eraan.'
'Wie was dat?' vroeg Beerta toen Maarten de hoorn had neergelegd.
'Papendal. Hij wil een exemplaar van de notulen hebben.'
Hij nam een exemplaar uit zijn bureaula en liep ermee door de tuin naar het Hoofdbureau. Nu hij directeur was geworden zetelde Papendal in de vroegere kamer van Van der Haar, links van de achteringang. Hij kwam Maarten met uitgestoken hand tegemoet, stralend, enigszins wiegend in de heupen – een lange, forse man met een roze, bloot gezicht en een zware bril. 'Dag meneer Kóning,' zei hij hartelijk.
'Dag meneer Papendal,' zei Maarten. 'Hier hebt u ze.' Hij overhandigde hem de notulen en wilde weer omkeren.
'Wilt u niet even gaan zitten? We zien elkaar zo zelden. Of hebt u het misschien druk?'
'Nee,' zei Maarten aarzelend, zijn hoofd schuddend.
Ze namen plaats in de diepe, zwartleren fauteuils in de hoek van de kamer.
'Hoe was uw vakantie?' vroeg Papendal belangstellend. 'U bent toch in Frankrijk geweest?' Het verraste Maarten dat hij dat wist. Papendal zag dat. 'Ja, dat weet ik omdat het toevallig ter sprake kwam toen die moeilijkheden er waren. Ik benijdde u toen wel even. Hebt u daar een huisje?'
'Nee, we wandelen.'
'O, zalig lijkt me dat. Dat heb ik altijd ook nog eens willen doen, maar ja, je komt er niet altijd toe.' Hij praatte met veel accenten en sperde daarbij zijn ogen open, waardoor zijn gezicht iets verbaasds had.
'U hebt wel een huisje?'
'Hoe raadt u het! Maar het is waar, ik heb een huisje, niet in Frankrijk, maar op de Veluwe, een oud jachthuis, verrukkelijk romantisch, al zou u dat op de Veluwe misschien niet meer verwachten.'
'Jawel.'
'Toen ik er pas was, was er niet eens licht en water! Ja, water is er nog niet, dat wil zeggen, er is een pomp, met een douche zelfs,

maar elektriciteit heb ik toch maar laten aanleggen. Eerst vond ik dat verschrikkelijk decadent van mezelf, maar het is toch heerlijk!'
'Maar dan kunt u niet eens naar het buitenland.'
'O jawel, nee dat zou te dol zijn. Dat huis is meer voor de weekends. Maar als ik naar het buitenland ga, is dat toch gewoonlijk Italië. Italië is het voor mij helemaal. Ook wel omdat ik daar gewoond heb natuurlijk.'
'Hebt u daar gewoond?'
'Wist u dat niet? Ik heb in Rome gewoond. Dat was de heerlijkste tijd van mijn leven. Ik heb de dood van Pius XII meegemaakt, de verkiezing van Johannes, een heiligverklaring, absoluut een heerlijke tijd, enig. En ik zal u vertellen, meneer Koning, die Sint-Pieter, kent u de Sint-Pieter?'
Maarten schudde zijn hoofd. 'Ik ben nog nooit in Rome geweest.'
'O, maar daar moet u dan echt eens naartoe. U móet een keer in Rome geweest zijn, anders mist u iets ongelofelijks. Maar de Sint-Pieter, dat is toch een gróte kerk, maar met de uitvaart van Pius XII, u moet mij echt geloven, toen stónk hij werkelijk, hij stónk, meneer Koning, en al die oude Romeinen, die in werkelijkheid natuurlijk verschrikkelijk anti-katholiek zijn, vonden dat verschrikkelijk natuurlijk, een héél slecht voorteken!'
Maarten glimlachte. 'Ja,' zei hij sceptisch.
'Maar wilt u misschien een kop koffie?'
'Ik heb al koffie gehad.'
'Ik kan zo een kop koffie voor u laten komen,' hij maakte aanstalten om op te staan.
'Nee, heus niet. Ik ga trouwens zo weer weg. Tenzij u zelf koffie wilt natuurlijk.'
'Zal ik dan even een kopje voor ons samen bestellen?'
'Goed, graag.'
Papendal begaf zich naar de telefoon en vroeg om twee koppen koffie. 'Maar wat ik u vragen wilde,' zei hij, van de telefoon terugkomend, 'ik heb natuurlijk een en ander van Balk gehoord en ik heb ook gehoord dat u een brief aan het Bestuur hebt geschreven,' hij ging weer zitten. 'Wat ik u nu vragen

wilde, is of u daar nog eens heel goed over wilt nadenken voor u die verstuurt. Ik weet natuurlijk niet precies wat erin staat, maar ik ben zo bang dat u zichzelf daarmee onnodig in moeilijkheden brengt.'
'Er staat in dat ik mijn ontslag neem als secretaris.'
'Ja ziet u, daar was ik nou al zo bang voor. En dat zou ik nou zo verschrikkelijk jammer vinden als u om zo'n betrekkelijke kleinigheid, want het is toch eigenlijk een kleinigheid, moeilijkheden met het Bestuur zou krijgen.'
'Ik vind het geen kleinigheid. Het gaat erom of je bereid bent mee te werken aan een racistische politiek.'
'Ja natuurlijk! Natuurlijk gaat het daarom! En u moet mij werkelijk geloven als ik u zeg dat ik als kwartjood daarin helemaal achter u sta, en professor Hamburger ook. Maar vergeeft u mij de vergelijking, maar is dit nu wel de moeite waard? Ik bedoel, in de oorlog had ik een oom, een dominee, een halfjood, die weigerde zijn koper in te leveren en daarvoor is hij later in de Waalsdorper duinen doodgeschoten! Dan vraag je je achteraf toch af, was het dat nu waard! Het is natuurlijk verschrikkelijk moedig en principieel, maar wat bereik je daar nu uiteindelijk mee?'
Maarten meende het verhaal te kennen uit *Volg het spoor terug* en vroeg zich af of Papendal de man voor deze gelegenheid geannexeerd had of dat het toevallig echt zijn oom was geweest.
'Maar het Bestuur zal mij hiervoor toch niet doodschieten?' zei hij ironisch. 'Zoveel moed is er nou ook weer niet voor nodig om zo'n brief te schrijven.'
'Nee, natuurlijk niet,' zei Papendal haastig, 'de vergelijking gaat ook mank natuurlijk, maar ik zou het toch erg akelig voor u vinden als u dupe werd van uw principes.'
Maarten lachte. 'Ik zou me echt geen dupe voelen. Zelfs niet als ik ontslagen werd.' Sterker, ik zou het langzamerhand een feest vinden, dacht hij. Hij begon schoon genoeg van al het gehannes te krijgen.
'Dat zegt u nu wel, maar als het echt zover zou komen zoudt u er misschien toch anders over denken, en anders toch wel uw vrouw! U moet in deze dingen toch ook aan uw vrouw denken!'

Op dat ogenblik ging de deur open en werd de koffie binnengebracht. Ze keken toe terwijl de koffiejuffrouw de koppen, de suiker en de melk voor hen op tafel plaatste.
'En een koekje zelfs,' zei Papendal genietend. 'Is er vandaag soms iemand jarig?'
'Juffrouw Smeerling,' zei de koffiejuffrouw.
'Ach, juffrouw Smeerling!' zei Papendal. 'Ik zal haar straks gaan feliciteren!'
Maarten voorzag zichzelf van suiker en melk en roerde in zijn koffie.
'En weet u waar ik nou ook zo bang voor ben,' zei Papendal vertrouwelijk, 'dat u straks uw gelijk gaat zoeken bij *Vrij Nederland* of *Brandpunt*, niet dat ik u dat kwalijk zou nemen, ik zou dat misschien zelfs heel begrijpelijk vinden, maar voor het Hoofdbureau zou dat heel vervelend zijn, dan zou hetzelfde gebeuren als een paar jaar geleden in Leiden, waar ook zoiets voorviel, en die man is toen wél naar de pers gelopen, en dat is uitgegroeid tot een diplomatiek incident zelfs! Heel vervelend allemaal.' Hij keek Maarten ongerust aan.
'Daar heb ik geen ogenblik aan gedacht,' verzekerde Maarten.
'Nee, maar u zou eraan kunnen gaan denken. En daar ben ik nu zo verschrikkelijk bang voor.'
Maarten schudde zijn hoofd. 'Ik kan me dat niet voorstellen...' terwijl hij dat zei, stak in hem de duivel de kop op. 'Maar je weet natuurlijk nooit,' gaf hij toe.

★

'Met Koning,' herhaalde hij.
'Ja, dat was ook de bedoeling,' zei een stem en hij had even nodig om zich te realiseren dat het Kaatje Kater was. 'Ik heb uw brief ontvangen en ik moet zeggen dat ik wel geschrokken ben.'
'Dat begrijp ik,' antwoordde hij terughoudend.
'Was dat nu werkelijk nodig? Ik bedoel maar.'
'Ik vond het wel nodig.'
'U hebt hem toch nog niet verzonden, hoop ik?'
'Ik wilde u eerst op de hoogte stellen.'

'Gelukkig.'
Hij reageerde daar niet op.
'Ik heb namelijk met Pameijer gesproken en Pameijer heeft me verzekerd dat zijn brief een misverstand is. Toen hij die tekende is hem dat door zijn hoofd gegaan en hij heeft me beloofd dat hij er nog eens met me over zal praten, maar op deze manier maakt u het gesprek wel moeilijk.'
'Ik begrijp niet dat Pameijer niet een keer met mij gepraat heeft,' zei hij ontstemd. 'Toen hij vorige week in het Hoofdbureau was om die brief te tekenen, zat ik hier. Hij had me zo kunnen laten komen.'
'U ziet het wel allemaal heel persoonlijk.'
'Ik zie het niet persoonlijk,' zei hij geïrriteerd, 'ik had hem alleen beter dan wie ook kunnen uitleggen waarom ik geen ander standpunt kan innemen.'
'En toch ben ik bang dat er iets anders achter zit.'
'Iets anders achter zit..?' Hij begreep niet waar ze op doelde.
'Ik ben bang dat u eigenlijk toch weg wilt en dat u hierin een goeie aanleiding hebt gevonden. Ik bedoel: we kunnen u toch niet op onze knieën smeken om te blijven? Maar u weet dat er niemand anders is.'
'Er zit niets achter,' zei hij beslist. Hij was verontwaardigd over die veronderstelling, maar hij wist die verontwaardiging te verbergen.
'Dan is het goed,' zei ze verzoenend. 'Dan zou je me alleen wel een plezier doen als je die brief nog even liet liggen totdat dat gesprek heeft plaatsgehad. Daarna mag je hem wat mij betreft versturen. Als het dan nog nodig is tenminste.'
Hij zweeg. Het verzoek overviel hem. 'Dat vind ik wel vervelend,' zei hij na een stilte, 'want die brief is nu eenmaal geschreven, die moet de deur uit.'
'Dat begrijp ik, maar denk er nog eens over na en praat er nog eens over met Beerta. Ik bel je vanavond op.'
'Ik bel u wel op,' beloofde hij nog net op tijd.
Toen hij de hoorn neerlegde, had hij het gevoel dat hij met dat uitstel een concessie had gedaan die hij eigenlijk niet wilde, maar hij kon niet goed overzien waarom niet. 'Kaatje Kater wil dat ik nog eens met u praat,' zei hij tegen Beerta, die al die

tijd naast hem had zitten werken, 'maar ik weet niet wat we nog tegen elkaar moeten zeggen.'
'Ik weet het,' zei Beerta ernstig. 'Ik heb gisterenavond een uitvoerig gesprek met haar gehad,' – dat verraste Maarten, hij had het gevoel dat er van alles buiten hem om gebeurde – 'en ik vind dat je haar hierin tegemoet moet komen, want ze is je echt welgezind. Je moet alleen wat meer geduld hebben.'
'Ik heb al genoeg geduld gehad. De manier waarop het Bestuur me behandeld heeft, tart iedere beschrijving.'
'Dat ben ik met je eens,' zei Beerta, tot zijn verrassing, 'maar het lijkt erop dat Pameijer dat nu ook inziet. Pameijer is werkelijk de minste niet. We hadden het slechter kunnen treffen.'
Maarten zweeg. Hij kon deze omzwaai zo gauw niet verwerken.
'Het doet toch ook niet af aan je standpunt als je die brief nog een paar dagen achterhoudt? Je moet de dingen hun tijd laten.'
'Maar als je te lang wacht, is het te laat. Iedere dag dat ze daar in Zuid-Afrika denken dat ze hun zin hebben gekregen, is een dag te veel.'
'Dat ben ik met je eens, maar toch vraag ik je om dat geduld nog even op te brengen.'
Maarten aarzelde. 'Ik zal erover denken, maar ik weet niet of ik dat geduld nog kan opbrengen.' Hij wendde zich af en ging aan zijn bureau zitten.
Beerta stond op en kwam bij hem staan. 'Ik weet wel wat je wilt,' zei hij met een slim lachje. 'Je wilt ontslagen worden en dan de hele zaak in de pers brengen,' hij keek Maarten uitdagend aan, het was te zien dat hij van die veronderstelling genoot. 'Papendal is daar ook bang voor.'
'Ik weet helemaal niet of ik dat wil,' zei Maarten humeurig.
'Dan weet ik het wel,' zei Beerta met een knikje. Hij wendde zich glimlachend af en zette zich weer achter zijn bureau.

'U gaat toch niet weg?' zei Jan Boerakker, 'want dan ga ik ook weg.'
'Wie zegt dat?' vroeg Maarten.
'Dat zegt Beerta.'
Maarten glimlachte. 'Beerta weet meer dan ik.'

'Waar meneer Beerta zo bang voor is, is dat je deze kwestie in de pers zult brengen, of voor *Brandpunt*,' zei Bart ongerust.
'Ja,' zei Maarten lachend, 'en als het zover is dan wordt de heer Beerta voor de t.v. geïnterviewd als de man die alles aan het rollen heeft gebracht en hij zal daar zo bescheiden op reageren, met een vaag gebaar in de ruimte, dat iedereen het geloven zal.'

'Met Beerta.'
'Dag meneer Beerta,' zei Maarten.
'Zitten jullie nog te eten?'
'Nee, ik zit de krant te lezen.'
'Heb je Kaatje Kater al gebeld?'
'Nee, ik heb nog geen beslissing genomen.'
'Wat is daar nou zo moeilijk aan, jongen?' – zijn stem had een warme klank.
'Dat ik vind dat je op zoiets meteen moet reageren. Het heeft al lang genoeg geduurd.'
'En als ik je nu vraag om het voor mij te doen, en voor Kaatje Kater?'
Maarten zweeg. Beerta had een manier van onderhandelen waartegen hij zich weerloos voelde.
'Waarom kun je het nu niet voor ons over hebben als je toch weet dat we het beste met je voor hebben?'
'Het gaat niet om u, het gaat om het Bestuur. Het Bestuur moet weten dat dit niet kan!'
'Natuurlijk. Maar als wij dat nu ook vinden, en als we alles zullen doen om hen op andere gedachten te brengen. Pameijer heeft toch al laten doorschemeren dat het een misverstand is? Het is misschien een vreemd argument, maar doe het dan voor Pameijer! Pameijer heeft echt de goeie standpunten in deze dingen.'
'Waarom schrijft hij dan zo'n brief?'
'Omdat hij oud wordt, en vergeetachtig. Dat krijg je op onze leeftijd. Ik was onlangs op een receptie en toen heb ik hem nog eens geobserveerd en ik had echt de indruk dat hij ziek is. Hij is niet goed. En hij heeft zijn fout toch al toegegeven?'
'Niet tegenover mij.'
'Nee, maar geef hem daar dan de tijd voor. Geef hem dan de gelegenheid zijn fout te herstellen.'

Maarten zweeg, in tweestrijd. 'Ik zal erover denken,' zei hij tenslotte, 'maar ik doe dat met enorme tegenzin.'
'Doe dat,' zei Beerta warm, 'en neem dan de goeie beslissing, in ons aller belang.'
'Ik zal zien,' herhaalde Maarten. 'Dag meneer Beerta.' Hij legde de hoorn neer, in mineur.
'Wie was dat?' vroeg Nicolien toen hij de achterkamer weer inkwam.
'Beerta. Hij wil dat ik met het versturen van die brief wacht tot ze een gesprek met Pameijer hebben gehad.'
'Dat doe je toch zeker niet? Je verstuurt die brief toch zeker?'
'Hij vraagt om het voor hen te doen, en voor Pameijer nota bene. Pameijer zou ziek zijn.'
'Als je ziek bent hoef je toch nog niet zo'n rechtse rotbrief te schrijven?' zei ze verontwaardigd. 'Als je ziek bent moet je helemaal geen brief schrijven! Dan moet je in je bed liggen en anderen die brief laten schrijven! Dat zou een mooie boel worden, als je je erop kon beroepen dat je ziek bent!'
'Ja, het is een idioot argument.' Hij pakte de krant weer op, maar hij kon geen letter lezen. Hoewel hij de onverwachte wending in de houding van Beerta wantrouwde, voelde hij zich tegen zoveel vriendelijkheid en vooral ook tegen het argument dat Kaatje Kater hem welgezind was, weerloos. Hij had die brief meteen moeten versturen, vanochtend al. Als je eenmaal met concessies begint, dan weet je niet meer waar je halt moet houden. Het is gemakkelijker om ergens keihard tegenin te gaan dan heen en weer te zwalken tussen hele en halve sympathieën en hij vervloekte zijn eigen weifelmoedigheid. Het gevoel van de laatste dagen, dat hij met enorme stappen liep en overal boven uitstak, was verdwenen. Hij voelde zich karakterloos. Tenslotte hakte hij de knoop door en stond op.
'Wat ga je doen?' vroeg ze.
'Ik ga Kaatje Kater bellen.'
'Toch niet dat je haar zin doet?'
'Ja, dat doe ik wel. Ik kan niet beslissen. Ik heb er genoeg van.'
Hij ging de voorkamer in en sloot de tussendeur zonder op haar reactie te wachten. Hij zocht Kaatje Kater op in het telefoonboek en draaide haar nummer. 'Met Koning,' zei hij, toen ze zich met haar huisadres meldde.

'En?'
'Ik zal wachten tot na dat gesprek, maar ik doe dat met veel tegenzin en ik zou in ieder geval graag zien dat u het Bestuur laat weten dat er zo'n brief is.'
'Dat zal ik doen. Dank je wel, enzovoort, enzovoort.'

's Nachts lag hij wakker. Hij vroeg zich af wat hij moest doen wanneer het Bestuur beloofde een tweede brief te schrijven maar dat verder op zijn beloop liet. Hoe lang zou hij dan moeten wachten met het versturen van zijn brief? Het leek hem onmogelijk om dat te bepalen. En al die tijd zouden ze in Zuid-Afrika denken dat de zaak in orde was. Hoe langer hij erover nadacht hoe uitzichtlozer zijn positie hem leek. Hij voelde zich een verrader.

★

Hij ging het café binnen door de ingang in de Kalverstraat en keek om zich heen. Op hetzelfde ogenblik dat zijn vader zijn arm opstak en hem wenkte, zag hij hem zitten, aan een tafeltje achterin, tegen de muur. Hij liep naar hem toe terwijl hij de rits van zijn jekker naar beneden haalde. 'Dag vader,' zei hij.
'Zo jongen,' zei zijn vader. Hij nam zijn hoed van de stoel naast zich en hing die boven zijn hoofd aan een kapstok.
Maarten hing zijn jekker ernaast en ging zitten.
'Wil je een kop koffie?' vroeg zijn vader.
'Graag.'
Zijn vader draaide zich om en keek het café in, klaar om zijn hand op te steken.
'Maar het heeft geen haast,' zei Maarten snel, 'die man komt wel.'
'Wil je een pijp stoppen?' Hij schoof zijn tabak naar hem toe.
'Straks.'
Ze zwegen.
'Ben je er al lang?' vroeg Maarten.
'Een half uur. Ik ben met je broer meegereden. Die heeft vanmiddag een vergadering in Amsterdam.'
Maarten knikte.

'Hoe is het op je Bureau?'
'Goed. Ik heb alleen een conflict met het Bestuur.'
De ober kwam bij hun tafeltje staan. Zijn vader bestelde twee koffie.
'Wat is dat voor conflict?' vroeg zijn vader toen de ober zich verwijderde.
'Ik heb geweigerd om met een instituut in Zuid-Afrika samen te werken en dat hebben ze gedesavoueerd.'
'Dat is niet verstandig van ze.'
'Nee.' Hij haalde een doorslag van zijn brief uit zijn binnenzak. 'Dit heb ik geschreven,' hij gaf de brief aan zijn vader.
Zijn vader vouwde de brief open en las hem, trekkend aan zijn pijp. 'Een goeie brief,' zei hij goedkeurend toen hij hem uit had. Hij gaf hem terug.
'Ja?' – de reactie verraste hem.
'Een heel goeie brief. Hoe hebben ze daarop gereageerd?'
'Ze hebben nog niet gereageerd, want ik heb hem nog niet verstuurd. Kaatje Kater wilde eerst nog een gesprek met ze hebben.'
'Jammer.'
'Waarom jammer?'
'Omdat dat een oud trucje is om zo'n brief uit het dossier te houden.'
De ober bracht de koffie en zette die tussen hen in.
'Ik geloof niet dat dat haar bedoeling is.'
'In deze kwesties kun je niemand vertrouwen. Wie zitten er in dat Bestuur?'
'Pameijer.'
'Pameijer?' zei zijn vader verrast, hij trok zijn wenkbrauwen op en schudde toen ironisch zijn hoofd. 'Die linkse rotjongens daar heb je niks aan als het eropaan komt.'
'En Hamburger,' zei Maarten glimlachend.
'Die ken ik niet. Wat is dat voor man?'
'Tegen Balk heeft hij gezegd dat hij persoonlijk helemaal achter mijn standpunt stond, maar dat hij het als bestuurslid niet kon verdedigen.'
'Gut, wat een lapzwans,' zei zijn vader laatdunkend.
Ze zwegen. Zijn vader stopte een nieuwe pijp. 'Je zou hem ei-

genlijk ook nog eens aan je broer moeten laten lezen,' zei hij nadenkend, 'misschien dat die je nog een goeie raad kan geven. Die heeft hetzelfde soort problemen met zijn Bestuur. Zijn strategie is altijd: to play it bluntly.'
'Hard spelen,' begreep Maarten met enige ironie.
'Juist!'
'Maar als je nu niet hard bent?'
'Nonsens! Je bent hard genoeg. Zolang je maar niet over je laat lopen!'
Ze zwegen.
'Wat doe je nu als ze hun brief niet intrekken?' vroeg zijn vader.
'Dan neem ik ontslag als secretaris.'
'Ja, dat begrijp ik, maar verder?'
Maarten haalde zijn schouders op. 'Verder niets.'
'Ik ken wel een paar jongens bij *Vrij Nederland* en *Achter het Nieuws* die hier zo bovenop zouden springen.'
'Ik denk er niet over,' zei Maarten beslist. 'Daar gaat het niet om!'
'Daar zijn ze voor.'
'Dat kan wel zijn, maar ik doe dat niet!'
Zijn vader haalde zijn schouders op. 'Je moet het zelf weten,' zei hij berustend.

★

Hij zag hen aan de andere kant van de tuin het Hoofdbureau uitkomen. Kaatje Kater liep voorop en draaide zich naar Beerta om, Beerta sloot zorgvuldig de deur en daalde voorzichtig achter haar aan de trap van het bordes af met zijn hand aan de leuning en kijkend naar zijn voeten. Kaatje Kater lachte. Achter elkaar liepen ze over het grindpad naar de deur van de barak, Beerta stampte op het ijzeren rooster voor hij naar binnen stapte. Even later hoorde hij ze het lokaal van Dé Haan binnenkomen en iets zeggen. Toen ging de deur open en kwamen ze binnen, Kaatje Kater als eerste. 'Daar zit ie!' zei ze lachend. 'De oorzaak van alles. Ik wil maar zeggen!' Ze keek hem lachend aan. Haar ogen waren groot achter de dikke brillenglazen. Maarten lachte schaapachtig, niet wetend hoe te reageren. Ze

opende haar tas en haalde er een brief uit. 'Dit is in ieder geval niet meer nodig!' Het was zijn eigen brief. 'Je kijkt of je er niet eens blij mee bent!' Ze lachte.
'Ik weet nog niet waar ik blij mee moet zijn,' zei Maarten.
'Vertel jij het Anton?' vroeg ze vrolijk. 'Oef! Ik ga er even bij zitten.' Ze liet zich op een stoel zakken en wuifde zich koelte toe terwijl ze Maarten geamuseerd bleef aankijken.
Maarten keek naar Beerta.
Beerta keek naar hem, zijn kin optillend. 'Het B-bestuur heeft ons gemachtigd een nieuwe brief te schrijven,' zei hij triomfantelijk, 'en we krijgen de vrijheid om daarin ook te zetten dat de brief van het Bestuur op een misverstand berust.'
'Nou?' vroeg Kaatje Kater. 'Wat zeg je daarvan?'
'Dat is mooi,' zei Maarten zuinig. Hij voelde niet de minste vreugde, eerder teleurstelling.
'Mooi!' zei ze lachend. 'Hij vindt het mooi! Niet geweldig, nee, mooi! Als dat geen understatement is!'
Maarten lachte. 'Ik vind het geweldig,' verbeterde hij, zonder veel geestdrift.
Ze stond lachend op. 'Schrijven jullie nou maar die brief,' zei ze vrolijk. 'Tante tekent het wel. Mauw!' Ze was de kamer uit voor ze nog iets konden zeggen.
Beerta ging zitten.
'Hoe verklaart Pameijer dat misverstand dan?' vroeg Maarten.
'Pameijer heeft geen woord gezegd,' antwoordde Beerta, omkijkend. 'Het is zoals ik al zei: Pameijer is niet goed! Hamburger heeft het woord gedaan. En Hamburger heeft gezegd dat hij het met jouw brief eens was en dat hij het betreurde dat Pameijer die brief zonder overleg had geschreven. Hij vond het alleen heel gek dat je voor zo'n kleinigheid ontslag wilde nemen. Daar heb je geen goeie beurt mee gemaakt,' hij keek hem ernstig aan, over zijn bril.
'Ik vind het geen kleinigheid,' zei Maarten gemelijk.
Beerta reageerde daar niet op. 'Ik leg je de brief straks voor,' beloofde hij terwijl hij een vel papier in zijn machine draaide.
Maarten probeerde zijn werk weer op te vatten maar hij kon zich niet concentreren. Tenslotte stond hij op en liep door het lokaal van Dé Haan naar zijn achterkamer. Daar was op dat

ogenblik alleen Jan Boerakker. 'Waar is Bart?' vroeg hij.
'Die is even naar Krak,' antwoordde Jan, hij keek op zijn horloge, 'al is dat even onderhand alweer drie kwartier geworden. Hoe is het afgelopen?'
'Met een sisser.' Hij ging op het trapje zitten.
'Dat wist ik wel!' zei Jan met grote stelligheid. 'Dat heb ik meteen gezegd: Als die zijn poot stijf houdt, dan kunnen ze niet tegen hem op! Niemand!'
Maarten glimlachte.
Jan stond op. 'Ik heb wat ontdekt,' zei hij geheimzinnig. 'Moet u eens kijken.' Hij schoof een trap naar de achterwand die de kamer van die van Beerta en Maarten scheidde. 'Gaat u eens op die trap staan?'
Maarten klom de trap op.
'Tot aan de ruiten.'
Maarten klom tot waar de ruiten begonnen en keek van boven in zijn kamer, waar Beerta achter zijn machine de brief zat te tikken.
'En? Wat ziet u?'
'Ik zie Beerta,' zei Maarten geamuseerd.
'Dan moet u nu dat triplex wat naar voren trekken.'
Maarten trok het triplex waarmee de wand tot aan de ruiten betimmerd was wat naar voren en keek door de kier.
'Wat ziet u nou?'
'De achterkant van de boekenkast.'
'Ja, maar verder? Verder naar beneden!'
'Een deur.'
'Juist!' zei Jan tevreden. 'Een deur! Als we nou de timmerman vragen om hier en aan uw kant een gat te zagen, dan hebben we hier een doorgang en dan hoeven we niet meer door de kamer van Dé Haan.'
'Geen gek idee.'
'Eventueel kan ik het ook wel zelf doen. Dan neem ik wat gereedschap mee van Rozenburg.'
'Laat ik het eerst maar eens aan Bavelaar vragen,' besliste Maarten.

De brief lag op zijn bureau. Beerta schreef dat het op de Secre-

taris een eigenaardige indruk had gemaakt dat de heer Kipp blijkbaar niet wist dat het Bureau geen vereniging was, maar een wetenschappelijke instelling. Hij wees erop dat wij met geen enkel land buiten het Nederlandse taalgebied samenwerken en dat dat geschiedt uit zorgvuldigheid, waarbij dan in dit geval nog een rol speelde dat de racistische opvattingen in Zuid-Afrika samenwerking niet mogelijk maakten. Inlichtingen had de Secretaris daarentegen wel willen geven. Dit standpunt werd door de Commissie onderschreven, al was ze wel van mening dat de toon van de brief wat hoffelijker had gekund. De brief van het Bestuur tenslotte berustte op een misverstand en diende als niet geschreven te worden beschouwd.
'Er is natuurlijk geen sprake van dat die brief daarom een eigenaardige indruk op me maakte,' zei Maarten terwijl hij met de brief naar het bureau van Beerta liep. 'Het zal me een zorg zijn of die Kipp ons voor een vereniging aanziet.'
Beerta hield op met tikken en tilde zijn hoofd op.
Maarten bleef naast hem staan. 'Die opmerking komt van u. U kunt dus hoogstens schrijven dat het op u een eigenaardige indruk maakte, maar ik zie niet wat dat met de zaak te maken heeft.'
'Ik zal het schrappen,' hij stak zijn hand omhoog zonder naar Maarten te kijken. 'Geef maar hier.'
Maarten negeerde de hand en legde de brief naast Beerta's machine. 'En dat is onjuist, dat we met geen enkel land buiten het Nederlandse taalgebied samenwerken,' hij wees de passage aan. 'U zit zelf in de Commissie voor de Europese Atlas. We werken met alle landen samen, behalve als ze met die samenwerking politieke motieven hebben.'
'Goed. Nog iets?'
'Met die opmerking dat de toon van mijn brief niet hoffelijk was, ben ik het natuurlijk absoluut niet eens.'
'Daar denkt de Commissie dan anders over,' zei Beerta stug, 'en dit is een brief van de Commissie.'
'Dat is best mogelijk dat de Commissie daar anders over denkt, maar ik zie niet in wat die meneer Ton daarmee te maken heeft. Ik wil daar geen punt van maken, maar ik vind dat de Commissie zich zo'n opmerking tegenover mij niet kan veroorloven.'

'Hoe bedoel je dat?' vroeg Beerta, naar hem opkijkend. 'Dat zie ik niet in.'
'Je desavoueert je secretaris, of je maakt een gesloten front,' zei Maarten beslist. 'Wat je dan intern nog allemaal denkt, gaat de buitenwereld niet aan!'
'Goed,' gaf Beerta toe. 'Nog iets?'
'Nee. Als die opmerkingen eruit worden gehaald dan kan hij wat mij betreft verzonden worden.'
'Dan zal ik hem in het net tikken. Wil jij ook een doorslag?'
'Nee. Van deze brief hoef ik geen doorslag te hebben, behalve dan als secretaris natuurlijk.'
'Uiteraard, maar dat bedoelde ik niet.'
Maarten wendde zich af en wilde weer gaan zitten. 'Of maakt u toch maar een doorslag,' bedacht hij zich, 'voor Balk.'

Balk zat op zijn plaats.
'Ik heb hier een doorslag van de brief van de Commissie aan die meneer Ton,' zei Maarten. 'Wil je die zien?'
Zonder iets te zeggen strekte Balk zijn hand uit. Hij ging achteruit zitten, wreef hard over zijn neus en las de brief. Terwijl hij hem las, gingen zijn wenkbrauwen omhoog en kwam er een verbaasde uitdrukking op zijn gezicht. 'Is het verdomd? Heeft het Bestuur bakzeil gehaald?' Hij keek naar Maarten.
'Ja.'
'Hoe hebben ze dat voor elkaar gekregen?'
Maarten haalde zijn schouders op. 'Dat weet ik niet. Het schijnt dat Hamburger het niet met Pameijer eens was.'
'Precies wat ik al vermoedde! Hij heeft dus toch voet bij stuk gehouden! Meesterlijk!' Hij gaf Maarten de brief lachend terug. 'Een prachtige brief!'
'Hij is voor jou. Je mag hem houden.'
'Graag!' Hij trok zijn bureaula open. 'Dat is iets om te bewaren! Een document!' Het laatste woord gaf hij extra gewicht, het gewicht van de professional, die weet wat documenten betekenen voor het nageslacht.

★

'Bart gaat trouwen,' zei Maarten, hij stond met een grote enveloppe en de trouwkaart naast het bureau van Beerta. 'Wilt u meedoen met het cadeau?'
'Natuurlijk wil ik daaraan meedoen,' zei Beerta. Hij tikte zijn zin af en keek op. 'Met wie gaat hij trouwen?'
Maarten gaf hem de trouwkaart.
'Eindelijk weer eens iemand wiens huwelijk kerkelijk wordt ingezegend,' stelde Beerta met voldoening vast. 'Maar de receptie is in Bloemendaal. Waarom Bloemendaal?' Hij keek omhoog naar Maarten.
'Ik denk omdat dat meisje daar woont.'
'Ga jij daar naartoe?'
'Ik ga nooit naar recepties.'
'Ik vrees dat ik dit keer ook niet zal kunnen. Het is ook op een vrijdag, zie ik. Vrijdag is altijd een lastige dag, dan kan ik vast niet.' Hij haalde zijn portemonnaie uit zijn achterzak, een klein damesportemonneetje. 'Hoeveel moet ik geven?'
'Wat u wilt.'
'Vroeger maakte ik altijd een lijstje en dan zette ik bovenaan het bedrag dat de Directeur gaf. Dat is gemakkelijker voor de mensen, dan hebben ze een richtsnoer.'
'Dat is nu anders. Balk heeft het aan mij gedelegeerd.'
'Hoeveel geef jij dan?'
'Dat weet ik nog niet. Dat hangt ook van het tekort af.'
Beerta aarzelde. 'Dat is nou lastig.'
'Geeft u dan wat u als directeur gegeven zou hebben.'
'Ja, maar ik ben geen directeur meer.'
'Geeft u dan maar een tientje.'
'Goed, dat doe ik dan maar.' Hij nam een tientje uit zijn portemonnaie, nam de enveloppe van Maarten over en stopte het daarin. 'En hoe onthoud je nou dat ik betaald heb?'
'Ik streep u weg.' Hij zette een kruis op de enveloppe, achter de naam van Beerta, bovenaan de rij van alle namen van de medewerkers van het Bureau.
'Het is maar omslachtig,' vond Beerta. 'Enfin.' Hij boog zich over zijn machine en tikte meteen verder, alsof hij niet onderbroken was.
Maarten nam de enveloppe mee naar het tweede lokaal. Hij

bleef staan voor het bureau van juffrouw Haan. 'Asjes gaat trouwen.'
'Jaaa,' zei ze, opkijkend. Ze trok met de linkerkant van haar gezicht toen ze Maarten aankeek.
'En nu haal ik geld op,' legde hij uit. Hij overhandigde haar de enveloppe om zich een houding te geven. Ieder contact tussen hen was voor allebei een opgave.
'Weet u al wat hij hebben wil?' vroeg ze, zich opzijbuigend naar haar tas die naast haar op een kastje voor het raam stond.
'Nee. Ik wou eerst maar eens zien wat ik ophaal.'
'Dan mag u daarnaar wel eens informeren, want anders krijgen ze straks iets waar ze niks aan hebben.' Ze haalde ook een tientje uit haar portemonnaie en stopte dat in de enveloppe, bij het tientje van Beerta. 'Alstublieft,' ze gaf Maarten de enveloppe terug.
'Dank u.' Hij draaide haar de rug toe, kruiste haar naam af en liep om haar bureau heen naar Van Ieperen, langs Wim Bosman, die met een glimlach omhoogkwam, kennelijk in de veronderstelling dat hij nu aan de beurt was.
'Het huwelijkscadeau voor doctorandus B. Asjes!' zei Van Ieperen, zich achter zijn tekentafel oprichtend en zijn jasje plechtig rechttrekkend. Hij barstte uit in een zenuwachtig lachen maar bedwong dat weer. 'Nee, het is maar een geintje hoor,' stelde hij Maarten gerust. 'Hoeveel moet je van me hebben?'
'Zoveel als u missen kunt,' antwoordde Maarten terughoudend. Hij gaf Van Ieperen de enveloppe.
Van Ieperen haalde zijn portemonnaie uit zijn achterzak, draaide zich van Maarten af en stopte iets in de enveloppe, een muntstuk. 'Asjeblieft,' zei hij, zich weer naar Maarten omdraaiend, 'en dat hij maar een grote jongen mag worden.' Hij grinnikte opnieuw en trok toen omslachtig zijn broek op.
Maarten wendde zich om naar Wim Bosman. 'Je hebt het gehoord?'
'Ik heb het gehoord,' zei Wim rustig, glimlachend. 'Is een rijksdaalder genoeg?' De rijksdaalder lag al klaar naast zijn blocnote. Hij gaf hem aan Maarten.
'Meer dan genoeg,' verzekerde Maarten. Hij deed de rijksdaalder in de enveloppe, kruiste de namen van Van Ieperen en Bosman af en liep door naar Flip de Fluiter.

Flip greep al naar zijn achterzak, hij lachte. 'Bij ons in het dorp zeggen ze dan: Een dubbeltje om de bruid uit de broek te halen.'

'Maar Flip, je bent hier toch niet op je dorp?' wees Dé Haan hem geamuseerd terecht.

'Maar het gaat op dezelfde manier,' zei Flip vrolijk, 'alleen komen ze er hier niet zo rond voor uit.'

'Hier spreekt de man die zojuist een slagroomtaart heeft gehad,' merkte Wim Bosman fijntjes op.

Flip had een geweldig plezier over die opmerking. Hij stopte ook een rijksdaalder in de enveloppe en gaf die aan Maarten terug. 'Ik hoop dat het genoeg is,' zei hij dubbelzinnig, 'en anders roep je mijn hulp maar in.' Hij lachte opnieuw, uitbundig.

Maarten lachte. Hij kruiste de naam van Flip af en draaide zich om naar Pier Schaafsma.

Pier Schaafsma schoof met een verlegen lachje, zonder op te kijken, twee kwartjes over de tafel naar hem toe en boog zich meteen weer over zijn werk.

Maarten kruiste Pier Schaafsma af en ging door de achterdeur de gang op. Toen hij door het glas Bart achter zijn bureau zag zitten, draaide hij zich weer om naar het eerste lokaal. Krak zat een eindje van zijn bureau af een boterham te eten. Toen Maarten binnenkwam knikte hij schuw, zonder iets te zeggen, te moe voor een glimlach.

'Asjes gaat trouwen,' zei Maarten, 'en nu haal ik geld op voor een cadeau.'

'Wat hoor ik? Gaat Bart trouwen?' riep Slofstra vanachter de kast. Krak boog zich naar voren om zijn boterham op zijn bureau te leggen en greep naar zijn portemonnaie. Slofstra kwam vanachter de kast te voorschijn. 'Gaat Bart trouwen?' herhaalde hij.

'En zijn huwelijk wordt ingezegend,' zei Maarten, 'net als het uwe.'

'Het zal wel,' zei Slofstra sceptisch.

'Hebt u terug van vijf gulden?' vroeg Krak, hij had een briefje van vijf uit zijn portemonnaie gehaald en stak dat Maarten toe. 'Hoeveel wilt u terug hebben?'

Krak haalde lusteloos zijn schouders op. 'Geeft u maar wat.'

Maarten haalde een rijksdaalder, een gulden en de twee kwartjes die hij zojuist ontvangen had uit de enveloppe en gaf die aan Krak. Krak knikte en pakte zijn boterham weer op.
'Kunt u mij misschien voorschieten?' vroeg Slofstra, 'want ik heb geen geld bij me.'
'Hoeveel moet ik voorschieten?' vroeg Maarten.
'Dat kan me niet schelen. Maar ik moet het nog wel met mijn vrouw overleggen. U hoort het morgen.'
'Hoe gaat het met uw werk?' Hij bleef bij het bureau van Slofstra staan.
'Goed. Ik verstuur uitnodigingen voor meneer Balk. Meneer Balk gaat een lezing houden.'
'U mag wel oppassen dat u niemand vergeet.'
Slofstra lachte. 'Ik kijk wel uit. Zal ik u er ook een sturen?'
'Nee, dat hoeft niet.'
'Het kan best hoor. Ik weet waar u woont! Ik heb het opgezocht in het telefoonboek!'
Maarten lachte. 'De lezingen van meneer Balk zijn te moeilijk. Daar begrijp ik niks van.'
'Nou, ik weet wel beter.'
'Is mevrouw Moederman er niet?' vroeg Maarten aan juffrouw Bavelaar.
'Mevrouw Moederman komt vanmiddag pas,' antwoordde ze.
Hij bleef voor haar staan. 'Hebt u nog iets gehoord van de timmerman?'
'Die komt volgende week,' ze tikte de as van haar sigaret.
'Wilt u ook wat voor het huwelijk van Asjes geven?' Hij reikte haar de enveloppe aan.
'Natuurlijk,' ze pakte haar tas. 'Dat vind ik nou een nette man.'
Maarten lachte.
'Is het niet?' vroeg ze, hem aankijkend.
'Ja, dat is zo.' Hij dacht niet aan Bart als aan een man, maar hij hield dat voor zich.
Ze stopte vijf gulden in de enveloppe. Hij kruiste haar af en liep de gang weer op, naar de gymnastiekzaal. Mevrouw Leguyt was er niet, Koos Rentjes stond achterin bij de boekenkast te lezen, Geert Meierink en Goud zaten achter hun bu-

reaus. Maarten bleef bij de deur staan. 'Ik kom geld ophalen voor het huwelijk van Asjes.'
'Een moetje?' riep Rentjes, van zijn boek opkijkend.
Meierink draaide zich langzaam naar hem om. 'Ze zijn niet allemaal zoals jij,' zei hij lijzig.
'Ooo,' zei Goud. Hij sloeg zijn hand voor zijn mond en lachte gechoqueerd.
'Hoeveel moet je van me hebben?' vroeg Meierink.
'Van jou en van Rentjes vijf gulden en van meneer Goud een gulden.' Hij begon er genoeg van te krijgen.
'Vijf gulden!' protesteerde Rentjes. 'Zoveel geef ik niet. Van mij krijgt hij een rijksdaalder.'
Maarten incasseerde het geld en liep de gang uit naar de loge van Wigbold. Wigbold zat aan zijn tafel een boulevardblad te lezen. Het duurde even voor hij opkeek.
'Ik ben bezig geld op te halen voor het huwelijk van Asjes,' zei Maarten.
'Alweer?' vroeg Wigbold. 'Ik heb net geld gegeven voor dat kind van De Fluiter.'
'Ja.' Hij wist niet hoe hij daarop moest reageren.
'Ik laat deze keer mijn beurt maar voorbijgaan,' zei Wigbold, hem onbeschaamd aankijkend.
Maarten voelde woede opkomen, maar hij onderdrukte die.
'Goed.' Hij legde de enveloppe op de tafel van Wigbold en kruiste hem af. Wigbold was alweer verdiept in zijn blad. Maarten draaide zich om en liep de gang terug, de barak in, naar de kamer van Balk.
Balk zat te lezen, zijn boek voor zich, tegen de rand van zijn bureau.
'Ik heb hier de enveloppe voor het cadeau van Asjes,' zei Maarten.
'Balk keek gehinderd op. 'Wat?'
'Asjes! Huwelijk!'
Balk greep in zijn binnenzak, haalde zijn portefeuille eruit, zocht tussen de bankbiljetten een tientje en reikte dat Maarten aan, waarna hij zich weer verdiepte in zijn lectuur.
Toen Maarten zijn kamer verliet, kwam Freek Matser juist uit de w.c. 'Ik was net naar jullie op weg,' zei Maarten.

'We zijn er niet,' zei Matser besmuikt, 'tenzij je mij bedoelt, maar eerlijk gezegd kan ik me dat niet voorstellen.' Hij lachte kort, een hinnikje.
'Is iedereen weg?' vroeg Maarten ongelovig.
'Verbaast je dat?' Ze gingen zijn kamer in.
'Waarom wilde je ons opzoeken?' vroeg Matser toen hij achter zijn bureau zat.
'Ik kom geld ophalen voor het huwelijk van Asjes.'
'Het huwelijk van Asjes..!' Hij bracht zijn hand naar zijn gezicht en lachte, zich afwendend, waarna hij zich weer tot Maarten richtte. 'En laat ik nu niet eens weten wie dat is.'

★

Twee dagen voor de huwelijksvoltrekking kwam de aanstaande vrouw van Bart op het Bureau om aan zijn collega's te worden voorgesteld. 'En hier is dan de kamer van meneer Beerta en meneer Koning,' hoorde Maarten hem zeggen toen de deur openging. Hij stond op en wendde zich naar hen toe. Ze was iets groter dan Bart en ze leek in haar gezicht ook ouder. 'Marion Spelberg,' zei ze, Maarten een hand gevend. Ze keek hem onderzoekend aan met de blik van iemand die wel belangstelling heeft maar haar oordeel voorlopig voor zich houdt.
'Maarten Koning,' zei Maarten verlegen.
'En dit is meneer Beerta,' zei Bart.
Beerta was ook opgestaan en knikte stijf toen hij haar een hand gaf, een klein, formeel knikje. 'Beerta.'
'En dit is dus waar jullie vergaderen?' vroeg Marion, de kamer rondkijkend.
Beerta wendde zich af en ging weer zitten. Maarten bleef staan, slecht op zijn gemak.
'Ja, aan deze tafel,' zei Bart.
'En waar zit jij dan?'
Bart deed een paar passen naar de plek waar hij gewoonlijk zat en pakte de stoel bij de leuning. 'Hier. En daar zit meneer Koning, en daar zit Jan Boerakker,' hij wees de plaatsen aan.
'En meneer Beerta zit dan achter zijn bureau,' begreep ze, om zich heen kijkend.

'Als meneer Beerta er is,' zei Bart.
Beerta werkte onverstoorbaar door, alsof het gesprek buiten hem omging.
'En dit is het kaartsysteem,' zei Bart, zich omdraaiend naar het kaartsysteem. 'Het begint daar, naast het bureau van meneer Koning, en dan gaat het langs deze wand verder.'
'En dat is dus het kaartsysteem,' zei ze geïnteresseerd.
'Daar is meneer Koning mee begonnen.'
'Ja, dat heb je verteld.' Ze keek naar Maarten.
Maarten had de indruk dat hij iets aan het gesprek moest bijdragen, maar hoewel hij koortsachtig nadacht kon hij niets verzinnen en volstond met een verkrampte glimlach. Dat *meneer Koning* zat hem dwars.
'Ongelofelijk, hè?' zei ze tegen Bart.
Maarten stond er wat lullig bij. 'Maar zonder Bart zou het niet half zo groot zijn,' verzekerde hij.
'Dat is sterk overdreven,' vond Bart. 'Jan Boerakker en de dames zijn er ook nog.'
'En daar is die deur gemaakt?' begreep ze. Ze keek naar de hoek van de kamer waar de timmerman juist de deur in de wand had vrijgemaakt, op de plaats waar vroeger het zitje had gestaan.

'Een aardige vrouw,' vond Beerta toen Bart en Marion door de deur naar de achterkamer waren gegaan. 'Ik had dat niet achter die jongen gezocht.'
Maarten was weer gaan zitten. Hij was ontevreden over zijn onbeholpen gedrag en over dat *meneer Koning*, waarop hij niet gereageerd had.
Beerta keek om. 'Jij wel?'
'Ik heb daar eigenlijk nooit over nagedacht,' weerde Maarten af.
'Ik had het niet achter hem gezocht,' herhaalde Beerta. 'Ik kan me voorstellen dat hij daar veel steun aan zal hebben.'
Maarten reageerde daar niet op. Hij luisterde. In de achterkamer werd druk gepraat. Hij herkende de stemmen van Jan Boerakker en Heidi en van Bart en Marion en voelde zich buitengesloten.

Omdat Bart het hele Bureau op gebakjes trakteerde, werd de thee door Wigbold in het tweede lokaal geschonken, rond de grote tafel. Toen Beerta en Maarten het lokaal inkwamen, kwamen van alle kanten mensen binnen en zochten een plaats. Lotje Leguyt en Goud zetten de koppen en schotels uit. Bart en Marion stonden druk te praten met Flip de Fluiter, juffrouw Bavelaar, Wim Bosman, Jan Boerakker en mevrouw Moederman. Op tafel stonden gebaksdozen en een veeldelig Zweeds ontbijtservies, ingepakt in het cadeaupapier van Focke & Meltzer, één van de wensen uit de huwelijkslijst van het bruidspaar. Maarten zette zich achter het cadeau en probeerde erover na te denken wat hij zeggen zou, maar zijn hoofd was leeg. Van Ieperen kwam grinnikend achter zijn tekentafel vandaan en ging twee stoelen van Maarten af zitten. Wigbold bracht de kan thee binnen, gevolgd door Freek Matser en Jaring Elshout. Maarten keek naar de groep rond Bart en Marion en verbaasde zich over het gemak waarmee ze zich met elkaar onderhielden, alsof ze elkaar al jaren kenden. Wigbold begon de thee in te schenken. Wie nog stonden gingen nu ook zitten, behalve Bart en Marion die ieder een gebaksdoos opnamen en er de tafel mee rondgingen. Bart begon bij Beerta, Marion bij Maarten.
'Wat moet ik nemen?' vroeg hij.
'Iets lekkers,' raadde ze aan.
De vanzelfsprekende hartelijkheid waarmee ze dat zei verwarde hem. Hij nam er lukraak een gebakje tussenuit, zette dat op zijn schotel en schoof het naast zijn kop thee. Zijn gezicht was strak van de spanning. Wat er om hem heen gebeurde, leek ver weg, van hem gescheiden door een glazen wand. Hij keek de tafel rond zonder iets op te merken en deed vergeefse moeite zich te concentreren. Dat Bart en Marion waren gaan zitten en het stil werd, drong maar langzaam tot hem door. Iedereen keek naar hem. 'Ja,' hoorde hij zichzelf zeggen. Hij stond op. 'Nu Balk en mevrouw Haan er niet zijn, moet ik als ambtenaar van de burgerlijke stand optreden en dat valt me niet mee, want ik heb dat nog niet eerder gedaan.' Het klonk alsof het uit een automaat kwam: zinnen die al heel lang klaar lagen en waar ieder leven uit was verdwenen. 'En nu ik die rol

moet vervullen, besef ik voor het eerst pas goed hoe moeilijk zo'n man het heeft: iets te moeten zeggen over iets wat er nog niet is en waarvan je maar moet afwachten of het wat wordt. Eigenlijk zou je een bruidspaar pas moeten toespreken bij de begrafenis, als het allemaal achter de rug is en je kunt overzien wat het waard is geweest.' Hij wachtte even, niet om zijn gehoor de tijd te geven een en ander tot zich te laten doordringen, maar omdat hij de draad kwijt was. Hij keek gespannen naar de achterwand, zonder iets te zien. De dodelijke stilte waarin zijn woorden werden aangehoord, maakten zijn verwarring nog groter. Het drong tot hem door dat ze misschien niet zo tactisch waren en hij zocht vergeefs de weg naar het cadeau. 'Het enige bezwaar is dat je dan geen cadeau meer kunt aanbieden,' vervolgde hij met de moed der wanhoop, 'omdat het bruidspaar er dan weinig meer aan heeft, en zeker niet het cadeau dat hier voor me staat, een cadeau dat zo breekbaar is dat...' hij aarzelde, hij had willen zeggen: dat er bij de begrafenis wel niet veel meer van over zal zijn – maar hij hield dat nog net op tijd voor zich, 'dat je je hart vasthoudt alleen al als je het moet overhandigen. Wat ik dan maar bij deze zal doen.' Hij pakte lukraak een ingepakt stapeltje borden op en liep daarmee om de tafel heen naar Marion en Bart. Anderen schoven de rest door over tafel. 'Asjeblieft,' zei hij.

'Dank u wel,' zei Marion. 'Ik denk dat ik al weet wat het is.'

'Ja, dat denk ik ook,' zei hij snel. Hij bleef staan terwijl ze begon uit te pakken, onzeker met zijn figuur. 'O!' zei ze verrukt toen er een beker tevoorschijn kwam. Hij liep langzaam terug naar zijn plaats en keek net als de anderen, maar nu van een afstand, toe terwijl ze samen dankbaar en stralend hun cadeau uitpakten.

'Wat zijn we daar blij mee,' zei Marion.

'Heel blij!' verzekerde Bart.

'Je moet ze nog gelukwensen,' waarschuwde Beerta zachtjes.

'O ja,' zei Maarten, hij verstarde. 'Maar dat is alleen nog maar het cadeau,' zei hij wat harder om boven het geroezemoes uit te komen dat geleidelijk weer ontstaan was. Bart en Marion onderbraken meteen het uitpakken en keken naar hem. 'Veel belangrijker dan het cadeau zijn de gelukwensen waarmee we het vergezellen, want die zijn echt gemeend...' nog net op tijd zag hij in dat het de verkeerde kant opging, 'het cadeau natuurlijk ook,' verzekerde hij, 'maar dat komt uit onze zakken en de gelukwensen komen uit ons hart. Om die tegenstelling op te heffen zou ik er nog een klein cadeautje aan willen toevoegen: het komt uit mijn zak, maar het brengt ook geluk,' hij haalde een roze speelgoedvarkentje uit zijn zak, 'en waarvan ik zeker weet dat ik er bovendien Bart en dus ook Marion een groot plezier mee doe.' Hij liep opnieuw om de tafel heen en gaf Marion het varkentje. 'Veel geluk dus,' waarna hij zich snel omdraaide omdat zijn gezicht trok van de zenuwen en onder applaus terugliep naar zijn plaats met het gevoel dat hij zich met zijn toespraak onherstelbaar belachelijk had gemaakt.

*

'Is het koud?' vroeg Maarten. Hij wierp een blik op de gracht terwijl hij achter Frans de deur sloot. Het begon al te schemeren, een grauwe schemer, alsof het zou gaan sneeuwen.
'Ja,' zei Frans. Hij legde zijn jack voorzichtig op het bed, zijn das eroverheen.
Maarten sloot de gordijnen en liep achter Frans aan naar de achterkamer.
Nicolien zat voor de kachel. 'Ha,' zei ze. Ze legde het boek waarin ze had zitten lezen naast zich op het krukje.
'Dit is nog voor je verjaardag,' zei Frans. Hij gaf haar een grammofoonplaat.
Ze haalde de plaat uit de plastic zak terwijl Maarten een stoel voor Frans bij de kachel trok. 'Hé, een luitplaat!' zei ze verrast. 'Mieters! Dank je wel!'
Frans stond er verlegen bij. 'Ja, ik dacht dat je die wel mieters zou vinden.' Hij nam zijn tas van zijn schouder, zette hem naast zijn stoel en ging zitten.
'Ja, mieters! Kijk eens,' ze liet Maarten de plaat zien.
Maarten bekeek hem. 'Walter Gerwig. Mieters!' Hij gaf haar de plaat terug en ontstak een tweede kaars op de schoorsteenmantel en een kaars op de theetafel naast de kachel.
'Hé, hebben jullie er nog een kat bij?' vroeg Frans. Hij boog

zich naar de kartonnen bak voor de kachel, waarin naast Jonas een kleine, cyperse kat met een witte bef lag.

'Ja jô,' ze lachte. 'Die is van de voddenman hiernaast, maar hij wil niet meer terug. En nu is die vrouw van de voddenman weggelopen en die man is er bijna nooit, dus nu hebben wij hem maar genomen. Ik vond het eerst wel zielig voor die man hoor, want hij hield toch wel van hem, geloof ik.'

'Hoe heet ie?' vroeg Frans, de kat aandachtig bekijkend.

'Marie.'

'Dus Jonas heet nu Jozef,' zei Maarten, hij ging ook zitten, 'als Jezus straks geboren wordt, zullen we je waarschuwen.'

'Jonas heet helemaal geen Jozef,' zei Nicolien verontwaardigd. 'Hij heet gewoon Jonas.'

'Dat was een grapje,' zei Maarten tegen Frans. 'Hoe gaat het met Cato, en met de kleintjes?'

'Ik ben er vier kwijtgeraakt. Die twee houd ik nu maar. En ik heb er ook nog een slak bij.'

'Ook uit de Waterleidingduinen.'

'Ja. Ik vond dat die ander een beetje eenzaam was, maar ik geloof niet dat ze veel aan elkaar hebben. Ze negeren elkaar.'

'Dus jullie zijn nu met zijn zessen.'

'Ja. Het huis wordt steeds voller.'

Ze lachten.

'Wil je nog een kop thee?' vroeg Nicolien.

'Hebben jullie al thee gedronken?'

'Ja, maar ik zet zo nieuwe.'

'Nee, ik wacht liever tot de borrel.'

Het was enige tijd stil. Achter de halfgeopende schuif van de kachel flakkerde het vuur. De buik van de kachel was roodgloeiend. Af en toe viel er wat as of een stuk steenkool in de asla. De katten lagen behaaglijk in hun bak, bewegingloos. De vlammen van de kaarsen op de houten schoorsteenmantel bewogen rusteloos in de opstijgende warme luchtstroom.

'Hoe gaat het nu op je werk?' vroeg Maarten.

Frans schrok. 'Niet zo goed eigenlijk. Ik heb me maar weer ziek gemeld.'

'Waarom?'

'O, ik dacht dat jullie dat wel begrepen,' zei Frans verschrikt, hij keek snel naar Nicolien.

'Nee,' zei Maarten. 'Ik dacht juist dat het nu wel ging.'
'Het ging ook wel, maar met die mevrouw Koppejan almaar om me heen hield ik het toch niet meer uit,' hij keek van de een naar de ander. 'Dan is het toch ook geen therapie meer?'
'En nu?' vroeg Maarten, zonder daarop in te gaan.
'Ik heb besloten om me nu eerst maar eens een poos met mezelf bezig te houden. Dat leek me beter.'
Maarten zweeg. Het irriteerde hem.
'Jij bent het daar geloof ik niet mee eens?' vroeg Frans, hij keek snel van Maarten naar Nicolien.
'Ik weet niet of het zo verstandig is,' weerde Maarten af.
'Maar dat moet Frans toch zelf weten?' kwam Nicolien hem te hulp.
'Ja,' zei Frans dankbaar, 'dat dacht ik eigenlijk ook.'
'Jawel, maar ik vind nu eenmaal dat je je in de eerste plaats moet handhaven.'
'En als dat nu zijn manier is om zich te handhaven?'
'Ja,' viel Frans haar bij, 'want zoals het nu ging werd ik gek.'
'Zo gauw word je niet gek.'
'Ja, jij misschien niet!' zei Nicolien.
'Nee,' zei Frans.
Maarten zweeg. Hij drong zijn ergernis terug. 'Ik vind het alleen jammer,' zei hij toen, 'omdat dat tekenen van die kleine beesten me wel leuk leek en omdat die Van Kruysbergen een aardige man is.'
'Ja, dat is een aardige man,' gaf Frans toe. 'Hij heeft beloofd dat hij misschien thuiswerk voor me heeft.'
'Dat is in ieder geval wat.'
'Je doet net of je het zo belangrijk vindt dat iemand werkt,' zei Nicolien. 'Wees blij dat Frans tenminste niet hoeft te werken.'
'Ik vind het niet belangrijk dat iemand werkt!' zei Maarten geïrriteerd. 'Dat werk is onzin natuurlijk! Ik vind het belangrijk dat je onafhankelijk bent!'
'Als je bij Sociale Zaken bent, ben je toch onafhankelijk? Hij hoeft toch bij niemand zijn hand op te houden?'
'Nee,' zei Frans. 'Als ze me een uitkering geven dan is dat hun eigen schuldgevoel.'
'Ik vind dus dat je bij Sociale Zaken wel afhankelijk bent,' zei Maarten gemelijk.

'Je lijkt je vader wel.'
'Ja, ik ben een zoon van mijn vader.'
'Maar Frans niet!'
'Nee, Frans is een zoon van zijn vader.'
Frans keek verschrikt van de een naar de ander.
'Zullen we een borrel drinken?' stelde Maarten voor, om een eind aan de discussie te maken.

'Heb jij Bart Asjes nog gekend?' vroeg Maarten toen ze aan de borrel zaten.
'Nee, wie is dat?' vroeg Frans.
'Die werkt bij mij.'
'Ik heb alleen Hein de Boer gekend.'
'Bart Asjes is vorige week zijn aanstaande vrouw op het Bureau komen voorstellen.'
'Ja, dat vind ik zo gek,' zei Nicolien. 'Wie doet dat nou?'
'Dat is echt Bart,' meende Maarten, 'die identificeert zich met zijn baan.'
'Wie identificeert zich nou met zijn baan,' zei Nicolien. 'Dan ben je toch wel gek, als je dat doet?'
'Dat doet er nou niet toe. Wat ik vertellen wilde is dat ik toen een toespraak moest houden en dat dat volledig de mist inging.' Hij lachte. 'Ik lach nou, maar ik voelde me toen doodongelukkig. Ik zei dat ik ze eigenlijk pas kon toespreken bij hun begrafenis.' Hij moest daar zelf om lachen.
'Want dan horen ze er pas bij,' begreep Frans.
'Ja,' zei Maarten vermaakt. 'Dat is het natuurlijk. Je hoort er pas bij als je er niet meer bent.'

★

1967

Toen Maarten de achterkamer binnenkwam, zat Ad Muller bij het bureau van Heidi. 'Hé Ad,' zei hij verrast.
Ad glimlachte besmuikt.
Maarten bleef bij hem staan. 'Hoe gaat het?'
'Goed.'
'Je bent nog geen accountant?'
'Dat gaat zo gauw niet.' Hij glimlachte opnieuw, wat verstolen.
'Maar...' zei Heidi. Ze zweeg.
'Bart is ziek,' zei Maarten, zich tot Jan Boerakker wendend.
'Dát heeft hem aangegrepen!' zei Jan geamuseerd. 'Ik dacht al,' hij sloeg met zijn vlakke hand op zijn bureau, 'dat kán niet goed gaan! Nee, verdomd!' Hij lachte vermaakt.
Maarten glimlachte.
'Meneer Koning,' zei Emma Boomsma.
Maarten keek naar haar.
'Mijn man is vorige maand geslaagd en hij krijgt nu ook een baan.'
'Gefeliciteerd.'
'Ja, maar nu kan hij niet meer op mijn dochtertje passen.'
'Dat is verdomd vervelend,' zei Maarten geschokt. 'Dus nu gaat u weg?'
'Ja.'
Hij ging op het trapje zitten. 'Dat is jammer.'
'We hebben het er al even over gehad,' zei Jan, 'maar zou ze niet eigenlijk net zo goed thuis kunnen werken? Dan hebben we hier ook wat meer ruimte.'
Maarten keek haar aan. 'Kan dat?'
'Wat mij betreft wel.'

'Ik bedoel, hebt u een machine?'
'Ik heb een machine.'
Hij dacht na. 'Dan zou u zelf de uren moeten noteren.'
'Mijn man heeft een schaakklok.'
'Goed. Neem het werk dan maar mee naar huis en noteer de uren.'
'Hé,' zei ze verrast. 'Dank u wel.'
Maarten glimlachte verlegen. Hij voelde zich goed. 'Ik zou het jammer vinden als u wegging,' zei hij om die gevoelens te verbergen. Hij liet zich van het trapje zakken en liep naar de deur. 'Heb ik het niet gezegd?' hoorde hij Jan zeggen toen hij de deur achter zich sloot. 'Het is zó'n baas!' Dat streelde hem. Hij zette zich achter zijn schrijfmachine en wilde weer aan het werk toen de deur naar de achterkamer openging en Ad binnenkwam. Hij bleef aan de andere kant van de tafel staan. 'Ik wil hier wel komen werken.'
Het verraste Maarten. 'Dus je wordt geen accountant?'
'Nee.'
'Waarom niet?'
'Het lijkt me niet zo leuk.' Hetzelfde lachje.
Maarten keek hem onderzoekend aan, maar toen Ad zonder iets te zeggen bleef terugkijken wendde hij zijn ogen af. Er was iets in het gedrag van deze jongen dat hem verontrustte. Het was duidelijk dat hij er niet over wilde praten en de veronderstelling dat hij hem zijn gelijk niet gunde lag voor de hand. Hij aarzelde. 'Daar zou ik eerst met Balk over moeten praten, want ik heb geen vacature.'
'En wanneer hoor ik dat dan?'
'Zo gauw mogelijk?'
Ad knikte. 'Goed.' Hij wendde zich af en liep naar de deur. Met de kruk in zijn hand draaide hij zich nog eens om. 'Ik zou het wel graag willen.'
'Ik zal mijn best doen.' Hij trok het boek dat hij zat te ficheren naar zich toe en begon langzaam te tikken, met zijn gedachten nog bij het gesprek. De deur ging opnieuw open. Jan Boerakker. 'Nou, daar hebt u Emma een geweldig plezier mee gedaan!' zei hij geestdriftig.
Maarten keek op. Zo stiekem als Ad Muller was, zo open was

Jan Boerakker. Dat amuseerde hem. 'Je bent nu toch een jaar in dienst?'
Jan begreep niet meteen wat hij bedoelde.
'Dan zou je toch je en jij tegen me zeggen?'
Jan lachte verbaasd. 'Ja, verdomd! Dát zal even wennen zijn!'
'Afspraak is afspraak.'
'Natuurlijk!' zei Jan lachend. 'We redden het wel! Geen probleem!'
'Goed. Doe je best!'
Jan wendde zich af en liep lachend de kamer weer uit. 'Goeie grap!' zei hij nog terwijl hij de deur sloot.
Maarten draaide het fiche uit zijn machine, draaide een nieuw fiche in en keek in het boek. Hij dacht vaag na over het verzoek van Ad, hief zijn handen op om te gaan tikken, bedacht zich, stond op en ging de kamer uit naar de kamer van Balk.
Balk zat te werken. Hij keek op.
'Heb je even tijd?' vroeg Maarten.
'Wat is er?'
Maarten ging in het zitje zitten. 'Ad Muller wil hier komen werken.'
'Wat is het voor jongen?'
'Een intelligente jongen. Een beetje ondoorgrondelijk.'
'Dat interesseert me niet. Is hij afgestudeerd?'
'Duits.'
'Duits!'
'In mijn vak kan dat.' Hij glimlachte ironisch. 'Onze beste vrienden zijn Duitsers.'
Balk reageerde daar niet op. 'Heb je nog geld op je losse krachten?'
'Ja.'
'Goed. Betaal hem voorlopig daarvan, dan zet ik hem voor het volgend jaar op de begroting!'
Maarten knikte. Hij aarzelde. Na zo'n beslissing had hij behoefte aan enige vertrouwelijkheid, ook om zijn dankbaarheid te tonen, maar het ongeduldige gedrag van Balk maakte hem onzeker. 'Asjes is ziek.' Het was het enige wat hij zo gauw kon verzinnen.
'Wat heeft hij?' vroeg Balk ongeduldig.

'Een oogontsteking.' Hij stond op. 'Volgens zijn vrouw kan het wel enige tijd duren voor hij weer aan het werk mag.'
'Goed. Houd het in de gaten!'
Op de gang vroeg Maarten zich af wat hij in vredesnaam in de gaten moest houden. Niets natuurlijk. Het was Balks manier om hem eraan te herinneren dat hij de directeur was.
Ad zat nog bij het bureau van Heidi. Jan had zijn stoel omgedraaid, zodat ze in een kleine kring zaten.
Maarten bleef bij de deur staan. Hij knikte tegen Ad. 'Je kunt morgen beginnen als je wilt.'

★

'Hoe is Van Ieperen eigenlijk op het Bureau gekomen?' vroeg Maarten.
Beerta hield op met werken en draaide zich naar hem om.
'Waarom vraag je dat?'
'Het interesseert me.'
'Van Ieperen is in de oorlog op het Bureau gekomen.'
'Ja, maar hoe?'
Beerta legde zijn bril weg. Hij dacht na. 'Ik had toen een tekenaar nodig,' herinnerde hij zich, 'maar ik had geen geld en toen heb ik me tot Sociale Zaken gewend,' hij keek Maarten aan.
'Van Ieperen was werkeloos.'
'En als hij nou gewoon gesolliciteerd had,' hield Maarten aan, 'zoudt u hem dan ook genomen hebben?'
'Van Ieperen is een goed vakman.'
'Maar erg aardig is hij niet.'
'Het is een zenuwlijder,' gaf Beerta toe, 'maar wie is dat niet?'
'Maar wel een heel onsympathieke zenuwlijder.'
Beerta spitste zijn lippen. 'Van Ieperen heeft geen gemakkelijk leven gehad.'
'Hoezo niet?'
'Heb je zijn vrouw wel eens ontmoet?'
'Nee.'
'O.' Hij zweeg, alsof dat eigenlijk wel voldoende was. 'En daarbij heeft hij jarenlang met zelfgetekende aanzichtkaarten langs de deuren gelopen. Ik moet er niet aan denken dat ik zo in mijn onderhoud had moeten voorzien.'

Maarten zweeg. Hij stelde zich Van Ieperen voor, aanbellend, met zijn kaarten in de hand. Het beeld was inderdaad huiveringwekkend.
'En wat voor een kaarten,' zei Beerta, zich afwendend. 'Je kunt je het niet erg genoeg voorstellen.'
'Dat wist ik niet.'
'Dat kon je ook niet weten.' Hij zette zijn bril op en wilde weer aan het werk gaan.
'Gaat u dat nou straks ook zeggen?' vroeg Maarten.
'Ik denk het niet,' antwoordde Beerta terwijl hij weer begon te tikken.

Toen Beerta en Maarten om even over drieën het lokaal van juffrouw Haan binnenkwamen, was Van Ieperen er nog niet. Tussen zijn tekentafel en het bureau van juffrouw Haan stonden twee met guirlandes versierde stoelen op een klein platform, dat door Wim Bosman en Flip de Fluiter uit het Hoofdbureau gehaald was. De meeste personeelsleden zaten al rond de lange middentafel. Kopjes en schoteltjes werden rondgedeeld. Er was een aangenaam geroezemoes van stemmen, er werd gelachen. De lach van Flip de Fluiter klonk boven alles uit. Balk kwam gedecideerd uit het eerste lokaal binnenlopen, gevolgd door juffrouw Haan. Ze gingen vooraan zitten, Beerta zette zich naast Balk. Maarten vond een stoel ertegenover, naast Flip de Fluiter.
'Hoe gaat het eigenlijk met Bart?' vroeg Flip.
'Ik ga morgen naar hem toe,' antwoordde Maarten.
'Meneer Koning!' riep Slofstra van achteruit het lokaal. 'Ik heb wat voor u!' Hij stak een klein rood voorwerp omhoog en gaf het vervolgens aan Goud, die naast hem zat. 'Geef dat is door! Voor meneer Koning!' Het voorwerp ging van hand tot hand naar Maarten toe. Het was een rood buisje op een zwart voetje, met bovenin een klein sponsje.
'Wat moet ik daarmee doen?' riep Maarten terug.
'Enveloppen dichtgommen!' – hij bewoog zijn hand heen en weer. 'U kunt er water in doen!'
Maarten begreep het. Hij stak het voorwerp omhoog. 'Dank u!'

'Tot uw dienst,' antwoordde Slofstra zonder stemverheffing.
In de buurt van Slofstra werd luid gelachen. Maarten herkende de lach van Jan Boerakker. Hij keek naar het voorwerp. 'Wat moet ik daar nou weer mee doen,' zei hij tegen Flip de Fluiter. Hij zette het voor zich.
'Vrouwen mee op stang jagen,' zei Flip geamuseerd. Hij lachte smakelijk.
'Ja, het is een soort fallus,' gaf Maarten toe.
'De afspraak was toch dat hij hier om drie uur zou zijn?' zei Balk aan de overkant van de tafel tegen juffrouw Bavelaar, het klonk ontstemd. 'Kunt u niet eens bellen of er iets aan de hand is?'
Juffrouw Bavelaar stond op en ging het lokaal uit.
'Hij is anders altijd zo stipt op tijd,' zei juffrouw Haan.
'Ik kan me niet herinneren dat Van Ieperen ooit te laat is geweest,' zei Beerta.
Balk keek driftig op zijn horloge. 'Tien over drie! Nu is hij dan toch wel te laat!'
Wigbold kwam met een grote kan thee uit het eerste lokaal. 'Kan ik al inschenken?' vroeg hij aan Balk.
'Nog even wachten!' besliste Balk.
'Maar dan wordt hij zwart.'
'Dan maar zwart!'
'Hoe staat het met je proefschrift?' vroeg Maarten aan Flip.
'Z'n gangetje,' antwoordde Flip. Hij lachte. 'Dat zegt mijn schoonmoeder altijd.'
'De mijne ook,' zei Maarten vrolijk.
Juffrouw Bavelaar kwam het lokaal weer in en liep naar Balk. 'Ze zijn een uur geleden vertrokken volgens zijn zoon.'
De telefoon op het bureau van juffrouw Haan ging over. Terwijl ze ernaartoe liep werd het stil. Ze nam de hoorn op. 'Jaaa... Bij u?... Maar hoe komen ze dan bij u?... Niet goed geworden? Maar... En hoe gaat het dan nu?... En komt hij nog wel?... Goed. Dank u wel.' Ze legde de hoorn neer. 'Van Ieperen is niet goed geworden,' zei ze tegen Balk en Beerta.
'Maar waarom meldt zo'n man zich dan aan de overkant?' zei Balk ontevreden.
Er ontstond enige verwarring. Gepraat. Geroezemoes. Beerta stond op en keek het lokaal in.

'Dan gaan we zeker weer aan het werk,' concludeerde Slofstra luid, boven de anderen uit. Hij stond ook op.
'Hij komt nog wel, zeggen ze,' zei juffrouw Haan tegen Balk. 'Zal ik er even naartoe gaan?'
'Ja,' zei Balk. Hij stond op. 'Niemand gaat weer aan het werk!' zei hij luid. 'Er is niets aan de hand! Meneer Van Ieperen komt direct. We wachten hier op hem!'
Juffrouw Haan verliet haastig het lokaal. Even later zag Maarten haar door de tuin naar het Hoofdbureau lopen.
Wigbold kwam weer binnen met de thee. 'Zal ik dan nu maar de thee inschenken?' vroeg hij aan Balk.
'Schenk de thee maar vast in!' zei Balk.
Terwijl Wigbold de tafel rondliep en de kopjes inschonk begon het praten opnieuw. Juffrouw Bavelaar en Lotje Leguyt brachten achter Wigbold aan het gebak rond. Er werd weer gelachen. 'Ik heb altijd wel gedacht dat die man...' zei Koos Rentjes luid, maar wat hij gedacht had ging verloren tussen de andere stemmen.
'Schrijf jij eigenlijk geen proefschrift?' vroeg Flip.
Op dat ogenblik ging aan de overkant de tuindeur open en verscheen de vrouw van Van Ieperen op het bordes. Ze draaide zich om en hielp Van Ieperen over de drempel. Daarachter kwam juffrouw Haan. Het was meteen stil in het lokaal. Iedereen keek naar buiten waar Van Ieperen, zwaar leunend op de arm van zijn vrouw en gevolgd door juffrouw Haan, door de tuin naar de barak liep. Ze gingen de deur in. Juffrouw Haan sloot hem achter zich. In de stilte kon Maarten hun voetstappen door de gang en het eerste lokaal dichterbij horen komen.
'Applaus!' beval Balk.
Er begon een aarzelend applaus, dat snel aanzwol toen Van Ieperen en zijn vrouw door de geopende deur het lokaal binnenkwamen. Van Ieperen zag lijkbleek en keek met een starre blik voor zich uit. Juffrouw Haan leidde hen naar de versierde stoelen. Ze namen plaats. Het applaus hield nog even aan, maar Van Ieperen scheen het niet te horen. Hij keek wezenloos over de hoofden heen in de ruimte. Wigbold was komen aanlopen met de thee, juffrouw Bavelaar met de doos met gebakjes. Mevrouw Van Ieperen koos voor zichzelf en haar man een gebakje

uit en zei wat tegen juffrouw Bavelaar. Daarna werd het stil. Beerta stond op. 'Meneer Van Ieperen,' zei hij, 'mevrouw!' – hij knipperde nerveus met zijn ogen – 'De directeur heeft mij gevraagd u beiden toe te spreken omdat u en ik, meneer Van Ieperen, elkaar zo lang hebben meegemaakt, langer dan wie ook in deze zaal.' Het gezicht van Van Ieperen was een masker. Niets wees erop dat hij hoorde wat er tegen hem gezegd werd. Zijn vrouw keek naar hem en dan weer naar Beerta, met een lachje dat star was van nervositeit. Beerta legde zijn handen op zijn rug en richtte zich wat op. 'Ik zal deze toespraak niet lang maken, want u bent een bescheiden man, en ik weet dat iedere aandacht voor uw persoon een kwelling voor u is, maar uw afscheid helemaal ongemerkt voorbij laten gaan, dat gaat toch ook niet. Daarvoor is uw plaats hier op ons Bureau te belangrijk geweest.' Als hij niet in het middelpunt had gezeten maar ongezien in het aangrenzend vertrek had gestaan, zou Van Ieperen bij deze woorden schokschouderend en grinnikend zijn wangen hebben opgeblazen, maar nu had hij geen enkele reactie. 'En als ik zeg dat uw plaats daarvoor te belangrijk is geweest, dan overdrijf ik niet,' vervolgde Beerta, 'want als onze atlassen tussen de andere atlassen zo'n opvallende plaats innemen, dan is dat vooral te danken aan uw vakmanschap. Dankzij u hebben wij een naam in het buitenland en het zal heel moeilijk zijn, zo niet onmogelijk, om voor u straks een opvolger te vinden met dezelfde bekwaamheden.' Mevrouw Van Ieperen keek bezorgd naar haar man, maar Van Ieperen lette niet op haar. Het was duidelijk dat de woorden van Beerta hem niet bereikten. 'Vandaar ook,' ging Beerta verder, 'dat ik met volle overtuiging durf te zeggen dat wij hier nog lang en met veel sympathie aan u zullen blijven denken, als u ons misschien allang vergeten bent. Het ga u goed!'
Er klonk opnieuw een langdurig applaus terwijl Beerta terugtrad en Balk met een bos bloemen, die al die tijd naast het bureau van Flip, achter de kachel, hadden gestaan, en een kleine stapel pakjes, een passerdoos, een doos met kleurpotloden en een schetsboek, naar voren trad. 'Meneer Van Ieperen!' zei hij met retorische stemverheffing. Even leek het of er beweging in Van Ieperen kwam. Hij keek in de richting van Balk, lang-

zaam, alsof hij van ver kwam. 'Ik heb aan deze woorden niet veel toe te voegen. Integendeel! Ik onderschrijf ze van harte! En ik zou ze nog eens willen onderstrepen, met deze cadeaus, die we u bij uw afscheid meegeven om er uw verdiende vrijheid mee op te sieren!' Hij reikte Van Ieperen de cadeaus aan.
Van Ieperen nam ze werktuiglijk aan. Hij wilde wat zeggen, maar hij verstomde en keek hulpeloos naar zijn vrouw. Hij zei iets dat alleen zijn vrouw verstond. Ze stond op, zenuwachtig. 'Meneer Beerta,' zei ze, 'en u meneer, en alle dames en heren. Mijn man is helaas op het ogenblik niet in staat om u persoonlijk dank te laten weten en hij vraagt dus of ik het wil doen. Ik dank u allen hartelijk voor de mooie cadeaus en graag tot ziens!' Ze keek naar haar man. 'Ga je mee?' Hij stond in trance op en terwijl het applaus opnieuw en nu voor het laatst losbarstte, hielp ze hem de vlonder af en leidde hem aan haar arm het lokaal uit, gevolgd door juffrouw Haan en juffrouw Bavelaar.

*

Bart en Marion bewoonden twee kamers in het huis van een oude dame. Een kaartje met hun namen zat vastgeprikt op de deurpost. Onder de namen stond: *2x bellen*, met een liniaaltje blauw onderstreept. Maarten herkende daarin Bart. Hij belde tweemaal. Diep in het huis ging de bel over. Hij luisterde, met de fruitmand in zijn handen, maar het bleef stil. Toen hij een hand vrijmaakte om opnieuw te bellen ging de deur open en stond Marion voor hem.
'Dag,' zei hij verlegen. 'Ik vroeg me net af of jullie het wel gehoord hadden.'
'Dag meneer Koning,' zei ze hartelijk. 'Komt u binnen. Leuk dat u er bent.'
Het kwam zo onverwacht dat het hem verwarde, waardoor hij de gelegenheid voorbij liet gaan om te zeggen dat hij Maarten heette.
'Het is de trap op,' zei ze achter hem.
In de gang en op de trap lagen dikke lopers. De leuning was glimmend gewreven.

'Hoe gaat het met Bart?' vroeg hij.
'Nog niet veel beter.' Haar stem was opgewekt. 'Het is aan de achterkant.'
Toen hij binnenkwam, kwam Bart half overeind. Hij lag op een canapé, met een geruite plaid over zich heen, en droeg een grote, donkere bril. 'Hé, dag Maarten,' zei hij verheugd.
'Ik kom je een fruitmand brengen van het Bureau,' zei Maarten. Hij wist niet goed raad met de situatie.
'Gunst wat aardig,' hij nam de fruitmand over. 'Kijk eens!' zei hij tegen Marion. 'Een fruitmand!'
'Heidi en Elsje Schot hebben hem samengesteld,' zei Maarten.
'Verschrikkelijk aardig,' vond Marion. 'Zal ik uw jas ophangen? U blijft toch wel even?'
'Wil je ze bijzonder bedanken en de anderen natuurlijk ook?' vroeg Bart. 'Ik ben er bijzonder blij mee.'
Maarten trok zijn jas uit. Hij aarzelde toen hij hem aan haar gaf, maar vond opnieuw geen gelegenheid om dat *u* te corrigeren. Dat maakte hem onzeker.
'Gaat u daar maar zitten,' zei ze.
Hij ging in een stoel aan het voeteneind zitten en keek naar Bart. 'Hoe gaat het?' De situatie was intiemer dan de verhouding tussen hem en Bart. Hij realiseerde zich dat ze elkaar alleen op het Bureau kenden en daarbuiten vreemden waren.
'Nog niet zoals ik zou willen.'
Maarten keek hem onderzoekend aan. Het gezicht van Bart zat grotendeels verborgen achter die donkere bril. Het was wat bleker en magerder dan toen hij nog op het Bureau was. 'Wat is er dan precies aan de hand?'
'Kijk zelf maar,' hij nam zijn bril af en boog zich wat naar voren.
Het gebaar verraste Maarten. Hij kwam aarzelend ook wat naar voren en keek naar het oog. Het zag rood en was aan de randen ontstoken en veretterd. 'Ja, ik zie het,' hij fronste zijn wenkbrauwen. Hij wilde eraan toevoegen dat het een griezelig gezicht was, maar hij hield dat nog net voor zich.
'Dan zie je ook dat het geen aanstellerij is,' zei Bart terwijl hij zijn bril weer opzette en terugzakte in de kussens.
'Dat heb ik geen ogenblik verondersteld.'

'Ik heb theewater opgezet,' zei Marion de kamer inkomend. 'U blijft toch wel een kopje thee drinken?'
'Ja graag,' zei Maarten snel.
'Omdat je het van meneer Wigbold wel denkt,' zei Bart.
'Ja, Wigbold... maar Wigbold is een aansteller en dat ben jij niet.'
'Dat zou ik niet zo durven zeggen. Het zou best kunnen zijn dat meneer Wigbold werkelijk vaak hoofdpijn heeft. En dan heeft hij het niet gemakkelijk.'
'Het zou kunnen...' Hij onderdrukte zijn ongenoegen, hij had geen zin in een discussie over Wigbold. Hij keek om zich heen. Het licht in de kamer was grauw. In de hoek achter Bart brandde een schemerlamp. Buiten, boven de tuinen, was het grijs in de invallende schemer. Hij hoorde Marion bezig in de keuken.
'Hoe gaat het op het Bureau?' vroeg Bart.
'Goed. We hebben gisteren afscheid genomen van Van Ieperen.'
'Hoe was dat?' vroeg Bart belangstellend.
'Zo, daar is de thee,' zei Marion, de kamer inkomend.
'Verschrikkelijk,' zei Maarten lachend.
'Meneer Van Ieperen heeft gisteren afscheid genomen,' vertelde Bart aan Marion.
'O ja? Wie is dat ook weer?'
'Dat is de tekenaar,' zei Maarten. 'Hij is op weg naar ons toe in het Hoofdbureau flauwgevallen.'
'Nee, dat is toch niet zo,' zei Bart geschrokken.
'Wat zielig,' vond Marion.
'En hoe is het nu met hem?' wilde Bart weten.
'Ik denk wel weer goed.'
'Ik heb echt te doen met meneer Van Ieperen,' verzekerde Bart. 'Ik heb de indruk dat hij geen gemakkelijk leven heeft gehad.'
'Ik mag hem niet,' zei Maarten.
'Wilt u suiker en melk?' vroeg Marion.
'Geen van beide,' antwoordde Maarten. 'En je weet natuurlijk ook nog niet dat Ad terug is?' zei hij tegen Bart.
'Ad?' – Maarten had de indruk dat hij schrok. – 'Daar wist ik niets van.'
'Hij wordt toch geen accountant en hij heeft gevraagd of hij

toch bij ons kan komen. Balk zal hem op de begroting zetten.'
'Waarom heb je dat nu alweer buiten mij om gedaan?' vroeg Bart ontstemd.
Zijn ontstemming verblufte Maarten. Een ogenblik wist hij niet wat hij moest zeggen. 'Daar heb ik geen ogenblik aan gedacht,' verdedigde hij zich.
'Dat hadden we toch afgesproken dat je dat zou doen?' Hij praatte heel precies, letter voor letter.
'Maar je bent toch ziek?'
'Dat is toch geen reden om mij er niet in te kennen? Je had toch wel op kunnen bellen of hiernaartoe kunnen komen?'
'Daar heb ik niet aan gedacht.' Hij voelde zich schuldig, tegen beter weten in.
'Dat is het nou juist,' zei Bart ontevreden. 'Dat neem ik je nu juist kwalijk.'
'Maar ik had dit Ad al beloofd voor jij in dienst kwam. Hij is toen alleen accountant geworden.'
'Dan had je het daarna kunnen bespreken.'
'Wat heeft dat nou voor zin als ik er geen ogenblik meer aan dacht.'
'En toch vind ik dat je het met mij had moeten overleggen.'
'Dan doen we dat alsnog. Als jij bezwaren tegen Ad hebt, dan kunnen we nu nog terug.'
'Ik zeg niet dat ik bezwaren tegen Ad heb. Ik vind Ad een heel goede collega. Maar ik had erin gekénd willen worden.'
Maarten zweeg. Hij vond het onredelijk, maar hij had geen zin om erover te blijven twisten. Hij nam zijn kop op en bracht die naar zijn mond. Zijn hand beefde een beetje, zodat hij de kop in zijn beide handen moest nemen.
'Willen jullie een honingkoekje?' vroeg Marion.
'Graag,' zei Maarten afwezig.
Ze hield hem een trommel voor. Hij liet een hand los en nam er een koekje uit.
'Ik droomde vannacht,' vertelde ze terwijl ze Bart het trommeltje voorhield, 'dat er twee bruine beren waren, en de ene heette Maarten en de andere heette Bart. En die bromden een beetje tegen elkaar, maar toen kregen ze alle twee een honingkoekje en toen was het over.'

Maarten lachte. Hij vond haar aardig.
Bart mokte nog.
'Dat komt omdat het zulke lekkere koekjes waren, denk ik,' zei Maarten.

Marion bracht hem naar de voordeur. 'Bart is erg prikkelbaar op het ogenblik,' zei ze. 'Hij maakt zich zorgen over zijn ogen.'
'Dat begrijp ik.' Hij aarzelde. 'Bart zegt Maarten tegen me,' zei hij toen moedig, 'ik vind eigenlijk dat jij dat dan ook moet doen.' Hij praatte snel en slikte de woorden half in.
'Graag. Dat was ik eerlijk gezegd al van plan. Dag.'
'Dag,' zei hij verward. Hij trok de deur achter zich dicht en liep haastig weg, de donkere winternamiddag in, tussen de lichten van het verkeer, tegelijk opgelucht en ontevreden over zichzelf, zoals iemand zich voelt die meer intimiteit heeft moeten opbrengen dan hij aankan.

*

Maarten keek op van zijn machine. Ad en Heidi kwamen zijn kamer in. Ze bleven voor hem staan, aan de andere kant van de tafel.
'We wilden u wat vragen,' zei Ad.
Maarten reageerde daar niet op. 'Bart en Jan zeggen Maarten tegen me,' zei hij, 'dat moeten jullie ook maar doen.' Hij had zich voorgenomen dat bij de eerste gelegenheid te zeggen, en nu die er was zette hij door, zonder op een aanleiding te wachten. Hij keek hen strak aan.
'Nee, moet dat werkelijk?' vroeg Ad. Hij lachte onzeker.
'Nee hoor!' zei Heidi. 'Dat kunnen we niet!'
'Het moet natuurlijk niet,' zei Maarten, onzeker wordend. 'Ik stel het alleen voor.'
'Nou, dat vind ik te gek hoor,' zei Heidi lacherig. 'Nee, zeg nou eens zelf!' – ze wendde zich tot Ad. 'Dat zouden we toch helemaal niet kunnen? Maarten! Ik hoor het al!' Ze proestte het uit.
'Ik geloof dat ik veel liever maar meneer Koning blijf zeggen!'
'Ja, ik ook,' zei Ad.
'Nou goed,' zei Maarten verlegen. 'Je moet het zelf maar zien,

als je maar weet dat ik het best vind natuurlijk.'
'We zouden het natuurlijk kunnen proberen,' zei Ad tegen Heidi.
'Nou, als jij het wilt proberen dan ga je je gang maar, hoor!' zei ze, 'maar ik doe het niet!'
'Goed,' zei Maarten, hij lachte, 'wat wilden jullie vragen?'
Ad keek naar Heidi. 'Wat wilden we ook weer vragen?'
'Van de hond toch?'
'O ja,' hij keek met verbaasd opgetrokken wenkbrauwen naar Maarten. 'We hebben een hond erbij gekregen.'
'Maar dan moet je er ook bij vertellen hoe!' zei Heidi. 'Anders begrijpt meneer Koning, of Maarten,' ze moest daar zelf hard om lachen, 'er nog niks van.'
'Het is de hond van mijn oma,' legde Ad uit, 'die moest naar een bejaardenhuis.'
'Ja, die hond niet hoor,' zei Heidi zenuwachtig lachend.
'Nee, mijn oma,' zei Ad.
'Wat is het voor hond?' vroeg Maarten, om de spanning wat te breken.
'Een herdershond, hè Ad?' zei Heidi.
'Maar hij heeft heupdysplasie,' zei Ad, 'en nu moeten we hem een paar keer per dag de trappen afdragen.'
'Want hij doet overal plasjes,' vulde Heidi aan.
'Wat is dat dan voor ziekte?' vroeg Maarten.
'Dan zakken ze door hun achterpoten,' legde Ad uit. 'Oudere herdershonden krijgen dat bijna allemaal.'
'Zielig hoor,' zei Heidi.
Maarten knikte. Hij begreep niet waar ze naartoe wilden. Even dacht hij dat ze hem wilden vragen of hij die hond kon nemen omdat hij in een benedenhuis woonde. 'En wat wilden jullie nu vragen?'
'Of Heidi misschien ook thuis mag werken,' zei Ad.
'Ja natuurlijk,' zei Maarten zonder aarzelen.
'Kan dat dan zomaar?' vroeg Heidi verbaasd.
'Natuurlijk kan dat,' zei Maarten beslist. 'Voor een hond kan dat zeker. Maar anders kan het ook wel. Ja, Ad natuurlijk niet, want die heeft ander werk, maar jij wel, want jij tikt alleen maar.'

'Nou, dat is geweldig hoor!' zei Heidi. Ze stootte Ad aan. 'Hé, zeg jij ook eens wat? Dat is toch zeker geweldig?'
'Ja,' zei Ad, 'dat is fijn, dank u wel – dank je wel, moet ik dus eigenlijk zeggen,' hij glimlachte zenuwachtig.
Heidi moest daar hard om lachen. 'Nee, die is goed!'
'Hoe is het nou met Bart?' vroeg Ad. Hij keek Maarten uitdagend aan, maar Maarten begon langzamerhand te begrijpen dat dat zijn manier was om zijn verlegenheid de baas te blijven.
'Goed,' zei hij werktuiglijk, 'of liever: helemaal niet goed. Het zal wel even duren voor hij weer op het Bureau komt.'

★

'Ik voel er niet veel voor,' bekende Maarten.
'Maar we waren het toch van plan?' zei Nicolien.
'Ja,' viel Frans haar bij, 'we waren het van plan.'
'Toen wisten we nog niet dat het een teach-in zou worden. We dachten dat ze die film zouden blokkeren.'
'Maar dat zijn de actievoerders toch niet?' zei Nicolien. 'Dat is de bioscoop die dat verzonnen heeft, omdat ze bang waren voor rotzooi natuurlijk!'
'Heel slim,' gaf Maarten toe.
'Het is toch niet gezegd dat die actievoerders daar intrappen?' zei Nicolien.
'Nee,' zei Frans. 'Dat zou ik ook zeggen.'
'Natuurlijk trappen ze daarin,' zei Maarten. 'Dat heb je op het Bureau gezien, met die Zuid-Afrika kwestie. Als het eropaan komt, houdt niemand zijn poot stijf.'
'Ja, het Bureau!' zei ze verontwaardigd. 'Wie heeft het nou over het Bureau! Deze mensen zijn echt links! Die kun je toch niet met het Bureau vergelijken?'
'Beerta is ook links.'
'Beerta links?'
'En Balk is links.'
'Balk links? Laat me niet lachen!'
'Beerta ondertekent alle linkse protesten.'
'Ja, als hij er geen gevaar mee loopt, maar als hij er gevaar mee loopt, is hij nergens meer! Zo zijn die actievoerders niet! Die nemen wel risico's!'

'En ze vinden het leuk natuurlijk,' zei Maarten. 'Zo'n teach-in, dat vinden ze prachtig! Waarom denk je anders dat Renate Rubinstein in dat panel is gaan zitten? Die vindt het prachtig! En die is ook links!'
'Renate Rubinstein is niet links!' zei ze beslist. 'Die vindt het gewoon fijn om in het middelpunt te staan.'
'Ja, daar ben ik het mee eens,' zei Frans, hij keek onzeker van de een naar de ander.
'Wat wou jij dan doen?' vroeg Maarten.
'Gaan kijken!'
'En ook naar die teach-in?'
'Natuurlijk niet naar die teach-in!' zei ze verontwaardigd. 'Ik wil gewoon kijken of er rotzooi komt! Er zullen er toch wel meer zijn die niet meedoen? Ik vind dat we die film moeten boycotten.'
'En dan in elkaar geslagen worden,' begreep Maarten.
'Zouden ze ons in elkaar slaan?' vroeg Frans ongerust.
'Je laat je toch zeker niet in elkaar slaan?' zei Nicolien verontwaardigd. 'Dat moest er nog bij komen!'
'Ja, maar jij bent een vrouw,' zei Frans weifelend. 'Mensen zoals ik moeten ze altijd het eerst hebben als er geslagen gaat worden.'
'Psychiatrische patiënten,' begreep Maarten ironisch.
Frans glimlachte flauw. 'Ja, bijvoorbeeld.'
'Zover komt het niet,' stelde Maarten hem gerust.
'Dus we gaan?' vroeg Nicolien strijdlustig.
Frans vermande zich. 'Ik vind wel dat we moeten gaan, maar we gaan niet naar die teach-in,' hij keek van de een naar de ander, 'nee, vind je niet?'

Voor de ingang van de bioscoop stond een handjevol mensen, vanboven beschenen door de gevelverlichting. Ze bleven aan de overkant van de straat staan en keken toe. Op het reclamebord, in het licht van de schijnwerpers, waren een paar schaars geklede negers geschilderd, met daaroverheen, met grote, rode, druipende letters: *Africa addio*. De mensen daaronder, in het halfdonker voor de verlichte ingang van de bioscoop, vormden een rommelig groepje, niet meer dan een man of veertig in joppers en leren jasjes, vooral jongens, een enkel meisje, een paar ouderen. Enkelen van hen reikten stencils uit aan de mensen die de bioscoop binnengingen. Er waren geen spandoeken.

'Het zijn er niet zoveel, hè?' zei Nicolien. 'Ik had gedacht dat het er veel meer zouden zijn.'

'Nee,' zei Frans aarzelend.

Maarten zei niets. Hij keek naar de overkant en vroeg zich af wat hen te doen stond. Het lag voor de hand om zich bij de demonstranten te voegen, maar hij aarzelde.

'Zal ik zo'n stencil gaan halen?' stelde Frans voor. Hij stak de straat over en liep naar een van de jongens die met een pak stencils bij de ingang stonden. Omdat hij bleef staan had de jongen hem niet dadelijk in de gaten. Frans bleef naast hem staan wachten tot de jongen hem opmerkte. Hij stak zijn hand uit, zei wat, kreeg drie stencils en kwam ermee terug. Ze lazen ze in het licht van een lantaarn.

'Het is van het Komitee Zuidelijk Afrika,' stelde Maarten vast.

'Zie je wel,' zei Nicolien. 'Die gaan vast niet naar binnen.'

In het stencil werd opgeroepen om de film te boycotten uit protest tegen de tendentieuze, racistische voorstelling die daarin van negers werd gegeven. Dat standpunt werd toegelicht met een aantal voorbeelden die er niet om logen.

'Goed,' zei Frans toen hij het uit had. 'Zullen we er dan maar niet bij gaan staan?' Ongemerkt had hij de leiding overgenomen en dat gaf hem onverwacht iets strijdlustigs.

Ze staken de straat over en voegden zich bij de demonstranten, die intussen waren aangegroeid tot een man of zestig. Van dichtbij waren ze heel wat minder angstaanjagend dan van de overkant van de straat. Ze stonden in kleinere groepjes wat te praten en te roken, sommigen hadden zelfs wel aardige gezichten, het tegendeel van oproerkraaiers. Dat stelde Maarten enigszins gerust. Hij had er meer tegenop gezien dan hij zichzelf had willen bekennen. Ongemerkt groeide zelfs bij hem de overtuiging dat het een goed doel was waarvoor ze hier stonden. Terwijl ze daar stonden kwamen er nog steeds mensen bij, de meesten uit de richting van de Van Woustraat, waar van tijd tot tijd een tram langsreed en het verkeer rumoerde. Een enke-

ling bleef staan, de meesten kregen een stencil en gingen de bioscoop in.
Tegen acht uur kwam Renate Rubinstein met een paar vrienden of andere panelleden langs. Ze besteedden geen aandacht aan de stencils, liepen druk pratend de verlichte hal in en verdwenen door een zijdeur. Meteen daarna kwam er beweging in de groep demonstranten. Ze drongen op naar de ingang en betraden pratend en mompelend de bioscoophal. Het trottoir voor de bioscoop werd snel leger. Ze bleven met zijn drieën achter aan de rand, waar ze zich bij de groep hadden gevoegd.
'Ze gaan naar binnen,' stelde Maarten vast.
Frans luisterde niet. Hij liep naar de jongen van wie hij eerder op de avond de stencils had gekregen en die nu als een van de laatsten naar binnen wilde gaan. Ze volgden hem aarzelend. Frans tikte de jongen op de schouder. De jongen draaide zich om. 'Dat doe je toch zeker niet?' zei Frans.
'Waarom niet?' vroeg de jongen.
'Je hebt toch dat stencil uitgedeeld,' zei Frans verontwaardigd.
'Dan weet je toch al dat het een smerige film is?'
'Ik moet toch mijn eigen oordeel kunnen vormen?' – het was geen onaardige jongen.
'Toch niet als je dat stencil al hebt uitgedeeld?' Hij sputterde van verontwaardiging. 'Daar staat toch alles al in? Anders had je het toch niet hoeven uitdelen?'
De jongen aarzelde. 'Ik moet toch zeker weten waartegen ik protesteer?'
'Maar begrijp je dan niet dat je dan iedereen een vrijbrief geeft om die film te gaan zien?'
'Nee, want ik protesteer en die anderen niet.'
Frans keek hem verbluft aan, niet in staat tot een nog overtuigender argument.
De jongen wendde zich af en ging de bioscoop in.
Ze bleven met zijn drieën alleen achter. Frans zag er ontdaan uit. Hij bleef staan tot iedereen, op de caissière na, door de deuren in de hal verdwenen was. Toen ze zich afwendden en de straat uitliepen, in de richting van de Amstel, zei hij niets.
'Wat gek dat iedereen dat deed, alleen wij niet,' zei Nicolien.
'Ja,' zei Maarten, 'onbegrijpelijk.' Hij was opgelucht dat het zo was afgelopen.

'Ik vond het mieters hoor, zoals jij die jongen aanviel,' zei ze tegen Frans.
'Ja?' Hij keek haar onzeker aan.
'Heel mieters! Vind je niet?' Ze keek naar Maarten.
'Ja,' zei Maarten. 'Ik zou dat niet gedurfd hebben.'
'Ik wist het niet goed meer,' zei Frans.
Ze zwegen tot aan de hoek van de straat.
'Een overvalwagen!' zei Maarten.
'Ja,' zei Frans vaag.
'Zou die daar voor ons gestaan hebben?' vroeg Nicolien ongelovig.
'Ongetwijfeld,' zei Maarten. Hij keek naar binnen toen ze erlangs liepen. Achter de getraliede raampjes zat bij het vage licht van een onbeschermd peertje een tiental agenten te wachten op actie, zonder aandacht aan hen te besteden.

★

Op weg naar het Damrak kwamen ze in de Prinsenstraat al terecht tussen groepjes mensen die net als zij op weg waren naar de demonstratie. Sommigen droegen opgerolde spandoeken of borden met leuzen tegen de oorlog in Vietnam, maar ook zij die niets bij zich hadden bewogen zich voort met vastberaden tred, alsof ze op weg waren naar een feest, en toen ze de Mandemakerssteeg uitkwamen, het Damrak op, leek het ook een feest. Van de kant van de Dam bewoog zich een dichte drom mensen in de richting van de Prins Hendrikkade, waar de kop van de stoet geformeerd was achter een geluidswagen en omgeven door politie-agenten en heen en weer galopperende politie te paard. Uit de luidsprekers klonk muziek die verwoei in de wind en er was het geroezemoes van duizenden mensen, onderbroken door aanwijzingen en strijdroepen. De stoet stond opgesteld zover hij kon zien, tien, twaalf mensen dik, op de kade langs het water van de Prins Hendrikkade, rond de Schreierstoren in de richting van het Oosterdok, een compacte massa mensen onder een woud van zwart en rood beschilderde spandoeken en borden: *Amerikanen uit Vietnam, Stop de bombardementen nu!*, *Yankee go home*, muzikanten en geluidswagens, die samen boven het geroezemoes uit een kakofonie van geluiden uitbraakten. Enigszins verdoofd door het lawaai liepen ze tussen vele anderen langs de stoet in de richting van de Oosterdokskade. Maarten aarzelde nog steeds. Het was niet zijn plan geweest om naar de demonstratie te gaan kijken maar dat van Nicolien, en nu hij tenslotte toch maar was meegegaan wist hij nog altijd niet of hij wel mee wilde. De massa beangstigde hem en hij had ook het gevoel dat hij iets deed wat niet mocht. Het kostte hem moeite om zichzelf te bekennen dat dat een diepgewortelde angst voor het oordeel van zijn vader was. Dat irriteerde hem. Een man van veertig jaar! Het werd waarachtig tijd dat hij zijn eigen weg ging. Maar als hij erover na probeerde te denken welke weg dat was, werd hij weer onzeker. Hij keek argwanend naar de gezichten om zich heen, alsof hij daaraan de waarde van dit protest zou kunnen afmeten, maar de variatie was zo verwarrend, van zelfzuchtige, op sensatie beluste koppen tot integere, ingetogen, vaak al wat oudere gezichten, dat dat de beslissing alleen moeilijker maakte, al was die, met Nicolien naast zich, ook eigenlijk al genomen. Hij hield haar hand vast om haar in het gewoel niet kwijt te raken en zag, toen hij even opzij keek, dat ze genoot.

'Wat ontzettend veel aardige gezichten, hè?' zei ze enthousiast, alsof ze zijn gedachten raadde.

'Ja,' gaf hij toe.

Ze liepen de Oosterdokskade af, onder de lichtgroene bomen, naar de plek waar de stoet snel aangroeide met de van alle kanten toestromende mensen. Lettend op de spandoeken en op de gezichten van de mensen stuurde hij Nicolien naar een plaats waar hij zich achter de leus *Stop bombardementen – nu!* en te midden van voornamelijk wat oudere demonstranten van het AJC-type redelijk veilig voelde. Daar bleven ze staan terwijl achter hen de stoet in hoog tempo verder groeide. Uit een luidsprekerwagen een meter of twintig voor hen uit kwam muziek. Boven hun hoofd vlogen reclamevliegtuigjes. Er woei een frisse wind waarin de takken van de bomen heen en weer wiegden. Hij keek tersluiks om zich heen, nog altijd wat argwanend, maar nu hij veilig opgeborgen stond geleidelijk wat meer op zijn gemak. Er ging een zucht door de rijen. Uit de verte kwam een yell: 'Amerikanen uit Vietnam – Stop bombardementen nu!', die snel aanzwol en om hen heen doorliep naar verderop. De muziek uit de luidspreker zweeg. Een stem riep: 'Vrienden, de kop van de stoet is in beweging!' – waarop een donderend gejuich losbarstte. Twee politie-agenten te paard kwamen langs in gestrekte draf, tegen de richting in. Een man naast hem met een knapzak om zijn schouders haalde twee boterhammen met kaas uit een vetvrij papier, gaf er een aan zijn vrouw en hield de ander zelf. Maarten keek naar zijn gezicht. De man beviel hem. Hij begon zich meer en meer op zijn gemak te voelen en voelde zelfs enige geestdrift, alsof hij deel uitmaakte van een gemeenschap van gelijkgezinden.

Het duurde een kwartier tot het deel van de stoet waarin zij zich bevonden in beweging kwam en nog eens twintig minuten voor ze het Damrak opdraaiden voor een lange rij trams die daar vanaf het Centraal Station stonden te wachten. Muziek, spreekkoren, mensen op de trottoirs. Plotseling zag hij daartussen Frans lopen, tegen de stroom in, zoekend tussen de rijen, zijn canvastas over zijn schouder. Maarten boog zijn handen tot een toeter voor zijn mond. 'Frans!' riep hij boven het lawaai uit. 'Frans!'

'Blijf daar niet zo lullig staan, kom erbij en sluit je aan!' riep een groep achter hen in spreekkoor.

Maar Frans had het gehoord. Hij stak snel zijn hand op en werkte zich in de stoet naar hen toe. 'Zo, daar ben ik toch nog,' zei hij terwijl hij aan de andere kant van Nicolien in de pas ging lopen, hij had een kleur van verlegenheid. 'Ik dacht, ik kan toch eigenlijk niet wegblijven als jullie gaan?'

★

'Moeten jullie eens even komen kijken,' zei Wigbold de kamer inkomend.
'Waarom?' vroeg Maarten. Hij zat met Jan en Ad om de tafel knipsels te ordenen en had weinig zin om zich door Wigbold te laten onderbreken.
'Kom nou maar even kijken,' zei Wigbold geheimzinnig.

'Allemaal?'
'Net wat u wilt.'
'Laten we dan maar allemaal gaan,' vond Jan.
Ze volgden Wigbold door de beide andere lokalen naar de gang. Wigbold opende de deur van het plaatsje achter zijn hok en liet hen voorgaan. 'Nou moet je eens in die doos kijken.' Er stond een kartonnen doos in de hoek naast de vuilnisbak. Maarten keek als eerste in de doos. Op de bodem lag een nest pasgeboren katten, dicht tegen elkaar. 'Een nest katten!' zei hij. Hij deed een stap opzij om Ad en Jan ook te laten kijken.
'Van die rooie uit de tuin, weet je wel,' zei Wigbold. Hij stond in de deuropening met zijn hand aan de kruk.
'Maar hoe komt die hier?' vroeg Maarten.
'Over de barak en dan over de muur,' zei Wigbold met een beweging van zijn hoofd naar de muur die het plaatsje aan de achterkant afsloot.
Ad had een van de katjes uit de doos genomen en keek er van dichtbij naar. Het diertje hing machteloos in zijn hand, zijn vier pootjes naar beneden. Hij had grove handen met korte, dikke vingers, een beetje zwart in de voegen, met zwarte randjes onder de nagels, als een loodgieter. 'Hij is nog blind,' stelde hij vast.
'Ze moeten net geboren zijn,' zei Wigbold, 'want vorige week waren ze er nog niet.'
'Maar wat nu,' zei Maarten. Hij keek naar de muur waar de rooie kat overheen was gekomen.
'Verzuipen!' zei Jan vrolijk.
'Bij mij thuis verzopen we ze,' zei Wigbold. 'Daar voelen ze niks van.'
'Dat doen we natuurlijk niet,' zei Maarten wrevelig. Hij keek naar Ad, die het poesje voorzichtig teruglegde in de doos. 'Hoeveel zijn er?'
Ad keek aandachtig in de doos. 'Vijf. Twee zwarte, twee rooie en een gestreepte.'
'Nou, jullie zoeken het wel uit,' zei Wigbold. Hij verdween naar de gang.
'Als het gaat regenen worden ze nat,' stelde Maarten vast, langs de gevel omhoogkijkend.

'Ik kan er natuurlijk wel een dakje boven maken,' stelde Ad voor.
'In het fietsenhok ligt nog een oud gordijn,' herinnerde Jan zich. 'Dat kunnen we er misschien onder leggen.'
'Goed,' zei Maarten. 'Haal dat in ieder geval maar.'
Jan verdween in de gang.
'Hoe wou je dat dan doen?' vroeg Maarten aan Ad.
Ad onderzocht de muur op uitsteeksels. 'Als ik hier nou twee latjes maak,' hij wees in de hoek langs de muren, 'dan leg ik daar een stukje triplex op en dan maak ik op deze hoek een pootje.'
'Dan kunnen we beter een tafel nemen,' vond Maarten. 'Hebben we niet nog een tafel?'
'Er ligt een hele stapel zelfs,' zei Jan, het plaatsje weer op komend. Hij had een gordijn over zijn arm.
'Eén is genoeg,' zei Maarten. 'Hebben we ergens niet nog een oude tafel?'
'Een tafel...' zei Jan nadenkend. 'Bij ons in de kamer staat nog wel een tafel, waar die schrijfmachine van Emma op staat.'
'Met dat rooie zeil erop,' herinnerde Maarten zich. 'Laten we die maar nemen. Geef eens!' Hij nam het gordijn van Jan over, het voelde vettig aan van het stof. 'Dat is te groot.'
'Geef maar,' zei Jan. Hij vouwde het uit, pakte het bij het uiteinde beet, rukte flink en scheurde er een reep af. 'Hartstikke verlegen,' stelde hij vast. 'Als jullie die beesten nou even uit die doos nemen?'
Ad bukte zich en haalde twee handen vol katjes uit de doos. Ze piepten angstig. Maarten nam de enig overgeblevene eruit, een klein, warm lichaampje, waarna Jan de lap in de doos stopte. 'Zo,' zei hij tevreden. 'Stop ze er maar weer in.'
Ad en Maarten legden de katjes terug.
'En nou die tafel,' zei Maarten, zich oprichtend.
Ad stond nog in de doos te kijken. 'Zal ik niet even wat eten voor ze halen?'
'Voor die katjes?' vroeg Maarten.
'Nee, voor de moeder bedoel ik.'
'En een bakje water,' zei Maarten. 'Heb je geld?' – hij greep naar zijn achterzak.

Ad voelde in de borstzak van zijn overhemd. 'Jawel.'
'Goed,' zei Maarten. 'Dan halen Jan en ik die tafel.'
Terwijl Ad de deur uitging, liepen ze samen door de gang naar de achterkamer. 'In de pas!' beval Maarten. Het leven had plotseling weer zin. Er moesten beslissingen worden genomen.
Jan grinnikte. 'Gekke boel,' zei hij vermaakt.
Ze maakten de tafel leeg en brachten hem naar het plaatsje, zetten de vuilnisbak wat opzij, plaatsten de tafel in de hoek en zetten de doos eronder.
'Ik kan nog wel een zeil van thuis meenemen,' bedacht Jan, 'dan kunnen we dat erover hangen. Dan wordt die tafel ook niet nat.'
'Goed,' zei Maarten.
Wigbold kwam kijken. 'Jullie maken toch geen rotzooi op mijn plaatsje, hè?'
'Maakt u zich geen zorgen,' weerde Maarten af. 'Klootzak,' zei hij binnensmonds, zich afwendend.
Wigbold bleef nog even staan en verdween toen weer. Ad kwam met een schoteltje water en een schoteltje kattevoer het plaatsje op en zette ze onder de tafel naast de doos. Voldaan keken ze naar het resultaat.
'Maar het is natuurlijk een noodoplossing, hè?' zei Maarten. 'We zullen ze ergens moeten onderbrengen.' Hij keek naar Jan. 'Kun jij er niet een paar nemen?'
'Ik?' zei Jan. 'Ik dank je wel. Ik heb de pest aan katten.'
'Voor je nieuwe huis in Purmerend.'
'An me nooit niet!' Hij grinnikte. 'Ien zal me aan zien komen. Nee, dat doen we maar niet.'
'Wij hebben al twee katten,' zei Maarten tegen Ad. 'En jullie hebben die hond.'
Ad aarzelde. 'Als we nou eerst eens die ouwe proberen te pakken?' stelde hij voor.

Na de middagpauze, toen Maarten net was teruggekeerd van zijn wandeling en aan de middentafel achter zijn machine zat, verscheen Ad in de tuin voor het open raam. 'Hebbes!' zei hij grijnzend. Hij hield een rooie kat onder de voorpoten omhoog.

'Jezus!' zei Maarten. 'Hoe heb je dat klaargespeeld!' Hij stond op en kwam dichterbij.
'Gewoon. Ze liet zich zo pakken.'
Maarten krabde de kat op zijn kop. De kat deed geen poging om te ontsnappen. 'Ben je zeker dat deze het is?'
'Kijk maar naar d'r tieten. Hartstikke vol melk.'
Maarten keek vluchtig naar de buik van de kat, een beetje schuw voor zo'n lichamelijk detail. 'En nu?'
'Ik neem ze mee naar huis.'
'Kan dat?' vroeg Maarten ongelovig.
'Het zal wel moeten, want zo kan het in ieder geval niet.'
'Ik kom je helpen.'
Ze troffen elkaar in de gang. Maarten haalde de doos van het plaatsje, Ad zette de kat erin. 'Ze is zo tam als de pest,' stelde hij vast. 'Ze zal wel weggelopen zijn.' Terwijl Maarten de deksel dichthield, haalde hij een stuk touw uit het hok van Wigbold, waarmee ze de doos dichtbonden. Wigbold kwam ook kijken, maar hij zei niets.
'En nu?' vroeg Maarten.
'Ik neem ze achter op de fiets.'
'Kunnen we niet beter met de tram gaan?' zei Maarten bezorgd.
'Nee, het kan best op de fiets.' Hij tilde de doos op en droeg hem met Maarten achter zich aan naar het fietsenhok. Terwijl Maarten de fiets vasthield, sjorde hij de doos vast op zijn bagagedrager, waarna ze samen de fiets voorzichtig de steeg uitreden. Maarten keek hem na. Met een hand achter zich op de doos reed Ad voorzichtig de brug op en verdween toen aan de andere kant tussen het verkeer in de Oude Hoogstraat.
Drie kwartier later belde hij op. 'Ja, met mij. We zijn er hoor.'
Zijn stem was hoog van emotie en een beetje lacherig.
'Mooi,' zei Maarten, ook geëmotioneerd. 'Goed werk! Hoe gaat het nu?'
'Ze liggen al te drinken.'
'Prachtig.'
'Heidi wil je ook nog even spreken.'
'Nou, dat is ook wat moois zeg!' zei Heidi. 'Als je nog eens wat weet! Gossiemijne!' Ze lachte.

'Ja,' zei Maarten. Hij wist niet hoe hij moest reageren.
'Daar zitten we mooi mee.'
'Ja.'
'Maar ze zijn wel lief hoor.'
'Gelukkig.'
'We hebben al besloten om er een naar jou te noemen en een naar meneer Beerta.' Ze lachte.
'Je kunt ze ook allemaal Beerta noemen.'
Ze moest daar hartelijk om lachen. 'Ja, die is goed! – Hij denkt dat Beerta de vader is,' zei ze tegen Ad.
Ad zei iets.
'Ad zegt dat het dan een mannetje had moeten zijn,' zei ze vrolijk. 'Nou, ik leg maar weer neer hoor, want nu wordt het een beetje te gek. Dag.'
Maarten legde de hoorn neer en liep door naar de achterkamer.
'Ze zijn behouden aangekomen,' zei hij om de hoek van de deur.
Jan keek op. 'Grote klasse!' zei hij geestdriftig.
Maarten sloot de deur weer, liep terug naar het bureau van Beerta, nam de hoorn op en draaide het nummer van zijn huis. Terwijl hij wachtte, keek hij door het open raam in de tuin en glimlachte.

★

Maarten legde zijn pen neer. Hij zakte achteruit tegen de leuning van zijn stoel, streek met de toppen van zijn vingers over zijn voorhoofd en zijn wenkbrauwen en sloot zijn ogen. Na enige tijd vermande hij zich. Hij stond op en draaide zich om naar Beerta, met een hand aan de leuning van zijn stoel. 'Twee jaar geleden hebt u mij voorgesteld om voortaan Anton tegen u te zeggen,' hoewel hij probeerde dat te vermijden was er toch nog enige emotie in zijn stem.
Beerta legde zijn pen neer en draaide zich half om, zijn hoofd wat opgericht. 'Ja?'
'Als dat voorstel nog van kracht is, dan zou ik dat nu kunnen.'
Beerta draaide zijn hoofd wat verder, zodat hij Maarten kon zien, en keek hem koel aan, zijn wenkbrauwen iets opgetrok-

ken. 'Zoals je wilt,' zei hij toen, waarna hij zich afwendde. Hij nam zijn pen weer op en ging door met zijn werk.
'Dan zal ik dat voortaan doen,' besliste Maarten. Hij ging weer zitten, niet helemaal tevreden over het verloop, maar wel vastbesloten om zich niet van zijn besluit te laten afhouden.

★

'Daar heb je meneer Beerta,' zei Maarten.
Beerta kwam de kamer binnen. 'Dag heren.'
'Dag meneer Beerta,' zeiden Bart, Ad en Jan.
'Dag Anton,' zei Maarten.
Ad grijnsde breed. Bart liep rood aan, het kostte hem zichtbaar moeite om zijn lachen te houden. Beerta liep naar zijn bureau, stijf rechtop, zonder aandacht aan hen te besteden, en legde zijn tas op het zijblad.
'We hadden het net over je,' zei Maarten, de reacties van Ad en Bart negerend.
'Over mij?' vroeg Beerta, hij draaide zich om en keek Maarten met opgetrokken wenkbrauwen aan.
'We vroegen ons af wat jullie in Bonn besloten hebben.'
'Heel veel. Het was een heel interessante bijeenkomst,' hij bleef Maarten strak aankijken, zijn kin omhoog, zijn hoofd een beetje scheef.
'En heeft dat ook nog gevolgen voor het werk hier?' vroeg Maarten.
'Ongetwijfeld,' zei Beerta ironisch.
'Kun je er dan niet even bij komen zitten?'
Beerta tilde zijn stoel op en zette die aan de andere kant van de tafel. 'Maar ik heb niet veel tijd want ik moet vandaag nog van alles doen,' waarschuwde hij.
'Je hebt het druk,' begreep Maarten.
'Juist,' hij vouwde zijn handen in elkaar, zette zijn ellebogen op de leuningen van zijn stoel en keek Maarten aan. 'Wat wil je weten?'
'In de eerste plaats hoe het was natuurlijk.'
'Het was heel interessant. Ik heb een interessant gesprek gehad met Fischbächle en ik weet nu eindelijk waarom die Oosten-

rijkers elkaar niet uit kunnen staan. Het blijkt dat Fischbächle en Müller elkaar niet kunnen zetten. Volgens Fischbächle is Müller communist en beschuldigt hij hem van nazi-sympathieën, waarin hij wel niet helemaal ongelijk zal hebben.' Hij tuitte zijn lippen, nog nagenietend.
'En de Europese Atlas?' vroeg Maarten.
'Met de Europese Atlas gaat het goed.'
'Ik bedoel, wat is daarover besloten?'
'Daar krijgen jullie binnenkort een brief over.'
'Van jou.'
'Van mij, ja.'
'Maar kun je ons dan niet alvast vertellen wat daarin zal staan?'
'Daar zal een heleboel in staan. We hebben niet voor niets drie dagen zitten te vergaderen.'
'Welke kaarten op het programma staan, wie die kaarten voor zijn rekening neemt, wat wij nog moeten doen,' verduidelijkte Maarten.
Beerta knikte. 'Seiner heeft aangeboden om de kaart van de jaarvuren te maken, Horvatić de kaart van het ploegen en Valkura die van het dorsen.'
'En voor wanneer moeten we de gegevens daarvoor inleveren?'
'Het is de bedoeling om een eerste ontwerp op het congres van maart al te bespreken.'
'Dat kan niet,' zei Maarten beslist.
'Waarom kan dat niet?' vroeg Beerta verbaasd. 'Natuurlijk kan dat! Ik heb het trouwens al toegezegd.'
'Dat is al over een half jaar.'
'Vijf maand,' corrigeerde Beerta. 'Ik zie niet in waarom dat niet zou kunnen. Je kunt met zijn vieren toch wel drie proefkaarten maken in vijf maand? Dat zou ik in mijn eentje nog wel kunnen.'
'Van onderwerpen waar je niets vanaf weet?'
'Je weet van geen enkel onderwerp wat af als je ermee begint. Daar ben je voor aangenomen.'
Er was een korte stilte.
'Heb jij soms ook nog iets toegezegd?' vroeg Maarten argwanend.

'Ik ben secretaris. Daar heb ik mijn handen al vol aan.'
'Godzijdank,' zei Maarten ironisch.
Beerta glimlachte. Hij stond op. 'Wacht nu eerst mijn brief maar eens af,' hij tilde zijn stoel op en draaide hem om, 'dan weet je precies waar je aan toe bent.' Hij ging achter zijn bureau zitten en trok zijn stoel onder zich naar voren. 'Ik moet nu aan het werk.'
Maarten keek naar zijn mensen. 'Jullie hebt het gehoord.'
Bart keek bezorgd. 'Ik denk niet dat ik zo gauw een kaart kan tekenen. Ik vind ook eigenlijk dat we dat niet moeten doen als we het niet eens zijn over de zin van kaarten.' Hij legde de nadruk op *zin*.
'Ik help je wel,' zei Ad.
'Moet kunnen,' vond Jan. 'Dan gaan we er gewoon wat harder tegenaan. En die knipsels laten we even liggen. Die lopen niet weg!'
Maarten dacht na. 'Een probleem is dat Hendrik Ansing dat ploegen en dorsen had zullen doen. Dat zou ik dan over moeten nemen.' Hij keek naar Jan. 'We hebben een vragenlijst over het dorsen. Zou jij daar eens naar willen kijken?'
'Doen we!'
'Dan neem ik het ploegen en dan kan Ad eens kijken naar die jaarvuren.'
'Dat wil ik wel doen,' zei Ad rustig.
'Goed.' Hij keek naar Bart. 'Jij hoeft niks te doen. Jij kunt gewoon doorgaan met je gewone werk.'
'Maar ik vind toch dat we nog eens een principieel gesprek moeten hebben over de zin van die kaarten,' zei Bart nauwkeurig. 'Omdat het toch ook een groot beslag legt op jullie tijd. En dat gaat weer ten koste van het kaartsysteem en het knipselarchief.'
'Dat zullen we een keer doen,' beloofde Maarten, 'maar niet nu.'

'Ik heb ook een uitvoerig gesprek met Pieters gehad,' zei Beerta nadat de drie anderen het vertrek verlaten hadden. Hij zette zijn bril af en stond op.
'Was die er dan ook?' vroeg Maarten verbaasd.

'Pieters was er als voorzitter van het Europees Cultureel Fonds, dat de Atlas moet financieren.' Hij wachtte even, geheimzinnig. 'Pieters en Horvatić mogen elkaar niet.'
'Waarom niet?'
'Pieters had voorzitter van de Atlascommissie willen worden nu Erik Sigurdson overleden is, maar Horvatić ligt beter bij het Oostblok, omdat hij Joegoslaaf is. Pieters heeft dat heel hoog opgenomen, maar tenslotte heeft hij na een uitvoerig gesprek met mij bakzeil gehaald.' Het was duidelijk dat hij achter zijn ernst in stilte nagenoot. 'We hebben het ook nog over jou gehad.'
'Over mij?'
'Verbaast je dat?' Er was een lichte ironie in zijn blik.
'Ja.'
Beerta keek hem nadrukkelijk aan. 'Pieters vindt dat jij en Jan Nelissen als redactiesecretarissen voor Nederland en Vlaanderen in de redactie van *Ons Tijdschrift* moeten worden opgenomen.'
'Nee!' – het besluit schokte hem, 'dat zou belachelijk zijn.'
'Waarom zou dat belachelijk zijn?'
'Omdat ik nog nooit wat in *Ons Tijdschrift* heb geschreven.'
'Je hebt een uitstekend artikel over de roggemoeder geschreven.'
'Dat jij niet durfde beoordelen.'
'Omdat het te moeilijk voor me was,' zei Beerta glimlachend. 'Ik ben beperkt zoals je weet.'
'Iemand die nog zo weinig geschreven heeft, kun je niet in de redactie opnemen.'
'Dan zul je wat meer moeten gaan schrijven. Je hebt Pieters ook nog een artikel over je kaartsysteem beloofd. Daar zit hij nog altijd op te wachten.'
'Dat heb ik niet beloofd.'
'Maar je zou het zo kunnen schrijven.'
Maarten reageerde daar niet op. Hij had geen ander argument dan zijn weerzin om medeverantwoordelijk te worden voor het redactiebeleid van *Ons Tijdschrift* en hij begreep dat hij dat tegen Beerta niet kon gebruiken.
Beerta keek hem aan. 'Je kunt toch ook niet van mij verlangen

dat ik dat werk blijf doen. Ik ben nu achtenzestig.'
De deur ging open. 'O, u bent er toch?' zei Meierink.
Beerta tilde zijn kin op en keek naar hem. 'Natuurlijk ben ik er.
Ik ben er altijd.'
'Omdat u er al een paar dagen niet was,' zei Meierink met een
schaapachtig lachje. Hij kwam de kamer in.
'Ik was naar een congres,' zei Beerta afgemeten.
'Want ik heb een overdrukje voor u.' Hij gaf Beerta een paar
aaneengeniete, bedrukte blaadjes.
'Dank u,' zei Beerta met een knikje.
'Professor Heertjes zal het er wel niet helemaal mee eens zijn,'
hij glimlachte bescheiden.
'Ik zal het lezen,' beloofde Beerta. Hij legde het overdrukje op
zijn bureau, naast zijn machine.
'Als u kritiek mocht hebben, dan wil ik die graag horen,' zei
Meierink onderdanig.
'Natuurlijk.' Hij wachtte tot Meierink de kamer weer verlaten
had. Toen de deur achter hem gesloten was, wendde hij zich
weer tot Maarten. 'Dat is nu iemand aan wie jij een voorbeeld
zou kunnen nemen,' zei hij met onverholen ironie.

★

'Maar je hebt zelf gezegd,' zei Bart, 'dat je zo'n kaart tenslotte
niet verklaren kúnt, omdat je geen gegévens hebt! Het blijven
veronderstéllingen!'
'Ja,' gaf Maarten toe.
'Dus we moeten eerst gegévens hebben, anders kunnen we
haar niet verklaren!'
'Nee. Maar als er nou geen gegevens zijn? Bij die nageboorte
van het paard en bij de roggemoeder had ik geen gegevens, en
bij het ploegen en het dorsen vinden we ze ook niet! Dat kan ik
nu al wel voorspellen.'
'Dat begrijp ik niet,' zei Jan. 'Volgens mij barsten we van de
gegevens! We hebben toch al die vragenlijsten? Wat zijn dat
anders dan gegevens? Dat zijn honderden gegevens!'
'Jawel!' zei Bart nadrukkelijk, 'maar dat zijn gegevens van nu!
Dat zijn geen historische gegevens!'

'Nou, dan zijn het maar gegevens van nu! Het zal me een zorg zijn, gegevens zijn gegevens!' Hij keek Maarten aan. 'Of mis ik nou even de aansluiting?'

'Ja,' zei Maarten glimlachend, Jan amuseerde hem, 'Bart bedoelt dat je met die gegevens wel de tegenwoordige cultuurgrens kunt vaststellen, maar dat je niet kunt bewijzen dat die driehonderd of achthonderd jaar geleden daar ook al liep.'

'O, op die manier. Nou, dan moeten we die gegevens zoeken zou ik zeggen.'

'Dat is nou precies wat ik wil bepleiten,' zei Bart tevreden.

'Maar als die gegevens er nou niet zijn, Bart?' vroeg Ad.

'Daar ben ik nog helemaal niet zo zeker van, dat die er niet zijn,' zei Bart. 'Dat is nog nooit onderzocht.'

'Maar als ze er nou niet zijn,' hield Ad vol. 'Dat kan toch?'

'Dan maken we ze gewoon,' zei Jan, hij lachte smakelijk. 'Verdomd! Ik meen het nog ook!'

'Dat doe ik dus,' zei Maarten, 'maar daar heeft Bart bezwaar tegen.'

'Zie je wel!' zei Jan. 'Nooit voor één gat laten vangen!'

'Als ze er niet zijn, dan moeten we zo'n kaart ook niet publicéren,' zei Bart nadrukkelijk.

'Dus je bent er ook tegen dat we proefkaarten voor de Europese Atlas maken,' begreep Ad.

'Ja. Als we geen harde gegevens hebben, dan ben ik daartegen. We moeten eerst harde gegevens hebben!' Hij liet de r in *harde* rollen.

'Ik ben dat in theorie natuurlijk met je eens,' zei Maarten, 'maar in de praktijk ligt dat anders. De Europese Atlas wil van ons kaarten hebben waarop de tegenwoordige grenzen van de jaarvuren, de ploegtypen en de dorsvlegeltypen staan. Die kunnen we geven. Ze gaan van de veronderstelling uit dat ze die grenzen kunnen verklaren als ze een overzicht van heel Europa hebben. Dat betwijfel ik. Maar ik kan dat niet bewijzen. Ik heb geen argumenten om die veronderstelling te weerleggen. En dus doe ik mee. Het is trouwens onze opdracht.'

'Onze opdracht is de wetenschap te dienen,' zei Bart.

'Natuurlijk!' zei Jan.

'Dat zegt me niets,' zei Maarten.

'Wat versta jij daar dan onder, Bart?' vroeg Ad.
'Dat je niet meedoet als je ergens aan twijfelt!' zei Bart. Hij keek naar Maarten. 'Met die Zuid-Afrika kwestie heb jij toch ook niet meegedaan? Die wilden ook gewoon gegevens hebben.'
'Maar dat is iets totaal anders! Dat was een politieke kwestie!'
'Ik zie het verschil niet,' zei Bart koppig. 'Ik vind dit ook een politieke kwestie.'
'Nou ben ik even de draad kwijt,' bekende Jan. 'Waarom is zo'n kaart van de dorsvlegel nou een politieke kwestie? Het is misschien dom, maar ik begrijp daar geen barst van.'
'Een politieke kwestie is als mensen voor hun vooroordelen bevestiging zoeken zonder over harde gegevens te beschikken,' zei Bart, zorgvuldig formulerend.
'O, zo bedoel je,' zei Jan. 'Ja, als je het zo stelt.'
'Het wordt pas een politieke kwestie als er misbruik van wordt gemaakt,' vond Maarten.
'Precies!' zei Jan. 'Zo zie ik het ook!'
'Ik vind dit misbruik!' zei Bart.
'En als de Commissie nou zegt dat we die kaarten moeten leveren omdat dat onze taak is?' wilde Ad weten.
'Daar zou ik dan eerst eens over moeten nadenken, maar ik denk dat ik dat dan zou weigeren.'
'Dat doe ik dus niet als ik geen argumenten heb,' zei Maarten, 'maar als jij geen kaarten wilt maken, dan hoef je dat ook niet. Dan maken wij ze.'
'Nee. Ik vind dat we ze dan geen van allen zouden moeten maken.'
'Dat kan ik niet verdedigen,' besliste Maarten.
'Dat begrijp ik niet. Het lijkt me dat je dat heel goed kunt verdedigen. Je hoeft alleen maar te zeggen dat je dat niet doet!'
'Je ziet het wat te eenvoudig,' vond Maarten, 'maar wat is er voor bezwaar tegen als jij voortaan degene bent die verantwoordelijk is voor het bijeenbrengen van historische gegevens?'
'Omdat men dan zal denken dat ik ook verantwoordelijk ben voor die kaarten.'
'Als wij die kaarten wel willen maken, kun je ons dat toch niet

verhinderen?' zei Ad. Er klonk enige irritatie in zijn stem.
Maarten keek op zijn horloge. 'We komen hier vandaag niet meer uit. Ik stel voor dat we die werkverdeling voorlopig aanhouden en er dan na enige tijd nog eens op terugkomen.' Hij keek naar Bart. 'Heb je daar bezwaar tegen?'
'Ja, daar heb ik toch wel bezwaar tegen.'
'Maar wat wil je dan?'
'Ik wil dat jullie die kaarten ook niet maken!'
Maarten schudde zijn hoofd. 'Dat kan dus niet! Ik ben aangesteld om kaarten te maken. Zolang ik niet bewezen heb dat dat onzin is, maak ik kaarten.' Hij stond op. 'We gaan naar huis.'
Bart stond ook op. 'Dat ben ik dus niet met je eens.'
Maarten lachte, wat gedwongen. 'Dat we naar huis gaan?'
'Nee,' zei Bart, 'dat jullie kaarten maken.'

★

Terwijl ze zich afwendden en op de spoorwegovergang toeliepen, trok de bus weer op en reed van de halte weg. Het water spatte onder de wielen van het asfalt op, de ruiten waren beslagen en nat van de regendruppels. De regen was weer opgehouden. De lucht was grauw. Het was kil. De weg waarlangs de bus verderreed, in de richting van Haarlem, was op dit vroege uur, op kerstochtend, nagenoeg verlaten. Ze staken langs het gele knipperlicht de spoorweg over. De rails glommen van nattigheid tussen de natte keien, de masten en draden van de bovenleiding verloren zich in een mistige verte. Op het voorplein van het met gras begroeide fort aan het begin van het dorp stond achter een ijzeren hek een rij groene legertrucks, nat van de regen. Er was niemand te zien. Ze liepen het dorp in. In de stilte klonk het geluid van hun voetzolen op de straatklinkers. Toen ze tussen de boerderijen liepen, begon achter hen de bel van de spoorwegovergang te rinkelen. Een paar tellen later kwam de sneltrein voorbij, in de richting van Amsterdam. Het geluid van de wielen stierf snel weg. De bel rinkelde nog even door en zweeg toen weer. Een boer kwam in zijn werkhemd met bretels uit de staldeur van zijn boerderij, een meter of twintig van de weg, en liep knarsend over zijn erf naar

een schuur wat verderop, waar hij naar binnen ging. De ramen van een woonhuis, schuin aan de overkant, waren beslagen. Achter het middenraam hing, vaag zichtbaar, een kerstster. Een hond bij een boerderij verderop blafte. Verder was het stil. Niemand.
'Zou je hier nou willen wonen?' vroeg ze.
'Nee,' zei hij beslist, 'ik moet er niet aan denken.'
'Waarom dan niet? Het is hier toch stil?'
'Ja, nu, maar al die mensen die op je letten en die je te vriend moet houden.'
'In de Jordaan letten ze ook op je.'
'In de Jordaan zoeken ze me niet.'
'Hier dan wel?'
'Ja, hier wel,' zei hij beslist. 'Ik zou me hier geen ogenblik veilig voelen.'
'In de Jordaan voel ik me nu juist voortdurend bekeken.'
'Ja, dat heb jij.'
'Misschien is dat ook omdat jij de hele dag op je werk bent dat je dat niet hebt.'
'Misschien,' gaf hij toe.
Tegen het hek van de kerk en tegen de muur stonden enkele tientallen fietsen. Ervoor stonden vier of vijf auto's langs de stoeprand. Achter de ramen brandde licht, de deuren in het portaal stonden open. Binnen klonk de stem van de priester en het monotone geluid van de gelovigen die antwoordden. Een paar boerderijen verder begon de polder.
'Ik bedoel ook niet in het dorp,' zei ze, 'en ook niet hier, maar ergens buiten, waar geen andere mensen zijn.'
'Nee,' zei hij. 'Ik moet het gevoel hebben dat ik ondergedoken ben. Als ik oud word, dan wil ik oud worden in het hart van de stad.'
'Ik wil niet oud worden, daar ben ik nu juist zo bang voor.' Ze pakte zijn hand.
'Je wordt oud.'
'Nee! Ik wil niet dat je dat zegt!'
Hij zweeg.
'We worden niet oud, hè? Zeg dat we niet oud worden!'
'We worden niet oud,' stelde hij haar gerust. 'Het lijkt alleen

maar zo,' kon hij niet nalaten er nog aan toe te voegen.
Ze reageerde daar niet op.
In de weilanden rechts van de weg zaten wat kraaien. Bij hun nadering vlogen ze op, zeilden weg en lieten zich een eind verder weer zakken. Links was wat water met een kraag van rommelig, oud riet langs de oever, wat elzen en hier en daar een strook halfverdronken grasland. Over het water hing een lichte nevel. Ze sloegen rechtsaf, naar de Spaarndammerdijk, en liepen langs de dijk door het grauwe, mistige land terug naar Halfweg, naar de bus.

★

1968

'Wat is het voor huis?' vroeg Maarten.
'Zo'n huis van twee onder één kap,' antwoordde Ad. 'Ik vond het wel een aardig huis.'
'Waar is het precies?'
'Ken je Purmerend?'
'Ja natuurlijk ken ik Purmerend.'
'Nou, aan de noordkant heb je zo'n weg, ik denk dat het daar gedempt is, en daar weer overheen is een nieuwbouwwijk. Daar is het.'
'Verschrikkelijk.'
'Jij woont liever in de Jordaan,' begreep Ad.
'Ja.'
'Misschien vindt Jan dat wel weer verschrikkelijk,' zei Bart.
'Dat zal wel,' zei Maarten onverschillig.
'Meen je dat nou echt?' vroeg Ad nieuwsgierig, 'dat je liever in de Jordaan woont?'
'Natuurlijk meen ik dat.'
'Alsof dat in wezen enig verschil maakt,' merkte Bart op.
'Waarom is dat dan?' vroeg Ad.
'Dat maakt een enorm verschil,' zei Maarten tegen Bart. Hij wendde zich tot Ad. 'Waarom is dat?' Hij dacht na. 'In zo'n nieuwbouwwijk zou ik me een buitenstaander voelen. Dat ben ik in de Jordaan ook, maar daar is het niet zo drukkend.'
'Omdat je je daar superieur voelt,' begreep Bart.
'Voel ik me superieur?' vroeg Maarten, Bart aankijkend.
'Ik zou niet weten wat het anders kan zijn.'
Maarten schudde zijn hoofd. 'Ik weet niet of ik me superieur voel. Dat zegt me in ieder geval niks. Het is meer de eenvormigheid van zo'n nieuwbouwwijk. Al die gelukkige, jonge

gezinnen. Het gevoel dat er een complot is waar je niet in zit. De enorme sociale druk die daarvan uitgaat. Dat hadden we in Groningen ook. Daar woonden we in een nieuwbouwflat. Als je daar niet op maandag de was aan de lijn had en na een paar jaar een kind, dan werd je daarop nagekeken. Dat heb je in de Jordaan niet.'
'Dacht je dat nou werkelijk?' vroeg Bart. 'Dan ken jij de Jordaan niet.'
'Misschien niet,' zei Maarten ironisch.
'Denk je echt dat je in de Jordaan niet wordt nagekeken als je geen kinderen hebt?' vroeg Ad.
'Dat zal wel,' zei Maarten, 'maar er wordt niet zo'n zaak van gemaakt.'
'Reken maar dat er een zaak van wordt gemaakt,' zei Bart.
'Neem nou waar ik woon,' zei Maarten, enigszins geïrriteerd rakend. 'Naast ons woont een voddenman. Die vrouw heeft tot haar veertigste of vijfenveertigste elk jaar een kind gehad, of een miskraam. Haar dochters precies hetzelfde, voorzover we dat kunnen overzien tenminste, en dan nog vaak van allerlei vaders. Boven ons woont iemand die bij de tram werkt. Die hebben geen kinderen. Dacht je nou werkelijk dat die vrouw van de voddenman op de vrouw van die man van de tram neerkijkt omdat ze geen kinderen heeft? Ze benijdt haar! Ze vindt het één grote ellende, al die kinderen. Terwijl ze in zo'n nieuwbouwwijk, waar ze tot hun nek in de sociale zekerheden en de voorbehoedmiddelen zitten, van het moederschap een heiligheid maken. Dat vind ik dus weerzinwekkend.'
'Daar geloof ik nou helemaal niets van,' zei Bart geïrriteerd. 'Dat vind ik nou discriminerend! Alsof die dame naast jullie eigenlijk geen kinderen zou willen hebben, alleen omdat ze minder geld heeft.'
'Natuurlijk wil ze geen kinderen hebben! Ze krijgt kinderen! Kinderen willen hebben is geen biologische behoefte, dat wordt je aangepraat!'
'Hoe kun je nou zoiets zeggen?'
Ad glimlachte heimelijk.
'Omdat het zo is!' zei Maarten met grote stelligheid. 'Voortplantingsdrift en troeteldrift, die zijn biologisch, allemaal tot

je dienst, maar moederschap wordt vrouwen aangepraat.'
'Dan heb jij nog nooit een echte vrouw ontmoet!' zei Bart giftig.
Maarten keek hem verbaasd aan. 'Dat zal dan wel niet,' zei hij geamuseerd.

'Dat je nooit een echte vrouw hebt ontmoet, dat had ik niet moeten zeggen,' zei Bart een uur later. Hij was de kamer ingekomen en bleef bij het bureau van Maarten staan.
'Waarom niet?' vroeg Maarten, opkijkend. 'Als je dat nou denkt?'
'Nee, dat had ik niet mogen zeggen.'
'Van mij mag je alles zeggen. Ik vind dat niet erg.'
'En toch had ik het niet moeten zeggen. En ik zou graag willen dat je het weer vergeet.'
'Dat kan ik niet,' zei Maarten glimlachend. 'Zulke dingen vergeet ik nou juist nooit.'
'Dat vind ik heel akelig.'
'Waarom is dat akelig? Zulke dingen zijn nou juist typerend.'
'Ik vind het akelig omdat ik het niet meende. Het was irritatie. Ik vond dat je het moederschap kleineerde.'
'Maar dat is toch typerend? Zowel voor jou als voor mij. Ik vind dat heel interessant. Ik wou dat alle gesprekken zo verliepen.'
'En toch vind ik het akelig,' zei Bart koppig. 'Ik zou het op prijs stellen als je in ieder geval probeerde het te vergeten.'
'Ik zal mijn best doen, maar ik kan het je niet beloven en ik neem het je in ieder geval niet kwalijk.'
'En dat geloof ik nu juist niet. Ik denk dat je me het in je hart heel erg kwalijk neemt.'
Maarten schudde zijn hoofd. 'Nee.' Hij glimlachte. 'Ik vind het eerder ontroerend,' zei hij ironisch.

★

'Ga even zitten,' zei Balk, 'ik wil een paar dingen met je bespreken.' Hij zocht driftig tussen de papieren op zijn bureau terwijl Maarten plaatsnam in het zitje. Balk vond wat hij zocht, zette

zich bij hem, sloeg zijn benen over elkaar en wreef krachtig over zijn neus. Zodra hij zijn benen over elkaar had geslagen begon zijn voet te wippen. 'In de eerste plaats: dat kantoor aan de Nieuwevaart gaat niet door!'
'Dat was ook niks.'
'Dat was heel geschikt, maar de makelaar heeft een huurder voor het hele pand gevonden en voor ons alleen is het te groot. Het huis aan de Beursstraat heb ik afgeschreven omdat het te klein was.'
Maarten zweeg. Hij had geen zin om nog eens op zijn vingers getikt te worden.
'Ik heb nu nog een kantoorgebouw aan de Keizersgracht. Daar ga ik vanmiddag naartoe. Kun jij vanmiddag?'
'Ja. Hoe laat?'
'Ik heb afgesproken om half vijf.'
Maarten knikte. 'Goed.' In die paar minuten was hij al zo gespannen geraakt als een veer, zoals in ieder gesprek met Balk.
'In de tweede plaats!' – hij keek op zijn papier. 'Ja!' – hij keek op. 'Volgend jaar wordt Anton zeventig. Ik denk erover om het Bureau naar hem te vernoemen, als hommage.' Hij wachtte. Hij wilde een reactie.
'Dat vind ik heel goed,' antwoordde Maarten zonder zich de tijd te gunnen erover na te denken.
'Goed. Ik heb het al met Dé Haan besproken. Die gaat accoord. Zou jij hem eens willen polsen? Jij hebt van ons drieën het meeste contact.'
'Dat wil ik wel doen.'
'In de derde plaats,' hij keek opnieuw op zijn papier. 'De redactie van *Volksnamen* is van plan om hem bij die gelegenheid een feestbundel aan te bieden. Wil jij daaraan meewerken?'
'Anton wil geen feestbundels. Hij heeft mij indertijd gevraagd dat te verhinderen.'
'Daar heb ik niets mee te maken. Zo'n feestbundel krijg je niet voor jezelf, die krijg je voor het tijdschrift! Doe je mee?'
'Nee. Ik doe dus niet mee.'
'Goed,' hij stond op. 'Dat was het.'
Maarten stond ook op. 'Hoe staat het nu met de opvolger van Van Ieperen? Ik hoor daar niks meer over.'

'Die komt volgende maand,' hij wendde zich af naar zijn bureau en nam daar plaats, met zijn hoofd al weer bij zijn werk. 'Je zult hem wel zien verschijnen.'

★

'Heb je het nieuwe nummer van Ons Tijdschrift al gezien?' vroeg Maarten.
'Nee,' zei Beerta. 'Wat staat daarin?'
Maarten stond op en bracht het hem. Hij sloeg het open op de eerste bladzij en legde het voor Beerta neer. 'Daarin wordt samenwerking met Zuid-Afrika in het vooruitzicht gesteld,' hij wees de passage aan.
Beerta boog zich over de bladzij en las de aangewezen passage aandachtig.
'Dat kan natuurlijk niet in een tijdschrift waarvan ik redactiesecretaris ben.'
'Nee, dat kan niet,' zei Beerta niet bijzonder geïnteresseerd, hij gaf hem het nummer opengeslagen terug. 'Ik zal daar met Pieters een gesprek over hebben.'
'Zie jij de kopij eigenlijk voor zo'n nummer naar de drukker gaat?'
'Nee. Dat regelt Pieters altijd.'
'Dan zullen we voortaan toch de kopij eerst moeten zien, om zulke dingen te voorkomen.'
'Je hebt gelijk. We moeten daar maar eens met zijn vieren over praten, op de eerstvolgende redactievergadering. Maak maar een aantekening.' Hij keek naar hem op omdat Maarten bleef staan. 'Nog iets?'
'Ja, maar iets heel anders.'
Beerta legde zijn bril weg en draaide zich naar hem om.
'Balk denkt erover om het Bureau naar jou te vernoemen. Hij heeft me gevraagd om je daarover te polsen.'
Het was te zien dat Beerta schrok. 'Naar mij? Nee!' Hij trok wit weg.
'Waarom niet? Het is toch jouw Bureau?'
'Omdat ik dat beslist niet wil!' zei Beerta geagiteerd. 'Stel je voor! Ik zou hier nooit meer een stap durven te zetten!'

Zijn reactie verraste Maarten zo, dat hij niet dadelijk een weerwoord had.
'Het Bureau naar mij vernoemen!' zei Beerta geschokt. 'Hoe komen jullie op het idee! Ik had je wijzer gedacht.'
'Ik vind het idee nogal logisch. Er zijn wel meer Bureaus naar hun stichter vernoemd.'
'Ach!' zei Beerta geprikkeld. 'Toch niet als ze nog leven? Ik kan nog wel ik weet niet wat doen. Ik kan wel een kinderverkrachter worden! En wat dan? Dan zitten jullie met die naam!'
'Op jouw leeftijd?' zei Maarten sceptisch.
'Waarom niet op mijn leeftijd? Er zijn wel oudere kinderverkrachters dan ik!' – hij was heel geëmotioneerd. 'Ik zou niet weten waarom ik dat niet zou kunnen worden!'
Maarten glimlachte.
Beerta keek naar hem. 'Maar begrijp je dan niet dat jullie me daarmee iedere vrijheid ontneemt?' zei hij met enige wanhoop. 'Dat ik voortaan bij alles wat ik doe aan het Bureau zal moeten denken? Dat zou toch geen leven meer zijn?'
'Dus niet?'
'Niet zolang ik leef! Daarna moet je het zelf maar weten.'
'Goed. Ik zal het tegen Balk zeggen.' Hij zette zich weer achter zijn bureau.
'Het Bureau naar mij vernoemen!' zei Beerta ontsteld. 'Ik zou geen erger straf kunnen bedenken.'

'Wat vond je ervan?' vroeg Balk op de terugweg naar zijn auto.
'Niks voor ons.'
'Waarom niet?'
'Het is te groot en te diep,' hij probeerde zich zo stellig en beknopt mogelijk uit te drukken om in de lijn van Balk te gaan zitten. 'En ik denk ook dat ze het helemaal niet aan ons willen verhuren, maar aan de Openbare Leeszaal. De Openbare Leeszaal krijgt het. Dat zul je zien.'
'Dat laatste denk ik ook.' Hij had zijn auto bereikt en opende het portier aan zijn kant. 'Ga je nog mee?'
Maarten keek op zijn horloge. 'Nee, ik ga naar huis.'
'Goed.' Hij stapte in zijn auto, trok het portier dicht, startte en

reed achteruit, half omgedraaid om het verkeer langs de gracht te bedwingen. Toen hij wegreed stak hij zijn hand op.
Maarten draaide zich om en liep de Keizersgracht af. Het begon te schemeren. Hij stak de Raadhuisstraat over en bleef staan voor een etalage waar een roeimachine was uitgestald. De machine stond schuin omhoog. Hij bestond uit een ijzeren onderstel waarop een rood bankje met behulp van koorden en katrollen op en neer kon rollen. Hij keek er begerig naar, zoals iedere avond nu al drie weken lang, maar dit keer, misschien als reactie op het ongewone verloop van de middag en het zakelijke gesprek met de makelaar en met Balk, overwon hij zijn aarzeling en stapte hij de winkel binnen.

Nicolien zag hem de voordeur binnenkomen. Ze kwam uit haar stoel omhoog en opende de glazen tussendeur. 'Wat heb je nou gedaan?' zei ze ontstemd.
'Ik heb hem gekocht,' hij glimlachte onzeker. Hij stond met zijn jas nog aan en de machine onder zijn arm in de ruimte tussen de deur en de bedden.
'Maar dat zou je toch niet doen? Je zou hem toch niet kopen? Je hebt toch beloofd dat je hem niet zou kopen?'
'Dat heb ik helemaal niet beloofd.'
'Dat heb je wél beloofd! Je hebt gezegd dat je hem niet zou kopen!'
'Ik heb gezegd dat ik er nog eens over zou denken!'
'Maar je zou hem niet kopen!'
'Dat heb ik niet gezegd!' Hij liet de machine op de grond zakken en trok zijn jas uit. 'Ik heb alleen gezegd dat ik er nog eens over zou denken.'
Ze kwam driftig dichterbij en pakte hem bij zijn arm. 'Breng hem terug!'
Hij trok zich los. 'Ik denk er niet over.'
'Ik wil dat je hem terugbrengt!'
'Ik breng hem niet terug!' Hij hing zijn jas aan de gordijnrails.
'Ik wil geen man met een roeimachine!'
'Daar zul je dan toch aan moeten wennen.' Hij liep door naar de achterkamer.
'Ik wíl het niet!' zei ze, achter hem aan lopend. 'Hoor je me! Ik

wil niet getrouwd zijn met een patser! Ik wil een man die ook de pest heeft aan machines, net als ik!'
'Doe niet zo gek. Hij loopt toch niet op benzine?' Hij ging op de divan zitten.
'Maar het is de machine van een patser!' zei ze woedend, ze was midden in de kamer blijven staan, 'en ik wíl geen patser! Ik wil een man zonder al die rotmachines!'
Hij haalde zijn schouders op.
'Breng hem terug!'
'Ik denk er niet over.'
'Dan breng ik hem terug!' Ze ging driftig de voorkamer weer in en bukte zich naar de machine.
'Laat dat!' zei hij achter haar aan lopend. 'Laat die machine met rust!'
'Zo'n rotmachine!' zei ze kwaad, ze trok hem op en kwakte hem weer neer.
'Laat dat!' waarschuwde hij kwaad. 'Je maakt hem stuk!'
'Waarom koop je dan niet meteen een auto?' riep ze woedend. 'Koop dan ook maar een auto als je zo graag een machine wilt hebben! Waarom heb je dan de pest aan auto's? Of heb je daar soms ook al de pest niet meer aan?' Ze begon te huilen en liet zich op het bed vallen. 'Dat mij dat nog moest overkomen, dat ik een man getrouwd heb met een roeimachine!' Ze huilde hard.
Hij moest lachen ondanks zichzelf. 'Doe niet zo idioot.'
'Idioot?' riep ze. 'Doe ik idioot? Wie doet hier nou eigenlijk idioot? Ik heb toch geen roeimachine gekocht?'
'Nee, ik.'
'Nou, wie doet er dan idioot?'
'Ik heb veel te weinig beweging en daarom wil ik die machine.'
'Als je te weinig beweging hebt dan moet je ochtendgymnastiek doen! Net zoals ik! Dan moet je geen machines kopen! Dan moet je ochtendgymnastiek doen! Hoe denk je anders dat mensen dat doen die niet zoveel geld hebben als jij? Die niet zulke patsers zijn? Hoe denk je dan dat die dat doen? Dacht je dat die ook zo'n rotmachine kochten? Hoe denk je dat Frans dat doet? Moet Frans dan soms ook zo'n machine kopen? Of

hoeft die geen beweging te hebben soms? Omdat hij er toevallig geen geld voor heeft?'
'Ach, schei toch uit.'
Ze stond woedend op. 'Als jij het verdomt om die machine terug te brengen dan eis ik dat je er ook een voor Frans koopt!' zei ze dreigend. 'Dan koop je er ook een voor Frans! Net zo een! Ik wil niet dat wij alleen zo'n machine in huis hebben! Ik zou me doodschamen! Ik wil het niet!'
'Goed, als Frans er een hebben wil, zal ik er een voor hem kopen, maar ik vind het idioot.'
'Dus je brengt hem niet terug?'
'Nee,' zei hij beslist, 'ik breng hem niet terug.'
'Dat ik zo'n man getrouwd heb!' zei ze huilend terwijl ze terugliep naar de kamer. 'Dat ik met zo'n patser ben getrouwd! Die een roeimachine koopt omdat hij ochtendgymnastiek niet goed genoeg vindt!'
Hij volgde haar de kamer weer in, liep door naar de keuken en haalde de jenever uit het turfhok. 'Wil je een borrel?'
'Nee!' zei ze kwaad. 'Als jij die roeimachine niet terug wilt brengen dan wil ik geen borrel!'
'Dan neem ik alleen een borrel.' Hij haalde een glas uit de kast en ging op de divan zitten.
'Een roeimachine!' zei ze woedend.

'Wanneer ga je nu roeien?' vroeg ze toen ze na het eten met de koffie zaten.
'Nu niet,' zei hij onwillig.
'Waarom niet?'
'Omdat ik nu geen zin heb.'
Ze pakte zijn hand. 'Ga nu maar roeien. Ik vind het leuk. Doe het dan maar voor mij. Ik was een beetje gek. Ik moest er alleen even aan wennen.'
'Ik kan meteen na het eten toch niet gaan roeien,' zei hij humeurig. 'Ik denk er niet over.'
'Straks dan.'
'Ik zal wel zien.'
'Als je het maar niet voor mij niet doet,' zei ze. 'Dat moet je me beloven. Beloof je dat?'

★

'Volgende,' zei Jan Boerakker. Hij nam een nieuw knipsel van de stapel en keek naar de kop terwijl de anderen afwachtend toekeken. 'Jehova's getuigen! Maarten en ik zijn tegen, Bart en Ad zijn voor. Wat doen we ermee?'
'Waar gaat het ook weer over?' vroeg Maarten.
Jan nam de tekst door. 'Dienstweigeren.'
'Waarom wil jij dat bewaren?' vroeg Maarten aan Bart.
'Ik vind het wel een interessant verschijnsel.'
'Goed!' besliste Maarten. 'Bewaren! Bart vindt het een interessant verschijnsel.'
'Maar niet als jullie dat niet met me eens zijn.'
'Ik wil het ook wel bewaren,' zei Ad.
'Bewaren dan maar?' vroeg Jan.
'Ja,' zei Maarten.
'Dat zijn nou van die mensen waar ik de ballen niet van begrijp,' zei Jan hoofdschuddend, terwijl hij het knipsel op de stapel rechts van hem deponeerde. 'Zie je ze op zondagochtend lopen, met van die zwarte tasjes aan hun hand. Waar heb je in godsnaam zin in!'
'Daar heb ik nu juist wel bewondering voor,' zei Bart.
'O ja?' – hij keek Bart verbaasd aan. 'Nou, ik wist niet wat ik liever deed, of liever, ik weet het wel,' hij lachte dubbelzinnig.
'Ik heb er laatst twee aan de deur gehad,' vertelde Maarten.
'Hoe was dat?' vroeg Ad gretig.
'Er wordt gebeld. Ik doe open. Staan er twee oude dames voor de deur. Of ze me spreken konden. Ik zeg: Het spijt me, maar ik ben aan het werk.'
'Heel goed,' onderbrak Jan hem grinnikend. 'Moet je altijd zeggen! Als je ze binnenlaat, ben je verkocht.'
'Laat hem nou even vertellen,' zei Bart.
'Zegt die oudste: Is het hier dan een werkplaats?' – hij lachte bij de herinnering. 'En tegelijk loerde ze naar binnen, want onze deur komt meteen in de kamer uit.'
'Is het verdomd?' vroeg Jan vermaakt.
'Ik zeg: Nee, maar ik ben toch aan het werk. – Of ik dan de *Wachttoren* wilde kopen. – Ook niet. – Toen zegt ze: Zijn je vader of je moeder dan misschien thuis?'

Daverend gelach. Maarten lachte mee. 'Eénenveertig jaar!'
'Dat is natuurlijk omdat ze zelf geen kinderen hebben,' zei Jan lachend.
'Hoe weet je dat?' wilde Ad weten.
'Dat zie je!' zei Jan met grote stelligheid.
'Maar waar zie je dat dan aan?'
'De mannen zijn geen kerels en de vrouwen zijn geen vrouwen!'
'Nou, ik denk dat ze wel degelijk kinderen hebben,' zei Bart.
'De consequentie is wel dat mannen die kinderen hebben allemaal kerels zijn,' merkte Maarten op.
'Dat zeg ik niet!' zei Jan vrolijk. 'Dat hoor je mij niet zeggen!'
'Waarom heb jij eigenlijk kinderen?' vroeg Ad nieuwsgierig.
Jan werd ernstig. 'Waarom heb ik eigenlijk kinderen... Daar vraag je me wat. Ik zou het verdomd niet weten. Een soort levensvervulling denk ik. Ja, zo kun je het noemen. Een soort levensvervulling.'
'Laat je niet op de kast jagen, Jan,' waarschuwde Bart.
Jan grinnikte. 'Laat mij maar schuiven. Jantje komt altijd op zijn pootjes terecht!'
De deur ging open. Dé Haan. 'Heren!' – ze negeerde Maarten en richtte zich tot Bart en Ad. 'Een vraag op de man af: Wat is een droplul?'
'Maar mevrouw Haan!' zei Bart lachend.
'Het staat zo in de tekst,' zei ze met een verontschuldigend lachje. 'Ik moet er een verklaring voor geven.'
'Ik vermoed dat het iets met geslachtsziekte te maken heeft,' merkte Ad op.
'Daar kun je donder op zeggen,' meende Jan.
'Ik heb niets aan vermoedens. Ik moet exacte bewijzen hebben,' zei ze snibbig.
'Ik zal het voor u nazoeken,' beloofde Bart. 'Bent u er al achter wat *bontjagen* betekent?'
'Daar ben ik nu achter.'
'Wat betekent dat dan?'
'Dat kan ik u niet zeggen,' zei ze met een veelbetekenend lachje. 'Dat moet u maar aan Flip vragen.' Ze ging de kamer weer uit.

Toen ze de deur achter zich gesloten had, stond Bart op. 'Ik ga dat toch even vragen,' zei hij nieuwsgierig. 'Ik wil dat wel weten.' Hij liep naar de deur.

De deur ging open. Balk kwam de kamer in, een brief in zijn hand. 'Wil jij dit even bekijken?' vroeg hij aan Maarten.

Maarten nam de brief van hem over en las hem. Met Balk ongeduldig naast zich was hij niet in staat om wat daar stond in zich op te nemen. Toen hij de brief uit had, wist hij in de verste verte niet wat erin stond. Hij begon weer van voren af aan, nauwkeurig de woorden spellend, maar zonder dat hun betekenis tot hem doordrong.

'En?' vroeg Jan. 'Wat betekent het?'

Bart was weer binnengekomen. 'Het betekent dat een heer vleselijke gemeenschap heeft met een dame,' zei Bart vermaakt. 'Waarom mevrouw Haan dat niet durfde zeggen, begrijp ik toch niet.'

'Wat is er aan de hand?' vroeg Balk.

'Mevrouw Haan had mij gevraagd naar de betekenis van *bontjagen*,' legde Bart beleefd uit, 'maar nu ze het wist, wilde ze het mij niet zeggen.'

'Dat begrijp ik heel goed,' zei Balk nors.

De telefoon ging. Maarten stond op.

'Behandel jij dit?' vroeg Balk terwijl Maarten naar de telefoon liep.

'Ik zal het doen,' hij had geen idee waarover het ging. Terwijl Balk de kamer weer uit liep nam hij de hoorn op. 'Met Koning.'

'Telefoon voor u,' zei de telefonist.

'Met Koning,' herhaalde hij, met zijn gedachten nog bij de confrontatie met Balk.

'Met Karst Buitenrust Hettema,' klonk het enigszins geaffecteerd.

'Dag meneer Buitenrust Hettema,' zei Maarten werktuiglijk en hij had meteen geweldig het land over dat stomme *meneer*. Afwezig en doodongelukkig luisterde hij naar een boodschap die hij aan Beerta moest overbrengen over een vergadering van het Genootschap voor Volkscultuur, waar Buitenrust Hettema nu voorzitter van was. Hij beloofde dat hij het

door zou geven en legde tenslotte gedesoriënteerd de hoorn weer neer. Hij ging op zijn plaats zitten en nam de brief opnieuw op.
'Is het een verzoek?' vroeg Ad.
'Ik denk het,' zei Maarten afwezig.
'Waar gaat het dan over?'
Maarten schudde zijn hoofd. 'Ik weet het bij God niet!'
'Precies wat Ien over je zei,' zei Jan lachend. 'Ze zei: Hij heeft een gezicht zo van: jongens het is allemaal verdomd belangrijk, maar het interesseert me geen bal! – En verdomd! het is zo!' Hij lachte vergenoegd.
Maarten keek naar Bart, met zijn gedachten nog bij het ongelukkige telefoongesprek met Buitenrust Hettema. 'Heb ik zo'n gezicht?'
'Een beetje wel, dat moet ik wel toegeven,' zei Bart glimlachend. 'Ik heb daarover eens een mooie droom gehad.'
'Vertel eens,' zei Ad nieuwsgierig.
'Maarten had ons te eten gevraagd,' vertelde Bart zich verkneukelend, zich tot Ad en Jan richtend, 'en wij zaten met lange gezichten op kale banken langs de muur. Niemand zei iets. Nicolien stond in de keuken vermoeid in een grote pan te roeren en toen hoorde ik Maarten zeggen: Dat rottige bezoek!' Hij lachte vermaakt.
Jan gaf met zijn vlakke hand een harde klap op de tafel. 'Meesterlijk!' zei hij. 'Dat is hem helemaal! Ik had het niet beter kunnen verzinnen!'

*

'Ik ben opgebeld door een vriend van Elsje Schot,' zei Maarten, hij ging op het trapje voor de kast met vragenlijsten zitten, 'die wil hier wel student-assistent worden. We hebben nog geld.'
'Wat studeert hij?' vroeg Ad.
'Sociologie.'
'Kunnen we daar nu niet beter een meisje voor nemen?' vroeg Bart.
'Altijd voor!' viel Jan hem bij. Hij lachte dubbelzinnig.

'Waarom een meisje?' vroeg Maarten, de opmerking van Jan negerend.
'Omdat het mij zeer de vraag lijkt, of een jongen met lichte werkzaamheden genoegen neemt. Nu alle dames tegenwoordig thuis werken, hebben we daar niemand meer voor.'
'Waarom zou een jongen daar geen genoegen mee nemen en een meisje wel?' vroeg Maarten. 'Ik zie dat niet in.'
'Omdat vrouwen nu eenmaal geschikter zijn voor zulke lichte werkjes dan mannen.'
'Helemaal mee eens!' zei Jan.
Ad glimlachte geamuseerd.
'Wat een onzin,' zei Maarten geïrriteerd. 'Lichte werkjes zijn het mooiste wat er is. Ik teken ervoor.'
'Maar je bent wel afgestudeerd.'
'Ja, ik ben wel afgestudeerd,' gaf Maarten toe.
'Dus op een gegeven ogenblik vond je dat dus belangrijker!'
'Omdat ik moest, ja,' hij begreep niet waar Bart naartoe wilde. 'Maar dat betekent niet dat ik een hekel heb aan lichte werkjes!'
'En waarom studeren er dan zo weinig vrouwen af, vergeleken bij mannen?'
'Omdat ze een man vinden.'
'Dat is toch een bewijs dat ze eigenlijk niet geschikt zijn voor de studie?'
'Dacht je dan dat mannen dat wel zijn? Verreweg de meesten gaan toch alleen studeren omdat hun vader een bepaalde sociale status heeft of omdat ze die zelf bereiken willen? Als ze die bereikt hebben houdt het op. Net als bij vrouwen.'
'En waarom studeren er dan toch zo weinig vrouwen af?'
'Dat zegt Maarten toch net?' zei Jan. 'Vrouwen gaan studeren om een man te vinden! Dat lijkt me nogal duidelijk. Dat weet iedereen!'
'En waarom worden zoveel vrouwen dan secretaresse en zo weinig mannen secretaris?' vroeg Bart, rood aanlopend. Hij raakte geëmotioneerd.
'Omdat de verhouding tussen een directeur en zijn secretaresse in negen van de tien gevallen erotisch is,' meende Maarten. 'Een man wil geen man onder zich hebben.'
'Nee, liever wat anders,' zei Ad.

Jan grinnikte en sloeg op zijn bureau.
'Maar ze nemen wel een chauffeur!' zei Bart, zich alleen tot Maarten richtend.
'Natuurlijk! Omdat ze zich niet door een vrouw willen laten rijden. Het is allemaal verdomd logisch en het heeft met verschil in intelligentie niets te maken. Het zijn sociale verschillen! Precies om dezelfde redenen wordt van de Joden gezegd dat ze slim zijn.'
'En van negers dat ze stinken!' vulde Jan aan. 'Bartje, jongen, je begrijpt er geen bal van!' Hij lachte vergenoegd.
'En toch laten jullie een vrouw voorgaan als je een kamer ingaat,' zei Bart driftig.
'Ja natuurlijk!' zei Maarten. 'Jij rijdt toch ook rechts?'
'Bart niet,' zei Ad gnuivend.
'Als je met zijn tweeën door een deur moet, moet je een afspraak maken,' verduidelijkte Maarten. 'En dergelijke afspraken berusten op uiterlijke verschillen.'
'Die ziet Bart niet,' zei Jan vrolijk.
'Die zie ik heel goed,' zei Bart verontwaardigd.
'Gek,' zei Ad, 'maar boeren doen dat niet. Zou dat soms een overblijfsel zijn uit de hoofse tijd?'
'Boeren geven een vrouw een trap,' gaf Maarten toe.
'En toch zijn er ook andere dan uiterlijke verschillen,' hield Bart vol.
'Kun je er dan niet eens een noemen, Bart?' vroeg Ad.
Bart dacht na. 'Vrouwen horen niet te roken en niet op een motorfiets te zitten.'
'Omdat jij ze met de knoet te lijf wilt,' zei Maarten lachend. 'Dat gaat niet als een vrouw een leren jas aanheeft.'
'Heel goed!' zei Jan. 'Bart heeft gelijk. Zo'n vrouw zou ik ook niet moeten!'
Bart aarzelde.
'Je hebt verdomd negentiende-eeuwse opvattingen over de vrouw,' vond Maarten, hij keek naar de deur, Beerta kwam de kamer in. 'Het lijkt wel of ik mijn vader hoor.'
'En jij hebt erg de neiging tot theoretiseren,' zei Bart met ingehouden drift.
Beerta liep tussen hen door alsof ze er niet waren naar de kast met vragenlijsten en haalde er een doos uit.

'Meneer Beerta heeft mij indertijd gewaarschuwd om nooit vrouwen aan te stellen,' herinnerde Maarten zich met een ironische ondertoon. Hij keek naar Beerta.
Beerta hoorde het niet, of deed of hij het niet hoorde. Hij nam de doos mee naar een lege tafel, zette hem daar neer en begon tussen de vragenlijsten te zoeken.
Ad en Jan keken geamuseerd naar Beerta.
'Herinner je je dat nog, Anton?' vroeg Maarten.
Beerta keek op. 'Wat moet ik mij herinneren?'
'Jij hebt indertijd tegen mij gezegd dat je beter mannen dan vrouwen kunt aanstellen.'
'Dat kan ik mij niet herinneren,' zei Beerta stijf. 'En dat lijkt me ook niet waarschijnlijk, want dan zou mevrouw Haan hier niet geweest zijn en daar prijs ik mij nog altijd gelukkig om.'

★

'Ik heb het probleem gisterenavond aan Marion voorgelegd,' zei Bart. Hij wachtte tot Maarten opkeek.
Maarten keek op van zijn werk, enigszins onwillig. 'Ja?'
'Marion vindt mij inderdaad wat ouderwets, maar ze vindt ook dat jij te veel psychologiseert.'
Dat verwijt irriteerde Maarten. 'Ik psychologiseer niet,' zei hij wrevelig. 'Ik heb de pest in als iemand als vertegenwoordiger van een groep wordt gezien en niet als individu. Als een vrouw stom is, dan is ze stom! En niet omdat ze een vrouw is!'
Zijn wrevel verblufte Bart. 'Dat ben ik natuurlijk met je eens,' zei hij timide.
'Gelukkig,' zei Maarten, niet zo vriendelijk, en hij ging weer aan het werk voor Bart de gelegenheid had het gesprek opnieuw te beginnen.

Later op de ochtend, toen Maarten in de achterkamer was, kwam Jan ook op het gesprek terug. 'Ik heb het er met Ien over gehad, maar als er nou toch geld is, dan wil zij hier ook wel werken. Thuiswerk dan natuurlijk.'
Maarten dacht even na. 'Goed,' zei hij. 'Ze kan verhalen overtikken voor het kaartsysteem.'

★

De kleine eetzaal zat vol. Hij aarzelde op de drempel, keek rond, zag Beerta niet, en liep toen gespannen tussen de tafels door naar een tafeltje tegen de achterwand dat net ontruimd was. Toen hij ging zitten knikte hij schuw in de richting van een paar mannen die naast hem zaten te ontbijten. 'Guten Morgen,' mompelde hij en wendde meteen zijn hoofd weer af, zodat hij in het onzekere bleef over de uitwerking van zijn groet. Hij legde het congresprogramma naast zich op de tafel, vouwde de krant die hij van huis had meegenomen open en keek op de voorpagina. Om hem heen waren de geluiden van ontbijtende mensen: bestek, aardewerk, gedempt gewisselde opmerkingen. Een meisje ontruimde zijn tafel, vroeg wat hij drinken wilde en zette een schaal met brood en een schaal met kaas en vleesbeleg bij hem neer. Hij keek langs zijn krant toe, onzeker hoe hij zich moest gedragen.
'Guten Morgen.'
Hij keek op. Bij zijn tafel stond een lange, zware man in een glad, donkergrijs pak, wat voorovergezakt in de schouders, met een wit, fijnbesneden, hysterisch gezicht, in wie hij een ondeelbaar ogenblik later Horvatić meende te herkennen.
'Darf ich mich zu Ihnen setzen?' vroeg de man.
'Bitte,' zei Maarten verward. Hij stond op en stak aarzelend zijn hand uit. 'Ich bin Koning.'
'Das hatte ich mir schon gedacht,' zei de man, zijn hand negerend. Hij ging zitten.
'Guten Morgen,' zei het meisje, ze zette een pot thee bij Maarten neer, 'was wünschen Sie, Tee oder Kaffee?'
'Warme Milch,' antwoordde de man zonder naar haar te kijken. 'Ich sagte mir,' vervolgde hij tegen Maarten: 'Das muß Herr Koning sein,' hij had een zachte, weke stem, die tegelijk iets tirannieks had, alsof hij anderen zo tot luisteren wilde dwingen, 'so wie Sie da saßen, mit dieser Zeitung, so anspruchslos in der Ecke, ich mußte sofort an Herrn Doktor Beerta denken. Ist Herr Doktor Beerta noch nicht zum Frühstück hinunter gekommen?'
'Nein,' hij was er nu zeker van dat de man Horvatić was, 'noch

nicht,' voegde hij eraan toe om zijn antwoord wat langer te maken.
'Na,' besliste Horvatić, 'dann werden wir noch ein wenig warten.'
Maarten liet het broodje dat hij naar zijn bord had overgebracht liggen en legde zijn mes neer.
Het meisje bracht een kan warme melk en zette die bij Horvatić neer. 'Bitte,' zei ze.
'Womit sind Sie jetzt beschäftigt?' vroeg Horvatić.
'Mit den Karten für den Europa Atlas,' antwoordde Maarten.
'Sehr gut,' zei Horvatić, maar zo werktuiglijk dat Maarten zich afvroeg of hij zijn antwoord wel gehoord had.
'Sie sprechen heute über die Karte des Pfluges?' merkte Maarten na een stilte op.
'Falls mir die Kräfte nicht fehlen,' antwoordde Horvatić, 'denn mit meiner schwachen Gesundheit ist das eine außerordentlich schwere Aufgabe.'
Aangezien Maarten niet op de hoogte was van de zwakke gezondheid van Horvatić wist hij zo gauw niet hoe hij daarop moest reageren. 'Haben Sie meine Daten bekommen?' vroeg hij om toch iets te zeggen. Hij was zo gespannen dat hij niet dan met de grootste moeite het gesprek gaande wist te houden.
'Die habe ich bekommen,' antwoordde Horvatić.
'Es ist nicht viel.'
'Es ist sehr wenig,' beaamde Horvatić.
'Das ist, weil es mir noch immer nicht gelungen ist Leute aufzufinden die mit traditionellen Pflügen gearbeitet haben,' verontschuldigde Maarten zich. 'Sie alle kennen nur die Fabrikspflüge.'
'Holland ist ein sehr reiches Land und unsere Aufgabe ist eine schwere Aufgabe,' gaf Horvatić toe, 'für mich, und auch für Sie. Aber es geht jetzt darum, daß wir nicht verzagen. Wir müssen durchhalten, immer von neuem die alten Leute befragen, sie zwingen in ihrer Erinnerung nachzusehen was dort alles noch aufbewahrt auf uns wartet,' zijn stem had iets bezwerends gekregen, hij keek Maarten nu dwingend aan. 'Das ist unsere große Aufgabe, wofür unser wissenschaftlicher Nachwuchs uns danken wird! Denn nachher wird es zu spät sein!'

'Guten Morgen Herr Professor Horvatić,' zei Beerta. 'Dag Maarten.' Hij was ongemerkt hun tafel genaderd.
'Guten Morgen Herr Doktor Beerta,' zei Horvatić met een lichte buiging van zijn hoofd. Ze gaven elkaar geen hand.
'Dag Anton,' zei Maarten. Hij pakte zijn mes en sneed zijn broodje open.
Beerta ging tegenover Maarten zitten. 'Haben Sie gut geschlafen?' informeerde hij.
'Nein,' antwoordde Horvatić. 'Ich habe schon seit drei Tagen nicht geschlafen. Es gab zu viele Gedanken, zu viel neue Ideen, die ich alle noch ausarbeiten muß, um schlafen zu können. Und Sie?'
'Ich schlafe immer gut,' antwoordde Beerta. 'Für mich Tee bitte,' zei hij tegen het meisje, dat naderbij gekomen was.
Maarten schonk zichzelf in en besmeerde zijn broodje zo onopvallend mogelijk.
'Ich beneide Sie wegen Ihrer Gesundheit,' zei Horvatić. 'Und gerade jetzt mit den vielen schweren Problemen die diese Tagung mit sich bringt.'
'Unsere Aufgabe ist schwer,' gaf Beerta toe.
'Ich sagte so eben noch zu Herrn Koning,' zei Horvatić, 'wir sollten trotzdem durchhalten, immer von neuem die alten Leute befragen, sie zwingen in ihrer Erinnerung nachzusehen was dort alles noch aufbewahrt auf uns wartet!'
'Das ist sehr wichtig,' beaamde Beerta. 'Für mich ist das der Grundsatz unserer Arbeit.'
'Aber die jungen Leute sind manchmal ungeduldig,' meende Horvatić, 'die wollen sofort Resultate sehen. Resultate!' Er was enige bitterheid in zijn stem.
'Das hat Herr Koning auch zuweilen,' beaamde Beerta terwijl hij een broodje met jam besmeerde. 'Und ich sage dann immer zu ihm: Du sollst Geduld haben, denn wir arbeiten nicht für uns selbst, sondern für die Ewigkeit.'
'So ist es genau,' zei Horvatić, 'es freut mich sehr so was von Ihnen zu hören. Wir sind uns ganz einig, wie immer.'
'Wie immer,' herhaalde Beerta ernstig.

De voordrachten op het congres werden gehouden in de ge-

hoorzaal van het Museum. Behalve door de ongeveer veertig geleerden uit vrijwel alle landen van Europa werden ze bijgewoond door de studenten van Seiner zodat de zaal al behoorlijk gevuld was toen Beerta en Maarten haar betraden. De ramen waren verduisterd, de ruimte was zwak verlicht, als in een bioscoop. Op het toneel hing een projectiescherm waarop toen ze binnenkwamen een diabeeld van een primitieve ploeg werd scherp gesteld. Naast het scherm stond een katheder met een glaasje water en een gevulde karaf. Beerta schoof links en rechts groetend de derde rij in met Maarten achter zich aan. Voor hij ging zitten schudde hij een aantal mensen in zijn omgeving de hand. Sommige van die mensen kwamen Maarten vaag bekend voor van de vorige keer, maar hij was daar zo weinig zeker van dat hij volstond met een vage glimlach. Eenmaal gezeten, naast Beerta, in het halfdonker, voelde hij zich weer wat veiliger, maar hij bleef tot het uiterste gespannen. Hij schrok toen de man die aan de andere kant naast hem kwam zitten het woord tot hem richtte.
'Gutentag,' zei de man. Het was een lange, magere man, niet veel ouder dan Maarten, maar al kalend. Hij had een klein hoofd en een vriendelijk, wat ironisch gezicht.
'Gutentag,' zei Maarten stug.
'Haben wir einander schon begegnet?' Hij had een merkwaardige, zangerige uitspraak, waarin de medeklinkers stuk voor stuk een plaatsje kregen.
Maarten herinnerde zich niet dat hij hem al eerder gezien had.
'Ich bin Koning,' zei hij. 'Aus Holland.'
'Stanton,' zei de man. 'Aus Scotland.' Hij glimlachte. 'Goedemorgen. Hoe maakt u het?'
Het was zo onverwacht dat het even duurde voor Maarten hoorde dat de man Nederlands sprak, een Nederlands met dezelfde eigenaardigheden als zijn Duits. 'Spreekt u Nederlands?' vroeg hij verheugd.
'Ein bietje,' antwoordde de man. 'Not much.'
'Waar hebt u dat geleerd?'
'I served in the British army.'
Op dat ogenblik zakte het geroezemoes in de zaal weg. Ze keken allebei naar het toneel. Horvatić had achter de katheder

plaatsgenomen. Maarten keek naar hem, maar zijn gedachten waren nog bij de man naast hem. De wetenschap dat hij naast een van de bevrijders van zijn land zat, maakte de wereld minder vijandig en hij voelde zich doorstroomd door menselijke warmte.

'Meine sehr verehrten Kollegen, meine Herrschaften,' sprak Horvatić plechtig. 'Vor Anfang dieser Sitzung möchte ich Sie bitten sich zu erheben und zwei Minuten Stille zu betrachten in Andenken an unseren verehrten Präsidenten Erik Sigurdson, der uns leider im vergangenen Jahre durch den Tod entrissen worden ist.' Er ontstond beroering. De aanwezigen verhieven zich uit hun zetels, klapstoeltjes klapten omhoog, er was gestommel van schoenen. Daarna werd het stil. Horvatić had zijn handen op zijn kruis gevouwen en zijn hoofd gebogen. In de stilte hoorde Maarten achter zich in het amfitheater een deur opengaan en meteen weer sluiten. Daarna was er twee minuten lang alleen nog het zoemen van de ventilatoren en af en toe het kraken van een plank. 'Danke,' zei Horvatić, het hoofd weer oprichtend. De mensen in de zaal namen hun plaatsen weer in. Horvatić wachtte tot het weer stil was. 'Wir werden versuchen das Titanenwerk wozu er den Anstoß gegeben hat in seinem Geiste fortzusetzen,' zei hij eenvoudig, 'soweit unsere schwachen Kräfte uns das gestatten.' Hij zweeg opnieuw om enige ruimte te laten tussen de dood van Sigurdson en zijn inleiding en vervolgde toen op een iets andere toon: 'Das Thema meines Vortrages von heute, die Verbreitung der verschiedenen Pflugtypen in Europa, hat eine jahrelange Vorgeschichte, worin ich mich bemüht habe alle Daten und Fakten in meinem eigenen Lande, Jugoslavien, und den benachbarten Ländern zu sammeln. Die letzten Monate sind dazu dann auch noch ihre Daten gekommen, aus fast allen Ländern Europas, die meine Aufgabe zu einem riesigen Unternehmen machen. Ich bitte um Verzeihung, wenn ich, auch wegen meiner schwachen Gesundheit, jetzt nur noch einige, und zwar wenige Ansätze zur Lösung der wichtigen Probleme welche uns alle beschäftigen, geben kann.' Bij de laatste woorden zakte zijn stem, die toch al zwak was, weg tot een gefluister waarvan Maarten alleen nog flarden kon verstaan. Terwijl hij zich

inspande om althans de hoofdlijn in het betoog te blijven volgen, werd het achter hem rumoerig. Horvatić scheen dat niet op te merken. Hij wendde zich naar het projectiescherm en tikte met een aanwijsstok die hij in de hand had genomen op de grond, waarna in plaats van de eerste dia van een ploeg een tweede dia van een ploeg kwam, nauwelijks van de eerste te onderscheiden. 'Wie Sie sehen'... zei hij. De rest kon Maarten niet verstaan en waarschijnlijk konden meer mensen het niet verstaan want een man voor Maarten riep: 'Lauter!' Horvatić hoorde de kreet. Hij liet de stok zakken en wendde zich langzaam in de richting van de zaal. 'Wie bitte?' vroeg hij.
'Gefälligst, was lauter sprechen!' riep de man.
Horvatić zweeg. Hij wendde zich af en keek naar het plaatje van de ploeg op het scherm. 'Lauter,' hoorde Maarten hem zachtjes zeggen. 'Lauter! Und ich bin schon so müde,' waarna hij zijn betoog zonder stemverheffing voortzette.

Na afloop van de lezing sloegen de toehoorders met hun knokkels op de schrijfbladen die aan hun stoelen bevestigd waren. Stanton sloeg ook op zijn blad, Maarten applaudisseerde, onhoorbaar, uit gewoonte, maar ook uit onvermogen om zich zo snel aan te passen.
'I'll have to read it later,' merkte Stanton droog op.
Maarten reageerde daar niet op. Hij was nog bezig met het eerdere gesprek, dat door het verschijnen van Horvatić plotseling was afgebroken. 'Where did you fight in my country?' vroeg hij.
'Actually I didn't,' antwoordde Stanton. 'When I came the war was over.'
Om hem heen stonden de mensen op. Stanton en Maarten volgden hun voorbeeld en schoven achter elkaar de rij uit. Maarten zocht naar een opmerking waarmee hij het gesprek kon voortzetten, maar voor hij iets gevonden had, werd Stanton door een man met een clownachtig gezicht, die uit een andere rij kwam, op zijn schouder getikt. 'Hi Alex,' zei hij grijnzend.
'Tag Walter,' zei Stanton glimlachend. 'Wie gehts dir seit dem vorigen Mal.'

'Das könnte besser sein,' zei Walter.
'Das sagst du immer,' zei Stanton geamuseerd.
'Aber jetzt'...
'Jetzt ist es die Wahrheit,' zei Stanton met zijn precieze, langzame uitspraak.
Ze lachten, verheugd elkaar te hebben teruggevonden.
Maarten klom achter hen omhoog, in het voetspoor van Stanton, in de steek gelaten, ongelukkig. Hij vermeed het om zich heen te kijken, bevreesd dat hij iemand zou zien die hij zou moeten kennen zonder hem te herkennen, verloor de aansluiting doordat zich tussen hem en Stanton anderen drongen, en betrad tenslotte geheel geïsoleerd de foyer.
Enigszins terzijde van de drom voor de tafel waar thee en koffie werden geschonken, wachtte hij op zijn beurt, een van de laatsten die bediend werd. Zonder om zich heen te kijken liep hij met zijn kop naar een stille hoek. Pas toen hij daar stond, buiten het gewoel, waagde hij het weer om zich heen te zien. Het duurde even voor hij in de menigte Beerta zag staan. Hij stond in een kleine kring met onder anderen Seiner en Horvatić, en knabbelde, aandachtig luisterend, zijn hoofd opgeheven, aan zijn koekje. Stanton en Walter stonden niet ver daarvandaan in een groep waarbij zich ook Güntermann had aangesloten. Maarten keek naar hen, weifelend. Hij zou zich bij hen moeten voegen, Güntermann moeten groeten, zich voorstellen, maar bij de gedachte alleen verstarde hij. Zwijgend dronk hij van zijn thee, toekijkend over de rand van zijn kop, met de dood in zijn hart. Dat niemand aandacht aan hem besteedde was enerzijds een geruststelling, anderzijds sloot het hem buiten en hij zag in dat hij dat niet kon verantwoorden nu hij zelf het hoofd van de afdeling was. Diep ongelukkig zocht hij naar de moed die nodig was om zich bij een van de druk pratende groepjes te voegen, zijn schotel en kop krampachtig tussen zijn handen klemmend, iets opgeheven, alsof ze hem tegen een onverhoedse toenadering moesten beschermen. Voor hij tot een besluit was gekomen zette hij plotseling de kop en schotel op een tafel in zijn buurt en liep naar het groepje waarin Güntermann stond, recht op hem af, zonder iemand anders te zien. Hij bleef naast hem staan, afwezig, glimlachend, hoewel niets

van wat er gezegd werd tot hem doordrong. Het duurde even voor Güntermann hem opmerkte en naar hem keek. 'Ach, Herr Koning!' zei hij.
'Ich bin Koning,' zei Maarten. Hij had niet verwacht dat Güntermann hem zou herkennen en trok nerveus met zijn gezicht toen hij zijn vergissing bemerkte.
'Ja, ja,' zei Güntermann, 'wie gehts Ihnen?'
'Gut,' zei Maarten, 'und...' hij aarzelde, bijna had hij 'mit Ihnen' gezegd, maar hij herinnerde zich bijtijds dat dat in Duitse oren een obsceniteit was en herstelde zich nog net door hulpeloos te zwijgen, zoekend naar de juiste uitdrukking.
'Und in den Niederlanden?' wilde Güntermann weten.
'Auch gut,' antwoordde Maarten. Hij zweeg, wanhopig zoekend naar een opmerking van zijn kant terwijl naast hem het gesprek tussen de anderen van het groepje vrolijk doorging.
Güntermann keek opzij om opnieuw in te haken. 'Ich beschäftige mich jetzt mit der Karte der Pflüge,' voegde Maarten eraan toe.
Güntermann keek hem opnieuw aan en Maarten verbeeldde zich dat er een licht ongeduld of een lichte spot in zijn blik was. 'Dann wird der Vortrag von Professor Horvatić für Sie interessant gewesen sein.'
'Er war schwer zu folgen.'
'Er sprach leise,' gaf Güntermann toe, 'aber trotzdem...'
'Haben Sie in Deutschland noch traditionelle Pflüge?' vroeg Maarten wat luider omdat Güntermann zich alweer af wilde wenden. Doordat hij te luid en te snel sprak, en ook door al die dicht op elkaar gestapelde medeklinkers, spuugde hij Güntermann onverhoeds op zijn wang.
Güntermann vertrok onwillekeurig zijn gezicht. 'Wenige,' gaf hij toe terwijl hij met een discrete beweging het speeksel afveegde, 'und dann vor allem im Süden.' Het klonk afwezig, in beslag genomen als hij door deze onverwachte onaangenaamheid was.
'Wir haben nur Fabrikspflüge,' zei Maarten, de gebeurtenis met de moed der wanhoop negerend. Hij voelde zich ongelukkig.
'Das versteht sich,' zei Güntermann geduldig. 'Die Niederlande sind reich.'

'Ja,' antwoordde Maarten. 'Das sagt man.'
Güntermann keek hem niet-begrijpend aan. Toen Maarten zweeg, wendde hij zich af en luisterde naar het gesprek tussen Stanton, de man die door deze met Walter was aangesproken en nog drie anderen, van wie Maarten zelfs de voornaam niet kende.
Maarten zweeg omdat hij geen enkele opmerking meer wist te verzinnen. Hij bleef staan waar hij stond, naast Güntermann, afwezig, af en toe glimlachend om te laten zien dat hij erbij hoorde. Om hem heen werd luid gelachen. 'Ich gebe zu: es ist ein alter Witz,' zei Stanton tevreden, ironisch, in zijn eigenaardig uitgesproken Duits.
'Aber ein guter,' zei Walter hem op de schouder slaand.

Achter Stanton en Walter daalde hij het zijpad af, zinnend op een vraag die hij Stanton zou kunnen stellen als ze weer op hun plaatsen zaten. Walter schoof zijn rij in, Stanton bleef staan, zodat ook Maarten moest wachten.
'Ist da bei dir noch Platz?' vroeg Stanton.
'Sogar mehrere,' verzekerde Walter.
'Dann setze ich mich zu dir,' besloot Stanton en schoof achter hem aan.
Maarten liep door. Hij voelde zich afgewezen en had het liefst de eerste de beste trein terug genomen.
'Ik hoor dat jij ook Nederlander bent?' – een jongen met een zuidelijk accent sprak hem aan toen hij zijn rij binnen wilde gaan. Hij had een breed, grijnzend gezicht met een bril en kort borstelhaar, en hij was gekleed in een Tiroler pakje met groene kruisbretels.
De ontmoeting met een landgenoot op een congres waar Maarten zichzelf als de vertegenwoordiger van Nederland beschouwde, trof hem onaangenaam. Bovendien stond dat Tiroler pakje hem tegen. 'Wie ben jij dan?' vroeg hij afwerend.
'Karl Appel,' zei de jongen, hij stak zijn hand uit. 'Ik studeer bij Seiner.'
Maarten aarzelde, onzeker hoe hij zich moest voorstellen.
'Karl, kommst du?' riep een jongen voor in de zaal.
'Ich komme,' riep Karl terug. 'Ik moet Güntermann assisteren

bij zijn lezing,' zei hij tegen Maarten. 'We zien elkaar nog wel,' en hij liep meteen door naar voren.
'Wist jij dat er nog een Nederlander is?' vroeg Maarten aan Beerta terwijl hij zich naast hem zette.
'Appel,' begreep Beerta. 'Ik heb net een gesprek met hem gehad. We moeten hem te vriend houden want hij staat op het punt in Nijmegen benoemd te worden.' Hij keek naar het toneel, waarop Güntermann achter de katheder had plaatsgenomen terwijl Appel en de andere jongen bezig waren met het bevestigen aan een statief van een wandkaart van Duitsland.
Maarten keek naar Güntermann zonder hem te zien. De gedachte dat er nog iemand uit Nederland was en dat hij hem bovendien te vriend moest houden, was bedreigend.
'Seiner heeft hoge verwachtingen van hem,' zei Beerta.
Maarten reageerde daar niet op. Dat hij hem te vriend moest houden was voldoende om een vijand in hem te zien.

Hij zette het raam op de haak, schoof het te korte, gebloemde gordijntje ervoor en kleedde zich uit. Bij het poetsen van zijn tanden vermeed hij het in de spiegel te kijken. Hij kroop in bed, deed zijn horloge af en legde het naast zich op het nachtkastje, keek de kamer nog even rond als om zich er van te vergewissen dat hij alleen was, en knipte het licht uit. Hij ging op zijn rechterzij liggen, sloot zijn ogen, draaide zich na enkele minuten om, op zijn linkerzij, maar hij was zo gespannen dat hij een paar minuten later alweer terugdraaide. In zijn hoofd praatten de stemmen van de andere congresgangers, flarden van zinnen, losse opmerkingen, alsof ze bij hem in de kamer waren. Hij dacht met weerzin aan zijn eigen rol, herinnerde zich zijn mislukte pogingen om aan het gesprek deel te nemen, het pijnlijk vertrokken gezicht van Güntermann toen hij hem in zijn gezicht gespuugd had en het gebaar waarmee hij het speeksel wegveegde. Het besef dat hij zich in deze wereld nooit een plaats zou kunnen veroveren, een gevoel van onmacht wanneer hij dacht aan het sociale gedrag dat hij daarvoor zou moeten opbrengen, hield hem uit de slaap. Hij probeerde zich te concentreren op de geluiden buiten: het knarsen en rollen van de treinen in het station, de stem uit de luidsprekers, het piepen van het raam in de wind – maar de stemmen kwamen terug, bedreigend, omdat hij er niets tegenover wist te stellen. Hij zag zichzelf staan, verkrampt, onmachtig om te reageren, voortdurend bezig met zijn eigen houding, met de aandacht, vrijwel geen aandacht, die aan hem besteed werd, met het gevoel verdwaald te zijn, niet serieus te worden genomen, trekkend met zijn gezicht als iemand het woord tot hem richtte, naast hem kwam zitten, bij hem kwam staan, alsof dat een erotisch contact was, geïrriteerd door zichzelf, genegen tot elke vlucht, terwijl hij tegelijk de anderen minachtte, hun kinderachtigheden doorzag, maar zonder zijn gevoeligheid voor hun oordeel te verliezen – in niets de koele observator die hij zo graag wilde zijn, de man die erboven staat, zijn woorden weegt voor hij ze uitspreekt. Hij vervloekte zijn karakter, zijn onvermogen om als een gewoon mens gewoon met mensen te verkeren. De zekerheid dat hij dat ook nooit zou leren en de gedachte dat hij morgen opnieuw moest aantreden, brachten hem naarmate het later en later werd op de rand van paniek. 'Goeie God,' zei hij halfluid, en in de stilte van de nacht klonk dat als de stem van een vreemde. Verwilderd kwam hij overeind en keek om zich heen. In de kamer hing een vaag licht waartegen de voorwerpen donker afstaken. Hij stond op, liep naar de wasbak, maakte zijn voorhoofd nat en bleef een tijdlang staan, met zijn handen op de rand van de wasbak, voor hij zich omdraaide en weer in bed kroop. Liggend op zijn rug, met zijn handen gevouwen over zijn borst, keek hij in de vale schemer en stelde zich voor dat hij op zijn doodsbed lag. De gedachte dat het er tenslotte allemaal niets toe deed, kalmeerde hem en deed hem tenslotte in slaap vallen, een half uur voor de wekker afliep.

*

'Gibt es noch jemand der etwas fragen will?' vroeg Beerta. Hij zat met Horvatić en Seiner achter een tafel op het toneel en leidde de discussie.
Schuin voor Maarten stak een wat oudere vrouw schuchter haar hand op.

'Frau Grübler,' zei Beerta met een knikje.
De vrouw kwam overeind en keek om zich heen. 'Darf ich auch etwas zur Dreschkarte sagen?'
'Bitte,' zei Beerta hoffelijk. 'Fragen Sie ruhig.'
'Ich meine, ist das Pflugthema jetzt beendet?'
Beerta draaide zich om naar Horvatić. Horvatić zei iets tegen hem dat in de zaal niet te verstaan was. Beerta knikte en wendde zich weer tot Frau Grübler. 'Das Pflugthema ist beendet,' deelde hij mee. 'Nach der Meinung von Professor Horvatić sind wir uns grundsätzlich einig.'
'Danke sehr,' zei Frau Grübler. 'Ich habe nämlich die Aufgabe die Dreschkarte zu erstellen, weil Professor Valkura leider krank ist.'
'Das wissen wir und das tut uns leid,' zei Beerta, 'und deswegen freuen wir uns sehr, daß Sie diese Arbeit übernommen haben, weil es eine sehr schwere Arbeit ist.'
'Stimmt,' zei Frau Grübler.
'Also,' zei Beerta, 'und was wollen Sie dazu sagen?'
'Ich habe in den letzten Monaten sehr viele Daten bearbeitet,' haar stem sidderde even van nervositeit, 'aus fast allen europäischen Ländern, und dabei habe ich gefunden, daß die Zeitgleichheit nicht gegeben ist. Ich meine, wir Deutschen haben auf unseren Fragebogen nach der Situation um etwa 1900 gefragt, die Schweizer haben schon um 1940 die damalige Situation festgelegt, die Jugoslawen beschreiben wie es heute ist. Das könnte ich fortsetzen. Was ich sagen wollte, wäre es nicht besser, wenn wir unsere Umfragen auf einander abstimmen, damit wir eine synchrone Karte bekommen, auf Grund gleichzeitiger Daten?'
Het probleem was nieuw voor Maarten, maar niet alleen voor hem, ook op het toneel ontstond enige beroering. Beerta keek vragend naar Seiner, Seiner zei iets, Horvatić mengde zich erin, Seiner maakte een gebaar met zijn handen, Horvatić zei opnieuw iets, waarop Beerta knikte en zich weer tot Frau Grübler wendde: 'Professor Horvatić wird dazu etwas sagen.'
Horvatić stond langzaam op en liep vermoeid naar de katheder. Hij stelde zich daarachter op en keek met een licht misprijzen naar Frau Grübler, zwijgend, alsof hij overwoog hoe hij

zijn antwoord zo moest formuleren dat zelfs Frau Grübler het kon begrijpen. 'Was Sie da berühren, ist ein wichtiges theoretisches Problem,' zei hij langzaam, met zachte stem, 'dennoch bin ich der Meinung, daß wir es prinzipiell schon gelöst haben als wir uns in unserer Kommission zu unserer heutigen, schweren Arbeit zusammensetzten. Aber ich will natürlich gerne noch einmal auseinandersetzen wie wir von der Organisationskommission das sehen, damit auch Sie und die anderen Mitarbeiter sich damit abfinden können.' Hij zweeg even, om zijn gedachten te ordenen. 'Kurz gesagt kommt es uns grundsätzlich nicht auf das Jahr der Sammlung an,' vervolgde hij, 'sondern auf der Erfassung der präindustriellen Kultur. Wir, in Jugoslawien, leben heute teilweise noch – und man darf das bedauern, aber vielleicht ist es auch ein Glück – wir leben heute noch in dieser präindustriellen Zeit, während die Schweizer, und die Deutschen, und die Niederländer diese Periode in ihrer Geschichte schon längst verlassen haben und weiter zurückgreifen müssen bei der Sammlung ihrer Daten.' Hij keek haar gebogen over de lessenaar aan. 'Ich nehme an, daß Sie sich damit abfinden können!' Het klonk dwingend. 'Aber selbstverständlich,' haastte Frau Grübler zich te zeggen, 'das ist mir klar, dennoch frage ich mich ob wir uns dann nicht alle auf einen gewissen Zeitpunkt richten können, sagen wir 1900, oder 1880, wo alle unsere Länder sich noch in der präindustriellen Zeit befanden, damit wir wenigstens eine synchrone Karte haben.'

Het was te zien dat de tegenwerping Horvatić irriteerde. Hij trok met zijn gezicht, alsof hij iets smerigs hoorde, en een ogenblik leek het of hij zich zou afwenden en terugkeren naar zijn plaats omdat het aanhoren van zulke domheden hem te veel werd. Maar hij vermande zich en boog zich opnieuw over de katheder. 'Jetzt reden Sie von einem Zeitpunkt vor achtzig oder neunzig Jahren,' zei hij berustend, 'während die präindustrielle Zeit hunderte, ja tausende von Jahren umspannt. So wie die Bauern in meinem Lande, in Jugoslawien, jetzt arbeiten, so haben sie seit mindestens tausend Jahren gearbeitet, mit denselben Arbeitsgeräten, denselben Techniken,' zijn stem had iets bezwerends gekregen, als van een priester. 'Weshalb sollen wir

uns dann kümmern um diese achtzig Jahre, die doch nicht mehr sind als ein Nichts, eine Randbemerkung zur Ewigkeit.' Hij zweeg en keek naar haar.
In de zaal was het zo stil dat Maarten kon horen dat Frau Grübler nerveus aan het papier met haar vraag frommelde.
'Verstehen Sie es so besser?' vroeg Horvatić met een neerbuigende vriendelijkheid.
'Vielleicht,' zei Frau Grübler aarzelend, 'das heißt, ich glaube daß ich es jetzt besser verstehe. Auf jeden Fall danke ich Ihnen für die ausführliche Antwort.' Ze ging zitten, afwezig, nog geheel in de ban van haar optreden.
Horvatić wendde zich af en ging weer naar zijn plaats. Beerta stond op. 'Gibt es noch jemand?' vroeg hij.
Het bleef stil. Beerta keek vragend de zaal rond. Achter Maarten werd gefluisterd.
'Wenn nicht, dann'... begon Beerta.
'Ja, doch.' Maarten keek om. Güntermann was opgestaan. 'Ich möchte noch einmal auf den Zeitpunkt zu sprechen kommen. Frau Grübler nannte 1900 oder 1880. In Deutschland liegt jedoch das Ende der präindustriellen Periode manchmal noch viel früher. Bei einer Karte über das Baumaterial der Bauernhäuser zum Beispiel, die wir für das nächste Mal vorgenommen haben, müssen wir mindestens bis 1820 zurückgehen um die Situation in der präindustriellen Zeit in den Griff zu bekommen. Wie stellt man sich das vor? Da kann man die Daten doch nicht mehr mit Hilfe alter Leute sammeln?' Het was niet duidelijk of er ironie in de laatste woorden stak, zijn gezicht was in ieder geval onbewogen.
Terwijl de vraag bij Maarten voor het eerst tijdens het congres enige geestdrift wekte, trof ze de drie heren op het toneel onaangenaam. Ze overlegden fluisterend, Beerta staande voor de tafel, met zijn rug naar de zaal, een overleg dat geruime tijd in beslag nam. Tenslotte wendde Beerta zich opnieuw tot Güntermann. 'Professor Horvatić wird dazu etwas sagen,' zei hij, waarna hij zelf met kleine pasjes achter Seiner om naar zijn plaats achter de tafel liep en ging zitten.
Horvatić stond langzaam op en plaatste zich met zijn volle gewicht achter de katheder. Hij keek de zaal in en zijn blik bleef

rusten op Güntermann: 'Ich möchte zu Ihrer Frage eine kurze Bemerkung machen, wiewohl es grundsätzlich Ihr Problem ist. Ich glaube, wenn Sie so von alten Leuten sprechen, so ein wenig herablassend'...
'Aber bitte nein,' protesteerde Güntermann.
Horvatić hief bezwerend zijn hand op: 'Doch, ich habe aufmerksam zugehört und ich für mich bin der Meinung, daß Sie das ungeheure Gedächtnis von einigen unter diesen sogenannten alten Leuten nicht unterschätzen müssen. Die besten unter Ihnen wissen Bescheid, nicht nur über die Verhältnisse in ihrer eigenen Jugend, aber manche haben als sie selbst noch jung waren ihrerseits auch ihren Vater und ihren Großvater befragt, so daß wir mit ihrer Hilfe viel weiter zurückgehen können, als man auf Grund ihres Lebensalters erwarten sollte. Es sind diese alten Leute die wir aufsuchen sollen, durchdringen in ihre Gedächtnisse, die Schätze aufgraben die dort auf uns warten. Das ist ihre und unsere Aufgabe, im Dienste unserer Nachkommenschaft!' Na die laatste woorden wendde hij zich af en ging terug naar zijn plaats, zonder het antwoord van Güntermann af te wachten.
Beerta stond op. 'Dazu möchte ich auch noch was sagen,' zei hij plechtig. 'Wir in den Niederlanden nehmen diese Gespräche mit alten Leuten jetzt auf Tonband auf, sodaß sie auch für die Nachkommenschaft bewahrt bleiben.'
De opmerking had het bloed naar Maartens hoofd doen stijgen. Goeie God, dacht hij, asjeblieft! en hij boog zijn hoofd om zijn verwarring te verbergen. Hoe is het in Godsnaam mogelijk! Hij schaamde zich zo dat hij het liefst in de grond was verdwenen.
'Vielleicht können Sie das auch so tun,' raadde Beerta.
Güntermann antwoordde daar niet op.

★

Maarten stapte als laatste de bus uit. Omdat hij nog weer teruggelopen was naar de achterbank waar hij gezeten had om zijn jas op te halen, had de directeur van het Freilichtmuseum, die aan de ingang stond om hen te verwelkomen, zich alweer afgewend. Omgeven door de andere leden van het gezelschap liep hij al pratend voor hen uit, het terrein op, een modderige, slecht bestrate vlakte vol kuilen en plassen met hier en daar wat vakwerkhuizen. Maarten liep achter hen aan, onzeker wat hem te doen stond nu hij zich niet had voorgesteld, ontevreden over zijn onvermogen om zo'n probleem van niets moeiteloos op te lossen. Het hield hem zo bezig dat hij niet in staat was om zich heen te kijken, laat staan iets in zich op te nemen. Hij haastte zich om zich bij de groep aan te sluiten en probeerde vervolgens zonder op te vallen naar voren te dringen en zo in de nabijheid van de directeur te komen, maar hij slaagde daar niet in en moest genoegen nemen met een plaats achteraan, vanwaar hij al lopend ongeduldig naar een opening bleef zoeken. Die kwam pas toen de directeur stilstond bij het eerste gebouw dat ze passeerden en zich omdraaide. Terwijl hij het gezelschap dat zich om hem heen groepeerde monsterde, ontstond er enige ruimte, waardoor Maarten onverwacht de gelegenheid kreeg tot hem door te dringen. 'Ich habe mich noch nicht bekannt gemacht,' zei hij haastig, zo snel dat hij over de vele medeklinkers in deze mededeling struikelde. 'Ich bin Koning, aus den Niederlanden,' hij stak zijn hand uit. De opmerking verraste de directeur zichtbaar. Hij stak aarzelend zijn linkerhand naar voren, maar Maarten zag dat te laat. Hij zocht de rechterhand van de man en greep tot zijn ontsteltenis in een stuk leer. 'Verzeihung,' mompelde hij, het leer meteen weer loslatend.

'Keine Ursache,' antwoordde de man verward, 'ich wußte nicht...' hij maakte zijn zin niet af.

'Nein, natürlich nicht,' zei Maarten snel. 'Ich habe mich verspätet.' Dat laatste mompelde hij terwijl hij terugtrad in de groep, niet in staat zich een houding te geven. Hij vervloekte zichzelf en terwijl de directeur begon te praten deed hij nog een stap verder terug, als om zich in de groep te verbergen. Van wat de man zei drong geen woord tot hem door en toen deze hen voorging, het gebouw in, liet hij eerst alle anderen passeren voor hij aarzelend volgde. De groep kwam opnieuw tot stilstand. Hij bleef een paar passen achter hen staan en hoorde de directeur praten, maar van wat hij zei verstond hij geen woord. De herinnering aan zijn optreden en het gevoel van die leren hand in de zijne blokkeerden elke gedachte en vervulden hem met een diepe schaamte. Hij wendde zich half af en keek vanuit de stoffige, schemerige ruimte naar het lichte vlak van de deur, waarin een uitsnede van het terrein zichtbaar was. Achter hem klonk praten. Er werden vragen gesteld. De directeur gaf antwoord. Het leek of het van heel ver kwam, van de andere kant van zijn bewustzijn, en toen de groep zich al pratend weer in beweging zette, deed hij zonder verder nadenken een paar stappen de andere kant op, de deur door, de buitenlucht in. Eenmaal buiten maakte hij zich zo snel mogelijk uit de voeten, langs een paar gebouwen, een zijpad in, naar een andere kant van het terrein, waar hij een willekeurig huis binnenging. Het was een hoge ruimte, met een bruinlemen vloer die enigszins verpulverd was, en op regelmatige afstanden houten staanders verbonden door dikke balken. Her en der stonden wat landbouwwerktuigen en tegen een houten schot hingen vlegels, zeisen, wannen en paardetuig. Hij keek ernaar zonder dat de betekenis van wat hij zag tot hem doordrong. Het rook er stoffig en het licht van buiten drong maar spaarzaam binnen. Terwijl hij geleidelijk enigszins ontspande, liep hij langzaam verder, betrad een met houten planken afgeschoten ruimte met een bedstee waarin het bed was opengeslagen en waarin op een tafeltje een kom en een lampetkan stonden, en kwam in een kamer met zware boerenstoelen, een tafel, een grote kast. Er was niemand. Van buiten drong geen geluid door. Hij keek om zich heen, deed een paar stappen, hoorde zijn voeten op de vloer, die hier van planken was, en bleef opnieuw staan. Hij keek naar de wandversiering, de voorwerpen die in de kamer verspreid stonden, maar wat hij zag zei hem niets. Duits. Langzaam liep hij terug, door een zijdeur, de buitenlucht weer in. De lucht was grauw, tegen regen aan. Wat verderop begon het bos waarin de ruimte voor het museum was uitgespaard. Hij keek ernaar en vroeg zich af wat hij hier deed. Gedachteloos liep hij weer door, langs huizen waarvan de deuren openstonden, maar waarin zich niemand bevond omdat het museum in deze tijd van het jaar gesloten was. Hij ging een willekeurige deur binnen en keek ver-

strooid naar een blauw en wit geverfd Mariabeeldje dat in een nis boven een deur de armen uitbreidde.
In het derde huis dat hij binnenging, trof hij de Deen. Hij stond in de schuurruimte een zeis te schetsen die tegen de wand was opgehangen. Hoewel Maarten nog geen woord met hem gewisseld had, was hij hem al wel opgevallen, omdat hij gekleed ging in een manchesterbroek en een grof boerenhemd, met daaroverheen een militair jack met grote zakken op de borst en de heupen. 'Gutentag,' zei hij schuchter.
De Deen keek op. 'Hello,' zei hij vriendelijk.
Maarten bleef aarzelend staan, op enkele meters afstand.
'Ich zeichne diese Sense,' legde de Deen uit.
'Ja,' zei Maarten. Hij deed een paar stappen dichterbij en keek toe.
'Genau dieselbe Sense haben wir auch in Denmark, nur wie das Blatt am Stiel befestigt ist, weicht ab.' Hij keek Maarten aan. 'Bei Ihnen hat man diese Sense auch.'
'Wie wissen Sie das?' vroeg Maarten verbaasd.
'Weil ich bei Ihnen einige Feldarbeiten gemacht habe. Man findet sie im Norden und im Osten.'
De mededeling wekte door haar eenvoud en vanzelfsprekendheid Maartens bewondering. 'Dann werden wir sie beiden aus Deutschland bekommen haben,' veronderstelde hij met een warm gevoel van sympathie.
'Nein!' zei de Deen beslist. 'Wir haben sie von Ihnen!' Hij wees naar Maartens borst.
'Von uns?' zei Maarten verbaasd. 'Nein!'
'Alle unsere Arbeitsgeräte kommen von Ihnen,' zei de Deen met grote stelligheid. Hij borg zijn schetsblok in een van de zakken van zijn jack en wendde zich langzaam af naar de deur.
'Unmöglich,' hield Maarten vol terwijl hij met hem meeliep. Hoewel het standpunt zijn nationale trots streelde, leek het hem onhoudbaar. 'Wir sind Kaufleute! Keine Industrielle!'
'Doch! Für uns waren Sie immer das kulturelle Zentrum Europas. Alle unsere Innovationen kommen von Ihnen.'
Maarten zweeg. Hij begreep dat het standpunt voor de ander een emotionele betekenis had en vermoedde dat er een onuitgesproken afkeer van Duitsland achter schuilging. Dat wekte

zijn sympathie: de Deen en de Nederlander. Terwijl ze het terrein opliepen, doelloos, zocht hij naar een opmerking om aan die sympathie uiting te geven. Ze sloegen een willekeurig zijpad in, tussen twee boerderijen door. De Deen monsterde de zijwand, die in vakwerk was opgetrokken. Maarten volgde zijn blik zonder iets in zich op te nemen. Naast de ander voortslenterend dacht hij gespannen na en herinnerde zich toen de recente, opvallend principiële houding van de Deense regering, vergeleken bij die van de overige Europese landen met inbegrip van zijn eigen land, tegenover het Griekse kolonelsregime. 'Das Verhalten Ihrer Regierung gegenüber Griechenland ist makellos,' merkte hij op.
'Das ist es,' antwoordde de Deen zonder verrassing te tonen.
'Steht die Bevölkerung dahinter?' – hij keek opzij.
'Hundert Prozent!' zei de Deen geëmotioneerd.
'Sehr gut!' Het versterkte de band tussen hen beiden en dat wekte geestdrift.
Het begon zacht te regenen. Op een kleine vlakte tussen de huizen stond een brandtoren. 'Dort steht ein Turm,' merkte Maarten op.
'Ja,' zei de Deen.
'Laßt uns hinaufgehen.'
'Gut.'
Achter elkaar, Maarten voorop, klommen ze langs een aantal houten trappen naar een platform, onder een afdak, en keken naast elkaar over de borstwering naar het museumterrein. Beneden hen staken Stanton, Walter Tränkle en Güntermann druk pratend in de regen de kleine vlakte over, Tränkle en Güntermann blootshoofds, Stanton met een alpinopet op. Een eindje verderop, bij de ingang van een boerderij, stond een ander groepje, waaronder de directeur, de drie vrouwen uit het gezelschap, en professor Seiner, die bezig was met het openen van zijn paraplu.
'Unsere liebe Kollegen,' merkte Maarten op. Er was spot in zijn stem.
De Deen reageerde daar niet op.
Maarten voelde dat als een correctie en dat werkte vervreemdend.

Op de trap, beneden hen, klonken voetstappen. Iemand klom omhoog.

'Im siebzehnten Jahrhundert hatten wir einen Dichter, ein Art Nationaldichter, der hat auch über die Dänen geschrieben,' vertelde Maarten.

De Deen keek opzij. 'Was hat er über uns gesagt?' vroeg hij geïnteresseerd.

Maarten aarzelde. 'Verstehen Sie Niederländisch?' vroeg hij om tijd te winnen, 'denn es läßt sich schwer übersetzen.'

'Ein wenig.'

Maarten aarzelde opnieuw, maar hij was al te ver gegaan om nog terug te kunnen: 'O God, wil ons verlossen van deze Deense ossen.' Hij lachte boosaardig, opzijkijkend.

De Deen had even nodig om het te verwerken. 'Dann wird er uns wohl nicht geliebt haben,' stelde hij droog vast.

Maarten betreurde de opmerking. 'Er war von deutscher Herkunft,' zei hij verontschuldigend. 'Er kam aus Köln.'

'Dann verstehe ich es besser.'

Niettemin had Maarten het gevoel dat hij de goeie verstandhouding verknoeid had, maar veel tijd om daarover na te denken had hij niet omdat de Roemeen hijgend het platform betrad. 'Sind das Treppen,' zei hij. Hij kwam naast hen staan, buiten adem, en keek ook over de borstwering. 'Aber die Aussicht ist schön.'

'Ja,' zei Maarten.

De groep rond de directeur en Seiner was aangegroeid en zette zich nu langzaam in beweging naar de uitgang.

'Wir müssen gehen,' waarschuwde de Deen.

Beneden ging de Roemeen aan de ene kant van Maarten lopen, de Deen aan de andere.

Het regende nog steeds, maar niet hard. Uit een van de boerderijen die uitkwamen op het pleintje kwamen de Rus, de Bulgaar en de Fransman, een afstammeling van een van de oudste Franse, adellijke families.

'Sie sind doch aus den Niederlanden?' vroeg de Roemeen.

'Ja,' zei Maarten terughoudend. Hij voelde dit nieuwe contact als verraad tegenover de Deen.

'Sie haben ein sehr schönes Land,' vond de Roemeen.

'Sind Sie mal bei uns gewesen?' Ze liepen nu vlak achter de Rus, de Bulgaar en de Fransman, maar wat die tegen elkaar zeiden, zelfs in welke taal ze spraken, kon hij niet verstaan.
'Nein, aber ich habe Bilder gesehen, Fotografieën.'
'Ach so. Aber Ihr Land ist auch schön.'
'Ihr Land ist schöner.'
'Bukarest soll eine sehr schöne Stadt sein,' hield Maarten vol.
'Bukarest ist schön,' gaf de man toe. 'Auf dem Balkan gibt es keine schönere Stadt als Bukarest. Aber Amsterdam ist schöner.'
'Und außerdem führen Sie eine eigene Politik!' – hij negeerde de opmerking over Amsterdam.
'Ja, sehr!'
Maarten keek opzij. 'Können Sie das erklären?'
De Roemeen keek naar de Rus, vlak voor hen, greep Maarten bij zijn arm en boog zich naar hem toe. 'Weil wir mutig sind,' fluisterde hij met zijn blik op de Rus gericht. 'Wir Rumänen sind mutig! sehr mutig!' Hij drukte Maartens arm tegen zich aan en liet hem niet meer los. Gearmd liepen ze een eindweegs door de regen over het museumterrein in de richting van de uitgang met de Deen naast zich en de drie anderen voor zich uit. De situatie benauwde Maarten zo, dat hij niet meer kon denken. Hij hield zijn arm stijf, een eindje van zijn lichaam, en keek strak voor zich uit, radeloos zoekend naar een mogelijkheid zichzelf uit de greep van de Roemeen te bevrijden. Die mogelijkheid deed zich voor toen ze dicht bij de uitgang de toiletten passeerden. 'Ein Augenblick!' zei hij. Hij maakte de arm van de Roemeen abrupt los en spoedde zich naar het gebouwtje, waar hij, staande voor de porseleinen pot, weer enigszins tot zichzelf kwam.

★

Het congres werd besloten met een excursie naar Aken, waarvoor de deelnemers zich al vroeg bij de hoofdingang van het Museum verzamelden. Toen de bus voorreed, was Maarten een van de eersten die instapte. Hij liep meteen door naar de achterste banken waar hij de vorige dag een plaats alleen had

gevonden, legde zijn tas in het net en ging zitten, maar toen hij zat en de bus zich langzaam van voor naar achteren vulde met druk pratende, elkaar beleefd opdringende collega-geleerden, voelde hij zich schuldig. Hij stond aarzelend op, alsof hij daarmee iemand naar zich toe wilde halen, ging weer zitten, zag hoe anderen elkaar moeiteloos vonden en lachend en pratend naast elkaar schoven, voelde zich buitengesloten en stond opnieuw op. Onzeker liep hij door het gangpad naar voren. Beerta en Tränkle zetten zich naast elkaar, waardoor de toeloop even stokte, daarachter drongen de Oostenrijkse met Frau Grübler en Güntermann op, en daar weer achter Axel Klastrup en Stanton. Zonder verder nadenken wendde hij zich abrupt tot de Oostenrijkse, een enigszins verzuurde vrouw, niet veel ouder dan hijzelf, die vroeger waarschijnlijk mooi was geweest maar zich door God weet welke onaangename ervaringen een houding van ongenaakbaarheid aangemeten leek te hebben. 'Darf ich mich zu Ihnen setzen?' vroeg hij. Hij voelde dat zijn gezicht trok en hij zag aan haar gezicht dat zijn onduidelijk gemompelde vraag haar verraste.
'Bitte?' vroeg ze.
'Darf ich mich zu Ihnen setzen?' herhaalde hij wat luider maar zonder enige overtuiging en hij maakte een vragend gebaar naar de twee plaatsen achter Beerta en Tränkle, met het gevoel dat hij een onzedelijk voorstel deed. Bovendien werkte het op zijn zenuwen dat de rij achter de Oostenrijkse weer tot stilstand was gekomen, wachtend tot het obstakel zou zijn opgeheven.
'Es tut mir leid,' zei ze koel, 'aber ich habe schon mit Frau Doktor Grübler verabredet.'
'Aber setzen Sie sich doch ruhig, Frau Doktor Kretsch,' zei Frau Grübler, die achter haar stond, 'ich kann mich doch neben Herrn Güntermann setzen, falls er es mir gestattet.' Ze keek om naar Güntermann.
'Aber natürlich,' zei Güntermann hoffelijk, 'das ist mir sogar ein Vergnügen Frau Grübler.'
'Na, wenn Sie wollen,' zei de Oostenrijkse tegen Maarten en schoof tussen de banken zonder verder aandacht aan hem te besteden. Uit haar houding bleek duidelijk dat ze zich idealer

gezelschap kon voorstellen. Dat kwetste Maarten, maar aangezien er geen terug was, haalde hij zijn tas achter uit de bus en drong tegen de stroom in weer naar voren. Toen hij zijn tas boven haar in het net legde, zette hij zijn voet te ver naar voren en trapte op haar tenen.
'Au!' zei ze, haar voet verontwaardigd terugtrekkend.
'Verzeihung,' mompelde hij, zich naast haar zettend. Hij vervloekte zijn lompheid en zag zichzelf als het voorbeeld van een typische, onbehouwen Hollander. Dat maakte dat hij de eerste tien minuten niet wist wat hij tegen haar moest zeggen. Hun namen werden één voor één afgeroepen door een van de assistenten van Seiner, die zelf naast de chauffeur had plaatsgenomen. De deuren gingen dicht, de bus trok langzaam op, voegde zich tussen het verkeer van de ochtendspits, kruiste de spoorlijn en koerste in de richting van de Kölner Straße.
'Bei uns sagt man, daß der Schweizer, in allem, hundert Jahre zu spät ist, weil es damals billiger war,' plaagde Beerta.
Walter Tränkle lachte luid. 'Und das sagen ausgerechnet die Holländer, die sich seit Jahrhunderten in unserem Badewasser schmutzig machen,' kaatste hij terug.
Die opmerking amuseerde Beerta zichtbaar.
Maarten luisterde maar half, te veel in beslag genomen door de aanwezigheid van de vrouw naast hem, die stug naar buiten keek, alsof ze hem kwalijk nam dat hij haar het gezelschap van Frau Grübler ontnomen had.
'Die Kölner-Bonner Autobahn, über welche wir jetzt fahren,' zei de assistent van Seiner door de luidspreker boven hun hoofd, 'gehört zu den frühesten Anlagen dieser Art, und schneidet die Garten- und Obstbaulandschaft des Vorgebirges. Sofort, bei der Durchfahrt durch Wesseling werden Sie das Entstehen und Wachsen eines jungen Industrieorts erkennen können, der noch vor Jahrzehnten ein kleines Dorf war, heute aber als wichtiger Braunkohlenhafen, als Endpunkt von Pipelines und als Standort von Erdölraffinerien und Werken der Petrochemie Bedeutung besitzt.'
'Sind Sie in Österreich auch mit der Pflugkarte beschäftigt?' vroeg Maarten aan zijn buurvrouw. Het was de enige vraag die hij kon verzinnen en hij stelde haar min of meer met de moed der wanhoop.

'Ich glaube, ja,' antwoordde de Oostenrijkse, met haar aandacht bij het landschap waardoorheen de autoweg was aangelegd.
'Hat man bei Ihnen auch nur Industriepflüge?' vroeg Maarten door, zonder zich door het wat raadselachtige antwoord te laten ontmoedigen, 'oder kennen Sie auch traditionelle Pflüge?'
'Das kann ich Ihnen nicht sagen, weil das nicht meine Aufgabe ist.'
Maarten had daar niet dadelijk van terug. Hij zweeg en dacht na. 'Was ist dann Ihre Aufgabe?' vroeg hij tenslotte.
'Ich befasse mich nur theoretisch mit der Kartografie. Ich bin Kartografin.'
'Was enthält das?' Hij begreep dat hij daarmee een enorme stommiteit beging, maar het gedrag van de vrouw maakte hem koppig.
Ze keek, voor het eerst, verbaasd opzij. 'Waren Sie vorgestern, als wir über die Grundkarte des Europa Atlasses diskutierten, nicht bei den Beratungen?'
'Ja, natürlich.' Hij was daarbij geweest, maar hij had het onderwerp zo saai gevonden dat hij er geen woord van had begrepen.
'Das ist meine Arbeit,' zei ze snibbig, en ze wendde zich weer van hem af.
Maarten zweeg. Hij luisterde naar de stemmen van Beerta en Tränkle, die zich geamuseerd met elkaar onderhielden, en naar de stemmen van Güntermann en Frau Grübler aan de andere kant van het pad, die soms even zwegen, zonder dat de betekenis van hun woorden tot hem doordrong. Hij voelde zich slecht op zijn gemak en zocht vergeefs naar een nieuw gespreksonderwerp. Hoewel hij voor de vierde achtereenvolgende nacht nagenoeg niet geslapen had, hield dat hem wakker en gespannen tot Aken, waar ze voor de ingang van de Dom door de bus werden afgezet.

Toen de bus langzaam in beweging kwam en het plein afreed, staken Beerta en Maarten hun hand op en wuifden ontroerd naar hun collega's, die vanachter de raampjes terugwuifden tot de bus een zijstraat indraaide en achter de huizen verdwe-

nen was. Plotseling waren ze alleen. Beerta nam zijn koffertje op en wendde zich tot Maarten. 'Wat nu?'
'Eerst maar naar de trein,' besliste Maarten.
Zonder veel te zeggen, nog onder de indruk van het afscheid, liepen ze naar het station. Nu het was afgelopen, voelde Maarten naast opluchting enig heimwee, niet zozeer naar de mensen als wel naar de beslotenheid van het samenzijn, en hij vermoedde dat daarin het eigenlijke motief voor het houden van deze op zichzelf onzinnige bijeenkomsten lag. 'Heeft dit nou zin?' vroeg hij, uit een behoefte om Beerta's oordeel te kennen.
'Ja natuurlijk heeft dit zin,' antwoordde Beerta. 'Het is belangrijk om al die mensen weer eens te zien en te spreken.'
Maarten begreep dat het zinloos was om erover door te praten en zweeg. De trein naar Maastricht was juist vertrokken, voor de volgende moesten ze twee uur wachten. Het was weer gaan regenen. Ze gingen in de restauratie zitten, die verder verlaten was, en bestelden een kop koffie en voor Beerta een stuk appeltaart. De restauratie keek uit in de hal, waarin weinig vertier was.
'Heb jij nog interessante contacten gehad?' vroeg Beerta.
Maarten moest daar even over nadenken. 'Alleen met Axel Klastrup,' zei hij tenslotte.
'Waar ging dat over?'
'Over de zeis.'
'Over de zeis!' herhaalde Beerta verbaasd. 'Ik kan me interessanter onderwerpen voorstellen.'
'Het is anders een van de drie nieuwe onderwerpen.'
'Dat weet ik,' zei Beerta ironisch, 'maar daarom hoef ik mij er nog niet voor te interesseren. En die Klastrup lijkt me niet zo'n interessante jongen.'
'Hij weet er veel van af.'
'Dat zal wel,' zei Beerta onverschillig. 'Maar ik bedoel eigenlijk of je iets gehoord hebt.'
Maarten begreep wat hij bedoelde. 'Nee, ik heb niets gehoord.'
Het was enige tijd stil. Beerta genoot zichtbaar van zijn gebakje. 'En Appel? Heb je nog met Appel gesproken?' Hij keek Maarten aan.
'Ik heb Appel niet meer gezien.'

Beerta knikte. 'Ik denk erover om die jongen als hij in Nijmegen benoemd is in de Commissie te halen,' zei hij nadenkend. 'Die jongen zal het nog ver brengen.'

*

'Ik vond het verschrikkelijk,' zei Maarten. 'Ik ben totaal ongeschikt voor dit werk. Hoe gauwer een van jullie me kan vervangen hoe beter.'
Jan lachte smakelijk. 'Het zal wel.'
'Reken maar dat de heren zich geamuseerd hebben,' zei Bart.
'Duitse dienstertjes in de billen geknepen,' veronderstelde Ad gnuivend.
Maarten negeerde die opmerking.
'Maar wat is er eigenlijk beslóten?' wilde Bart weten.
'Voor over twee jaar drie nieuwe kaarten: over de zeis, de wanden van het boerenhuis en de kerstboom, en op langere termijn nog eens zevenendertig.'
'Maar dat heb je toch zeker geweigerd?' zei Bart geschrokken.
'Hoe kan ik dat nou weigeren?' vroeg Maarten ontstemd.
'Weigeren kun je altijd nog,' vond Jan.
'Omdat we daar geen tijd voor hebben!'
'Dan maken we tijd.'
'En omdat we geen harde gegevens hebben!' zei Bart koppig.
'Dat hebben ze geen van allen.'
'En onze kaart van de dorsvlegel?' vroeg Jan. 'Zeiden ze daar nog iets van?'
'Daar krijgen we nog aanvullende vragen over.'
Jan knikte. 'Het betere werk!'
'Ik vind toch dat je dat had moeten weigeren!' hield Bart vol.
'Op deze manier zie ik nog aankomen dat we gewoon een bijwagen van de Europese Atlas worden.'
'It's all in the time of the boss,' pareerde Maarten.
Het antwoord bevredigde Bart niet, maar hij zweeg.
'Voor die wanden van het boerenhuis wou ik in de Boerenhuisclub gaan,' zei Maarten, 'daar had ik toch al in gemoeten nu Ansing weg is, dus dat mes snijdt aan twee kanten. De kerstboom neem ik zelf voor mijn rekening, de zeis wou ik samen met Jan doen.'

'Geen probleem!' meende Jan. 'Doen we!'
'Was er nou nog kritiek?' wilde Ad weten.
'Nauwelijks. En de kritiek die er was, werd meteen de kop ingedrukt.'
'Zie je wel,' zei Bart. 'Daar was ik nou al zo bang voor.'
'Wat heeft zo'n bijeenkomst dan eigenlijk voor zin?' vroeg Ad.
'Geen enkele zin!' zei Maarten beslist. 'Het is volstrekt zinloos!'
Jan moest daar hartelijk om lachen en gaf een klap op de tafel.
'De enige zin is dat iedereen naar huis gaat met de gedachte dat het zin heeft, omdat ze anders niet gehouden zou zijn.'
'En toch ga je ernaartoe,' zei Bart zuur.
'Ja,' zei Maarten, hij lachte verlegen en keek om omdat de deur openging, 'alleen werkt het op mij averechts.'
Freek Matser kwam de kamer in, in het gezelschap van een wat oudere, kleine Surinaamse man. 'Wat werkt op jou averechts?' vroeg hij.
'De wetenschap,' antwoordde Maarten. Hij keek naar de Surinaamse man. De man had opvallend felle, onderzoekende, maar niet onvriendelijke ogen.
Freek Matser giechelde even, een onderdrukte snik. 'Dit is Stanley Graanschuur,' zei hij, zich vermannend. 'Die komt in plaats van Serlé.'
Maarten stond op en gaf de man een hand. 'Koning,' zei hij.
Bart, Ad en Jan stelden zich voor met hun voornaam. Daarna was er een stilte, waarin ze wat onwennig bij elkaar stonden.
'Ja,' zei Maarten, hij aarzelde. 'U komt uit Suriname?'
'Nee, uit Indonesië,' antwoordde Graanschuur.
'Juist,' zei Maarten verbaasd.
'Maar ik kom ook wel uit Suriname hoor,' zei Graanschuur vergoelijkend.
'O,' zei Maarten.
Er was een nieuwe stilte.
'Dat was het laatste lokaal,' zei Freek tegen Graanschuur. 'Zullen we dan nu maar weer gaan?'
'Dat is wel goed,' zei Graanschuur. Hij knikte naar hen. 'Dag heren, tot ziens.' Ze sloten de deur achter zich.
'Rare druif,' zei Jan hoofdschuddend terwijl ze weer gingen zitten.

'De wijven zijn wat forser,' zei Maarten.
'Wat heeft dat nou weer te betekenen?' vroeg Bart lachend.
'Dat zegt mijn kapper. Die houdt vissen. Guppies.' Hij lachte.
De deur ging opnieuw open. Beerta kwam binnen. 'Dag heren,' zei hij terwijl hij stijf rechtop langs hen naar zijn bureau liep.
Ze groetten terug.
Beerta legde zijn tas op het uitschuifblad van zijn bureau, ging zitten en trok zijn stoel onder zich naar het bureau toe.
'Vond u het congres ook zo zinloos, meneer Beerta?' vroeg Ad.
Beerta draaide zich om. 'Zinloos?' – hij trok zijn wenkbrauwen op. 'Het was een van de interessantste congressen die ik ooit heb bijgewoond.'

★

'Ik heb er een foto van,' zei Maarten. Hij stond op en liep naar de voorkamer om de foto uit zijn bureau te halen. Toen hij terug kwam lopen, zag hij dat zijn vader zich naar voren boog, het dagboek van Guevara van de tafel nam, naar de titel keek en het meteen weer teruglegde. 'Dat is het dagboek van Guevara,' zei hij.
'Ik zie het,' zei zijn vader droog. Aan zijn stem kon Maarten horen dat het hem niet lekker zat.
Maarten gaf hem de foto. Zijn vader bekeek haar vluchtig. 'Gut, wat verwaand.'
'Verwaand?' vroeg Maarten verrast. Hij nam de foto terug en keek ernaar. Ze toonde de congresgangers in een halve cirkel, hijzelf iets terzijde, twee stappen verwijderd van Axel Klastrup, die de cirkel afsloot. 'Vind je dat verwaand?' Hij herinnerde zich hoe die foto tot stand was gekomen. Hij kwam van de w.c., nadat hij zich van de Roemeen bevrijd had, en trof het gezelschap bij de uitgang, waar ze zich voor de foto hadden opgesteld. Dat hij niet naast Klastrup was gaan staan, was geweest omdat hij zich niet had willen opdringen. 'Dat was verlegenheid,' zei hij, de foto teruggelegd.
'Verlegenheid?' vroeg zijn vader. 'Waarom zou je verlegen zijn, daar is toch geen reden voor?' Hij begon een nieuwe pijp

te stoppen. Uit de keuken klonk het geluid van een pan die op het vuur werd gezet.
'Ben jij nooit verlegen?' vroeg Maarten.
'Ik zou niet weten waarom.'
'Bijvoorbeeld omdat je je te veel voelt.' Het irriteerde hem dat zijn vader zo botweg ontkende dat hij verlegen was.
'Waarom zou ik me te veel voelen? Ik ben daar voor de krant, niet voor mezelf.'
'Ik ben er voor de wetenschap,' gaf Maarten toe, 'maar ik vind het idioot. Eigenlijk vind ik het zelfs schandelijk, als je het mij vraagt.'
'Wat is daar voor schandelijks aan? Ik kan me wel schandelijker dingen voorstellen, dingen die echt schandelijk zijn.'
'Het is holle gewichtigdoenerij,' zei Maarten geëmotioneerd, 'en dan nog op kosten van de gemeenschap.'
'Dat ben ik niet met je eens,' zei zijn vader beslist.
'En dat zou nog tot daaraantoe zijn, maar het erge is dat ze dat zelf niet doorzien, nee, ze ontlenen er de zin van hun leven aan! Dat ergert me!'
'Dan moet je daar een stuk tegen schrijven.'
'Ja, een stuk...' zei Maarten sceptisch.
'Ja, een stuk!' herhaalde zijn vader. 'Als je ergens kritiek op hebt moet je ertegen schrijven. Dat is de enige manier om er een eind aan te maken.'
Ze zwegen.
'Het is natuurlijk ook omdat ik nooit weet wat ik tegen andere mensen zeggen moet,' zei Maarten.
'Daar heb ik geen moeite mee.'
'Wat zeg je dan?' Hij keek zijn vader aan, een beetje spottend.
'Er is altijd wel iets te zeggen.'
'Maar als het zover is, kan ik niets verzinnen.'
Ze zwegen opnieuw. In de keuken praatte Nicolien tegen Jonas.
Zijn vader klopte zijn pijp uit op de rand van de asbak en stak hem opnieuw aan. 'Heb jij zelf nog iets bijgedragen?' Zijn stem was verzoenend.
'Nee. Ik heb alleen een paar verspreidingskaarten ingeleverd.'
'Waarom schrijf je daar nou nooit eens wat over?'

'Omdat er niets over te vertellen valt.'
'Nonsens! Je zou van wat je over die dorsvlegel weet zo een pocket kunnen maken. Een uitgever als Bruna neemt dat meteen.'
Maarten reageerde daar niet op.
De keukendeur ging open, op een kier. 'Maarten, dek jij vast de tafel?'
Hij stond op. Hij zette de vaas met bloemen op de theetafel, haalde de stok met het tafelzeil uit de hoek van de kamer en rolde het uit. 'Er was een Bulgaar, die zei nog minder,' vertelde hij, hij lachte en draaide zich met de stok in zijn hand naar zijn vader om. 'Daar zat ik naast aan tafel en hij zei niets, tot ik over de rozentuinen in Bulgarije begon, toen glimlachte hij en gaf me zijn kaartje.'
'Die was zeker bang zijn mond voorbij te praten.'
'Het was een heel martiale man!'
'Dat maakt niet uit,' meende zijn vader. 'Bang zijn ze allemaal.'

Toen ze aan de koffie zaten werd er hard gebeld. Maarten liep naar de voordeur. Iemand rukte ongeduldig aan de deurkruk. 'Ja, ja,' zei hij. Hij deed de deur van het slot. Zijn broer stond op de stoep. 'Is Opa hier?' vroeg hij gehaast. Hij stapte naar binnen. Sinds hij kinderen had noemde hij zijn vader consequent *opa*.
'Opa is dood,' antwoordde Maarten, dat ge-opa irriteerde hem, 'maar vader is er nog.'
'Dat bedoel ik.' Hij liep door naar de voorkamer, groette Nicolien vluchtig en bleef bij de stoel van zijn vader staan. 'Inez zei dat ik je moest komen halen.'
'Dat is aardig van Inez,' zei zijn vader. 'Ik ga mee.' Hij sloeg zijn koffie achterover en zette zijn handen op de leuningen van zijn stoel.
Maartens broer zag het boek van Guevara liggen en nam het op. 'Lezen jullie dat?' vroeg hij verbaasd.
'Wat jullie in die avonturier zien is me een raadsel,' zei zijn vader.
'We vinden hem heel moedig!' zei Nicolien agressief. Ze had al die tijd gezwegen.

'Ongetwijfeld,' zei zijn vader, hij kwam moeizaam overeind, 'maar of hij daar wat mee opschiet is de vraag.'
'Ken je het?' vroeg Maarten aan zijn broer om de dreigende ruzie tussen zijn vader en Nicolien te bezweren.
Zijn broer legde het boek weer terug. 'Ik bemoei me niet met politiek hoor. Ik begrijp er niets meer van.'
Zijn vader was intussen naar de deur gelopen en draaide zich daar om. 'Ga je nou mee, of ga je niet mee,' zei hij ongeduldig.
Maarten liep mee. Toen hij al buiten was, draaide zijn vader zich om terwijl zijn broer vooruitliep naar de auto. 'Nou jongen,' zei hij, 'ik hoop dat jullie ook nog eens bij mij komen.' Er klonk een licht verwijt in zijn stem. Maarten had de indruk dat hij geëmotioneerd was. Zijn vader draaide zich om en steigerde achter zijn tweede zoon aan, dwars de rijweg over, wat onzeker op zijn benen, alsof hij bij elke stap aarzelde of hij naar links of naar rechts zou gaan. Maarten wachtte tot ze wegreden. Hij stak zijn hand op en ging zijn huis weer in.
'Wat was je vader weer in een verschrikkelijk humeur,' zei Nicolien verontwaardigd, 'hij was niet te genieten vanavond.'
'Ik denk dat hij zich niet lekker voelde,' verontschuldigde Maarten hem.
'Maar dan hoef je je toch niet zo te gedragen?'
'Nee,' gaf hij toe, 'maar zo is hij nou eenmaal.'

*

Hij droomde dat hij met zijn vader in de kamer zat. 'Jij noemt iedereen maar een communist,' zei hij. 'Als hij maar een etiket heeft. Wat hij werkelijk is, interesseert je niet.'
Zijn vader gaf daar geen antwoord op.

*

Terwijl Frans voorlas, keek Maarten traag, luisterend, rond. De katten liepen rusteloos door de kamer. Eén sprong op de vensterbank achter de gordijnen en liep daar achterlangs zodat het gordijn even golfde. Even verder stak hij zijn kop tussen de gordijnen door, juist boven de kaars, die op een taboeretje in het midden van de kamer stond, en keek nieuwsgierig toe. Frans las, diep gebogen over zijn papier, in het licht van de bureaulamp die naast hem op de tafel stond, wat monotoon, half binnensmonds, stukken uit zijn dagboek uit de tijd voor hij in de Valeriuskliniek werd opgenomen, toen hij nog op het Bureau werkte. Het was angstig, illusieloos, een man op de vlucht die weet dat hij ter dood veroordeeld is en nergens om hulp hoeft te vragen. Maarten kwam er zelf ook in voor en iedere keer als hij zijn naam hoorde, schrok hij en luisterde onwillekeurig met meer aandacht, wat hij zichzelf dan weer kwalijk nam omdat het in dit verband geen pas gaf. '*Achttien oktober. Maarten Koning lachte me gisteren uit toen ik hem vertelde hoe mieters het is bij maanlicht water te drinken. Hij heeft gelijk. Drieëntwintig oktober. Thuis gebleven. Vannacht heb ik gedroomd dat ik met Dé Haan uitging. Iedereen vond het belachelijk. Dé Haan is het hoofd van de afdeling Volkstaal van het Bureau. Een ongetrouwde juf. Ze zit me de laatste tijd vaak achter de vodden omdat ik nogal eens te laat kom. Behalve die droom bleek vanochtend dat ik een zaadlozing heb gehad. In dit verband is dat een schande. I en vindt me schichtig. Ik voel er veel voor alles in de steek te laten. Vijfentwintig oktober. Nadat ik eergisteren overdag ziek was gebleven ben ik 's avonds laat naar het werk gegaan. Ik heb een sleutel van de buitendeur. Tot de volgende morgen heb ik er doorgewerkt. Het koffertje had ik bij me omdat het mijn bedoeling was nooit meer naar mijn kamer terug te keren. In de Van Woustraat kocht ik nog het laatste zakje patat dat er die avond nog verkocht werd. Het zout deed me goed. Op het Bureau overtuigde ik me eerst dat ik er alleen was en ging daarna het werk van die dag afmaken. Het lawaai van de schrijfmachine in de nacht was afschuwelijk. In de ruiten tegenover me zag ik mezelf zitten. Er waren vreemde geluiden als ik stil hield. Toen het werk klaar was heb ik de kachel opgestookt omdat ik het koud had gekregen. In de Oosthoek Encyclopedie ben ik vervolgens gaan lezen wat er in stond over syfilis en andere geslachtsziekten waarnaar werd verwezen. Ik was al lang van plan mezelf daarover voor te lichten omdat ik door een huidaandoening in de buurt van mijn gat in het onzekere verkeer. Ik had er moeite mee het uit te lezen want ik werd duizelig. Ik kan geen geslachtsziekte hebben als ik nog nooit een vrouw heb aangeraakt. Ik wilde weten of dat toch niet mogelijk was. Maar ik denk dat je daarvoor in psychiatrische handboeken terecht moet.*' Maartens aandacht ver-

slapte weer. De kat rekte zijn kop een paar keer en sprong toen tussen de gordijnen uit op het pianokrukje en van het krukje op de grond, waarna hij met zijn staart omhoog de kamer uit liep. Frans keek even opzij, een nauwelijks merkbare onderbreking in wat hij voorlas. '*Tien november. De geile gasvlam. Als de homosexuelen in het hiernamaals voor altijd met blote voeten over een sintelpad moeten lopen wil ik geen homo zijn omdat ik niet tegen sintels kan. Als het niet zo is weet ik niet waarom ik er niet tegen kan. Nachtelijke fietstocht. In de bossen van Baarn op een klapstoel gaan zitten van een gesloten uitspanning. Opgehaald door een overvalwagen. Ze dachten dat ik zwaarmoedig was. Twaalf november. Bij Beerta thuis. We zouden een gesprek hebben over het boek van Simone Weil dat hij me geleend had maar het ging merendeels over mij. Dat hadden we niet afgesproken. Daar ben ik niet tegen opgewassen. Hij zei dat hij het idee heeft dat ik in moeilijkheden zit die ik niet durf uit te spreken. Hij heeft de indruk dat ik vlucht. Hij zou me graag willen helpen. Als ik hem nodig mocht hebben dan kan ik op zijn hulp rekenen. Ik heb met hem over geen moeilijkheid gerept. Ongevraagd nodigt hij me uit erover te beginnen. Dat is toch een wanverhouding. Het zou wat anders zijn als het gelijk opging en hij evenzo met zijn eigen moeilijkheden op de proppen kwam. Dat offer heeft hij niet eens kunnen brengen. Op deze wijze zou ik me toch laten vernederen. Hij heeft goed geraden dat ik behoefte aan vertrouwen heb. Maar als het zo moet hebben we geen moeilijkheden.*'
Nicolien luisterde met haar elleboog op de leuning van haar stoel en haar hand tegen haar wang. Een van de katten was bij haar op schoot gesprongen en ze streelde hem werktuiglijk. Het behang achter haar stoel was gescheurd en hing in vellen naar beneden. De tegel, die de vorige keer nog rechtop in de hoek van de schoorsteenmantel stond, lag nu in stukken, stukgegooid door de katten. Een kleine, kale ruimte, afgesloten door een groen gordijn, met daarbuiten, vaag hoorbaar achter de lezende stem van Frans, het tikken van de klok op de gang en door het halfgeopende raam het grommen van de stad. Het leek uitzichtloos. Maarten vroeg zich af of hij zich daarom zo leeg voelde. Blijkbaar wilde je tegen beter weten in toch troost putten uit wat je hoorde of las.
'Willen jullie nog meer horen?' vroeg Frans plotseling, hij keek op, 'of zal ik er mee uitscheiden?'

Maarten was opgeschrokken. 'Wat mij betreft wel.' Hij keek naar Nicolien.
'Ja,' zei ze.
Maarten keek op zijn horloge. Het was kwart voor elf.
'Of misschien kan ik beter eerst nog een borrel inschenken?' Hij stond op, liep naar de keuken en kwam met de jeneverfles weer terug. Hij schonk hun glazen bij, bracht de fles terug en ging weer zitten. 'Wat vinden jullie ervan?' Hij keek onzeker van de een naar de ander.
'Ik vind het heel mieters,' zei Nicolien.
Maarten dacht na. Hij zat onderuit in zijn stoel, zijn benen uitgestrekt, zijn voeten over elkaar, zijn handen in zijn zakken, en keek naar de punten van zijn schoenen. 'Ik vind het natuurlijk ook mieters,' zei hij voorzichtig, 'ik vind zelfs dat je zo schrijven moet, maar tegelijk vind ik het...' hij aarzelde, zoekend naar het goede woord, 'godslasterlijk.' Hij keek naar Frans.
'Hoe bedoel je?' vroeg Frans geschrokken. Hij werd rood.
'Het is uitzichtloos. Je kunt je hierbij geen andere mensen meer voorstellen. Je hebt het gevoel dat er verschrikkelijke dingen zullen gebeuren.'
'Die zijn ook gebeurd,' hij keek snel naar Nicolien.
'Ja. En dat voel je. Er is een man aan het woord die op het punt staat hals over kop te vluchten en nog maar net de pas weet in te houden.'
'En je houdt niet van vluchten.'
'Dat ook niet, maar daar gaat het nu niet om. Het beklemmende is dat als je zo denkt als jij hier denkt, je geen andere mogelijkheid hebt, terwijl je tegelijk het gevoel hebt dat het de enige fatsoenlijke manier van denken is.'
'O, ja, dat weet ik niet natuurlijk.'
'Ik ben niet duidelijk,' begreep Maarten.
'Nou, ik geloof dat ik je niet helemaal begrijp.'
Maarten dacht na. Hij nam een slok van zijn borrel en zette het glas voorzichtig weer neer. 'Op zo'n congres bijvoorbeeld,' probeerde hij, 'daar voel ik me doodongelukkig. Ik voel me op het Bureau doodongelukkig. Ieder contact is me eigenlijk te veel. Daarin verschillen we niet. Maar ik ga altijd weer terug omdat ik het gevoel heb dat daarbuiten niets is. Ik verbeeld me

dat er mensen zijn met wie ik wel zou kunnen praten. Tegen beter weten in. Die illusie heb jij niet. Jij hebt de idee opgegeven dat je ergens bijhoort. Anderen spelen geen rol. Je zou net zo goed in een wereld met spiegels of tafelpoten kunnen leven. Ik denk dat je daarin gelijk hebt. Dat het zo is. Maar ik vind het beangstigend.'
'Maar waarom is dat dan godslasterlijk?' vroeg Frans een beetje angstig.
'Dat is maar een woord. Dat betekent verder niets.'
'O,' hij keek schichtig naar Nicolien.
'Maar mensen zijn toch zo?' kwam Nicolien hem te hulp. 'Jij vindt het toch ook verschrikkelijk, zulke mensen?'
'Ja,' zei Frans.
'Ja,' gaf Maarten toe. Hij dacht na. 'Ik kan het geloof ik niet goed uitleggen. Ik vond het heel mieters.'
Ze zwegen. Uit de gang klonk het tikken van de klok.
'Alles wat jij doet is eenzaamheid,' probeerde Maarten nog eens. 'Buiten jezelf is niets. Het is een bunker waarvan de deur is dichtgemetseld.'
'Ja,' gaf Frans toe, 'dat is misschien wel zo. Maar dan begrijp ik toch niet waarom dat godslasterlijk zou zijn.'
'Dat is het misschien ook niet,' stelde Maarten hem gerust.

Frans bracht hen naar de tram. Toen ze op de vluchtheuvel stonden, kwam er op het trottoir een stomdronken man aanlopen. Hij tuimelde opzij, viel tegen de muur van een huis, richtte zich weer op, struikelde de andere kant op, en stak onverwacht zonder op het verkeer te letten over naar de vluchtheuvel. Een paar meter van hen vandaan bleef hij staan, in zichzelf pratend, met een dubbele tong. Hij zwaaide naar voren, verloor bijna zijn evenwicht, herstelde zich, zwaaide weer terug en greep vergeefs naar de paal van het haltebordje. Ze keken toe.
'Moeten we die man niet helpen?' vroeg Frans.
'Ik zou niet weten hoe,' zei Maarten. De man boezemde hem vooral afkeer in.
Frans deed een paar stappen in de richting van de man en bleef daar aarzelend staan. De man merkte hem op, stootte wat on-

verstaanbare klanken uit en maakte een wilde beweging. Frans reageerde daar niet op. Hij keek toe. Door zijn beweging raakte de man opnieuw uit zijn evenwicht. Hij dreigde de vluchtheuvel af te tuimelen en struikelde over zijn benen. Op dat ogenblik kwam de tram aanrijden. Frans was met een snelle stap bij hem, pakte hem bij zijn schouder en hield hem overeind. De man brabbelde wat, stak zijn hand in zijn zak en haalde er een handvol geld uit. De deuren gingen open. 'Ja, hou dat nou maar bij u,' zei Frans. Hij duwde de hand van de man terug in zijn zak en hielp hem met een handige beweging de tram in. De man pakte de stang, draaide zich half om en zwaaide in zijn richting, onverstaanbaar pratend. 'Nou dag,' zei Frans tegen Maarten en Nicolien, die achter de man naar binnen klommen, en hij was meteen verdwenen. Terwijl Maarten afstempelde zag hij hem aan de overkant van de straat schichtig zijn hand opsteken en weglopen. De tram was vol. In het gangpad stonden mensen. Nicolien was blijven staan. De man hing naast hen tegen een stoel, luid orerend tegen de mensen om zich heen. Een ouder echtpaar drong haastig voorbij om uit zijn buurt te raken, bezeten van dezelfde kleinburgerlijke angst die Maarten ook in zichzelf herkende. 'Kun je niet doorlopen?' zei hij tegen Nicolien, haar opduwend.

'Waarom zou ik doorlopen?' vroeg ze. 'We staan hier toch goed?'
'Omdat ík door wil lopen.'
'Maar ik wil niet doorlopen!'
Hij verbeet zich en wendde zich half af, maar zonder de man uit het oog te verliezen. De man had zich wat naar voren gebogen en lalde tegen de vrouw die op de stoel zat waaraan hij zich vastklampte. Het was een oude, dikke vrouw, met rode konen en een brilletje op. Ze luisterde glimlachend maar ook een beetje angstig, een moedig mens.

'Waarom zei je nou tegen Frans dat het godslasterlijk is wat hij schrijft?' vroeg ze toen ze in het donker van de tramhalte naar huis liepen. 'Ik geloof dat hij daar erg van schrok.'
'Ja, dat was niet de bedoeling.'
'Maar waarom zei je het dan? Je kunt soms zo ruw zijn.'

'Ik bedoelde er niets onaardigs mee.'
'Ik begreep ook niet wat je daarmee bedoelde.'
Hij dacht na. 'Als je zo eenzaam bent dan is er ook geen God,' probeerde hij.
'Maar jij gelooft toch ook niet in een God?'
'Nee,' gaf hij toe. 'Ik vind ook wel dat hij gelijk heeft.'
Ze zwegen.
'En met zo'n dronken man is hij dan ineens weer heel aardig,' zei hij, 'terwijl ik de neiging heb me af te wenden.'
'Ja natuurlijk,' zei ze. 'Dat is een underdog. Daar identificeert hij zich mee.'

★

'Haast u, haast u, want het leven is kort,' zei Beerta. Hij stond met zijn rug naar hen toe voor zijn bureau papieren te sorteren. Maarten, Bart en Ad besteedden geen aandacht aan hem. Ze zaten rond de tafel, in vergadering.
'Hoe wou je dat dan doen?' vroeg Maarten.
'Ik denk dat ik een vanghok leen,' zei Ad, 'of anders maak ik er een.'
'En dat zet je in de tuin.'
'Met een beetje vreten.'
'Ik begrijp niet dat jullie die beesten niet gewoon laten zitten,' zei Bart. In zijn stem klonk irritatie.
'En maar aanjongen zeker,' zei Ad.
'Ik vind dat je zoiets aan de natuur zelf moet overlaten,' vond Bart.
'Dat doe jij zelf ook zeker,' zei Ad.
'Ik heb wel eens gelezen,' zei Bart, 'dat als je zulke zwerfkatten opneemt, dat andere dan gewoon hun plaats weer innemen. Je bereikt er niets mee.'
'Je bereikt er in ieder geval mee dat deze geholpen zijn,' meende Ad, 'en wat er met de volgende moet gebeuren dat zullen we dan wel weer zien. Die vangen we ook.'
'Ja, dat is het nou juist,' zei Bart. 'Zo blijf je aan de gang.'
'Je blijft wel aan de gang,' zei Maarten, 'maar je kunt ze zo ook niet laten zitten. Als je ziet hoe die beesten eruitzien. Ze zijn zo mager als de pest.'

'Ik geloof dat ik nog het liefst de opdracht zou krijgen om alle zwerfkatten in Amsterdam te vangen en te behandelen,' zei Ad. 'Dat lijkt me een prachtig werk. Zinvoller dan wat wij doen tenminste.'
'Dat is zeker,' zei Maarten.
'Nou, dat ben ik dan niet met jullie eens,' zei Bart koppig.
'Heb jij die brief van Vanhamme al beantwoord?' vroeg Beerta, zich naar Maarten omwendend.
'Ja, die heb ik beantwoord,' antwoordde Maarten.
'Waar is hij dan?'
'Ik heb hem op je bureau gelegd.'
Beerta schudde zijn hoofd. 'Ik kan hem niet vinden,' hij keek hulpeloos naar zijn bureau.
Maarten stond op. Hij liep naar het bureau van Beerta, keek langs de vele stapels en haalde hem toen onder een van de stapels uit. 'Hier is hij,' hij reikte hem aan.
'Dank je,' zei Beerta. 'Ik word oud.'
Maarten ging weer zitten. 'En zolang dat vanghok nog niet klaar is zorg jij voor het water en het eten?' vroeg hij aan Ad.
Ad knikte. 'Ja, dat zal ik doen.'
'Dan slaan we dat hoofdelijk om.'
'Ik doe niet mee!' waarschuwde Bart, 'want ik ben principieel tegen.'
'Nee, Ad en ik,' zei Maarten. 'Misschien wil Slofstra ook wel meedoen.'
'Zullen we die er nou maar niet buiten houden?' vroeg Ad.
'Dan bemoeit hij er zich maar weer mee.'
'Nee. Slofstra en ik hebben die dingen altijd samen gedaan, die kunnen we niet buitensluiten. Die vindt dat leuk.'
'Dat zeg jij,' zei Bart. 'Wat weet je daarvan? Dat kun je toch niet voor anderen zo maar beslissen?'
'Ik wel!' zei Maarten beslist. 'Ik beslis dat gewoon!' Hij lachte gemeen.

★

'Begrijp jij nou waarom Bart daar zo tegen is?' vroeg Ad. Ze reden in de trein over de Veluwe, op weg naar een bandopne-

ming bij een van de vertellers van Damsma. Maarten begreep meteen waarop hij doelde. Hij dacht na. 'Bart kan er niet tegen als een probleem te groot is. Dan ontkent hij het. Ik heb dat zelf ook wel, maar niet zo extreem.' Hij zweeg even. Praten over de manier waarop mensen in elkaar zaten emotioneerde hem. 'Het is een vorm van bijziendheid,' vervolgde hij, zijn emotie bedwingend. 'Bart kan alleen leven met heel kleine problemen, die hij kan overzien en waarvan hij ook weet dat hij ze kan oplossen.'
Ad keek hem gretig aan, met grote ogen, alsof de woorden van Maarten de laatste waarheid waren. 'En ik dan? Hoe is dat dan met mij, denk je?'
Het gesprek schiep een ongewone vertrouwelijkheid, die als spanning voelbaar was.
'Bij jou is dat anders,' zei Maarten om tijd te winnen. Hij keek opzij naar de langsvliedende bossen en zandverstuivingen. Langs de spoorlijn was een brede baan omgeploegd door de rupsbanden van tanks. Hij zocht naar een antwoord en realiseerde zich dat hij nog nooit over Ad had nagedacht. Er kwam geen enkele gebeurtenis in zijn herinnering die een aanknopingspunt bood. 'Heb jij dat niet?' vroeg hij, Ad weer aankijkend, 'dat de omvang van een probleem je verlamt?'
'Nee, dat geloof ik niet.' Hij zat rechtop, met zijn handen op zijn knieën, alsof hij solliciteerde.
'Zoals met die katten, dat je zei dat je alle zwerfkatten van Amsterdam wel zou willen vangen, dat meende je?'
'Ja, maar eigenlijk is dat toch ook een overzichtelijk probleem. Ik moet er geloof ik niet aan denken dat ik alle zwerfkatten van de wereld zou moeten vangen. Dan zou ik geloof ik gek worden.'
Maarten glimlachte. 'Ja, dan zou ik ook gek worden.' Het gesprek beviel hem.
'Hoewel...' zei Ad nadenkend, 'als ik nou een heel grote organisatie zou mogen opzetten, dan zou het misschien weer wat anders zijn.'
'Ja, een organisatie...' zei Maarten, alsof dat de zaak beslissend veranderde.
'Ik heb er wel eens over nagedacht wat ik nou het liefst zou

doen,' zei Ad. 'Het liefst zou ik geloof ik de opdracht krijgen om een enorme berg zand met een kruiwagen en een schopje van de ene plek naar de andere te verplaatsen.'
'Ja, maar daar noem je ook iets,' zei Maarten glimlachend. 'Nu maak je het jezelf wel heel erg lekker!'
Ad grijnsde. 'Heb jij dat dan ook?'
'Ik kan het me indenken, zoals ik me ook wel in Bart kan verplaatsen.'
'Nee, in Bart kan ik me geloof ik niet verplaatsen.'
Maarten zweeg. De trein reed de IJsselbrug op. Hij keek naar het schitterende water van de rivier met de uiterwaarden en in de verte de pijpen van de IJsselcentrale, en daarboven de wijde hemel. 'Hier kom ik vandaan,' zei hij.
'Ik dacht altijd dat je uit Den Haag kwam.'
'Mijn ouders komen hiervandaan,' verbeterde Maarten. Hij keek aandachtig naar de rivier. 'Elke keer dat ik hier kom heb ik het gevoel dat ik thuiskom.'
'Dat heb ik geloof ik als ik weer in Amsterdam kom als ik een tijdje weg geweest ben.'
'Komen je ouders dan niet uit Indië?'
'Nee,' zei Ad verbaasd. 'Waarom?'
'Ik heb altijd gedacht dat je Indisch bloed had.'
'Nee hoor. Ik heb helemaal geen Indisch bloed.'
Maarten keek hem onderzoekend aan. Het was moeilijk voor te stellen dat achter die matbruine tint, dat krullende zwarte haar en die bruine ogen een rasechte Amsterdammer schuilging.
Ad lachte zijn eigenaardige, wat uitdagende lachje. 'Dacht je dat werkelijk?'
'Ja, maar dat is dan zeker uitgemendeld.'
'Ik zou niet weten hoe, want ik heb nooit familie in Indië gehad.'
Maarten tilde verbaasd zijn hoofd op, een half knikje, niet helemaal overtuigd, maar hij ging er niet op door. Hij pakte het nummer van *De Groene* weer op, dat al die tijd op zijn knieën had gelegen, en vervolgde zijn lectuur.
De trein stopte. Mensen stapten uit, anderen kwamen binnen. Even was er een stilte waarin niets gebeurde. Toen zette de trein

zich weer in beweging. Toen ze Zwolle uit reden, stond Maarten op en keek uit het raampje aan de andere kant van het gangpad. 'Direct komen we langs het huis van mijn grootvader.' Ad stond ook op en kwam naast hem staan. Ze passeerden de Almeloose straatweg. 'Daar! Aan het eind van die oprijlaan!' Hij keek gespannen naar een groot, vierkant, achttiende-eeuws herenhuis en even had hij een scherp gevoel van heimwee.
Ad keek mee. 'Wat was je grootvader dan?'
'Kweker. Mijn andere grootvader was bakker.'
Ze gingen terug naar hun plaatsen. Maarten nam *De Groene* weer op en verdiepte zich in het artikel waarin hij begonnen was. Ad haalde een boek uit zijn schoudertas en vouwde het open. Tot Leeuwarden zwegen ze.

'Wat is jouw vader eigenlijk?' vroeg Maarten toen ze in Leeuwarden op de bus stonden te wachten.
'Mijn vader is havenarbeider.'
Het antwoord verraste Maarten. 'Wat leuk,' was het enige wat hij uit wist te brengen.
'Ja. Nou leuk... Waarom zou het eigenlijk leuk zijn?'
'Het verbaast me,' gaf Maarten toe. 'Hoe heb jij dan kunnen studeren? Dat zal toch wel moeilijk geweest zijn?'
'Och.'
Ze zwegen enige tijd en keken in de richting waarvan de bus moest komen. Het busstation was vrijwel verlaten, alleen aan de kop stonden een paar bussen, klaar voor vertrek.
'Wat vindt jouw vader nou van dit werk?' vroeg Maarten.
'Ik geloof niet dat hij daar wat van begrijpt,' bekende Ad. 'Toen hij hoorde dat we vandaag naar Friesland gingen, zei hij: Goed zo, jongen. Haal er maar uit wat erin zit. Het kan beter van de stad dan van het dorp.' Hij lachte besmuikt.

*

De bijeenkomsten van de Boerenhuisclub vonden plaats in de vergaderkamer van het Museum. Het rumoer van pratende stemmen drong door de halfgeopende deur de hal binnen toen Maarten daar zijn jas ophing, en toen hij op de deur toeliep zag

hij mannen in groepjes staan praten, ordeloos, geanimeerd, alsof het een receptie was. Hij bleef aarzelend op de drempel staan en keek rond, onzeker over wat hem te doen stond, maar voor hij een beslissing kon nemen had Kassies hem gezien en kwam op hem toe. 'Dag Koning,' zei hij warm. Hij stak zijn hand uit, met gestrekte arm, en kneep zijn ogen even dicht. 'Fijn dat je er bent!'
'Dag Kassies,' zei Maarten. Hij glimlachte verheugd.
'Goeie reis gehad?' vroeg Kassies hartelijk.
'Heel goed.'
'Makkelijk kunnen vinden?'
'Ik ben hier wel meer geweest.' Het klonk verontwaardigder dan hij bedoelde.
'Weet ik wel,' suste Kassies met een olijke grimas en een beweging van zijn hoofd. Hij liet de hand van Maarten, die hij nog altijd vast had, eindelijk los. 'En Amsterdam–Arnhem is ook niet zo ver, niet?'
'Nee.' Hij wendde zijn blik weg omdat hij tussen de anderen, naast een tafeltje met tekeningen, Van der Land zag staan, zijn pijp los in zijn mond, in gesprek met een lange, enigszins voorovergebogen man met een ironisch gezicht.
'Dag Kassies,' zei een man die achter Maarten langs was binnengekomen, hij drukte Kassies vluchtig de hand. ''t Mannetje,' zei hij, zijn hand naar Maarten uitstekend. Hij had een hoge, geaffecteerde stem.
De naam en de stem kwamen Maarten bekend voor en het volgend ogenblik herinnerde hij zich dat hij hem lang geleden aan de telefoon had gehad over een vergadering van de Boerenwagenclub. De herinnering amuseerde hem.
'Van het Bureau van Beerta,' begreep 't Mannetje, hem onderzoekend aankijkend. Hij wendde zich meteen weer af naar twee mannen een paar passen verder, een grote, rood aangelopen man met een dikke sigaar en een man met een lange, grijze baard. 'Dag Douma, dag Valkema Blouw.' Hun gaf hij geen hand.
'Zo, ben jij er ook?' zei Buitenrust Hettema, de vergaderkamer betredend. 'Dat werd eindelijk wel eens tijd.' Het klonk enigszins misnoegd, zoals alles wat Buitenrust Hettema zei.

'We spreken elkaar straks nog,' zei Kassies, Maarten tegen de schouder stotend, en hij wendde zich van hem af.
'Heb jij al met iedereen kennis gemaakt?' vroeg Buitenrust Hettema, 'want ik wou maar beginnen.'

Buitenrust Hettema richtte zich op en keek de tafel rond, zijn onderlip naar voren duwend. Kassies sloeg een blad van zijn blocnote om, schroefde zijn vulpen los en legde zijn hand op het papier, klaar om te notuleren. Het praten verstomde, alleen de lange man, die met Van der Land had staan praten en die zich aan Maarten als Sluizer had voorgesteld, bleef met een langzame, nasale stem doorpraten. Buitenrust Hettema keek naar hem, zijn kin opgetild, met een onuitgesproken dédain.
'De voorzitter wil beginnen,' waarschuwde Van der Land, zich van Sluizer afwendend.
'Laat de voorzitter dan beginnen,' zei Sluizer geamuseerd. Hij keek met een ironisch lachje naar Buitenrust Hettema. 'Ja, als de voorzitter niet meer zou beginnen, waar was dan het eind?'
Er werd gelachen. Buitenrust Hettema vertrok geen spier van zijn gezicht. Sluizer stak zonder zijn ogen neer te slaan een klein pijpje in zijn mond. Buitenrust Hettema keek misnoegd naar Kassies. 'Zijn er nog berichten van verhindering?'
'Er is bericht van verhindering van de leden Helder, Van Rijnsoever en Avereest,' antwoordde Kassies, in zijn papieren kijkend.
'Is er soms iets in Zwolle?' informeerde Buitenrust Hettema.
'In Zwolle is altijd wat,' merkte Douma op, hij had een sterk Fries accent. 'De heer'n daar hebben het altijd druk!'
'Ik heb Van Rijnsoever gisteren nog gezien en hij maakte op mij een heel ontspannen indruk,' zei Sluizer met zijn lijzige stem.
Er werd geglimlacht.
'Dan kom ik aan het tweede punt van de agenda,' zei Buitenrust Hettema, zonder aandacht aan de tussenkomst van Sluizer te besteden, 'de installatie van de heer Koning. Koning komt, zoals iedereen weet, van het Bureau en hij zal de plaats van Ansing innemen zodat het contact met het Bureau en met het Hoofdbureau weer hersteld is. Ik denk dat wij onszelf daarmee

kunnen feliciteren.' Hij keek naar Maarten. 'Dat meen ik.'
Tot Maartens verrassing barstte er een applaus los, alsof iedereen zich verheugd had op zijn komst, en omdat hij niet wist hoe hij daarop moest reageren, reageerde hij niet.
'Meneer de voorzitter,' zei Van der Land plechtig, toen het applaus verstomd was, 'staat u mij toe dat ik om uiting te geven aan onze vreugde een kaarsje ontsteek,' hij had een lucifer afgestreken en stak een kaars aan die in een kandelaar op tafel stond en er speciaal voor dit soort gelegenheden leek te zijn neergezet, waarna hij met een glimlach naar Maarten boog.
Er werd gelachen en opnieuw geapplaudisseerd.
Maarten keek verbaasd naar de lachende gezichten om hem heen, onzeker over de betekenis die hij aan dit ritueel moest hechten. 'Misschien kan ik er nog iets over zeggen?' vroeg hij aan Buitenrust Hettema.
'Ga je gang,' zei Buitenrust Hettema.
'Ik vind het natuurlijk heel aardig om zo ontvangen te worden,' zei hij, hij keek vluchtig de kring rond en daarna voor zich, 'maar ik weet niets van boerderijen af, dus ik weet niet of ik nou wel zo'n aanwinst ben. En bovendien kom ik nog om hulp ook, dus...' Hij maakte zijn zin niet af.
'Meneer de voorzitter,' zei Van der Land zich naar voren buigend en zijn pijp uitkloppend, 'als het mij vergund is die opmerking te maken, dan ben ik van mening dat de heer Koning zichzelf hiermee beslist tekortdoet. Ik ken hem reeds langer dan vandaag, tot mijn genoegen kan ik daaraan toevoegen, en ik ben ervan overtuigd dat zijn aanwezigheid van veel waarde zal zijn voor onze club.'
'Dat denk ik ook,' zei Buitenrust Hettema met een knikje.
'Misschien kunnen we het verzoek van Koning hier als extra programmapunt invoegen?' stelde Kassies bescheiden voor.
Buitenrust Hettema knikte en wendde zich tot Maarten. 'Waarvoor wilde je hulp vragen?'
De vraag overviel Maarten. Hij aarzelde. 'Ik moet voor de Europese Atlas een verspreidingskaart tekenen van het materiaal waarmee in Nederland de wanden van de boerderij worden gemaakt,' zei hij, onzeker of hij in dit gezelschap wel de juiste term gebruikte.

'Niet zo'n geweldig interessante vraag,' vond Buitenrust Hettema.

'Maar wel gemakkelijk te beantwoorden,' meende Sluizer, zijn pijpje uit zijn mond nemend. 'Allemaal baksteen.' Hij stak zijn pijpje terug en blies vervolgens een wolk rook uit, ironisch glimlachend.

'Behalve dan toch het schuurgedeelte, dat is vaak nog van hout,' merkte een jongere man pinnig op. Hij zat kaarsrecht en had een heel precies, een beetje verontwaardigd gezicht.

'Alleen bij restauratie,' zei Sluizer achteloos, 'maar ik neem aan dat dat de bedoeling niet is.' Hij keek glimlachend naar Maarten.

'Waarom maken ze nou niet eens een kaart van de oeleborden,' zei Valkema Blouw, zijn stem sidderde van nervositeit of van ouderdom, 'dat zou toch veel interessanter zijn, of van de grens tussen de Friese en Saksische gebinttypen.'

'Het gaat om het traditionele bouwen,' zei Maarten, de opmerking van Valkema Blouw voorlopig negerend.

'Wat verstaan ze daaronder?' wilde 't Mannetje weten.

Maarten voelde zich steeds meer in het nauw gedreven. 'De tijd vóór de industrialisatie?' Hij bracht het als een veronderstelling.

't Mannetje trok zijn wenkbrauwen op.

'De oudste vorm van industrialisatie is de fabricage van baksteen,' merkte Sluizer met een vernietigende lijzigheid op, 'en dan zit je voor ons land in het midden van de twaalfde eeuw. De opgravingen van het klooster Klaarkamp door Van Giffen.'

'Maar dat geldt toch niet voor de boerderijen?' zei dezelfde jongen die zo even de opmerking over het schuurgedeelte had gemaakt.

Sluizer keek hem ironisch aan, terughangend in zijn stoel, trekkend aan zijn pijpje, zijn antwoord overwegend. 'Nee,' zei hij tenslotte, traag, 'dan zit je in het midden van de vijftiende eeuw.'

'Ik dacht toch,' zei iemand aan Maartens kant van de tafel, 'dat er bij ons in het oosten tot ver in de negentiende eeuw nog in vakwerk werd gebouwd.'

'Ongetwijfeld,' zei Sluizer ironisch, 'en nu zal Botermans na-

tuurlijk zeggen dat er in Limburg tot in het eind van de vorige eeuw in natuursteen werd gebouwd.'
'Dat wilde ik inderdaad net zeggen,' zei Botermans, met een duidelijk Limburgs accent.
'Zie je wel,' zei Sluizer geamuseerd. 'Dat dacht ik wel.' Hij stak zijn pijpje weer in zijn mond, alsof de discussie wat hem betreft was gesloten.
'Als we nu eens een commissie benoemen,' zei Kassies gedempt tegen Buitenrust Hettema, 'die de opdracht krijgt een aantal schetskaarten te ontwerpen.'
'En laat die dan meteen die kwestie van de oeleborden en de gebinttypen eens bezien,' voegde Valkema Blouw, die naast hem zat en een en ander had verstaan, eraan toe.
Buitenrust Hettema knikte. 'Kassies stelt voor om een kleine commissie te benoemen die zich over dit probleem buigt. Ik stel voor dat we daarop aan het eind van de vergadering terugkomen en nu overgaan tot het volgende punt van de agenda, de notulen van de vorige vergadering.'
Er klonk van alle kanten geritsel. Iedereen, behalve Sluizer, die onderuit in zijn stoel zijn pijpje bleef roken, nam de notulen voor zich.
'Bladzij één,' zei Buitenrust Hettema. 'Iemand een opmerking over bladzij één?'
Het bleef stil.
'Bladzij twee?'
'Daar heb ik wel een opmerking,' zei Sluizer, de rook naar het plafond blazend. 'In de vijfde regel, als ik mij goed herinner, staat *restauratie-opmeter*. Dat zal wel *restauratie-opzichter* moeten zijn, want van *restauratie-opmeters* heb ik nooit gehoord.'
Kassies zocht de plaats op. 'Inderdaad voorzitter,' zei hij. 'Sluizer heeft gelijk, dat moet *restauratie-opzichter* zijn.'
'Gelukkig,' zei Sluizer traag, de rook nakijkend. 'Dat is een pak van mijn hart.'

★

'Het liefst zou ik alles uit de kasten halen, met een grote stok erin roeren, en dan stuk voor stuk een nieuwe plaats geven,' zei Maarten.

'Geen gek idee,' vond Ad.
Ze zaten aan weerszijden van de tafel, met hun rug naar de wijd open ramen, en keken naar de boekenkasten. Het was warm.
'Hoe gaat het nu met die katten?' vroeg Maarten.
'Goed,' antwoordde Ad.
'Hoeveel heb je er nou?'
'Met deze mee dertien.'
'Dertien!'
'Ja, dat is een boel,' gaf Ad toe, 'maar je hebt geen keus.'
Ze zwegen en keken naar de boeken.
'En dan die hond nog,' herinnerde Maarten zich.
'Ja, die ook nog.'
Ze zwegen opnieuw.
'Als we nu eens begonnen met de algemene litteratuur,' stelde Maarten voor, 'ik links, jij rechts.'
'Dat is goed.'
'En wat we vinden, leggen we op de tafel.' Hij stond op en begon de tafel te ontruimen. Ad pakte Maartens schrijfmachine op en droeg die naar diens bureau. Toen de tafel leeg was, hurkte Maarten voor de boekenkast achter het bureau van Beerta. Ad trok een trapje naar de boekenkast tegen de achterwand en begon de bovenste plank stelselmatig door te nemen.
'Een bevredigend werkje,' merkte Maarten na enige tijd vanachter het bureau op. 'Dan begrijp je weer waarom je gestudeerd hebt.'
'Dat vind ik nou ook,' zei Ad vanaf de trap.
'Al zal Beerta dat niet met me eens zijn.'
'Wat voor een systeem die man gebruikt heeft, is me een raadsel.'
'Geen enkel, maar hij weet precies waar alles staat. Hij zal wel even moeten wennen.' Er was enig leedvermaak in zijn stem.
Slofstra bracht koffie.
'Heeft Wigbold nog opgebeld?' informeerde Maarten, achter het bureau van Beerta tevoorschijn komend.
'Van mij mag hij nog wel wat ziek blijven,' antwoordde Slofstra.
'U amuseert zich wel.'
'Ik wel.'

Ze dronken hun koffie, gezeten tussen de boeken, die in stapels op de tafel en op de grond lagen.
'Het wordt een steeds grotere bende,' stelde Maarten tevreden vast.
'Het wordt nog groter,' voorspelde Ad.

Tegen de middag hadden ze ongeveer de helft, maar nu rubrieksgewijs, in de kasten teruggezet. De rest lag verspreid op de tafel en op de grond in half geordende stapels.
'We gaan eerst eten,' besliste Maarten. 'Daarna gaan we verder.' Hij liep naar zijn bureau en tilde de machine op de grond om plaats voor zijn lunch te maken.
'Ik was eigenlijk van plan om vanmiddag naar het strand te gaan,' zei Ad. 'Het is zulk mooi weer.'
'Jij hebt wel aardige plannetjes,' vond Maarten, 'maar dat hindert niet, dan ga ik wel alleen verder. Ga maar.'
'Tot morgen dan.'
'Tot morgen. Veel plezier.' Hij ging aan zijn bureau zitten, haalde zijn brood uit de la, duwde de capsule van de karnemelk en schonk zijn glas in. Terwijl hij zat te eten keek hij in de tuin. Het was volop zomer. Hij luisterde naar het carillon, gedachteloos en tevreden.

Toen hij terugkwam van zijn wandeling stond Slofstra met zijn handen op zijn rug op het trottoir voor de geopende deur naar het verkeer in de straat te kijken.
'Gaat het nogal?' vroeg Maarten.
'Zijn gangetje,' antwoordde Slofstra.
Maarten ging het Bureau binnen.
'Ach meneer Koning!' riep Slofstra, toen hij bijna aan het eind van de gang was. 'Hier is een pakje voor juffrouw Bavelaar, zoudt u dat even mee willen nemen?'
Maarten keerde terug en nam het pakje van Slofstra over. Het waren boeken. 'Dat zal wel voor Krak zijn,' zei hij, op het adres kijkend.
'Kan wel,' zei Slofstra onverschillig, 'maar het staat er niet.'
Maarten ging de eerste kamer in. Wiegersma, de nieuwe tekenaar, stond bij het bureau van juffrouw Bavelaar, mevrouw

Moederman zat achter het hare, verder was er niemand. 'Een pakje van Slofstra,' zei Maarten.
'Maar dat kan hij toch wel zelf brengen,' zei ze ontstemd, het pakje van hem overnemend. 'Dat hoeft hij u toch niet te vragen?'
'Het is geen moeite.'
'Hebt u straks misschien even tijd voor me?' vroeg Wiegersma verlegen. 'Ik wou u wat laten zien.' Zijn hoofd trilde, de huid van zijn gezicht sidderde even, een al wat kalende, nerveuze man van in de veertig.
'Ik heb nu wel tijd,' zei Maarten vriendelijk. 'We hadden toch nog een asperientje?' hoorde hij juffrouw Bavelaar tegen mevrouw Moederman zeggen toen hij met Wiegersma het lokaal verliet en omkijkend zag hij haar in haar bureaula rommelen.
Wiegersma had met zijn tekentafel een plaats in de barak gekregen in het laatste overgebleven kamertje, tegenover de kamer van Jaring Elshout en Freek Matser. Hun deur stond open. Er was niemand. Het raam van Wiegersma, een tuimelraam, was half geopend, de gordijnen waren opzijgeschoven, hij keek uit in de tuin. Van waar hij stond kon Maarten de ramen van zijn eigen kamer zien, maar hij kon niet naar binnen kijken. Op de tekentafel lag een kaart van de dorsvlegel. Hij bleef voor de tafel staan en keek er aandachtig naar. 'Mooi,' zei hij. 'Een mooie kaart.'
'Ja, ik ben er ook wel tevreden over,' zei Wiegersma.
'Duidelijke grenzen,' zei Maarten goedkeurend, zich wat verder naar voren buigend om een detail van dichterbij te bekijken. 'Hoe je ze verklaren moet mag God weten, maar de kaart is in ieder geval mooi.'
'Ja, ik vind hem ook wel mooi eigenlijk.'
'Bevredigend,' vond Maarten, zich weer oprichtend.
'Ja, maar ik ben nu bijna klaar en dan heb ik geen werk meer. Hebt u nog werk voor me?'
Maarten dacht na. 'Heeft juffrouw Haan geen werk?'
'Nee, dat heb ik ook al gevraagd.'
'Van Ieperen stikte altijd in het werk,' herinnerde Maarten zich met enige verbazing.
'Ja,' zei Wiegersma schuldig, 'ik weet ook niet hoe dat komt.'

Hij aarzelde. 'Ik kan ook wel iets voor mezelf doen, als dat beter uitkomt?'
'Ik heb wel werk,' bedacht Maarten, 'maar dat moet ik voorbereiden. Wanneer bent u klaar?'
'Volgende week?'
'Dan heb ik volgende week werk.'
'Dank u wel,' zei Wiegersma opgelucht.
Maarten verliet zijn kamer, bedacht zich halverwege de gang, keerde terug en ging de kamer van Sartorius en Graanschuur binnen. Alleen Graanschuur was aanwezig. Hij zat ingespannen te schrijven. 'Is Sartorius er niet?' vroeg Maarten.
Graanschuur keek afwezig op. 'Meneer Sartorius is ziek.'
'Erg?'
'Dat weet ik niet. Dat hebben de heren niet gezegd.'
Maarten aarzelde. 'Hoe gaat het met u hier?'
'Wel goed hoor,' stelde Graanschuur hem gerust.
'Goed.' Hij bleef nog even staan en verliet toen de kamer, niet wetend wat nog te zeggen. Terug in zijn eigen kamer draaide hij zijn stoel om, ging zitten en keek naar de chaos. Van buiten kwamen van ver de geluiden van de straat. In het Bureau was het stil. De warmte van de zomermiddag hing in de kamer en maakte hem soezerig.

Beerta trof hem aan, staande op de ladder, bezig een stapel boeken op hun plaats te zetten. Hij bleef als vastgenageld staan, zijn tas aan zijn hand. 'Wat gebeurt hier?' vroeg hij geschokt.
'Ik ben bezig de bibliotheek te herordenen.' Hij lachte schuldig.
'Die was toch geordend?' zei Beerta ontstemd. Hij begaf zich naar zijn bureau, bleef staan, en keek naar de stapels die daar zolang waren neergezet.
'Ik had je niet verwacht,' verontschuldigde Maarten zich, de ladder afkomend.
'En daarom ben je de bibliotheek maar gaan ordenen.'
'Die bibliotheek moest allang geordend worden, want daar wist niemand de weg meer in.'
'Ik wist er de weg in.'
'Dat is niet genoeg,' hij pakte een van de stapels op. 'Zal ik die

stapels zolang boven op de ombouw leggen? Morgen zijn we klaar.'
'Je doe maar.' Hij legde zijn tas op het uitschuifblad van zijn bureau en draaide zich naar Maarten toe. 'Als je maar weet dat een heleboel van die boeken uit mijn particuliere bibliotheek zijn, boeken die ik gerecenseerd heb.'
'Daar zullen we het nog wel eens over hebben.' Hij tilde de stapels van Beerta's bureau op de ombouw. 'Moet je machine ook weg?'
'Laat die machine maar staan. Ik moet nog een brief schrijven.' Maarten nam een nieuwe stapel boeken van de tafel en klom de ladder weer op.
Beerta keek toe met zijn handen op zijn rug. Vervolgens liep hij met kleine pasjes naar de kast achter zijn bureau en keek naar de boeken die daar een plaats hadden gekregen. 'Zit er nog systeem in?'
'Je krijgt een lijst van de rubrieken.'
'Ik ben benieuwd,' zei Beerta sceptisch. Hij boog zich wat naar voren en duwde met twee vingers tegen een van de boeken, die iets voor de andere uitstak, zodat het beter in het gelid kwam. Daarna draaide hij zich om en keek met zijn handen op zijn rug toe terwijl Maarten de boeken op de bovenste plank schikte. 'We moeten nog beslissen waar we met de redactie gaan eten.'
'Ik wou maar gewoon wat broodjes maken,' zei Maarten, 'net als anders.'
'Dat kan niet.'
'Waarom niet?' Hij kwam de trap weer af.
'Dat weet je zelf ook wel. Zoals wij daar onthaald worden, daar moeten we iets tegenover stellen.'
'Dat is Belgisch. Wij zijn Nederlanders.'
'Dat kan wel zijn, maar we mogen geen figuur slaan. Als jij nu eens een goed restaurant uitzocht? Jij weet wel waar je lekker kunt eten.'
'Dat weet ik helemaal niet.'
'Dat weet je heel goed. Ik ken niemand die zoveel van eten af weet als jij, dus ik reken erop dat je een goed restaurant voor ons uitzoekt.' Hij wendde zich af en ging aan zijn bureau zit-

ten. 'Ik verheug me er al op,' zei hij, in zijn handen wrijvend. 'Eindelijk weer eens lekker eten! Heerlijk!'

★

'Wat bedoelde je daarmee met dat: Jij hebt leuke plannetjes?' vroeg Ad woedend.
Maarten keek verrast op. Hij was net binnen en had juist met een stapel boeken achter de tafel plaatsgenomen.
Ad stond aan de andere kant van de tafel met een van woede vertrokken gezicht. Hij was zo kwaad binnengelopen dat hij de tussendeur achter zich open had laten staan.
'Daar bedoelde ik niks mee.'
'Of vind je soms dat ik geen recht heb op vakantie?' – hij zag wit en had kleine, stekende oogjes. 'Vind je dat jij daar alleen recht op hebt?'
'Natuurlijk heb je daar recht op.'
'Waarom zeg je dat dan, van die plannetjes?'
'Ik moest toch iets zeggen? Ik bedoelde daar niets mee.'
'Dat geloof ik niet!'
Maarten haalde zijn schouders op. 'Dan geloof je het maar niet.' Hij negeerde hem verder en keek in zijn boek, maar zijn handen trilden.
Ad bleef nog even staan en verliet toen de kamer.
Pas toen hij de kamer uit was, werd Maarten woedend. Hij legde het boek neer en keek gegriefd voor zich uit. Hij stond op, ging aan zijn bureau zitten en keek in de tuin. Onrechtvaardig behandeld worden is het ergste wat een mens overkomen kan. Hij trok een la van zijn bureau open, keek naar de potloden en pennen die daar lagen, zocht iets en sloot de la weer zonder het te vinden. Tenslotte zette hij zich weer aan de tafel. Een uur later kwam Ad ook. Zonder iets tegen elkaar te zeggen maakten ze het werk af. 'Ik tik het overzicht wel uit,' zei Maarten toen ze klaar waren. Hij tikte het uit in vijfvoud, legde een exemplaar op het bureau van Beerta, bracht Ad een exemplaar, legde er een op het bureau van Bart en een op het bureau van Jan en hield het origineel zelf. Daarna at hij zijn brood en ging wandelen.

Nicolien was naar haar moeder. Op het aanrecht stond een blik ravioli. Hij zette de keukendeur open en las het voorschrift op het blik. Er werd gebeld. Hij zette het blik terug en liep naar de deur. Toen hij die opende, stond Ad voor hem, met een gebaksdoos. 'Dat is voor jullie.' Hij stak Maarten de gebaksdoos toe.
'Wil je niet binnenkomen?' vroeg Maarten verrast.
'Nee, ik moet weer weg.' Hij wendde zich abrupt af en stapte op zijn fiets, die hij tegen het raam had gezet. 'Tot morgen.'
'Morgen ben ik in Zeeland.'
'Tot overmorgen dan. Veel plezier.' Hij reed weg.
Maarten maakte de doos open. Er zaten twee gemberbolussen in, waarvan hij ooit eens had gezegd dat hij die lekker vond.

*

In Kruiningen moest hij overstappen. Een kleine, ouderwetse bus reed hem met nog een tiental mensen naar de veerhaven. In de bus was het warm. Toen ze uitstapten en over de kade naar de veerboot liepen, leek het even wat frisser, maar bij de boot trilde de lucht in de warmte van de machinekamer en het stonk er naar de uitlaatgassen van de auto's die achter elkaar het benedendek opreden. Hij ging aan de railing staan en keek naar de kust aan de overzijde, met de haven van Perkpolder en links een dubbele rij populieren. Het water was spiegelglad, olieachtig. Een vrachtboot en een kleinere kustvaarder voeren de Westerschelde af in de richting van de zee. Er zwierven wat meeuwen over het water, traag, glijdend, met langzame vleugelslagen. Hij keek ernaar, maar zonder het besef van ruimte dat daarbij hoorde, alsof de wereld sinds lang een dimensie verloren had en alle leven zich afspeelde in een plat vlak. Hij stelde dat vast zonder de ban waarin hij gevangen zat te doorbreken. De railing trilde zachtjes onder zijn handen, de achterklep ging omhoog, de boot toeterde, ze staken van wal. Uit de richting van Kruiningen kwam een kleine personenauto aanrijden. Hij stopte bovenaan de veerhelling, het portier ging open, een man kwam naar buiten en keek hen na met zijn hand aan het portier. Maarten keek er met enig leedvermaak naar en

vond dat niet aardig van zichzelf, alsof het de schuld van die wildvreemde man was dat de wereld geen glans meer had.
Een tweede bus bracht hem langs een fantasieloze vierbaansweg van Perkpolder naar Hulst. Toen hij uitstapte was het kwart voor twaalf. Hij liep door het stadje tot hij de Oudheidkamer gevonden had, stelde vast dat de deur dicht was, prentte zich de plek in en liep langs een andere weg naar de wallen. Misschien had hij zich van het bezoek een te romantische voorstelling gemaakt en viel het hem daarom tegen, maar wat hij van de stad zag vond hij karakterloos, te veel smakeloze nieuwbouw, culminerend in de paraplu van beton die onverlaten boven op de kerk hadden gezet, op de plaats van de spits die in de oorlog was weggeschoten.
Hij klom de wal op en keek in de schaduw van hoge iepen waarmee ze beplant was over het wijde land met kleine bosjes en hoge populieren langs de wegen. Zelfs in de schaduw was het warm. Hij had niet geslapen en voelde zich moe. Terwijl hij zijn brood at, keek hij gedachteloos in de verte, luisterend naar de stilte die van tijd tot tijd doorbroken werd door de klanken van een carillon.
Om kwart voor twee, een kwartier te vroeg, was hij terug bij de Oudheidkamer. Hij wachtte gezeten op een muurtje tot kwart over twee en stond op toen een oude man kwam aanlopen en op de deur toeliep. De man deed of hij hem niet opmerkte. Hij haalde een sleutel uit zijn zak, opende de deur en draaide zich toen pas naar hem om. Het was een eenvoudige man.
'Ik ben Koning,' zei Maarten, 'van het Bureau in Amsterdam. Ik heb een afspraak gemaakt om de vlegel te zien.'
'Daar hebben ze me van verteld,' antwoordde de man, niet bijzonder vriendelijk. 'Gaat u maar mee.' Hij knipte het licht aan, sloot de deur weer en ging hem voor naar een grote ruimte achter in het gebouw, die op stellingen in de hoeken en tegen de wanden volgestouwd was met gereedschappen, meubilair, keukengerei, klokken, wandversiering. De man liep daartussendoor naar een hoek achterin, waar allerlei landbouwgerei aan spijkers tegen een balk hing, en haalde er een vlegel tussenuit. 'Dit is hem.'

Maarten nam de vlegel van hem over en keek naar de kap op de stok. Het was een open leren kap die met veters om de stok was bevestigd. In de knuppel zat een gat, knuppel en stok waren met een riem door het gat en de kap met elkaar verbonden. Hij liet zijn hand langs de steel glijden en bekeek het hout. Het was glad en in het gebruik donker verkleurd. 'Essenhout?' vroeg hij op goed geluk.
'Ja,' zei de man.
'Maar de knuppel is dat niet,' hij tilde de knuppel op.
'Die is van kersenhout.'
Maarten keek hem voor het eerst aan. 'Gebruikten ze dat hier wel meer?'
'Jawel.'
Maarten knikte. Hij bekeek de kap en stelde vast dat ze om twee leren bandjes liep die een eind uit elkaar om de stok waren bevestigd. Omdat hij in de verste verte geen idee had wat hij met dat soort details aan moest, voelde hij zich bij alles wat hij deed een toneelspeler. Hij vroeg zich af wat zo'n man er wel van denken moest dat hij helemaal uit Amsterdam was gekomen om zo'n vlegel te bekijken en voelde zich daar onbehaaglijk bij. 'Maakten ze die kap altijd vast om twee van die bandjes?' Hij keek de man geïnteresseerd aan.
'Ik dacht van wel.'
'Nooit met twee groeven in de stok?' drong hij aan en in zijn eigen oren klonk dat geweldig professioneel.
'Misschien ook wel eens, maar dat is toch niet zo goed.'
'Dan verzwak je de stok,' begreep Maarten.
De man knikte en ondanks zichzelf had Maarten even het gevoel dat twee vakmensen diepzinnig over de geheimen van hun vak aan de praat waren. Om die emotie weer de baas te worden, bekeek hij de kap wat aandachtiger en kneep eens in het leer. 'Waar kwam dat leer vandaan?'
'Dat zette de zadelmaker erop.'
Maarten knikte, alsof dat vanzelfsprekend was. Hij bekeek ernstig de verbindingsriem tussen de kap en de knuppel en trok er aan. 'Gebruikten ze daar ook wel eens iets anders voor?'
'Het beste was een aalshuid.'
'Omdat dat soepeler is.'

De man gaf daar geen antwoord op. Blijkbaar vond hij het te vanzelfsprekend.
Maarten maakt zijn schoudertas open, haalde er een duimstok uit, mat de lengte van de stok en de lengte en de dikte van de knuppel en noteerde die in een notitieboekje. 'Ik wou er ook graag een foto van maken. Kan dat?'
'We kunnen wel even in de tuin gaan?'
De tuin bestond uit een klein grasveldje tussen de huizen. Maarten zette de vlegel tegen de muur, in de zon, haalde een Rolleiflex uit zijn tas, stelde hem in, en nam een foto en een detailfoto van de kap. Hij was zich bewust dat het allemaal heel gewichtig leek, maar hij geloofde er niet in en hij betwijfelde of de man, die zwijgend stond toe te kijken, het serieus nam.
'Hebt u wel eens met zo'n vlegel gewerkt?' vroeg hij terwijl hij het fototoestel weer in zijn tas stopte.
'Deze vlegel is van mij geweest.'
Het antwoord verraste Maarten. 'Bent u landarbeider geweest?' vroeg hij geïnteresseerd.
'Boerenknecht en boerenarbeider.'
Maarten pakte de vlegel. 'Zoudt u dan eens kunnen voordoen hoe u ermee sloeg?'
'Jawel.' Hij nam de vlegel over, stapte op het grasveld, zwaaide de stok omhoog en liet de knuppel voor zich uit op het gras neerkomen, trok de stok weer op, en sloeg opnieuw toe, en nog eens. 'Zo deden we dat,' zei hij, de vlegel weer aan Maarten gevend. Hij had grote, grove handen.
Maarten liet zijn tas op de grond zakken, stapte op zijn beurt het grasveld op, zette zijn linkerbeen voor het rechter en hief de stok op. 'Zo?' vroeg hij, opzijkijkend.
'Die onderste hand wat lager.'
Maarten plaatste zijn rechterhand wat lager, hief de stok op, sloeg de knuppel tegen de grond, tilde hem weer op, maar in plaats dat de knuppel soepel terugdraaide, rukte hij even en de tweede keer ook, waardoor het ritme verstoord werd.
'Nee, ge doet het niet goed.' Hij nam de vlegel terug. 'Het moet op en neer, maar tegelijk moet ge wat zwaaien, zo.' Hij deed het opnieuw voor terwijl Maarten oplettend toekeek.
'Ik begrijp het nu wel, maar ik heb het nog niet in mijn han-

den,' zei hij nadat hij het nog een paar keer geprobeerd had.
'Dat gaat ook niet meteen.'
'Is dit werk nu vermoeiend?' Ze stonden naast elkaar in de zon op het grasveldje.
'Och, ge bent met zijn drieën, dat scheelt. In uw eentje is het vermoeiend. Dat heb ik ook wel eens gedaan.'
'En hoelang duurde dat?'
'Van 's morgens vier tot 's middags vier of vijf, en dan de hele winter zo wat.'
'Tot de machine kwam.'
'Toen was het afgelopen.'
'Begrootte u dat?' Hij keek de man oplettend aan, het gesprek had een sfeer van vertrouwelijkheid gekregen.
'Ach, ik had er geen hekel aan.'
Maarten knikte.
'Ja,' zei de man. 'Zo gaat dat.'
'De machine heeft alles veranderd,' bevestigde Maarten.
Ze liepen langzaam, Maarten met de vlegel in zijn hand, terug naar het huis, en bleven daar opnieuw staan, kijkend naar de tuin die blakerde in de zon.
'Vroeger, bij de zomerdag,' herinnerde de man zich, 'als je dan in een greppel tussen het koren stond en je keek zo over de aren, dan was het zo stil, dat je de vliegen en bijen hoorde zoemen. Dat is ook niet meer.'
'Nee,' de herinnering van de man emotioneerde hem, 'dat is niet meer.'
Ze zwegen.
'En je houdt het niet tegen,' zei de man.
'Nee,' gaf Maarten toe, 'al zou je willen.'
Ze gingen het museum weer in. De man hing zijn vlegel terug waar hij gehangen had.
'En die zeis,' zei Maarten, op een zeis wijzend, 'die gebruikte u alleen voor het gras?'
'Ja.' Hij haalde de zeis van de balk en gaf hem aan Maarten. Het was een zeis met een kruk aan de bovenkant en beneden een handvat. Terwijl Maarten hem bekeek, nam de man een sikkel van de wand en hield die Maarten voor. 'En dit is een zekel, daar sneden we vroeger het koren mee.'

'En waar is dit nu allemaal voor?' vroeg de man toen ze afscheid namen.
Maarten aarzelde. Hoewel die vraag hem vaker gesteld werd, had hij elke keer weer moeite met het antwoord omdat bij de antwoorden die hij tot nu toe verzonnen had geen een was die hem beviel. 'Dat is voor een boekje over vroeger,' zei hij dit keer.
'O, op die manier,' begreep de man. 'Het beste dan maar. Als u nog wat weten wil dan weet u me wel te vinden.'
'Dan weet ik u te vinden.'
Op de terugweg naar het autobusstation had hij over dat onwaarachtige afscheid het land. Maar ik had die man toch moeilijk kunnen zeggen dat ik het zelf ook niet weet, dacht hij humeurig. Niettemin bleef hij zich schuldig voelen. De tegenstelling tussen die man, die zich zijn hele leven te pletter had gewerkt voor niet veel meer dan water en brood, en hemzelf was te groot. Alleen wist hij niet hoe het anders zou kunnen.

De veerboot was er nog niet. Aan de buitenkant van de dijk zaten wat mensen in het gras te wachten, amechtig van de warmte. Hij keek over het wijde water, waarin in de verte, in de vaargeul langs de kust van Zuid-Beveland, wat kleine schepen voeren. De veerboot had juist de haven van Kruiningen verlaten en kwam langzaam dichterbij, met een pluim rook uit de schoorsteen. Hij liep de dijk op en ging voorbij de laatste mensen in het gras zitten, legde zijn tas achter zich en ging er met zijn hoofd op liggen, zodat hij de veerboot dichterbij kon zien komen. Het was heel stil, alleen wat zacht pratende stemmen en het kabbelen van het water tegen de voet van de dijk. Hij voelde plotseling weer hoe moe hij was en sloot zijn ogen. De stemmen en het geluid van het kabbelende water vervaagden. Hij viel in een diepe slaap en werd pas weer wakker, met een schok, toen de veerboot vlakbij voor de wal lag en de mensen om hem heen verdwenen waren.

★

'U hebt een tafel voor mij gereserveerd,' zei Maarten.
'Hoe was de naam?' vroeg de man.

Ze kregen een tafel in de serre met uitzicht op het water van de Lijnbaansgracht. De ober reikte de menukaarten uit en gaf Maarten de wijnkaart. 'Wensen de heren nog een aperitief?' vroeg hij.
Maarten keek vragend naar Pieters en van Pieters naar Jan Nelissen.
'Geef mij een oude jenever,' zei Pieters terwijl hij de menukaart opensloeg.
'Voor mij een droge sherry,' zei Jan Nelissen.
'Ook een oude jenever,' zei Beerta. Hij knipoogde nerveus.
'En voor mij een jonge,' zei Maarten, de ober aankijkend.
'U bent vandaag onze gast,' waarschuwde Beerta, 'dus de prijzen achter de gerechten staan daar niet voor u.'
Pieters sloeg de kaart dicht en schoof haar naast zijn bord. 'Ik voor mij weet het al.' Hij vouwde zijn servet uit, legde het over zijn knieën en keek naar hen.
'Ik zal mij enigszins in acht moeten nemen,' waarschuwde Jan Nelissen terwijl hij in de kaart zocht.
Beerta keek met gespitste lippen de gerechten langs, Maarten deed alsof, te gespannen om wat hij las in zich op te nemen.
De aperitief werd gebracht. 'Hebben de heren al een keus gemaakt?' vroeg de ober, een blocnote uit zijn zak halend.
'Voor mij kervelsoep, Ardenner ham met meloen en een biefstuk van de haas met champignons,' zei Pieters gedecideerd.
De ober noteerde het. 'En u?' vroeg hij aan Jan Nelissen.
'Tomatensoep,' hij aarzelde, 'en dan...' hij aarzelde opnieuw, 'paté en kalfsniertjes.' Hij keek toe terwijl de ober opschreef wat hij gevraagd had.
'Voor mij hetzelfde als meneer hier,' zei Beerta stijf met een knikje naar Pieters.
'En voor mij hetzelfde als deze meneer,' zei Maarten geamuseerd met een vluchtig gebaar naar Jan Nelissen.
'En de wijn?' vroeg de ober.
Maarten sloeg de wijnkaart open en ging de rij langs. Het ging te snel, met die ober wachtend naast hem, om te kunnen kiezen. 'Nummer veertien,' zei hij lukraak.
De ober keek over zijn schouder, noteerde het, nam de kaarten in en verwijderde zich.

Beerta hief zijn glas. 'Mag ik een dronk uitbrengen op uw plannen voor een nieuw Instituut?' zei hij, het glas met een knipoog van Pieters naar Jan Nelissen wendend.
'En op onze samenwerking!' vulde Pieters aan.
'En op onze samenwerking,' beaamde Beerta.
Ze namen alle vier een slok. Beerta wreef proevend zijn lippen over elkaar terwijl hij zijn glas neerzette. 'Ik moet u bekennen,' zei hij nu wat meer ontspannen, 'dat als het aan mij gelegen had, wij hier niet gezeten hadden. Dit is de keus van de heer Koning.' Hij keek Pieters strak aan, maar voor Maarten was de ironie in zijn stem onmiskenbaar.
'Het lijkt mij een zeer goed restaurant,' zei Pieters. 'Alle lof voor de heer Koning.'
'Ongetwijfeld,' zei Beerta, 'maar als ik mijn aard had gevolgd, zou ik mij bepaald hebben tot een schaal met broodjes en een glas melk. Ik ben een zuinig man.'
'Dat is uw Calvinistische achtergrond,' meende Pieters. 'Wij Vlamingen denken daar nuchterder over. Men leeft maar eenmaal.'
'Dat is juist,' gaf Beerta toe.
'Maar op ons maakt het wel eens de indruk dat het leven voor u een straf is.'
'Wij Zeeuwen hangen ons graag op,' bevestigde Beerta.
'Misschien zijn wij ook wel eens te luchtig,' probeerde Jan Nelissen.
'Dat kan voorkomen,' gaf Pieters toe, 'maar wij zijn niet streng.' Hij legde zijn hand even op Beerta's arm. 'Help mij onthouden, ik zal u daar seffens een verhaal over vertellen.' Hij richtte zich tot Maarten: 'Gij zijt streng! En daarmee kunt gij zonder dat te willen moeilijkheden veroorzaken.'
'Hebt u daar een voorbeeld van?' vroeg Maarten voorzichtig.
'Waarover wij het zojuist hadden, die kwestie van de samenwerking met Zuid-Afrika. Gij zijt het daar niet mee eens. Daarin zijt gij streng! Radicaal! Wij laten het dan rusten tot de tijd rijp is.'
'Ik wil het ook best laten rusten.'
'Maar gij sluit uit dat de tijd nog eens rijp zal zijn.'
Maarten glimlachte, zonder te antwoorden.

De soep werd gebracht. Pieters stopte zijn servet in zijn vest en trok de kop naar zich toe.

'U hebt nog een verhaal voor ons,' herinnerde Beerta hem.

'Over u en ons,' zei Pieters. Hij legde zijn lepel neer en richtte zich wat op, een kleine, dikke man met een onverzettelijk, kogelrond hoofd. 'Stel u voor: ik kom met de wagen uit Breda van een bijeenkomst met uw burgemeesters, een overleg dat wij regelmatig samen hebben, en wij worden aangehouden, Nederlandse marechaussee! Ik zeg tegen de chauffeur: Wat is er aan de hand? – Ja, zegt hij, deze weg heeft eenrichtingverkeer gekregen. Wij mogen daar niet meer langs. – Ik zeg: Laat mij met die mannen praten! Ik zeg wie ik ben, die en die, dat ik altijd langs die weg gereden heb en dat ik langs die weg zal blijven rijden! – Niets mee te maken! Rechtsomkeert! – Ik verzeker u, op dat ogenblik was ik des duivels! Zoiets zou u bij ons niet overkomen! Ik kom in Antwerp! Ik roep de hoofdcommissaris bij me, ik ben hoofd van de politie, en ik zeg: Emiel! verbaliseer mij honderd Nederlanders! Dat lijkt veel, maar zoals u bij ons de verkeersregels aan uw laars lapt, dat is niet te zeggen. Hij zegt: Komt in orde! Om half twaalf belt hij me: Meneer de Stadssecretaris, ik heb er honderdvier! – Ik zeg: Dan nu stoppen!' Hij keek Maarten aan, goedgemutst, maar het verhaal klonk dreigend, een schot voor de boeg. 'Zo gaat dat bij ons als wij streng moeten zijn,' zei hij, de lepel in zijn soep brengend.

'Eén Belg tegen honderd Nederlanders,' begreep Maarten.

'Normaal doen wij dat niet,' antwoordde Pieters, 'maar als gij ons verbaliseert, dan verbaliseren wij u!'

'Maar denkt u dat het meneer Koning anders zou vergaan als hij werd aangehouden door onze Rijkswacht?' vroeg Jan Nelissen.

'Als hij mijn naam noemt, ja!' zei Pieters beslist.

Ze lachten.

'U bent een onverwoestbaar man,' vond Beerta.

'Misschien, maar u bent dat ook,' antwoordde Pieters met een twinkeling in zijn ogen. 'Als u wilt!'

Ze aten hun soep. De ober bracht de wijn. Maarten proefde.

'Maar nu iets anders,' zei Pieters tegen Maarten toen ze het vol-

gende gerecht hadden gekregen. 'Gij hebt mij een artikel over uw kaartsysteem beloofd.'
'Dat heb ik niet beloofd,' protesteerde Maarten.
'Dan belooft u het nu! Het is een belangrijk systeem. Het verdient een artikel in ons tijdschrift, zeker nu u redactiesecretaris bent!'
'Ik betwijfel of ik daar iemand een plezier mee doe.'
'Gij zult daar zeer velen een plezier mee doen. Gij hebt een millioen fiches'...
'Een half millioen.'
'Een half millioen. Bij een systeem van die omvang is het aantal niet meer van belang. Ik ken geen systeem dat met het uwe kan wedijveren. Het publiek verdient het daarover te worden ingelicht!'
'En wat moet daar dan in staan?'
'Alles wat erover te zeggen valt: de organisatie, de beslissingen die u genomen hebt, uw ervaringen, dat alles is voor anderen belangrijk.'
Maarten zweeg.
'Gij onderschat het belang van wat u doet!' drong Pieters aan.
'Ik zal erover denken,' beloofde Maarten.
'En vervolgens zult gij het doen!' voorspelde Pieters.

★

Bart, Ad en Jan stonden gebogen over een krant die opengeslagen op het bureau van Ad lag. Ad keek op. 'Had jij die advertentie al gezien?' vroeg hij.
'Welke advertentie?' vroeg Maarten, dichterbij komend.
Ad maakte plaats voor hem, Maarten keek op de opengeslagen bladzij. Het was een advertentie van C&A, over een hele pagina, voor bontmantels, verluchtigd met de afbeeldingen van een twintigtal bontleverende dieren.
'Bart en ik hebben er allebei een brief over geschreven,' zei Ad. 'Zou jij dat ook niet eens kunnen doen?'
'En toch zie ik het verschil niet,' zei Jan. 'Koeien en varkens maken ze toch ook dood? Dan zou je eigenlijk ook vegetariër moeten zijn.'

'Dat ben ik ook,' zei Ad.
'Ja verdomd,' zei Jan. 'Dat was ik even vergeten.'
'En het maakt ook nog wel verschil hoe ze die beesten doodmaken,' vond Ad. 'Deze beesten vergassen ze, of ze vangen ze in klemmen. Heb jij wel eens een beest horen gillen dat in een klem gevangen was?'
'Is dat zo?' vroeg Jan verontrust.
'Reken maar!' zei Ad. 'Als ze ze niet doodknuppelen, zoals zeehonden.'
'Ja, dat maakt het wel even anders,' gaf Jan toe.
'Ik heb er niet zozeer bezwaar tegen dat ze beesten doodmaken,' zei Bart, 'maar alleen als dat noodzákelijk is. Ik ben geen vegetariër, maar ik zet zo mijn vraagtekens bij het dragen van een bontjas.'
'Dat je die advertentie niet gezien hebt,' zei Ad tegen Maarten.
'Ik lees nooit advertenties,' zei Maarten.
'En de eskimo's dan?' wilde Jan weten. 'Die dragen toch ook bontjassen?'
'Maar ik ben geen eskimo,' zei Bart.
'Ook al weer waar,' zei Jan vrolijk.
'Maar deze zou je toch eigenlijk moeten lezen,' vond Ad.
'Wat heb jij dan geschreven?' vroeg Maarten aan Bart.
'Ik heb geschreven,' zei Bart, zorgvuldig formulerend, 'dat ik niet begreep dat een zaak die bij de opening haar personeel naar de mis stuurt om Gods zegen af te smeken, nog geen anderhalve maand later in de schepping van diezelfde God zo moorddadig ingrijpt.'
'Heel goed,' vond Maarten. 'Wat vond Marion daarvan?'
'Die vond het te ver gaan, maar ik zei: Laat het mij in ieder geval opschrijven! Daarna zal ik het wel weer verscheuren!' Hij lachte vergenoegd.
De tussendeur ging open, Balk keek om de hoek. 'Heb jij even?'
Maarten volgde hem in zijn eigen kamer en sloot de deur achter zich, op zijn hoede.
'Heb jij die nieuwe man al ontmoet?'
'Nee,' zei Maarten. 'Waar zit die?'
'Bij Rentjes. Het is een historicus. Hij werkt op het ogenblik

voor mij, maar ik heb hem aangesteld uit de algemene middelen, dus te zijner tijd kun jij ook een beroep op hem doen.'
'Hoe heet hij?' De informatie overviel hem. Hij wist zo gauw niet wat hij ermee aan moest.
'Grosz.'
'Een interessante naam.'
'Namen interesseren me niet,' zei Balk kort. 'Laat me weten wanneer je hem nodig hebt!' Hij wendde zich af en liep naar de deur.
De telefoon ging. Maarten nam de hoorn op, met zijn gedachten nog bij het optreden van Balk. 'Met Koning.'
'Met Slofstra,' – door de telefoon klonk de stem van Slofstra nog Frieser dan in werkelijkheid – 'Zoudt u even hier kunnen komen? Er zijn hier twee heren die wat willen vragen.'
'Kunnen ze dan niet beter hier komen?'
'Een ogenblik.' Op de achtergrond hoorde Maarten enig gepraat, onbegrijpelijke klanken, waar hij niets uit op kon maken. De hoorn werd weer opgenomen. 'Ik kan ze niet verstaan. Kunt u niet even komen?'
'Ik kom.' Hij legde de hoorn neer en verliet zijn kamer door het lokaal van juffrouw Haan.
'Meneer Koning,' zei juffrouw Haan, 'wie van u gaat mee naar de bijeenkomst van de correspondenten in Grave, want Balk heeft me gevraagd om die te leiden.'
'Ik,' antwoordde Maarten, meteen doorlopend.
'En waar spreekt u over?' wilde ze nog weten, zich omdraaiend.
'Over de dorsvlegel, maar ik moet nu naar Slofstra.' Hij ging door de tussendeur het eerste lokaal binnen.
Juffrouw Bavelaar keek op van haar werk. 'Kan ik u even spreken over Graanschuur?'
'Straks,' zei Maarten. 'Ik moet nu eerst naar Slofstra.'
Slofstra stond achter in de gang, in het vage licht dat door het matglas van de buitendeur naar binnen viel, met twee wat kleinere mannen. Pas toen Maarten vlakbij was, zag hij dat het Japanners waren. Ze praatten met elkaar, in het Japans. Slofstra stond er zwijgend bij, rechtop, zich tot Maarten wendend toen hij hem hoorde aankomen. 'De heren moeten naar de Dam,' zei hij.

'Maar dat is toch geen probleem?'
Slofstra wendde zich tot de twee Japanners en zei een paar woorden waarop de Japanners reageerden met een vloed van klanken. Slofstra haalde zijn schouders op.
'U kunt wel met ze praten,' stelde Maarten vast.
'Ja, maar dat zijn wel de enige woorden Japans die ik ken,' antwoordde Slofstra schamper. 'Verstaan doe ik er niks van.'
'You want to go to the Dam?' vroeg Maarten, zich tot de Japanners wendend.
De Japanners begonnen nu ook tegen hem te praten, in het Japans.
'Ze verstaan geen Engels,' zei Slofstra. 'Dat heb ik al geprobeerd.'
'Dam!' zei een van de Japanners. 'Dam!'
'Ziet u wel,' zei Slofstra. 'Ze willen naar de Dam. Leg dat maar eens uit!'
Maarten keek om zich heen. 'Hebt u geen papier en een potlood?'
'Jawel.' Hij ging zijn hok in. 'Hoe groot moet dat papier zijn?'
'Een flink stuk papier.'
Binnen werd iets afgescheurd. Slofstra kwam zijn hok weer uit met een blad van de kalender. 'De achterkant kunt u wel gebruiken.'
Maarten drukte het papier met een hand tegen de muur en tekende een straat, onderbroken door drie bruggen over drie grachten, met aan het eind een vierkant plein met een groot huis met een koepel. De Japanners keken geïnteresseerd toe.
'You!' zei Maarten op hen wijzend, 'here!' Hij zette een kruisje op het papier en wees naar de grond. 'Dam!' – hij tikte op het vierkante plein – 'there!' Hij gaf een van hen het papier. De man keek ernaar, blijkbaar zonder het te begrijpen. Ze praatten tegen elkaar, bogen toen glimlachend, gaven het papier weer terug en zochten de pal van de deur. Slofstra was hen voor. Hij deed de deur voor hen open en boog ook terwijl ze buigend langs hem naar buiten gingen. 'Dag heren!' zei hij, gevolgd door de enige Japanse klanken die hij kende. 'Zo!' zei hij tevreden, de deur sluitend. 'Dat is dat.'
'Hoe kwam u nou aan die mensen?' vroeg Maarten.

'Ik zag ze voor de deur staan schuilen. En het regende zo. Toen heb ik ze maar binnengehaald voor een kopje koffie.'
'Is dat wel verstandig?' vroeg Maarten bedenkelijk.
'Och, waarom niet. Baat het niet, het schaadt ook niet.' Hij ging zijn hok in. 'Moet u ook nog een kop koffie?'
'Dank u,' zei Maarten. Teruglopend door de gang herinnerde hij zich het verzoek van juffrouw Bavelaar, maar toen hij het eerste lokaal wilde binnengaan, ging juist de deur van de gymnastiekzaal open en kwam een opvallend bleke jongen naar buiten met sluik blond haar tot op zijn schouders. Maarten bleef staan.
'Hallo,' zei de jongen.
'Bent u soms Grosz?' vroeg Maarten zonder de groet te beantwoorden.
'Nee, moet dat dan?' Hij maakte een vermoeide, weke indruk. Maarten zweeg. De houding van de ander maakte hem onzeker.
'Ik ben Lex,' hielp de jongen. 'Ik ben in de plaats van Lotje.'
Maarten aarzelde. 'Ik ben Maarten Koning,' zei hij toen, zijn hand uitstekend. 'Ik werk bij Volkscultuur.'
'Had je Mark willen spreken?'
'Heet hij zo?'
'Ja, maar hij is er vandaag niet. Hij is naar het Archief.'
'Dan komt het nog wel eens,' besliste Maarten.
'Oké.' Hij liep door.
Maarten ging het eerste lokaal binnen. Juffrouw Bavelaar zat op te tellen met een sigaret tussen haar vingers.
'Wat is dat voor jongen die in de plaats is gekomen van Lotje Leguyt?' vroeg Maarten.
'Dat is Lex van 't Schip,' antwoordde ze, doortellend, 'aardige jongen.' Ze liep de rij nog een keer door, zette een streep onder het eindbedrag en keek naar hem op, de sigaret naar haar mond brengend.
'Graanschuur!' herinnerde Maarten haar.
'O ja, Graanschuur,' ze boog zich naar voren om de as af te tikken. 'Daar had ik eens met u over willen praten, maar liever niet hier.'

★

'Mijn naam is Balk,' zei Balk. 'Ik heb een afspraak met de heer Doornebal.'
'Een ogenblik,' zei de man die hen had opengedaan. 'Ik zal meneer even waarschuwen.' Hij ging de loge weer in, een loge van glimmend gewreven, donkerbruin hout, waarin Maarten hem achter de kleine, in houten spijltjes gevatte ruitjes de telefoon zag opnemen en een nummer draaien. Ze stonden in een hoge hal met een donkere lambrizering, van waaruit een eikenhouten trap met een sober bewerkte leuning naar de bovenverdieping leidde. Onder de trap was een bank, naast de bank een donkere deur met kleine ruitjes. De vloer was belegd met grote, rechthoekige marmeren platen. De portier kwam de loge weer uit. 'Meneer komt eraan,' zei hij.
Boven hun hoofd werd een deur gesloten en klonken voetstappen. Balk draaide zich met een glimlach om naar de trap, Maarten keek door twee klapdeuren in een hel verlichte marmeren ruimte met in koper gevatte loketten, waarschijnlijk de lichtschacht tussen voor- en achterhuis.
Een onberispelijk gekapte man in een driedelig donker pak kwam de trap af. 'Meneer Balk?' veronderstelde hij, op Balk toelopend. Hij drukte hem de hand. 'Doornebal.'
'Balk,' zei Balk.
'Koning,' zei Maarten toen Doornebal hem een hand gaf.
'De heer Koning is mijn adjunct,' lichtte Balk toe.
'U kwam het gebouw bekijken?' vroeg Doornebal.
'Wij hebben gehoord dat u hier uit trekt.'
'Inderdaad. Wij gaan hier weg.' Hij wachtte even, alsof hij Balk de gelegenheid wilde geven een vraag te stellen. 'Mag ik u dan maar voorgaan?' stelde hij toen voor.
Ze klommen achter hem aan de trap op. 'Een van de problemen van dit gebouw zijn de trappen,' zei Doornebal, zich half naar hen omdraaiend. 'U zult dat wel merken. Deze trap gaat nog, maar die naar de tweede en derde verdieping en in het achterhuis zijn nog steiler. Vorig jaar hebben we daar nog twee hartinfarcten gehad.'
'De dood ten gevolge hebbend?' informeerde Balk.

'Gelukkig niet, maar ik raad u toch aan om zo spoedig mogelijk een lift te laten aanbrengen.'
'En waarom gaat u hier weg?' wilde Balk weten.
'In het kader van de decentralisatie. Niet tot ons genoegen trouwens.'
'Dat kan ik me voorstellen.'
Ze waren aangeland op de eerste verdieping. Het was er schemerig. De gang naar het achterhuis was vaag verlicht met plafondlampen. Er kwamen verschillende deuren op uit. 'De directeur is afwezig, zodat ik u eerst zijn kamer wel kan laten zien,' zei Doornebal, een deur openend. Ze gingen een kleine tussenkamer in, met een hoog raam op de gracht, waar twee meisjes zaten te tikken. Ze keken op. 'De heren komen het gebouw bekijken,' zei Doornebal.
'Meneer Swammerdam is er niet,' zei het oudste meisje.
'Dat weet ik.' Hij opende een zwaar gecapitonneerde deur en ging hen voor in een ruim, vierkant vertrek met twee hoge ramen, een groot bureau, een zitje, kasten, een dik tapijt. De ruiten waren beregend. Achter de ramen woeien de kale takken van een boom aan de gracht heen en weer. Het was er warm.
'Een mooie kamer,' vond Balk.
'En hier aangrenzend is nog een vergaderkamer,' zei Doornebal, een glazen tussendeur openend, 'voor kleinere vergaderingen.' Hij deed het licht op, een grote kroon met tientallen glazen pegels, boven een donkerbruine vergadertafel met rode fauteuils en grote, kristallen asbakken. 'Voor grotere vergaderingen is er nog de vergaderzaal.'
'Daar ben ik inderdaad zeer benieuwd naar,' zei Balk, 'want ik moet een ruimte hebben voor mijn colleges.'
De opmerking verraste Maarten. Hij wist niet dat Balk college gaf en herinnerde zich bovendien dat hij indertijd, toen hij directeur werd, had moeten beloven dat hij geen hoogleraar zou worden.
'Dan moet u hierlangs,' zei Doornebal. Hij liep voor hen uit, opende een deur aan de andere kant van het vertrek en bracht hen via een kamer waar een zestal mensen zat te werken in een grote zaal met ramen op de tuin, verlicht door drie grote kroonluchters, met een imposante vergadertafel, donkere go-

belins langs de wanden en veel donker houtwerk. Maarten liep naar een van de ramen en keek in de tuin. De tuin bestond uit een gazon omzoomd door heesters en afgesloten door een rij hoge bomen. Daarachter waren de tuinen en de achterkanten van de huizen aan de Herengracht, met overal verlichte ramen. In het grauwe licht van de schemering kregen de tuinen, de bomen, de huizen iets tijdeloos. Het regende. Hij draaide zich om. Balk was voor in de kamer bij de deur blijven staan en mat de ruimte goedkeurend. 'En de akoestiek?' vroeg hij zich tot Doornebal wendend.
'Die is redelijk. Het hangt ook af van het aantal mensen.'
'Natuurlijk! Het bekende effect!'
'En hiernaast ligt dan de kamer van de onderdirecteur,' zei Doornebal. 'Dat is mijn kamer. Vroeger was er een directe verbinding, maar die hebben we dicht laten maken.' Hij ging voor hen uit de gang op en opende een deur.
Ze kwamen in een tussenkamer, waar vier mensen aan bureaus zaten te werken. Degene die recht tegenover de deur zat, keek even op, de anderen werkten door zonder aandacht aan hen te besteden. De kamer had een raam op de lichtschacht, waarin het lamplicht spiegelde. Hoewel het schuifraam op een kier stond, was het er benauwd. Doornebal opende een deur in de hoek en liet hen voorgaan. De kamer waarin hij hen binnenliet was iets kleiner dan die van de directeur, maar ook intiemer, stiller, met twee grote ramen op de tuin.
'Een meesterlijke kamer,' vond Maarten. Het was de eerste opmerking die hij maakte.
'Dit zou dan uw kamer worden,' zei Doornebal.
'Dat is nog niet beslist!' corrigeerde Balk.
Maarten was naar het raam gelopen. Langs de zijkant hingen de bladeren van een klimop. Het bureau was zo geplaatst dat je schuin de tuin in keek. 'Er komt hier geen zon?' vroeg hij.
'Alleen in de zomer, heel vroeg,' antwoordde Doornebal. 'We zitten hier op het noorden.'
Maarten knikte.
'Mooi!' zei Balk. 'Dat hebben we gezien! En verder?' Hij wendde zich af naar de deur.
'Eerst maar naar de tweede verdieping,' besliste Doornebal.

Ze klommen de trap op, een smalle, vrij steile trap.
'De trap van de hartinfarcten,' begreep Balk.
'Inderdaad,' zei Doornebal. 'Dat was op deze trap.'
Bovenaan was een zware, bruine deur met in de bovenste helft vier ruitjes van geel, gebobbeld glas. De deur gaf toegang tot een smalle, donkere gang in de breedte van het gebouw, waarop een groot aantal kleinere, eenvoudiger deuren uitkwamen.
'En hier zijn een aantal kamertjes,' legde Doornebal uit. 'Ik zal u er één laten zien, dan hebt u een indruk. Ze zijn allemaal hetzelfde.' Hij strekte zijn hand uit naar de kruk van de dichtstbijzijnde deur. Zodra hij die opende, kwam er een geweldige tochtvlaag naar buiten, binnen sloeg een raam, door de half geopende deur zag Maarten drie of vier mannen in paniek wegwaaiende papieren op hun bureaus neerslaan. Het volgend ogenblik had Doornebal de deur al weer haastig gesloten. 'We hebben de tussendeur open laten staan, maar ik denk dat u zo wel een indruk hebt.'
'We hebben een indruk,' beaamde Balk. 'Hoeveel mensen werken er voor u?' Ze liepen terug, de gang op.
'Op het ogenblik, alles bij elkaar, de conciërge meegerekend, drieëntachtig,' antwoordde Doornebal, de deur sluitend. 'De conciërge woont hier overigens boven, aan de voorkant. Ik kan u zijn huis nu niet laten zien, maar dat kunt u zich wel voorstellen.'
'Dat zou misschien iets zijn voor onze administratrice,' overwoog Balk. 'Daar zoek ik op het ogenblik een woning voor.'
Ook dat was nieuw voor Maarten.
'Is die mevrouw alleen?' informeerde Doornebal.
'Die is alleen.'
'Dan is het zeker groot genoeg, want de conciërge heeft daar een gezin met twee kinderen.'
'Kijk eens aan,' zei Balk tevreden.

'En dan zijn er nog de kluizen natuurlijk,' zei Doornebal toen ze aan het eind van hun rondgang waren teruggekeerd in de hal. 'Ik weet niet of u daar ook nog in geïnteresseerd bent?'
'Zeker!' zei Balk. 'We hebben veel kostbare archieven! Ik neem aan dat ze brandvrij zijn?'

'Brand- en braakvrij!' Hij opende de deur onder de trap en ging hen voor, een kleine trap af, de kelder in. 'Er is een grote kluis en een kleine,' zijn stem en hun voetstappen klonken hol. 'De grote is hier.' Ze doorliepen een lange ruimte met aan het eind kleine, betraliede raampjes. In de ruimte was een grote, gele, ijzeren deur, die toen Doornebal hem met al zijn kracht opentrok zeker veertig centimeter dik leek. Daarachter bevonden zich, langs de wanden, een honderdtal loketten en achterin nog een tiental ijzeren kluisdeuren met koperen grepen.
'Het lijkt wel een bank,' merkte Maarten op.
'Het is een bank geweest,' antwoordde Doornebal. 'Het wordt nu alleen nog gebruikt door het personeel, als ze hun waardepapieren veilig willen opbergen.'
'Indrukwekkend,' vond Balk. Hij stapte op de loketkastjes toe en bekeek ze van nabij. 'En van die kastjes hebt u de sleutels?'
'Van de meeste, maar in de loop van de tijd zijn er ook wat zoek geraakt.'
'Met de mogelijkheid dat daar nog van alles in zit,' veronderstelde Balk.
'Dat is niet uitgesloten,' gaf Doornebal toe.
Die mogelijkheid amuseerde Balk zichtbaar. 'Een gebouw vol verrassingen!' stelde hij tevreden vast.

Toen ze weer op straat stonden was het donker. De straatverlichting brandde. Het woei en het regende. Ze keken allebei om en zagen door het glas in het ijzeren traliewerk van de voordeur en de draaideur daarachter, het onderstuk van Doornebal, die de trap weer opklom.
'En?' vroeg Balk.
'Het is een prachtig gebouw natuurlijk,' antwoordde Maarten.
'Maar ik ben bang dat het te groot voor ons is,' zei Balk, zich afwendend. 'In ieder geval zal er enig duw- en trekwerk voor nodig zijn,' voegde hij er strijdlustig aan toe.

★

1969

'Wat moet je nou in godsnaam over zo'n kaartsysteem zeggen,' zei Maarten. Hij had zijn stoel wat teruggeschoven en keek naar het deel van het kaartsysteem dat achter Ad en Bart in de boekenkast was ingebouwd. 'Dat is toch een idioot verzoek?'
'Publiceer dan een lijst van trefwoorden,' opperde Jan.
'Weet je hoeveel dat er zijn?' vroeg Maarten, hem aankijkend.
'Al sla je me dood.'
'Vijftigduizend! Dat is achthonderd bladzijden, twee kolom per bladzij.'
'Nee, dat kan niet,' gaf Jan toe. Hij lachte vermaakt.
'Heb je ze dan geteld?' vroeg Bart ongelovig.
'Geschat.'
'Dan zullen het er wel minder zijn.'
'Ik heb tien willekeurige bakken geteld,' verdedigde Maarten zich. 'Daarin zaten honderd trefwoorden, vijfhonderd bakken, dat is vijftigduizend.'
'Ik zou dat eerst nog wel eens willen natellen,' zei Bart sceptisch.
'Nou Bart, ga je gang,' zei Ad.
'Leg dan uit waarom je voor het trefwoordensysteem hebt gekozen en niet voor een systematische indeling,' zei Jan.
Bart was opgestaan. Hij had een la opengetrokken en begon halfluid te tellen terwijl hij de fiches onder zijn vinger door tikte.
'Omdat ik van die systematiek geen bal begreep,' zei Maarten. 'Waar zou jij bijvoorbeeld het ophangen van de nageboorte van het paard onderbrengen?'
'Volksgeloof?' probeerde Jan.

'Maar het is een gebruik.'
'Volksgebruik dan!'
'Behalve als het helemaal geen gebruik is, maar een hygiënische maatregel.'
Jan lachte. 'Verdomd!'
'In de systematiek zit al een interpretatie ingebouwd,' verduidelijkte Maarten ten overvloede.
'Dat zou je natuurlijk wél kunnen zeggen,' vond Ad.
'Ja,' zei Maarten nadenkend, 'maar dat betekent wel dat ik het hele vak op de schop moet nemen.'
'Nee, dat kan niet!' zei Jan beslist. 'Daar kun je niet aan beginnen!'
'Zevenentachtig!' zei Bart triomfantelijk, de la weer dichtschuivend. 'Ik tel er in deze la maar zevenentachtig.'
'Dan zitten er in de volgende honderddertien,' zei Maarten ongeïnteresseerd.
Bart ging weer zitten.
'Ik zou het geloof ik wel interessant vinden als je dat deed,' zei Ad.
'Maar ik kan het nog niet,' antwoordde Maarten. 'Als ik het ooit kan.'
'Ach, je schrijft maar wat,' vond Jan. 'Wat kan het jou schelen. Er is toch geen hond die dat leest! Wie leest er nou de artikelen in *Ons Tijdschrift*! Ik in ieder geval niet!' Hij keek vergenoegd om zich heen. 'Nee! Jullie wel?'
'Ik ook niet,' gaf Maarten toe.
'Hoe maken jullie er dan fiches van?' wilde Ad weten.
'Ik blader ze door,' zei Maarten, 'om te zien waar het over gaat. Lezen kan ik dat niet.'
'Mijn idee!' viel Jan hem bij. 'Het is toch allemaal flauwekul!'
'Ik begrijp niet dat je het niet geweigerd hebt als je er zo over denkt,' zei Bart. In zijn stem klonk duidelijk irritatie.
'Je kunt niet alles weigeren,' meende Maarten. 'Ik in ieder geval niet.'
'Zou jij het dan geweigerd hebben, Bart?' vroeg Ad.
'Ja, ik zou het geloof ik geweigerd hebben,' zei Bart. 'Als ik er zoals Maarten van overtuigd was dat het zinloos is, dan zou ik het geweigerd hebben.'

'Maar ik vind alles zinloos,' zei Maarten.
'Ja, dat weet ik, en dat vind ik dan ook heel akelig. Ik zou er niet graag zo over denken als jij.'
'Wat is volgens jou dan wel zinvol?' vroeg Ad nieuwsgierig.
'Daar kan ik zo gauw geen voorbeeld van geven, maar ik vind het zinvol om je bezig te houden met de geschiedenis van ons land.'
'Dus jij zou wel zo'n artikel over het kaartsysteem schrijven?' concludeerde Ad.
'Nee, dat zou ik weigeren!' zei Bart beslist. 'Want dat is alleen maar om het gewichtig te maken!'
'Ik vind het niet gewichtig!' protesteerde Maarten.
'Nee, maar het maakt op anderen wel die indruk.'
'Maar aan de Atlas wil je ook niet werken,' herinnerde Ad hem.
'Nee, omdat we daar geen harde gegevens voor hebben!'
'Waar wil je dan wel aan werken?'
'Ik vind het van belang om te weten hoe de mensen vroeger leefden en dachten, en daar wijd ik mij aan.'
'Dat kan ik wel volgen,' zei Maarten, 'in theorie dan, want het interesseert me geen moer, maar het is luxe.'
'Ik vind het geen luxe,' zei Bart overtuigd. 'Ik vind het van veel betekenis dat een aantal mensen in een samenleving zich bezighouden met haar verleden.'
'Maar het is toch idioot dat die mensen zo in de watten worden gelegd,' zei Maarten. 'Als iemand belangstelling heeft voor het verleden dan kan hij dat toch ook wel in zijn vrije tijd doen, zonder er een riant salaris mee te verdienen?'
'Dat zou ik ook best vinden.'
'Maar dan zat ik hier niet!' zei Jan.
'Nee, niemand zat hier dan,' zei Maarten.
'Ja! Bart!'
'Nee, Bart ook niet, die zat dan thuis!'
'Verdomd ja!' zei Jan, hij sloeg zijn vlakke hand op de tafel van plezier. 'Bart zat thuis!'
'Nou, dat weet ik niet hoor,' zei Bart zuinig.
'En wij?' vroeg Ad aan Maarten. 'Waar zaten wij dan?'
'In onze vrije tijd?' vroeg Maarten.
'Nee, om aan de kost te komen.'

'Ik moet in de maatschappij van Maarten ook nog aan de kost komen,' merkte Bart op.
'Dat is geen probleem,' vond Maarten. 'Al die rotwerkjes waarvoor ze Joegoslaven en Spanjaarden en tegenwoordig zelfs Turken hiernaartoe halen, omdat we er zelf te belazerd voor zijn, zouden we gewoon hoofdelijk moeten omslaan over alle wetenschappelijke ambtenaren. 's Ochtends eerst een paar uur vuil ophalen tegen het minimumloon en daarna mag je naar het Bureau als je daar nog zin in hebt.'
'Jij bent toch eigenlijk een verschrikkelijke socialist,' vond Bart.
'Zo uit het rode boekje,' vulde Jan grinnikend aan.
De deur ging open, mevrouw Moederman kwam de kamer in, gevolgd door een jongen met een woeste haardos, in een versleten jopper, een open werkmanshemd en een rode pilobroek, die een dorsvlegel en een groene legertas bij zich had.
'Meneer Koning,' zei mevrouw Moederman, 'neemt u me niet kwalijk als ik u stoor, maar hier is een jongeman die u wil spreken.'
Maarten was opgestaan.
'Hai,' zei de jongen.
'Koning,' zei Maarten, zijn hand uitstekend.
De jongen nam de vlegel in zijn linkerhand, bij de legertas, en gaf Maarten een hand. 'Jacobo. Jacobo Alblas.'
'Alblas is onze correspondent voor Ottoland,' verduidelijkte mevrouw Moederman.
'Bent u dat?' vroeg Maarten verrast. De meeste correspondenten van het Bureau waren veel ouder.
'Nee, dat is mijn vader,' zei de jongen. Hij keek naar de drie anderen. 'Hai.'
Bart stond nu ook op. 'Asjes.' Hij gaf de jongen een hand.
Ad en Jan bleven zitten, Ad grijnsde.
'Zal ik dan maar weer gaan?' vroeg mevrouw Moederman zorgelijk.
'Dat is goed,' antwoordde Maarten. Hij keek vragend naar de jongen en van de jongen naar de vlegel. 'Waarover wou u mij spreken?'
'Ik hoorde van mijn vader dat jullie bezig zijn met een onder-

zoek naar de dorsvlegel,' zei de jongen, terwijl mevrouw Moederman de kamer verliet, 'en ik moest hier toch in de buurt zijn, dus ik dacht misschien interesseren jullie je hier wel voor.' Hij stak de vlegel vooruit.
Maarten nam hem over. 'Waar komt die vandaan?'
'Uit mijn verzameling.'
'Nee, ik bedoel'...
'Ottoland,' zei de jongen voor hij uitgesproken was.
'Dorsen ze daar dan?' vroeg Maarten verbaasd. 'Dat is toch een veeteeltgebied?'
'Kleine partijtjes.'
Maarten bekeek de verbinding. Bart, Ad en Jan keken van een afstand toe. Het was een vlegel met een leren kap. De stok liep taps uit op een knop, waaronder de kap was bevestigd. Het was een opvallend mooi exemplaar.
'Jullie zitten hier wel lekker,' vond de jongen, om zich heen kijkend. 'Lekker rustig, op die tuin en zo.'
'Ja, we zitten hier best,' beaamde Maarten, hij stak de jongen de vlegel weer toe. 'Een verdomd mooie vlegel.'
'Jullie mogen hem wel een poosje lenen, om er een tekening van te maken. Ik kom nog wel eens langs.'
Het idee van een tekening was nog niet eerder bij Maarten opgekomen. 'Graag,' zei hij, zonder veel geestdrift.
'Ik heb trouwens nog meer dingetjes bij me. Misschien dat jullie je daar ook voor interesseren?' Hij zette zijn tas op tafel en maakte de riemen los. 'Als je eenmaal begint aan zo'n verzameling dan houd je niet meer op.' Terwijl Maarten zich afwendde en de vlegel naast zijn bureau tegen het kaartsysteem zette, grabbelde hij in de tas. 'Wat is dit?' Hij reikte Jan een voorwerp aan.
'Een schoenmakerspriem,' zei Jan.
'En dit?' Hij gaf Ad een steen.
'Geen idee,' zei Ad.
'Een wetsteen! Om de zeis mee te wetten!' Terwijl ze zwijgend toekeken, pakte hij de tas uit op de tafel. 'Grote rotzooi eigenlijk,' vond hij zelf, 'maar je gooit het niet weg.' Het was inderdaad een bonte verzameling van kleine voorwerpen, waarvan de meeste Maarten onbekend waren. Jan, Ad en Maarten na-

men hier en daar een voorwerp op, bekeken het en legden het weer terug. Bart stond er wat verloren bij. 'Hebben jullie er wat aan?' vroeg de jongen.
'Op het ogenblik niet,' zei Maarten voorzichtig. Hij vroeg zich af hoe hij weer van deze enthousiasteling af kon komen.
'Dan pakken we het weer in,' besliste de jongen en hij gooide alles in de tas terug, waarna hij de riemen weer dichtgespte.
'Komt hier eigenlijk nog wel eens een plaats vrij?' vroeg hij, de tas van tafel nemend.
'Als er iemand weggaat,' zei Maarten, 'anders niet.'
De jongen knikte. 'Ik ben namelijk bijna afgestudeerd en dit werk lijkt me wel leuk.'
'Wat studeer je dan?' vroeg Maarten.
'Culturele antropologie. Ik ben bezig met mijn eindscriptie. Ik heb zes maanden in Molenaarsgraaf gewoond, fieldwork.'
'Dat lijkt me wel interessant,' zei Maarten.
'Dat wel, maar het wordt tijd dat ik er een streep onder zet. Een hoop gedonder met vrouwen, man. Je wordt er niet goed van.'
Maarten knikte, alsof hij niet anders had verwacht.
'Nou, ik ga weer,' zei de jongen. 'Die vlegel laat ik nog even staan.' Hij stak zijn hand op: 'See you,' en verliet het vertrek.
'So long,' zei Maarten toen hij de deur achter zich gesloten had.
Jan grinnikte, Ad grijnsde.
'Een heel rare druif,' vond Jan.
'Je moet er niet aan denken dat zo iemand hier zou werken,' zei Maarten.
'Ik vind het heel aardig van hem om die vlegel te brengen,' corrigeerde Bart.
'Dat is aardig,' gaf Maarten toe. Hij pakte de vlegel en keek naar de kap.
'Wat is dat nou voor vlegel?' vroeg Ad.
'Een kapvlegel.' Ze waren dichterbij gekomen, hij wees op de knop boven op de stok. 'Dat is opvallend, dat heb ik nog niet eerder gezien.'
Bart nam zijn bril af en bekeek de knop van dichtbij.
'Hoe dorsten ze daar nou mee?' vroeg Jan.
Maarten deed een stap terug en mat de ruimte tussen de tafel en het kaartsysteem. 'Ga eens opzij,' hij nam de vlegel van Bart terug.

Ze deden een stap opzij. Maarten keek even om, zwaaide de vlegel toen hoog op naar voren, rakelings langs de lamp, en liet de knuppel met kracht op de vloer neerkomen. Het gaf een doffe klap.
'Jezus!' zei Jan geschrokken.
'Dat scheelde weinig,' meende Bart, bezorgd omhoogkijkend naar de lamp.
'Ja,' zei Maarten, hij lachte verbouwereerd.
De deur ging open, juffrouw Haan keek naar binnen. 'Wat gebeurt er?' vroeg ze verschrikt.
'Ik deed voor hoe je moet dorsen,' verontschuldigde Maarten zich.
'Maar dat kan toch niet hier!' zei ze verontwaardigd. 'Ik dacht dat een van u viel!' Ze sloot de deur weer, zonder op antwoord te wachten.
'We zullen in de tuin gaan,' stelde Maarten voor.
Ze volgden hem door het tweede lokaal, langs het bureau van juffrouw Haan, die alweer zat te werken. Ze besteedde geen aandacht aan hen.
Wim Bosman keek op. 'Wat heb je daar nou?' vroeg hij nieuwsgierig.
'Een dorsvlegel,' zei Maarten.
Wim Bosman stond op, nam de vlegel van hem over en bekeek hem. 'Die heb ik nou nog nooit van dichtbij gezien.'
Flip de Fluiter was ook opgestaan en kwam erbij staan. 'Zulke vlegels hebben ze bij ons in het dorp ook. Net zo.'
'Met zo'n knop op de stok?' vroeg Maarten ongelovig.
Flip bekeek de knop. 'Daar zit bij ons een leertje, geloof ik.'
'Net als in Zeeuws-Vlaanderen,' begreep Maarten.
'Is dat van belang?'
'Het kan betekenen dat de kapvlegel vanuit het zuiden de knopvlegel heeft verdrongen.'
'Zouden jullie dit gesprek misschien ergens anders kunnen voortzetten?' vroeg juffrouw Haan snibbig. 'Ik ben aan het werk.'
'Maar het is maar een idee,' voegde Maarten eraan toe, zonder op haar opmerking te reageren. Hij nam de vlegel terug en liep met zijn mensen achter zich het eerste lokaal door, de barak in,

naar de tuin. Het was koud buiten maar windstil, een heldere vrieslucht. Ad liep door naar de bouwkeet in de hoek en keek eronder.
'Zie je wat?' vroeg Maarten.
'Ik zie niks, maar ik geloof ook niet dat er op het ogenblik katten zitten.'
'Wanneer houden jullie nou eens op met die katten,' zei Bart kribbig.
'Als ze allemaal dood zijn, Bart,' antwoordde Ad.
'Let op!' waarschuwde Maarten. Hij stelde zich op aan de rand van het grasveld. 'De kunst is om zo te slaan dat de knuppel gestrekt rondzwaait en neerkomt!' Hij bracht de stok naar achteren, zwaaide de knuppel met kracht naar voren, hoog door de lucht, liet hem neerkomen, haalde hem weer terug, hoog op, bracht hem opnieuw met kracht naar voren, maar in plaats dat de knuppel op de grond kwam, vloog hij door en kwam een eind verder met een klap in het grind. Geschrokken keek Maarten hem na, de lege stok in zijn hand. Achter hem werd een raam geopend. 'En de boer hij dorste voort!' riep Flip. Maarten besteedde daar geen aandacht aan. Hij liep naar de knuppel. Jan was er eerder en raapte hem op. 'Afgebroken!' stelde hij vast. Maarten keek naar de stok. Hij was onder de knop doorgebroken. 'Verdomme,' zei hij. De twee anderen kwamen er ook bij.
'Hartstikke onder de houtworm,' zei Jan.
'Laat eens kijken,' zei Ad. Hij nam de stok en de knuppel van hen over en probeerde de knop weer op de stok te zetten, draaide de stok zo dat de splinters aan beide stukken op de goede plaats kwamen en schoof ze toen in elkaar. Het paste.
'Je zou het nog kunnen lijmen,' suggereerde hij.
'Dat houdt niet,' zei Jan beslist.
'Met een ijzeren bandje erom?'
'Dat zie je,' zei Maarten.
'Geef eens,' zei Jan. Hij bekeek de breuk aandachtig. 'Het zou al heel gek moeten lopen als Jan Boerakker daar niks op vond.' Hij dacht zichtbaar na.
'Laten we in ieder geval naar binnen gaan,' stelde Maarten voor.

Wiegersma stond in de deur van de barak toen ze in een gedrukte stemming terug kwamen lopen. 'Wat is dat nou?' vroeg hij nieuwsgierig.
'Een dorsvlegel,' zei Maarten, 'maar hij is stuk.'
'Ach jé.' Hij bekeek de beide stukken die Jan hem voorhield. Zijn hoofd en zijn handen trilden een beetje.
'Zoudt u die kunnen tekenen?' vroeg Maarten, zich de opmerking van Jacobo Alblas herinnerend.
'Dat lijkt me wel.'
'Een opengewerkte tekening, zodat je kunt zien hoe de bevestiging precies gemaakt is?'
'Ik denk het wel.'
'Dan kom ik er nog mee terug.'
'Zou je die vlegel nou nog wel mee naar binnen nemen?' vroeg Bart bezorgd, toen ze uit de barak de gang ingingen.
'Waarom niet?' vroeg Maarten.
'Zijn jullie dan niet bang dat die houtworm in onze bureaus komt?'
'Ben je gek,' zei Jan. 'Het zijn geen vlooien.'
'Nou, dat weet ik nog niet zo zeker.'
'Nou, ik wel.'
Ze gingen de achterkamer in. Jan legde de stukken van de vlegel op zijn bureau. Maarten draalde nog wat, onzeker over wat hij zou gaan doen.
'Weet jij ook of Balk al een opvolger heeft voor Krak?' vroeg Ad.
'Nee,' zei Maarten. 'Dat hoor je pas als hij er is.'
'Ik weet namelijk wel iemand.'
Maarten keek hem aan. 'Wie is dat dan?'
'Een vriendin van ons.'
'Wat is dat dan voor iemand?'
'Een nogal dik meisje,' verduidelijkte Ad. 'Ik ken haar van de dierenbescherming.'

★

Balk zat achter zijn bureau. Hij keek pas op toen Maarten bij het bureau bleef staan. 'Ja?' zei hij, niet bijzonder vriendelijk.

'Heb je al een opvolger voor Krak?' vroeg Maarten.
'Wat?' vroeg Balk ongemakkelijk.
'Krak!'
'Wat is daarmee?'
'Of je daar al een opvolger voor hebt!' Hij deed zijn best om duidelijk en langzaam te praten.
'Ik heb iemand op het oog.'
'Omdat ik ook nog iemand heb.'
'Wat is dat voor iemand?'
'Een bibliothecaresse.'
'Dat begrijp ik,' zei Balk ongeduldig. 'Waar werkt ze?'
'Op het Museum voor de Tropen. En ze heeft een cursus voor computerprogrammeur gevolgd.'
'Daar hebben we hier niks aan,' zei Balk beslist.
'Dat weet ik niet. Het lijkt me in ieder geval handig om hier iemand te hebben die daar verstand van heeft.'
Balk zweeg. Hij dacht na. 'Laat haar maar een brief schrijven,' besliste hij toen, 'maar dan zo gauw mogelijk want ik wil die opvolging voor het eind van de week geregeld hebben.'
'Goed.' Hij aarzelde. 'Heb je nog iets gehoord van dat huis?'
'Welk huis?'
'Dat we bekeken hebben.'
Hij herinnerde het zich. 'Dat gaat waarschijnlijk door. Ik heb daar volgende week een bespreking over op het Hoofdbureau.'
'Gaat dat door?' vroeg Maarten ongelovig.
Balk glimlachte, een scheef lachje, alsof hij moeite deed zijn trots te verbergen. 'De directeur van de Rijksgebouwendienst die daarover gaat bleek een disputsvriendje van me.'
De telefoon ging. Balk nam op. 'Balk... Een ogenblik,' hij legde zijn hand op de hoorn en keek naar Maarten. 'Nog iets?'
'Nee.'
Balk knikte en wendde zijn blik af. 'Ga door. Ik luister!' zei hij kortaf.

Toen Maarten de achterkamer binnenkwam, stond Ad gebogen over het bureau van Jan, de stok vastdrukkend op het blad. Jan zat er op een omgekeerde kist voor, een elektrische boor in

zijn handen. Hij had juist de boor in het afgebroken eind van de stok gezet en mikte zorgvuldig. Bart keek vanachter zijn eigen bureau verontrust toe. Hij had het aan de zijkant met een krant afgeschermd. 'Ja!' waarschuwde Jan. Hij zette de machine aan en drukte de boor behoedzaam in het hout. 'Als koek!'
Maarten keek toe. 'Wat ga je nu doen?' vroeg hij toen Jan de motor weer stilzette.
'Ik maak aan beide kanten een gat,' legde Jan uit, 'dan vul ik dat op met een stukje hout en dan lijm ik de boel weer op elkaar.'
'Meesterlijk!'
'Wacht nou nog even!'
Maarten keek naar Ad. 'Laat haar zo snel mogelijk een brief schrijven,' zei hij. 'Balk wil voor het eind van de week beslissen.'

★

Op de brug over de Prinsengracht en langs de waterkant zag het zwart van de mensen. Pas toen hij van de Westermarkt de straat overstak en tegen de brug opklom, zag hij in het water aan de overkant, vlak onder de walkant, een kleine, witte hond die wanhopig moeite deed om tegen de kant op te komen. Zonder zich te bedenken, zonder te weten wat hij zou kunnen doen, begon hij te rennen, achter de mensen langs, de brug over, de Prinsengracht op, naar de plek waar de hond in het water lag. Toen hij vlakbij was, kwam een tweede man van de andere kant hard aanlopen. Hij drong zich hardhandig tussen de mensen door met Maarten achter zich aan, wierp zich op de grond en boog zich over de kant. 'Ga op mijn benen liggen!' riep hij. Maarten gooide zich bovenop hem en drukte die vreemde benen zo hard hij kon tegen de grond. De man bukte ver voorover, pakte de hond in zijn nekvel en slingerde hem op de kant. Even was de hond beduusd, toen schudde hij zich en rende met zijn staart tussen zijn poten, tussen de benen van de mensen door, de Bloemstraat in. Maarten liet de man los. De man krabbelde overeind en sloeg zijn kleren af. Maarten bleef staan. 'Mooi werk,' zei hij. Hij voelde een plotseling opkomende, warme sympathie. De man keek hem even aan, een man met een nerveus, intelligent gezicht, wendde zich zonder iets te zeggen af en werkte zich tussen de mensen door, alsof hij voor hem en voor ieder ander alleen maar minachting had. Verbouwereerd liep Maarten een paar meter achter hem in de menigte die van de kade en de brug wegstroomde. Hij zag hem nog de hoek van de Rozengracht omgaan, maar toen hij zelf de hoek omsloeg, was de man tussen de mensen verdwenen.

Nicolien zat in de voorkamer.
'Hoei,' zei hij. Hij sloot de deur achter zich.
Ze gaf geen antwoord. 'Zeg je niks?' vroeg ze toen.
Hij keek afwezig om zich heen, met zijn gedachten nog bij de reactie van die man. 'Je hebt de kamers omgewisseld,' stelde hij vast.
'Zie je dat nu pas?' – er was verontwaardiging in haar stem. 'Daar heb ik nou de hele dag zo'n werk aan gehad!'
'Ik had het niet meteen in de gaten,' verontschuldigde hij zich. Hij trok zijn jas uit en hing hem aan de gordijnrails voor de alkoof.
'Maar zoiets zie je toch meteen?' Ze was nu echt verontwaardigd. 'Ik doe de dingen toch niet voor niks?'
'Nee,' hij glimlachte om te laten zien dat hij erbij was en ging zitten. 'Was het veel werk?'
'Natuurlijk was het veel werk.'
Hij knikte, in gedachten.
'Is er iets? Het lijkt wel of je er helemaal niet bij bent met je gedachten.'
'Jawel,' hij reikte naar de jeneverfles om zichzelf in te schenken, 'ik heb net een hond uit de gracht gered.'
'En dat vertel je nu pas?'
'Nou ja, gered... Ik heb de benen van een andere man vastgehouden. Die man heeft hem gered.' Hij lachte.
Ze keek hem verbaasd aan. 'Ik begrijp er niks van.'
'Die is op de grond gaan liggen om hem eruit te halen,' verduidelijkte hij, 'en ik ben boven op hem gaan liggen om te zorgen dat hij er niet in viel.'

'Wat gek.'
'Ja, gek.' Hij lachte.
'En die hond?'
'Die hond ging er meteen vandoor.'
'Als hij zijn huis maar weer terugvindt.'
'Natuurlijk vindt hij zijn huis weer terug. Waarom zou hij zijn huis niet terugvinden?'
'Omdat hij geschrokken is.'
Aan die mogelijkheid had hij nog niet gedacht. 'Hij vindt zijn huis natuurlijk terug,' zei hij, ook om zichzelf gerust te stellen. Hij nam een slok van zijn borrel en zette zijn glas terug. 'Die reactie van die man was ook gek. Ik zeg tegen hem: Mooi werk! Hij kijkt me aan, draait zich om en loopt weg zonder iets te zeggen.' Hij lachte verlegen.
'Vind je dat zo gek?'
'Ja, vind je dat dan niet gek?'
'Zo zou jij ook gereageerd kunnen hebben.'
'Ik?' vroeg hij ongelovig.
'Natuurlijk!'
'Nee.'
'Natuurlijk wel! Je weet niet half hoe afwerend jij kunt zijn.'
Hij keek haar verbaasd aan. 'Maar wat voor reden zou ik daar dan voor gehad kunnen hebben?'
'Dat je je geneerde bijvoorbeeld. Ik vind het echt iets voor jou om dan zo te reageren.'
'Maar ik zei toch tegen hem dat het mooi werk was?'
'Ja jij! Omdat je hem vast had gehouden!'
De zekerheid waarmee ze over hem sprak verblufte hem. Hij keek haar niet-begrijpend aan. 'En vind je dat dan aardig?' vroeg hij onzeker.
'Ik wel, maar ik kan me voorstellen dat andere mensen daar wel eens moeite mee hebben.'
Hij keek ongelovig.
'Maar dat hindert toch niet? Zo ben je nu eenmaal. Dat kun je toch niet veranderen.'
'Nee, als dat zo is, dan kan ik het niet veranderen,' gaf hij toe.

★

'Nou je hoort het zeker wel,' zei ze zonder haar naam te noemen.
Hij had even nodig om haar stem thuis te brengen. 'Heidi!' zei hij toen.
'Ja! Goed hoor! Ad is ziek!'
'Wat heeft hij?'
'Ja, wat heeft hij? Hij is warm!'
'Warm?'
'Ja, warm! Vind je dat zo gek?'
'Nou, gek...'
'En hij heeft een witte stip in zijn keel!'
'Keelontsteking.'
'Ja, en moe... moeë ogen.'
'Dat hoort er natuurlijk bij.'
'Dat zal wel, maar hij zit er maar mooi mee!'
'Heeft hij ook koorts?'
'Hij heeft ook koorts, ja! Gisterenavond had hij zevenendertigéén, en vanochtend zevenendertig. Dus hij heeft wel koorts, ja.'
'Maar dat is toch geen koorts?'
'Is dat geen koorts?'
'Ik heb 's avonds altijd zevenendertigvier en 's ochtends zevenendertigtwee.'
'Nou jij misschien, maar Ad heeft altijd zesendertigacht, dus bij hem is het wel koorts!'
Hij zweeg. Hij begreep dat het geen zin had ertegenin te gaan.
'Ligt hij in bed?'
'Zo'n beetje.'
'Maak dan maar een warme grog voor hem.'
'Ja, alcohol zeker! Dan kan ik hem beter meteen naar het ziekenhuis brengen!'
'Nou, warme anijsmelk dan.'
'Ik zal bij de drogist eens vragen of ze geen homeopathisch geneesmiddel hebben.'
'Als dat helpt,' zei hij sceptisch.
'Nou zeg, die is ook mooi! Jij maakt er helemaal wat van!'
Hij lachte. 'Wens hem in ieder geval vast beterschap.'
'Dank je. Hoe gaat het met jullie?'
'Goed.'

'Jullie moeten eens langs komen om naar de katten te kijken.'
'Dat doen we. Als Ad weer beter is.'
Hij legde de hoorn neer en liep door naar de achterkamer. Bart en Jan zaten op hun plaatsen. 'Ad is ziek,' meldde hij. Hij wilde eraan toevoegen dat hij zevenendertig had maar hij hield dat nog net voor zich.
'Zie je wel,' zei Bart. 'Daar was ik al bang voor.'
'Waarom?' vroeg Maarten.
'Ik had het gevoel dat er iets was.'
'Jij ook?' vroeg Maarten aan Jan.
Jan lachte. 'Niks hoor,' zei hij vrolijk. 'Deze jongen heeft de huid van een olifant.'

*

Hij stak het Rokin over en liep langs de Dam, tussen de mensen door die uit de Kalverstraat kwamen, de Paleisstraat in. Aan het eind van de Paleisstraat sloeg hij linksaf, de Voorburgwal op. Het was volop lente. De bomen bij de Postzegelmarkt en langs het trottoir van de Voorburgwal waren lichtgroen. Er woei een zachte lentewind, de stemmen van mensen, een tram, auto's – hij merkte het op, maar zonder zich dat bewust te zijn, alsof het van ver kwam. Gedachteloos liep hij voort, werktuiglijk, in de ban van het Bureau, maar zonder eraan te denken. Pas toen hij bij het Spui de hoek omsloeg en de mensenmenigte rond het Maagdenhuis zag, herinnerde hij zich dat dat bezet was. Hij bleef staan en keek vanuit de verte toe. Tegen de gevel hingen spandoeken. Er stonden politie-auto's. Uit een luidspreker kwam een stem die hij vanwaar hij stond niet kon verstaan. Terwijl hij daar stond, klommen drie mannen het bordes op. Eén van hen klopte tegen de deur. De deur ging open. Ze gingen naar binnen. Daarna was het onwezenlijk stil. Uit de menigte die rondom de ingang achter een kordon toekeek, drong geen enkel geluid tot hem door. Hij wendde zich af, stak het Spui over, rechtsaf, langs de Lutherse kerk en de U.B., met een omweg terug naar het Bureau, met het gevoel dat hij in een andere stad woonde, de replica van een stad waar hij vroeger gewoond had, toen hij nog studeerde.

★

'Hoe gaat het nou met Ad?' vroeg hij.
'Nou, nog net zo eigenlijk. Er zit niet veel verandering in.'
'Last van zijn keel.'
'Last van zijn keel, ja. En van zijn ogen, prikkende ogen, als hij veel gelezen heeft. Heb jij dat nooit?'
'Nee, niet dat ik me kan herinneren.'
'Als hij langer dan vier uur gelezen heeft krijgt hij prikkende ogen, zegt hij, dus dan zou hij eigenlijk wat anders moeten gaan doen, maar dat kan niet hè, op het Bureau?'
'Nee, dat is moeilijk.'
'Dus daar zit hij dan maar mee.'
'Wat zegt de dokter daarvan?'
'De dokter? We hebben er helemaal geen dokter bij gehaald. Dokters dat is niks. Jullie zouden er toch zeker ook geen dokter bij halen?'
'Nee,' gaf hij toe.
'Het enige wat die zeggen is dat je niks hebt. Nou, ik weet wel beter. Daarvoor hoef ik niet naar een dokter te gaan.'
'Maar hij kan dus nog niet naar zijn werk.'
'Zoals hij nou is zeker niet.'
'Heeft hij ook nog koorts?'
'Koorts ook nog.'
'Zevenendertigtwee.'
'Ook wel eens zevenendertigvier. Ja, jij noemt dat geen koorts, maar bij Ad is dat koorts. Hij is ook nog altijd warm.'
Hij trok zijn wenkbrauwen op, maar dat kon ze niet zien door de telefoon. 'Vervelend,' zei hij zo neutraal mogelijk.
'Ja, dat is zeker vervelend. Hoe gaat het op het Bureau? Mia heeft dat baantje toch gekregen, hè?'
'Mia van Idegem,' begreep hij.
'Dat heeft ze aan jou te danken.'
'Nou, dat denk ik niet.'
'Nou, ik denk van wel.'
'Is ze er blij mee?'
'Dat weet ze nog niet natuurlijk. Ze is toch nog niet begonnen?'

'Nee, volgende maand.'
'Maar ik denk het wel, want waar ze nou werkt vindt ze het verschrikkelijk. Wanneer gaan jullie nou verhuizen met het Bureau?'
'Eind september.'
'Nou, ik hoop dat Ad dan weer beter is.'
'Dat hoop ik toch wel,' zei hij verschrikt. 'Dat is nog drie maanden!'
'Jawel, maar je weet maar nooit natuurlijk.'
'Nee,' gaf hij toe, 'maar ik hoop toch maar van wel. Wens hem in ieder geval vast het beste.'
'Maarten wenst je het beste,' hoorde hij haar zeggen, en in de verte hoorde hij de stem van Ad die antwoord gaf. 'Je moet de groeten hebben,' zei ze.
'Dank je. Doe hem de groeten terug.'
In gedachten legde hij de hoorn neer. Hij wendde zich af naar zijn bureau, bleef daar een ogenblik staan met de hand op de leuning van zijn stoel, en liep toen zijn kamer uit naar het eerste lokaal. Juffrouw Bavelaar zat achter haar bureau. Ze keek op toen hij binnenkwam.
'Muller is nog ziek,' zei hij.
'Moeten we er dan toch niet eens een controle naartoe sturen?' vroeg ze. 'Dat wordt nu al zes weken.'
'Ik ga er eerst wel een keer zelf heen,' hij bleef staan. 'Is er nog iets bekend over de verhuizing?'
'Ik geloof dat Balk daar de volgende week over wil vergaderen,' zei ze, 'nadat hij eerst het gebouw met de hoofden bekeken heeft.'

★

'Ik vroeg me wel af toen ik daar stond,' zei Bart, 'of ik nou meegedaan zou hebben als ik nog gestudeerd had, maar ik ben toch wel zeker van niet.'
'Nou, dat weet ik zo net nog niet,' zei Jan. 'Als je dat zo hoort dan schijnt het er een lollige boel geweest te zijn, één grote naaipartij.' Hij grinnikte. 'Als deze jongen de kans had gekregen, dan had hij dat niet laten schieten.'

Maarten glimlachte. Hij reageerde niet. Hij zat op het bureau van Ad, de beide anderen zaten achter hun eigen bureaus.
'Wat zou jij gedaan hebben?' vroeg Bart. 'Jij zou zeker wel hebben meegedaan?'
'Ik denk het niet,' zei Maarten, 'daar ben ik niet sociaal genoeg voor.'
'Dat is waar,' viel Jan hem bij. 'Je moet er wel sociaal voor zijn.'
'En als je dat nou was?' wilde Bart weten.
'Bovendien was in onze tijd de afstand tot de Universiteit veel groter,' zei Maarten. 'De Universiteit, dat was de maatschappij, en de maatschappij daar wilde je niks mee te maken hebben. Dat was rotzooi.'
'Heel goed,' vond Jan.
'Dus je vindt het eigenlijk maatschappelijk, zo'n bezetting,' begreep Bart.
'Ja,' zei Maarten.
Jan grinnikte.
'Nee, dat vind ik nou helemaal niet. Ik vond het beangstigend.'
'Beangstigend?' vroeg Maarten verbaasd.
'Het had toch heel goed een begin kunnen zijn?'
'Nee,' zei Maarten beslist. 'Het Bouwvakkersoproer! Dat vond ik beangstigend, maar dit? Dit was kinderspel.'
'Met de Mei-opstand in Parijs had het anders maar een haartje gescheeld. En dat begon net zo, dat begon ook met een studentenoproer.'
'Ik geloof niet dat dat een haartje gescheeld heeft. Dat hebben ze even gedacht, De Gaulle heeft dat gedacht, maar er was geen hond die erin geloofde.'
'Nou, daar denk ik dan anders over.'
'Maar waar ben jij dan eigenlijk bang voor?' vroeg Jan. 'Het richt zich toch niet tegen jou?'
'Dat het hier net zo zal gaan als in Rusland.'
'Maar dat is toch niet reëel,' zei Maarten.
'Nou, dat denk je maar! De vorige week werd er 's nachts om vier uur heel hard bij ons gebeld en het eerste wat ik dacht toen ik wakker schrok was: Ze komen me halen! En pas het volgend ogenblik begreep ik dat het Luilak was.' Ze lachten. 'Ja, daar kun je wel om lachen, en ik kan er zelf ook wel om lachen,

maar op zo'n ogenblik is het helemaal niet zo leuk.'
'Terwijl je niet eens de oorlog hebt meegemaakt,' zei Maarten.
'Als je nou de oorlog had meegemaakt.'
'Die heb ik natuurlijk wel meegemaakt,' zei Bart, een beetje verontwaardigd.
'Van wanneer ben je dan?'
'Ik ben van negenendertig.'
'Nou ja, dan was je dus vier.'
'Toen het afgelopen was, was ik vijf.'
'Niet te geloven,' zei Jan grinnikend.
'Gek,' vond Maarten, 'want het zal toch wel de oorlog zijn.'
'Zeker,' zei Bart, 'maar op zo'n moment denk ik dan ook: gelukkig'...
... 'dat er politie is,' vulde Maarten aan.
'Ja,' zei Bart verbaasd, 'dat denk ik inderdaad. Hoe weet je dat?'
Ze lachten.
'Maar denk je dan ook niet dat er wel eens een ogenblik kan komen dat een revolutie nodig is?' vroeg Maarten. 'Bijvoorbeeld omdat alles zo verbureaucratiseerd is dat de hele boel verstikt wordt?'
'Ik geloof dat je dan altijd door er samen over te praten langs democratische weg een oplossing kunt vinden.'
'Dus je denkt bijvoorbeeld dat we Wigbold ervan kunnen overtuigen dat hij zijn auto weer weg moet doen omdat hij daarmee het hele land verpest?'
'Vergeet het maar,' zei Jan. 'Die krijg je zelfs niet met een stok zijn auto uit.'
'Dat zal inderdaad heel moeilijk zijn,' gaf Bart toe, 'maar ik geloof toch dat we moeten blijven proberen om zelfs meneer Wigbold daarvan te overtuigen.'

*

De flat die Ad en Heidi bewoonden lag in een nieuwe wijk aan een drukke verkeersweg. Maarten en Nicolien reden erheen met de tram, op vrijdagmiddag, Maarten met een fruitmand, Nicolien met een bos bloemen. Omdat ze de buurt niet kenden, stapten ze een halte te vroeg uit en liepen langs de flats,

lettend op de huisnummers naast de portiekdeuren. Het was zwoel lenteweer. De boompjes langs het trottoir hadden kleine blaadjes en leken ijl naast de dikke, blanke palen waaraan ze met rubberen banden bevestigd waren. Het trottoir was te breed, de flats te nieuw. Langs de stoeprand, op de ventweg, stonden wat auto's. Daarachter lag de verkeersweg met de trambaan op een verhoogd talud zodat de plas, aan de andere kant van de weg, aan het zicht was onttrokken.
'Je moet er toch niet aan denken dat je hier zou wonen,' zei hij.
'Nee,' zei ze.
Ze woonden op de tweede verdieping. Heidi deed open. 'Nou, dat is ook wat!' zei ze verrast. 'Wie had dat nou kunnen denken!'
'We komen wat brengen,' zei Maarten.
'Maar jullie komen toch ook wel even binnen?'
Uit het huis kwam een scherpe kattenlucht. Ze bleven in het portaaltje staan terwijl Heidi de deur achter hen sloot. 'Dat had ik nou helemaal niet gedacht,' zei ze. De deur van de voorkamer, die op een kier stond, werd voorzichtig wat verder opengetrokken en er kwam een grijze kat met een witte bef de gang op. 'Dat is Grijsje,' zei ze, 'die komt altijd het eerst kijken.' Ze boog zich naar de kat over. 'Kijk eens wie daar zijn? De baas en zijn vrouw!' Ze lachte luidruchtig. 'Gek hoor! Wie had dat nou kunnen denken?'
Nicolien bukte zich. 'Wat een leuke kat,' ze streelde de kat over zijn kop.
'Ja, leuk hè? En dat is Snoepie.' Een tweede kat, een cyperse, kwam om de hoek van de deur kijken.
'Is die uit de tuin?' vroeg Maarten. Hij droeg nog steeds de fruitmand.
'Die wel, maar die grijze hebben we hierachter op straat gevonden. Ja, het is hier soms net een gekkenhuis hoor. Je zult niet weten wat je ziet.' Ze ging hen voor, de voorkamer in. Het licht sloeg door de ramen naar binnen, de brede vensterbank stond vol met planten, op de tafel, op de oude fauteuils, op de bank, zelfs in de kleine boekenkast tegen de zijmuur en in mandjes bij de verwarming, overal lagen katten en het rook er benauwd, alsof de kamer in geen jaren gelucht was.

'Wat een katten!' zei Nicolien verrukt.
'Nou, het wordt me soms wel eens wat te veel, maar je kunt ze toch ook niet laten zitten?'
'Ik vind het erg aardig,' verzekerde Nicolien.
Heidi lachte. 'Aardig! Ja, aardig kun je het wel noemen.'
'Waar kan ik die fruitmand laten?' vroeg Maarten.
'Geef maar,' ze nam de mand van hem over. 'En die bloemen zijn zeker ook voor ons?' zei ze tegen Nicolien, die naar een grote rode kater in de boekenkast stond te kijken. 'Jullie willen toch zeker wel thee?' Ze liep met de mand en de bloemen de kamer uit.
Maarten liep naar het raam en keek naar buiten. Vanaf de tweede verdieping had je uitzicht op de plas, over de verkeersweg heen, maar het lawaai van de langsrijdende auto's verstoorde de suggestie van rust. 'Ligt Ad in bed?' vroeg hij toen Heidi de kamer weer inkwam. Hij draaide zich om. Nicolien was op de bank gaan zitten naast een van de katten.
'Ad is in de box,' zei ze. 'Hij zal zo wel komen. Je kunt ook wel naar hem toe gaan als je dat leuk vindt.'
De mededeling verraste hem en toen hij de trap afliep verbaasde hij zich over haar argeloosheid, alsof het vanzelfsprekend was dat Ad zich niet in bed maar in de box ophield.
De boxen lagen aan de achterkant van de flats. Toen hij door een zware klapdeur het trottoir op kwam, viel de stilte hem op, alleen het geluid van een zaag uit een van de boxen, waarvan de deur openstond tussen de gesloten deuren van de andere. Aan de overkant van de straat waren veel lagere eengezinswoningen. Omdat de achterkant van de flats op het zuiden lag, was het er warmer dan voor. Hij liep naar de openstaande deur. Ad stond in een overall aan een werkbank te zagen, een herdershond naast zich. Hij zag Maarten pas toen deze vlakbij was, maar hij toonde geen verrassing.
'Ha,' zei Maarten. Hij vond de situatie pijnlijk en dat maakte hem onzeker.
'O, ben jij daar?' Er was iets uitgesproken vijandigs in de blik waarmee hij Maarten aankeek, alsof hij klaar stond om een klap terug te geven als dat nodig mocht zijn.
'Ik kwam eens kijken hoe het met je gaat,' verontschuldigde Maarten zich.

'O, je kwam eens kijken...' het klonk smalend, ongelovig.
Maarten negeerde dat. Hij keek naar de hond. 'Is dat je hond?'
'Ja.'
Het klonk zo afwerend, dat Maarten niet doorvroeg. 'Heidi vraagt of je komt theedrinken.'
Zonder iets te zeggen legde Ad de zaag neer. 'Kom Herta,' zei hij tegen de hond, zijn stem klonk schor. De hond stond moeilijk op, zakte door zijn achterpoten en wankelde telkens doorzakkend de box uit.
'Hij loopt verdomd slecht,' stelde Maarten vast.
'Ja, hij loopt slecht.' Hij sloot de deur en draaide de sleutel om in het slot. De hond sukkelde langzaam achter hem aan toen ze naar de achteringang terugliepen. 'Ik was net van plan om maandag weer eens aan het werk te gaan,' zei hij, de deur voor Maarten openhoudend.
'Ben je weer beter?'
'Nou, beter... Ik wou het maar weer eens proberen.'
'Beter ben je natuurlijk nooit,' begreep Maarten. Er was ironie in zijn stem.
'Inderdaad,' zei Ad agressief. Hij bukte zich naar de hond. 'Kom Herta,' plotseling was zijn stem veel vriendelijker. Hij tilde de hond op en droeg hem voor Maarten uit de trap op.
'Is dat niet verdomd zwaar?' vroeg Maarten.
'Ach, je went eraan.' Aan zijn stem was te horen dat het dragen hem inspanning kostte. Hij droeg hem tot voor de deur, zette hem daar voorzichtig neer en haalde de sleutel uit zijn zak. Terwijl Maarten met de hond doorzakkend achter zich aan de kamer inging, liep hij door naar de keuken.
'We zijn er,' zei Maarten geforceerd opgewekt.
'Is Ad er ook?' vroeg Heidi.
'Ad is er ook.'
Ad kwam de kamer in. 'Dag Nicolien.' Hij gaf Nicolien een hand en ging toen een eind van hen af met een vreemd lachje aan de tafel zitten.
'Ben je weer beter?' vroeg Nicolien.
'Zo'n beetje,' zei hij afwerend.
'En heb je er nooit spijt van gehad?' vroeg Heidi aan Nicolien.
'Nee hoor,' ze lachte. 'Ik ben ontzettend blij juist. Ik moet er niet aan denken.'

'Zie je wel!' zei Heidi, 'Zo denken Ad en ik er ook over.'

'Denk jij nou dat Ad echt ziek is geweest?' vroeg hij toen ze in de tram terugreden.
'Nee,' zei ze. 'Ik denk dat Heidi hem gewoon bij zich heeft willen houden. Ze heeft net zo'n hekel aan dat Bureau als ik, alleen jou krijg ik zover niet.'
'Maar dat zou je toch ook niet willen, dat ik me ziek hield als ik niet ziek was?'
Ze aarzelde. 'Nee,' gaf ze toe.
'Maar ik vind Heidi erg aardig,' zei ze toen ze van de tramhalte naar huis liepen. 'Eindelijk iemand die ook geen kinderen wil hebben, in plaats van die stomme vrouwen die nergens anders over praten kunnen.'

★

'U hebt allemaal het gebouw gezien. Het is nu zaak om spijkers met koppen te slaan!' zei Balk energiek. 'De indeling!'
Ze zaten in de barak, in de kamer van Balk: juffrouw Haan en juffrouw Veldhoven in de leunstoelen, Koos Rentjes, juffrouw Bavelaar, Mia van Idegem en Maarten op stoelen die van elders waren aangesleept. Op de lage, ronde tafel tussen hen in lagen de plattegronden van de verdiepingen. Juffrouw Bavelaar had een blocnote op schoot om te notuleren.
'Mag ik eerst nog wat vragen?' vroeg juffrouw Haan. 'Krijgen we allemaal een eigen kamer?' Haar gezicht was gespannen.
'De hoofden kunnen in ieder geval een eigen kamer krijgen,' antwoordde Balk.
'Hoeveel kamers zijn er eigenlijk?' vroeg Koos Rentjes schreeuwerig.
'Veertig of vijftig,' antwoordde Balk. 'Genoeg in elk geval!'
'Dan wil ik wel met mijn afdeling aan de voorkant op de eerste etage gaan zitten,' zei juffrouw Haan, de plattegrond naar zich toe trekkend.
'Dat willen we allemaal wel,' zei juffrouw Veldhoven snibbig. 'Ik zie niet in waarom u daar zou moeten zitten.'
'De kamer aan de voorkant is voor de directeur,' merkte Balk

op, 'en het aangrenzende kamertje heb ik bestemd voor juffrouw Bavelaar.'
'Maar je kunt toch veel beter die kamer aan de achterkant nemen!' zei juffrouw Haan. 'Dan kan Jantje in de kamer ernaast. Die is ook veel groter.'
'De directeurskamer is voor de directeur!' zei Balk kortaf.
'Dan wil ik met mijn afdeling de achterkant wel hebben,' zei juffrouw Veldhoven.
'Ja zeg,' riep Rentjes, 'dat wil ik ook wel!'
'En wij dan zeker op de tweede verdieping in al die kleine, donkere hokjes!' zei juffrouw Haan kwaad. 'Ik denk er niet over!'
'Die hokjes kunnen we weg laten breken!' zei Balk.
'En elk ogenblik al die trappen op en af zeker! Geen sprake van! Daar neem ik geen genoegen mee!'
'Dus u ziet liever dat anderen die trappen op- en aflopen!' zei juffrouw Veldhoven.
'Het kan me niet schelen wie die trappen op- en aflopen, maar wij zijn de oudste afdeling, dus wij hebben de eerste keus en u niet, u bent hier als laatste bijgekomen!'
'Niemand heeft de eerste keus!' besliste Balk. 'De verdeling bepaal ik! Ik wil nu alleen argumenten horen!'
'Ik vind dat een argument,' zei juffrouw Haan. 'Als oudste afdeling hebben wij recht op een representatieve ruimte!'
'Dat vind ik helemaal geen argument!' zei juffrouw Veldhoven. 'U houdt volstrekt geen rekening met anderen!'
'Mevrouw Van Idegem,' onderbrak Balk haar, hij was ongeduldig met zijn voet gaan wippen. 'Ik begin bij u. Hoeveel ruimte hebt u nodig voor de bibliotheek?'
'Ik weet nog niet eens wat er bij mij komt te staan,' zei Mia van Idegem verongelijkt. 'Dus hoe kan ik dat dan weten?'
'Ongeveer!' zei Balk ongeduldig. 'U weet toch wel hoeveel strekkende meter de bibliotheek is?'
'Hoe kan ik dat nou weten? Ik ben hier pas!'
'Wij hebben tweehonderd strekkende meter,' zei Maarten, 'dus ik denk dat we allemaal bij elkaar zo'n zeshonderd strekkende meter hebben.'
Balk negeerde zijn opmerking.

'Zeshonderd strekkende meter dus,' zei Mia van Idegem, haar schouders ophalend.
'En hoeveel wilt u daarvan bij u hebben?'
'Nou, het liefst alles natuurlijk.'
'Behalve dan toch de boeken van Volksnamen,' zei Rentjes. 'Die blijven bij ons!' Hij praatte hortend en stotend van opwinding.
'Dus je wilt dat ik straks met al jullie boeken de trappen op- en afsjouw!' zei Mia van Idegem verontwaardigd.
'U wilt zeker dat wij voor ieder woord dat we moeten opzoeken naar de bibliotheek komen,' zei juffrouw Haan giftig. 'Ik denk er niet over!'
'Het gebouw heeft een boekenlift, dus dat is geen probleem!' zei Balk.
'Het is überhaupt geen probleem,' merkte Maarten op, 'want er is geen enkele ruimte die zeshonderd strekkende meter boeken kan bevatten. Dat zijn zestig kasten!'
Van Idegem keek naar hem. 'Sorry hoor.'
Balk zocht tussen de plattegronden en trok die van de benedenverdieping naar zich toe, wreef krachtig langs zijn neus en bestudeerde, zijn neus ophalend, de daarin getekende ruimten, legde zijn pen langs de schaal onder aan de kaart en mat enkele lengten en breedten. Ze keken toe. 'Als we in de kamer rechtsachter op de begane grond de kasten rug aan rug plaatsen, kunnen we daar veertig kasten kwijt,' stelde hij vast, 'en dan is er nog ruimte genoeg voor de bibliothecaresse.'
'In dat donkere hol?' vroeg Mia van Idegem geschrokken. 'Ik zou toch ook wel graag af en toe wat zon willen zien.'
'We kunnen niet allemaal in de zon zitten!' kapte Balk af. 'Bovendien heeft Rijksgebouwendienst me laten weten dat we de bovenverdiepingen niet te zwaar mogen belasten. Er is al eens een ontruiming geweest omdat de muren begonnen te scheuren.' Hij keek naar Maarten. 'Hoe zwaar is jouw kaartsysteem?'
'We hebben nu vijfhonderd bakken,' zei Maarten, 'en er komen er ieder jaar vijftig bij, dus over tien jaar zijn dat er duizend.'
'Ja, maar hoe zwaar?' zei Balk ongeduldig.
'Achtduizend kilo?' probeerde Maarten.

'Dan moeten jullie ook op de begane grond,' besliste Balk.
'Dat wordt dan gezellig,' zei Mia van Idegem tegen Maarten.
Maarten glimlachte.
'Kunt u dat kaartsysteem niet in de kelder zetten?' vroeg juffrouw Haan. Haar hoofd trilde van de spanning toen ze hem aankeek.
'Nee,' zei Maarten beslist. 'Dat kaartsysteem moet bij ons op de afdeling. Dat hebben we elke dag nodig.'
'Het Muziekarchief!' zei Balk, zich tot juffrouw Veldhoven richtend. 'Om hoeveel mensen gaat het bij u?'
'Vijf.'
'Vijf? Matser!' – hij stak zijn duim op. 'Elshout!' – de wijsvinger. 'Mevrouw Greep!' – de middelvinger. 'Ik tel er maar vier!'
'En Graanschuur.'
'En Graanschuur!' vulde hij aan, 'die man zie ik altijd over het hoofd. Vijf dus!' – hij keek naar de plattegrond, 'dan zou u de drie kamers linksachter kunnen nemen.'
'Waar is dat?' vroeg juffrouw Veldhoven, zich naar voren buigend.
Juffrouw Haan boog zich ook naar voren.
'Deze!' zei Balk ongeduldig, hij wees de kamers aan.
Maarten keek nu ook. Het waren een tuinkamer met daarachter twee kleinere kamertjes en suite, zonder ramen, die door een glazen wand van de tuinkamer gescheiden waren.
'O, geen sprake van!' zei juffrouw Veldhoven. 'Daar hebben we geen enkele privacy! We moeten alle vijf een eigen, afgesloten kamer hebben, want we hebben muziek in onze oren en daarbij kunnen we niet gestoord worden.'
'En dacht u dan soms dat wij wel gestoord kunnen worden?' vroeg juffrouw Haan. 'Wat denkt u eigenlijk wel van ons werk.'
'Ik denk niets van uw werk,' antwoordde juffrouw Veldhoven. 'Ik zit hier voor mijn eigen afdeling en niet voor de uwe!'
'En ik zit hier voor de mijne!'
'Des te beter! Bemoeit u zich dan ook niet met de mijne alstublieft!'
'De afdeling Volkstaal!' zei Balk luid, zijn voet krachtig heen en weer bewegend. 'Om hoeveel mensen gaat het?'

'Vijf,' zei juffrouw Haan.
'Uzelf, De Fluiter, Bosman en Schaafsma!' telde Balk. 'Ik tel er vier.'
'Ach,' zei ze geprikkeld, 'je weet toch dat we binnenkort een nieuwe wetenschappelijk ambtenaar erbij krijgen? Je hebt zelf bij de sollicitaties gezeten!'
'Vijf dus!' zei Balk.
'Als je maar niet denkt dat ik me laat afschepen met de tweede verdieping,' zei juffrouw Haan verontwaardigd. 'Daar zoek je maar een ander voor!'
'Ik scheep niemand af!' zei Balk kort. 'De afdeling Volksnamen!'
'Ook vijf,' zei Rentjes.
'Daar reken je Grosz bij,' begreep Balk.
'Natuurlijk! Die werkt toch voor ons? Of niet soms?'
'En wat doe je met mevrouw Moederman en met Wiegersma?' wilde juffrouw Haan weten. 'Mevrouw Moederman kun je ook niet al die trappen laten lopen en die zou ik toch wel bij mij in de buurt willen hebben!'
'En Slofstra!' zei Maarten.
'Slofstra is geen probleem,' vond Balk. 'Die kan bij mevrouw Moederman.'
'Die hebben een geweldige hekel aan elkaar,' waarschuwde Maarten.
'Daar heb ik niets mee te maken! We zijn hier geen verpleeghuis, we zijn een wetenschappelijk Bureau.'
'Maar als je al die oudere mensen boven zet, maak je er straks wel een verpleeghuis van!' waarschuwde juffrouw Haan.
'Trappenlopen is goed voor de vervetting,' zei Balk met een gemeen lachje.
'Nou, als je maar weet dat je mij zover niet krijgt!'
'We zullen zien!' Hij sloeg zijn notitieboekje dicht, dat al die tijd ongebruikt opengeslagen voor hem had gelegen. 'Volgende week kom ik met een voorstel.' Hij stond op. 'U kunt weer aan uw werk.'
Maarten liep achterom terug.
'En?' vroeg Jan toen hij de achterkamer binnenkwam.
Ad en Bart keken op.

'Het ziet er naar uit dat we op de begane grond terechtkomen,' zei Maarten.
'Niet gek,' vond Jan.
'Ik had liever boven gezeten,' merkte Ad op.
'Ik ook,' zei Maarten, 'maar het leek me beter om dat nu nog niet te zeggen. Het was een heksenketel.'
'Hoe ging dat dan?' vroeg Jan nieuwsgierig. Hij grinnikte bij voorbaat.
Op dat ogenblik ging in Maartens kamer de telefoon. 'De telefoon!' zei hij en hij liep door.
Beerta keek om toen hij binnenkwam. 'Daar komt hij net binnen,' zei hij. Hij reikte Maarten de hoorn aan. 'Balk voor je.'
'Ja, Jaap,' zei Maarten.
'Kun je nog even hier komen?'
Hij zat achter zijn bureau met de plattegronden voor zich uitgespreid. 'Ga nog even zitten.' Hij pakte zijn pijp en tabak, kwam bij Maarten in het zitje zitten en stopte zijn pijp. 'Nog even over die indeling,' hij duwde de tabak vast aan en stak de pijp in de hoek van zijn mond, streek een lucifer af, bracht de vlam boven de tabak en trok krachtig, terwijl hij de lucifer weggooide in de asbak. 'Ik wil Rentjes bij mij op de verdieping hebben,' hij keek Maarten aan. 'Rentjes is nog een jonge jongen, ik wil daar oog op houden en bovendien is het de afdeling waar ik het meest mee te maken heb.'
Maarten knikte.
'Dat betekent dat Rentjes de kamer achter krijgt,' hij keek Maarten scherp aan.
Maarten begreep waar hij op doelde. De kamer achter was de kamer van de onderdirecteur. 'Daar zal hij geen bezwaar tegen hebben,' zei hij neutraal.
Balk negeerde dat. 'Maar ik krijg Haan niet naar de tweede verdieping. Je hebt dat gemerkt.'
'Dat lijkt me moeilijk.' Hij begreep waar Balk op weg naartoe was en het kostte hem moeite om zijn tevredenheid te verbergen.
'Heb jij er bezwaar tegen om op de tweede verdieping te gaan zitten?'
Maarten gaf niet meteen antwoord. 'En het kaartsysteem?'

'Daar zal ik met de Rijksgebouwendienst over praten.'
Maarten dacht na. 'Dat is die verdieping met al die kleine kamertjes, waar toen al die mensen zaten.'
'Die zouden we weg kunnen laten breken. Dan heb je aan de achterkant twee grote kamers en een achterkamertje.'
'Dat in ieder geval,' besliste Maarten. 'En dan het Muziekarchief aan de voorkant, want die wil ik beslist bij mij op de verdieping hebben.'
'Dat bespreek ik met Veldhoven!' beloofde Balk.

★

Toen hij opkeek zag hij door de ruitjes in de deur tussen zijn kamer en het lokaal van Dé Haan een vlinder. De vlinder fladderde tegen het bovenraam, klom omhoog, viel weer een eindje naar beneden, klom opnieuw omhoog, een witte vlinder. Hij keek ernaar, zijn pen in zijn hand. Uit het lokaal kwamen gedempt de stemmen van de leden van de Taalcommissie, die toezicht had op het werk op de afdeling Volkstaal, en af en toe daarbovenuit de doordringende stem van Dé Haan. Hij legde zijn pen neer, keek om zich heen, en weer naar de vlinder die rusteloos tegen de ruit fladderde, zinnend op een manier om hem te hulp te komen. Tenslotte stond hij op. Hij opende de deur tussen zijn kamer en de achterkamer en keek om de hoek. 'Kunnen jullie even komen helpen? Er zit hier een vlinder.'
Ad en Jan legden hun werk neer en kwamen achter hem aan.
'Waar zit ie?' vroeg Jan.
'Daar!' – hij was naar zijn bureau gelopen en wees door de ruiten van de tussendeur naar de bovenramen van het belendende lokaal.
Ad en Jan kwamen dichterbij en keken omhoog. De vlinder fladderde tegen de ruit zonder een uitweg te vinden.
'Die vliegt zich kapot,' zei Ad bezorgd.
Jan keek, op zijn tenen, met zijn hand aan de deurkruk, over het gordijntje voor de onderste ruitjes in het lokaal van Dé Haan. 'Heeft ze vergadering?'
'De Taalcommissie.'

'Dan is ze voorlopig nog niet klaar.'
'Ik had gedacht,' zei Maarten, 'als we nu razendsnel met twee man de ladder naar binnen dragen en tegen het raam zetten en de derde klimt omhoog, dan klaren we het binnen de minuut.'
'Doen we!' zei Jan. Hij draaide zich om en pakte de ladder.
'Ik klim wel omhoog,' zei Ad. 'Heb je een glas en een fiche?'
Maarten gaf hem zijn melkglas en een fiche. 'Als jij dan ook de deur opendoet en eerst naar binnen gaat?' Hij pakte de ladder aan de andere kant vast en droeg hem samen met Jan op zijn kant naar de deur terwijl Ad met zijn hand aan de deurkruk toekeek.
'Ze schrikken zich het apelazarus,' voorspelde Jan grinnikend.
'Als het goed is krijgen ze daar de tijd niet voor,' meende Maarten.
'Zijn jullie klaar?' vroeg Ad.
'Waar zit ie?' vroeg Maarten, hij keek omhoog.
'Daar!' zei Ad. 'Klaar?'
'Klaar!' zei Maarten.
Jan grinnikte.
'Af!' commandeerde Ad. Hij drukte de deurkruk naar beneden, ging snel het lokaal binnen, deed een stap achteruit om Maarten en Jan de ruimte te geven. Ze kwamen met de ladder tussen zich achter hem aan, kantelden hem omhoog en brachten hem tegen het raam in positie. Nog voor ze helemaal klaar waren stond Ad al op de onderste sport.
'Voet erachter!' waarschuwde Jan, zijn schoen achter de poot schuivend.
Achter hen was het stil geworden. Maarten begreep dat ze allemaal keken maar hij keek strak omhoog, met zijn hand aan de ladder. Ad zette het glas met een klap over de vlinder, schoof het fiche erachter en daalde behendig met het glas met de vlinder tussen zijn handen weer af, terug de kamer in, terwijl Jan en Maarten de ladder wegtilden en achter hem aan droegen. Een paar tellen nadat Maarten de deur achter zich gesloten had, hoorde hij de stem van de Voorzitter, die de vergadering hervatte.
'Uit de kunst!' stelde Jan vast.
'Kijk!' zei Ad, hij hield het glas voorzichtig op. Ze keken met

zijn drieën naar de vlinder, die met zijn vleugels dicht tegen het glas zat.
'Een mooi beestje,' vond Jan. 'Die heeft geluk gehad.'
'Weer laten vliegen?' vroeg Ad.
'Ja,' zei Maarten.
Ad liep naar de openstaande ramen, boog zich naar buiten en zwaaide het glas in de lucht. De vlinder dwarrelde in het zonlicht omhoog naar de blauwe hemel, boven de Japanse kers, steeds hoger. Ze keken hem na tot ze hem niet meer konden zien.

★

'Waar ben je?' vroeg Bart.
'Hier,' antwoordde Maarten. Hij stond op de ladder, bezig met het ontruimen van de boekenkast.
Bart keek omhoog. 'Je moet eens komen kijken.'
Maarten daalde met een stapel boeken de ladder af, zette ze op de tafel, die vol stond met in pakken bijeengebonden boeken met roze labels, en volgde Bart naar de achterkamer. In de achterkamer stonden overal kisten en dozen, de bureaus waren aan de zijkant geschoven, Ad en Jan waren bezig met het dichtbinden en inpakken van de dozen met vragenlijsten, Ad in overall, Jan met een stofjas aan. Bart ging hem voor, de gang op, naar het berghok, waar tot voor kort de fietsen gestald werden. Het stond nu vol met oude stoelen, dozen met vuile gordijnen, een tafel, een kapotte trap, een kastje, schots en scheef op elkaar gegooid. 'Dit wil meneer Balk weggooien,' zei Bart. Tegen de muur stond een stapel schoolplaten van Jetses uit de tijd dat het Bureau nog een school was. Op de voorste plaat was in het vage licht van de onbeschermde lamp een afbeelding van twee dorsende boeren zichtbaar. Maarten haalde de plaat naar zich toe en bekeek de volgende: een korenveld met een paar kinderen en een man, een van de jongetjes hield een hand boven zijn ogen, een ander wees naar een torenvalk die boven het koren stond te bidden. – Terwijl hij daarnaar keek, herinnerde hij zich de sfeer in de klas toen hij zelf nog een kind was. 'Dat kan natuurlijk niet,' zei hij.

'Nee, dat vond ik nou ook.'
Maarten tilde een paar platen tegelijk op, liet ze weer zakken omdat ze te zwaar waren, en klemde er drie tegelijk tussen zijn handen. 'We nemen ze mee,' besliste hij.
'Maar zouden we dat dan niet beter eerst aan meneer Balk kunnen vragen?' vroeg Bart bezorgd.
'Nee, waarom? Dat beslis ik! Die platen gaan mee!' Hij droeg ze het hok uit naar de achterkamer, gevolgd door Bart, ook met drie platen. 'Kunnen jullie even helpen?' vroeg hij.
Ad en Jan staakten hun werkzaamheden.
'Hoe kom je daaraan?' vroeg Ad.
'Die willen ze weggooien.'
'Zijn ze nou helemaal gek geworden,' zei Jan. 'Zulke platen zijn goud waard.' Hij nam een stofdoek van zijn bureau en veegde de voorste plaat schoon. 'Hartstikke vuil!'
'Nou kun je meteen zien hoe ze toen dorsten,' zei Ad.
Maarten boog zich over de plaat. 'Ja, verdomd.'
'Wat is dat nou voor vlegel?' wilde Jan weten.
Maarten tuurde naar de verbinding. 'In ieder geval geen kapvlegel.'
Bart had zijn platen neergezet. Hij nam zijn bril af en bekeek de plaat ook, met zijn gezicht er vlak bovenop.
'Ga eens opzij,' zei Jan. Hij bekeek de afbeelding op zijn beurt. 'Lijkt me een beugelvlegel,' zei hij beslist.
'Wat is het dan voor boerderij?' vroeg Bart.
Maarten bekeek de plaat.
'Dat moet jij weten,' zei Ad, 'want jij zit in die Boerderijenclub.'
Maarten lachte. 'Ik weet niks.'
'Als het een beugelvlegel is, dan moet het noord-Friesland zijn,' zei Jan. 'Mijn kop eraf als het niet waar is.'

★

'En wat gebeurt er nu met mij?' vroeg Beerta. Hij stond bij zijn bureau, dat te midden van de kisten, dozen en pakken onberoerd was gebleven.
'Jij blijft bij ons,' antwoordde Maarten. 'Als je dat wilt tenminste.'

'Wie zijn ons?'
'Bart, Ad en ik. We krijgen samen een kamer.'
'En is die dan groot genoeg?'
'Die is net zo groot als deze twee kamers samen.'
Beerta knikte. 'Goed.' Hij wendde zich af en keek naar zijn bureau. 'En hoe moet dat dan met mijn bureau?'
'Dat komt daar ook te staan.'
'Kan dat dan zo worden overgebracht?'
'Nee, dat moet uit elkaar.'
'Uit elkaar?' vroeg Beerta geschokt. 'Maar dat is verschrikkelijk! Weet je wel wat je daar zegt?'
'Ja, natuurlijk! Dat bureau kan toch nooit door de deur?'
'En ook niet door het raam?'
Maarten keek naar het raam. 'Uitgesloten!'
'Maar dat betekent dat ik het helemaal moet ontruimen!'
'Ja.'
'Dat kan niet!'
Maarten stond op. 'Natuurlijk kan dat.'
'Al die laden ontruimen! Ik moet er niet aan denken.' Hij trok een la een klein eindje open en keek erin.
'Die laden kunnen we er zo wel uithalen en apart verhuizen,' besliste Maarten. 'Als jij nou alles wat op je bureau ligt in een kist doet, dan haal ik die laden er wel uit.'
'En mijn machine dan?'
'Je machine moet ook in de kist.' Hij pakte een lege kist van een stapel in de hoek en zette die op een stoel, naast het bureau van Beerta.
'Moet dat nu al?' vroeg Beerta geschrokken.
'Zo langzamerhand moet het wel eens.'
'Kan die machine er niet uit blijven tot die mannen komen?'
'Als je nou eens begon met die stapels op je bureau en in die vakken,' stelde Maarten voor, hij monsterde het bureau op de problemen die het nog op kon leveren. 'Wat zit er eigenlijk in die kastjes?' Hij hurkte voor de deurtjes aan de zijkant.
'Niets. Laat die kastjes nou maar.'
Maarten negeerde dat. Hij opende de deurtjes. Het kastje was tot bovenaan toe gevuld met vergeelde, ongebonden katernen. Hij nam er een stapeltje uit en bekeek het. 'Je Zeeuwse boekje,' zei hij verrast.

'Ja, dat is mijn Zeeuwse boekje,' zei Beerta berustend.
'Hoe komt dat hier?' – hij keek op.
'Die heb ik van de uitgever gekocht toen hij ze wilde verramsjen. Die schande is me in ieder geval bespaard gebleven.'
'Maar dat is toch geen schande?'
'Dat is een schande! Wacht maar tot het jouzelf nog eens overkomt, dan zul je begrijpen wat ik bedoel.'

★

De straat toonde hetzelfde beeld als andere ochtenden, maar toen hij de deur had ontsloten en het Bureau binnenging, kwam hij in een onttakelde wereld. Meteen achter de deur was een hoge stapel lege kisten. Van de boekenkasten langs de muur van de gang waren de gordijntjes weggehaald, de kastjes beneden stonden halfopen, er stonden kisten voor die de doorgang belemmerden, op de stenen vloer lagen rollen papier en hier en daar een bladzij uit een boek, vuil en half verscheurd. Wigbold stond in de opening van zijn hok. 'Dag Koning,' zei hij.
'Dag meneer Wigbold,' antwoordde Maarten, het kostte hem nog altijd moeite om zich over zijn weerzin tegen deze man heen te zetten. 'Bent u gereed?'
'Zo goed als.' Hij deed een stap terug om Maarten in zijn hok te laten kijken. De gordijnen waren afgenomen, de muren waren kaal op de plaat van het zeilschip na, de deuren van het kastje stonden open, leeg, ernaast drie kisten en een rol pakpapier. Op het tafeltje stonden kopjes klaar, de koffiekan stond op het gasstel. 'Alleen de koffiepot en de kopjes. Dan kunnen jullie nog een kop koffie krijgen.'
'Moet dat zeilschip niet mee?'
'Dat is niet van mij,' antwoordde Wigbold onverschillig. 'Wat moet ik ermee.'
'Dan neem ik het wel mee.' Hij haalde zijn mesje uit zijn zak en wipte de punaises eruit.
'Voor aan de muur,' begreep Wigbold, toekijkend.
'Of als ik De Bruin nog eens zie.'
Toen hij met de plaat opgerold in zijn hand de gang doorliep,

zag hij aan het eind Balk uit de gymnastiekzaal de barak inlopen. Alle deuren stonden wijdopen. In het eerste lokaal stond juffrouw Bavelaar aan haar bureau te midden van een chaos van kisten en dozen een stapel mappen in te pakken. In de gymnastiekzaal liep Goud met een schrijfmachine. 'Dag meneer Goud,' zei hij, om de hoek kijkend. 'Bent u nog alleen?'
'Dag meneer Koning,' zei Goud zangerig. 'Ja, nog wel.'
'Dat overkomt u niet veel.'
Goud lachte hartelijk. 'Nee, zegt u dat wel!'
Maarten liep glimlachend door naar zijn eigen kamer en sloot de deur. Hij zocht een weg tussen de kisten en het opgestapelde meubilair, sloot de deur naar het tweede lokaal, legde de plaat bij het stapeltje post en *De Graafschapsbode* op de hoek van zijn bureau, opende de ramen, draaide zijn stoel om en ging zitten. Aandachtig keek hij de kamer rond. De kasten waren leeg op de dozen van het kaartsysteem na. Voor de kast tegen de achterwand stonden kisten opgestapeld. De tafel was bedekt met stapels door kruistouwen bijeengehouden boeken, die nog moesten worden ingepakt, en daartussen, in een klein wak, de schrijfmachine van Beerta. Jan kwam binnen. 'Die boeken dan nog maar even?' vroeg hij.
'Goed,' zei Maarten. Hij stond op om te helpen.
Terwijl ze de boeken van de tafel in kisten pakten, kwam Beerta binnen. 'Dag heren.' Hij liep afgemeten naar zijn bureau, dat geheel leeg was gemaakt, legde zijn tas op het zijblad, tilde zijn machine van de tafel, haalde een boek en een papier uit zijn tas en begon te tikken.
Jan keek naar Maarten en haalde grinnikend zijn hand voor zijn voorhoofd langs. 'Niet van deze wereld,' zei hij halfluid.
Maarten glimlachte. Hij luisterde. In de verte klonk, luid, de stem van Slofstra. Ad kwam door de deur van de achterkamer. 'Ze zijn er,' zei hij. Maarten stond op. Op hetzelfde ogenblik zwaaide Slofstra de deur van het tweede lokaal open. 'De verhuizers zijn zojuist voorgereden!' kondigde hij aan, staande in de deuropening. Ze volgden hem achter Flip de Fluiter en Wim Bosman naar de gang. De beide voordeuren stonden open, een paar mannen reden karretjes binnen en rolden ze met veel lawaai over de tegels door de gang.

'Eerst mijn kamer en dan de barak!' zei Balk op besliste toon tegen de man die voor de karretjes uit liep.
'Kunnen ze niet beter eerst de gymnastiekzaal pakken?' vroeg Rentjes toen Balk zich afwendde en de barak in wilde gaan.
'Eerst mijn kamer en de barak!' herhaalde Balk zonder op argumenten te wachten.
'De directeur gaat voor,' zei Rentjes schamper tegen Grosz en Meierink. Ze keerden zich om en gingen de gymnastiekzaal weer binnen.
'En wat moet ik nou doen?' vroeg Slofstra aan juffrouw Bavelaar.
'Als u nou Wigbold eens ging helpen met de koffie,' antwoordde ze.
Ze liepen met zijn vijven terug naar het tweede lokaal. 'Ik zie aankomen dat wij vandaag niet aan de beurt komen,' zei Wim Bosman tegen de rug van juffrouw Haan, die aan haar bureau was blijven zitten.
'Dan kunnen we dus gewoon aan het werk blijven,' zei ze zonder van haar werk op te zien.
'Nou, ik heb anders alles al ingepakt,' zei Flip.
'Dan pak je het weer uit.'
Flip moest daar hartelijk om lachen.
Beerta zat driftig te tikken. Maarten sloot de deur. Door de andere deur kwam Bart de kamer in. 'Ik heb nog enkele zaken gevonden die eigenlijk niet weggegooid zouden moeten worden.'
Ze volgden hem naar het berghok. Afgezonderd van de rest stonden een kastje, een stoel, een trapje en een tiental kartonnen bakken, die Bart tussen de rommel vandaan had gehaald.
'Dat zou toch eigenlijk jammer zijn.'
'Geef maar mee!' zei Jan.
Ze brachten met zijn vieren de buit over en pakten vervolgens de laatste boeken in de kisten. Slofstra bracht koffie. Maarten haalde *De Graafschapsbode* uit de adresband en keek hem door.
'Hebben jullie het weekend nog gewandeld?' vroeg Bart.
'Het was te warm,' zei Maarten de pagina's omslaand. 'We hebben voor het eerst na vijfentwintig jaar weer eens in zee gezwommen.'

'Na vijfentwintig jaar?' vroeg Ad ongelovig.
'Achtentwintig!' verbeterde Maarten. 'Mijn zwembroek zat vol motgaten.'
'Dat had ik wel willen zien,' zei Ad. Hij lachte besmuikt.
'Ik heb een nieuwe gekocht,' zei Maarten droog.
'Waar hebben jullie gezwommen?' wilde Bart weten.
'Bij paal zeventig.'
'Waar is dat dan?' vroeg Jan.
'Bij Zandvoort, maar door die warme zomer zijn er bijna geen zwembroeken meer te krijgen. We hebben de grootste moeite gehad er een te vinden.'
'Ik was maar zonder gegaan, hoor,' zei Ad.
Maarten reageerde daar niet op.
Beerta was opgehouden met tikken en luisterde.
'Wat voor kleur?' wilde Jan weten.
'Ik wilde een blauwe, maar ze hadden alleen nog maar een soort vleeskleur.'
'Vleeskleur ook nog,' zei Ad, hij giechelde onbeheerst.
Maarten keek naar hem. 'Een sóórt vleeskleur,' herhaalde hij, enigszins ontstemd.
Ad kreeg zichzelf weer onder controle.
'Hoe was het water?' informeerde Bart.
'Smerig,' antwoordde Maarten met zijn gedachten nog bij de reactie van Ad.
Beerta hervatte zijn tikwerk. De deur ging open, Balk kwam binnen. 'Ik ga nu naar het nieuwe gebouw!' zei hij tegen Maarten, 'en ik blijf daar om toezicht te houden op de ontscheping!' – hij glimlachte. 'Wil jij de leiding hier op je nemen?'
'Wat houdt dat in?' vroeg Maarten.
'Toezien dat hier niets achterblijft!' Hij wendde zich af en sloot de deur achter zich.

★

'Ze zijn er!' zei Wigbold door de telefoon.
'Ik kom,' antwoordde Maarten. Hij legde de hoorn neer en liep de kamer uit naar de gang. Vanuit het eerste lokaal hoorde hij de karretjes de gang al binnenrollen. Rentjes en juffrouw

Bavelaar stonden voor in de gang met de hoofdverhuizer.
'Wij zijn de afdeling van Balk, dus nou eerst de gymnastiekzaal!' riep Rentjes boven het rumoer uit.
'En meneer Balk heeft tegen mij gezegd dat ik zo gauw mogelijk over moest komen,' zei juffrouw Bavelaar.
De man keek van de een naar de ander en toen naar Maarten die kwam aanlopen, een dikke man in een geruit open hemd met opgerolde mouwen.
'Ik ben Koning,' zei Maarten, de man een hand gevend, een dikke, knoestige hand.
'Grafzand,' zei de man. 'Wie heeft hier de leiding?' Achter hem hielden zijn mannen hun karretjes in en wachtten.
'Ik!' zei Maarten. Tot zijn verrassing gaf hem dat een kick. Macht!
'Jij?' riep Rentjes onbeheerst. 'Daar weet ik anders niks van!'
'Waar gaan we nu naartoe?' vroeg de man, Rentjes negerend.
'Het eerste lokaal,' zei Maarten.
Rentjes draaide zich om en trok de deur van de gymnastiekzaal hard achter zich dicht.
Maarten liet tevreden de karretjes langsrollen en volgde ze toen het eerste lokaal in. Het stond er van het ene ogenblik op het andere vol met karretjes en vijf vormeloze, sterk naar zweet ruikende mannen, met juffrouw Bavelaar en mevrouw Moederman er verloren tussen.
Grafzand schatte de situatie. 'Eerst de bureaus, mannen.'
Maarten keek toe hoe ze twee aan twee de bureaus van juffrouw Bavelaar en mevrouw Moederman opnamen en de deur door droegen. 'Kunt u nog een paar mannetjes gebruiken?' vroeg hij.
'Als u nog een paar mannetjes achter de hand hebt?' zei Grafzand.
'Ik haal ze,' beloofde Maarten, en toen hij naar de deur liep om zijn troepen te halen, glimlachte hij, ondanks zichzelf.

Jan kwam met een lege kar van de straat de gang in. Hij stuurde hem met losse hand opzij om Ad te laten passeren die hem met een kar met twee kisten erop tegemoetkwam en bleef toen voor Maarten staan, die een eind achter Ad ratelend kwam

aanrijden. 'Dat moet jij helemaal niet doen,' zei hij hoofdschuddend. Maarten hield zijn kar in en bleef staan. 'Jij hebt hier de leiding en als je de leiding hebt dan moet je alleen maar toekijken. Anders wordt het een puinhoop.'
'Ik vind dit veel te leuk,' protesteerde Maarten.
'Ja, dat kan je wel leuk vinden, maar het is je rol niet! Jij bent hier voor het toezicht!'
'Ach wat,' zei Maarten lachend. 'Dat stelt toch geen bal voor?'
'Maar voor die verhuizers wel! Als jij hier met die karretjes loopt, dan weten zij niet meer wie hier de baas is, en dat slaat weer op ons terug!' Hij liet zijn kar staan en nam de kar van Maarten over. 'Geef mij die kar nou maar en ga jij nou maar naar binnen.'
Maarten liet zijn kar los, besluiteloos. Terwijl Jan ermee wegreed, reed hij met de lege terug naar het eerste lokaal. Hij parkeerde hem naast de stapel kisten, wilde zich afwenden maar bedacht zich. Dat is te gek, dacht hij. Hij zette twee kisten op de kar en reed er opnieuw de gang mee op. Halverwege kwam hij Ad tegen en meteen na hem Jan. 'Ha die Jan!' zei hij grijnzend, zijn duim opstekend.
Jan schudde zijn hoofd. Hij grinnikte. 'Gek Bureau,' zei hij.

*

'Ik hoor dat jij hier de leiding hebt?' zei Grosz, de kamer binnenkomend. Hij keek Maarten kwaad aan. Achter het glas van zijn ziekenfondsbrilletje draaide een van zijn pupillen in de rondte. Hij had een klein, agressief baardje.
'Hoezo?' vroeg Maarten. Hij was op zijn hoede. Het was de eerste keer dat Grosz hem aansprak en met dat draaiende oog had dat iets beangstigends.
'Wil jij dan die man bij de deur tot de orde roepen?'
'Wigbold?'
'De portier!'
'Wat heeft hij gedaan?'
'Hij verdomt het om mij een stuk pakpapier te geven.'
'Waarom?'
'Dat interesseert me niet! Ik heb pakpapier nodig en dan hoort hij me dat te geven.'

'Goed.' Hij stond op. 'Ik zal vragen wat er aan de hand is.' Hij ging voor Grosz de kamer uit en liep voor hem uit de gang door naar het hok van Wigbold. Hij vermoedde dat Grosz door Rentjes naar hem toe was gestuurd, maar zijn opkomende woede richtte zich op Wigbold, een sinds lang opgekropte woede.
Wigbold zat in zijn uitgeruimde hok, waarin alleen een tafel en een stoel en twee rollen pakpapier waren achtergebleven. Hij zat te wachten tot hij over mocht, maar hij mocht niet over omdat hij op de bel moest letten.
'Wat is hier aan de hand?' vroeg Maarten kwaad. 'Ik hoor dat u Grosz geen pakpapier wilt geven?'
Wigbold schrok. 'Het is mijn pakpapier.'
'Het is uw pakpapier niet!' zei Maarten woedend. 'Het is het papier van het Bureau! En als iemand van ons dat nodig heeft, dan hoort u hem dat te geven!'
'Dat kan iedereen wel zeggen, dat hij het nodig heeft,' probeerde Wigbold laf.
'Als iemand dat zegt, dan heeft hij dat ook,' hij was razend en het scheelde weinig of hij had met zijn vuist op de tafel geslagen, 'en u geeft het hem! Ik zal Grosz zeggen dat hij het kan gaan halen!' Hij draaide zich abrupt om en liep de gang terug, kokend van woede. Hij opende de deur van de gymnastiekzaal. Grosz zat recht voor hem, achter zijn bureau. 'Je kunt het halen,' zei hij, nu wat kalmer. 'Waarschuw me als er weer moeilijkheden zijn.' Hij sloot de deur. Toen hij terug was in zijn kamer en weer op zijn plaats zat, kwam langzaam de verbazing over zijn optreden. Zo kende hij zichzelf niet en hij vermoedde dat hij bang was geweest dat Wigbold hem niet zou gehoorzamen, al kostte het hem enige tijd voor hij zichzelf dat wilde bekennen. Dit was Balk, dacht hij. En hij schaamde zich.

★

In de loop van de week vertrok iedereen naar het nieuwe gebouw. Het Muziekarchief en Wiegersma waren tegelijk met Balk gegaan. Juffrouw Bavelaar, mevrouw Moederman en Slofstra volgden de dag daarna met een deel van de bibliotheek

en Mia van Idegem. Op woensdag ging de afdeling Volkstaal over, in de loop van de donderdag gevolgd door de afdeling Volksnamen, de kamer van Bart, Ad en Jan en het kaartsysteem. Toen Maarten op vrijdagochtend vroeg het Bureau binnenging, was er niemand meer. Twee tellen later ging de telefoon. Mevrouw Wigbold meldde dat haar man hoofdpijn had en niet kon komen. Terwijl hij haar te woord stond reed de verhuiswagen voor. Hij wenste hem beterschap, maakte de beide deuren open en liet de mannen met hun karren binnen.
'Het spijt me, maar er is geen koffie,' zei hij tegen Grafzand.
'Hindert niet,' zei Grafzand, 'dat krijgen we zo meteen wel van Slofstra,' alsof hij Slofstra al jaren kende.
Maarten hielp met inladen van de rest van de bibliotheek en van de kisten en het meubilair in het hok van Wigbold. Toen ze vertrokken waren, anderhalf uur later, liep hij het Bureau door, door de onherkenbaar geworden, onttakelde ruimten, waarin alleen de wakken op de vloeren, waar kasten hadden gestaan, en hier en daar een lichtere plek op de muur, waar een prent of affiche had gehangen, aan het verleden herinnerden. Tussen de kale ramen en de leeggehaalde boekenkasten klonken zijn voetstappen hol. Hij raapte een brief op die tussen ander weggegooid papier terecht was gekomen en droeg de kapstokken, die door iedereen over het hoofd waren gezien, naar zijn kamer, waar zijn bureau en dat van Beerta, de vergadertafel, de stoelen en de kisten met de boeken van zijn eigen afdeling als laatste waren overgebleven. Hij opende de ramen, ging op zijn stoel zitten en dacht na, stond op en belde Nicolien. 'Ha,' zei hij.
'Ben je daar?' zei ze verrast.
'Ze zijn weg.'
'En ben je nu alleen?'
'Ja. Wigbold is ziek.'
'Die man is ook altijd ziek.'
'Altijd.'
Het was even stil.
'Het is zeker wel gek?'
'Ja, het is gek.'
'En zeker ook wel een beetje triest?'

'Nou, triest... Vooral gek.'
Het was opnieuw stil.
'Wanneer komen ze nou terug?'
'Vanmiddag. Alleen mijn kamer moet nog.'
'Dan kun je misschien naar huis komen?'
'Ik denk dat ik even naar het nieuwe gebouw ga,' antwoordde hij.

Hij verliet het Bureau en sloot de deur af. Het was warm. Er was weinig verkeer. Hij liep de Kloveniersburgwal af, de Halvemaansteeg door, over het Thorbeckeplein, en verbaasde zich erover dat de stad door de plaats van het nieuwe Bureau plotseling veranderd leek, alsof ze een slag om haar as was gedraaid. Toen hij de Vijzelstraat was overgestoken en langs de gracht kwam aanlopen, stond de verhuiswagen voor de deur. De mannen waren bezig de kisten naar binnen te rijden. Hij betrad de hal. Van alle kanten klonk getimmer en het geluid van stemmen. In het trapgat van het achterhuis, achter de ruimte met de loketten, waren mannen bezig met het omhooghijsen van bureaus en kasten en hij hoorde de stem van Rentjes overal bovenuit aanwijzingen geven. Slofstra stond te midden van het rumoer voor de loge, zijn handen op zijn rug. 'Dag meneer Koning,' zei hij.
'Dag meneer Slofstra,' antwoordde Maarten. 'Bent u al ingeburgerd?'
'Ik wel.'
Maarten keek om zich heen. De omgeving werkte vervreemdend. Hij voelde zich een bezoeker.
'Weet u wat nou een mooi plaatsje voor mij zou zijn?' vroeg Slofstra, zijn gedachten onderbrekend.
'Nou?' – hij keek hem aan.
'Hier in de loge! Bij het telefoontoestel! Moet u eens kijken.'
Hij ging Maarten voor, de loge in. Er stonden een telefoonapparaat op een uitklaptafeltje en een stoel. Vanuit de loge had je door de kleine ruitjes zicht op de gang en de voordeur. 'Dan hoef ik ook niet al die trappen te klimmen, en als Wigbold ziek is dan kan ik ook nog inspringen.'
Maarten keek naar de wand waarachter de keuken lag. 'Daarachter zit Wigbold,' begreep hij.

'Als hij er is!' zei Slofstra slim.
Maarten lachte. 'Ja, als hij er is.'
'Als u dat nou eens voorstelde aan meneer Balk?'
'Dat kunt u toch ook zelf doen?'
'Ja, maar dan gebeurt het niet, en als u het doet wel.'
'Dat zit nog.' Hij wendde zich af en liep naar de trap.
'U doet het wel?' vroeg Slofstra, hem nakijkend.
'Ik zal zien.'
'Pas op je vingers!' waarschuwde boven hem de stem van Lex van 't Schip.
'Ja, ik pas wel op mijn vingers,' antwoordde Goud benauwd, 'maar het is wel een beetje zwaar.'
Ze kwamen vanuit het achterhuis door de gang aanschuifelen, een bureau tussen zich in. Maarten bleef boven aan de trap staan terwijl ze langzaam de voorkamer indraaiden, Goud achteraan, rood van inspanning. 'Dag meneer Koning,' zei hij. Boven hem, op de tweede verdieping, hoorde Maarten de stem van Jan Boerakker. 'Ja! pas er een beetje op asjeblieft!' riep Rentjes achter in de gang, waar gehesen werd. 'Wat je daar hebt is mijn bureau!' Maarten ging het zijkamertje in. Juffrouw Bavelaar zat aan haar bureau voor het raam, haar paperassen om zich heen. 'Zijn ze nou al klaar?' vroeg ze verrast.
'Nee, vanmiddag,' antwoordde hij. 'Is Balk binnen?'
Balk zat aan zijn bureau te werken. Zijn kamer was al min of meer ingericht, maar in de geweldige ruimte waren de meubels van het oude Bureau te klein waardoor het geheel een enigszins armoedige indruk maakte. De hoge ramen met uitzicht op de gracht stonden op een kier. Hij keek op. 'Klaar?' vroeg hij. Zijn gezicht was ongewoon vriendelijk.
'Nog niet,' antwoordde Maarten, de zware deur sluitend. Zodra de deur dicht was, was er van het lawaai in de rest van het gebouw niets meer te horen. Hij draaide zich naar Balk om. 'Vanmiddag,' hij keek rond. 'Jij bent al geïnstalleerd?'
'Ik ben al aan het werk.' Hij keek Maarten goedgemutst aan. 'Wigbold is ziek.'
Het gezicht van Balk betrok. 'Die man daar krijg ik nog eens wat van! Wat heeft hij nu weer?'
'Hoofdpijn.'

'Hoofdpijn! Dit keer geen pijn in zijn rug! Heb je het al aan Bavelaar gemeld?'
'Nee, dat moet ik nog doen.'
'Doe dat dan. We moeten hem in de gaten houden!'
Maarten knikte. 'Slofstra wil graag bij de telefoon zitten.'
'Slofstra wil wel meer wat.'
'Maar in dit geval heeft het wel zin omdat hij daar tegelijk Wigbold kan vervangen als die ziek is.'
Balk reageerde daar niet op. 'Ik zal erover denken. Nog iets?'
'Nee. Ik ben er maandag.'
Hij ging de kamer weer uit. 'Wigbold is ziek,' zei hij tegen juffrouw Bavelaar.
'Alweer?' vroeg ze ontstemd. Ze maakte een notitie.
'Hoofdpijn,' preciseerde Maarten. 'Bent u alweer helemaal op orde?'
'Op orde nog niet. Er is zo ontzettend veel te regelen met zo'n verhuizing.'
'Is er nou nog sprake van dat u hierboven komt wonen?'
'En dan zeker elk ogenblik het Bureau over de vloer. Dat wil Balk nu wel, maar ik pieker er niet over. Ik pieker er niet over!'
Hij klom de trap op naar de tweede verdieping. De deuren van de beide achterkamers, die met een tussenkamertje aan zijn afdeling waren toegewezen, stonden open. De kamertjes die hij er bij zijn eerste bezoek, met Balk, had aangetroffen, waren weggebroken. Hij hoorde de stemmen van Ad en Jan, geschuif en getimmer. In de andere kamer trof hij Bart, bezig met het uitpakken van een kist met papieren, die hij uitlegde op de ombouw van een lage boekenkast, die tussen de ramen haaks in de ruimte stond. Er waren twee van zulke boekenkasten, waardoor de ruimte voor de ramen in drie compartimenten was verdeeld. De bureaus van Bart en Ad stonden midden in de kamer, op de plaats waar de vergadertafel moest komen. Overal stonden kisten.
'Er zit hiernaast een meneer in het kaartsysteem te kijken,' zei Bart bezorgd. 'Heb jij daar toestemming voor gegeven?'
'Nee. Wie is dat?'
'Hij zegt dat hij hier komt werken. Bij mevrouw Haan.'
'Nee. Daar weet ik niets van.'

'Dan is het misschien toch wel goed dat je er even naartoe gaat.'
'Direct. Eerst naar Ad en Jan.' Hij liep door een tussendeur naar de tweede kamer, die met twee dubbele ramen haaks op de eerste stond en doorliep tot de lichtkoker. Ad stond in een overall op een ladder en schroefde met een pompschroevendraaier een stijl vast tegen de muur terwijl Jan, in een stofjas, de stijl vasthield. Op de vloer lagen stijlen en planken klaar. Jan keek om.
'Daar is de baas,' waarschuwde hij.
'Ik ben zo klaar,' antwoordde Ad ingespannen. Hij gaf zijn schroevendraaier een nieuwe stoot.
Het was de eerste keer dat Maarten zich zo hoorde noemen. Hij glimlachte en tegelijk voelde hij zich vervreemd, alsof hij het niet zelf was die hier stond maar een dummy, in een onbekend gebouw, tussen onbekende mensen.
Ad kwam de trap af. 'Is alles er?'
'Vanmiddag komt het laatste,' antwoordde Maarten. 'Ik kom alleen even kijken.' Hij keek om zich heen. Het bureau van Jan stond haaks op het raam, in het achterstuk stond een houten tafel met vier stoelen. 'Hoe kom je daaraan?' vroeg hij.
'Van Volkstaal,' zei Jan. 'Die willen alles van staal. Maar wat zeg je hiervan?' Hij tilde een ouderwetse armstoel met een ronde armleuning achter zijn bureau vandaan en zette hem trots in de ruimte. 'Van de zolder van het Hoofdbureau!'
'Jezus!' zei Maarten. 'Die wil ik ook wel hebben.'
Jan grinnikte. 'Had je gedacht.'
'Ik ben de baas!'
'Maar je krijgt hem niet!' zei Jan vrolijk.
'Meneer zorgt goed voor zichzelf,' vond Maarten.
Ze lachten.
'Nu je hier toch bent, kun je meteen even zeggen waar je zitten wilt,' zei Ad.
Ze liepen terug naar de eerste kamer. Maarten keek rond.
'Daar!' – hij wees naar de plaats bij het raam achterin, 'en dan met mijn rug tegen de muur.'
'Precies waar ik had willen zitten,' zei Ad teleurgesteld. 'Wil je niet liever hier, bij de deur?'
'Nee, ik wil daar en ik heb de eerste keus!' Hij lachte gemeen.
'Zou je nou toch niet even naar die meneer gaan?' waarschuwde Bart gedempt.

De meneer was nog jong, krap dertig. Hij zat op de grond, te midden van de kaartenbakken, in wat de kaartsysteemkamer moest worden, een kleine vierkante kamer op de lichtkoker, met een deur naar de gang en een deur naar de kamer van Maarten. Hij had een aantal kaartjes overeind gezet en schreef de teksten over op slappe fiches zonder Maarten op te merken, die achter hem was binnengekomen. Maarten keek naar hem, onzeker hoe hij hem moest benaderen. 'Wie bent u eigenlijk?' vroeg hij tenslotte.
De jongen keek verschrikt om. Hij had een zwarte bril en een vlezig, katholiek gezicht. 'O, neemt u mij niet kwalijk,' zei hij overeind komend. 'Heb ik mij nog niet voorgesteld?' Hij stak zijn hand uit. 'Ik ben Huub Pastoors.'
'Koning,' zei Maarten. 'U zoekt iets?'
'Dat is te zeggen, ik verzamel gegevens voor mijn proefschrift.' Hij had een duidelijk zuidelijk accent.
Maarten knikte. 'Waar gaat dat over?'
'Over de namen voor veeziekten.' Hij keek naar de bakken. 'Het is mooi materiaal wat u hier hebt. Een heleboel kende ik nog niet.'
'Nee. Het is alleen niet de bedoeling dat iedereen er zomaar gebruik van maakt. Het is ons onderzoeksmateriaal.'
De jongen schrok. 'Dat wist ik niet.'
'Dat kon u niet weten,' stelde Maarten hem gerust. 'U komt hier werken?'
'Binnenkort.' Hij keek naar het pakje fiches dat hij in zijn hand had. 'Moet ik die fiches dan weer vernietigen?'
'Nee. Als u hier komt werken, mag u het wel inzien, als u over de ongepubliceerde gegevens maar overleg pleegt.'
'Natuurlijk!'
'We zien elkaar nog wel.' Hij wendde zich af en sloot de deur achter zich. Hij voelde zich lullig. 'Hij mag het raadplegen,' zei hij tegen Bart, die tussen de boekenkastjes stond te wachten. 'Dan wil ik toch dat wij daar eens harde afspraken over maken!' zei Bart ontstemd, 'zodat ik weet waar ik in dergelijke gevallen aan toe ben.'

Teruglopend naar het oude Bureau, nu door de Leidsestraat en

de Heiligeweg, tussen de mensen die in hun middagpauze een ommetje maakten, stelde hij vast dat hij triest was, alsof hij er niet meer bij hoorde. Hij ging het Bureau binnen en liep door de koele, holle gang en de verlaten onttakelde lokalen naar zijn kamer. Hij sloot de deur, ging achter zijn bureau zitten, met zijn rug naar de kisten en dozen, en at voor de laatste maal zijn brood terwijl hij uitkeek op de tuin. Toen hij zijn brood op had, waste hij zijn glas om en stopte het in zijn kist. Hij zocht een karton waarop hij met blokletters het nieuwe adres schreef en klemde het vervolgens vast achter het matglas van de buitendeur, controleerde van buiten of het leesbaar was en bracht zijn melkfles naar de melkwinkel aan de overkant. Hij liep nog een keer alle ruimten door, vond een affiche in een boekenkast, nog uit de tijd van Wiegel, en nam dat mee terug naar zijn kamer. Besluiteloos keek hij in de tuin, waar het volop zomer was. Tegen de gevel van het Hoofdbureau stonden een paar ligstoelen. Dat bracht hem op een idee. Hij ging via de barak de tuin in, zette een van de stoelen uit, in de zon, en keek vanaf die plaats naar het Bureau. De ramen van zijn kamer stonden open. Van een afstand leek het alsof er niets veranderd was. Hoog boven het oude schoolgebouw uit rees de toren van de Zuiderkerk. De klok sloeg tweemaal. Hij stelde zich voor dat hij als enige achterbleef, in zijn kamer, aan het eind van de gang en de verlaten lokalen, een langzaam ouder wordende, beschimmelende man, in een verlaten buurt, bezig met vage, onbestemde werkzaamheden, dag na dag, onopgemerkt, zonder bezoekers of andere contacten. De fantasie maakte hem weemoedig en plotseling voelde hij hoe moe hij was. Hij legde zijn hoofd tegen de rug van zijn stoel. Het carillon speelde. De klanken kwamen van heel ver, zover dat hij niet meer wist of hij wakker was of droomde.
Hij werd pas weer wakker van het aanhoudend bellen van de verhuizers.

*

Toen hij drie dagen later, op maandagmorgen, een kwartier vroeger dan anders, zijn huis verliet, was er voor het eerst

herfst in de lucht. Over het water van de gracht hing een lichte nevel. Hij liep de gracht langs, haaks op de route die hij twaalf jaar lang had gelopen, en keek oplettend om zich heen. Hij stak de Rozengracht over, keek nieuwsgierig in de zijstraten, waarvan de gevels aan de linkerkant in de zon lagen, en vertraagde zijn pas bij het passeren van de bruggen. Het gaf hem een geluksgevoel, alsof hij zich een nieuw pad door de jungle hakte. De voordeur stond open. Hij ging door de draaideur naar binnen. In de hal stonden de onderdelen van het bureau van Beerta, zijn eigen bureau, de vergadertafel en de stoelen, kastjes, kisten, op elkaar gestapeld. Slofstra stond erbij, in de ingang van de portiersloge. 'Dag meneer Koning,' zei hij. 'Ik mag van meneer Balk bij de telefoon zitten.'
'Mooi,' zei Maarten. 'Is er al iemand?'
'Meneer Balk.'
Hij klom omhoog naar de tweede verdieping en ging zijn kamer in. De bureaus van Ad en Bart stonden op hun plaatsen, tussen de lage boekenkasten. Op het bureau van Bart lagen een aantal mappen en andere paperassen in stapeltjes uitgespreid. De boekenkasten langs de wanden waren nog leeg. Hij liep door naar de kaartsysteemkamer en keek vanaf de drempel naar binnen. De kaartenbakken stonden kriskras opgestapeld in het kleine vertrek, de vlonders waar ze op moesten komen stonden rondom langs de muren. Naast het raam op de lichtkoker was een smalle deur die toegang gaf tot een gangetje. Het kwam via een tweede deur uit in de kamer aan de andere kant van de lichtkoker. Er stond een bureau voor het raam, met uitzicht op de kaartsysteemkamer, en langs de beide wanden aan weerszijden van de deur naar de gang de stalen boekenkasten vol muziekboekjes van het Volksmuziekarchief. Het was een sombere kamer, net als de kaartsysteemkamer. Hij opende de deur naar de gang, keek in de w.c.'s, die naast elkaar tussen het voor- en het achterhuis lagen, en ging de kamer van Jan binnen. Behalve de bezoekerstafel en het bureau van Jan bevatte ze de ladekasten van het knipselarchief en langs alle wanden lege boekenkasten. Hij liep terug door de tussendeur naar zijn eigen kamer, opende de dubbele ramen bij de plaats waar zijn bureau moest komen en keek naar buiten. De bomen

die hij indertijd in de winter had gezien stonden nu in het blad, mysterieus, in een zware geur van groen en aarde. Ze sloten de kleine tuin af van de andere tuinen, alleen als hij zich naar voren boog en opzijkeek kon hij over het dak van een schuurtje de achterkant van het bankgebouw aan de Vijzelstraat zien, waarvandaan gedempt het rumoer van het verkeer kwam.
'En?' vroeg Jan, die achter hem de kamer was binnengekomen, 'wat zeg je ervan?'
Maarten trok zijn hoofd naar binnen. 'En hij zag dat het goed was.'
Jan grinnikte.
Bart kwam de kamer in. 'De heren verhuizers willen weten waar ze met onze spullen naartoe moeten.'
'Hiernaartoe natuurlijk.' Hij liep de gang op naar de voorkant en keek over de leuning in het trapgat. In de diepte zag hij de verhuizers, Ad en Slofstra bij de meubels en kisten uit zijn oude kamer staan. 'Ad!' riep hij. Het galmde door het gebouw.
'Ja?' riep Ad, omhoogkijkend.
'Wijs jij hun de weg?'
'Ik ben al bezig.'
Dit samen werken aan een eenvoudig karwei en de vanzelfsprekendheid waarmee dat gebeurde, gaf Maarten een gevoel van verbondenheid. Ik had verhuizer moeten worden, dacht hij teruglopend. Bij de achtertrap bleef hij staan en keek gebogen over de leuning enige tijd toe terwijl beneden hem de meubels en de kisten rond het hijstouw werden bijeengebracht. Twee van de verhuizers kwamen de trap op. Hij wachtte tot ze bijna boven waren. 'Morgen, heren,' zei hij.
'Morgen, meneer,' antwoordden ze.
Dat ze hem kenden wekte tevredenheid. De wereld werd er kleiner en overzichtelijker door. Hij ging zijn kamer binnen. 'Het komt eraan,' waarschuwde hij met nauwelijks bedwongen emotie.
Terwijl de verhuizers de meubels en kisten omhoogtakelden, droegen Ad, Jan en Maarten ze de kamer in.
'Kan ik ook nog iets doen?' vroeg Bart.
'Als jij de platen van Jetses vast verdeelt over de kamers?' stelde Maarten voor.

'Dat zou ik dan toch wel eerst willen bespreken, want ik weet niet wat jullie speciale wensen zijn.'
'Dat doet er niet toe.'
'Daar denk ik toch wel anders over.'
'Doe jij dan de stoelen,' het kostte hem moeite zijn ongeduld te verbergen.
Terwijl Bart de stoelen uit de gang haalde, droegen ze met zijn drieën het bureau van Maarten naar zijn plaats voor de twee achterste ramen, zetten de vergadertafel uit in de lengte van het vertrek, verdeelden de kisten met boeken, die van een code waren voorzien, over de boekenkasten in de beide vertrekken, en sleepten de onderdelen van het bureau van Beerta naar de plek tegen de achterwand waar het moest komen te staan. Ze plaatsten de beide onderkasten op het oog op afstand en bekeken het resultaat. Ad keek naar de gaten in de rand. 'De pennen moeten hier in,' zei hij, over een van de gaten wrijvend.
'Een akelig precies werkje,' vond Jan. 'Pak eens op.' Hij tilde met Ad het blad op. Het was loodzwaar. Ze brachten het boven de beide kasten en lieten het langzaam zakken. Maarten bukte zich en keek eronder. 'Iets naar achteren!' waarschuwde hij. 'Nog iets! Wacht!' Hij kroop onder het blad, tussen de beide kasten.
'Maar niet te lang!' waarschuwde Jan hijgend.
'Je hebt nou een stoel om de rest van je leven in uit te rusten,' zei Maarten, een van de kasten voorzichtig wegduwend. 'Laat nog wat zakken... nog wat...'
'Is Koning er niet?' hoorde hij in de verte Buitenrust Hettema vragen.
'Nog wat! Ho! En nu aan de kant van Ad!' zei Maarten, zich omdraaiend.
Bart keek onder het bureau. 'Daar is professor Buitenrust Hettema, die wil je spreken,' zei hij bezorgd.
'Ik kom,' zei Maarten. 'Zakken!' – hij sloeg zachtjes met zijn vuist onder een van de gaten tegen de kast. 'Ja!' Het blad zakte precies over de pennen. 'Meesterlijk!' Tevreden kroop hij onder het bureau vandaan.
Buitenrust Hettema keek op hem neer, zijn onderlip wat vooruitgeduwd.

'Dag Karst,' zei Maarten.
'Ik dacht al dat je er niet was,' zei Buitenrust Hettema zuinig.
'Maar ik ben er.' Hij sloeg zijn broek af.
'Ik had je even willen spreken. Kan dat hier ergens?' Hij keek om zich heen in de half ingerichte kamer.
'Natuurlijk! Ga zitten!' Hij wees op een stoel aan de vergadertafel. 'Je bent de eerste.' De situatie waarin ze zich bevonden gaf hem een voor zijn gevoel ongewone zekerheid, alsof ze de gebruikelijke orde der dingen verregaand relativeerde.
'Nou de laden!' zei Jan tegen Ad.
'Eerst maar de bovenbouw,' vond Ad.
'Ook goed,' zei Jan.
'Zal ik nu dan maar met de boeken beginnen?' vroeg Bart aan Maarten.
'Goed,' zei Maarten.
'Ik zoek een plaats voor mijn colleges,' zei Buitenrust Hettema terwijl hij met zijn rug naar het bureau van Beerta aan de tafel ging zitten. 'Je weet toch dat ik benoemd ben?'
'Ja,' zei Maarten. Hij zette zich aan het hoofd van de tafel en keek naar Ad en Jan die de bovenbouw optilden en achter Buitenrust Hettema om manoeuvreerden.
Buitenrust Hettema besteedde geen aandacht aan het gedoe achter hem. Hij keek Maarten met opgeheven kin aan, zijn onderlip vooruitgeduwd. 'Zou dat niet hier in deze kamer kunnen?'
'Pas op mijn vingers!' waarschuwde Jan.
Ad grijnsde.
'Hier zitten wij,' zei Maarten, met zijn aandacht bij wat er met het bureau gebeurde, 'maar we hebben beneden een vergaderzaal.'
'Mag ik nog even wat vragen?' vroeg Bart, hij was bij de tafel blijven staan. 'Met welke boekenkast zal ik beginnen?'
'Met de eerste maar,' besliste Maarten, 'achter mijn bureau.'
'Kun je me die dan eens laten zien?' vroeg Buitenrust Hettema.
'Natuurlijk.'
Op dat ogenblik kwam Beerta met zijn jas aan, zijn hoed op, zijn tas in de hand, door de openstaande deur de kamer in. 'Dag heren,' zei hij. Hij liep met kleine, plechtige stapjes op hen toe.

'Dag Karst,' hij strekte zijn hand uit, 'mag ik je gelukwensen met je benoeming?'
'Die ik overigens aan jou te danken heb,' zei Buitenrust Hettema met een onverwacht, jongensachtig lachje.
'Aan Kaatje Kater,' corrigeerde Beerta. Hij wendde zich tot Maarten. 'Er is nog geen kapstok. Waar moet ik mijn jas nu laten?'
'Over een stoel,' zei Maarten.
'Over een stoel...' herhaalde Beerta, alsof hij zelf niet op de gedachte zou zijn gekomen. Achter hem kwamen Jan en Ad ieder met een lade van zijn bureau aanlopen.
'Je moet even opzijgaan,' waarschuwde Maarten, 'want je bureau moet worden ingeruimd.'
'Is dat dan nog niet ingeruimd?' vroeg Beerta, zich omdraaiend.
'Bijna,' zei Ad.
'Misschien kunnen jullie daarna de kapstokken ophangen?' stelde Maarten voor. Hij wendde zich weer tot Buitenrust Hettema. 'Zullen we de vergaderzaal even gaan bekijken?'
'Graag,' zei Buitenrust Hettema, 'want hier is het eerlijk gezegd een rumoerige bende.'
'Als jullie nu even wacht dan ga ik met jullie mee,' zei Beerta. Hij trok zijn jas uit en legde hem zorgvuldig over een stoel.
Ze daalden met zijn drieën de trap af naar de eerste verdieping en betraden de vergaderzaal. Op de drie glazen kroonluchters na, was ze geheel leeg. Het parket kraakte onder hun schoenen. Ze bleven staan en keken om zich heen. Achter de hoge ramen was het groen van de bomen in de tuin.
'Dit is hem,' zei Maarten. Zijn stem klonk hol in de lege ruimte.
'Ongelooflijk,' vond Beerta. 'Van zo'n zaal heb ik nu altijd gedroomd.'
'Ja, maar dan om dansles in te geven,' zei Buitenrust Hettema.
'Dansles heb ik altijd verschrikkelijk gevonden. Ik ben blij dat dat tenminste niet meer hoeft,' bekende Beerta.
'Het is je nog aan te zien,' vond Buitenrust Hettema met een lachje.
'Ik zou je wel een kop koffie willen aanbieden,' zei Maarten,

toen ze weer boven waren, 'maar ik weet niet of dat er is, want Wigbold is ziek.'
'Die steekt toch niet in een goed vel,' meende Beerta.
'Jij hebt hem nog aangesteld,' herinnerde Maarten hem.
'Omdat het een goeie conciërge is,' zei Beerta ironisch, 'als hij niet ziek is dan.'
'Dat herinnert mij aan de opmerking van een internist die bij mij in het kamp zat,' zei Buitenrust Hettema. 'BéHa,' zei hij, hij trok zijn bovenlip over zijn tanden en bewoog zijn vingers voor zijn mond heen en weer, 'hij had zo'n muizenmondje en hij praatte een beetje bekakt: Ze zijn allemaal ziek, maar ze weten het geen van allen.' Hij lachte, zijn jongensachtige lach. 'Het zou mijn internist niet zijn.' Hij keek op zijn horloge. 'Ik heb om elf uur een afspraak in het Rijksmuseum. Dus doe geen moeite.'
Maarten bracht hem naar de deur en klom weer terug naar zijn kamer. Op de eerste verdieping stonden de deuren van de afdeling Volksnamen open. In de tussenkamer was Grosz bezig met het inruimen van een boekenkast. Hij klom nog een trap hoger en ging zijn kamer binnen. Beerta keek toe terwijl Ad en Jan de laatste laden van zijn bureau op hun plaatsen schoven. Bart was in de hoek begonnen met het rangschikken van de boeken.
'Zo,' zei Ad nadat hij de laatste la had ingeschoven. 'U kunt gaan zitten.'
'Dank je,' zei Beerta. Hij legde zijn tas van de tafel op het zijblad en trok zijn stoel achteruit om plaats te nemen. 'Mijn schrijfmachine is er nog niet,' stelde hij vast.
Freek Matser kwam de kamer in. 'S-slofstra roept je,' zei hij tegen Maarten.
'Die zit nog in de kist,' zei Jan.
'Wat is er dan?' vroeg Maarten.
'Telefoon voor je.'
Maarten liep achter hem aan naar de voortrap en boog zich over de leuning terwijl Freek Matser zijn kamer weer inging. Beneden in de hal stond Slofstra. 'Ja?' riep Maarten. 'Meneer Slofstra? Wat is er?' Het galmde door het trappenhuis.
Slofstra keek omhoog. 'Er is telefoon voor u! Uw vrouw!'

'Kunt u haar niet overzetten?'
'Ze wil u spreken!'
Maarten daalde de trappen af naar de portiersloge.
'Wilt u misschien tegelijk een kop koffie?' vroeg Slofstra. 'Ik heb net gezet.'
'Graag.' Hij nam de hoorn op. 'Dag. Daar ben ik.'
'Hè, hè,' zei ze ontstemd, 'wat heeft dat lang geduurd. Ik wacht al wel een kwartier.'
'Ik moest van boven komen.'
'En duurt dat zo lang?'
'Ik hoorde het niet dadelijk.'
Ze zwegen.
'Wat is er?' vroeg hij, toen ze niets meer zei.
'De makelaar heeft gebeld. We kunnen dat huis krijgen.'
In de drukte van de verhuizing was hij dat huis totaal vergeten.
'Ja?' zei hij ongelovig.
'Het lijkt wel of je er niet eens blij mee bent.'
'Jawel, natuurlijk wel,' hij deed moeite om blij te klinken, 'maar ik moet er even aan wennen.'
'Ze hadden het eerst eigenlijk helemaal niet willen verhuren. Dat bordje dat wij toen hebben gezien heeft er maar één dag gestaan en toen hebben ze toch weer geprobeerd om er een kantoor voor te krijgen.'
Hij werd afgeleid omdat op het tableau van de telefoon een rood lampje begon te flikkeren. 'En toen?' vroeg hij afwezig.
'Dat is dus niet gelukt. Maar ik geloof dat je helemaal niet luistert.'
'Ik luister wel, maar er begint hier een rood lampje te flikkeren en ik vroeg me af wat dat betekent.'
'Zie je wel dat je niet luistert?'
'Ik luister!' verzekerde hij krachtig, het lampje in de gaten houdend.
'Dan hang ik wel weer op, dan bel ik wel een andere keer.'
'Nee, ik luister! En nu?' Het lampje doofde weer uit.
Slofstra kwam met een kop koffie de loge in. 'Hier is uw koffie.'
'Dank u,' zei Maarten.
'Ben je daar nog?' vroeg ze.
'Ja, ik zei wat tegen meneer Slofstra.'

'Zal ik dan maar ophangen?'
'Nee. Wat moeten we nu doen?'
Ze zweeg even, ontstemd. 'We mogen het gaan bekijken. Op het ogenblik werken er timmerlui, dus we kunnen er zo in.'
'Goed. Wanneer?'
'Wanneer jij kunt natuurlijk. Dat kan ik toch niet beslissen?'
'Tussen de middag dan?'
Ze maakten een afspraak. Hij legde de hoorn neer. Zodra hij hem had neergelegd, begon de telefoon te rinkelen. 'De telefoon!' waarschuwde hij.
Slofstra nam op, terwijl Maarten achter hem in gedachten in zijn koffie roerde. 'Ja, met Slofstra! ... Ja, meneer Balk is er. Ik verbind u door.' Hij legde de hoorn naast het toestel en keek naar de toetsen op het toetsenbord. 'Maar nu,' zei hij halfluid. Hij hief zijn hand op, de wijsvinger vooruit, en sloeg toen langzaam achter elkaar een aantal toetsen in. Uit de hoorn kwam het in-gesprek-signaal. Slofstra nam hem op. 'Bent u daar nog?' Hij wachtte even, haalde zijn schouders op en legde hem terug op het toestel. 'Mislukt!' stelde hij vast. Meteen daarop begon de telefoon opnieuw te rinkelen. Slofstra nam de hoorn weer op. 'Ja, met Slofstra,' zei hij.

Ad en Jan waren op de gang bij de deuren van hun afdeling bezig met het bevestigen van een van de kapstokken. Jan hield hem met zijn onderarm op zijn plaats en sloeg met een hamer een haaknagel door het ijzeren oog in de muur terwijl Ad hem aan de andere kant ophield. Maarten nam hem van Jan over. De muur was groen en geel betegeld tot ongeveer schouderhoogte, daarboven was ze gewit. Toen ze bezig waren met het bevestigen van de tweede kapstok, voor in de gang, bij de kamers van het Volksmuziekarchief, kwam Rentjes de trap op, op het lawaai af. 'Hebben jullie die kapstokken ingepikt?' zei hij nijdig.
'Ingepikt is het woord niet,' zei Maarten, met zijn rug naar hem toe.
'Als niemand anders er belangstelling voor heeft,' zei Ad.
'Ze hingen anders bij ons!'
'Dan had je ze mee moeten nemen,' vond Jan.

'Dat zullen we nog wel eens zien,' zei Rentjes dreigend. Hij ging de trap weer af.
'Daar krijgen we gelazer mee,' voorspelde Ad toen ze terugliepen naar hun kamer. 'Die is weer jaloers.'
'Gewoon in zijn vet laten gaar smoren,' zei Jan.
Maarten was er niet gerust op, maar hij zweeg.
Beerta was bezig met het overbrengen van de stapeltjes en dozen uit de kisten naar de plaatsen op de ombouw en in de vakken van zijn bureau waar ze in het oude Bureau gelegen hadden. Hij had zijn stofdoek en zijn schuier ook teruggevonden en stofte en schuierde alles eerst af voor hij het weglegde.
Maarten zocht de knaapjes die bij de kapstokken hoorden bij elkaar en bracht ze met de jas en de hoed van Beerta naar de gang. De jas en de hoed hing hij aan de eerste haak, waar ze altijd gehangen hadden. Toen hij daarmee bezig was, kwam Balk de trap op. 'Ik hoor dat jij alle kapstokken aan jezelf hebt toebedeeld,' zei hij agressief.
'Eén voor ons en één voor Muziek,' zei Maarten. Tegenover de agressiviteit van Balk voelde hij zich zwak.
'Dan is er één voor Volksnamen!' zei Balk beslist. Hij draaide zich om en ging de trap weer af.
Vernederd wendde Maarten zich af en ging zijn kamer weer in. 'Balk heeft een van de kapstokken voor Volksnamen opgeëist,' zei hij tegen Ad.
'Dat was te voorzien,' zei Ad.
Maarten ging achter zijn lege bureau zitten. Hij haalde zijn brood uit de la en legde het voor zich. De tussenkomst van Balk was bedreigend. Het liefst had hij op staande voet ontslag genomen. Hij keek naar Bart, die bezig was met het rangschikken van de boeken uit de kisten in de kasten achter zijn bureau, naar de half ingerichte kamer en naar Beerta, die zijn stofdoek buiten het raam uitsloeg en op hetzelfde plaatsje waar hij altijd gelegen had, in het rechter bovenvak, naast een schuifdoos, weer opborg. Ad had zijn kist naar zich toe getrokken en was bezig zijn bureau in te richten. De deur naar de kamer van Jan stond open. Hij at zijn brood en keek naar buiten, in het groen van de bomen.
'Ik ben even naar de directeur,' zei Beerta. Hij verliet de kamer.

'Zou jij even willen kijken of het zo goed is?' vroeg Bart.
'Straks,' beloofde Maarten.
Ad ging de kamer uit. In het belendende vertrek hoorde hij Jan rommelen. Hij dacht aan het telefoongesprek met Nicolien en voelde zich ongelukkig, bedreigd, zonder te weten waarom. Toen hij weer opkeek, keek Ad met een grijns om de hoek van de deur. Hij had de hoed van Beerta over zijn hoofd getrokken, tot op zijn wenkbrauwen, zo strak dat hij van een gleufhoed een bolhoed geworden was. Hij kwam de kamer in, maakte een raar pasje in de ruimte achter de tafel, gooide de hoed de lucht in, wilde hem weer opvangen maar miste hem en gaf er grijnzend een harde trap tegen. Maarten keek onbewogen toe, niet-begrijpend. Bart, die er met zijn rug naartoe zat, had niets in de gaten. Ad raapte de hoed op en verdween. Even later kwam hij terug en ging achter zijn bureau zitten, alsof er niets was voorgevallen.

Het huis had een hoge stoep. De deur stond op een kier, tegengehouden door een leren kussentje. Achter de deur was een hoge, marmeren gang met voorin, in een halfronde nis, een meer dan manshoog beeld van Neptunus. Er was een kledingzaak, die in het achterhuis, in de eerste omwenteling van de trap, ook nog een deur had. De deur van het appartement op de eerste etage, aan de voorkant, stond wijd open. Aan het eind van een lange gang stond een man aan een werkbank in het volle licht te schaven. Hij hield ermee op toen ze de voorkamer betraden en keek op: een oude man in een vuilgele overall. In een hoek was een andere oude man met zijn rug naar hen toe bezig met het bevestigen van een stopcontact. De ruimte en het licht waren overweldigend, gewend als ze waren aan het donker en de smalle kamers van hun eigen huis.
'Goeiemiddag,' zei Maarten.
De man aan de werkbank zei niets, hij keek hem afwachtend aan. Hij droeg een klein, rond brilletje en had een scherp, klein gezicht.
'De makelaar heeft gezegd dat wij het huis mogen bekijken,' zei Maarten.
De man knikte. 'Gaat uw gang,' en hij boog zich weer over zijn schaaf.

De andere man had alleen even over zijn schouder gekeken.
Ze deden een paar stappen de kamer in en keken om zich heen. Het was een hoge, vierkante ruimte, met grijsgeverfde, zware balken tegen de zoldering, een monumentale schoorsteen en drie grote, dubbele ramen. De ramen waren opengeschoven. Van buiten kwam het rumoer van de gracht, overstemd door het geluid van de schaaf. Links en rechts van het huis en aan de overkant van de gracht stonden zware iepen, die met hun groen de huizen tegenover hen grotendeels aan het gezicht onttrokken. Ze liepen naar het raam, voorzichtig, alsof ze indringers waren, en keken op de gracht.
'Wat groot, hè?' zei Nicolien gedempt. 'Hoe groot zou het wel zijn?'
Hij mat de afstand langs de ramen met zijn blik en keek om.
'Veertig vierkante meter?' schatte hij.
'Dat is bijna net zoveel als ons hele huis nu.'
'Ja.' Hij draaide zich om en liep schuw achter de tweede man langs naar een tweede deur, in de hoek van de kamer, die toegang gaf tot de achterkamer. De achterkamer was smaller en donkerder. Ze keek met één, groot schuifraam uit op de lichtschacht tussen voor- en achterhuis en maakte een verveloze, uitgewoonde indruk: het behang hing met vellen van de muur, de gipsen platen tussen de balken hadden hier en daar losgelaten, de plankenvloer was bedekt met steengruis en kalk. In de hoek naast het raam was een douchecel afgeschoten, die nog maar half was afgewerkt en vol kalk lag. Toen ze er naar binnen keken, kwam de tweede man achter hen de kamer in.
'Nu u hier toch bent, kunt u meteen zeggen of u twee kranen of een mengkraan wilt,' zei hij.
'Maar het is toch nog niet zeker dat we het krijgen?' zei Maarten.
'Natuurlijk krijgt u het,' zei de man met grote stelligheid. 'U bent toch meneer Koning?'
'Ja,' het verraste hem dat de man zijn naam kende.
'Dan krijgt u het,' zei de man beslist.
De stelligheid waarmee de man dat zei overrompelde hem.
'Dus u zegt het maar.'
'Wat is dat, een mengkraan?' vroeg Maarten.

'Dan wordt het koud en warm gemengd.'
Maarten keek naar Nicolien. 'Twee dan maar?'
'Ja,' zei ze aarzelend.
'Dat zou ik niet doen,' zei de man, 'want als je twee kranen hebt dan moet je almaar met je hand heen en weer en je brandt je nog ongelukkig ook. Ik zou een mengkraan nemen als ik jullie was.' Onwillekeurig had hij een beschermende toon aangeslagen.
'Goed,' besliste Maarten. 'Een mengkraan.'
'En de schakelaars? Hoeveel schakelaars willen jullie op de gang?' Hij liep door de deur naast de douchecel de gang op. Ze volgden hem.
'Eén?' suggereerde Maarten.
'Daar heb je niks aan,' zei de man. 'En dan zeker weer terug om het licht uit te doen! Drie is het minste, één aan elke kant en een hier bij de slaapkamer.'
'Drie dan,' gaf Maarten toe.
'Is dit het hele huis?' vroeg Nicolien.
'Op het portaal is nog een kamertje.' Hij ging hen voor, de gang uit. 'En dit wordt de keuken,' zei hij, in het voorbijgaan op een kleine, kale ruimte naast de voordeur wijzend.
Op het portaal was een tweede deur, die toegang gaf tot een klein, vierkant kamertje aan de andere kant van de lichtschacht. Het had een breed schuifraam, net als de achterkamer, en daarnaast op hoofdhoogte nog een klein raampje.
'Voor als jullie logés hebt,' zei de man, alsof hun leven geen geheimen meer voor hem bevatte.
Ze keken om zich heen, onwennig.
'Gezien?' vroeg de man. 'Dan kan ik weer aan mijn werk.'

'Waarom zeg je niks?' vroeg ze toen ze weer op straat liepen.
'Ik moet het nog even verwerken,' verontschuldigde hij zich.
'Maar dan kun je toch al wel zeggen wat je ervan vindt?'
'Dat kun je dan juist niet.'
'Maar het is toch zeker geweldig! Zo'n huis hebben we toch altijd willen hebben? Geen overburen meer! Vind je dat dan niet geweldig?'
'Jawel.'

'Waarom zeg je dát dan niet?'
Hij aarzelde. 'Omdat ik dan ook meteen beslist heb.'
'Dus je hebt nog niet eens beslist!' zei ze verontwaardigd. 'Je blijft liever zitten waar je zit, tussen al die mensen die precies weten wanneer je de deur uitgaat en wanneer je thuis bent, en die feesten boven je hoofd, en al die buren die elk ogenblik naast je bed staan op te bellen, dat kan je allemaal ineens niets meer schelen!'
'Jawel,' zei hij ongelukkig, 'dat kan me natuurlijk wel schelen, maar ik vind het toch moeilijk om weg te gaan.'
'Dan gaan we niet! Dan blijven we waar we zitten! Want als dit huis niet goed is, welk huis is dan wel goed? Waar vind je ooit nog zo'n huis, zo geïsoleerd, zo zonder inkijk? Dat vind je niet meer! Dat kun je dan meteen wel afschrijven!'
'Het is een mooi huis,' gaf hij toe.
'En toch kun je niet beslissen! Daar begrijp ik niets van! Je vindt het een mooi huis en toch zeg je dat je niet kunt beslissen! Wanneer kun je dan wel beslissen? Als het weg is zeker! Als anderen het genomen hebben, die niet zoveel tijd nodig hebben om te zien dat het een mieters huis is!'
'Zo gauw gaat dat niet.'
'Natuurlijk gaat dat zo gauw! Dacht je dat zo'n huis dagenlang leeg blijft staan tot jij eindelijk beslist hebt? Die makelaar heeft zo een ander! Denk maar niet dat die op jou zit te wachten!'
'Wanneer had jij dan willen beslissen?'
'Ik had vanmiddag willen opbellen.'
Hij aarzelde even. 'Doe dat dan maar.'
'Nee, nou doe ik het niet meer! Als jij niet beslissen kunt dan ga ik mijn zin niet doordrijven! Ik kijk wel uit! Dat doe je dan maar zelf!'
'Doe jij dat nou maar,' pleitte hij, 'jij kunt dat beter.'
'En dan vanavond als je thuiskomt zeker horen dat je het toch niet had willen hebben!'
'Nee, dat hoor je niet.'
Ze bleven staan op de hoek van de Herengracht en de Leliegracht. 'Doe het maar,' herhaalde hij met wat meer zekerheid. 'Ik ben het ermee eens.'
'Ik zal nog wel zien,' zei ze onwillig.

'Anders denken we er vandaag nog eens over en dan bel je morgen.'
'Zie je wel dat je nog niet beslist hebt? Ik doe het niet!'
'Morgen! Morgen heb ik beslist!'
'En als het dan al weg is?'
'Dan is het nog niet weg!'
'Ik zal wel zien,' zei ze afwerend. 'Dag.' Ze sloeg rechtsaf, de Leliegracht op, zonder hem een zoen te geven.
Hij liep door, gedeprimeerd. Even voorbij de hoek bedacht hij dat hij vergeten was om te kijken. Hij keerde haastig terug. Ze liep aan de overkant, niet ver van de Keizersgracht. Aan haar manier van lopen zag hij dat ze uit haar doen was. En dat vertederde hem.

Toen hij de trap opklom naar de eerste verdieping, kwam Rentjes juist het kamertje van Bavelaar uit. Zonder aandacht aan hem te besteden liep hij door naar het achterhuis. Maarten klom door naar zijn eigen verdieping. Boven gekomen bedacht hij zich en ging de kamer aan de voorkant binnen, die aan juffrouw Veldhoven was toegewezen. Ze zat achter haar bureau, in de zon, met het raam open. Toen ze hem hoorde binnenkomen keek ze op en liet haar bril aan zijn kettinkje zakken.
'Dag juffrouw Veldhoven,' zei hij – in tegenstelling tot juffrouw Haan wilde juffrouw Veldhoven juist *juffrouw* genoemd worden.
'Dag meneer Koning.' Ze had een klein, precieus gezicht met een spits neusje en een opvallend bol voorhoofd. Dat en haar matte teint gaven haar iets Frans.
'Bevalt het nu?' vroeg hij. Hij keek om zich heen. Het was een grote kamer met in de hoek een zitje en achter haar een van de twee boekenkastjes die ze ook in het oude Bureau bij zich had gehad. Er stond een kamerpalm en aan de muur hing een affiche met musicerende engelen, ook uit het oude Bureau.
'Ik ben redelijk tevreden,' antwoordde ze zuinig. 'Het is hier niet zo rustig als in het oude Bureau. Daar zal ik aan moeten wennen.'
'Door het verkeer op de gracht,' begreep hij, door het open raam naar buiten kijkend.

'Door het verkeer op de gracht,' beaamde ze. 'En er zijn natuurlijk de trappen. Die hadden we in het oude Bureau ook niet.'
'Nee. Maar beneden had u nog meer last van het verkeer gehad natuurlijk.'
'Beneden had ik nog meer last van het verkeer gehad,' gaf ze toe.
'En u hebt meer ruimte.'
'Ja, maar daar had ik nu niet bepaald behoefte aan,' zei ze pinnig.
'Nee. En uw mensen?'
'Ik heb ze niet horen klagen.'
Hij knikte.
'Nu u hier toch bent,' zei ze, 'Matser heeft een paar nieuwe ladekasten nodig voor zijn liedonderzoek. Kan ik die bestellen?'
'Als daar geld voor is.'
'Er is geld voor, maar juffrouw Bavelaar wilde dat ik u eerst om toestemming vroeg.'
'Dan kunt u ze bestellen,' zei hij, enigszins verrast door de formele opstelling van Bavelaar.
'Dank u,' zei ze vormelijk.
'Dat was het?' vroeg hij, meer om het gesprek af te ronden dan omdat hij nog iets verwachtte.
'Wat mij betreft wel.'
'Dan houd ik u niet langer op.' Hij wendde zich af en verliet haar kamer weer, een beetje onhandig, omdat hij met dit contact niet goed raad wist. De deur van de tussenkamer stond open. Er was niemand. De deur van de derde kamer aan de voorkant, die aan Jaring Elshout was toegewezen, stond ook open. Uit de kamer kwam het droge geluid van het schakelen en terugspoelen van een bandrecorder. Hij liep er aarzelend heen en keek om de hoek. Jacqueline Greep zat met een koptelefoon op af te luisteren. Elshout was er niet. Hij wilde teruggaan, maar ze had hem gezien en nam haar koptelefoon af.
'Dag,' zei ze. Ze keek hem aan met een argeloze vriendelijkheid, maar in haar stem en de beweging van haar lichaam was tegelijk een verwarrende, bedwongen sensualiteit. Bij hun eerste ontmoeting was hem dat al opgevallen en het was de re-

den dat hij haar sindsdien instinctief ontweek. 'Dag,' zei hij nu. Hij stapte aarzelend over de drempel en wierp een blik in de bijna lege kamer waar behalve het bureau van Elshout en het tafeltje waaraan Jacqueline Greep zat af te luisteren alleen een ladekast stond. Geen kamer waar dag in dag uit gewerkt werd, meer een voorportaal. Ze keek afwachtend naar hem. Hij zocht naar een opmerking. 'Hoe gaat het hier?' vroeg hij tenslotte, haar schuw aankijkend.
'Goed hoor,' zei ze warm.
'Gelukkig.' Het klonk ironisch.
Ze lachte. 'Wat had u gezegd als het niet goed ging?'
'Ik weet het waarachtig niet,' zei hij verlegen. Hij wilde zeggen dat ze maar *je* moest zeggen, maar hij kreeg dat niet over zijn lippen. Het was te intiem.
Ze zwegen.
'Waar bent u mee bezig?' vroeg hij met een blik naar de bandrecorder.
'Met een band van Jaring.'
Hij knikte. 'Is dat leuk?'
'Ik vind het heel leuk.' Ze keek hem open aan.
Hij wendde zijn blik af en keek naar het bureau van Elshout. 'Jaring is er niet?'
'Die is op opneming.'
De warmte in haar stem verwarde hem. 'Dan kom ik nog wel eens terug,' zei hij haastig. 'Dag.' Hij maakte een rudimentaire groetbeweging en wendde zich snel af.
'Dag,' zei ze, haar koptelefoon weer opzettend.
Achter zich hoorde hij de klik van de voetpedaal en het terugspoelen van de band. Verward liep hij de deur van de kamer van Freek Matser voorbij. Hij hield zijn pas in, bedacht zich en ging de kamer ertegenover binnen. Graanschuur zat in de grote, vrijwel lege ruimte, met zijn rug naar de deur, als een razende te tikken. Aan de andere kant van de lichtschacht zag hij Ad en Jan bezig met het kaartsysteem. 'Dag meneer Graanschuur,' zei hij.
Graanschuur keek om. 'Ha, meneer Koning,' zei hij met zijn licht Surinaams accent.
'Hoe gaat het?'

'Lekker wel.'
Maarten kwam dichterbij. Het was een stille kamer. Met het raam dicht drong geen geluid uit de andere kamers door. Uit de lichtschacht kwam het licht aarzelend naar binnen. Graanschuur keek naar hem. Hij had levendige, bruine ogen, in een scherp gezicht.
'Is het niet lastig om zo tegen het licht in te kijken?' vroeg Maarten.
'Nee, ik vind het wel lekker zo.'
Maarten keek naar het werk op zijn bureau. Graanschuur was bezig met het overtikken van liedteksten op fiches, het werk dat vroeger door Sartorius en Serlé werd gedaan. 'Is dat niet saai?'
'Nee hoor. Werken is nooit saai.'
Maarten lachte. 'U speelt trompet?'
'Ja, ook wel.'
'Is dat niet heel wat minder saai?'
'Maar je kunt niet de hele dag trompet spelen hoor. Je moet ook werken.'
'Dat is waar.' Hij talmde nog even terwijl Graanschuur vriendelijk naar hem keek, maar toen hij niets meer wist te verzinnen, wendde hij zich langzaam af en liep door naar de tussendeur, in de hoek. Terwijl hij langzaam de deur achter zich sloot, hoorde hij Graanschuur alweer tikken, razendsnel, alsof hij de verloren tijd moest inhalen. Hij liep het gangetje langs de lichtschacht door en kwam via de volgende deur in de kaartsysteemkamer, waar Ad en Jan bezig waren met het in volgorde opstapelen van de bakken van het kaartsysteem. De linkerwand was al voltooid, twaalf bakken hoog. Ze begonnen net aan de achterwand. Op de grond stonden overal bakken, in kleine stapels, zoals ze omhoog waren getakeld. 'Zal ik helpen met aangeven?' bood hij aan.
Terwijl ze bezig waren met de opbouw kwam Freek Matser binnen. 'Heb jij Lex toestemming gegeven om de k-kapstok bij ons weg te halen?' vroeg hij aan Maarten. Hij stotterde van verontwaardiging.
'Nee, Balk.'
Ad en Jan stopten ook met hun werk.

'Dan had je ook nog je eigen kapstok kunnen aanbieden.'
Daar had Maarten geen ogenblik aan gedacht. Hij voelde zich schuldig. 'Jullie hebben er zelf ook een,' verdedigde hij zich, 'en wij hadden niets.'
'Maar we zitten nu wel mooi met een stel gaten in de muur,' zei Freek nijdig.
'Een beetje alabastine en je ziet er geen pest meer van,' meende Jan.
'Ja, doe jij dat?' vroeg Freek.
'Dat wil ik wel doen hoor,' zei Jan goedgemutst.
'Daar reken ik dan op.' Hij verliet de kamer weer.
'Die is met zijn verkeerde been uit bed gestapt,' veronderstelde Jan.
'Dat doet hij wel meer,' zei Ad.
'Terwijl wij verdomme die kapstokken hebben opgehangen,' mopperde Maarten.
'Daarom,' zei Ad ironisch.
Jan zette de bak die hij al die tijd in zijn handen had gehad op zijn plaats. 'Ik ga het meteen maar even doen,' besloot hij, zijn handen aan een doek afvegend, 'dan zijn we van het gelazer af.'
Toen Jan de kamer verlaten had, bouwden Ad en Maarten samen verder, in een wat trager tempo.
'Zitten jullie hier? Ik dacht al, waar zitten jullie.' Mia van Idegem was binnengekomen.
'Had je ons dan nodig?' vroeg Ad. Hij keek haar aan met een brutaliteit die Maarten niet van hem kende.
'Ik kwam eens kijken hoe het hier is. Mag het?' kaatste ze terug. Het klonk geforceerd.
Ad glimlachte.
'En ik wou vragen of jullie me straks even willen helpen. Mijn raam wil niet open.'
Ad keek naar Maarten.
'Laten we dat dan maar meteen doen,' besliste Maarten.
Ze daalden de trappen af naar de benedenverdieping. In de ruimte aan de achterzijde, die aan de bibliotheek was toegewezen, was het nog een chaos: kisten, boeken, boekenkasten met hier en daar een rijtje boeken, en daartussenin haar bureau. Aan de tuinkant zaten schuiframen. Een van de ramen zat muur-

vast. Ze duwden ertegen, maar er was geen beweging in te krijgen.
'Wacht even,' zei Ad. Hij klom op de vensterbank, bukte zich en rukte aan de handgrepen. Op de smalle vensterbank had hij moeite zich in evenwicht te houden.
'Laat mij eens,' zei Maarten. Hij klom erbij.
'Pas op!' waarschuwde Mia.
'We passen wel op,' zei Ad, 'maak jij je nou maar geen zorgen.'
'Allebei een greep!' commandeerde Maarten. 'Klaar?'
'Ja,' zei Ad.
'Eén... twee... drie!'
Het raam vloog met een schok omhoog, zodat ze bijna hun evenwicht verloren.
'God, wat geweldig,' zei Mia bewonderend.
Onhandig sprongen ze van de vensterbank op de grond. 'Nog iets?' vroeg Maarten. 'Je zegt het maar.'
'Nee, nou niet,' zei ze, 'maar als ik weer iets heb, dan weet ik jullie te vinden.'
'Dit is het, hè?' zei Maarten terwijl ze samen de trap weer opklommen naar hun eigen verdieping, 'daar is de wetenschap maar flauwekul bij. Kleine, overzichtelijke werkjes, zonder pretentie, gewoon je handen gebruiken en verder niks!' Een gevoel van solidariteit emotioneerde hem.
Ad grijnsde.

★

'Hier is het,' zei hij. Hij klom de stoep op.
'Ja, dat zal wel,' zei zijn schoonmoeder. 'Grapjanus.'
Hij draaide zich om. Ze was met Nicolien op de straat blijven staan en keek omhoog. Hij lachte verlegen. 'Nee hoor, hier is het echt!'
'Hij maakt een grapje, hè?' zei ze, zich tot Nicolien wendend. Nicolien lachte. 'Nee hoor, het is echt.'
'Zo groot?' zei ze onthutst, 'maar dat is toch veel te groot?'
'Niet het hele huis,' hij haalde de sleutel uit zijn zak, 'twee kamers.'
Ze klom beduusd de stoep op, haar hand aan de leuning. Hij

duwde de voordeur open en liet haar binnen. Ze bleef in de hoge, marmeren gang staan en keek verbijsterd om zich heen.
'Ik kan het nog niet geloven.' Haar stem klonk hol in de gang.
'En dat is Neptunus,' zei hij, naar het standbeeld wijzend terwijl ze de gang inliepen, 'alleen de tanden van zijn drietand is hij kwijt.'
Ze keek schuw omhoog naar die grote, naakte, witte man. 'Stil is het, hè?' zei ze tegen Nicolien.
'Omdat het zondag is natuurlijk.'
'Omdat er in het bovenhuis ook mensen wonen...'
'Ja, studenten. Die zijn naar hun ouders zeker.'
'Of ze slapen nog,' opperde hij.
Ze klommen naar de eerste verdieping. In het portaaltje voor hun voordeur hing gezeefd licht dat door een matglazen ruit naar binnen viel. In hun deur zat ook matglas. Hij maakte haar open en drukte het licht in de gang aan. In het kleine portaal voor de keuken stonden wat blikken verf en potten met kwasten. Hij sloot de deur achter hen en verbaasde zich opnieuw over de stilte in het huis.
'Hier is de keuken,' zei Nicolien. 'Kijk!'
Haar moeder liep afwezig achter haar aan de kleine ruimte naast de voordeur binnen en keek om zich heen. 'Wat een klein keukentje, hè?' zei ze, 'voor zo'n groot huis. Waar moet je gasstel nou staan?'
'Hier! Waar wij nou staan.'
Maarten keek vanaf de drempel toe. De keuken was te klein voor drie mensen. Net als in het portaal kwam het licht door een matglazen ruit in de achterwand.
'En dit is een raam,' zei Nicolien, 'dat kan open. Kijk!' Ze opende een smal raampje, ook met matglas, en deed een stap opzij.
Haar moeder boog zich naar buiten en keek in de lichtschacht. 'Ja,' ze haalde haar hoofd weer naar binnen. 'Je ziet alleen niet veel, hè?'
'Dat hoeft toch ook niet?'
'En dit is de w.c.,' zei hij, de deur naast de keuken opentrekkend.
Zijn schoonmoeder kwam de keuken uit en keek in de w.c.

'Het is wel allemaal oud.'
'Het is een oud huis,' zei hij.
'Ja, het is wel erg oud allemaal.'
'Gezien?' vroeg hij.
'Ja,' zei ze aarzelend.
'Dan nu eerst de voorkamer,' besliste hij. Ze liepen achter elkaar de lange gang door. 'De gang is elf meter.' Hij opende de deur aan het eind van de gang en plotseling traden ze een zee van licht binnen. De zon scheen door de hoge ramen, het door het water in de gracht teruggekaatste licht vibreerde tegen de balkenzoldering. Verspreid over de vloer van de grote, lege, vierkante kamer lagen triplex tegels, doosjes met spijkers en gereedschap langs een brede baan langs de wanden die al gelegd was.
Zijn schoonmoeder had een paar stappen de kamer in gedaan en was blijven staan. 'O, kinderen,' zei ze, de handen ineenslaand. 'Wat verschrikkelijk groot! Hoe krijgen jullie daar nou meubels voor?'

Tegen negenen brachten ze haar naar de trein. Terwijl Nicolien met haar moeder aan haar arm voor hem uit, in het donker, de smalle gracht af liep, sloot hij de voordeur af. Langzaam liep hij achter hen aan. Toen hij hen bijna had ingehaald, bleven ze staan en draaide Nicolien zich naar hem om. 'Maarten!' zei ze verschrikt. 'Moeder huilt!' In haar stem klonk paniek.
'Wat is er moeder?' vroeg hij, haar andere arm nemend.
'Ik vond het zo'n aardig huisje,' snikte ze, 'en nu zal ik het nooit meer zien.' Ze maakte haar tas open en zocht haar zakdoek. Ze snotterde.
De opmerking maakte hem diep ongelukkig. Ze riep een onstuitbaar heimwee op naar een vroeger dat nog geen vroeger was. Tegelijkertijd voelde hij de radeloosheid van Nicolien en zocht naar woorden om die te bezweren. 'Maar wij zijn er toch?'
'Natuurlijk,' snikte ze, ze had haar zakdoek gevonden en depte die tegen haar ogen. 'Ik mag dat ook helemaal niet zeggen. Ik ben een akelig liedje.'
'U bent helemaal geen akelig liedje.' Hij lachte, maar het klonk

een beetje schor. 'Ik vind het heel lief dat u zo reageert.'
'Nee,' ze schudde haar hoofd en snoot haar neus, 'ik ben een akelig liedje. Ik moet het juist fijn voor jullie vinden.'
'Maar wij vinden het ook niet fijn,' zei Nicolien ongelukkig.
'Ach kind, laat dat ouwe mens nou maar.' Ze sloot haar tasje en liep verder, de zakdoek in haar hand geklemd. 'Ouwe mensen weten niet beter, die zijn dom!'
'Maar u bent helemaal niet dom!' zei Nicolien.
'Ja, ik ben dom! Ik ben een domme loewietje!'
'U bent niet dom,' herhaalde ze beslist. 'Hè, Maarten? Moeder is niet dom!'
'Wij vinden u niet dom,' verzekerde hij.
'Jullie zijn lief,' ze vocht tegen haar tranen, 'maar ik ben wel dom! En als ik weer kom dan vind ik het fijn voor jullie! Als je dat maar weet!'

In gedrukte stemming liepen ze van het station terug naar huis. Een tijdlang zeiden ze niets. Hij pakte haar hand en drukte die.
'Moeten we het nou wel doen?' vroeg ze, alsof ze daarop gewacht had. 'Kunnen we niet beter afzeggen?'
'Nee,' zei hij beslist.
'We kunnen nu nog terug.'
'We hebben beslist!' zei hij met grote stelligheid. 'We gaan nu niet meer terug!'
'Maar als het nou geen goeie beslissing is?'
'Het is een goeie beslissing!'
'En als ik het nou geen goeie beslissing vind?'
'Jij vindt het ook een goeie beslissing!'
'Ik weet het niet.'
In het licht van de lantarns zag hij dat ze tranen in haar ogen had. 'Je hield het toch niet meer uit om zo bekeken te worden?' herinnerde hij haar. 'Je durfde niet eens de ramen meer te doen.'
'Misschien dat ik dat nou wel zou durven.'
'En die feesten dan? En dat eindeloze getelefoneer?'
'Dat was toch niet altijd? Het was toch ook wel eens een hele tijd rustig?'
Haar argumenten maakten hem onzeker, maar hij wist tegelijk

dat de ellende niet te overzien zou zijn als hij daaraan toegaf.
'We waren toch ook vaak gelukkig?' drong ze aan, alsof ze zijn onzekerheid voelde.
'En toch wou je weg!'
Ze bleef abrupt staan. 'Ik?' vroeg ze verontwaardigd. 'Je wilt toch niet zeggen dat je het om mij doet? Je wou zelf toch ook weg zeker? Anders gaan we meteen terug! Dan bel ik morgen de makelaar op!'
'We hebben de beslissing samen genomen!' zei hij ontwijkend. 'Kom nou maar mee,' hij nam haar bij haar arm.
'En als ik mijn beslissing nu eens terugneem?' zei ze zich verzettend. 'Als ik daar nou gewoon wil blijven wonen?'
'Dan beslis ik dat we doorzetten!' zei hij haar meetrekkend. Ze liepen de brug af, de Herenstraat in, vlak bij hun nieuwe huis, maar ze vermeden allebei ernaar te kijken.
'De man beslist!' zei ze schamper. 'De heer en meester!'
'Nee!' zei hij kwaad wordend. 'Ik houd vast aan ónze beslissing! Omdat ik niet op een beslissing wil terugkomen! En nergens anders om!'
'De man beslist!' herhaalde ze ontstemd, 'Net als bij jullie thuis! Je moeder had ook nooit wat in te brengen!'
Hij reageerde daar niet op, maar de opmerking wekte wel woede.
'En omdat de man beslist zal het dus ook wel gebeuren,' het klonk bijna berustend, 'want stel je voor dat de man zijn zin niet kreeg, dan zou de wereld te klein zijn!'

★

'Hebben jullie niet nog een geiser nodig voor je nieuwe huis?' vroeg Wigbold terwijl hij Maarten achter het loket in de hal een kop koffie inschonk.
'Hebt u er een?' vroeg Maarten.
'Van het oude Bureau,' hij maakte een beweging met zijn hoofd naar een plek achter zich. 'Kom maar eens kijken.'
Maarten nam zijn kop op en liep ermee door de klapdeuren, langs de portiersloge waar Slofstra met zijn schrijfmachine naast de telefoon zat, naar de keuken, een grote, half betegelde

keuken met een aanrecht, een tafel en vier stoelen.
'Daar ligt ie,' zei Wigbold – de geiser lag op de grond tegen de achtermuur – 'een Fasto, dat is een goeie.'
Maarten keek ernaar, langzaam in zijn kop roerend. 'Waarom kan die hier niet gebruikt worden?'
'Ik krijg er een met meer capaciteit. Deze is te klein voor zo'n gebouw, maar voor een particuliere woning is hij heel geschikt.'
'En hoe duur is zo'n ding?'
'Honderdvijftig gulden?' schatte Wigbold. 'Maar u kunt hem gewoon in bruikleen krijgen natuurlijk.'
'Kan dat?' vroeg Maarten sceptisch.
'Tot hij op is dan, dan breng je hem weer terug,' zei Wigbold slim.
'En als ik hem niet zou nemen?'
'Dan blijft hij hier liggen voor oud roest.'
Maarten dacht na. 'Dat zou zonde zijn.'
'Daarom. Zo'n ding wordt er niet beter op.'
'En waarom neemt u hem niet zelf?'
'Omdat ik er al een heb.'
Jan Boerakker stak zijn hoofd door het loket. 'Koffie!' commandeerde hij.
'Ik zou het maar doen,' zei Wigbold, zich afwendend.
'Ik zal erover denken,' beloofde Maarten. In gedachten liep hij de keuken weer uit, langs Slofstra, en ging op de bank tegenover de portiersloge zitten. Achter de ruitjes nam Slofstra de telefoon op. Jan Boerakker kwam de klapdeuren door en zette zich met zijn koffie naast Maarten op de bank. 'Ik denk dat ik straks verder ga met de vragenlijsten,' zei hij.
'Als ik die brief af heb, kom ik je helpen,' beloofde Maarten.
Ze dronken zwijgend hun koffie. Uit de deur naast de draaideur kwamen Flip de Fluiter en Huub Pastoors, pratend. Ze liepen voor hen langs door de klapdeuren naar het loket.
'Die man heet Pastoors, maar het is ook net een pastoor,' vond Jan.
'Ik begrijp nooit hoe iemand Pastoors kan heten,' zei Maarten. 'Pastoors hebben toch geen kinderen?'
Jan grinnikte vettig. 'Goeie opmerking.'

Maarten glimlachte. Hij dronk zijn kop leeg en stond op.
'Nou, tot straks dan.' Met zijn lege kop in zijn hand klom hij de trappen op naar de tweede verdieping. Toen hij zijn kamer binnenging, ging de telefoon op zijn bureau. Bart, die bezig was met het inrichten van een van de boekenkasten, wilde er juist naartoe lopen, maar hield in. 'Het is voor jou,' zei hij. Maarten nam op. 'Met Koning.'
'Je moet eens even komen kijken,' zei Jan door de telefoon, 'maar hou je wel vast.'
'Waar ben je dan?'
'In onze kluis. Dat is te zeggen... Nou, je zult het wel zien.'
'Ik ben even naar de kluis,' waarschuwde Maarten de hoorn neerleggend. Hij liep de kamer weer uit, daalde de trappen af naar de hal, door de deur onder de trap, langs een wenteltrap het souterrain in. Het was er kil en donker. Jan stond in een smal zijgangetje voor de kluis die hun was toegewezen. Tegen de muur achter hem stonden de dozen opgestapeld die nog in de kluis moesten worden gezet. 'Moet je kijken,' hij deed een stap opzij. Maarten keek in de kleine, slecht verlichte cel. De dozen met vragenlijsten die ze gisteren op de schappen tegen de linkermuur en de achtermuur hadden opgestapeld waren weer op de grond gezet. Aan de schappen hing links en rechts een papier met de tekst: *Deze ruimte is van de afdeling Volksnamen.*
'Godzalmebewaren,' zei Maarten ontstemd.
'Dat is wel verdomd sterk, hè?'
'Hoe haalt hij het in zijn hoofd!'
'Het is een etter,' zei Jan tevreden. 'Opzij!' – hij zette zijn borst op. 'Hier kom ik!'
Maarten stapte de cel in en bekeek de situatie van dichterbij. Het was zoeken naar uitstel. Hij begreep dat hij hier iets aan zou moeten doen maar hij wilde daar nog niet aan denken. Tegelijkertijd voelde hij een wilde drift opkomen die zich nauwelijks liet beheersen. Ik zou zo'n proleet godverdomme op zijn smoel moeten slaan, dacht hij driftig. Hij hurkte voor de dozen en legde zijn hand op een van de stapels, een onwillekeurige poging om zichzelf onder controle te houden.
'Maar we kunnen het niet pikken natuurlijk,' zei Jan.
'Nee,' hij stond op, 'ik zal vragen wat dat te betekenen heeft.'

Het klonk vastbesloten maar in zijn hart was hij bang voor zo'n confrontatie, zoals hij als jongetje altijd bang was geweest om te vechten. Zonder verder nadenken liep hij het gangetje uit, de trap op, regelrecht naar de kamer van Rentjes, op de eerste verdieping. Grosz zat in de schemerige tussenkamer onder een sterke lamp met een vergrootglas vlak boven een foliant. 'Is Koos op zijn kamer?' vroeg Maarten zonder zijn pas in te houden.
'Ik dacht het wel,' antwoordde Grosz afwezig.
Maarten had de deur naar de kamer van Rentjes al geopend. Rentjes zat achter zijn bureau voor de hoge ramen die uitzagen op de tuin. Even leek het of hij schrok toen hij Maarten binnen zag komen, maar Maarten was te bevangen om daar goed op te letten. 'Waarom heb je onze dozen uit de schappen gezet?' vroeg hij kwaad.
'Omdat het mijn schappen zijn,' zei Rentjes verstarrend.
'Wie zegt dat?'
'Balk!'
Het antwoord overrompelde Maarten. 'Balk?' vroeg hij ongelovig.
'En als je daar kritiek op hebt, moet je bij hem zijn en niet bij mij,' zei Rentjes met duidelijk leedvermaak.
Zonder nog iets te zeggen wendde Maarten zich af en ging de kamer weer uit, de deur achter zich dichttrekkend.
'Was hij er?' vroeg Grosz zonder van zijn boek op te kijken.
'Ja,' zei Maarten kort. Hij liep de gang op en sloot de deur van de kamer van Grosz achter zich. Op de gang kwam hij tot bezinning. Balk. Hij aarzelde. Als het een beslissing van Balk was maakte hij weinig kans, tenzij hij een geweldige ruzie maakte. Terwijl hij langzaam de gang door liep, naar de kamer van Balk, besefte hij dat hij dat niet zou kunnen. Voor een ruzie met Balk was hij bang. Het kostte hem moeite zichzelf dat te bekennen. Gespannen opende hij de deur van het kamertje van Bavelaar. 'Is Balk er?'
'Ja, hij is er,' zei ze van haar werk opkijkend, een sigaret tussen haar vingers.
'Heeft hij geen bezoek?'
'Nee, hij is alleen.'

Hij duwde de zware, gecapitonneerde deur open en stapte de kamer binnen. Balk zat in het zitje te lezen, met zijn voeten op de ronde tafel van Beerta. Hij keek verstoord op.
'Heb jij onze kluis aan Rentjes gegeven?' vroeg Maarten. Zijn gezicht was strak van spanning.
'De helft!' antwoordde Balk agressief.
'Ik dacht dat de afspraak was dat hij bij Volkstaal zou komen.'
'Haan heeft haar kluis nodig voor bezoekers.'
'Maar die kluis is drie keer zo groot!' zei Maarten verontwaardigd.
'Ik ga hier over de verdeling!' kapte Balk af. Hij keek weer in zijn boek en sloeg een bladzij om om duidelijk te maken dat de discussie gesloten was. Zijn voet begon ongeduldig te wiebelen.
Maarten bleef nog even staan, perplex, machteloos. Toen haalde hij zijn schouders op, wendde zich af en ging de kamer weer uit, diep vernederd. Langzaam daalde hij de trap af, het souterrain in. Jan zat bij de ingang van de kluis op een stoel op hem te wachten. 'En?' vroeg hij.
'Balk heeft de helft van de kluis aan Volksnamen toegewezen.'
'Asjeblieft!' zei Jan verbaasd.
'Omdat Dé Haan haar kluis als bezoekersruimte wil gebruiken.'
'Dat is alleen omdat hij bang is voor de grote bek van Rentjes. Als Haan of Rentjes hun waffel opendoen dan is Balk nergens meer, dan doet hij het in zijn broek!'
Het gezichtspunt was nieuw voor Maarten. 'Dat weet ik niet. Dat betwijfel ik.'
'Nou, reken maar van yes! Jij zou ook eens een grote bek moeten opzetten, dan zul je zien hoe gauw hij inbindt!'
Maarten glimlachte. 'Dat kan ik niet.'
'Dan lopen ze over je.'
'Dat moet dan maar,' zei Maarten berustend.
Jan stond op en zette zijn stoel in de hoek achter de kluis. 'Wat doen we nu?'
Maarten keek naar de stapels dozen op de gang en op de vloer in de kluis. 'Hoeveel ruimte zouden we echt nodig hebben?'
'Dat zullen we eens gauw uitrekenen,' zei Jan, een duimstok uit zijn zak halend.

Maarten stapte de kluis in en keek naar de ruimte langs de muren. 'Van de rechterwand moeten we de helft openhouden voor de aanwas,' besliste hij.
'Er gaan vier dozen op een schap, dat is twintig van de vloer tot de zoldering,' stelde Jan vast, hij legde de duimstok langs een van de schappen en schoof hem door van de ene kant naar de andere, 'dat is drie-dertig, gedeeld door zesentwintig, dat is eenmaal, zeven aanhalen, twaalf! twaalf stapels, dat is tweehonderdveertig dozen!'
Maarten had intussen de dozen geteld. 'Tweehonderdtien dozen en dertig bakken met fiches,' concludeerde hij. 'Honderdzestig is genoeg. We zetten acht rijen tegen de achterwand en de rest tegen de zijwand.'
'Dan halen we dit eraf!' zei Jan tevreden, hij scheurde het papier van Volksnamen van het schap, verfrommelde het en gooide het in een hoek.
'Geef even aan waar we moeten beginnen!' zei Maarten.
'Doen we!' Hij legde zijn duimstok opnieuw langs het schap.
'Denk erom dat je die hoek vrijlaat!' waarschuwde Maarten. 'Dat wordt een dooie hoek.'
'Verdomd!' zei Jan vergenoegd. 'Dan blijft er nog minder over. Een hoop gelazer zal dat geven! Hier!' – hij zette zijn duim tegen de plank en maakte met zijn nagel een krasje. 'Hier moeten we beginnen.'
'Zet er even een doos neer!'
'Hoe gaan ze erin?' – hij nam een stapel dozen op.
'Van boven naar onderen!' besliste Maarten.
'Van boven naar onderen,' herhaalde Jan. 'Dan hebben we hier lijst één! Op het bovenste schap!'
Stapel voor stapel zetten ze de dozen in de schappen, eerst de dozen die door Rentjes verwijderd waren, daarna die uit het gangetje. Toen ze klaar waren, keken ze tevreden naar het resultaat, maar toen ze de trappen opklommen, terug naar hun eigen verdieping, werd Maarten bekropen door onbehagen. Hij was niet gerust op de afloop en zag op tegen het gelazer als Rentjes ontdekte dat bijna de helft van de door hem geconfisqueerde ruimte hem weer ontnomen was.

★

Ze waren de hele avond bezig geweest met het in dozen pakken van de boeken en zaten net thee te drinken toen de telefoon ging.
'Neem jij hem?' vroeg hij.
'Neem jij hem maar.'
'Hè verdomme,' mopperde hij. 'Ik moet de hele dag de telefoon al aannemen.'
'En ik moet de hele dag de huishouding doen! Als we zo gaan beginnen!'
Hij stond op.
'Wie belt er nu zo laat,' zei ze.
'God mag het weten.'
'We kunnen nu geen bezoek meer hebben hoor,' riep ze hem na. 'Ik ben te moe.'
Hij nam de hoorn op. 'Met Koning.'
'Met Jaap.'
'Jaap.' Hij vermoedde meteen dat het over de kluis ging en zette zich schrap.
'Ik hoor dat jij de geiser van het oude gebouw wilt overnemen. Daar heb ik bezwaar tegen.'
Maarten had even nodig om om te schakelen. Hij had niet meer aan die geiser gedacht. 'Ik was niet van plan die geiser over te nemen,' zei hij met zijn gedachten nog bij de kluis.
'We krijgen nog eens ruzie met die man,' zei Balk, zonder naar hem te luisteren, 'ik wil niet dat hij dan argumenten tegen een van ons heeft.'
'Ik was het ook niet van plan,' herhaalde Maarten.
'Dan is het goed. Tot morgen.'
'Morgen ben ik er niet,' wilde Maarten antwoorden, maar uit de hoorn kwam het in-gespreksignaal. Balk had al neergelegd.
'Was dat Balk?' vroeg Nicolien toen hij terugkwam van de telefoon.
'Ja.' Hij was nog afwezig, bezig met het verwerken van deze nieuwe overval.
'Wat wilde hij?'

'Hij vindt niet goed dat we de geiser van het oude gebouw overnemen.'
'Wat is dat dan voor geiser?'
'Van het oude gebouw,' herhaalde hij ongeduldig.
'Ik begrijp het niet. Kun je me dat dan niet uitleggen?'
'Wigbold heeft me de geiser uit het oude gebouw aangeboden omdat ze die niet meer gebruiken,' herhaalde hij nadrukkelijk, zijn ongeduld bedwingend, 'en nu belt Balk om te zeggen dat hij dat niet goed vindt, maar ik was het ook niet van plan, dus het slaat nergens op.'
'En waarom heeft Wigbold die dan aangeboden?'
'Dat weet ik waarachtig niet, maar ik heb geen zin om van die man een gunst te krijgen.'
'Nee, natuurlijk niet. Stel je voor, van Wigbold! Dan zou je wel gek zijn.'
'Ja, dan zou ik gek zijn,' herhaalde hij afwezig.

*

Hij schoof het raam omhoog en boog zich naar buiten. Op de stoep stond iemand met een grote plant in zijn arm, maar wie het was, kon hij in het donker niet zien. 'Wie is daar?' riep hij. De man keek omhoog en op hetzelfde ogenblik zag hij dat het Bart was. 'Ik kom!' Hij trok zijn hoofd terug. 'Bart!' zei hij verrast.
'Hé,' zei ze verbaasd.
Hij liep met lange passen de gang door, dacht nog net op tijd aan de sleutel, sloot de deur achter zich, rende de trap af, liep in looppas naar de buitendeur en trok hem open. 'Je bent de eerste bezoeker!' zei hij hartelijk.
'Nee, want ik kom niet binnen,' zei Bart. 'Ik kom alleen even deze plant overhandigen.' Hij nam de plant in beide handen en wilde hem aanreiken. Het was een palmachtige plant, met smalle, puntige bladeren.
'Nee, dat kan niet,' hij nam de plant niet aan, 'je moet hem toch in ieder geval aan Nicolien overhandigen.'
'Maar ik blijf niet,' waarschuwde Bart, de plant weer in de arm nemend. 'Ik weet hoe je over bezoek denkt.'

'Dat geldt niet voor jou.'
'Ik ben zo vrij daar een vraagteken bij te zetten.'
Ze liepen de gang in terwijl de deur uit zichzelf achter hen dichtviel. 'Neptunus,' zei Maarten terloops, op het beeld wijzend.
Bart bleef staan en bekeek het beeld aandachtig. 'Het is heel bijzonder, maar om je de waarheid te zeggen vind ik het eigenlijk niets voor jou.'
Maarten lachte. 'En hier zit een textielzaak,' zei hij, in het voorbijgaan een tikje op de deur gevend, 'die deur hoort daar ook nog bij,' hij wees op een deur op de eerste omloop, 'en daar zitten wij,' hij stak de sleutel in het slot en opende de deur van zijn huis.
Bart volgde hem voorzichtig door de slecht verlichte gang, waarin langs de muur boeken lagen opgestapeld. Nicolien kwam hen in de kale ruimte die hun kamer moest worden tegemoet. 'Dag Nicolien,' zei Bart, haar een hand gevend. 'Ik heb al tegen Maarten gezegd dat ik niet op bezoek kom. Ik kom alleen om je namens de afdeling en mevrouw Van Idegem en mevrouw Bavelaar deze plant te overhandigen.' Hij reikte haar beleefd de plant aan.
'Wat aardig,' zei ze verrast.
'Ik meen begrepen te hebben, uit opmerkingen van Maarten, dat jullie nog nooit planten hebben gehad. Daarom heb ik aan die meneer van de bloemenwinkel gevraagd om een plant te leveren die absoluut tegen een stootje kan en hij heeft mij verzekerd dat dat met deze het geval is.' Hij haalde zijn portefeuille uit zijn zak. 'Hij heeft mij er bovendien nog een gebruiksaanwijzing bijgeleverd,' hij haalde een vouwblad uit zijn portefeuille, 'waarop nauwkeurig staat beschreven hoe hij of zij, dat is bij planten altijd moeilijk te zeggen, behandeld dient te worden.' Hij gaf haar het vouwblad.
Ze keek er verlegen naar. '*Dracaena*,' las ze. Ze keek hem opnieuw aan. 'Dank je wel. Wil je ook de anderen bedanken?'
'Dat zal ik graag doen.'
Ze keek om zich heen. 'Zal ik hem zolang maar even hier zetten? Dan zien we morgen wel waar hij het beste kan staan.' Ze zette hem voor de schoorsteenmantel op de grond.

'Krijgt hij ook bloemen?' vroeg Maarten.
'Ik geloof niet dat deze bloemen krijgt,' antwoordde Bart. 'Volgens die meneer is het een sierbladplant.'
'Hoe plant zo'n ding zich dan voort?'
'Dat moet je nu niet aan mij vragen,' zei Bart zijn hand op zijn borst leggend. 'Maar ik neem aan dat de natuur daar wel in voorzien heeft.'
Maarten lachte.
'Wil je niet even je jas uittrekken?' vroeg Nicolien.
'Nee Nicolien, werkelijk niet!' zei Bart beslist. 'Ik heb mij voorgenomen om alleen deze plant even af te geven. Jullie zult het druk genoeg hebben.'
'Maar hij kan toch wel even een kopje thee blijven drinken?' zei ze tegen Maarten.
'Eén kop!' zei Maarten tegen Bart.
'Nee, heus niet! Ik vind het heel aardig van jullie, maar jullie hebt de hele dag verhuisd, dus ik vind dat ik dat niet kan aannemen.'
'En als wij nu vinden van wel?' vroeg Maarten.
'Dan verandert dat voor mij niets, hoezeer ik het op prijs stel natuurlijk.'
'Hij wil niet,' zei Maarten tegen haar.
'Maar dat is niet omdat ik geen kop thee met jullie zou willen drinken,' zei Bart voor alle zekerheid. 'Het is alleen omdat ik vind dat ik dat nu niet kan doen.'
'Je bent natuurlijk bang dat wij je vergiftigen,' zei Maarten.
'Niet als Nicolien de thee zet,' antwoordde Bart glimlachend. Hij wendde zich tot Nicolien. 'Heus niet, Nicolien! Een andere keer graag, want ik vind het werkelijk heel aardig aangeboden, maar vanavond hebben jullie al genoeg aan je hoofd.'
Nicolien keek verlegen naar Maarten.
Maarten lachte. 'Als Bart zich dat heeft voorgenomen, doet hij het niet.'
'Nee,' zei Bart, 'daar heb je wel gelijk in.'
'Heb je nog iets over de kluis gehoord?' vroeg Maarten toen ze door de benedengang terugliepen naar de buitendeur.
'Nee,' zei Bart. 'Jan denkt dat ze daar wel niet meer op terug zullen komen.'

'En hoe gaat het met Ad?'
'Ad is nog ziek.'
'Nog ziek?' vroeg Maarten verontrust.
'Ik heb Heidi aan de telefoon gehad en die denkt dat hij weer overwerkt is.'
'Waarvan?'
'Dat weet ik niet,' zei Bart, 'maar ik ben bang dat Ad niet zo sterk is en dat hij wat beter op zichzelf zal moeten passen.'

★

'Luister!' zei Maarten, met zijn hand nog aan de knop van de deur. Frans bleef staan. Uit de kamer, aan het eind van de gang, kwam gedempt pianomuziek. Chopin.
'Ja, zo hoort het natuurlijk,' zei Frans. Hij hing zijn jas aan de kapstok en liep met een verlegen zwaai van zijn lichaam voor Maarten uit de gang door, zijn tas aan de riem over zijn schouder. Halverwege de gang bleef hij staan en haalde een vinger voorzichtig langs de muur. 'Het heeft toch nog niet helemaal gepakt,' stelde hij vast.
'Nee,' zei Maarten, 'we zullen er nog een keer overheen moeten.'
'Misschien dat we die muur toch eerst met ammoniak hadden moeten afnemen?'
'Ja,' gaf Maarten toe, 'maar wie kan nu denken dat zo'n muur in de gang vet is.'
Ze gingen de kamer in. De kamer was alleen verlicht door kaarsen op de tafel, op de schoorsteenmantel, op de kleine tafel, op de vensterbank, op het bureau, waardoor er overal donkere hoeken en onrustige schaduwen waren. De hoge, schemerdonkere ruimte was vervuld van de muziek van Chopin. Het licht uit de radio verlichtte vaag de naaste omgeving. Nicolien zat aan de andere kant van de kamer, in de hoek bij het linkerraam, waar de divan, de kleine tafel en de drie rotan stoelen een plaats hadden gekregen. Ze keek om. 'Dag Frans.'
'Dag,' hij maakte de klep van zijn tas open en haalde er een fles uit, 'ik heb dit keer maar eens een fles cognac voor jullie meegenomen.'

'O, lekker!' zei ze verrast, 'hè Maarten? Cognac!'
'Lekker!' zei Maarten.
'Ja, ik dacht dat jullie dat wel lekker zouden vinden.' Hij ging zitten.
'Speel jij dit nu ook?' vroeg Maarten terwijl hij naast Jonas op de divan plaatsnam. Hij pakte zijn pijp.
Frans luisterde. De wals no. 3 in A mineur. Hij schudde zijn hoofd. 'Nee, dat is voor mij te moeilijk.'
'Wat speel je dan wel?'
'Bach. Wohltemperiertes Klavier.'
'Dat is toch ook moeilijk?'
Frans lachte. 'Het is ook niet zo goed hoor.' Hij aarzelde. 'Ik houd ook eigenlijk niet zo van Chopin.'
'Te romantisch,' begreep Maarten.
'Ja,' zei Frans hulpeloos. 'Dat zal wel zijn omdat ik alleen ben, denk je ook niet?'
Maarten lachte.
'Wil je voor het eten ook een borrel?' vroeg Nicolien.
'Drinken jullie nog een borrel?' – hij keek van de een naar de ander.
'Ja, wij wel, hè Maarten?'
'Ik wel,' antwoordde Maarten.
'Haal jij hem dan?'
Hij stond op, de kamer uit, de gang door, en haalde de jenever uit het vriesvak van de koelkast. 'Hoe gaat het nu eigenlijk met dat pianospelen?' vroeg hij toen hij de kamer weer inkwam.
'Wel goed,' antwoordde Frans. 'Ik heb op het ogenblik alleen wat problemen met de buren, of eigenlijk met de buurvrouw.'
'Die heeft er last van.'
'Nou ja, last...' hij lachte een beetje. 'Ze is een paar keer komen vragen of ik wat zachter wilde spelen, omdat haar man zat te studeren.'
'Wat is dat dan voor iemand?' vroeg Maarten, de glazen uit de kast halend.
'Je bedoelt of ik ermee naar bed kan?' vroeg Frans, omkijkend. Hij lachte onzeker.
Maarten lachte. 'Ja.'
'Ja, dat denk je natuurlijk altijd,' gaf Frans toe.

'Maar je hebt het maar niet gedaan.'
'Nee,' hij kreeg een kleur. 'Eigenlijk niet.'
Ze zwegen. Maarten schonk de glazen in. De muziek was opgehouden, de naald schuurde in de lege groef rond het etiket. Hij stond weer op, haalde de plaat van de draaitafel en verving haar na enig zoeken in het rek onder de radio door een andere. Toen hij terugliep, zette een luit de suite no. 3 van Bach in.
'Walter Gerwig,' zei hij.
'Die heb ik nog van jou gekregen,' herinnerde Nicolien hem.
'Ja, dat weet ik,' zei Frans. 'Zoiets vergeet je niet.' Hij kreeg een kleur. 'Eigenlijk niet zo aardig natuurlijk.'
'Nou, ik vind het heel aardig!' verzekerde ze.
'O,' zei hij dankbaar. 'Ja, misschien is het ook wel aardig.'
Ze zwegen. Marietje kwam uit de mand bij de centrale verwarming en liep naar Nicolien. 'Kom maar,' zei ze, op haar knieën tikkend. Frans keek toe. Maarten besteedde er geen aandacht aan.
'Hebben ze er nou nog last van gehad?' vroeg Frans.
'Helemaal niet,' zei ze. 'Ze waren meteen gewend. Zo gek! Dat hadden we helemaal niet verwacht. Alleen durft Jonas nog altijd niet op de vensterbank.'
'Ik heb een gekke droom gehad,' onderbrak Maarten haar. 'Toen we hier net waren.' Hij nam een slok en proefde met zijn lippen. 'Ik droomde dat ik een mislukte zelfmoordpoging had gedaan. Ik lag in bed en Lam werd geroepen. Ik zei dat ik me diep schaamde. Ach, zei hij, dat hebben we allemaal wel eens gedaan,' – hij lachte vermaakt – 'maar ik zal u toch maar eens naar de psychiater sturen. Ik had daar helemaal geen zin in, maar ik stond zwak, dus ik durfde me niet te verzetten. Ik naar die psychiater. Die man heette Den Hertog en bleek een enorme zak te zijn. Ik zat daar en ik dacht: Ik moet hier zo gauw mogelijk weer weg. Hij keek op, hij had zitten schrijven, en hij zegt: Vertelt u maar eens. Ik zeg: Dat hoeft niet. Hier hebt u mijn dagboeken, – ik had mijn dagboeken in twee tassen bij me, die groene legertassen – leest u die maar. Daar staat alles in!' Hij lachte. 'Ik vond het een enorme klootzak.'
'Natuurlijk,' zei Frans. 'Daarom heette hij Den Hertog. Een hertog is ondergeschikt aan een koning.'

'Daar had ik nog niet eens aan gedacht,' zei Maarten, verbaasd lachend.
'Dat lijkt me toch wel duidelijk,' vond Frans, hij keek naar Nicolien, 'denk je ook niet?'
'Ik had er ook niet aan gedacht,' bekende ze.
'Nou, misschien vergis ik me wel hoor.'
'Maar waarom droom je zoiets?' vroeg Maarten zich af.
'Je dacht toch omdat je te vet had gegeten?' zei Nicolien.
'Ja, dat dacht ik,' zei hij sceptisch.
'Misschien dat je die verhuizing onderbewust als een soort zelfmoord hebt gezien,' opperde Frans. 'Ja, ik zeg maar wat hoor.'
'Zou het dat zijn?' vroeg Maarten weifelend. Hij keek naar zijn glas en bewoog dat langzaam rond zodat de jenever vlak langs de rand spoelde.
'Ik heb gedroomd dat ik met Dé Haan naar bed ging,' vertelde Frans. 'Dat is ook niet zo'n prettige droom.'
'Nee,' zei Maarten. 'Hoe kom je daar nou bij?'
'Dat heb ik me natuurlijk ook afgevraagd en toen herinnerde ik me gelukkig dat jij eens gezegd hebt dat Beerta en Dé Haan de vader en de moeder van het Bureau waren, en mijn moeder heet Vogel, een haan is ook een vogel, dus toen klopte het gelukkig.'
'Dat ze dus eigenlijk je moeder was,' begreep Maarten.
'Ja, denk je ook niet?'
'En dan hindert het niet meer.'
'Nee, want dan klopt het.' Hij lachte verlegen omdat Maarten begon te lachen. 'Ja, ik heb ook maar Freud gelezen,' verontschuldigde hij zich.
'Meesterlijk,' vond Maarten.
'Nou ja, je kunt het ook nog anders uitleggen, want het gebeurde in een hooiberg, en hooi komt van veen, dus het was eigenlijk een masturbatie.'
'Meesterlijk!' herhaalde Maarten lachend.
'Ja,' zei Frans verlegen. 'Zo houd je jezelf maar bezig.'

'Vind jij het eigenlijk gek dat we verhuisd zijn?' vroeg Maarten toen ze na het eten aan de koffie zaten. Hij keek Frans onderzoekend aan.

Frans schrok. 'Nee,' zei hij vaag. 'Nee, waarom zou ik dat gek moeten vinden?'
'Als een verraad tegenover ons oude huis?'
'Nee,' zei Frans verbaasd. 'Nee, dat heb ik zo niet gevoeld.'
'Dit is veel chiquer natuurlijk.'
'Ja, dat wel, maar als je dat nou kunt betalen?'
'Ja.' Het antwoord stelde hem niet gerust.
'Wij voelden ons wel schuldig,' zei Nicolien. 'We hebben zelfs nog geprobeerd of we niet weer terug konden, hè Maarten?'
'Maar dat kon niet, omdat ik te veel verdien.'
'O,' zei Frans.
'Maar dat zou jij dus niet hebben,' begreep Maarten, 'dat je je schuldig voelt tegenover je huis.'
'En ook tegenover de mensen die dat niet kunnen betalen, zoals onze vroegere buren,' vulde Nicolien aan.
'Ja, dat heb jij,' zei Maarten. 'Dat heb ik niet. Dat kan me niet schelen.'
'Omdat mijn ouders ook arm waren. Die zouden ook niet in zo'n huis hebben kunnen wonen. Mijn moeder moest ook huilen.'
'Nee,' zei Frans. 'Ik geloof niet dat ik me schuldig zou voelen.'
'Wij wel, hè?' zei Nicolien.
'Ja,' zei Maarten, 'hoewel...' hij dacht na, 'schuldig is misschien het woord niet. Het is meer het gevoel dat je ergens niet weg moet gaan.'
'Je mag niet vluchten,' begreep Frans.
'Ook dat niet natuurlijk, maar zeker niet als je er beter van wordt.'
'Nee, dat zou me geloof ik niet kunnen schelen,' zei Frans. 'Ik zou het eerder een opluchting vinden,' hij lachte verontschuldigend, 'maar dat zal wel niet helemaal in orde zijn?' – hij keek vragend van Maarten naar Nicolien.
'Maar het is toch geen vlucht?' zei Nicolien verontwaardigd. 'Het is toch omdat iedereen zich met ons bemoeide en om die feesten boven ons hoofd?'
'Dat is een vlucht,' vond Maarten.
'Ja,' zei Frans, 'dat dacht ik toch ook wel,' hij keek onzeker van de een naar de ander.

'Nou, maar ik vind dat geen vlucht,' zei ze beslist. 'Het is niet dat ik bang ben! Ik heb blikangst! Dat is iets heel anders.'
'Volgens mij is dat hetzelfde, maar daar gaat het nu niet om,' zei Maarten.
'Ja, blikangst heb ik ook natuurlijk,' zei Frans.
'En ik begrijp ook niet waarom jij altijd ongunstige verklaringen voor je gedrag moet zoeken,' zei Nicolien tegen Maarten. 'Waarom moet je dat nou weer een vlucht noemen?'
'Jij had het toch ook over verraad?' verdedigde Maarten zich.
'Dat was jij! Ik heb het woord verraad niet in mijn mond gehad!'
'Nee, je hebt gelijk,' gaf hij toe. 'Je zei dat je je schuldig voelde.'
'Ja, schuldig, dat heb ik gezegd, schuldig, maar dat is heel iets anders! Schuldig voel ik me altijd!'
'Goed,' zei Maarten. 'Schuldig!' Hij zweeg.
Frans keek een beetje angstig van de een naar de ander.
Een tijdlang was het stil. Maarten speelde met een potlood dat op de kleine tafel lag. 'Toen mijn vader hier de eerste keer kwam,' zei hij tenslotte langzaam, 'toen zei hij: Eindelijk een huis waarin je met goed fatsoen kunt wonen.' Hij keek op. 'Toen hij dat zei, was mijn eerste gedachte: inpakken en wegwezen!' Hij lachte.
'Ja, dan is het iets anders natuurlijk,' zei Frans.
'Terwijl ik mezelf in dat oude huis wel eens betrapte op de gedachte dat ik daar niet in mijn kist zou willen worden uitgedragen,' bekende Maarten. 'Verklaar dat nou maar eens.'
'Als je durft,' zei Frans met een verlegen lachje.

*

1970

'Jullie zijn ook patsers geworden, zeg,' zei Klaas. Hij stapte over de drempel, de gang in, een bos bloemen in zijn hand.
'Dat zie je weer scherp,' vond Maarten. Hij liet de deur los en draaide zich om.
Klaas bleef voor het beeld van Neptunus staan en keek omhoog. 'Dat is ook sterk! Wat doet dat beeld van je vader hier? Daar zou je je nou toch eens eindelijk van los moeten maken.'
'En je gevoel voor humor heeft nog niets aan kracht ingeboet,' stelde Maarten vast.
Klaas grijnsde. 'Nee hè? Daar kun jij niet tegenop!'
'Zo is het.'
Ze liepen de gang door en klommen de trap op. 'Wij zitten op de eerste verdieping,' zei Maarten.
Klaas bekeek de matglazen ruit waarin de naam K. Wallach geslepen was.
'Dat is de naam van de vorige huurder,' verduidelijkte Maarten terwijl hij de deur opende. 'Dat was een manufacturier.'
'Ik dacht al,' zei Klaas, langs hem naar binnen gaand.
'*Ik walg* spel je anders,' vulde Maarten aan.
'Verdomd!' zei Klaas vermaakt. 'Hoe raad je het.'
'Ik zou een boek over je kunnen schrijven.'
'Dat dacht je maar,' hij legde de bloemen op het vliegenkastje voor in de gang en trok zijn jas uit.
'Een boekjè,' verbeterde Maarten. 'Ik zou er alleen nooit een uitgever voor vinden.'
Nicolien kwam uit de kamer aanlopen. 'Dag Klaas.'
'Ha, die Nicolien!' Hij overhandigde haar de bloemen. 'Voor je nieuwe huis.'
'Dank je,' zei ze verheugd.

'Rechtdoor,' commandeerde Maarten, 'zover je kunt.'
Klaas liep voor hen uit de gang door naar de kamer. 'Je mag straks wel een rolstoel met een hulpmotor aanschaffen,' vond hij.
Maarten reageerde daar niet op.
'Allemachtig,' zei Klaas, de kamer binnentredend. Hij bleef staan en keek om zich heen. 'Wat zegt je vader daarvan?'
'Mijn vader vindt het eindelijk een ruimte waar je met goed fatsoen kunt wonen.'
'Ik dacht dat je vader socialist was,' zei Klaas, op de schoorsteen toelopend.
'Dat is hij ook, maar dat geldt niet voor zijn zoons.'
Klaas bekeek het reliëf dat op de schoorsteenmantel was aangebracht: een koker met pijlen, omgeven door ranken van laurierbladeren. 'Waarom heb je dat laten aanbrengen?'
'Omdat ik een fascist ben.'
'Daar zou ik dan maar voorzichtig mee zijn met daarmee te koop te lopen.'
'Langzamerhand kan dat wel weer.'
Klaas grijnsde. 'Is hij altijd zo snedig?' vroeg hij, zich naar Nicolien omdraaiend – ze kwam met de bloemen in een vaas de kamer in.
'Kijk, die plant hebben we van het Bureau gehad,' zei ze, op de plant aan de voet van de schoorsteen wijzend.
Klaas bekeek de plant kritisch. 'Ik dacht dat ze de pest aan jou hadden,' zei hij tegen Maarten.
'Dat is toch geen reden om iemand geen bloemen te geven?' zei Maarten. 'Juist! zou ik zeggen.'
Klaas wendde zich grijnzend af. 'Zo Jonas,' hij streek de kat die op de divan lag over zijn kop. 'Jullie hadden toch twee katten?' Hij ging in een stoel zitten.
'Die andere ligt in zijn mand,' zei Nicolien, naar de mand bij de verwarming wijzend.
Klaas richtte zich even op en zakte weer terug.
'Wil je een kop thee?' vroeg ze.
Maarten nam plaats op de divan en pakte zijn pijp.
'Nee, maar vertel eens,' zei Klaas toen Nicolien de kamer weer uitging, 'waarom zijn jullie daar eigenlijk weggegaan?

Ik dacht dat jullie het daar nogal naar je zin had.'
'Nicolien omdat de buren een obsessie voor haar werden, en ik omdat ik me steeds meer begon te realiseren dat ik daar niet in mijn kist wilde worden uitgedragen.'
'Maar zover is het toch nog niet?'
'Dat weet je natuurlijk nooit. En als je zoiets eenmaal denkt, dan kun je beter weggaan.'
Klaas keek hem onderzoekend aan.
Maarten glimlachte schuldig. Hij wendde zijn ogen af en stopte zijn pijp.
'Zou het ook niet zo zijn dat je je daar eigenlijk niet op je plaats voelde?' vroeg Klaas.
'Dat kun je concluderen,' gaf Maarten toe. 'Het werd een beetje gek om daar te wonen met mijn salaris. Het had iets vals.'
'Maar het betekent ook dat je nou niet meer uit je baan weg kunt.'
'Nee, maar ik ben daar nu twaalf jaar, het is onzin om er rekening mee te houden dat ik daar nog weg zal gaan.'
'Zo leuk vind je het toch anders niet?'
'Nee. Leuk vind ik het niet, maar ik ben me verantwoordelijk gaan voelen.'
'Is dat niet hetzelfde?'
'Nee,' zei Maarten beslist. 'Dat is niet hetzelfde.'
Nicolien kwam de kamer weer in. Ze zette de theepot op het lichtje en ging bij hen zitten.
'Voel jij je dan niet verantwoordelijk?' vroeg Maarten hem aankijkend.
'Niet voor de school,' zei Klaas nadenkend.
'Voor je leerlingen.'
'Ja, wel voor mijn leerlingen. Maar ik zou ook rustig naar een andere school kunnen gaan. De school kan me niet schelen.'
Ze zwegen.
Klaas zat onderuitgezakt in zijn stoel en keek nadenkend langs zijn benen naar de grond. 'En die mensen waar je mee werkt?' vroeg hij tenslotte, Maarten weer aankijkend. 'Voel je je daar ook niet verantwoordelijk voor?'
'Nee. Voor die mensen voel ik me niet verantwoordelijk. Al-

leen voor het Bureau, of eigenlijk tegenover de Commissie dan, want Balk kan me niet schelen.'
'Is dat zo?' vroeg Klaas aan Nicolien.
'Ik weet het niet,' ze lachte nerveus. 'Ik vind het onzin natuurlijk. Ik zou me geloof ik nooit verantwoordelijk voelen tegenover zo'n Commissie.'
'In de eerste plaats heb ik een contract getekend,' zei Maarten ongeduldig, 'en verder hebben ze me altijd fatsoenlijk behandeld. Ze laten me gewoon mijn gang gaan.'
'Behalve in die kwestie met Zuid-Afrika dan toch,' zei ze.
'Tenslotte hebben ze me daar ook mijn gang laten gaan.'
Ze zweeg.
'Hoeveel mensen heb je ook weer?' vroeg Klaas.
'Drie, en dan nog wat losse krachten.'
'Asjes...' begon Klaas.
Nicolien stond op om thee in te schenken.
'Bart Asjes, Ad Muller en Jan Boerakker.'
'Jan Boerakker is die man die elk ogenblik ziek is?'
'Nee, dat is Ad Muller. Bart Asjes is ook vaak ziek, maar die is echt ziek, die heeft slechte ogen. Ad Muller denkt altijd dat hij ziek is.'
'En wat doe je daar dan aan?'
'Niks. Wachten tot hij terugkomt.'
Klaas knikte. 'Dank je,' zei hij opkijkend en de kop van Nicolien overnemend. Hij roerde nadenkend in zijn thee. 'En heb je nooit eens het gevoel dat jij daar schuld aan hebt?'
'Nee,' zei Maarten verbaasd. 'Waarom zou ik daar schuld aan hebben?'
'Omdat je te veel van hem eist bijvoorbeeld.'
'Maar ik eis niks. Hij mag precies doen waar hij zin in heeft.'
Klaas keek hem onderzoekend aan, alsof hij het maar half geloofde.
'Nee, echt!' – hij lachte schuldig. 'Hij hoeft niet te publiceren. Hij kan in zijn eigen tempo werken. Hij heeft een leven als een luis op een zeer hoofd.'
'Daarom misschien. Misschien zou hij juist graag willen dat je hem op zijn huid zat.'
Maarten haalde zijn schouders op. 'Dan moet hij maar ergens anders gaan werken.'

'Als bij ons een leerling spijbelt dan gaan we altijd met de ouders praten om te horen of er misschien iets aan de hand is.'
'Ik kan toch moeilijk met zijn ouders gaan praten. We hebben hem één keer opgezocht. Toen stond hij aan zijn werkbank. En de volgende dag was hij beter.' Hij keek naar Nicolien.
'Ja,' zei ze.
'Misschien dat je dat dan moet doen.'
'Nee,' zei Maarten beslist. 'Dat doe ik niet! Stel je voor! Ik had trouwens niet de indruk dat hij het bijzonder op prijs stelde. Hij voelde zich betrapt. Ik vind dat gênant. Als mensen zich zo gedragen dan schaam ik me en dan laat ik ze liever in hun vet gaar smoren.'

*

Hij droomde dat hij uit de heuvels kwam en afdaalde naar de rivier. Het begon te schemeren. Aan de oever stonden wat mensen. Het was heel stil. Niemand sprak. Uit de grijze verte kwam een roeiboot langzaam dichterbij. Er zat één man in. In de stilte hoorde hij al van heel ver het piepen van de riemen in de dollen. De man meerde af en terwijl hij, zittend, met één riem de boot in de stroom op zijn plaats hield, stapten ze de een na de ander aan boord. Niemand zei iets. De man duwde af, draaide zijn boot met de voorsteven naar de stroom, boog ver naar voren en trok de riemen naar zich toe. Zodra ze de landtong voorbij waren, kwam het water in lange rillen op hen af. Omdat de boot tot de boorden in het water lag, was hij een ogenblik bang dat ze zouden omslaan. De rivier was breed. In het schemerdonker waren de oevers al niet meer te zien. Hij zag een hoge rug water op hen afkomen, gitzwart tegen het grijs van het water om hen heen en tegen de donker wordende hemel. Toen de muur van water niet dichterbij kwam, begreep hij dat het een stroomversnelling was. Aan de andere oever lag een kleine stad. De lichten van de straatlantaarns kwamen langzaam dichterbij en in het halfdonker kregen de huizen langs de kade geleidelijk contouren. Er was een verwilderd parkje. Oude tramwagens rangeerden over een dubbel spoor voor ze langs het park terugreden naar het station. Er stond een kiosk, er was een kleine kermis en overal liepen mensen, als in de negentiende eeuw. Hij stapte aan wal en liep in de menigte langzaam in de richting van het centrum, op zoek naar een verblijf voor de nacht. Om zich heen zag hij alleen vriendelijke, vrolijke gezichten. Niemand lette op hem, niemand kende hem. Dat gaf hem een geluksgevoel en daarmee werd hij wakker.

★

'Ha!' zei Maarten verrast – Ad kwam de kamer in – 'ben je weer beter?'
'Ja, zoiets,' antwoordde Ad, op een toon alsof hij eigenlijk nog lang niet beter was. Hij zette zijn tas tegen zijn bureau en ging zitten, waardoor Maarten hem niet meer kon zien.
Maarten aarzelde. Hij stond op en keek naar hem. Als hij stond kon hij net zijn hoofd zien, achter de lage boekenkast die zijn bureau van de rest van de kamer afschermde.
Ad verplaatste de stapels papieren, knipsels en brieven die in de afgelopen drie of vier weken op zijn bureau waren opgestapeld.
'Wat heb je nou eigenlijk gehad?' vroeg Maarten.
'Moeë ogen,' antwoordde Ad onwillig, 'en warm.' Hij keek niet op.
'Meer niet?' Hij moest moeite doen om zijn stem neutraal te houden.
'Dat lijkt me wel genoeg, vind je niet? Of vind je dat normaal soms?' Hij keek nu op, enigszins agressief.
'Ik weet niet wat normaal is,' bekende Maarten.
'O nee,' alsof hij dat even vergeten was.
Maarten zweeg. Hij aarzelde en ging tenslotte weer zitten, achter het boekenkastje dat zijn bureau van dat van Bart scheidde. Hij herinnerde zich de opmerking van Klaas, maar na deze reactie wist hij niet wat hij zou kunnen zeggen. In de stilte kwamen uit de belendende kamer de stemmen van Jan en Bart.
'Heb jij dat nooit?' vroeg Ad, zijn stem was een beetje schor, 'dat als je de hele dag op het Bureau geweest bent, dat je dan

's avonds te moe bent om nog naar de televisie te kijken?'
'Wij hebben geen televisie.'
'O nee. Misschien is dat ook maar beter.'
'Maar als ik de hele dag op het Bureau gezeten heb, ben ik 's avonds ook moe.'
'Zie je wel? Het ligt aan het Bureau!'
Maarten aarzelde. 'Wat mankeert er dan aan het Bureau?' Zijn stem klonk nu ook schor.
'De hele dag mensen om me heen, misschien dat ik daar niet tegen kan.'
'Dat is vermoeiend,' gaf Maarten toe.
'Kun jij hier eigenlijk werken, als wij in de kamer zijn?'
'Moeilijk,' hij woog zijn woorden, 'maar dat heb ik nooit gekund, ook niet toen ik nog alleen met Beerta zat.'
'En als je nou een commentaar moet schrijven of een boek moet recenseren?'
'Dat doe ik thuis.'
'En dan voor je vijftigste met een hartinfarct naar het ziekenhuis zeker.'
Maarten lachte. 'Zo gauw krijg je geen hartinfarct.'
'Nou, maar ik heb het er niet voor over.' Zijn stem was opnieuw agressief.
'Je hoeft het ook niet,' stelde Maarten hem gerust.
Ze zwegen. De tussendeur ging open, Bart kwam met een boek, een papiertje en een pen in zijn hand de kamer binnen, de deur achter zich openlatend. Hij merkte Ad pas op toen hij diens bureau al voorbijgelopen was, bleef abrupt staan en draaide zich naar hem om. 'Hé Ad,' zei hij verrast. 'Ik zag je niet. Ben je weer beter?'
'Zo'n beetje.' Maarten kon zijn gezicht niet zien maar aan zijn stem te horen zei hij het met een vermoeid lachje.
'Ik maakte me al zorgen.'
'Dat hoeft niet hoor.'
Bart keek hem vriendelijk aan. 'Maar loop nu niet weer te hard van stapel, want dan heb je het zo weer.'
'Nee hoor, ik zal oppassen.'
'Als je dat dan ook maar doet.' Hij wendde zich af naar zijn bureau, maakte een notitie en liep vervolgens de kamer weer uit,

de tussendeur achter zich sluitend. 'Ik heb het genoteerd,' hoorde Maarten hem tegen Jan zeggen.
Ad stond op. Hij kwam langzaam naar het bureau van Maarten en bleef daar staan.
Maarten keek afwachtend naar hem.
'Jij hebt verteld dat toen je hier voor het eerst kwam met Balk, dat hier toen allemaal kleine kamertjes waren. Zouden we die niet kunnen laten herstellen?' Er was een vreemde blik in zijn ogen, iets hysterisch.
'En Beerta dan? Die komt dan in een donkere gang te zitten.'
'Dan gaat die naar Jan.'
'Dat kan niet,' zei Maarten beslist.
'Als je liever ziet dat wij eronderdoor gaan.'
'Dat is natuurlijk onzin.' Hij dacht na. 'Bovendien vind ik dat wij ons niet kunnen afsluiten zolang we niet weten wat we met dit vak willen.'
'Nou, het was maar een idee.'
'We zouden natuurlijk wel kunnen instellen dat ieder van ons een dag of twee halve dagen thuis mag werken,' bedacht Maarten. Hij keek Ad aan.
'Misschien zou dat al wat zijn,' zei Ad weifelend. Hij keek om. De deur ging open, Mia kwam binnen. 'Zo, ik hoor dat je weer beter bent,' zei ze luidruchtig.
'Van wie heb je dat gehoord?' vroeg hij met een lachje.
'Van Slofstra natuurlijk! Heb je die staalpilletjes nog genomen?'
'Ja, maar die helpen niet.'
'Want ik heb het nog eens nagelezen en het is vast bloedarmoede wat jij hebt!'
'Dacht je?' vroeg hij met datzelfde vreemde lachje.
Mia wendde zich tot Maarten. 'Maar ik kwam ook vragen of jullie niet een paar platen van Jetses voor me hebben, voor in de bibliotheek.'

★

'Goeiemiddag,' zei Buitenrust Hettema. Hij sloot de deur en gaf achtereenvolgens Ad en Bart, die aan hun bureaus zaten,

een hand, waarbij hij zijn bovenlijf wat naar voren bracht en zijn hand ver uitstak: 'Muller... Asjes.'
'Dag meneer Buitenrust Hettema,' zei Ad binnensmonds.
'Dag Professor,' zei Bart.
Buitenrust Hettema wendde zich tot Maarten. 'Kan ik hier mijn brood opeten?' – hij keek hem vragend aan. Maarten kreeg geen hand.
Maarten was opgestaan. 'Ga zitten,' zei hij, op de vergadertafel wijzend. Hij nam zijn eigen brood op en bracht het naar de tafel. 'Wil je melk?'
'Dat wil ik wel. Van dat praten heb ik een droge mond gekregen. Is Anton er niet?' – hij maakte met zijn hoofd een beweging naar het bureau van Beerta.
'Anton is in Middelburg. Ik haal even een glas voor je.' Hij liep de kamer uit, de deur achter zich openlatend, en rende de trappen af. Slofstra zat achter de telefoon, Wigbold was in de keuken bezig met de afwas. 'Hebt u misschien een glas voor meneer Buitenrust Hettema?' vroeg hij.
'Is een kopje ook goed?' vroeg Wigbold. 'Ik heb net afgewassen.'
'Dat kan me niet schelen.' Hij begreep de opmerking niet, behalve als uitdrukking van onwil. Met het kopje in zijn hand rende hij met twee treden de trappen weer op, terug zijn kamer in.
Buitenrust Hettema zat aan de tafel, zijn onderlip vooruitgeduwd, zijn pakjes brood voor zich, en keek in gedachten naar buiten. Bart was verdwenen.
Maarten zette het kopje voor hem neer, haalde een vel doorslagpapier uit zijn la, nam zijn glas en zijn pak melk mee, legde het papier als een servet voor Buitenrust Hettema neer en schonk zijn kopje in.
'Ik vroeg me juist af,' zei Buitenrust Hettema, 'hoelang wij elkaar nu eigenlijk kennen.' Hij keek Maarten afwezig aan.
'Lang.' Hij ging zitten. 'Sinds je sollicitatie.'
'Ja,' hij knikte langzaam. 'Ik weet nog dat ik dat heel gek vond, dat ik bij Beerta moest komen, dat was nog in dat oude gebouw van jullie, en dat bij dat gesprek een ondergeschikte aanwezig was. Dat was jij, ja.'

'Ja, dat was ik.'
'Zo zie je hoe eigenaardig het kan lopen.'
Ze zwegen.
Buitenrust Hettema maakte zijn pakje brood open en nam een klein hapje.
'Hoe was je college?' vroeg Maarten.
'Dat was heel aardig,' antwoordde Buitenrust Hettema, nog altijd met zijn gedachten elders. 'Het zijn over het algemeen aardige kinderen, of jonge mensen moet ik eigenlijk zeggen.'
'Hoeveel heb je er nou nog over van de twaalf?'
'Zeven, maar dat vind ik eigenlijk wel genoeg.'
'Ja, dat lijkt me ook wel.'
Ze zwegen, allebei geconcentreerd op het eten van hun brood.
'Ik heb dat artikeltje van je in jullie Mededelingenblaadje gelezen,' zei Buitenrust Hettema, 'daar stonden een paar aardige opmerkingen in. Ik heb die nog genoteerd voor mijn colleges.'
'Over die verschillen als je de grens bent gepasseerd.'
'Bijvoorbeeld ja, al geloof ik daar nu juist niets van. Dat ligt heel anders.'
'De overgang is geleidelijker.'
'Dat ook ja, maar ook meer in het algemeen.'
'Eigenlijk zou je in een brede strook aan weerszijden van de grens een uitgebreid statistisch onderzoek moeten doen om precies het karakter van zo'n grens vast te stellen.'
'Ach welnee,' zei Buitenrust Hettema geïrriteerd, 'dat is toch absoluut niet interessant. Wat wou je daar nou mee aantonen? Dat er een grens is? Dat weten we wel.'
'Het karakter van zo'n grens!'
'En wat wou je daar dan mee bewijzen? Als ik zoiets zie dan vraag ik me af wat het voor de mensen betekent, niet of het vijftien kilometer verderop ook nog voorkomt, dat interesseert me nou absoluut niets. Ik zeg wel eens tegen Lies, Lies dat is mijn vrouw, ik heb eigenlijk het mooiste vak wat er is, ik hoef alleen maar te kijken en dan is er zo ontzettend veel wat je opvalt, daar heb ik geen statistisch onderzoek bij nodig. Liever niet zeg. Ik heb wel wat anders te doen!' Er was verontwaardiging in zijn stem, alsof Maarten hem iets probeerde aan te smeren.

'Wat vind je dan van de Atlas?' vroeg Maarten.
'Eerlijk gezegd heb ik nooit begrepen wat Anton en jij daarin zien,' bekende Buitenrust Hettema. 'Verspilling van tijd en van intellect.'
Maarten lachte. 'Laat de Commissie dat niet horen.'
Buitenrust Hettema reageerde daar niet op. Hij keek misnoegd van Maarten weg. Het gesprek had hem zichtbaar ontstemd.

*

'Ad wil van deze kamer weer aparte kamertjes maken, zoals het vroeger was,' zei Maarten – ze zaten met zijn vieren aan de vergadertafel. 'Ik ben daar niet voor, maar ik wil graag weten hoe jullie daarover denkt.'
'Waarom wil je dat?' vroeg Jan verbaasd.
'Omdat ik 's avonds moe ben,' antwoordde Ad. Er was iets uitdagends in de manier waarop hij Jan aankeek.
'Moe?'
'Ben jij dan niet moe 's avonds?'
Jan schudde nadrukkelijk zijn hoofd. 'Ikke niet.'
'Ik geloof dat ik wel begrijp wat Ad bedoelt,' zei Bart. 'Ik ben 's avonds ook vaak moe.'
'Ja, maar jij hebt slechte ogen,' zei Jan. 'Dan zou ik ook moe zijn.'
'En jij zit alleen,' zei Ad. 'Dus jij kan er niet eens over oordelen.'
Jan grinnikte. 'Daar heb jij weer gelijk in.'
'En als je nou de hele dag bezoekers hebt gehad,' wilde Bart weten, 'ben je dan ook niet moe?'
'Nee hoor. Ik zou niet weten waarom.'
'Nou, ik ben 's avonds moe,' zei Ad. 'Ik kan nog net een uurtje televisiekijken en dan is het afgelopen.'
'Dat kan ik heel goed begrijpen van Ad,' zei Bart.
Jan schudde langzaam zijn hoofd, alsof het hem zeer verbaasde wat hij hoorde.
'Wat doe jij 's avonds dan?' wilde Maarten weten.
'Beetje timmeren,' antwoordde Jan, 'beetje lezen, televisie, als er wat is dan, want er is niet zoveel, en om half twaalf eten we

vaak nog een stukje kaas.' Hij grinnikte. 'Gek gezin!'
'Dan ben jij blijkbaar een gezond mens,' zei Ad sarcastisch.
'En weet je waar dat aan ligt?' vroeg Jan. 'Dat jij geen vlees eet. Dáár word je moe van! Dat vegetarisme is de pest voor een mens. Neem dat nou maar van mij aan! Als je iedere dag een goed stuk vlees at, dan was je om de donder niet moe!'
'Behalve dat je daar weer kanker van krijgt,' zei Ad giftig.
Jan schudde zijn hoofd. 'Weet ik niks van.'
'Dan zal ik wel eens wat artikelen voor je meenemen, dan kun je eens lezen hoe gezond dat is.'
'Ja, uit die vegetarische krantjes zeker,' zei Jan, goedgehumeurd. 'Dat zegt me niks. Die zijn overal tegen.'
'Ik weet ook niet of je daar wel gelijk in hebt,' zei Bart tegen Ad. 'Dat ligt er helemaal aan hoe het vlees behandeld is.'
'Nee, ook als het goed behandeld is, zoals jij dat noemt,' zei Ad.
'Ik bedoel dat niet denigrerend,' verontschuldigde Bart zich. 'Ik heb veel respect voor mensen die voor een vegetarische levenswijze kiezen.'
'Zullen we terugkeren naar ons uitgangspunt?' stelde Maarten voor.
'Asjeblieft,' zei Jan.
'Ik kan Ad wel volgen,' zei Maarten. 'Als je de hele dag tussen andere mensen zit, dan ontspan je niet. Je werkt in een heel ander ritme dan wanneer je alleen bent en je wordt voortdurend afgeleid. Ik vind dat ook vermoeiend. Maar als we hier drie kamertjes maken dan komt Beerta op de gang te zitten, in het donker, en dat kan niet.'
'En je bent je vergadertafel kwijt,' vulde Jan aan.
'Ja, ook. Bovendien vind ik dat we ons in dit stadium niet kunnen isoleren. We zijn bezig met de opbouw van een kaartsysteem. We weten absoluut niet wat we met dit vak aan moeten. Zolang we niet onderling uitwisselbaar zijn en precies weten wat onze richting is, kunnen we ons zo'n isolement niet veroorloven. Als er een probleem is, moeten we dat meteen kunnen bespreken.'
'Helemaal mee eens,' zei Jan.
'En als dat nu ten koste van onze gezondheid gaat?' vroeg Bart bezorgd.

'Daar geloof ik niet in,' zei Maarten. 'Op een Bank zitten ze ook met zijn allen in één ruimte.'
'Maar je moet niet vragen hoe hoog het ziekteverzuim daar is,' zei Bart.
'Maar dit is toch zeker geen Bank,' zei Jan. 'Je moet eens aan iemand vragen die op een Bank werkt. Die mogen niet eens naar het toilet als ze nodig moeten.'
'Mijn vader werkt op een Bank,' zei Bart.
'Nou! Dan zal die je nog wel wat anders kunnen vertellen.'
'Maar als we nu eens allemaal één dag of twee halve dagen per week thuis werkten,' stelde Maarten voor. 'Zou dat een oplossing zijn?' Hij keek de kring rond.
'Ik wil het wel proberen,' zei Ad na een aarzeling.
'Jij wilt het wel proberen,' herhaalde Maarten. 'Bart?'
'Betekent dat dan dat je van ons verwacht dat we thuis aan een publicatie werken?' vroeg Bart voorzichtig.
'Zolang je daar geen behoefte aan hebt, hoef je van mij niet te publiceren.'
'Dan wil ik er nog wel eens over denken,' zei Bart zuinig.
'Goed,' zei Maarten. 'Jan?'
'Voor mij hoeft het niet, hoor,' zei Jan. 'Jullie mogen wat mij betreft naar huis, maar Jan Boerakker blijft. Er moet toch ook iemand zijn om de bezoekers te ontvangen?'

*

'Heb jij die declaraties van Ien eigenlijk wel eens gecontroleerd?' vroeg Ad. Zijn stem was schor.
Maarten keek op van zijn werk. Hij gaf geen antwoord.
'Hier,' hij gooide een stapel fiches voor Maarten op diens bureau, 'tien gulden per fiche!' Hij wendde zich af en liep terug. De fiches gleden uit elkaar over het bureau, de bovenste vielen over de rand op Maartens schoot en vervolgens op de grond. Maarten bukte zich, raapte ze op, legde ze boven op de andere, duwde het stapeltje weer in elkaar en bleef ermee zitten. Dat Jan te veel zou hebben gedeclareerd, schokte hem zo dat hij niet meteen in staat was erover na te denken. Werktuiglijk telde hij de fiches, eenentwintig. Op de declaratie die Jan hem

had laten tekenen had twintig uur gestaan. 'Zijn ze dat allemaal?' vroeg hij.
'Ja,' antwoordde Ad schor vanachter zijn boekenkast aan de andere kant van de kamer.
Maarten vroeg niet verder. Het was hem of hij met een zak meel een klap tegen zijn hoofd had gehad, een licht, duizelig gevoel dat doorzakte tot in zijn benen.
Ad schraapte zijn keel. 'Ik zou hem er maar eens naar vragen.'
Maarten reageerde daar niet op. Hij legde het stapeltje opzij en boog zich weer over het artikel dat hij zat te lezen, maar van wat hij las drong geen woord tot hem door, toen hij onderaan de bladzij was, moest hij weer opnieuw beginnen. Ad stond op en ging de kamer uit. Hij merkte dat pas toen hij hem de deur achter zich dicht hoorde doen. Werktuiglijk pakte hij zijn pijp en tabak, zakte terug tegen de leuning en begon hem langzaam te stoppen, zijn blik op de boeken aan de andere kant van zijn bureau. Hij stak de pijp in zijn mond, schudde even met het doosje lucifers, streek een lucifer af en bedacht toen pas dat Bart niet tegen rook kon. Hij blies de lucifer weer uit en bleef nadenkend, met de pijp in zijn mond, voor zich uit kijken. De gedachte dat hij Jan om uitleg zou moeten vragen stond hem zo tegen dat hij haar niet tot het einde toe kon denken. De deur ging open. Hij keek op. Jacqueline Greep kwam de kamer in. Ze bleef bij de deur staan, aan de andere kant van de kamer.
'Meneer Koning?' zei ze verlegen. Hij keek naar haar, zijn pijp uit zijn mond nemend. 'Ja?'
'Er is iets wat ik u nog niet verteld heb.'
Hij keek haar aan, niet begrijpend.
'Ik heb een dochtertje.'
De mededeling was zo onverwacht dat hij niet meteen wist hoe hij moest reageren.
'Juffrouw Veldhoven zei dat ik u dat moest vertellen.' Ze was zo verlegen dat ze zich geen houding wist te geven en een beetje met haar lichaam draaide.
'Wat vervelend voor u,' zei hij en hij had daar meteen het land over omdat het idioot klonk.
'Ja.'
Ze zwegen, allebei verlegen met de situatie.

'Kan ik dan nu weer gaan?' vroeg ze tenslotte.
'Ja natuurlijk.' Ook dat klonk idioot.
Toen ze weg was, schaamde hij zich, al wist hij ook niet hoe hij wel had moeten reageren. Hij huiverde, zo ongelukkig voelde hij zich. Alles kwam tegelijk. Vervolgens vroeg hij zich af wat juffrouw Veldhoven bewogen had toen ze Jacqueline naar hem toestuurde. Het enige wat hij kon verzinnen was dat dit kind voor het Bureau financiële consequenties had en dat juffrouw Veldhoven van hem verwachtte dat hij dat regelde. Nadat hij daar enige tijd vergeefs over had nagedacht, stond hij op en verliet de kamer.
Balk zat achter zijn bureau.
Maarten bleef bij de deur staan.
'Ja?' vroeg Balk ongeduldig, opkijkend.
'Juffrouw Greep heeft een dochtertje,' zei Maarten.
Balk keek hem een ogenblik niet-begrijpend aan. 'Wat heb ik daar mee te maken?' vroeg hij toen driftig. 'Daar hoef je mij toch niet mee lastig te vallen?'
Na wat er die ochtend was voorgevallen, was dat meer dan Maarten kon verdragen. 'Daar heb jij van alles mee te maken!' viel hij uit. 'Want jij moet ervoor zorgen dat ze nu ook kinderbijslag krijgt, neem ik aan!'
Tot zijn verrassing bond Balk meteen in. Hij maakte een aantekening en keek meteen weer in zijn boek alsof Maarten de kamer al verlaten had.
Maarten wendde zich af en ging de deur uit. Toen hij boven aan de trap langs de kamer van Jacqueline Greep kwam, bedacht hij zich en ging naar binnen. Ze zat aan haar werktafel te eten.
'Ik heb Balk gevraagd om voor de kinderbijslag te zorgen,' zei hij verlegen.
'O,' zei ze verrast, 'wat aardig van u.'
'Nee, niks,' weerde hij af en hij draaide zich meteen weer om. In de gang, op de terugweg naar zijn kamer, voelde hij zich geweldig goed. Tevreden sloot hij de deur en zette zich weer achter zijn bureau. Toen hij de la opentrok om een vel doorslagpapier te pakken, viel zijn blik op de stapel fiches. Hij verstarde. Langzaam legde hij het blaadje op zijn bureau, bukte zich om zijn brood uit zijn tas te pakken, pakte zijn glas,

schonk het in, haalde de boterhammen uit hun zakje en begon traag te eten.

★

'Ik heb nog één ding,' zei Maarten, hij had ermee gewacht tot het eind van de vergadering, maar omdat hij het zich voorgenomen had, kon hij het niet langer uitstellen. 'Het is me opgevallen dat de produktie van de thuiswerkers heel ongelijk is.' Hij keek strak voor zich om niet naar Jan Boerakker te kijken. 'Dat benauwt me een beetje, niet omdat ik het niet vertrouw,' hij praatte snel, 'maar Balk heeft er nog nooit wat van gezegd dat wij zoveel thuiswerkers hebben, en als hij er wat van zou zeggen dan heb ik niets om me te verantwoorden. Daarom vroeg ik mij af of het niet goed zou zijn om een soort controlesysteem in te stellen,' hij keek snel naar Bart, alsof hij van hem steun verwachtte, Bart keek neutraal terug, 'bijvoorbeeld door behalve het aantal uren ook het aantal fiches of overgetikte verhalen te laten noteren.' Hij keek de kring rond. 'Wat vinden jullie daarvan?'
'Heel goed,' zei Jan. 'Moeten we doen! Nooit de kat op het spek binden!'
Die reactie verraste Maarten. Hij keek naar hem, maar de onbevangenheid waarmee Jan zijn blik beantwoordde, gaf hem de overtuiging dat hij het meende.
'Geen bezwaar,' zei Ad.
Bart keek bedenkelijk. 'We moeten wel oppassen voor een bureaucratie,' vond hij.
'Dat is toch geen bureaucratie,' zei Jan, 'als je een normale controle uitvoert?'
'Nee,' zei Ad. 'Dat vind ik ook.'
'Het is niet bedoeld als controle,' zei Maarten, 'maar als verantwoording.'
'Als het daarbij blijft, dan heb ik er minder bezwaar tegen,' zei Bart.
'Wil jij je ermee belasten?' vroeg Maarten.
'Ik?' vroeg Bart verschrikt. 'Waarom zou ik dat moeten doen?'
'Omdat Ien en Heidi ook thuis werken.'

'Ad en ik kunnen onze eigen vrouwen toch niet controleren?' verduidelijkte Jan. 'Dat is waardeloos.'
Zijn tussenkomst verbaasde Maarten opnieuw. Hij keek naar hem met een glimlach.
'Ja, verdomd,' zei Jan lachend.
'En waarom doe jij het dan zelf niet?' vroeg Bart.
'Ik onderteken de declaraties,' hij lachte gemeen, 'zoiets moet in twee handen.'
'Je hebt toch ook altijd je antwoord klaar, hè?' zei Bart geïrriteerd.
'Dat is mijn kracht,' zei Maarten geamuseerd. De opluchting over deze onverwachte afloop en de verbazing over de reactie van Jan kwamen pas later.

★

'Mevrouw de Voorzitter,' zei Appel. 'Dit is nu mijn derde vergadering. Ik vind het natuurlijk wel belangrijk om te horen hoeveel fiches er het afgelopen jaar zijn gemaakt en hoeveel proefkaarten er zijn getekend, maar ik heb ook behoefte aan de visie van de Secretaris op de ontwikkeling van het vak. Kan hij daar nu wat over zeggen, of kan hij voor de volgende vergadering niet eens een beleidsstuk produceren?'
De opmerking trof Maarten als een dolkstoot. Terwijl hij de woorden van Appel schijnbaar onbewogen notuleerde, werd hij overweldigd door een gevoel van bedreigdheid dat elke gedachte buitensloot. Werktuiglijk, met de klank van de harde, enigszins sarcastische stem van Appel nog in zijn hoofd, schreef hij woord voor woord op, om tijd te winnen. Tegelijk merkte hij dat Kaatje Kater, naast hem, aan het hoofd van de tafel, naar hem keek. 'Secretaris?' vroeg ze. Toen hij opkeek, zag hij dat Beerta, die tegenover hem zat, zijn lippen spitste, alsof de vraag hem amuseerde. 'Dat kan ik niet,' zei hij zonder verder nadenken. Hij keek haar aan en zag dat zijn antwoord haar verraste.
'Hear, hear,' zei ze ironisch.
'Nee!' zei Maarten strak.
'Mevrouw de Voorzitter,' zei Stelmaker, hij boog zich wat naar

voren, 'met alle respect voor de Secretaris, maar het komt mij toch voor dat dit zijn taak is, bij uitstek durf ik wel te zeggen.'
Hij sprak de woorden heel precies uit, klankloos, zoals dokters en priesters praten.
Terwijl Maarten een aantekening maakte, zag hij dat Buitenrust Hettema zich oprichtte en langs Appel naar Stelmaker keek.
'Je kunt er toch zeker wel wat over zeggen?' zei Kaatje Kater. 'Ik bedoel maar.'
Haar toon deed hem aarzelen.
Op dat ogenblik klopte Balk driftig zijn pijp uit. Hij keek kwaad, alsof het gesprek hem in hoge mate irriteerde.
'Mevrouw de Voorzitter,' zei Van der Land, zijn pijp uit zijn mond nemend, hij schraapte zijn keel en boog zich voor Maarten langs naar Kaatje Kater, zijn hoofd scheef, 'misschien dat de Secretaris aan een concreet voorbeeld kan demonstreren waar hij mee bezig is. Ik voor mij heb daar meer behoefte aan dan aan weer een beleidsstuk. Beleidsstukken worden er al genoeg gemaakt. Te veel, durf ik wel zeggen.'
'Ja, daar sluit ik mij graag bij aan,' merkte Vervloet haastig op. Omdat hij achter Van der Land zat, kon Maarten hem niet zien, maar hij hoorde aan zijn stem dat hij met de situatie verlegen was, zoals altijd wanneer de stemming agressief werd.
Van der Land trok de asbak naar zich toe, klopte op zijn beurt zijn pijp uit en begon hem te stoppen uit een blikken doos die naast zijn stukken lag, alsof de zaak hem verder niet aanging.
'Kan dat wel?' vroeg Kaatje Kater aan Maarten.
'Ja, dat kan wel,' zei Maarten. Hij stond op.
'Maar niet te lang,' waarschuwde ze, op haar horloge, dat voor haar op tafel lag, kijkend. 'Ik wil maar zeggen.'
'Nee, niet lang.' Hij was gespannen.
'Is al bekend wanneer jullie naar Helsinki gaan?' vroeg Kaatje Kater aan Beerta, terwijl Maarten de kaart van de dorsvlegel uit zijn bureau haalde.
'Ikzelf over twee weken, Koning een paar dagen later, omdat de Atlascommissie eerst afzonderlijk vergadert,' antwoordde Beerta.
'Dus jij hebt je uitje weer,' zei ze vermaakt.

'Als je het zo noemen wilt,' antwoordde Beerta ironisch.
'Voor jou is werk toch een uitje? Dat heb je altijd gezegd!'
'Dat is waar,' gaf Beerta toe, met een knikje. 'Ik werk graag.'
'Als het maar niet te warm is, zeiden ze in Indië dan,' merkte Buitenrust Hettema op.
'Nee, warmte daar heb ik een hekel aan,' zei Beerta argeloos.
'En daarom ga je naar Helsinki!' zei Kaatje Kater vrolijk.
'Juist,' antwoordde Beerta.
Maarten had bij zijn stoel staan wachten tot ze uitgesproken waren. 'Ik weet niet of iedereen het zo kan zien?' vroeg hij, terwijl hij de kaart voor Kaatje Kater op tafel legde.
Van der Land en Vervloet aan de ene kant en Appel en Stelmaker aan de andere kant van de tafel schikten hun stoelen wat dichterbij. Balk had geen belangstelling, Buitenrust Hettema bleef rechtop zitten, Beerta en Kaatje Kater keken van een afstand toe, Beerta ironisch, Kaatje Kater geamuseerd.
'De kaart van de dorsvlegel dus,' zei Maarten. Hij was blijven staan en boog zich naar de kaart, langs Kaatje Kater, die haar stoel wat opzij rukte. 'Vijf typen, behalve dan de dorsstok, ieder type met een duidelijke, redelijk omgrensde verspreiding,' hij tikte op de kaart om die verspreidingsgebieden globaal aan te geven. 'Nu zijn er twee theorieën. De ene theorie is dat die verschillen honderden jaren oud zijn en dat de grenzen van hun verspreiding de grenzen zijn van oude cultuurgebieden. De andere is dat het ene type veel ouder is dan het andere en dat de nieuwere typen de oudere in de loop van de eeuwen vanuit een centraal punt, en dat zou dan noord-Frankrijk zijn, verdrongen hebben naar de randen van Europa. Ik geloof dat het in werkelijkheid nog anders is gegaan.' De uitleg emotioneerde hem en onwillekeurig was hij luider en met meer nadruk gaan praten, alsof hij een tegenstander van diens ongelijk moest overtuigen. 'Ik denk dat dergelijke vernieuwingen alleen werden overgenomen wanneer ze als vernieuwing werden gezien en dat dat lang niet altijd het geval was,' hij tikte op de kaart, 'dat je dus heel goed de situatie moet kennen om te weten waarom een boer overstapte op een andere vlegel.' Hij keek strak naar de kaart, niet in staat om iemand aan te kijken. 'Om dat te weten te komen volg ik drie wegen. Ik praat

met boeren om te horen hoe ze over hun vlegel dachten en of ze wel eens op een andere zijn overgegaan. Ik verzamel gegevens met vragenlijsten over de aantallen schoven die met de verschillende typen per uur gedorst werden om een indruk te krijgen van het arbeidsvermogen van de verschillende vlegels. En ik probeer me een beeld te vormen van de landbouwsituatie in de verschillende gebieden in de vorige eeuw, toen er nog algemeen met vlegels werd gewerkt, om erachter te komen wat er van zo'n vlegel gevraagd werd.' Hij zweeg en keek naar zijn kaart, onzeker wat hij er nog meer over moest zeggen.

Van der Land schraapte zijn keel. 'In het *Tijdschrift ter bevordering van Nijverheid* zijn voor de negentiende eeuw een aantal interessante regionale beschrijvingen verschenen,' zei hij, zijn pijp uitkloppend.

'Van Van Hall en Geertsema,' begreep Maarten.

Het antwoord verraste Van der Land. 'En Van Iterson,' vulde hij aan. 'Ik kan je wel een overzicht sturen.'

'Ik denk dat ik ze ken,' zei Maarten. 'Niet alleen in het *Tijdschrift ter bevordering van Nijverheid* trouwens, maar graag, je weet nooit.' Hij keek naar Kaatje Kater. 'Ik kan nog wel meer vertellen,' zei hij verlegen, 'en ik heb ook nog een kaart van de sikkel, de zicht en de zeis. Daar geldt hetzelfde voor.'

'Nou, zo lijkt het me wel genoeg voorlopig,' zei ze lachend. 'Ik weet niet hoe de heren daarover denken, ik bedoel maar, enzovoort, enzovoort.'

'Mevrouw de Voorzitter,' zei Van der Land, zich naar voren buigend, 'ik moet u zeggen dat ik zeer onder de indruk ben van wat ik gehoord heb en ik wil er met klem op aandringen de Secretaris de gelegenheid te geven hiermee voort te gaan. Dit soort onderzoek wordt in ons land verder niet verricht en ik acht het van het grootste belang dat het gedaan wordt nu dat nog mogelijk is.'

'Ja,' zei Vervloet, 'dat ben ik volledig met de heer Van der Land eens.'

'Hear! hear!' zei Kaatje Kater opgelucht. 'En meneer Appel, bent u ook tevreden?'

'Voorlopig wel, mevrouw de Voorzitter,' antwoordde Appel. 'Nou, ik kan me anders ook nog wel interessanter onderwer-

pen voorstellen,' zei Buitenrust Hettema, die al die tijd met opgetrokken wenkbrauwen had toegekeken.
'Daar zullen we het dan de volgende keer over hebben,' besliste Kaatje Kater.

'Oef,' zei Beerta, hij kwam terug van de gang, nadat iedereen verdwenen was, 'ik was werkelijk even bang dat het mis zou gaan.'
'Met die opmerking van Appel,' begreep Maarten. Hij was bezig met het ontruimen van de tafel en het overbrengen van de stukken naar zijn bureau.
'Zoals jij reageerde,' verduidelijkte Beerta, hij bleef bij zijn stoel staan, met de hand op de leuning, 'ik hield mijn hart vast.'
'Het is toch een enorme klootzak,' zei Maarten, opnieuw kwaad wordend. 'Zelf weet hij net zomin wat we met het vak aan moeten. Hij wil het alleen van mij horen!'
'Natuurlijk. Daar zit hij voor. Maar jij mag nooit zeggen dat je het niet weet. Jij weet alles!'
'Ik weet niets!' zei Maarten verontwaardigd. 'En helemaal niet wat voor beleid ik moet voeren.'
'Maar dat mag je nooit laten merken.'
Maarten bleef achter zijn bureau staan. 'Wat moet ik dan doen, als ik het echt niet weet?'
'Dan zeg je dat je zo'n s-stuk zult schrijven en dan schuif je het op de lange baan, of je maakt je er met een jantje-van-leiden van af, maar je mag de Commissie nooit in verlegenheid brengen. Het is dat Kaatje Kater je welgezind is. Een ander zou het je heel wat moeilijker hebben gemaakt.'
Maarten haalde zijn schouders op. 'Daar zullen ze dan toch aan moeten wennen, en anders ontslaan ze me maar.'
'Je praat naar dat je wijs bent,' vond Beerta. Hij ging zitten en rukte zijn stoel dichter naar zijn bureau. 'Enfin, je hebt je eruit gered gelukkig, dankzij Van der Land, en daar gaat het tenslotte om.'

★

Behalve een toestel van de Lufthansa, waarvan de laatste passagiers juist in het stationsgebouw verdwenen, en een paar sportvliegtuigjes bij een hangar een eind verderop, was het vliegveld verlaten. De wind was vochtig en fris, veel frisser dan in Nederland, maar toen hij achter de andere passagiers over het gras naar het gebouw liep, rook het naar lente. Over het veld, waarvan het groen van het gras nog de herinnering aan de winter bewaarde, hing wat diffuus zonlicht. Het was opmerkelijk stil, een rustige, provinciale stilte, waarin de geluiden van het voor hem drentelende groepje verloren gingen. Hij passeerde de douane en stapte aan de andere kant van het gebouw in een gereedstaande, ouderwetse autobus, waarin maar weinig passagiers zaten. De bus bracht hem in een klein half uur door een troosteloos land met naaldbosjes, berkebomen, bruine weitjes en vennetjes naar het hart van Helsinki. Aan de haven stapte hij uit. Er was een brede kade, zo laag aan het water dat het leek of de zee hier de stad binnendrong. Aan de kade lag één zeeschip, roodbruin aangevreten door roest, met een onbegrijpelijke, Finse naam op de boeg. Een paar mannen waren bezig grote kratten van de kade in het ruim te takelen. Er liepen wat mensen en er reden wat auto's, ouderwetse auto's, af en aan. Hij keek ernaar zonder veel te zien, gevangen in de schaduw van het congres waarheen hij op weg was. Op de hoek van een brede esplanade, waarvan de bomen nog kaal waren, bleef hij staan, bekeek de naam op het straatbordje en raadpleegde de kaart. Daarna liep hij langzaam de esplanade af. Er was nauwelijks verkeer en er hing een rust die tussen de monumentale, fantasieloze, rechthoekige gebouwen aan weerszijden iets onwezenlijks had. Hij kwam op een plein en sloeg rechtsaf langs een brede, grauwe straat die naar Mannerheim was genoemd en bestraat was met kinderhoofdjes. De huizen van de straat werden snel lager. Het was er modderig. Hier en daar, op schaduwplekken, lag nog wat vuile sneeuw, nauwelijks meer als sneeuw herkenbaar. De armoedige kleding van de enkele mensen die hij tegenkwam viel hem op, veel armoediger dan in zijn eigen land. Eén man was zo dronken dat hij niet meer gewoon vooruit kon en zich telkens vast moest grijpen om overeind te blijven.

In de hal van de Volkshogeschool waar het congres was ondergebracht trof hij Stanton. Stanton zat op een vurenhouten bank langs de zijwand, met het raam in zijn rug. Voor het overige was de ruimte verlaten. Toen hij Maarten door de klapdeur zag binnenkomen stond hij op en kwam hem tegemoet.
'Mister Stanton,' zei Maarten.
'Hello,' zei Stanton op zijn langzame, zangerige manier, alsof hij Maarten een uur geleden nog gesproken had.
Ze drukten elkaar de hand. Maarten vroeg zich af of de ander wist wie hij was, maar het was te laat om zijn naam nog te noemen.
'How was your journey?' informeerde Stanton.
'Fine, thank you,' antwoordde Maarten. 'I didn't fall down,' voegde hij eraan toe om een Engels grapje te maken.
'No.' Het maakte niet de indruk dat hij daar erg rouwig om geweest zou zijn.
'Are you alone?' vroeg Maarten. Hij had het land over zijn grapje en wilde de herinnering eraan zo gauw mogelijk weer wegnemen.
'Yes, I am afraid so,' antwoordde Stanton. Hij keek naar de klapdeuren opzij van de balie. 'There was nobody here. Maybe because it is lunchtime.'
Ze zwegen.
'Well,' zei Maarten toen de stilte hem begon te benauwen.
'In the next room there is a kind of a bar,' zei Stanton met een langzame beweging van zijn hoofd. 'We could try to get a drink there.'
'Is there somebody?' Hij had willen vragen of daar wél iemand was, maar hij wist niet hoe je dat in het Engels moest uitdrukken.
'No, but now that there are two of us, we can see what we can do.' Hij wilde zich afwenden, misschien om zijn koffer te halen die bij de bank was blijven staan, maar zijn aandacht werd afgeleid door Güntermann, die de klapdeur opende en de hal inkwam, een reistas aan zijn hand. 'Tag Alex,' zei hij verheugd, Stanton de hand reikend. 'Gutentag Herr Koning.'
'Tag Wolf,' zei Stanton glimlachend. 'Wie gehts dir?'
'So wie immer,' antwoordde Güntermann. 'Zu beschäftigt.'

'Und in Münster?' informeerde Stanton.
De vertrouwelijkheid tussen hen beiden gaf Maarten het gevoel dat hij te veel was. Hij keek naar de klapdeuren naast de balie en vroeg zich af of daarachter hun kamers waren en of hij op onderzoek zou uitgaan, maar voor hij een besluit had genomen kwam een vierde man de hal in, ook met een reistas, een kleine, gedecideerde man. Hij liep recht op hen af en stak zijn hand uit naar Güntermann. 'Da sehen wir uns schon wieder,' zei hij met een zware bromstem.
'Ach, Herr Klee,' zei Güntermann.
'Koning,' zei Maarten, de man op zijn beurt de hand drukkend, 'aus den Niederlanden.'
'Henri Klee aus Luxemburg,' zei de ander haastig. 'Gutentag Herr Stanton.' Hij gaf ook Stanton een hand.
'Wann war das letzte Mal?' vroeg Güntermann zich af.
'Detmold,' antwoordde Klee.
'Ach ja, selbstverständlich. Detmold!'
'Ich habe gehört, es hat dort Krach gegeben?' merkte Stanton op.
'Schweren Krach,' bromde Klee.
'Man hat versucht das Fach zu sprengen,' beaamde Güntermann. 'Ethnologen wie wir, die sich mit der Vergangenheit auseinandersetzen,' hij legde vertrouwelijk zijn hand op Stantons arm, 'sind Werkzeuge in Händen der Reaktion, Knechte des Imperialismus. Wir sollen uns nur noch mit aktuellen, gesellschaftlichen Problemen beschäftigen.' Hij lachte ingehouden, geringschattend.
'History is bunk,' begreep Stanton.
'Genau,' zei Güntermann.
'Und wer sagt denn das?' wilde Stanton weten.
'Die Tübinger,' zei Klee.
Maarten luisterde verbaasd. Hij wist niets van een ruzie af, had nog nooit van de Tübingers gehoord en had zelfs geen idee wie er in Detmold bijeen waren geweest. Hij voelde zich buitengesloten en wilde naar zijn kamer.
'Und da kommt Frau Grübler,' zei Stanton langzaam.
Ze keken alle vier naar Frau Grübler die op haar beurt door de klapdeur de hal betrad, een klein koffertje aan haar hand. Ze

keek verheugd toen ze hen zag staan en kwam op hen toe. 'Sie warten doch nicht auf mich?' vroeg ze, haar handschoen uittrekkend. 'Herr Stanton! Das freut mich wirklich Sie wieder mal zu sehen!'
Stanton glimlachte.
'Wo Frau Grübler ist, kann Herr Seiner nicht weit sein,' merkte Güntermann op, haar een hand gevend.
'Doch, Herr Güntermann,' zei ze, 'doch! Herr Seiner ist hier schon vorgestern eingetroffen. Gutentag, Herr Klee!'
'Koning aus den Niederlanden,' zei Maarten, toen ze zich tot hem wendde, rekening houdend met de mogelijkheid dat ze hem niet zou herkennen.
'Aber wir kennen uns doch, Herr Koning! Aber gewiß, wir kennen uns!'
'Ach natürlich,' zei Güntermann, 'Sitzung der Organisationskommission.'
Het lag Maarten op de lippen dat Beerta daar ook bij was, als zijn bijdrage aan het gesprek, maar hij hield dat gelukkig voor zich.
'Die müssen dann doch irgendwo hinter diesen Türen stecken,' meende Stanton, naar de klapdeuren naast de balie kijkend.
'Die halten jetzt Siesta,' bromde Klee.
De opmerking amuseerde Güntermann. Hij glimlachte voorzichtig.
'Aber Herr Klee!' protesteerde Frau Grübler, 'so alt sind die Herren doch noch nicht!'
Ze deed Maarten sterk aan een van zijn tantes denken en omdat ze hem bovendien had herkend, voelde hij sympathie. Alsof ze dat voelde, wendde ze zich tot hem. 'Und wie geht es in den Niederlanden?'
'Gut.' Hij zocht naar een wat uitvoeriger antwoord, maar hij kon niets verzinnen.
Een meisje kwam door de klapdeuren naast de balie. Ze ging achter de balie zitten, ordende wat papieren en keek toen afwachtend op.

De kamer die hem was toegewezen bevond zich in de rechtervleugel van het hoofdgebouw, op de begane grond. Ze bevatte een bed zonder sprei, een wastafel, een kast, een w.c., een tafeltje en een stoel, en ze had één raam, een tuimelraam met een vitrage ervoor, dat uitzag op een binnenplaats tussen de beide vleugels. Hij legde de map die hij gekregen had op het tafeltje, zette zijn tas op het bed, haalde zijn toilettas en zijn pyjama eruit en zette de tas in de kast. Boven het bed hing een kleine, ingelijste kleurenfoto van een hardblauw meer met op de achtergrond een donkergroen sparrenbos en op de voorgrond een rots met een berkeboom. Boven het sparrenbos hing een grote, witte wolk. Hij ging op de rand van het bed zitten en keek voor zich uit. Op de gang voor zijn deur en in de belendende kamers was enig rumoer: stemmen, voorwerpen die verplaatst werden, het jammeren van een kraan, het dichtslaan van een deur en het omdraaien van een sleutel. Hij luisterde, gedesoriënteerd, naar voren gebogen, zijn onderarmen op zijn knieën en zijn handen in elkaar. Voor zijn deur, op de gang, begroetten twee mannen elkaar uitbundig en raakten in gesprek in een taal die hij niet kende, vermoedelijk iets Oost-Europees. Luisterend naar hun stemmen stelde hij vast dat hij volstrekt ongeschikt was voor deze vorm van sociaal verkeer en hij vroeg zich af waarom hij er toch weer iedere keer aan deelnam in plaats van botweg alle uitnodigingen af te slaan. Ontevreden met zichzelf stond hij op en nam plaats achter het tafeltje. Hij sloeg de map open en bekeek de inhoud. Erin zaten een tweede plattegrond van Helsinki, een *guide with the compliments of Kansallis-Osake-Pankki*, wie dat dan ook mochten zijn, een kaart van geheel Finland en een aantal congresstukken met het programma. Hij bekeek het programma. Het congres begon om 17.00 uur met een *zwangloses Treffen*. Hij raadpleegde zijn horloge en stelde vast dat hij in dat geval nog twee-en-een-half uur over had.

*

'Dann schlage ich vor, daß wir jetzt über die zwei Hauptthemen welche jetzt vorliegen, diskutieren,' zei Seiner, 'das heißt über die Probleme bei der Herstellung der Karte der Pflüge und der Jahresfeuer. Herr Güntermann!'

Güntermann, die in het amfitheater een paar rijen voor Maarten zat, had zijn hand opgestoken. 'Darf ich sitzen bleiben,' vroeg hij nu, 'oder soll ich nach vorn kommen?'
'Hier wäre schon besser,' antwoordde Seiner.
Güntermann werkte zich de rij uit en daalde het zijpad af terwijl in de zaal een licht geroezemoes ontstond. Horvatić en Seiner, die zich op het podium bevonden, keken toe, Horvatić op een stoel achter de katheder, vanwaar hij zijn rede had uitgesproken, en Seiner in het midden. De overige leden van de Commissie, onder wie Beerta, zaten op de voorste rij. Güntermann stelde zich op aan de zijkant van het podium, half in de richting van Horvatić en Seiner, half naar de zaal. Het geroezemoes verstomde. 'Herr Kollege Horvatić hat nochmals hervorgehoben,' zei Güntermann, en het viel Maarten op dat hij Horvatić nu hij zelf hoogleraar was geen Professor meer noemde, 'daß in seine Karte alle uns bekannten Pflüge aufgenommen werden sollen. Da gibt es jedoch, jedenfalls bei uns, eine Schwierigkeit, weil nicht alle unsere Pflüge dieselbe Funktion haben. Ich meine, wäre es nicht besser, nur die Pflüge auf die Karte einzutragen die zum Umpflügen des Äckers benutzt werden?'
'Ja,' zei Seiner. 'Das scheint mir eine wichtige, methodische Frage.' Hij keek naar Horvatić.
Horvatić stond op en steunde met beide handen op de katheder. 'Vielleicht,' zei hij vermoeid, 'vielleicht auch nicht.' Hij zweeg, in gedachten, terwijl de anderen in spanning wachtten. 'Zuerst eine kurze Berichtigung,' hij richtte zich tot Güntermann. 'Es ist nicht méine Karte, es ist grundsätzlich únsere Karte, wie sehr ich persönlich auch daran beteiligt bin.'
'Selbstverständlich,' verontschuldigde Güntermann zich, 'ich meinte nur'...
'Ich weiß genau was Sie meinten,' onderbrak Horvatić hem, zijn hand opheffend, 'nur war die Weise in der Sie das sagten nicht richtig. Aber das ist alles in allem nicht wichtig. Es handelt sich jetzt um Ihre Frage ob wir auch die Funktion der Pflüge berücksichtigen sollen. Meiner Meinung nach gehören solche Funktionsunterschiede nicht auf eine Formenkarte. Man soll sie in den Kommentar bringen, wenn man das will.'

'Falls ich das so verstehen darf, daß wir die wichtigste Funktion auf die Karte und die übrigen in den Kommentar bringen, bin ich damit natürlich einverstanden,' zei Güntermann van de andere kant van het podium.
'Vielleicht läge damit ein glückliches Kompromiß vor,' viel Seiner hem bij, 'vor allem weil, zumindest in der Bundesrepublik, für die anderen Funktionen häufig ältere Pflüge benutzt werden.'
'In der DDR gibt es auch noch soziale Unterschiede,' riep iemand uit de zaal.
Seiner keek de zaal in. 'Herr Petsch möchte dazu etwas sagen. Herr Petsch?'
Op de derde rij stond een kleine, grijze man op, in een slecht zittend kostuum. 'In der DDR taucht noch ein weiteres Problem auf,' herhaalde hij. 'Hier sind die Pflugtypen teilweise an die Besitzgröße gebunden. Die ältesten Pflüge findet man auf den Kleinbetrieben.' Hij ging weer zitten.
In de zaal ontstond opnieuw enige beroering. Horvatić besteedde daar geen aandacht aan. Hij keek voor zich uit, alsof de discussie langs hem heen ging. Een paar stoelen van Maarten verwijderd stond Klee op. 'Ich möchte einen Vorschlag machen,' zei hij met zijn zware bromstem, de collega's in de rij voor hem draaiden zich naar hem om. 'Können wir nicht um auch die Funktion und die soziale Stellung der Pflüge aufzuzeigen mit durchsichtigen Karten arbeiten, die man übereinander legt?'
'Herr Horvatić?' vroeg Seiner.
Horvatić keek naar Klee. 'Für ein ganz kleines Land wie Luxemburg ist das vielleicht möglich,' zei hij langzaam, 'aber für ein riesiges Gebiet wie wir das bearbeiten, kann man einen solchen Vorschlag nicht ernst nehmen. Bitte, senden sie alle ihre Daten zur Arbeitsstelle, dann werden wir sehen wie wir dieses technische Problem, denn ich sehe es doch nur als ein rein technisches Problem, lösen.'
Na deze woorden wendde Güntermann zich af en klom terug naar zijn plaats. Hij keek in het voorbijgaan naar Stanton en Frau Grübler en spreidde bijna onmerkbaar zijn handen, in wanhoop.

Maarten had de discussie in toenemende verwarring gevolgd. Hij had vaag de indruk dat Horvatić en Güntermann elkaar niet begrepen doordat Horvatić de historische veranderingen onderschatte en Güntermann ze juist wilde uitsluiten, maar als hij daarover probeerde na te denken werd het een chaos in zijn hoofd. Uit een behoefte aan helderheid stak hij zonder erbij na te denken en zonder te weten wat hij zou gaan zeggen zijn hand op.
'Herr Koning,' zei Seiner.
'Ich verstehe es doch so,' zei Maarten luid terwijl hij nog onzeker over wat hij zou gaan zeggen opstond, 'daß wir eine Karte der vorindustriellen Pflüge in allen Ländern machen wollen,' zijn stem klonk agressief, verontwaardigd, alsof hem onrecht was aangedaan, 'aber auch in der vorindustriellen Zeit hat es Wechsel gegeben. In den Niederlanden findet man auf Abbildungen aus dem sechzehnten, siebzehnten, achtzehnten Jahrhundert Pflüge die es im neunzehnten Jahrhundert nicht mehr gibt. Was machen wir mit diesen Daten? Die sind doch ebenfalls wichtig?' Hij ging weer zitten, verward, onzeker over de betekenis van wat hij gezegd had. 'Herr Horvatić?' hoorde hij Seiner vragen. De vraag kwam van ver en de woorden van Horvatić drongen vertraagd tot hem door, zo was hij nog in de ban van de sprong in het duister die hij zojuist gemaakt had. Hij luisterde, verstard, en het duurde enkele ogenblikken voor hij zichzelf weer onder controle had.
'Diese Frage scheint mir besonders wichtig,' zei Horvatić. 'Ich kenne natürlich diese Abbildungen von denen hier die Rede ist und ich bin auch der Meinung, daß sie ungemein interessant sind. Wir sehen daraus, daß in einigen westlichen Ländern die vorindustrielle Periode schon im achtzehnten Jahrhundert aufhört. Für unsere Untersuchungen ist es jedoch nicht wichtig ob wir diese Pflüge in den Niederlanden oder in England im Anfang des achtzehnten Jahrhunderts und in Jugoslavien oder in Griechenland noch jetzt finden. Es sind grundsätzlich dieselben Pflüge, und es ist das, was die verschiedenen Völker oder Länder in Europa verbindet.'
Het was geen antwoord op zijn vraag, maar voordat Maarten dat had vastgesteld, had Petsch zijn hand al opgestoken.

'Herr Petsch?' zei Seiner.
'Ich bitte um Verzeihung,' zei Petsch, 'aber darf ich daraus schließen, daß Sie von uns alle Daten erwarten, auch historische Daten, aus früheren Jahrhunderten?'
'Alle,' bevestigde Horvatić, 'alles was man bekommen kann.'
In de groep rond Güntermann ontstond na dit antwoord enige beroering.
'Ich möchte dazu doch noch etwas sagen, wenn mir das gestattet ist,' zei Petsch, zich tot Seiner wendend.
'Bitte, Herr Petsch!' zei Seiner.
'Wenn hier gesagt wird, daß wir auf diesen Karten alles bringen sollen, so scheint mir da nicht nur ein technisches, sondern auch ein methodisches Problem vorzuliegen, nämlich ob wir das Recht haben so viel Verschiedenes aus verschiedenen Zeiten auf einer Karte unterzubringen. Die vorindustrielle Zeit, von der hier die Rede ist, läuft vom Jahre Null der Menschheit bis zum Anfang der industriellen Revolution. Wäre es nicht vernünftiger, wenn wir aus dieser langen Zeit die letzte Phase herausgreifen? Da kommt noch etwas hinzu. Wir sind doch schließlich Ethnologen, das heißt, daß wir unsere Daten mit Feldarbeiten sammeln, und nicht Historiker die sie in Archiven aufstöbern.'
Maarten stak zijn hand op. Hij wilde zeggen dat volgens hem veldwerk en historisch onderzoek onverbrekelijk verbonden zijn, maar Seiner merkte hem niet op, zodat hij zijn hand toen Horvatić opnieuw het woord nam beschaamd liet zakken.
'Wenn Herr Petsch sagt, daß wir Ethnologen sind, dann hat er recht,' zei Horvatić tegen Seiner. 'Wir arbeiten unter dem ethnologischen Aspekt! Jedoch, wenn wir in unseren Feldarbeiten keine Daten aus der vorindustriellen Zeit auffinden können, weil solche in unserem Lande nicht mehr vorhanden sind, dann müssen wir auf Literatur, Archive, Museen, Abbildungen zurückgreifen um die Verbreitungen in der Vergangenheit feststellen zu können. Es gibt da eine Geschichtsauffassung, die für die Ethnologie von großer Bedeutung ist, die Auffassung, daß in der Geschichte nicht immer die chronologische Folge das Wichtigste ist, sondern was in der Geschichte wirklich geschehen ist.' Hij zweeg en ging zitten, alsof daarmee het laatste woord gezegd was.

Maarten stak opnieuw, aarzelend, zijn hand op om alsnog zijn opmerking te maken, maar ditmaal was Güntermann hem voor. 'Darf ich?' vroeg hij aan Seiner.
'Bitte, Herr Güntermann,' zei Seiner. Hij keek op zijn horloge.
'Ich möchte dem was Herr Petsch soeben gesagt hat gerne pflichten,' zei Güntermann. Petsch, die twee rijen voor Güntermann zat, draaide zich om en knikte dankbaar. Güntermann boog even in zijn richting voor hij verderging. 'Wenn wir Pflüge verschiedener Zeiten nebeneinander zeichnen, bringt das eine Unklarheit in die Karte, die wir vermeiden sollen. Ich glaube, hinter diesem Prinzip steht die Auffassung, daß sich die Erscheinungen über die Jahrhunderte hinweg im wesentlichen nicht geändert haben. Eine solche Auffassung ist heute nicht mehr aktuell. Meines Erachtens müssen wir uns auf einen bestimmten Zeitraum einigen, etwa 1880 bis 1920. Dann bekommen wir für den Nordwesten Europas zwar fast nur eiserne Fabrikpflüge, aber das kann man dann im Kommentar mit historischen Daten und eventuell mit einer Nebenkarte vertiefen. Schließlich liefern wir damit auch einen Beitrag zur europäischen Innovationsforschung.' Terwijl hij ging zitten, tikte Petsch zachtjes met zijn knokkels op zijn lessenaar, een voorbeeld dat hier en daar gevolgd werd.
Een lange man op de tweede rij met een opvallend plat achterhoofd stak zijn hand op.
'Mr O'Sullivan,' zei Seiner.
'I wonder if I may say it in English?' vroeg O'Sullivan.
'Bitte,' zei Seiner, 'ich meine: please.'
'Perhaps my friend Alex could translate it into German?' Hij keek om naar Stanton.
'Oh yes,' zei Stanton. Hij stond ook op.
'As I see it, there are two opposite points of view in this discussion, the first one is that of Mr Horvatić, who wants a map with a maximum of historical information, the other one is that of Mr Güntermann, who seems to be more interested in the process of innovation. Why should not we reconcile these opposites by making a series of maps?'
'Doktor O'Sullivan macht den Vorschlag eine Reihe von Karten zu entwerfen,' vertaalde Stanton.

Er viel een stilte. Seiner keek naar Horvatić. Horvatić keek voor zich in de ruimte zonder te reageren. 'Ich weiß nicht ob Herr Kollege Horvatić mit diesem Vorschlag einverstanden sein kann,' zei Seiner, 'aber meines Erachtens hat Herr Güntermann recht wenn er fordert, daß eine Karte prinzipiell zeitgleich sein muß, und ich für mich halte eine Zeitspanne von hundert Jahren, also von 1850 bis 1950 für das Äusserste. Außerdem bin ich der Meinung, daß wir dazu dieselbe Quelle benützen müssen, das heißt Fragebogen und Feldarbeiten. Eine zweite, historische Karte, wie Mr O'Sullivan vorschlägt, könnte dann die älteren Daten bringen.' Hij zweeg en keek naar Horvatić.
Opnieuw viel er een stilte.
Klee hief zijn hand op.
'Herr Klee?' vroeg Seiner.
'Falls das was Sie jetzt vorschlagen die Schlußfolgerung dieser Diskussion sein würde, möchte ich dazu noch was sagen,' zei Klee. 'Sie wählen als Zeitspanne die Periode von 1850 bis 1950. Warum keine Karte von der Situation wie sie jetzt ist, wie jeder von uns sie festlegen kann? Wir kümmern uns jetzt um Daten aus einer Zeit wofür wir kaum mehr Gewährsleute auffinden können. In fünfzig oder siebzig Jahren werden künftige Ethnologen die Daten für unsere Zeit sammeln müssen, weil wir dafür nicht die Zeit gefunden haben. Wäre es nicht besser jetzt das Material unserer Zeit zu sammeln, statt andauernd fünfzig Jahre hinter unserer Zeit herzuhinken?'
De opmerking van Klee wekte grote beroering en toen hij weer was gaan zitten, kon Maarten aan zijn gezicht zien dat hem dat voldoening gaf. Alleen Horvatić leek onberoerd door wat er gezegd was.
'Herr Klee,' zei Seiner – het werd stil – 'Ich kann nicht glauben, daß es Ihnen mit diesem Vorschlag ernst ist. Ein solcher Vorschlag würde das Gebäude des Atlasses, wo wir alle unser Herz haben, sprengen. Wir sind doch deswegen zusammengeführt worden, weil bei unseren nationale Atlanten plötzlich jeder an irgendeiner Grenze stand. Es ist unsere Grunderfahrung, daß die Traditionsgrenzen weder an Staats- noch an Volksgrenzen halt machen. Wir wollen die große, gesamte Kulturverflechtung innerhalb Europas vor der Zeit der Industrialisierung,

die seit der Jahrhundertwende die traditionellen Arbeitsweisen völlig beiseite geschoben hat, an einzelnen Beispielen verdeutlichen. Wir wollen innerhalb Europas im Laufe der letzten zweitausend Jahre die wichtigen Kultur- und Strahlungszentren erkennen, auf der anderen Seite die konservativen, die Reliktgebiete. Wir wollen wissen welche allgemeinen, geistigen, wirtschaftlichen, sozialen und politischen Antriebe und Ursachen dahinter gestanden haben. Wir sind insofern nicht nur Ethnologen, sondern auch Kulturhistoriker. Das ist unser Ziel und von diesem Ziel müssen wir uns nicht entfernen mit Vorschlägen so wie den Ihrigen.'
De woorden van Seiner en de overtuiging waarmee hij sprak, maakten diepe indruk. Toen hij zweeg, was het eerst doodstil. In de stilte tikte iemand zachtjes met zijn knokkels op zijn lessenaar, een paar anderen namen het over, het kloppen zwol aan tot een roffelen dat enkele ogenblikken aanhield. Daarna werd het opnieuw stil. Iedereen keek naar Horvatić. Horvatić stond langzaam op en begaf zich naar de katheder. Hij keek de zaal in. 'Man hat in der Diskussion mehrere Kompromißlösungen vorgeschlagen,' zei hij langzaam. 'Es geht aber in der Wissenschaft nicht um Kompromisse, sondern um die Wahrheit. Wenn wir alle Daten gesammelt und untersucht, und die Wahrheit kennengelernt haben, können wir noch darüber diskutieren wie wir sie publizieren sollen.' Hij wendde zich af en ging weer zitten.
Een ogenblik leek het of Seiner aarzelde. Hij keek naar Horvatić, maar toen Horvatić niet reageerde, wendde hij zich weer tot de zaal. 'Falls keiner mehr das Wort wünscht,' zei hij, 'schlage ich jetzt eine kurze Kaffeepause vor. Nachher werden wir dann über die Karte der Jahresfeuer diskutieren.'

'Heb jij nu begrepen wat Horvatić precies wil?' vroeg Maarten aan Beerta. Ze zaten bij de maaltijd in de eetzaal van de Volkshogeschool naast elkaar aan een van de twee lange tafels die in de kale ruimte waren opgesteld. Het was er rumoerig tussen al die pratende mensen, zodat hij hard moest praten.
'Horvatić is een knappe man,' antwoordde Beerta. Hij was bezig met het stuk vlees dat hij gekregen had en had daar moeite mee.

'Ja, maar ik heb de indruk dat hij denkt dat er vóór de industriële revolutie eeuwenlang niets veranderd is.'
'Dat weet ik niet,' hij duwde hard op zijn mes in een vergeefse poging een klein stukje van zijn vlees af te snijden, 'als ik zo'n stuk vlees krijg, dan betreur ik het weer dat ik geen vegetariër ben gebleven.'
Maarten lachte. 'Ben jij vegetariër geweest?'
'Ik ben zelfs voorzitter geweest,' antwoordde Beerta met zijn aandacht bij zijn vlees, 'maar dat was lang voor de oorlog.' Hij verplaatste zijn mes en probeerde een ander stuk.
'Laat het dan staan.'
'Ik laat nooit iets staan,' zei Beerta bestraffend. 'Dat heb ik van mijn moeder geleerd. Ik hoor het haar nog zeggen: Jongen! eet je bord leeg.'
'Nee, ik ook niet,' gaf Maarten toe. Hij prikte een aardappel doormidden, schoof een stuk met wat kool op zijn vork en stak dat in zijn mond. 'Nicolien vindt dat idioot.'
'Bovendien houd ik ook niet van kool,' zei Beerta, 'dus wat bleef er dan over.'
'Aardappels.'
'Maar dan moeten het wel Eigenheimers zijn.'
'Of Zeeuwse blauwen.'
'Zeeuwse blauwen zijn ook goed.'
'De keuken is inderdaad niet best,' zei Maarten terwijl hij een zeen uit zijn vlees wegsneed.
'De Finnen zijn een arm volk,' zei Beerta vergoelijkend. 'We zijn verwend.'
'Maar nog even over Horvatić,' zei Maarten terwijl hij de zeen uit zijn vlees wegdrukte. 'Als er nou vóór de industriële revolutie wel voortdurend veranderingen zijn geweest, hoe wil hij dat dan op de kaart tot uitdrukking brengen?'
'Dat kun je beter aan hemzelf vragen.'
'Ja, dat doe ik natuurlijk niet.'
'Waarom niet?' vroeg Beerta verbaasd. 'Daar zijn deze congressen nu toch juist voor?'
'Dat kan ik niet,' zei Maarten beslist.
'Ik zou niet weten waarom niet.'
'Omdat die man totaal niet luisteren kan.'

'Dat weet je pas als je het geprobeerd hebt.'
Maarten zweeg.
'Ik zou het maar doen.' Hij wendde zich van Maarten af en richtte zich tot Bloch, een Russische hoogleraar, die aan zijn andere kant zat. 'Und wie geht es bei Ihnen, in der Sowjet-Union?' vroeg hij.
In het rumoer om hem heen kon Maarten het antwoord van Bloch niet verstaan. 'Ich liebe die Sowjet-Union sehr,' hoorde hij Beerta op zijn beurt zeggen, maar hij was niet geïnteresseerd. Hij pakte zijn fles bier op, bekeek het etiket en schonk zijn glas bij. Terwijl hij zijn vlees wegkauwde keek hij tersluiks om zich heen. Tegenover hem zaten de drie Bulgaren, die vrijwel geen Duits spraken en angstvallig in elkaars gezelschap bleven. Links van hen zat Lopez, de vertegenwoordiger van Portugal, een opvallend goed geklede, al wat oudere man, die tot nu toe vooral aandacht aan de vijf aanwezige vrouwen had besteed. Hij was in gesprek met Irmgard Kretsch en legde, juist toen Maarten keek, zijn hand even op de hare, met een glimlach. In de holle, rumoerige ruimte klonk haar lach boven alles uit, een schrille, opgewonden giechel. 'Haben Sie verstanden was Horvatić mit seiner Karte vorhat?' vroeg Maarten, zijn blik misnoegd afwendend, aan Axel Klastrup, die zwijgend naast hem zat te eten.
Klastrup keek hem rustig aan, zijn vork en mes half opgeheven. 'Sicher.' Achter zijn bril waren zijn ogen groot en rond, enigszins als van een uil.
'Und falls es auch in der vorindustriellen Periode Änderungen gegeben hat?'
'Ja?' Hij keek Maarten vriendelijk aan.
'Wie sieht man das dann auf der Karte?'
'Ja,' zei Klastrup en hij hervatte de maaltijd alsof het gesprek met de opmerking van Maarten beëindigd was.
Zijn gedrag verbaasde Maarten. Hij concludeerde dat Klastrup zijn Duits niet begrepen had en begreep dat hij duidelijker moest zijn. 'Sagen wir, Sie haben den Auftrag bekommen die Karte von der Sense zu machen,' zei hij, 'für ganz Europa!'
'Ja,' zei Klastrup ernstig, zich bij zijn eten houdend.
'Jetzt finde ich auf Abbildungen eine Sense die man zwar im

siebzehnten Jahrhundert in den Niederlanden gekannt hat, aber die seitdem verschwunden ist.'
Klastrup keek hem aan. 'Das würde mich sehr interessieren.'
'Sie bringen diese Sense also auf Ihre Karte,' begreep Maarten.
'Ohne Zweifel!' zei Klastrup met overtuiging.
'Aber wie sieht man dann, daß sie wieder verschwunden ist?'
Klastrup moest daarover nadenken. Hij deed dat terwijl hij een nieuwe vork voorbereidde. Klaarblijkelijk had hij over dit probleem nog niet eerder nagedacht.
Maarten nam een slok van zijn bier en maakte van de pauze gebruik om ook een hap te nemen.
'Das ist nicht wichtig,' zei Klastrup, opkijkend. 'Wichtig ist nicht, daß sie verschwunden ist, aber daß sie dagewesen ist.'
'Auch! Aber auch daß sie wieder verschwunden ist!'
'Uns geht es um die Verbreitung der einzelnen Sensen,' zei Klastrup geduldig. 'Aus dieser Verbreitung können wir dann die kulturellen Zusammenhänge ablesen.'
Maarten schudde zijn hoofd. 'Anderes Beispiel! Land A. Im Land A, sagen wir Danmark, hat man nur eine Sense!'
'Wir haben mehrere Sensen,' waarschuwde Klastrup.
'Gut, dann Land A. Im Land A, nicht Danmark, aber ein hypothetisches Land, hat jedermann dieselbe Sense.'
'Gut.' Hij was opgehouden met eten om Maarten te kunnen volgen.
'In Land B kennt man dieselben Sensen, aber dort nur bei den armen, den kleinen Bauern. Die reichen, großen Bauern haben eine andere Sense.'
'Ja.'
'In Land C kennt man diese Sense auch, aber dort findet man sie gerade bei den reichen Bauern.'
'Ja.'
'Wenn man diese prozentuellen oder sozialen Unterschiede nicht auf die Karte bringt, dann bekommt man ein homogenes Gebiet. Bringt man sie auf die Karte, dann sieht man sofort, daß diese Sense sich von Land B über Land A nach Land C ausgebreitet hat.'
Klastrup keek bedenkelijk. 'Vielleicht, aber vielleicht auch nicht.' Hij dacht na. 'Das alles sind Interpretationen,' zei hij

tenslotte, 'und Interpretationen gehören grundsätzlich in den Kommentar.'

★

'Zum Schluß möchte ich die Arbeiten für die kommenden zwei Jahre bis an die Konferenz in Stockholm unter den Mitgliedern verteilen,' deelde Horvatić mee. Hij was opgestaan tussen de overige leden van de Atlascommissie, die achter een met een groen kleed bedekte tafel op het podium zaten, een aankleding die deze slotzitting een enigszins plechtig karakter gaf, alsof er prijzen uitgereikt werden. 'Die Organisationskommission hat sich über diese Verteilung langfristig beraten und ich komme jetzt mit den nachfolgenden Vorschlägen.' Hij sprak langzaam en weloverwogen, waardoor de spanning in de zaal voelbaar was. In de stilte, uit de hoek achter in de zaal waar Lopez en Irmgard Kretsch zaten, klonk een onderdrukt gefluister en gegiechel. Horvatić hoorde dat ook en keek gehinderd in hun richting. 'Es sind also während dieser Sitzung drei neue Themen vorgesehen,' vervolgde hij iets luider, 'Speisefette, Kinderwiegen, und Lasten. Diese Themen werden wir in Stockholm einzelnen Bearbeitern zuweisen. Dagegen sind die Themen Pflug und Jahresfeuer bereits von mir und von Kollege Seiner übernommen worden. Bleiben also die Sense, der Dreschflegel, die Wände des Bauernhauses und der Weihnachtsbaum. Wir haben beschlossen die Sense Herrn Klastrup zu übergeben.' Hij keek de zaal in.
Klastrup stond op. 'Ich werde es versuchen,' zei hij ernstig.
Er werd op de schrijftafels geklopt. Uit de hoek van Lopez en Kretsch klonk opnieuw gegiechel.
'Der Dreschflegel,' vervolgde Horvatić, hij keek de zaal in, 'geht nach Doktor Petsch.'
'Sehr verehrt,' zei Petsch, opstaand.
Opnieuw geroffel.
'Die Wände des Bauernhauses werden Herrn Kollegen Bloch und Doktor Lukács anvertraut werden.'
De beide heren, die aan weerszijden van Beerta achter de tafel zaten, knikten.

Het geroffel was nu zwakker, misschien omdat deze toewijzing vanzelfsprekend leek.
'Und für den Weihnachtsbaum schlagen wir schließlich Herrn Kollegen Lopez vor.'
'Nein!' riep Lopez, opspringend. 'Nicht ich!' – hij legde zijn hand op zijn borst. 'Das können Sie nicht meinen!'
'Doch,' zei Horvatić koel.
'Aber ich bin ein alter, kranker Mann!' riep Lopez wanhopig.
'Eine solche schwere, verantwortungsvolle Aufgabe kann ich mit meiner schwachen Gesundheit doch nicht mehr übernehmen!'
'Ich habe auch eine schwache Gesundheit,' antwoordde Horvatić.
'Nur nicht wie ich!' riep Lopez. 'Bitte! Glauben Sie mir!'
'Doch,' zei Horvatić onbewogen.
'Bitte! bitte!' herhaalde Lopez, zijn gevouwen handen opheffend.
Horvatić wendde zich af en keek naar Seiner. Seiner zei iets tegen hem. De overige leden van de Commissie keken onbewogen voor zich uit. Horvatić keerde zich weer naar de zaal. 'Die Organisationskommission wird sich weiter beraten,' zei hij plechtig. 'Sie werden später vernehmen welchen Beschluß wir genommen haben.'

★

Toen ze uit de bus stapten regende het nog, een dunne lenteregen. Ze haastten zich de straat over, een gebouw met één verdieping in, waar ze naar een grote, kale ruimte werden geleid. Terwijl ze daar binnendromden, onderhield Valkura zich voor in de ruimte met twee mannen die Maarten nog niet eerder had gezien en die dus waarschijnlijk bij het gebouw hoorden. Langs de wanden stonden tafels met koffiekopjes en bordjes. Een paar armoedig geklede vrouwen schonken de koppen vol uit grote aluminium koffiekannen.
'Wo sind wir jetzt?' vroeg Maarten aan Axel Klastrup.
'Ich weiß es nicht,' antwoordde Klastrup. Hij glimlachte verontschuldigend.

'Do you know were we are?' vroeg Maarten aan Stanton, die achter hem binnen was gekomen.
'Yes,' zei Stanton. Hij werd afgeleid door het gedrang rond de koffie en schoof van Maarten weg. Maarten volgde hem zonder verder vragen, voorzag zichzelf van een kop koffie en een bordje met een hard soort brood en zocht een wat rustiger plek, buiten het gedrang, bij Frau Grübler, Beerta en Henri Klee. 'Ja, natürlich, so muß man das tun,' zei hij, zijn kop op zijn bordje zettend, net als Frau Grübler. Hij lachte verlegen.
'Weet jij waar we zijn?' vroeg hij aan Beerta.
'Dit is de uitgeverij van Werner Söderström,' antwoordde Beerta, alsof dat vanzelf sprak.
'En waarom zijn we hier?'
'Omdat Valkura hier zijn boeken uitgeeft, denk ik.'
'Und weil die Finnen sehr stolz auf die Qualität ihrer Druckarbeiten sind,' zei Frau Grübler. 'Ihre technischen Fähigkeiten sind musterhaft.'
'Zumindest für die Finnen,' merkte Klee cynisch op.
'Aber Herr Klee,' zei Frau Grübler. 'So etwas sagt man doch nicht? Wir sind doch ihre Gäste.'
'Ja, ja, natürlich,' bromde Klee.
'Meine Damen und Herren,' zei Valkura met luide stem.
Het geroezemoes verstomde. De aandacht richtte zich op de twee stemmig geklede heren die naast Valkura voor in de ruimte stonden.
'Ich gebe dem Herrn Direktor des Werner Söderström Verlags das Wort,' zei Valkura, 'um Sie willkommen zu heißen.'
De oudste van de beide heren haalde een horloge uit zijn vestjeszak, keek erop, stak het weer terug en richtte zich op. 'Meine Damen und Herren, im Namen der Firma Werner Söderström heiß ich Sie herzlich willkommen. Wir sind sehr verehrt, daß einer unser wichtigsten Autoren, Herr Professor Valkura, uns die Gelegenheit hat gegeben Ihnen unsere Werkstätten zu zeigen.' Wat hij daarna zei, ontging Maarten grotendeels, omdat het Duits van de directeur niet gemakkelijk te volgen was en omdat hij al zijn aandacht nodig had voor het wegwerken van zijn koek. Pas toen hij hem bijna naar binnen had gewerkt, zag hij dat Beerta en Frau Grübler hun stuk gewoon gesopt hadden.

De uitgeverij bezat een zetterij, een drukkerij en een binderij. De zetterij bevond zich meteen achter een zware deur in een hoek van de ontvangstruimte. Achter elkaar, in een ordeloze rij, af en toe opgehouden en samenklonterend als een van de beide directeuren boven het geratel van de machines uit toelichting gaf, schoven ze achter de zetters langs, die onverstoorbaar met hun werk doorgingen, de meesten met een groene zonneklep boven hun ogen. Het viel Maarten op dat ze er over het algemeen vermoeider, magerder en sjofeler uitzagen dan Nederlandse arbeiders, wat hem ook in de straten van Helsinki was opgevallen. Hij zag zichzelf en de groep waarvan hij deel uitmaakte door de ogen van deze arbeiders: een stelletje goed betaalde parasieten, die hun tijd doorbrachten met het cultiveren van volstrekt zinloze hobby's, en hij schaamde zich. Zonder om zich heen te kijken, alsof hij daardoor minder aanwezig was, volgde hij de mensen voor hem en voelde zich pas wat vrijer toen ze door een zijdeur in het donderend lawaai van de drukkerij kwamen. Hij sloot zich aan bij een groepje rond een machine die gedrukte vellen uitstootte, luisterde verstrooid naar de directeur die boven het lawaai uit uitlegde hoe een en ander in zijn werk ging, en keek half afgewend naar een hoog, klein raam van matglas, aan het eind van de zaal, waardoor een smalle baan zonlicht naar binnen viel, over de vloer van grauw cement, tot aan de voet van een rotatiepers die kranten uitbraakte. De regen was opgehouden. De groep maakte zich los van de machine en volgde de directeur tussen de machines door naar de binderij, waar het toen de laatste de deur achter hen gesloten had, vergeleken bij de ruimte die ze zojuist verlaten hadden, opvallend stil was. De meeste arbeiders die hier werkten waren vrouwen, armoedig geklede vrouwen, die niet op of om keken toen ze binnenkwamen en langs hen liepen. Ze zaten aan kleine tafels of werkbanken, elk met haar eigen machine, als in een naaiatelier, en het rook er sterk naar lijm. De grote, kale ruimte, de grauwe vloeren van cement, de lucht van lijm, het licht dat door de hoge, matglazen ruiten naar binnen viel, en de verbetenheid van al die snel werkende, armoedige vrouwen gaven Maarten de indruk van een grote troosteloosheid, nog troostelozer dan de beide vorige ruimten. 'Man ver-

steht nicht, daß die Leute hier keine Revolution machen,' zei hij tegen Bloch, die naast hem liep.
'Ich weiß nicht,' zei Bloch en hij wendde zich van hem af, alsof hij met een provocateur van doen had.
Ze liepen tussen de vrouwen door naar het eind van de zaal, waar de beide directeuren hen opwachtten. Terwijl ze zich om hen heen verzamelden, werden door een man in een overall een paar stapels boeken aangedragen en naast de directeuren op een tafeltje geplaatst. Fischbächle, die vooraan stond, begon te applaudisseren, een applaus dat door de overige aanwezigen werd overgenomen. De directeuren glimlachten. Maarten applaudisseerde ook, maar het duurde even voor hij begreep dat het boek waarvan ieder van hen een exemplaar kreeg uitgereikt, hetzelfde boek was als ze zojuist op de pers hadden gezien.
'Don't you feel ashamed,' vroeg Maarten aan Stanton toen ze weer buiten waren, in de zon, en tussen de anderen achter Valkura aan naar een restaurant liepen, 'loitering between those people, who are working for a starvation salary?'
'Why should I?' vroeg Stanton.
'What if they would hear that while they are working we are doing nothing but cultivating our hobbies, talking about old ploughs, flails and scythes?'
'No, that is too philosophical for me,' weerde Stanton af.

Op de terugweg naar Helsinki, tegen het eind van de middag, stopte de bus midden in een eindeloze, zonnige grasvlakte met alleen links en rechts aan de einder een randje bos. Het was plotseling heel stil en in de zon, van achter de ruiten van de bus, had het land zelfs iets zomers. Voor in de bus was Valkura opgestaan. Hij praatte met Seiner, Horvatić en Beerta, die op de voorste banken zaten, en gaf hun een hand. Vervolgens keek hij de bus in en stak zijn hand op. 'Auf Wiedersehen in Stockholm,' zei hij verlegen, nauwelijks verstaanbaar, en hij stapte uit. Maarten zag hem de weg oversteken naar waar een in het gras getrapt spoor begon dat de toendra inliep. Daar draaide hij zich om naar de bus terwijl de chauffeur de motor weer startte. Hij hief zijn hand op, ze wuifden terwijl ze wegreden.

'Vielen Dank!' riep Fischbächle, maar dat bereikte Valkura niet. Toen Maarten nog eens omkeek, had hij zich al afgewend en liep hij langs het grasspoor de ruimte in, zonder nog een keer om te kijken.

*

'Kom maar,' zei Henriette. Ze boog zich over de leuning van haar stoel en strekte haar hand uit. 'Kom maar.'
Jonas strekte zijn nek en snuffelde aan haar hand.
'Toe dan.'
Maarten en Nicolien keken aandachtig toe.
De kat kromde zijn rug, strekte zich weer uit en stapte bij haar op schoot.
Henriette glunderde terwijl hij het zich gemakkelijk maakte.
'Dat zou ik ook zeggen,' zei ze tegen hem.
Nicolien lachte. 'Dat was mieters, jô, of mieters, toen vonden we het helemaal niet mieters, maar achteraf.'
Henriette keek oplettend naar haar.
'Met de verhuizing hadden we ze de avond tevoren in dat kleine kamertje gebracht, op de gang, omdat we bang waren dat ze weg zouden lopen, en toen de verhuizers weg waren toen gingen we ze halen, en toen waren ze weg. Het kamertje was helemaal leeg!' – ze lachte nerveus. 'We zijn ontzettend geschrokken, jô. We dachten dat ze ontsnapt waren.'
'Ja!' zei Henriette.
'Maar toen we daar stonden te praten en ons afvroegen hoe dat nou kon, kwam eerst Marietje uit het mandje en daarna Jonas. Ze waren van angst samen in het kleinste mandje gekropen waar we ze in gebracht hadden!' Ze lachte.
'Dát is mieters!' zei Henriette. Ze glunderde.
'Stel je voor dat ze echt ontsnapt waren en dat ze terug waren gelopen naar de Lijnbaansgracht!'
'Ja!' zei Henriette.
Er viel een stilte. Henriette viste haar shag en haar vloeitjes uit de tas naast haar stoel en rolde een sigaret. Maarten stopte een pijp, Nicolien stak een sigaret op.
'Ik ben net terug uit Helsinki,' vertelde Maarten.

'Ja,' zei Henriette, alsof ze dat al wist. Ze keek afwachtend naar hem.
'Een congres van de Europese Atlas.'
Ze knikte.
Hij stak zijn pijp aan, legde de lucifer in de asbak en keek nadenkend voor zich op het tafeltje.
'Hoe was dat?' vroeg ze.
'Idioot,' zei hij, opkijkend.
'Ja, natuurlijk.'
'Het lijkt heel romantisch, Finland, in de lente, smeltende sneeuw, blauwe meren, hoge wolken, maar er is geen pest aan.'
'Nee.'
'Net als wanneer ik 's ochtends naar mijn werk loop, door het mooiste stuk van Amsterdam, de gracht, de bomen, de huizen, maar het heeft geen enkele romantiek, het zijn schillen van wat er vroeger was. Net of er niets meer is dat de dingen bij elkaar houdt, leeg, zoals het voor de Schepping geweest moet zijn, maar dan zonder Schepping.'
Ze knikte.
Hij dacht na, glimlachte. 'Alleen als het stoplicht voor de Raadhuisstraat net als ik er aankom op groen springt, dat geeft nog voldoening, alsof ze me aan hebben zien komen,' hij lachte, 'maar dat is niet veel.'
'Nee.'
Hij keek haar onderzoekend aan. 'Heeft Stefano dat nu ook?'
Ze schrok. 'Nee,' zei ze vaag.
Hij lichtte zijn hoofd op, een halve knik.
'Maar op zijn werk is het een grote rotzooi natuurlijk,' zei ze snel.
'Hij gelooft alleen in zijn werk.'
Ze knikte kort, afwerend.
'En ik geloof dus niet in mijn werk. Sterker, ik kan geen enkel werk verzinnen waarin ik wel zou geloven.'
'Maar je bent tegenwoordig wel altijd met je werk bezig,' merkte Nicolien op.
'Ja,' gaf hij toe, 'omdat ik het gevoel heb dat ik tekortschiet.'
Ze zwegen.
'Dát is mieters!' zei Henriette.

Ze keken naar haar.

'Toen Stefano in dienst was, zat er een jongen op zijn kamer, die kwam uit Sicilië, een gewone jongen,' ze praatte gehaast, struikelend over haar woorden, 'maar toen Stefano daarnaar vroeg, wou hij niet zeggen wat hij deed. Maar hij deed natuurlijk wel iets. En toen Stefano het nog eens vroeg, zei hij dan tenslotte dat hij metselaar was. Toen zei Stefano natuurlijk dat hij dat heel belangrijk vond, want dat het belangrijkste is dat je een huis hebt om in te wonen. En toen werd die jongen plotseling verdomd enthousiast. Ja, eigenlijk is het verdomd belangrijk, zei hij, en vanaf dat ogenblik waren ze goeie vrienden.' Ze lachte. 'Verdomd mieters!' Ze zweeg abrupt.

Maarten keek haar onderzoekend aan. 'Je bedoelt dat ik metselaar moet worden.'

Ze schudde haar hoofd, afwerend.

Hij wendde zijn blik af. 'Ik denk dat het in mijn geval meer is dat ik niet met mensen kan omgaan,' zei hij nadenkend. 'Ik kan wel tussen mensen zijn, wat dat betreft ben ik niet als Frans, maar alleen als ik niets met ze te maken heb, zoals een vluchteling in een vreemd land.' Hij keek haar aan. 'Ik heb daarover een mieterse droom gehad.' Hij stond op en liep naar zijn bureau. 'Ik zal je die voorlezen.'

★

Alle ramen stonden open. Buiten was het zomer, maar binnen, aan de schaduwzijde van het gebouw, was het koel. Bart en Maarten waren alleen in de kamer, aan weerszijden van de boekenkast die hun bureaus van elkaar scheidde. Maarten zat te lezen in een bundel opstellen over het probleem van de continuïteit, die hij voor *Ons Tijdschrift* moest bespreken.

'Hoor je die uil?' vroeg Bart vanachter de boekenkast.

Maarten tilde zijn hoofd op en luisterde. Uit de verte klonk boven het brommen van het verkeer in de Vijzelstraat lang aangehouden de klagende, beverige roep van een vogel. 'Is dat een uil?' vroeg hij.

'Dat is een bosuil. Die roept nu al een paar dagen.'

'In de binnenstad?'

'Hoor maar!'
Uit de verte klonk het roepen opnieuw, lang aangehouden, een klacht die door merg en been ging.
Maarten stond op, liep om zijn bureau heen en boog zich over de vensterbank naar buiten. Bart was ook opgestaan en keek uit het andere raam. In het dichte gebladerte van de bomen die de tuin aan de achterzijde afsloten, koerden duiven en tsjielpten mussen. Daarbovenuit, maar wat verder, klonk plotseling opnieuw de beverige roep.
'Het lijkt wel of het van dat bankgebouw komt,' zei Maarten opzij kijkend naar het hoge bankgebouw dat de tuinen afsloot van de Vijzelstraat. Hij trok zich terug, de kamer weer in.
'Je vraagt je af wat dat dier heeft,' zei Bart bezorgd.
'Dat is al dagen?'
'Ik hoor het al dagen. Hoor!'
Maarten hoorde het. 'Het klinkt ontzettend triest.'
'Ja. Ik heb me al afgevraagd of we de Vogelbescherming niet moeten waarschuwen.'
'Ja,' zei Maarten vaag. Hij zag daar weinig in.
Ze luisterden. Het roepen klonk opnieuw.
'Misschien roept hij een andere uil,' opperde Maarten.
'Je denkt dat die dood is,' begreep Bart.
Maarten had dat niet willen zeggen, maar hij had er wel aan gedacht. 'Bijvoorbeeld.' Hij ging weer achter zijn bureau zitten. 'Met al die bestrijdingsmiddelen.'
Bart ging ook weer zitten. Het was enige tijd stil. Maarten luisterde naar de uil, die met regelmatige tussenpozen riep. De mogelijkheid dat het dier de overleden ander riep, was moeilijk te verdragen. Onbegrijpelijk dat hij het niet eerder had gehoord.
'Heb jij dat rapport van Oe Thant nu al gelezen?' vroeg Bart.
'*Problems of human environment*,' begreep Maarten. 'Alleen wat daarover in *Natuurbehoud* heeft gestaan.'
'Wat denk je daar nu van?'
'Dat het nog veel erger wordt.'
Bart stond op en keek over de boekenkast naar hem. 'Daar ben ik nu ook zo bang voor.'
'Binnen vijfentwintig jaar is het met onze beschaving afgelopen.'

'Maar daar moet toch iets tegen te doen zijn?'
'Nee,' zei Maarten beslist. 'Daar is niets tegen te doen. De mensen deugen niet.'
'En als we hen er nu van weten te overtuigen dat het zo de verkeerde kant opgaat?'
'Ze laten zich niet overtuigen.'
'Ik hoop niet dat je gelijk krijgt.' Hij ging weer zitten.
In de stilte klonk in de verte opnieuw het roepen van de uil. Maarten stond op. 'Ik ga even theedrinken.' Hij verliet de kamer.
Toen hij de hal binnenkwam, waar koffie en thee werd geschonken, zat daar alleen De Roode. 'Dag meneer De Roode,' zei hij.
'Dag meneer Koning,' zei De Roode.
Maarten liep naar het loket. In de keuken was niemand te zien. Hij wachtte even, boog zich toen naar voren en keek om de hoek. Wigbold zat aan de tafel te lezen. 'Meneer Wigbold!' waarschuwde hij. Wigbold stond op, legde met duidelijke tegenzin zijn boek neer en kwam langzaam overeind. 'Eén thee graag,' zei Maarten, een bonnetje over de balie schuivend. Wigbold pakte de grote aluminium ketel op die naast het loket stond, drukte het bonnetje over een ijzeren pin en schonk een van de klaarstaande koppen in. Zonder iets te zeggen schoof hij de kop naar Maarten toe en wendde zich weer af. Maarten nam zijn kop op en nam tegenover De Roode in het zitje plaats. 'Hebt u ons kunnen vinden?' informeerde hij. Zolang hij zich kon herinneren werkte De Roode in zijn vakanties op het Bureau aan zijn proefschrift.
'Ik dacht van wel,' antwoordde De Roode fijntjes.
Maarten glimlachte. Het antwoord beviel hem. 'U hebt vakantie?'
'Nee, ik heb geen vakantie.'
Dat verbaasde Maarten. Hij keek hem onderzoekend aan.
De Roode glimlachte, waarbij hij zijn bovenlip een klein beetje optrok, zodat onder zijn kleine, rode snorretje kleine, heel witte tanden bloot kwamen. 'Ik werk hier.'
'Sinds wanneer?' vroeg Maarten verrast.
'Sinds eergisteren.'

Maarten knikte.

'Ik zit bij Volkstaal,' legde De Roode uit, 'maar ik heb de indruk dat de afdelingen hier niet zoveel contact met elkaar hebben.'

'Wat niet betekent dat we niet van elkaar houden.'

'Misschien daarom,' zei De Roode geamuseerd.

'Wist jij dat De Roode hier tegenwoordig werkt?' vroeg Maarten, de kamer weer binnenkomend.

Bart hoorde het niet. Hij stond voor het raam en leunde naar buiten.

Maarten zette zich achter zijn bureau. Vanuit de verte klonk het roepen van de uil.

Bart trok zich weer terug. Toen hij wilde gaan zitten, zag hij Maarten. 'O, ben je terug?'

'Denk je ook niet dat hij op het bankgebouw zit?'

'Ja,' antwoordde Bart, 'en ik begin te vrezen dat je theorie juist is.'

★

Hij liep voor zijn vader uit de trap op en wachtte op het portaaltje.

Zijn vader kwam langzaam omhoog, een hand aan de leuning, zijn koffertje aan de andere. Toen hij boven was, richtte hij zich even op om adem te halen. 'Zo!' zei hij.

Maarten opende de deur en liet hem voorgaan.

Nicolien kwam uit de keuken. 'Dag vader.' Ze gaf hem een zoen, onwennig.

'Dag kind,' zei hij, ook niet zo op zijn gemak. 'Heeft Maarten al gezegd dat ik kom eten?'

'Ja hoor.' Ze lachte.

'Dan gaan we naar de kamer.' Hij wendde zich af en liep de gang door, wat onzeker op zijn benen.

'Geef jij vader vast een bakje pinda's?' zei ze tegen Maarten. 'Wilt u nog thee, vader?' riep ze achter hem aan.

'Ik wil natuurlijk nog thee!' antwoordde zijn vader zonder om te kijken.

Maarten volgde hem de kamer in.
Zijn vader zette het koffertje bij de tafel en liep door naar de stoel waar hij altijd zat. 'Moet die kat daar blijven liggen?' vroeg hij, in de stoel kijkend.
'Ik haal hem er wel uit. Kom Marie,' hij tilde de kat op en zette haar op de divan. 'Ga jij maar even hier liggen.'
De kat knipperde tegen het licht, wakker wordend uit een diepe slaap.
Terwijl zijn vader ging zitten, haalde Maarten een zak zoute pinda's en drie bakjes uit de kast. 'Je wilt toch wel pinda's?'
'Natuurlijk wil ik pinda's!'
Maarten zette de bakjes op het tafeltje, schudde ze vol, zette de zak rechtop tegen de tafelpoot, binnen het bereik van zijn vader, en ging naast Marietje op de divan zitten. Gewoontegetrouw reikte hij naar zijn tabak en zijn pijp.
'Ik heb nog een stapeltje *Observers* voor je,' herinnerde zijn vader zich. Hij duwde zich met beide armen op uit zijn stoel, zocht zijn koffertje, wees ernaar toen hij het zag staan en liep erop af. Van die gelegenheid maakte Marietje gebruik om haar plaats in de stoel weer in te nemen. Maarten keek naar zijn vader. Zijn vader maakte het koffertje open op tafel en nam er een stapel kranten uit. 'Ik heb er ook een paar *Neue Zürichers* bijgedaan.'
'Dank je.'
Zijn vader reikte hem de stapel aan, wilde weer gaan zitten en zag de kat. Even aarzelde hij, maar toen keerde hij de stoel resoluut om. 'Eruit jij! Als Nicolien in de kamer was, zou ik het niet durven, maar ik vind dat je eruit moet!' Hij ging weer zitten en begon ook een pijp te stoppen. Maarten keek de stapel door en sloeg het bovenste nummer open. Nicolien bracht de thee binnen. 'De thee is zo klaar.' Ze ging de kamer weer uit. Zijn vader boog zich naar voren en pakte een exemplaar van het *Katteblad*, een gestencild blaadje van een vereniging voor zwerfkatten, van het tafeltje. Hij bladerde erin. 'Guttegut,' zei hij hoofdschuddend. 'Hoe komen jullie daaraan?'
'Een jongen op mijn Bureau is daar penningmeester van,' antwoordde Maarten vanachter zijn krant. Hij had meteen het land over die opmerking. Hij had moeten zeggen: Wij vinden

het belangrijker dat er voor beesten gezorgd wordt die het slachtoffer zijn van rotzakken, dan dat er eindeloos geleuterd wordt over kinderen, over hun intelligente opmerkingen en hun zouteloze grapjes. Hij liet de krant zakken en keek naar zijn vader.
'Wat is dat voor man?' vroeg zijn vader sceptisch.
'Het is wel een aardige man.'
'Heeft hij geen kinderen?'
'Nee, maar die heb ik ook niet.' Hij prees zich gelukkig dat Nicolien niet in de kamer was.
Er viel een stilte.
Maarten bladerde de krant door, hier en daar een kop lezend.
'In een van die nummers staat een goed stuk over het milieu,' zei zijn vader.
'Ik zie het,' antwoordde Maarten.
Nicolien kwam de kamer in. Ze schonk een kop thee voor zijn vader in en zette die voor hem neer. 'Alstublieft. Wil jij ook een borrel?' vroeg ze, zich tot Maarten wendend.
'Graag.'
Ze haalde twee glaasjes en de fles en kwam erbij zitten.
'Nu heeft ineens iedereen er de mond vol van,' zei zijn vader, 'maar tien jaar geleden, toen ik er voor de radio een keer aandacht aan besteed heb, had geen hond er belangstelling voor. De enige reactie kwam van de secretaris van een chemische fabriek die vond dat ik het probleem wel erg eenzijdig behandeld had. Nou, dat heeft hij geweten! Ik heb hem een brief geschreven waar de honden geen brood van lusten.'
'Maar je hebt wel een Vapona-strip in je kamer,' herinnerde Maarten zich. Hij schonk hun glazen vol.
'Dat is wat anders,' vond zijn vader. 'Voor mij hindert het niet meer. Ik ben oud, en je weet, ik verlang er niet naar om nog ouder te worden.'
'Maar u krijgt toch wel eens iemand op bezoek?' merkte Nicolien op.
'Zelden. En als ze er zijn, zijn ze ook zo weer weg, dus daar zullen ze niks van over houden.' Hij nam een bakje pinda's van tafel, goot het voor de helft uit in de holte van zijn hand en sloeg ze achterover.

Er viel een stilte, waarin zijn vader de pinda's wegwerkte.
'Bij ons in de tuinen achter het Bureau zit een bosuil,' vertelde Maarten.
'Dat kan niet!' zei zijn vader beslist, het bakje naar zich toe halend.
'Toch is het zo.'
'Een bosuil zit in het bos!' Hij leegde het bakje in zijn hand.
'Die tuinen tussen de grachtenhuizen zijn hier en daar net bossen.'
'Heb je hem gezien?' vroeg zijn vader sceptisch.
'Nee, maar we horen hem. Hij zit de hele dag te roepen.'
'Dan is hij zeker verdwaald.'
'Of die ander is dood, door die rottige bestrijdingsmiddelen.'
'Dat kan,' gaf zijn vader toe. 'Die uilen zitten aan het eind van de voedselketen.' Hij schudde de pinda's ongeduldig in zijn hand.
'En geen hond die daar wat aan doet,' zei Maarten geëmotioneerd, 'ook de Partij van de Arbeid niet.'
'De Partij van de Arbeid graaft haar eigen graf sinds die linkse rotjongens daar aan de macht zijn,' voorspelde zijn vader.
'Maar je hebt toch zeker nog wel op ze gestemd?'
'Nog wel, maar als die fusie met de PSP en de PPR doorgaat, weet ik niet of ik dat blijf doen.'
De uitspraak verraste Maarten. Hij kon zich zijn vader niet voorstellen zonder de Partij van de Arbeid. 'Wat moet je dan stemmen?'
'Ik zou het niet weten.' Hij sloeg de pinda's achterover.
Ze zwegen.
Maarten bukte zich naar de zak en vulde het bakje van zijn vader bij. 'Ik heb Roel van Duyn gestemd.'
'Roel van Duyn?' zei zijn vader ontzet. 'Hoe kom je daar in godsnaam bij?'
'Omdat dat de enige is die wat om het milieu geeft.'
'Goeie God,' zei zijn vader verbijsterd. Hij schudde zijn hoofd.
'De Jong heeft hem omschreven als een vleugje parfum in de spruitjeslucht van het politiek gebeuren,' herinnerde Maarten hem.
'De Jong is een idioot,' zei zijn vader apodictisch. 'Hij zal wel

een goeie duikbootkapitein zijn geweest, maar van politiek heeft hij geen benul. Geef mij dan maar Samkalden. Die heeft er heel wat verstandiger op gereageerd.'

★

'Ik heb er nog wel een,' zei de man. 'Ik wil hem wel even halen, dan kunt u hem zelf zien.' Hij stond op en verliet de kamer.
Maarten keek om zich heen. Het was een kleine kamer vol glimmend gewreven meubelen, veel koperen voorwerpen, ingelijste foto's op het buffet, antimakassars over de rugleuningen van de fauteuils. Het huis lag op de hoek van twee smalle grachten. Vanwaar hij zat, kon hij op beide grachten kijken. Een van de ramen stond op een kier. Hij legde zijn notitieboekje op de leuning van de fauteuil en leunde achteruit. Hij hoorde de man in de keuken iets zeggen tegen zijn vrouw, die daar met de afwas bezig was. Toen de kamerdeur openging, richtte hij zich op en keek om.
'Dit is hem,' hij had een dorsvlegel bij zich.
Maarten stond op, nam de vlegel over en bekeek hem. Drie centimeter onder het uiteinde van de stok was een kerf gemaakt waarin de verbindingsriem bleef hangen. Hij tilde de stok op, zodat de knuppel boven de grond hing, en verbaasde zich over de lengte van de riem.
'Dat is een palingvel,' zei de man. 'Die gebruikten ze daarvoor. Dat is soepeler.'
'Was die riem altijd zo lang?' vroeg Maarten. Hij haalde een duimstok uit zijn schoudertas en legde hem langs de riem.
'Ik zou niet anders weten.'
'Vijfentwintig centimeter,' stelde Maarten vast. Hij keek naar de man. 'Bij de vlegels die ik tot nu toe gezien heb, was de knuppel zo dicht mogelijk tegen de stok gebonden.' Zonder dat hij dat bedoelde, klonk het beschuldigend, alsof de man aan de vlegel had zitten knoeien.
'Nee,' zei de man. 'Volgens mij waren ze allemaal zo, maar ja,' hij begon te twijfelen.
'Hebt u er zelf nog mee gewerkt?'
'Wel zien werken, maar ja, toen was ik nog een kleine jongen.'

Maarten nam de stok in beide handen. 'Want als je hiermee zwaait,' hij keek om zich heen, maar hij zag er meteen weer van af, in die kleine kamer zou dat ruïneus zijn geweest, 'en je haalt weer terug,' hij liet de knuppel even dansen om het voor te doen, 'dan heb je een dood punt, waardoor het trekt.'
'Ja.' Hij begreep het.
'Zo'n knuppel moet scharnieren.'
'Ja, ik weet het ook niet waarom ze het zo gedaan hebben,' zei de man verontschuldigend, 'maar zo deden ze het hier nou eenmaal.'
Maarten bekeek aandachtig de verbinding. Ze bestond uit twee palingvellen, een om de stok en een door het oog van de knuppel, die in elkaar grepen. 'Hebt u nooit gezien dat er een ijzeren knop op zat?'
'Deden ze dat wel?'
'Hier niet, maar in Friesland. Als je een kerf in zo'n stok maakt, dan maak je hem kwetsbaar.'
'Ik kan me niet herinneren dat ik dat hier gezien heb.'
Maarten begreep dat hij met deze man niet veel verder kwam. Hij liet de stok door zijn handen glijden en draaide hem langzaam rond terwijl hij hem bekeek. 'Uw vader heeft er nog mee gewerkt?'
'Ja. Mijn vader was tuinder.'
'Kijk!' – hij liet hem een in het hout gewreven witte plek zien, ongeveer dertig centimeter van de onderkant, 'daar heeft hij zijn hand gehouden,' hij pakte de stok onderaan vast en liet zijn linkerhand doorglijden tot de uitgesleten plek. 'Maar het is wel een gekke plek,' zei hij nadenkend, meer tot zichzelf, 'helemaal uit balans, of hij hem zó heeft gehouden,' hij schoof zijn handen langs de stok zodat de rechterhand om de uitgesleten plek kwam te liggen, 'maar dan wordt de hefboom veel kleiner.'
'U schijnt er nogal belang in te stellen,' zei de man.
'U herinnert zich niet hoe uw vader hem hield als hij dorste?'
'Nee, dat is al weer zo lang geleden.'
Maarten begreep het. 'Mag ik er buiten even een foto van maken?'
'U mag hem ook wel hebben.'

'Ja?' vroeg Maarten verrast.
'Ik doe er toch niks meer mee, met die ouwe troep. Het is dat hij er nog stond, anders hadden we hem al opgestookt.'

Met de vlegel in zijn hand kwam hij op de terugweg naar het station langs een bank met vier oude mannen. 'Zo, ga je dorsen?' zei een van hen.
Maarten aarzelde. Hij bleef staan en keek hem aan. 'Hebt u wel eens gedorst?'
'Zat!'
'Meer dan me lief is,' zei de man naast hem, 'want het was een rotwerk.'
De beide anderen knikten instemmend.
'Met zo'n vlegel?' – hij toonde de vlegel.
'Ja hoor,' zei de eerste. 'Van wie heb je die?'
'Van Staal.'
'Op de Achtergracht.'
'Zijn zoon dan toch zeker,' zei de derde, 'want Staal is al lang dood.'
'Ja, zijn zoon,' bevestigde Maarten.
'Ja, Staal,' zei dezelfde man, 'die heb ik nog goed gekend.'
'Rinus Staal,' begreep de vierde.
'Thomas!' verbeterde de derde. 'Rinus dat was zijn broer, die heb ik ook nog wel gekend.'
Maarten luisterde, wachtend op zijn beurt.
'En wat ga je er nou mee doen?' wilde de eerste weten.
'Die gaat naar het museum,' zei Maarten, voor het gemak.
De man knikte.
Maarten wees naar de verbinding. 'Was dat altijd zo lang?'
'Dat is palingvel,' zei de tweede.
'Onverslijtbaar,' verzekerde de derde.
'Maar zo lang?'
'Het kon nog wel langer zelfs,' zei de eerste, de lengte met zijn blik schattend.
'Maar krijg je dan geen dood punt elke keer dat je optrekt?'
'Een dood punt?' – het was duidelijk dat hij niet wist wat hij zich daarbij moest voorstellen. 'Nee.'
'Kijk,' hij zette zijn tas op de grond, zocht een plek waar hij de

knuppel kon laten neerkomen, hief de stok hoog op en sloeg hem met kracht naar voren in de berm naast de bank.
De mannen volgden zijn verrichtingen met aandacht.
'Maar zo moet je niet dorsen,' zei de eerste. Hij kwam overeind.
'Nee,' zei de tweede.
'Hoe moet het dan?' vroeg Maarten verlegen.
'Geef eens.' Hij nam de vlegel van Maarten over, ging wijdbeens staan, strekte de stok horizontaal voor zich uit, zwaaide de knuppel rond in een wijde boog om de stok naar de grond, trok hem door en zwaaide hem opnieuw rond in een regelmatig ritme, waarbij de stok nagenoeg horizontaal bleef en de knuppel telkens met een zachte plof de grond raakte. 'Zo!' zei hij na een keer of acht. Hij richtte zich op, gaf Maarten de vlegel terug en ging weer zitten.
Maarten probeerde het na te doen. 'Zo?' vroeg hij na een paar slagen.
'Zoiets,' zei de eerste sceptisch.
'Het lijkt erop,' vond de tweede.
De derde grinnikte vergenoegd.
'Maar zo kun je toch geen kracht zetten?'
'Meer moet ook niet,' zei de eerste, 'anders kneus je de bloemzaden.'
'Het waren bloemzaden!'
'Natuurlijk! want die waren te fijn voor de machine. Dat gaf alleen maar narigheid.'
'En het graan?'
'Dat had je hier feitelijk niet, dan moet je verderop in de polders zijn.'
Maarten begreep het. Het wekte zijn geestdrift, alsof de verschillen tussen de dorsvlegels op slag geen geheimen meer voor hem hadden. 'Ik heb ook wel eens gezien dat ze die stok niet hadden versmald,' zei hij met nauwelijks bedwongen enthousiasme, 'maar dat ze er een ijzeren knop op hadden gezet, voor het breken.'
'Dat hebben ze hier ook wel eens geprobeerd,' zei de man rustig, 'maar dat is niks.'
'Dat draait veel stroever,' vulde de tweede aan.

'En het is nergens voor nodig,' zei de eerste weer, 'want als je het goed doet, dan breekt hij niet.'

★

Naast het loket stond een schaal met koekjes.
'Wie is er jarig?' vroeg Maarten.
'Asjes,' zei Wigbold, een kop koffie naar hem toe schuivend.
'Asjes!' herhaalde Maarten. Hij nam een koekje van de schaal, legde het op zijn schoteltje, wendde zich af en liep achter Rentjes, Lex van 't Schip en Grosz langs naar de balie aan de andere kant van de ruimte, waar de post lag. Hij pakte de stapel post voor zijn afdeling, zette zijn kop op de lage tafel en ging naast Grosz zitten. Terwijl hij een voor een de brieven met zijn zakmes opensneed en vluchtig kennis nam van de inhoud, luisterde hij verstrooid naar Rentjes, die hortend en stotend en zonder zijn zinnen af te maken zijn mening gaf over politici, en naar Mia van Idegem en juffrouw Bavelaar, die een stoel verder over homeopathie spraken. 'Toe nou,' hoorde hij Slofstra in de keuken zeggen, 'laat mij nou Nico zeggen en zeg jij nou Douwe.' – 'Nee, meneer Slofstra,' antwoordde Goud zangerig, 'u blijft meneer Goud en ik blijf meneer Slofstra zeggen.' Hij schoof de stapel brieven op het tafeltje en nam zijn kop op schoot. Wigbold leunde door het loket, luisterend naar het gesprek tussen Mia en juffrouw Bavelaar. 'Hoe ver ben jij nou met dat boekje voor Balk?' vroeg Maarten aan Grosz, dwars door het verhaal van Rentjes heen.
'Hoezo?' vroeg Grosz zonder zijn pijp uit zijn mond te nemen. Het klonk terughoudend, alsof hij vond dat Maarten daarmee niets te maken had.
'Omdat je daarna ook voor ons mocht werken,' antwoordde Maarten, de reactie negerend.
Grosz haalde zijn pijp uit zijn mond en zocht in zijn zak. 'Wat heb je dan voor werk?' Hij haalde een pijpepeuter tevoorschijn, boog zich naar een asbak en begon zijn pijp leeg te krabben. Rentjes zette zijn verhaal voort, maar nu alleen tegen Lex van 't Schip.
Maarten dacht een ogenblik na, overziend wat hij zeggen

wilde. 'Ik zit in een commissie die zich bezighoudt met de geschiedenis van het brood,' begon hij. Hij wachtte even. 'Nu zijn er in ons land verschillende soorten roggebrood, elk met een eigen verspreiding, en die probeer ik te verklaren.'
'Interessant,' hij keek Maarten ironisch aan, waarbij zijn rechterpupil achter zijn bril ronddraaide.
'Ja,' zei Maarten vaag, hij had de indruk dat hij bij de neus werd genomen.
'Ik dacht eigenlijk dat jij met de dorsvlegel bezig was.'
'Ook. Ik ben overal mee bezig.'
Grosz lachte geamuseerd, een malicieus snuiven.
Balk kwam door de klapdeur de koffieruimte in. 'Is er iemand jarig?' vroeg hij aan Wigbold.
'Asjes,' antwoordde Wigbold, zich oprichtend om een kop koffie in te schenken.
'Om dat te verklaren zou ik een onderzoek willen doen naar wat er over brood in stedelijke keuren is te vinden,' zei Maarten.
Grosz keek hem onderzoekend aan, naar het scheen ironisch.
'Daar moeten we dan maar eens over praten, vind je niet?'
'Goed. Ik kom wel een keer langs.'
Balk zette zich met zijn kop naast hem, aan zijn andere kant.
'Zou jij dit jaar weer voor de nieuwjaarskaart willen zorgen?'
Hij sloeg zijn benen over elkaar en wreef langs zijn neus.
'Kan een andere afdeling dat niet eens doen?'
'Jouw afdeling is de enige die plaatjes heeft,' zei Balk beslist.
Maarten zweeg. 'Wanneer moet je hem hebben?'
'Eind volgende week.'
'Nou, liever nog een paar dagen eerder,' zei juffrouw Bavelaar, die mee had geluisterd, 'want de drukker klaagde vorig jaar ook al dat we zo laat waren.'
'En nog een paar dagen eerder,' zei Balk goedgemutst.
'Goed,' zei Maarten. 'Ik zal zien.' Hij pakte de stapel brieven, zette zijn kop op de balie op de plaats die voor de post voor zijn afdeling bestemd was en verliet de koffieruimte, enigszins uit zijn humeur gebracht door de beide gesprekken. Toen hij zijn kamer binnenging, stond Bart met zijn rug naar hem toe voor de boekenkast naast zijn bureau. 'Jij bent jarig!' zei hij.

Bart draaide zich glimlachend om. 'Ik neem het je niet kwalijk, hoor.'
'Maar het is wel verdomd stom,' zei Maarten humeurig. Hij legde de post op zijn bureau. 'Ik zal jullie verjaardagen in mijn agenda moeten zetten.'
'Doe dat nou maar niet.'
'Ja, dat doe ik wel!' Hij sloeg zijn agenda open. 'Welke dag is het vandaag?'
'Zie je wel! Je weet niet eens welke dag het is!'
'Maar jij toch zeker wel?' Op hetzelfde ogenblik herinnerde hij het zich. 'Dinsdag!' Hij schreef Barts naam in.
'Daar heb je volgend jaar niets meer aan,' waarschuwde Bart.
'Aan het eind van het jaar neem ik het over!' Hij ging zitten.
De deur ging open. Flip de Fluiter, Wim Bosman, Huub Pastoors en De Roode kwamen achter elkaar de kamer in, lachend, rumoerig. 'Bart! van harte!' riep Flip.
'En dat je maar een grote jongen mag worden,' vulde Wim Bosman aan.
Ze drukten hem uitgelaten de hand, naast het bureau van Maarten.
'Zullen wij elkaar voortaan Bart noemen?' stelde De Roode voor toen hij aan de beurt was.
Bart genoot zichtbaar.
'Mag ik mij daarbij voegen?' vroeg Maarten. 'Dat wil zeggen...'
'Graag,' zei De Roode met een kleine, ironische buiging.
'Nou dan gaan we maar weer,' zei Flip vrolijk.
Rommelig, lachend gingen ze de kamer weer uit.
'Het leek wel of ze zat waren,' zei Maarten. 'Je hebt toch niets geschonken?'
'Ik heb de indruk dat met de komst van De Roode de sfeer op Volkstaal enigszins veranderd is,' zei Bart. Hij draaide zich weer om naar de boekenkast en hervatte het werk waarmee hij bezig was.
'Balk heeft gevraagd of wij dit jaar weer voor de nieuwjaarskaart willen zorgen,' deelde Maarten mee. 'Wil jij je daarmee belasten?'
'Nee!' zei Bart ontstemd. 'Had je dat nou niet eens kunnen weigeren?'

'Hij staat op het standpunt dat wij de enige afdeling zijn die plaatjes heeft.'
'Hè! En wanneer wil hij die dan hebben?'
'Volgende week woensdag of donderdag.'
'Had je dat nou niet wat eerder kunnen zeggen? Het moet altijd maar op het laatste nippertje.'
'Ik wist het niet eerder.'
'Ik weet werkelijk niet of ik dat zo gauw kan. Jij belooft dat altijd maar en het lijkt wel of je er helemaal geen rekening mee houdt of wij dat wel aankunnen.'
'Ik weet niet hoe ik zoiets moet weigeren,' gaf Maarten toe, hij was verlegen met de situatie, 'maar ik wil het wel zelf doen, of ik vraag het aan Freek Matser.'
'Nee, nu doe ik het natuurlijk. Ik wou alleen wel dat je me een volgende keer wat eerder waarschuwde, zodat ik er rekening mee kan houden.'

★

'Dag Anton,' zei Maarten, het verraste hem dat Beerta zo laat nog opbelde.
'Heb jij al bericht gehad dat Jan Vanhamme is overleden?' – zijn stem klonk lijdend.
De mededeling ontstelde Maarten. 'Nee. Wanneer?'
'Hij wordt morgen begraven.'
'Nee,' herhaalde Maarten, 'ik weet van niets. Wat heeft hij gehad?'
'Dat weet ik niet, maar ik kan er onmogelijk naartoe morgen, want ik ben niet goed. Kun jij niet voor mij gaan?'
'Wat heb je dan?'
'Ik ben niet goed.'
'Ik ga natuurlijk,' besliste Maarten. 'Hoe laat is het?'
'Om tien uur aan zijn huis.'
Maarten trok het spoorboekje uit het kastje naast zijn bureau en sloeg het met één hand open. 'Dat haal ik niet,' stelde hij vast.
'Maar je kunt misschien naar de kerk gaan,' zei Beerta. 'Buitenrust Hettema gaat ook.'

★

Buitenrust Hettema stond in Rotterdam op het perron, leunend op zijn paraplu. Hij stak hem omhoog toen hij Maarten ontdekte en baande zich een weg naar zijn coupé. 'Zo!' Hij legde zijn hoed en zijn paraplu in het rek, zette zijn tas, een kleine, zwarte tas met een ritssluiting, op de bank en trok zijn jas uit. 'Ook goeiemorgen zeggen wij dan.'
Maarten lachte.
'Ik was even bang dat ik het niet zou halen.' Hij ging zitten.
'Omdat het zo vroeg is,' begreep Maarten.
'Nee zeg,' zei Buitenrust Hettema verontwaardigd, 'ik ben mijn hele leven vroeg opgestaan. Maar er was iets met de trein, in Arnhem. Wat heeft Anton eigenlijk?'
'Ik weet het niet. Hij voelde zich niet goed, zei hij.'
De trein zette zich in beweging. Ze waren alleen in de coupé.
'Hij ziet er de laatste tijd niet goed uit,' vond Buitenrust Hettema.
'Hij heeft altijd ups en downs gehad.'
'Ik heb hem al eens gezegd dat het goed zou zijn als hij eens een homeopaat raadpleegde.'
'Een homeopaat?' vroeg Maarten verbaasd.
'Ja, waarom geen homeopaat?'
'Ik ben opgevoed met de idee dat dat kwakzalvers zijn.'
'Wat kun jij soms toch merkwaardig ouderwetse ideeën hebben. Ik zal eens een boekje over antroposofie voor je meenemen.'
Maarten lachte. Hij keek uit het raam. Het was geleidelijk licht geworden, een grauw licht dat laag over het land hing. De trein reed langs een uitgestrekt emplacement met hier en daar troosteloze rijtjes goederenwagens, seinpalen, elektriciteitspalen, onder een wirwar van bovenleidingen.
'Heb jij Vanhamme eigenlijk goed gekend?' vroeg Buitenrust Hettema.
'Goed niet, maar ik mocht hem wel. Ik heb één keer een gesprek met hem gehad.'
'Ik vond het een ongrijpbare man.'
'Ja, het was een gesloten man.'

'Nou, gesloten niet, ongrijpbaar.'
Maarten knikte en wendde zijn blik weer af. Hij had zo vroeg geen behoefte aan een discussie over het verschil tussen gesloten en ongrijpbaar.
'En dan die rare onderwerpen waar hij zich mee bezighield,' zei Buitenrust Hettema. 'Ik heb nooit begrepen wat iemand daar nou aan vindt.'
Maarten lachte. Hij herinnerde zich het oordeel van Buitenrust Hettema over de onderwerpen waar hij zich mee bezighield.
'Ook geen áárdige man,' vervolgde Buitenrust Hettema zijn gedachtegang, 'niet iemand die een lege plek achterlaat, zoals ze dan zeggen.' Hij glimlachte besmuikt.
'Misschien wel bij zijn vrouw.'
'Laten we het hopen,' zei Buitenrust Hettema sceptisch.
De trein passeerde het perron van Zwijndrecht en reed de brug over de Oude Maas op. 'De toren van Dordrecht!' waarschuwde Maarten. De toren rees zwaar en vierkant op boven de huizen langs de waterkant.
'Dat herinnert me aan een verhaal dat Landa me eens vertelde,' zei Buitenrust Hettema, een blik uit het raam werpend. 'Landa komt uit Dordrecht.'
'Wie is Landa?'
'Landa is mijn secretaresse,' antwoordde Buitenrust Hettema met een ondertoon van verwijt.
'Juffrouw De Vletter,' begreep Maarten.
'Als lid van de Museumcommissie mocht je dat toch wel weten.'
'Ik wist niet dat ze Landa heet,' verontschuldigde Maarten zich.
'Dat is nou iemand waar ik bijzonder veel plezier in heb, behulpzaam, pienter, niets is haar te veel als je haar wat vraagt, een bijzonder áárdige vrouw ook.'
De trein minderde vaart. Ze reden langs het perron, waarop wat reizigers stonden te wachten, en kwamen buiten de overkapping tot stilstand. Maarten boog zich wat naar voren om te zien of er ook mensen hun wagon binnengingen.
'Het is merkwaardig dat ik over het algemeen beter met vrou-

wen dan met mannen kan opschieten,' filosofeerde Buitenrust Hettema.
'Anton heeft me wel eens gewaarschuwd nooit vrouwen aan te stellen,' herinnerde Maarten zich.
'De voorkeur van Anton is dan ook de mijne niet,' zei Buitenrust Hettema met een scheef lachje. 'Daar heb jij het aan te danken dat je nu met die twee onmogelijke lieden opgescheept zit.'
Maarten lachte. 'Nee, die heb ik zelf aangesteld.'
'Nou, daar kan ik je dan niet mee feliciteren.'
Maarten keek hem lachend aan.
'Nee, wat je daar nou in gezien hebt,' hij trok een vies gezicht. 'Ze zijn heel goed.'
'Ach kom. Wat komt er nou uit hun vingers? Als ze niet ziek zijn dan, want dat heb je ook nog. Nee, ik zie er niks in. Als je het mij vraagt, zijn het gewoon twee zeldzaam gefrustreerde figuren.'
Maarten zweeg. Hij keek uit het raam. Ze reden in het grauwe morgenlicht over het eiland van Dordrecht in de richting van het Hollands Diep. De conducteur tikte met zijn tang op het glas en schoof de deur open. 'Goeiemorgen heren.'
'Goeiemorgen conducteur,' antwoordde Buitenrust Hettema. 'We vroegen ons net af waar u bleef.'

Ze stonden tussen de stoelen aan het middenpad toen de stoet door de grote deuren de kerk binnenkwam. Boven hun hoofden beierde de klok. De dragers kwamen langzaam dichterbij, de kist op de schouders, een zware, eikenhouten kist met protserige, koperen handvatten, overdekt met bloemen. Toen ze vlak langs kwamen, hoorde Maarten een van de dragers zwaar ademen onder het gewicht en hij hoorde hun schoenen kraken. Van de kist of van de bloemen kwam een weeïge lijkenlucht. Hij probeerde zich voor te stellen dat het het lichaam van Vanhamme was dat daar vlak langs hem kwam, maar hij voelde niets. Zelfs zijn gezicht kon hij zich niet voor de geest halen. Achter de kist liep een man met een paars kussen voor zich waarop de onderscheiding lag die Vanhamme van de Nederlandse regering had gekregen, daarachter, voor alle anderen uit, kwam Pieters, klein, kogelrond, in een zwart pak, plechtig voortschrijdend, als de gedoodverfde opvolger van een van Vlaanderens grote zonen, en daar weer achter mevrouw Vanhamme, het gezicht verborgen achter een zwarte voile, aan de arm van haar dochter in een zwart mantelpak. De oude vrouw ontroerde Maarten. Hij zag haar in zijn herinnering vanachter het zware gordijn de sombere woonkamer binnenkomen en naar haar man kijken. Even zag hij ook een glimp van Vanhamme: *Mijn vrouw is stokdoof.* Hij moest even slikken om zijn ontroering de baas te blijven, terwijl de stoet langsdrentelde. De kist werd voor het altaar geplaatst, de mensen die de kist gevolgd waren verspreidden zich tussen de rijen. Het beieren hield op. Een ogenblik was het doodstil. Een priester kwam naar voren en nodigde hen uit te bidden. Voor hen gingen de mensen stommelend op de knieën en bogen hun hoofd. Alleen Buitenrust Hettema en Maarten bleven rechtop, naast elkaar, in een van de achterste rijen. Hoewel Maarten vermeed om opzij te kijken, kon hij zich voorstellen hoe Buitenrust Hettema erbij zat, hoog opgericht, zijn onderlip vooruitgeduwd, alsof hij deze vertoning niet dan met de grootste weerzin aanzag. Dat gaf Maarten een gevoel van verbondenheid, waarom hij diep in zichzelf moest lachen, een vrolijkheid die overging in ontroering.

'Ik had de indruk dat die vrouw doof is,' zei Buitenrust Hettema toen ze na afloop van de plechtigheid terugliepen naar de tram.
'Stokdoof,' bevestigde Maarten, 'al van dat ze een klein meisje was.'
'Dat lijkt me lastig. Bijna zo lastig als blind, hoewel, als ik de keus had, dan maar liever doof.'
'Toch zijn blinden vaak juist heel opgewekt en doven niet.'
'Dat kan wel zijn, maar dat is dan vooral prettig voor hun omgeving. Ik moet er niet aan denken dat ik niet meer zou kunnen zien. Het is anders een vertoning zo'n uitvaartdienst. Ik ben maar blij dat ik niet katholiek ben. Wat gaan we nu doen?'
'Nu gaan we wat eten,' hij lachte, 'op kosten van de Nederlandse belastingbetaler.' Hij had moeite zijn lachen binnen de perken te houden.

Buitenrust Hettema keek hem bevreemd aan. 'Zie je, daar heb je weer zo'n eigenaardige kronkel. Helemaal normaal ben jij toch niet.'
'Maar het is toch zo?' zei Maarten, bijna stikkend van het lachen.
'Natuurlijk is het zo,' zei Buitenrust Hettema, 'maar daarom hoef je dat toch nog niet te zeggen? We doen dit toch niet voor ons plezier?'

*

De tekenkamer bevond zich op de derde verdieping, boven het hoofd van Maarten. Het was een grote, vierkante kamer met vijf ramen die uitkeken op de tuinen, de bomen en de achterkanten van de huizen aan de Herengracht. Het was er licht, lichter dan in de kamer van Maarten. Omdat de kamer eigenlijk te groot was voor één man leek hij leeg en hol, met alleen een tekentafel en een grote tafel, vol met tekeningen en kaarten, een klein kastje tussen de ramen en twee ladekasten tegen de achtermuur. Aan de muren hingen affiches en schetsen en karikaturen van de hand van Wiegersma. Toen Maarten binnenkwam, stond Wiegersma met Jacqueline Greep gebogen over de tekentafel en hun verlegen, verschrikte reacties gaven hem een ogenblik het gevoel dat hij stoorde.
'Nou, dan ga ik maar weer eens, hè?' zei Jacqueline Greep. Ze deed een stap van de tafel terug en lachte verlegen.
'Ja,' zei Wiegersma aarzelend, zich oprichtend, ook verlegen, 'dan zien we nog wel, misschien.'
Ze ging haastig de kamer uit, alsof ze betrapt was.
Maarten was blijven staan, onzeker hoe hij zich moest gedragen. Hij vroeg zich af wat ze hier te zoeken had en wat ze dan nog wel zouden zien. Het lag op zijn lippen om te vragen of hij stoorde, maar hij hield dat in omdat die vraag al te compromitterend zou zijn.
'Ja,' zei Wiegersma met een verlegen lachje, zijn hoofd schudde een beetje, 'wilt u mij spreken?'
'Ik kwam eens kijken hoe het met de roggebroodkaart staat,' zei Maarten.

'O ja, ja, ja natuurlijk, die is wel klaar geloof ik, eigenlijk had ik dat even moeten komen zeggen misschien.'
'Nou, nee.'
Alsof hij niet goed wist wat hij nou moest doen, liep Wiegersma naar de ladekast, wendde zich halverwege af en zocht tussen de kaarten op de grote tafel. 'Hier heb ik hem geloof ik,' hij trok een kaart tussen de andere uit.
Maarten was dichterbij gekomen. Hij nam een stoel, zette zich achter de kaart en keek er aandachtig naar, meer om zich een houding te geven want hij werd te veel afgeleid door het ongemakkelijke contact. 'Zullen wij elkaar maar niet Hans en Maarten noemen?' zei hij abrupt, opkijkend.
Wiegersma schrok. Hij schudde zachtjes met zijn hoofd, alsof hij een vuistslag had gehad. 'Ja,' zei hij aarzelend.
'Ik denk dat wij ongeveer even oud zijn?' – als om zich te verontschuldigen.
'Ja, ja, dat zou wel eens kunnen.'
'Ik ben vierenveertig.'
'Ja, ik ben achtenveertig.'
'Bijna even oud.'
'Ja,' zei Wiegersma verlegen.
Maarten keek naar de kaart.
Wiegersma legde aarzelend zijn hand op de leuning van de stoel naast die van Maarten, alsof hij overwoog om ook te gaan zitten, maar hij zag daar weer van af en bleef staan.
Maarten deed of hij de onzekerheid van de man naast hem niet opmerkte en of hij de kaart met aandacht bestudeerde. 'Een mooie kaart.'
'Ja?' vroeg Wiegersma.
'Moet je zien,' hij schoof de stoel naast de zijne iets van zich af om aan te geven dat Wiegersma moest gaan zitten.
Wiegersma begreep de wenk en ging zitten.
'Het gekke is dat de grens precies langs de grote rivieren loopt,' hij wees de grens globaal aan, 'ten noorden van die grens breken ze de rogge, en daar zit het ook minstens acht uur in de oven, en ten zuiden malen ze het en dan is de baktijd maar ongeveer een uur.'
'Ja, hé,' hij boog zich wat meer naar zijn kaart over, zachtjes

schuddend met zijn hoofd. 'Ja, eigenaardig is dat.'
'Maar hoe verklaar je dat,' vroeg Maarten zich af. Hij probeerde na te denken, maar de nabijheid van die vreemde man, met wie hij nu ook nog op intieme voet was, maakte dat onmogelijk.
'Ik zou het ook niet weten,' bekende Wiegersma. 'Nee.'
Om de spanning te breken liet Maarten zich terugzakken tegen de leuning van zijn stoel. 'Dus jij hebt in de oorlog ondergedoken gezeten,' zei hij, opzij kijkend.
'Ja, zo kun je het eigenlijk wel noemen, ja.'
'Je hebt zelfs nog gevochten misschien,' rekende Maarten uit.
'Nee, dat niet,' zei Wiegersma verlegen, 'net niet.'
Ze zwegen.
'Waar zat je toen?' vroeg Maarten.
'In Amsterdam. Eigenlijk gewoon bij mijn ouders.'
Maarten knikte. 'Ik in Den Haag. Wij hadden een gat in de vloer gemaakt.'
Wiegersma schudde zijn hoofd. 'Nee, wij woonden in een bovenhuis.' Hij aarzelde. 'Maar ze zijn nooit wezen kijken gelukkig.'
'Wij hebben een razzia gehad.'
'O, ja, ja dat hebben jullie gehad, hè?'
'Ja,' hij keek naar de kaart en trok hem wat meer naar zich toe. 'Maar nu houden we ons dus bezig met de verspreiding van het roggebrood.'
'Eigenlijk wel gek, ja.'
Maarten lachte. 'Misschien omdat we dat toen niet hadden. Romantiek!'

*

'Ik loop wel eens met Jaring Elshout naar het station,' zei Jan Boerakker, hij was bij het bureau van Maarten blijven staan, 'en dan hebben we het ook wel eens over jou natuurlijk, maar zoals jij het doet, dat vindt hij niet goed.'
'Wat mankeert er dan aan?' vroeg Maarten, zijn pen neerleggend en achteruitleunend.
'Dat gedoe met die kaarten en die fiches, dat vindt hij allemaal

maar niks. Je zou veel meer het veld in moeten, zoals hij, want nou leven de mensen nog die over vroeger kunnen vertellen en straks zijn ze dood.'
Maarten lachte, maar ook om zijn ergernis te verbergen. 'Dat zeggen ze al tachtig jaar.'
'Verdomd!' zei Jan opgelucht.
'Alleen maar verzamelen, zonder iets te willen verklaren, dat is zinloos,' zei Maarten met grote stelligheid, 'dan blijkt achteraf altijd dat je het verkeerde hebt verzameld.'
'Maar met die radio-uitzendingen heeft hij toch maar verdomd veel succes.'
'Succes interesseert me niet,' zei Maarten geïrriteerd. 'We zitten hier niet om succes te hebben!'
'En als Jaring er nou eens voor zou zorgen dat jij ook voor de radio kwam?'
'Dan zou ik dat weigeren,' zei Maarten beslist. 'Een man met een baan moet zijn bek houden!' Hij was plotseling heel geëmotioneerd.
'Maar als Jaring zijn bek hield, kon hij niet meer in zijn auto rijden,' merkte Ad op, die vanachter zijn bureau het gesprek gevolgd had. Het klonk giftig.
'Ook alweer waar,' zei Jan vrolijk.

★

1971

Op nieuwjaarsdag, toen hij zijn contributies overmaakte aan de Vrienden van het Museum, de Vrienden van het Zeemuseum, de Vrienden van de Bibliotheek en aan Dierenvrienden, herinnerde hij zich dat hij ooit eens tegen Klaas gezegd had dat hij altijd vier vrienden had gehad en dat daarin het bewijs stak dat hij nog leefde.

*

De nacht voor hij weer naar zijn werk moest, kon hij niet slapen. Toen hij met zijn gewoel Nicolien wakker maakte, ging hij met zijn kussen zijn bed uit. In de keuken warmde hij een beker melk op. Gezeten op het krukje, in zijn kamerjas, het kussen op zijn schoot, wachtte hij tot de melk warm was. Hij nam de beker mee naar de kamer, ging in het donker op de rand van de divan zitten en dronk hem langzaam leeg. Het licht van de lantaarns voor het huis viel de kamer binnen, tegen de zoldering. Hij trok de gordijnen dicht, maar er bleef een kier. Hij sloeg het divankleed op en kroop eronder. Liggend op zijn rug keek hij de halfdonkere kamer in. Hij luisterde naar het tikken van de klok, zonder ergens in het bijzonder aan te denken. Waarschijnlijk dommelde hij zo even in, want enkele ogenblikken later werd hij wakker van het miauwen van een kat. Hij luisterde. De kat miauwde opnieuw. Hij stond op, liep naar het raam en keek tussen de gordijnen door. Er lag sneeuw. Een zwarte schaduw liep over de besneeuwde straat snel weg. De gracht lag dicht. De ramen waren ondanks de verwarming beslagen. Toen hij weer in bed lag, zei hij tegen zichzelf, om zich gerust te stellen, dat het geen zin zou hebben zich aan te kleden. De kat was al ver. Hij luisterde. Het miauwen kwam weer van dichterbij. Zijn eigen katten werden onrustig. En waar zou hij dat beest moeten laten? In de kleine kamer? De kleine kamer lag vol met platen, tekeningen van zijn schoonvader. Ziekte. Vlooien. Het miauwen klonk weer van veel verder, nu bij de Blauwburgwal. Een van zijn eigen katten probeerde zich tussen de planten door achter het gordijn te werken. Hij richtte zich half op en joeg hem weg. Intussen werd de weerzin tegen zichzelf groter. Tegen zichzelf en tegen zijn huis, waar geen plaats meer was, waar hij zich verschanst had om te vergeten hoe kwetsbaar hij was. Een mens zou in een kale ruimte moeten wonen, zonder bezit, zonder banden. Je bedreigd weten en daaraan toegeven is je bedreigd maken.

Aan het ontbijt maakte Nicolien zich kwaad over het uitwijzen van twee kleurlingen. 'Als het een Rus was geweest zou hij met open armen zijn ontvangen,' zei ze. Het prikkelde haar dat hij zweeg. Hij dacht eraan dat er geen verschil was met die kat. Of je nu op katten of op kleurlingen selecteert, je werpt een dam op ter wille van je rust. De oude vrouwen die omkomen in de rotzooi van tientallen opgenomen beesten zijn meer waard. Hij kon zich hun woede voorstellen als de maatschappij dat tenslotte niet meer verdroeg. Machteloze woede. Maar zelf had hij daar geen recht op. Hij nam zich voor op straat naar die kat uit te kijken.

Het vroor hard. Goed beschermd door zijn dikke jas, met een licht hoofd en vermoeide ogen van het slechte slapen, liep hij in het donker naar zijn werk, geïrriteerd door de uitlaatgassen van passerende auto's. Pas bij de Raadhuisstraat, toen hij voor het stoplicht moest wachten, herinnerde hij zich zijn voornemen van daarstraks. Doorlopend overwoog hij, voor de zoveelste keer, dat hij dat moest opschrijven, als laatste afweermiddel, de enige mogelijkheid om ruimte te maken – zoals Simson.

★

Bij de post was ook een brief van het Museum. Hij sneed hem open, vouwde hem uit en keek terloops naar de ondertekening. Hij was ondertekend door juffrouw De Vletter. Verrast omdat hij nooit een brief van haar kreeg, keek hij naar de aanhef.
Hooggeachte heer Koning. Zoals u ongetwijfeld bekend is, zal de heer Buitenrust Hettema op 31 oktober van dit jaar zijn functie van Directeur van het Museum neerleggen. Enkele van zijn vrienden, collega's en naaste medewerkers hebben het plan opgevat om hem bij die gelegenheid als blijk van onze bijzondere waardering een Vriendenboek aan te bieden. De redactie daarvan is in handen gegeven van de heer dr. A. P. Beerta en ondergetekende. Gezien de bijzondere relatie tussen uw Bureau en het Museum en tussen u en de heer Buitenrust Hettema persoonlijk, menen wij dat een artikel van uw hand in dat Vriendenboek niet mag ontbreken. Om die reden zouden wij het zeer op prijs stellen indien u zich bereid verklaarde uw medewerking te verlenen. Onze gedachten gaan daarbij uit naar een artikel van ongeveer 2500 woorden, met maximaal drie illustraties. De kopij dient uiterlijk 1 juni in ons bezit te zijn. Met de hoop op een gunstige reactie uwerzijds teken ik met de meeste hoogachting en vriendelijke groet, L. H. P. De Vletter.
Maarten las de brief met stijgende verontrusting. 'Godbewaarme,' zei hij toen hij hem uit had. Hij liet hem aangeslagen zakken en keek voor zich uit. 'Jezusnogaantoe.'
'Waarom moet je toch altijd zo vloeken,' zei Bart geïrriteerd, onzichtbaar aan zijn bureau achter de boekenkast. 'Het lijkt wel of dat de laatste tijd steeds erger wordt.'
'Ik krijg een brief of ik mee wil doen aan een Vriendenboek voor Buitenrust Hettema.'
'Dan zou ik terugschrijven dat je dat niet doet.'
'Buitenrust Hettema is nou juist zowat de enige bij wie dat niet kan.'
Ad was opgestaan en keek over zijn boekenkast naar Maarten. 'Van wie is die brief?'
'Van juffrouw De Vletter,' antwoordde Maarten afwezig, hij keek naar de brief.
Bart stond nu ook op. 'Ik zie niet in waarom je dat niet zou kunnen weigeren.'
'En wie zit in de redactie?' vroeg Maarten.

'Beerta!' raadde Ad.
'Ja. Terwijl hij weet hoe ik de pest heb aan dit soort bundels!'
'Voor Beerta is dat alleen maar een reden te meer,' zei Ad vermaakt.
'Je hebt toch altijd op het standpunt gestaan dat je alleen maar iets moet schrijven als je wat te zeggen hebt?' herinnerde Bart hem.
'Ja,' zei Maarten.
'Dan zou ik zeker aan dat standpunt vasthouden.'
Maarten reageerde daar niet op.
'Misschien kun je een stuk over dat roggebrood schrijven,' zei Ad. 'Jullie zitten toch samen in die Broodcommissie?'
'Wat moet ik daar in Godsnaam over zeggen?'
'Nou doe je het weer!' waarschuwde Bart. 'Is dat nou echt nodig?'
'Sorry,' verontschuldigde Maarten zich, 'ik moet even afreageren.'
'Over de dorsvlegel dan,' zei Ad. 'Dan kun je hem bij zijn afscheid ook nog die vlegel uit Enkhuizen cadeau doen.'
'Ik zou het weigeren!' zei Bart beslist. 'Je kunt op zo'n punt geen compromissen sluiten.' Hij ging weer zitten.
'De dorsvlegel,' zei Maarten nadenkend. 'Ik weet daar alleen nog geen pest van.'
'Meer dan wie ook,' meende Ad.
'Ja,' zei Maarten sarcastisch.
Ad ging weer zitten.
Maarten nam de brief weer op. Hij las hem nog een keer langzaam over, hechtte vervolgens met een paperclip de enveloppe eraan vast, schreef daar de initialen van Bart, Ad en Jan op en onder een streep die van zichzelf, stond op en legde de brief op het bureau van Bart. 'Ik ga koffiedrinken,' zei hij.

★

Hij trok de deur open. 'Ha!' zei hij.
'Even mijn fiets wegzetten,' zei Frans. Hij liep de stoep weer af en stak de straat over. Zijn fiets stond tegen een boom.
'Je kunt hem ook wel binnen zetten,' zei Maarten. Hij stond op

de drempel en hield met zijn rug de deur tegen, zijn stem klonk duidelijk over de stille gracht.
'Nee, laat maar,' hij boog zich over zijn fiets, duwde het slot naar beneden, stopte het sleuteltje in zijn zak en kwam weer terug. 'Ik ben al eerder geweest,' vertelde hij terwijl ze door de gang naar de trap liepen, 'maar toen waren jullie er zeker niet.'
'Wanneer was dat?' – hij sprong met twee treden de trap op, maakte de deur open en wachtte tot Frans boven was.
'Vorige week vrijdag?'
'Ja, toen waren we er niet. – Frans is al eerder geweest,' zei hij, de kamer binnenkomend.
'O ja?' vroeg Nicolien. 'Wanneer dan?'
'Vrijdag.'
'Toen waren we bij Henny en Elizabeth,' zei ze spijtig.
'Het hindert niet hoor,' zei Frans verlegen. Hij haalde een zakje uit zijn schoudertas. 'Dit keer maar wat truffels,' hij maakte een verlegen beweging met zijn hoofd.
'Lekker!' zei ze. 'Wil je een kop koffie?'
Frans aaide Jonas, die naast Maarten op de divan zat en ging zitten. 'Nee, dan jij ook natuurlijk,' hij stond weer op en aaide Marietje, die in de stoel bij het raam lag.
'Hoe gaat het met je buurvrouw?' vroeg Maarten, zijn pijp stoppend. Hij keek even op.
'O, dat is niks,' antwoordde Frans, een kleur krijgend.
Maarten knikte.
'Ze heeft nog een keer gevraagd of ik een kop koffie kwam drinken als haar man nachtdienst had,' vertelde Frans aarzelend, 'maar daar zijn we maar niet op ingegaan.'
'Daar zagen jullie geen van beiden iets in,' begreep Maarten, met een ironisch lachje.
'Nee, dat is me te promiscueus,' zei Frans verlegen.
Ze zwegen. Frans haalde zijn shag uit zijn tas en begon een sigaret te rollen.
'Ik moet een artikel schrijven over het dorsen,' vertelde Maarten, 'voor een feestbundel.'
'O, ja.'
'Toen jij in de oorlog bij die boer was, heb jij toen ook nog zien dorsen?'

'Ja,' hij aarzelde.
'Met een dorsvlegel?'
'Ja, met zijn drieën, geloof ik.'
'En herinner je je nog wat voor vlegel dat was?'
Frans schudde onzeker zijn hoofd. 'Nee, dat herinner ik me niet, een gewone vlegel denk ik.'
'Ook niet of ze die vlegel hoog boven hun hoofd tilden?'
Hij aarzelde. 'Ja, dat geloof ik wel.'
'Je zit toch zeker niet over je werk te praten?' zei Nicolien verontwaardigd, de kamer inkomend. 'Dat zou helemaal wat zijn!'
'Nicolien heeft de pest aan dat artikel,' zei Maarten verontschuldigend.
'Niet alleen aan dat artikel!' – ze zette de koffie voor hen neer, 'aan dat hele rotBureau!'
'Ja, misschien zou ik dat ook wel hebben,' zei Frans, hij keek onzeker van de een naar de ander.
'Ze vindt bovendien dat ik dat artikel had moeten weigeren.'
'Omdat je dat altijd gezegd hebt! Je hebt altijd gezegd dat je niet in een feestbundel zou schrijven! In feestbundels schrijf ik niet, zei je, dat is onzin! Dat nam je Beerta nou juist altijd zo kwalijk!'
'Het probleem is dat het voor de Directeur van het Museum is,' legde Maarten uit. 'Hij zit in mijn Commissie en ik in de zijne, en hij is mijn naaste collega.'
'Ja, ik weet het niet hoor,' zei Frans verlegen.
'En als je nou gewoon zegt dat je het niet doet?' zei Nicolien. 'Ze kunnen je toch niets maken? Dan ontslaan ze je maar als ze dat zo belangrijk vinden!'
'Je kunt niet van alles een principe maken,' vond Maarten. 'Ik heb dat werk aangenomen. Zoiets hoort bij mijn werk, tot op zekere hoogte.'
'Ik zie dat helemaal niet in, dat dat bij je werk hoort, en als het er wel bij hoort, dan deugt dat werk niet! Dan moet je daar weg! Dát was het principe!'
Maarten haalde zijn schouders op. 'Het enige wat er van zulke principes overblijft is dat je de dingen met tegenzin doet.'
Frans keek verontrust van de een naar de ander, onzeker over zijn plaats in deze discussie.

'En Frans dan?' vroeg ze. 'Frans doet zulke dingen toch ook niet?'
'Nee,' gaf hij onwillig toe.
'Maar ik heb ook geen werk,' zei Frans.
'Daarom! Als je zulke dingen onzin vindt, dan moet je zulk werk niet doen!'
'Nee,' hij stond op, liep tussen het tafeltje en de stoel met Marietje naar zijn bureau en pakte de vlegel die opzij van zijn bureau tegen de muur stond. 'Dit is de vlegel waar ik dat artikel over schrijf.'
Frans legde zijn sigaret in de asbak en nam hem aarzelend van Maarten over.
Nicolien keek kwaad, maar Maarten negeerde dat.
'Ja, dat is wel een mooi stuk gereedschap,' zei Frans.
'Hier heeft die man hem vastgehouden,' hij draaide de stok een beetje en wees op de lichte plek.
'Ja, dat is wel mieters natuurlijk.'
Maarten nam hem weer terug en bekeek hem alsof hij hem voor de eerste keer zag, met aandacht. 'Het bijzondere van deze vlegel is die kerf,' hij liet Frans de kerf zien, 'en de lengte van de verbindingsriem. Dat vind je verder alleen aan de randen van Europa.'
'Ja,' hij keek onzeker naar Nicolien en voelde toen aarzelend aan de verbindingsriem. 'Wat is dat voor spul?'
'Dat is palingvel. Dat gebruikten ze daarvoor.' Hij nam de vlegel terug en zette hem weer naast zijn bureau. 'Dat probeer ik dus te verklaren,' zei hij, terwijl hij weer op zijn plaats op de divan ging zitten.
'Dat lijkt me toch eigenlijk wel leuk,' vond Frans, hij keek naar Nicolien.
'Op zichzelf is het wel leuk,' gaf Maarten toe, 'maar wat er niet aan deugt is de pretentie. Dat bedoelt Nicolien natuurlijk. En dat begrijp ik ook wel. Ik weet alleen niet wat ik daaraan moet doen.'
'Nee,' hij keek opnieuw naar Nicolien.
Nicolien zei niets.
Ze zwegen.
'Weet jij al wat je gaat stemmen?' vroeg Maarten, opkijkend.

'Ik denk maar PSP, iets anders is er eigenlijk niet,' hij keek naar Nicolien, 'vind je niet?'
'Nee,' gaf Maarten toe.
'Ik dacht dat jij Kabouters zou stemmen,' zei Nicolien.
'Niet nu Roel van Duyn niet op de lijst staat.'
'Daar heb ik ook nog over gedacht,' zei Frans, 'maar die man die ze nu als lijstaanvoerder hebben, dat lijkt me niks.'
'Dat is een leeghoofd,' zei Maarten met grote stelligheid.
'Ja, dat lijkt me ook wel.'
'Vroeger was het geen probleem,' herinnerde Maarten zich, meer voor zichzelf, 'dan stemde je Partij van de Arbeid, en het kwam niet bij me op dat dat nog eens zou veranderen.'
'Ja, ik heb ook nog een paar keer Partij van de Arbeid gestemd.'
Maarten knikte. 'Waarschijnlijk dacht ik toen nog dat de mensen in hun hart allemaal goed zijn, en dat er tenslotte iets van te maken is.'
'Nee, dat heb ik geloof ik nooit gedacht.'
'Ik ook niet,' zei Nicolien. 'Ik wist meteen al dat de meeste mensen schoften zijn.'
'Ja, dat heb jij,' zei Maarten, 'omdat je vader werkeloos was.'
'Mijn vader was niet werkeloos,' zei Frans.
'Nee,' gaf Maarten toe. Hij dacht na. 'Misschien denk ik het nog wel trouwens, want als ik lees dat de meerderheid de TROS de beste omroep vindt en *De Telegraaf* leest, dan schokt me dat. Net zoals het heel lang duurde voor ik inzag dat de mensen in de Jordaan, waar we woonden, helemaal geen socialist waren, al stemden ze daarop, maar precies dezelfde, platte, fascistische burgermannen als er in Zuid en hier op de gracht wonen, behalve dat ze niet zoveel geld hebben natuurlijk.'
'Maar dat is toch nog wel essentieel zeker?' zei Nicolien scherp.
'Nee, dat vind ik niet.'
'Nee, dat vind ik eigenlijk ook niet,' zei Frans, haar schichtig aankijkend.
'Maar die mensen zijn toch machteloos?' zei ze verontwaardigd. 'Die moeten toch maar afwachten wat de hoge heren over hen beslissen?'
'Ja, dat wel,' gaf Frans toe.
'Tot ze zelf macht hebben,' zei Maarten.

'Dat zien we dan wel weer.'
'En over mij hebben ze wel macht,' viel Frans hem bij. 'Achter me wonen mensen die hebben bij de woningbouwvereniging geklaagd dat ik altijd papier voor mijn ramen heb,' hij raakte geëmotioneerd en kreeg een kleur, 'terwijl ze mijn ramen niet eens kunnen zien als ze gewoon naar buiten kijken. Maar ik heb wel een maatschappelijk werkster aan de deur gehad, dat ik het weg moet halen!' – hij slikte van verontwaardiging.
'Ja, zie je,' zei Maarten, 'het zijn schoften! In de oorlog zouden zulke mensen onderduikers hebben aangegeven.'
'En wat heb je nou gedaan?' vroeg Nicolien.
'Mijn moeder heeft vitrages voor me gemaakt.'
'Paarse!' veronderstelde Maarten met een gemeen lachje.
Frans glimlachte vaag. 'Nee, witte.'
Ze zwegen.
'De PSP dus,' concludeerde Maarten, 'hoewel ik geen pacifist ben en dus ook geen socialist meer. Eigenlijk ben ik alleen maar tegen.'
'Je kunt ook nog CPN stemmen,' opperde Frans.
'Nee, dat kan niet,' zei Maarten beslist. 'Die deugen helemaal niet. Dat is macht om een hoekje.'
'Of de Boerenpartij.'
Maarten glimlachte. 'Eigenlijk moet je omgekeerd te werk gaan,' overwoog hij, de opmerking negerend. 'Je moet eerst vaststellen wat voor maatschappij je zelf zou willen en dan kijken welk verkiezingsprogramma daar het dichtste bij komt. Ik wil een maatschappij waarin niks verandert, waarin de mensen het werk eerlijk onder elkaar verdelen, weinig verdienen, de pest hebben aan auto's, met vakantie naar de Veluwe gaan en 's avonds op een bankje voor hun huis zitten en de voorbijgangers groeten,' hij lachte.
'Dat is rechts,' vond Frans.
'Ja, dat is rechts.'
'Dan zou je ook VVD kunnen stemmen.'
'Als dat niet zulke patsers waren, die zich juist verdomd lekker voelen.'
'Je vader zal nu wel DS'70 stemmen,' veronderstelde Nicolien.
'Mijn vader? Geen sprake van!'

'Hij vindt de Partij van de Arbeid toch veel te links aan het worden?'
'Dat kan wel zijn, maar daarom blijft hij het wel stemmen!'
'Nou ik denk van niet!'
'En ik denk van wel!' zei Maarten met grote stelligheid. 'Mijn vader is trouw! Die verandert niet!'

★

'Er staat iedere dag wel iemand bij de overlijdensberichten die ik gekend heb,' merkte Beerta op. Hij zat achter zijn bureau, zijn krant wat opgeheven, zodat het licht van buiten over zijn schouder op de bladzij viel, en bekeek aandachtig de overlijdensadvertenties.
'Dat is driehonderd per jaar,' merkte Maarten sceptisch op.
'Zoiets.'
'Hoe lang hebt u dat dan al?' vroeg Ad ongelovig.
'Lang.'
'Dat zou betekenen dat u een paar duizend mensen kent.'
'Ja,' hij keek om, 'vind je dat veel?'
'Dat vind ik nogal veel.'
'Och,' hij sloeg de bladzij om, 'zoiets gaat vanzelf, maar je hebt gelijk, ik herinner me nog een tijd dat het er maar één in de drie dagen was. Ik word oud.'
De deur ging open, Jan Boerakker kwam binnen, breed lachend.
'En?' vroeg Maarten.
'Je zult het niet geloven,' zei Jan geamuseerd, 'ik was echt van plan om nu eens Partij van de Arbeid te stemmen, ik zweer het! Ik ga het stemhokje in, ik vouw dat papier open, nummer één van lijst één! Geen ogenblik bij stilgestaan, en verdomd, ik ga naar buiten en ik zie op een verkiezingsbiljet dat ik Luns heb gestemd! K V P! Jan Boerakker in de bocht!'
'Dat is wel ongeveer het ergste wat je doen kunt,' vond Maarten.
'Helemaal mee eens! Maar wat moet ik doen? Ik kan dat biljet toch niet terughalen?' Hij lachte voluit. 'Enige is, niet meer te stemmen!' Hij wendde zich af en ging door de tussendeur zijn

eigen kamer in. Achter de deur hoorde Maarten hem nog lachen.
Beerta keek hem na. 'Wat een eigenaardige snijboon is dat toch,' zei hij hoofdschuddend. Hij keek weer in zijn krant.
'Hebt u al gestemd?' vroeg Ad.
'Ja, ik heb al gestemd,' antwoordde Beerta zonder uit zijn krant op te kijken. 'Ik stem altijd voor ik naar mijn werk ga.'
'Wat hebt u dan gestemd?'
'Ik stem altijd hetzelfde, maar niet hetzelfde lijstnummer.'
'En ook niet dezelfde partij,' merkte Maarten sarcastisch op.
'En ook niet dezelfde partij,' gaf Beerta toe.
'Wat heb jij gestemd?' vroeg Maarten.
'PSP,' zei Ad.
Maarten stond op om Bart te kunnen zien. 'En jij?'
'Ik heb nog niet gestemd,' weerde Bart af.
'Je laat je stem weer ongeldig maken.'
'Nee, dit keer is er een partij met een verkiezingsprogramma waarmee ik mij wel kan verenigen.'
'D'66,' begreep Ad. Hij was ook opgestaan, om het gesprek te volgen.
'In ieder geval geen socialistische partij,' zei Bart, zich naar hem omdraaiend.
'Je hoeft geen socialist te zijn om op een socialistische partij te stemmen,' meende Maarten. 'Ik ben geen pacifist en geen socialist, maar ik stem wel PSP.'
'Als jij geen socialist bent, dan weet ik niet wie dat wel is,' zei Bart.
'En toch ben ik geen socialist.'
'Wat ben je dan wel?'
'Ik ben een anarcho-fascist. Ik ben tegen mensen die macht hebben, maar voor orde. Zo'n partij bestaat alleen niet.'
'In dat geval zou ik mijn stem ongeldig laten maken,' zei Bart.

★

Van der Land kwam hem op het pad langs het hek van het Museum tegemoet, zonder overjas, alleen een rooie das los om zijn hals, zijn hoofd scheef vooruit, een pijp los in zijn mond. 'Ik

zag je lopen,' zei hij hartelijk, de pijp uit zijn mond nemend, 'en ik dacht, jij stelt het vast niet op prijs als ik claxonneer, dus ik ben je maar even tegemoet gelopen,' hij raakte even zijn arm aan en knipoogde. 'Hoe gaat het?'
'Goed,' zei Maarten, hij wist niet goed hoe hij op de hartelijkheid van Van der Land moest reageren.
'Heb je gelezen dat B.H. een lintje heeft gekregen?' vroeg Van der Land vertrouwelijk, terwijl ze naar het hek liepen.
'Nee, omdat hij weggaat?'
'Ik veronderstel het. Voor zijn verdiensten zal het niet zijn want ik geloof niet dat het Departement daar nu zo'n hoge pet van op heeft, maar dat je zoiets accepteert, je laat toch bijtijds weten dat je daar geen belangstelling voor hebt?'
'Als dat helpt,' zei Maarten sceptisch. 'Dat heeft mijn vader gedaan, maar hij kreeg het toch.'
'Dan kun je er niks meer aan doen,' gaf Van der Land toe. 'Je kunt de Koningin niet voor haar hoofd stoten, maar geloof maar niet dat B.H. dat gedaan heeft,' hij pakte Maarten even bij de schouder om hem als eerste door het hek te laten gaan. 'Reken maar dat hij er apetrots op is.'
'Nee!' protesteerde Maarten, hij bleef staan om Van der Land te laten voorgaan.
Van der Land ging wat scheef het hek binnen, zodat Maarten er nog naast kon, en wachtte toen om hem weer naast zich te laten komen.
'Ik ben bezig aan een artikel voor zijn feestbundel,' vertelde Maarten, om van zijn kant ook iets aan het gesprek bij te dragen.
'Gut, hebben ze dat jou ook al gevraagd?' – ze liepen naast elkaar over het grind naar de voordeur.
'Ik heb de dorsvlegel maar genomen, hoewel ik daar eigenlijk nog niet uit ben.'
'Dat is de ellende met die feestbundels. Ze komen altijd op een ogenblik dat je net niets hebt en dan moet je halsoverkop iets verzinnen, met het risico dat je veel te vroeg met conclusies komt die dan later weer achterhaald worden. Eigenlijk zou je een ander zoiets niet moeten aandoen.'
'Nee.'

'En het mooiste is nog,' hij nam zijn pijp uit zijn mond om uit zijn mondhoek te kunnen praten, 'dat ze zoiets dan nog een Vriendenboek noemen ook! Als het nou toch echt je vrienden zijn, dan doe je ze dat toch niet aan?' Hij bleef even staan, klopte zijn pijp uit op zijn schoenzool en stak hem in zijn zak.
Maarten lachte. Hij trok de deur van het Museum open en wilde Van der Land voor laten gaan.
'Nee, nu jij!' zei Van der Land, zijn arm losjes om zijn schouder leggend en hem voortduwend.
'Ik ben de jongste,' protesteerde Maarten.
'Daar hoef je me heus niet altijd aan te herinneren,' zei Van der Land met een grimas. Hij wachtte terwijl Maarten zijn jas aan de kapstok hing en betrad toen voor hem uit de vergaderkamer. Mevrouw Wout zat al op haar plaats. Ze keek naar hem en knikte vriendelijk. Buitenrust Hettema stond opzij, onder het portret van de eerste directeur van het Museum, met Mandjes te praten, een zorgelijke, enigszins rood aangelopen man met een baard. Naast hen, op een bescheiden afstand, stond een man in een keurig, donkergrijs kostuum met een kleine pochet, die Maarten nog niet eerder gezien had.
'Dag Buitenrust Hettema,' zei Van der Land, 'mijn hartelijke gelukwensen met je onderscheiding, je hebt die ten volle verdiend.'
'Dank je,' zei Buitenrust Hettema, zijn kin optillend, 'dat vind ik ook natuurlijk.' Hij strekte zijn hand uit naar Maarten.
'Dag Karst,' zei Maarten.
'Dag Maarten.'
Maarten had de indruk dat hij hem wat verbaasd aankeek toen hij hem niet feliciteerde, maar hij vond dat te gek.
'Hebben jullie al kennis gemaakt met mijn opvolger?' vroeg Buitenrust Hettema met een knikje naar de goedgeklede man naast zich.
De man deed een stapje dichterbij. 'Vester Jeuring,' zei hij, zijn hand uitstekend. Zijn gezicht was gespannen, een wat hysterisch gezicht.
'Koning,' zei Maarten. Hij wendde zich af terwijl Van der Land bleef staan praten en stuitte op De Baar, de voorzitter van de Zeemuseumcommissie, waarvan Maarten ook lid was. 'Dag meneer De Baar,' zei hij, stilstaand.

De Baar negeerde hem. Hij liep recht op Buitenrust Hettema toe. 'Van harte!' zei hij met luide stem. 'Hare Majesteit had geen betere keus kunnen doen!'
Maarten wendde zich verbouwereerd af en zocht zijn plaats op, tegenover mevrouw Wout. 'Dag mevrouw Wout,' zei hij.
'Dag meneer Koning,' zei ze, 'bent u weer komen fietsen?'
'Nee,' zei Maarten afwezig. Het incident met De Baar gaf hem een gevoel van bedreigdheid.
'Het is anders wel mooi weer.'
'Ja,' gaf hij toe. Hij ging zitten, haalde de stukken uit zijn tas en legde ze voor zich op tafel. Klinkhamer en Fiolet kwamen lachend de vergaderkamer in, meteen gevolgd door Valkema Blouw en even later door De Smidt en Corsten. Ze wensten Buitenrust Hettema geluk, bleven hier en daar staan praten, kwamen een hand geven, schoven aan tafel. De juffrouw van de kantine bracht twee kannen koffie en een schaal met koekjes. De voorzitter, burgemeester Boelens, was de laatste. Hij gaf iedereen haastig een hand en ging aan het hoofd van de tafel zitten. Het rumoer verstomde, iedereen die nog stond nam zijn plaats in, Van der Land naast Maarten. Er was een geritsel en geschuif met stukken. 'Ik heb even met Vester Jeuring staan praten,' zei Van der Land uit de hoek van zijn mond, zich naar Maarten toe buigend terwijl hij zijn stukken voor zich legde, 'maar dat lijkt me een voortréffelijke vent. Eindelijk eens iemand die orde op zaken wil stellen!'
'Is iedereen zover?' vroeg Boelens. 'Dan open ik de vergadering.' Hij keek naar Fiolet die aan zijn rechterhand had plaatsgenomen, een nog jonge meester in de rechten, die op het kantoor van De Smidt werkte en voor hem notuleerde. 'Zijn er nog berichten van verhindering?'
'Nee, meneer de Voorzitter,' zei Fiolet.
'Kijk eens aan,' zei Boelens ironisch, 'dat hebben we in lang niet meegemaakt. Zo zie je hoeveel indruk het heeft gemaakt dat de Directeur onderscheiden is.' Hij wendde zich tot Buitenrust Hettema. 'Ik heb u officieel al gelukgewenst met uw benoeming tot officier in de orde van Oranje-Nassau. Ik acht het een voorrecht om dat vanaf deze plaats, als voorzitter van de Museumcommissie, nog eens te mogen doen. Van harte proficiat!'

De vergadering applaudisseerde.
'Dank u zeer,' antwoordde Buitenrust Hettema.
'Dan krijgen we nu de notulen van de vorige vergadering,' vervolgde Boelens. 'Heeft iedereen die voor zich? Ik beperk me in eerste instantie tot de redactie. Pagina één...'
'Ja, meneer de Voorzitter,' zei Valkema Blouw.
Toen Maarten naar Valkema Blouw keek, zag hij dat Buitenrust Hettema, die naast Blouw zat, onder tafel iets in de holte van zijn hand schudde en dat tersluiks naar zijn mond bracht.
'Als je nou toch zo'n baard hebt,' fluisterde Van der Land, 'dan hoef je je toch niet zo uit te sloven?'
Maarten grijnsde om te laten zien dat hij het verstaan had. Hij haalde zijn pijp en zijn tabak uit zijn zakken en legde die voor zich op tafel.
'Stop een pijp van mij,' fluisterde Van der Land en schoof hem een groot pak kerftabak toe.
Maarten trok het naar zich toe, vouwde het open en rook even voor hij zijn pijp erin stopte.
'Pagina twee,' zei Boelens.
'Ja, meneer de Voorzitter,' zei Van der Land, zich voor Maarten langs buigend, 'ik heb daar een taalkundige opmerking, onder aan de bladzij, ongeveer tien regels van onderen, staat *de dertiger jaren*, het is maar een kleinigheid, maar ik heb op school nog geleerd dat dat een germanisme is. Naar mijn mening moet het *de jaren dertig* zijn.'
Boelens zocht de plaats op. 'Inderdaad, dat heb ik ook nog geleerd.'
'Maar de secretaris is nog jong,' zei Van der Land met een glimlach, 'dus misschien dat de opvattingen inmiddels veranderd zijn?'
Boelens keek naar Fiolet.
'Ik zal het veranderen,' beloofde Fiolet.
'En dan heb ik nog een tweede opmerking, als u mij toestaat,' vervolgde Van der Land.

'Jij hebt mij niet gefeliciteerd,' zei Buitenrust Hettema toen Maarten hem als laatste een hand kwam geven.
'Nee,' zei Maarten, 'ik vind'... hij wilde zeggen dat hij het on-

zin vond om iemand met een lintje te feliciteren.
'Ik vond dat eigenlijk heel aardig,' viel Buitenrust Hettema hem in de rede, 'en ik vind ook dat je gelijk hebt. Ik heb op het punt gestaan om het terug te sturen. Een vriend van me zei: Ik feliciteer je niet, want je had de Leeuw moeten hebben. En dat vind ik zelf ook.'
Maarten was te verrast om meteen te reageren. 'Maar je hebt het niet teruggestuurd,' zei hij toen voorzichtig.
'Nee,' zei Buitenrust Hettema, 'daarvoor vond ik het nu weer niet belangrijk genoeg. Ben je er donderdag?'

Van der Land stond in de gang op hem te wachten. 'Kan ik je een lift naar het station geven?'
'Ik wou gaan lopen,' antwoordde Maarten.
'Heel verstandig, dan loop ik nog een eindje met je mee.'
Ze gingen de deur uit en liepen naar het hek.
'Ik ben daar heel zuinig mee,' zei Van der Land, 'want ik heb een hekel aan dat geforceerde gedoe tegenwoordig om mekaar meteen maar bij de voornaam te noemen, maar een enkele keer maak ik daarop een uitzondering. Ik zou het zeer op prijs stellen als je mij voortaan Ritsaart noemde.'
'Graag,' zei Maarten. Het voorstel overviel hem.
'Ik geef toe dat het een wat ongewone naam is, maar ik heb hem niet zelf verzonnen, dat heeft mijn ouweheer gedaan.'
'Was er iemand in je familie die zo heette?' vroeg Maarten om zijn verlegenheid te verbergen.
'Welnee, ik vermoed dat hij net een afbeelding van de Vier Heemskinderen had gezien en dat een passend voorbeeld voor mij vond, iets waarin hij dan danig is teleurgesteld.'
Maarten lachte.
'Zo zie je maar weer,' zei Van der Land, 'het gaat in het leven altijd anders dan je denkt.'

★

'Hier is het,' zei Maarten. Hij reed het erf op en zette zijn fiets tegen de zijkant van het huis. Ad en Jan volgden zijn voorbeeld.

'We hoeven hem zeker niet op slot te zetten,' zei Jan.
'Nee, dat hoeft niet,' zei Maarten.
'Nou, ik doe het maar wel,' zei Ad. Hij zette zijn fiets op slot en haalde zijn tas van de bagagedrager.
'Dan doe ik het ook,' zei Jan.
Maarten wachtte tot ze klaar waren. 'Moet je horen hoe stil het hier is.'
Ze luisterden. 'Verdomd stil,' bevestigde Jan. Hij grinnikte omdat op hetzelfde ogenblik een grote vrachtauto over de weg langsdenderde. 'Zul je altijd zien. Gaan we niet achterom?'
'Daar woont zijn zoon,' zei Maarten, op de voordeur toelopend. 'Boesman woont in het voorhuis.'
Nog voor hij bij de deur was, deed Boesman open, een forse man, in de zeventig, met een grof behouwen, verweerde kop en een enorme paarse neus. 'Heren!' zei hij. 'Heer Koning! Dat is lang geleden!'
'Dag heer Boesman,' zei Maarten, hem de hand drukkend. 'Dit zijn Muller en Boerakker.'
'Ook uit Amsterdam!' begreep Boesman. 'Ik zou zeggen, heren, kump d'r in!' Hij liep voor hen uit de gang in. De deur naar de kamer stond open. 'Ga hier maar vast naar binnen.' Hij liep zelf door en opende de deur aan het eind van de gang. 'Daar zijn de heern uut Amsterdam,' hoorde Maarten hem zeggen, waarop een vrouwenstem antwoordde.
In de voorkamer was de tafel gedekt. Ze bleven staan.
'Dat wordt een volledige maaltijd. Soepborden!' stelde Jan vast.
'De vrouw heeft een Drentse koffiemaaltijd voor jullie klaar,' zei Boesman, de kamer inkomend, hij had een fles jenever bij zich, 'dat zal er wel in willen na zo'n lange reis, dacht ik. Ga zitten, heren.'
'Maar was dat niet veel te veel werk?' vroeg Maarten bezorgd, terwijl ze in vier fauteuils om een ronde tafel plaatsnamen.
'Als je in Drente bent, ben je in Drente,' meende Boesman, 'en dan moet je ook goed eten. Kan ik jullie dienen met een borreltje?'
Jan grinnikte. 'Dat is zo,' zei hij vergenoegd.

Ze keken toe terwijl Boesman vier glaasjes uit het buffet haalde en inschonk. Doordat zijn hand een beetje beefde, schonk hij ernaast. Hij haalde zijn zakdoek uit zijn zak en probeerde de vlek uit het kleedje te wrijven. Dat gaf hem iets hulpeloos.
'Dat geeft geen vlekken,' hielp Maarten hem.
'Dat dacht ik ook niet, hè?' zei Boesman, zijn pogingen opgevend. Hij nam zijn glaasje op en hield het omhoog. 'Nou heren, proost! En op de goeie samenwerking tussen het dorp en de stad zal ik maar zeggen.'
Ze namen alle vier een slok. Ad verslikte zich en zette zijn glaasje haastig neer.
'Verslik je je, heer Muller?' informeerde Boesman.
'Ik drink eigenlijk nooit jenever,' zei Ad benauwd, hij bracht zijn hand naar zijn keel. 'Het is scherp, hè?'
'Wat drink jullie dan?' wilde Boesman weten.
'Eigenlijk alleen wel eens een glaasje port,' bekende Ad.
'Ik dacht dat Amsterdammers toch ook wel jenever dronken,' zei Boesman verbaasd.
'De andere Amsterdammers wel,' zei Maarten. Het klonk niet aardig, hij had daar meteen het land over.
'U woont hier anders lekker rustig,' vond Jan.
'Soms wel eens te rustig,' bekende Boesman, 'en dat is ook niet goed, maar gelukkig is er nu sprake van dat ze de weg gaan verbreden. Misschien dat dat wat meer verkeer trekt.'
Een kleine vrouw kwam de kamer in. 'Dag meneer Koning,' zei ze hartelijk. 'Dat doet me goed, dat u ons weer eens komt opzoeken.'
Maarten stond op. 'We bezorgen u anders wel een hoop drukte,' zei hij bezorgd.
'Dat ben ik wel gewend met mijn man,' stelde ze hem gerust. Ze wendde zich tot Ad en Jan. 'Ik ben vrouw Boesman.' Ad en Jan waren ook opgestaan. Ze gaf hun een hand. 'De soep is klaar,' zei ze tegen haar man.
'Ik zou zeggen, heren, dat we dan maar aan tafel moesten gaan,' zei Boesman. 'Neemt de glaasjes maar mee.'

Mevrouw Boesman schepte op. Het was een dikke groentesoep met gehaktballen en stukjes vlees.

'Wil jij mijn ballen hebben?' vroeg Ad gedempt aan Maarten, die naast hem zat. Hij lepelde zonder op antwoord te wachten zijn gehaktballen over en zocht de stukken vlees bij elkaar.
'Mag je geen vlees, heer Muller?' informeerde Boesman.
'Jawel,' zei Ad met een geforceerde glimlach, 'maar ik ben geheelonthouder,' hij lachte zenuwachtig, 'ik bedoel vegetariër.'
'Dat is voor de boer niet best,' vond Boesman.
'Maar u hebt hier toch geen vee meer?' merkte Maarten op.
'Nee, en dat begroot me wel.'
'Mijn man was altijd gek op paarden,' zei zijn vrouw.
'Paarden is het allermooiste,' bevestigde Boesman.
'En waarom is dat, dat u geen vee meer hebt?' wilde Jan weten.
'Ja, heer Boerakker, dat is de economie. Aardappelen en bieten brengen meer op, maar zonde is het wel.'
'Het boerenbedrijf is tegenwoordig heel anders als vroeger,' zei zijn vrouw. 'Het is meer gespecialiseerd zal ik maar zeggen.'
'Maar daarom zijn jullie tenslotte hier,' zei Boesman, 'om nog iets van dat oude vast te leggen, voor het voorgoed verloren gaat.'

Na het eten zetten ze zich opnieuw in de fauteuils, Boesman, Jan en Maarten met een dikke sigaar uit de doos van Boesman, en alle vier met een grote kop koffie. Boesman had een stapeltje papieren uit de aangrenzende erker gehaald. Hij nam ze op schoot, haalde een grote bril uit de borstzak van zijn jasje, zette die met zijn vrije hand op zijn neus en keek op het papier. 'Nou heb ik voor vanmiddag een programma opgesteld dat ik jullie even zal voorleggen, of het zo de bedoeling is.' Hij snoof even, alsof zijn neus verstopt zat, een tic die zich telkens herhaalde. 'We hadden het zo gedacht dat we zo straks beginnen met de cursus in het maaien, en dan doen we dat zo, dat we beginnen met het haren van de zeis en dan vervolgens achter elkaar het stellen, het maaien en het strijken, zodat jullie aan het eind van de middag de hele cyclus doorgelopen hebt. Draagt dat de instemming weg?' Hij keek op.
'En het dorsen?' vroeg Maarten.
'Dat komt nog,' hij hief de hand met de sigaar. 'En nou heb ik voor vanmiddag twee oudere boeren, de beste die er hier zijn,

de heren Zwiers en Van der Harst, de heer Koning welbekend van vroeger. Die heren hebben we bereid gevonden om jullie college te geven en mijn persoon heeft dan de supervisie, ik ben de rector moet je maar denken, zodat we als jullie slagen straks ook nog de diploma's kunnen uitreiken. Lijkt jullie dat wel?'
'En het dorsen?' herhaalde Maarten. Het gewichtige gedoe van Boesman irriteerde hem en hij moest moeite doen dat te verbergen.
'En nou komen we op het dorsen,' zei Boesman onverstoorbaar, 'want dat hebt u me geschreven, en daar ben ik ook mee doende geweest, maar daar zullen jullie nog een keer voor terug moeten komen, want dat is maar niet zo een, twee, drie voor mekaar te brengen. Eerstens omdat hier geen dorsvlegels meer zijn, want die er zijn die zijn zo vermolmd dat ze ze meteen aan stukken zouden slaan'...
'Daar weten we alles van,' grinnikte Jan.
'Dus daar ben je bekend mee,' begreep Boesman.
'Ja, niet met het dorsen,' zei Jan, 'maar we hebben al eens een vlegel stukgeslagen.'
'Nou, dan begrijp je het wel,' zei Boesman. 'En nou heb ik dus opdracht gegeven om er een paar voor jullie te maken, zodat we hier een demonstratie kunnen organiseren, want dat was toch de bedoeling, maar dan zitten we nog met de rogge, want die wordt tegenwoordig met de maaidorser in een keer tot balen verwerkt, en we zullen schoven moeten hebben, en daarvoor hebben we een ander gewas nodig, want dat gewas van tegenwoordig dat is geteeld speciaal voor de maaidorser, en dat moet er dan met de zicht worden afgehaald, zoals dat vroeger gebeurde, en nou had ik zo gedacht, heer Koning,' hij richtte zich tot Maarten, 'kunnen we die hele cyclus niet op de film vastleggen, zodat dat voor het nageslacht bewaard kan blijven? Dan beginnen we met het ploegen en het zaaien, en dan zo het hele jaar rond, zodat we een herinnering maken aan het leven van de boer op de Drentse zandgronden in vroeger tijd.'
Het voorstel overviel Maarten. 'Een film? Maar dat kost tonnen!'

'Zouden ze daar bij u op het Hoofdbureau geen potje voor hebben?'
Maarten schudde zijn hoofd. 'Nee, zoiets valt buiten onze opdracht.'
'Het zou meer iets voor het Museum zijn,' meende Jan.
'Vraagt u het dan aan het Museum,' drong Boesman aan.
'Maar het gaat mij eigenlijk alleen maar om te zien hoe er precies met zo'n vlegel gewerkt werd,' zei Maarten, in het nauw gebracht.
'Jawel,' zei Boesman, 'maar daarom zou het goed zijn als dat meteen werd vastgelegd, zodat het behouden blijft.'
'Je zou het in de Museumcommissie kunnen voorstellen,' suggereerde Ad.
'Ja, dat kan,' zei Maarten. Hij verwachtte daar niets van.
'Dan doen we dat!' besliste Boesman. 'Dan hoor ik nog wel van u of u succes hebt gehad,' hij haalde een groot horloge uit zijn vestzak. 'En dan is het hoog tijd, heren, om naar het land te gaan voor onze cursus maaien met de zeis.'

Toen ze het hek uit reden, Boesman en Maarten voorop, Ad en Jan daarachter, kwam Zwiers aanfietsen met een zeisboom, het zeisblad in een jutezak aan zijn fiets gebonden. Ze stopten. 'Is Hendrik er ook al?' vroeg Boesman.
'Jawel,' zei Zwiers rustig. Hij wendde zich tot Maarten, 'dag Koning.' In zijn blik, een scherpe, doordringende blik, lag een nauwelijks merkbare sympathie verborgen.
'Dag Zwiers,' zei Maarten, ze reikten elkaar over hun sturen de hand. 'Dat zijn Muller en Boerakker,' hij wees achter zich, bij Zwiers voelde hij zich meer op zijn gemak dan bij Boesman. Zwiers knikte in hun richting.
'Ik heb de heren meegedeeld wat of dat het programma is,' zei Boesman.
'Dat is goed,' zei Zwiers, 'dan gaan we maar.' Hij zette zich af en voegde zich aan de andere kant van Maarten. Zodra hij erbij was, werd Boesman gedegradeerd tot een figurant.
'Hoe gaat het met de vrouw?' informeerde Boesman.
'Dat gaat hard achteruit,' antwoordde Zwiers.
'Is ze ziek?' vroeg Maarten.

'Ze heeft kanker,' zei Zwiers rustig, voor zich op de weg kijkend. 'De doktoren hebben haar opgegeven.'

Van der Harst stond bij zijn fiets, aan de rand van het land waar ze zouden gaan maaien, een wat scheefgegroeide, broodmagere, verlegen, oude man in een te blauw, pas gewassen werkmansjasje. Hij aarzelde of hij naar hen toe zou komen, wachtte tot ze hun fietsen hadden neergezet en kwam toen toch. 'Dag meneer Koning.' Hij wist niet goed raad met zijn figuur.
'Dag Van der Harst,' zei Maarten. Hij probeerde heel rustig te praten om de ander op zijn gemak te stellen. Zo vanzelfsprekend als de omgang met Zwiers was, zo moeilijk vond hij die met Van der Harst. 'Dit zijn Muller en Boerakker.'
'Aangenaam,' zei Van der Harst toen hij ze een hand gaf.
Zwiers had zijn zeis van zijn fiets gehaald. 'Eigenlijk is het gras nog te kort,' zei hij.
'Jawel,' zei Boesman, 'maar het gaat er vanmiddag om dat de heren leren hoe of dat ze met de zeis moeten werken. Als het dan op de film komt, dan zorgen we er wel voor dat het gras de vereiste lengte heeft.'
Zwiers reageerde niet.
'En nu, heren,' zei Boesman, zich tot Ad, Jan en Maarten wendend, 'is er een oud Drents gezegde dat hier niet mag ontbreken en dat luidt: Hark'n da's nog wark'n, maar meij'n is de bott'n uut mekaar dreij'n – en het is de bedoeling dat jullie dat nu vanmiddag onder leiding van de professoren Zwiers en Van der Harst gaan doen, zodat je straks als je weer terug bent in Amsterdam zult zeggen: Die Drenten die binn'n zo gek nog niet! Die hebben vroeger hard moeten werken. – En dan beginnen we volgens het programma met het eerste programmapunt, en dat is het haren van de zeis, want onthoudt dat: het haren is meer dan het halve werk!'
Terwijl hij hen toesprak, wikkelde Zwiers het zeisblad uit de jutezak, haalde een haarhamer en een haarspit uit zijn tas en zocht een plekje om te gaan zitten. Intussen haalde Van der Harst zijn zeis op, die bij zijn fiets tegen de boom stond.
'Heb jij je haargerei niet bij je, Hendrik?' vroeg Boesman, toen Van der Harst met zijn zeis kwam aanlopen.

'Ik heb hem ja vanochtend al gehaard,' zei Van der Harst verschrikt. 'Moest dat dan?'
'We zouden de heren toch laten zien hoe of dat de zeis gehaard wordt,' zei Boesman ontstemd.
'Ach, dat heb ik nou helemaal niet zo begrepen,' zei Van der Harst ongelukkig.
'Laat ze maar bij mij kijken,' zei Zwiers, die op de grond was gaan zitten, 'dat is ja wel genoeg.'

'Heer Boerakker heeft het meer gedaan,' riep Boesman van een afstand.
Maarten hield even in en keek naar Jan. Jan maaide grinnikend met een flinke streek vooruit, het zweet op zijn gezicht, zijn gezicht was roodverbrand. Ad en Van der Harst keken schuin achter hem toe. Maarten tilde zijn zeis weer op en zwaaide hem naar achteren. 'Zo?' vroeg hij.
'Het is nog te krampachtig,' zei Zwiers. 'Je moet je schouders loslaten. Zó.' Hij nam de zeis van Maarten over en liet hem los hangen, deed een paar slagen om het te demonstreren en gaf hem weer aan Maarten terug.
Maarten probeerde het opnieuw, maar hij voelde zelf dat zijn lichaam te gespannen bleef.
'Zo is het wat beter,' vond Zwiers.
Maarten maaide door tot het eind van het land, met Zwiers achter zich aan, nauwlettend toekijkend. Aan het eind bleef hij staan. 'Het valt niet mee,' zei hij. In de verte had Ad de zeis van Jan overgenomen. Hij maaide wat voorzichtiger dan Jan maar ook soepeler leek het. 'Muller doet het goed,' stelde hij vast.
Zwiers keek om. 'Muller leert het wel, maar jij ook wel.'
'Als ik maar de tijd heb,' zei Maarten spottend.
'Ja,' zei Zwiers, 'je moet nooit versagen, nergens niet mee.'

'Heren!' zei Boesman plechtig, het was het eind van de middag, ze stonden aan de rand van het weiland, moe en bezweet, Boesman haalde drie met rode lintjes omwonden rolletjes papier uit zijn binnenzak, 'de Kemissie heeft zich beraden over jullie prestaties en we hebben daar langdurig over beraadslaagd, want we moesten dat natuurlijk heel precies doen, maar we zijn dan wel tot de conclusie gekomen dat de heer Boerakker voor zijn examen geslaagd is, en wel cum laude.' Hij haalde zijn bril uit zijn borstzak, zette hem op en zocht tussen de drie rolletjes dat voor Jan uit. Jan stond er met een grijns bij, Zwiers had zich afgewend en was bezig zijn zeis uit elkaar te halen. 'Heer Boerakker, van harte proficiat,' hij gaf Jan het rolletje en drukte hem de hand.

'Dank u wel,' zei Jan.

'En nou heer Muller,' zei Boesman, 'heer Muller is ook geslaagd, en we vonden ook zijn resultaten heel goed.' Hij gaf Ad het tweede rolletje.

'Dank u,' zei Ad.

'Maar met de heer Koning is het een wat ander geval,' zei Boesman, zich tot Maarten richtend, 'de Kemissie is niet zo tevreden over uw prestaties als over die van Boerakker en Muller, maar we vinden wel dat u uw best hebt gedaan, dus u bent ook geslaagd.' Hij gaf Maarten het derde rolletje.

'Dank u wel,' zei Maarten. 'We hebben het alle drie heel leuk gevonden en we komen graag nog eens terug als we weer iets willen weten.' Hij gaf Boesman een hand, 'wel bedankt.' Daarna gaf hij ook Van der Harst en Zwiers, die bezig was met het inwikkelen van het zeisblad, een hand. Terwijl Ad en Jan zijn voorbeeld volgden, schoof hij het lintje van de rol en rolde hem open. Het blad was enigszins onbeholpen gecalligrafeerd. Er stond met grote, zwarte, gotische letters: *Uit naam van het Boerengilde verklaart ondergetekende bij deze dat de heer Koning hedenmiddag geslaagd is voor zijn examen in het maaien met de zeis. Namens de Commissie: K. Boesman, voorzitter.*

'Wat vond jij nou van dat idee van die film?' vroeg Jan toen ze in de vroege avond terugfietsten naar het station.

'Daar krijgen we nooit geld voor,' zei Maarten.

'Maar op zichzelf zou het toch niet zo gek zijn, een reeks van filmpjes waarop die technieken worden vastgelegd.'

'Nee,' gaf Maarten toe.

'Dan kun je ze ook gemakkelijker vergelijken.'

'Als het daarbij bleef,' zei Maarten sceptisch, 'maar ik betwijfel of dat de bedoeling van Boesman is.'

'Boesman gaat het om zijn dorp,' meende Ad.
'Nou, en wat dan nog?' zei Jan. 'Laat hem maar zou ik zeggen.'
'Het zou me niets verbazen als die man in de oorlog fout was geweest,' bedacht Maarten, meer voor zichzelf.
'Waarom denk je dat dan?' vroeg Ad nieuwsgierig.
'Dat padvinderachtige en dan dat Boerengilde, met die gotische letters.'
'Had jij nou gedacht dat er zoveel veranderd was?' vroeg Jan. 'Zelfs het gewas is veranderd toen die maaidorsers kwamen. Daar sta je toch niet bij stil?'
'Nee,' gaf Maarten toe.

'Waarom wil je nou eigenlijk zo precies weten hoe ze met die vlegels gedorst hebben?' vroeg Ad toen ze in de trein terugreden.
'Omdat ik wil begrijpen waarom de boeren in Noord-Holland zoveel tijd nodig hadden om op een veel betere vlegel over te stappen.'
'Zou dat niet gewoon conservatisme zijn?'
'Natuurlijk!' zei Jan. 'Boeren zijn zo conservatief als de pest. De naam zegt het al!' Hij grinnikte.
'Ik denk het niet,' zei Maarten. 'Ik denk dat de techniek van het dorsen, de overgang op een andere beweging, remmend werkte. Alleen weten we van die techniek niets af. Ze hebben altijd alleen maar naar het gereedschap gekeken.'
'En hoe wou je dat dan bewijzen?' vroeg Ad sceptisch.
'Jij wil harrrde bewijzen,' zei Maarten ironisch.
Ad glimlachte. 'Ja,' zei hij toen met iets uitdagends.
'Bewijzen kun je zoiets nooit. Het blijven altijd veronderstellingen.'
'Anders was er toch ook zeker geen pest aan?' zei Jan. Hij lachte verlegen omdat Maarten lachte. 'Nee, zeg nou zelf! Zodra je harde bewijzen hebt, is voor mij de lol eraf!'

★

'Mag ik je iets vragen?' vroeg Wim Bosman toen Maarten van zijn werk opkeek.

'Ga zitten,' zei Maarten met een gebaar naar de stoel tegenover hem, aan de andere kant van zijn bureau.
'Ik zou je eigenlijk graag alleen willen spreken.'
'Dat kan ook,' het verzoek verraste hem. Hij stond op.
'Wil ik even weggaan?' vroeg Ad vanachter zijn bureau.
'Nee, blijf jij maar zitten.' Hij liep naar de deur van de kaartsysteemkamer en keek naar binnen. Bart was bezig met het insteken van fiches. Aan de andere kant van de lichtschacht zag hij Graanschuur achter zijn machine zitten. 'Ga maar mee,' zei hij tegen Bosman, die beleefd, enigszins gebogen in zijn schouders, had staan wachten.
'Anders wil ik ook wel een andere keer terugkomen,' zei Bosman.
'Nee, waarom? We vinden wel wat.'
Ze liepen de gang door naar de voorkant. Achter de halfgeopende deur van het kamertje aan het eind van de gang zag hij Jaring Elshout bij het bureau van Jacqueline Greep staan. 'Hier maar,' zei hij, de deur van de kamer van juffrouw Veldhoven openend. De kamer was stil en zonnig en ademde met haar fragiele meubeltjes en verfijnde, middeleeuwse wandversiering nu er niemand was nog sterker dan anders de sfeer van een meisjeskamer. Hij opende een raam omdat het er benauwd was. Van buiten kwam het rumoer van de gracht. 'Ga zitten.' Ze zetten zich in het zitje. Achter hen, gedempt door de wand, klonken de stemmen van Jaring Elshout en Jacqueline Greep. Wim Bosman sloeg zijn benen over elkaar en vouwde zijn handen om zijn knieën. Hij droeg een wat glimmend geworden bruin kostuum met een enigszins versleten stropdasje.
'Ga je gang.'
'Ik heb gehoord dat Jacqueline Greep weggaat,' zei Bosman gedempt.
Dat was nieuw voor Maarten. 'Daar weet ik niets van,' zei hij, zijn wenkbrauwen optrekkend.
Bosman schrok. 'Dan had ik het misschien niet mogen vertellen?'
'Natuurlijk wel. Als dat zo is, wat doet het er dan toe?'
'Maar jij bent toch het hoofd van het Muziekarchief?'
'Officieel, in de praktijk heeft dat niet veel te betekenen.'

Bosman aarzelde. 'Dan weet ik niet of ik eigenlijk wel bij jou moet zijn.'
Maarten lachte, enigszins geïrriteerd door al die aarzelingen. 'Dat kan ik natuurlijk niet beoordelen.'
'Wanneer zou juffrouw Veldhoven terugkomen, denk je?'
'Het ziet er naar uit dat die niet meer terugkomt.'
'Is ze zo ziek?' vroeg Bosman geschrokken.
'Ik krijg geen hoogte van die ziekte, maar ze is al zo lang ziek dat het straks geen zin meer heeft om terug te komen.'
Bosman knikte. 'Dan zal ik het toch maar aan jou voorleggen. Ik weet niet of jullie al iemand op het oog hebben voor de opvolging van Jacqueline?'
'Dat weet ik natuurlijk ook niet.'
'Nee.' Hij aarzelde opnieuw. 'De zaak is dat ik er wel voor in aanmerking zou willen komen, maar het zou mijn positie op Volkstaal wat moeilijk maken als dat bekend werd.'
Maarten begreep nu waarom hij zo geaarzeld had. Door zijn kaarten op tafel te leggen maakte hij zich kwetsbaar en Dé Haan zou hem die poging tot desertie zeker inpeperen. 'Dat begrijp ik. Ik zal er niet over praten.'
'Maar denk je dat ik een kans maak?' Hij was zenuwachtig.
'Dat moet ik met Freek en Jaring bespreken. Ik weet niet wat voor eisen zij stellen. Je zult in ieder geval wat van muziek moeten afweten.'
'Ik speel gamba en ik ben secretaris van de Zangclub.'
Omdat Maarten zelf geen instrument bespeelde en zich bij de Zangclub heel weinig voor kon stellen, kon hij de kracht van deze argumenten niet beoordelen. 'Zal ik het eens bespreken?' stelde hij voor.
'Als het vertrouwelijk blijft,' zei Bosman bezorgd.

Freek Matser was in zijn kamer. Hij zat rechtop tegen de leuning van zijn stoel met een klein, in leer gebonden boekje tussen zijn handen en bladerde daarin met gespitste lippen. Pas toen Maarten naast zijn bureau stond, keek hij op.
'Ik hoor dat Jacqueline Greep weggaat?' zei Maarten.
'Ja, en?' vroeg Matser met een nauwelijks verholen agressie.
'Ik wist dat niet.'

'Ik begrijp niet wat ík daarmee te maken heb,' hij zette grote ogen op, 'd-daarvoor moet je toch niet bij mij zijn? Daarvoor moet je bij Jacqueline zijn!' Hij stotterde van verontwaardiging.
'Ik maak geen aanmerking,' hij bedwong een opkomende irritatie, 'ik ben alleen benieuwd of jullie al iemand op het oog hebben die haar kan opvolgen.'
'Nee,' hij bond in, 'natuurlijk niet, daarvoor moeten we toch eerst een advertentie zetten?'
'Ik heb namelijk iemand.'
'Wie dan?' vroeg Matser argwanend.
'Zullen we Jaring daar even bijhalen?'
'Als Jaring er is,' het klonk laatdunkend.
Jaring stond met zijn handen op zijn rug voor het raam naar buiten te kijken. Hij draaide zich langzaam om toen Maarten zijn kamer binnenkwam.
'Heb jij even tijd om met Freek en mij te praten?' vroeg Maarten.
'Ik wacht eigenlijk op een telefoontje.' In tegenstelling tot Matser had hij iets uitgesproken zachtmoedigs in zijn optreden, alsof hij zich verontschuldigde voor zijn aanwezigheid.
'Zal ik Freek dan hier vragen?'
'Als hem dat hetzelfde is...'
Toen Maarten met Matser terugkwam, zat Jaring achter zijn bureau. Ze gingen tegenover hem zitten, Matser met de ramen in zijn rug.
'Ik heb iemand voor de vacature van Jacqueline Greep,' zei Maarten, 'maar omdat het iemand van het Bureau is, wil hij liever niet dat dat bekend wordt, omdat dat zijn positie zou schaden als jullie hem niet nemen.'
'Toch niet Wim Bosman?' vroeg Jaring.
'Ja,' zei Maarten verrast.
Jaring knikte. 'Dat dacht ik al.'
Matser verstarde en richtte zich wat op.
'Waarom dacht je dat?' vroeg Maarten nieuwsgierig.
'Omdat Wim Bosman secretaris van de Zangclub is,' antwoordde Jaring.
'Als Wim Bosman hier wordt aangesteld neem ik ontslag!' zei Matser geëmotioneerd.

'Dat zou inderdaad niet zo goed zijn,' beaamde Jaring.
'Wat is er met de Zangclub?' vroeg Maarten.
'Dat is de club van Joop Poelman,' legde Jaring uit.
'Afgezien daarvan, ik moet er niet aan denken dat hier een katholiek wordt aangesteld, en helemaal niet dat ik met Wim Bosman zou moeten samenwerken,' zei Matser verontwaardigd. 'Als je je zo door dik en dun met Poelman vereenzelvigt als hij doet, dan heb je een slavenmentaliteit.'
'Ja,' zei Jaring rustig.
'Goed,' zei Maarten. De bezwaren tegen Poelman kende hij niet, maar hij begreep dat het geen zin had ertegen in te gaan.
'Wie zegt hem dat?' Hij keek naar Matser.
'Ik niet!' zei Matser beslist. 'Hij heeft mij niet benaderd!'
Jaring zei niets.
'Jij?' vroeg Maarten.
'Dat zou juffrouw Veldhoven dan moeten doen,' vond Jaring.
'Juffrouw Veldhoven is ziek.'
'Dat is waar.'
Er was een stilte.
'Goed,' besliste Maarten. 'Ik zal het doen.'
'Als je de Zangclub er dan maar buiten laat,' zei Matser.
'Ja, want dat zou de verhouding tot Poelman onnodig compliceren,' meende Jaring.

Toen Maarten in zijn kamer terugkwam, waren Ad en Bart verdwenen. Beerta zat achter zijn bureau de krant te lezen.
'Dag Anton,' zei Maarten.
'Dag Maarten,' zei Beerta.
Maarten ging zitten en nam zijn werk weer op. In de stilte kwam van buiten het roepen van de uil. Hij tilde zijn hoofd op en luisterde.
Beerta legde zijn krant neer, stond op en draaide zich naar hem om. Hij keek naar hem, zijn handen op zijn rug. 'Ik heb gisterenavond bezoek gehad van Wim Bosman.'
'O.'
'Die jongen heeft het maar moeilijk.'
Maarten zweeg, afwachtend. 'Wat mankeert er dan aan?' vroeg hij toen Beerta ook bleef zwijgen en strak naar hem keek.

'Hij heeft ernstige moeilijkheden met Dé Haan.'
Maarten knikte.
'Ze verwijt hem dat er niets uit zijn handen komt.'
'Net als indertijd met Hendrik.'
'Terwijl hij toch zulke goeie kwaliteiten heeft.' Hij ging niet op die vergelijking in.
'Daarop heeft ze hem genomen,' zei Maarten, niet zonder boosaardigheid.
Beerta spitste ironisch zijn lippen. 'Mevrouw Haan is wat wispelturig,' gaf hij toe. 'Daarom zou het goed zijn als wij een plaats voor hem zouden hebben.' Hij wachtte even om te zien hoe Maarten reageerde, maar Maarten reageerde niet. 'Hij zou heel graag op het Muziekarchief komen. Daar weet hij ook veel vanaf.'
'Dat weet ik.'
'Dat weet je al?'
'Hij heeft er met mij over gesproken.'
'En?'
'Ze willen hem daar niet hebben.'
Beerta schrok, zijn gezicht verstrakte. 'Dat begrijp ik niet.'
'Nee.'
Beerta keek hem onderzoekend aan. 'Waarom willen ze hem niet hebben?'
'Dat mag ik niet zeggen.'
'Maar ík mag dat toch wel weten?'
Maarten aarzelde.
'Het zou toch te dwaas zijn als een lid van de Commissie daar niet over zou worden ingelicht?'
'Ik kan het niet overzien,' bekende Maarten. 'Ze hebben me gevraagd om de werkelijke reden te verzwijgen.'
'Maar dat is zeer onbehoorlijk!' zei Beerta geschokt. 'Daar kun je toch niet de verantwoordelijkheid voor nemen?'
'Ik vind dat mensen het recht hebben te bepalen met wie ze willen samenwerken. Als zij Bosman niet willen, dan houdt het op.'
'Maar waarom willen ze hem dan niet?'
Maarten schudde zijn hoofd.
'Richt het zich tegen zijn persoon?'

'Ook.'
'Heeft het dan te maken met zijn verhouding tot Poelman?'
'Daar heeft het ook mee te maken,' gaf Maarten toe.
'Maar dat kan toch nooit een punt zijn? Want ik weet zeker dat hij als hij die baan krijgt Poelman meteen zal laten vallen.'
Maarten lachte. 'Ik heb de indruk dat dat nu juist de andere helft van hun kritiek is.'
Beerta keek hem niet-begrijpend aan. Vervolgens wendde hij zich af naar zijn bureau. 'Ik wil daar toch eens een gesprek over hebben met Freek Matser,' zei hij, 'want dit bevredigt me niet.'

'Heb je al met Freek Matser gesproken?' vroeg Maarten toen hij terugkomend van zijn middagpauze Beerta weer achter diens bureau aantrof.
'Ja.'
'En?'
'Ik heb een aantal dingen gehoord die ik nog niet wist,' antwoordde Beerta ernstig, 'en die de zaak wel in een wat ander daglicht stellen.'
'Dus hij blijft bij zijn standpunt.'
'Hij blijft bij zijn standpunt,' bevestigde Beerta. 'Daar is hij niet van af te brengen. Hij heeft zelfs in vertrouwen tegen mij gezegd dat hij ontslag neemt als Wim Bosman hier wordt aangesteld.'

Wim Bosman had een plaats op de begane grond, in de kamer naast de bibliotheek die Balk oorspronkelijk voor juffrouw Veldhoven bestemd had, maar die door haar was afgewezen omdat hij alleen door een glazen wand gescheiden was van een wat kleinere tussenkamer. Maarten zag hem zitten toen hij van de gang de tussenkamer binnenkwam. In de tussenkamer zat Klaas Sparreboom, een nieuwe medewerker van de afdeling Volkstaal, aan wie sinds enkele maanden het beheer over de geluidsapparatuur en de geluidsbanden was toevertrouwd. Hij zat met een kleine schroevendraaier in zijn hand onder een felle lamp boven een half gedemonteerde bandrecorder, een enorme man met een grote baard.
'Dag meneer Sparreboom,' zei Maarten.

Sparreboom keek langzaam op. Hij had een goedmoedig, traag gezicht. 'Dag meneer Koning,' zei hij langzaam. Hij schudde zijn hoofd. 'Ik heb hier nou toch een bandrecorder... wat daarmee gebeurd is... Moet u nou eens kijken.' Hij duwde met de schroevendraaier in de machinerie.
Maarten kwam dichterbij en keek naar het onoverzichtelijke samenstel van wieltjes, armpjes en snaren.
'Volledig versleten!' zei Sparreboom, tegen een van de wieltjes duwend. 'Dat zal helemaal vernieuwd moeten worden, maar hoe krijgen ze het voor elkaar.'
'Van het voortdurend terugspelen misschien?' opperde Maarten.
Sparreboom knikte bedachtzaam. 'Dat zou natuurlijk kunnen. Daar had ik eerlijk gezegd nog niet aan gedacht.'
'Want dat is de pest natuurlijk.' Hij wendde zich af en opende de tussendeur.
'Dat is er niet best voor,' gaf Sparreboom toe.
Maarten ging de achterkamer in, aan de andere kant van het glas. De kamer had twee ramen, hoog boven de vloer, zodat je als je zat niet naar buiten kon kijken, en een deur naar de tuin. Het bureau van Wim Bosman was zo geplaatst dat hij vanaf zijn plaats door de ruit in de deur een stukje van de tuin kon zien. Hij keek afwachtend en enigszins timide naar Maarten. Maarten ging tegenover hem zitten, met zijn rug naar Sparreboom, die achter het glas weer verdiept was in het inwendige van de bandrecorder. 'Ik heb met Freek en Jaring gesproken,' zei hij, hij zocht naar een formulering, hakte de knoop resoluut door en keek Bosman recht aan, 'maar ze willen jou niet hebben.'
Bosman trok wit weg. 'Waarom niet?'
'Ze denken dat ze met jou niet kunnen opschieten.' Hij had met hem te doen.
'Hoe kunnen ze dat nou weten?' zei Bosman ongelukkig.
'Dat is niet te beredeneren. Daar kun je niets van zeggen. Dat zegt ook niets van iemand. Zo reageren mensen op elkaar.'
Bosman slikte. Hij zocht naar woorden. 'Je begrijpt wel dat dit een klap voor me is.'
'Ja, maar je kunt in deze dingen beter meteen de waarheid ho-

ren, dan dat je het later achter je rug te horen krijgt.'
'Ja, misschien...' hij aarzelde, 'misschien ook niet,' zei hij toen.

★

Freek Matser haalde een kop koffie aan het loket en kwam met een strak gezicht naast Maarten zitten. Hij zette zijn kop op de lage tafel, haalde een pakje shag en vloeitjes uit zijn zak en begon een sigaret te rollen. 'Jij hebt tegen Wim Bosman gezegd dat juffrouw Veldhoven niet meer terugkomt.' Hij keek Maarten onverwacht aan.
Maarten schrok.
'En ook,' hij likte aan het vloeitje zonder zijn ogen van Maarten af te wenden, 'dat je niet gelooft dat ze echt ziek is. Ze heeft zich dat t-terecht zeer aangetrokken.'
'Zo heb ik dat niet gezegd.'
'Wat heb je dan gezegd?'
'Ik heb gezegd dat ik betwijfelde of ze nog terugkwam en dat ik van haar ziekte geen hoogte kreeg.' Hij had daar meteen het land over. Het was idioot dat hij zich verdedigde, maar het was eruit voor hij had nagedacht.
'Ik zie het verschil niet, en juffrouw Veldhoven ook niet, neem ik aan. Ze is van plan om je een brief te schrijven.'
Dat bericht maakte Maarten diep ongelukkig. Hij voelde zich schuldig en vervloekte zijn loslippigheid. Als je wilt dat de mensen geen vat op je krijgen, moet je je mond houden.
'Goed,' zei hij koel. Hij zweeg.
'Toen jullie weg waren, gisteren,' zei Matser, zich tot Flip de Fluiter wendend, die aan zijn andere kant zat, 'heb ik die partita van Bach nog een keer gedraaid.'
'Goed hè?' zei Flip. Hij lachte.
'Dat geloof ik ook, ja,' zei Goud zangerig tegen Meierink, 'ja, daar hebt u wel gelijk in.'
'Is het niet?' zei Bavelaar tegen Mia van Idegem.
Flarden van gesprekken, die van ver kwamen, alsof hij er niet bij zat. Dat juffrouw Veldhoven het plan had hem een brief te schrijven was bedreigend. De bel ging.
'Allemachtig, wat krijgen we daar voor een sexbom,' zei Ren-

tjes opgewonden, boven de pratende stemmen uit.

Maarten keek opzij. In de hal, achter de klapdeuren, stond Slofstra een meisje met lang, blond haar en een opvallend kort rokje te woord.

'Die zal je toch 's avonds in je bed vinden,' zei Rentjes verlekkerd.

'Nou Koos, zo is het wel weer genoeg,' zei juffrouw Bavelaar.

Mark Grosz, die naast Rentjes zat, gnuifde in zijn baardje, aan zijn pijp trekkend.

De klapdeur werd opengetrokken. 'Juffrouw Bavelaar,' zei Slofstra met zijn harde, nasale stem, 'hier is een jongedame die wil meneer Balk of mevrouw Haan spreken.'

'Die zijn er niet,' zei Bavelaar.

'Nee, maar ze zoekt een baantje.'

'Ze kan wel bij mij komen,' riep Rentjes.

Zijn opmerking veroorzaakte gelach.

'Kunt u haar niet even te woord staan?' vroeg Slofstra onbewogen.

Bavelaar stond op en ging de klapdeur door, de hal in. Maarten zag haar met het meisje staan praten en vervolgens plaatsnemen in de loge. Hij stond op, zette zijn kop achter zich op de marmeren balustrade, nam de post voor zijn afdeling op en wendde zich af om langs de achtertrap terug te gaan naar zijn kamer, toen de klapdeur opnieuw openging.

'Maarten,' zei Bavelaar, het kostte haar merkbaar moeite om hem bij zijn voornaam te noemen sinds hij dat had voorgesteld, als ze kon vermeed ze het, zoals ze ook vermeed om *jij* te zeggen, 'kun je misschien ook even met haar praten?'

'Ja zeg!' riep Rentjes, waarmee hij opnieuw de lachers op zijn hand had.

Maarten volgde haar door de klapdeur en ging de portiersloge in. 'Ik ben Koning,' zei hij, zijn hand uitstekend.

'Sien Flipse,' zei ze, opstaand. Haar hand was vochtig, maar haar gezicht beviel hem, een regelmatig, betrouwbaar gezicht met een opvallend brede mond.

'U zoekt een baantje?' vroeg hij.

'Ja.'

Toen ze gingen zitten viel zijn blik onwillekeurig op haar blote

knieën, vlakbij de zijne, en dat bracht hem een ogenblik in verwarring. 'Wat voor baantje?' Hij keek haar aan.
'Het liefst bij Volkstaal, maar ik wil ook wel ergens anders, omdat die juffrouw zei dat er bij Volkstaal geen plaats is waarschijnlijk.'
'Waarom bij Volkstaal?'
'Ik studeer Nederlands. En ik ben lerares.'
'Lerares?' Hij kon zich dit kind, in zo'n rokje, niet voor de klas voorstellen, voor kinderen die nauwelijks jonger waren.
'Op het gereformeerd gymnasium, maar ik zou liever een wat rustiger baantje willen hebben zolang ik nog studeer.'
Hij knikte. 'Ik ben ook leraar geweest.' Hij trok de blocnote van Slofstra, die naast de telefoon lag, naar zich toe en zocht een pen. 'Hoeveel uur zou u willen werken?'
'Drie dagen? Denkt u dat u iets heeft?'
'Ik moet het eerst bespreken,' zei hij vriendelijk. 'Hoe heet u precies?'
'Sien Flipse.'
Hij schreef het op.
'Maar volgende maand heet ik misschien anders,' zei ze verlegen, 'want het is mogelijk dat ik ga trouwen,' ze kreeg een kleur.
Die mededeling verbaasde hem. Even ging het door zijn hoofd dat ze misschien zwanger was, maar hij vond dat hij daar niet naar kon vragen. 'Dat zien we dan wel weer. Waar woont u?' Hij keek opzij omdat Jan Boerakker door de klapdeur kwam en de loge in keek. 'Ik heb de post,' zei Maarten.
'Zal ik die meenemen?' vroeg Jan. Hij keek met een verlekkerde belangstelling naar Sien Flipse.
'Asjeblieft,' zei Maarten, de post aanreikend. 'Waar woont u?' herhaalde hij, Sien Flipse weer aankijkend.

'Is er geen plaats bij Volkstaal?' vroeg hij, het kamertje van Bavelaar binnenkomend.
'Jullie moeten haar nemen,' zei ze, haar sigaret aftikkend. 'Het lijkt me een flinke meid. Het zou zonde zijn als die ook weer bij Volkstaal terechtkwam.'
'Maar ze wil graag bij Volkstaal.'

'Ze weet toch niet beter? Weer iemand die niks te doen krijgt en maar een beetje voor zichzelf zit te werken zeker. Bovendien heeft Haan er nou toch net Sparreboom bijgekregen?'
'En Volksnamen?'
'Je kunt zo'n meisje toch niet bij Koos zetten?' zei ze verontwaardigd. 'Dat is toch vragen om moeilijkheden?'
Maarten lachte.
'Koos heeft trouwens net van Balk gedaan gekregen dat een vriendinnetje van hem hier wordt aangesteld om haar proefschrift te schrijven. Koos heeft echt meer mensen dan hij aankan.'
'Is er dan nog geld?'
'Er is geld genoeg,' ze nam een trek en inhaleerde diep, 'als je het Balk vraagt dan krijg je het zo.' Ze blies de rook weer uit en tikte de sigaret af.
Hij aarzelde.
'Doe het maar,' drong ze aan. 'Je zult zien dat je een goeie kracht aan haar hebt. Jullie zijn echt veel te bescheiden.'
Haar bezorgdheid streelde hem. 'Ik zal erover denken,' beloofde hij.

Zodra hij achter zijn bureau zat, ging de tussendeur open en keek Jan om de hoek. 'Komt die bij ons?' vroeg hij samenzweerderig.
'Ik wou daar morgen, als Bart er weer is, over praten.'
'Wie komt bij ons?' vroeg Ad. Hij stond op.
'Een stuk jô!' zei Jan. 'Zoiets heb je nog nooit gezien!'
Ad keek met een onzeker lachje naar Maarten.
'Maak je borst maar nat!' zei Jan. Hij schudde zijn hoofd en sloot grinnikend de deur weer.
'Wat is dat voor iemand?' vroeg Ad nieuwsgierig.
'Een lerares die Nederlands studeert en hier wil komen werken,' antwoordde Maarten neutraal.
'O,' hij ging weer zitten, 'ik dacht even dat het iets interessanters was.'

★

'Bent u nog getrouwd?' vroeg Maarten toen ze aan de vergadertafel hadden plaatsgenomen. De geforceerde vertrouwelijkheid van de situatie maakte hem gespannen.
'Ja,' zei ze stralend.
'Gefeliciteerd. Hoe heet uw man?'
'De Nooijer.'
'Mevrouw De Nooijer dus.'
'Zegt u maar Sien hoor,' zei ze haastig, 'dat doen ze allemaal.'
'Graag,' zei hij werktuiglijk. Hij zweeg even, afgeleid door deze onverwachte intimiteit, en keek voor zich om zijn gedachten te ordenen. 'Ik wou eerst maar naar de Directeur,' zei hij toen, 'om je voor te stellen, en daarna zal ik je je plaats laten zien.' Hij stond op en ging haar voor naar de deur. 'Er zijn hier drie afdelingen,' vertelde hij, de deur voor haar openhoudend, 'beneden zit Volkstaal, op de eerste verdieping zit Volksnamen, en wij zitten hier, samen met het Volksmuziekarchief. De directeur heet Balk. Vroeger was hij hoofd van de afdeling Volksnamen. De oude directeur, Beerta, zit bij ons op de kamer, die zul je nog wel leren kennen, aan dat grote bureau dat daar stond.'
Ze was op de gang blijven staan terwijl hij de deur sloot.
'We nemen de achtertrap maar,' zei hij. 'Er zijn twee trappen, een voortrap en een achtertrap. De achtertrap loopt door tot in de kelder, met de kluizen. Dat krijg je nog wel te zien straks.'
'Wat is het groot,' zei ze. 'Gek dat ik hier nooit eerder van had gehoord. Het is dat ik toevallig langskwam en het naambordje zag.'
'Hoe minder mensen van ons horen hoe beter.'
'Ja?' vroeg ze verbaasd.
'Ja,' hij opende de deur van het kamertje van Bavelaar. Omdat er een dranger op de deur zat, moest hij op de drempel gaan staan, met zijn arm uitgestrekt, om haar voor te laten gaan. Hij rekte zich uit, beducht om haar aan te raken. 'Hier is mevrouw De Nooijer.'
Bavelaar stond op.
'Sien hoor,' zei Sien de Nooijer, haar een hand gevend.
'Wij kennen elkaar al, hè?' zei Bavelaar hartelijk.
'Ik wou haar even aan Balk voorstellen,' zei Maarten, de deur van diens kamer openend.

Toen ze langs hem de kamer binnenging, kwam Balk met een charmante glimlach achter zijn bureau vandaan, Maarten negerend. 'Balk!' zei hij vriendelijk, zijn hand naar haar uitstekend. 'U komt hier werken?'

'Wij hebben drie kamers,' vertelde Maarten toen ze langs de voortrap terugklommen naar de afdeling, 'één voor de bezoekers, die zal ik je eerst nog even laten zien, daar zit Jan Boerakker, die moet je straks inwerken,' ze liepen door de smalle gang naar de achterkant, 'dit zijn de w.c.'s, dit is onze kapstok, en dit is de deur van de bezoekerskamer.' Hij maakte hem open en liet haar binnengaan. 'Hier zit Jan Boerakker dus.'
Jan zat achter zijn bureau. Hij kwam langzaam overeind, lachend. 'Jan, hoor,' zei hij, haar een hand gevend. Hij keek tersluiks naar haar benen. Ze droeg eenzelfde rokje als de eerste keer.
'Sien,' zei ze.
'Wil jij straks met haar het Bureau rondgaan?' vroeg Maarten, enigszins geïrriteerd door zijn belangstelling.
'Doe ik!' zei Jan.
'En door de tussendeur kom je dan in de vergaderkamer,' vervolgde Maarten, de deur openend.
'We zien elkaar straks wel,' zei Jan hartelijk.
Ad en Bart waren gearriveerd. Ad stelde zich voor als Ad, Bart als Asjes, Ad met een heimelijk lachje, Bart ernstig.
'We hebben ook nog vier losse krachten,' vertelde Maarten, 'maar die zie je nooit, die werken thuis. En daar zit meneer Beerta dus,' hij wees op het bureau van Beerta, 'maar die is er nu niet. En dit is de kaartsysteemkamer, daar kom jij te zitten.' Hij duwde de deur wat verder open om haar binnen te laten.
Ze stapte nieuwsgierig de drempel over.
'Dat is je bureau,' hij wees op een bureau dat haaks op het raam stond. 'We hebben het zo gezet, omdat je anders in het gezicht van Graanschuur kijkt, maar je kunt het ook anders zetten natuurlijk.'
'Is dat het kaartsysteem?' vroeg ze verrast. 'Hoeveel fiches zijn dat wel niet?'
'Zeshonderdduizend.' Hij trok een la open, schoof hem in ge-

dachten weer dicht en ging langzaam aan de middentafel zitten. Door al dat praten was hij zo gespannen geraakt, dat hij zichzelf waarnam en hoorde praten, alsof hij een vreemde was. 'Het eerste wat je zult moeten leren,' hoorde hij zichzelf zeggen, 'is het geven van trefwoorden en het rubriceren van knipsels.' Hij stond weer op en haalde een bak uit het kaartsysteem. Ze zette haar tas op haar bureau, naast een map met knipsels die Jan daar had klaargelegd, en ging naast hem zitten. 'Kijk, dit zijn trefwoorden. Daarvan zijn er ongeveer zestigduizend. Daar zul je mee moeten leren werken.' Hij boog wat opzij om haar te laten kijken.
Ze duwde vlak naast hem de fiches om en bekeek de trefwoorden. De deur ging open en Rentjes kwam binnen. 'Mag ik even in jullie kaartsysteem kijken?' vroeg hij met een blik naar Sien de Nooijer.

Hij trok de deur van de kaartsysteemkamer achter zich dicht, zette zich achter zijn bureau, bedacht zich, stond weer op en liep naar de tussendeur. 'Jan!' zei hij, de deur openend. 'Neem jij het nu over?'
'Meteen!' zei Jan, overeind springend. Hij grinnikte.
'Je loopt er bij alsof je aan het eind van je krachten bent,' merkte Bart op toen Maarten terugliep naar zijn bureau.
'Ja,' zei Maarten.
'Je vraagt je af wat jullie daar achter die deur hebben uitgespookt,' zei Ad.
'Het contact met mijn medemensen vind ik het moeilijkste wat er is,' zei Maarten, de opmerking negerend. Hij ging zitten.
'Ik hoorde anders dat je haar al tutoyeert,' zei Bart.
'Dat vroeg ze.'
'Ik had daar toch graag eerst een afspraak over gemaakt.'
Maarten reageerde daar niet op.
'Tutoyeert zij jou nu ook?' wilde Bart weten.
'Nee.'
'Zie je, dat zou ik nou nooit doen.'
'Nee, dat weet ik.' Hij luisterde omdat hij Jan achter de deur van de kaartsysteemkamer luid hoorde lachen. Ontevreden

met zichzelf draaide hij een fiche in zijn machine en trok het boek naar zich toe dat hij bezig was te ficheren.

*

Uit het dagboek van Maarten Koning:
Ik kan daarop het best antwoorden met een parabel, antwoordde hij: Een man liep met de Heer door de velden. Toen ze langs een stuk land terzijde van het pad kwamen, vroeg de Heer wat hij er van vond. De man keek vluchtig opzij. 'Een rotstuk land,' antwoordde hij. 'Het volgende stuk,' zei de Heer, 'heeft jarenlang braak gelegen omdat niemand het wilde hebben. Het ligt te moeilijk en het is niet zo vruchtbaar.' Ze bleven staan. 'Wat vind je ervan?' De man keek en aarzelde, wilde wat zeggen, wikte en woog. Hij bukte zich, nam een kluit aarde en bekeek die, proefde ervan. Toch zou er wel iets van te maken zijn, dacht hij, maar hij zweeg. 'Ik zou het beter moeten kennen,' zei hij tenslotte. Ze sloegen een hoek om, achter een bosje langs, en kwamen bij een stenige helling. 'En dit stuk heb ik aan jou toegewezen,' zei de Heer, hij wees op een hoek tegen de helling. 'Denk je dat je er wat mee kunt?' De man dacht van wel. Een redelijk stuk land zo te zien.
Toen de Heer jaren later langskwam, stond hij te spitten. 'En?' vroeg de Heer. 'Een behoorlijk stuk,' antwoordde de man, 'valt best mee te werken. Alleen dit gaat niet zo goed.' Hij trok zijn buik bloot, zette zijn mes erin en toonde de Heer een maagzweer zo groot als een vuist.

*

'Herken je dat?' vroeg Maarten. Ze waren met zijn drieën door de dienstingang het museumterrein opgegaan en bevonden zich nu in de hoek bij de Kruidentuin.
Zijn vader bleef staan, hij hief zijn hoofd wat op en keek naar het gebouw waarop ze toeliepen, een kleine man in een slecht zittend, grijs zomerjasje, met een wat eigenwijs, intens wit gezicht, een randloze bril en een alpinopet. 'Natuurlijk herken ik dat,' zei hij zonder een spoor van verrassing.
'Wat is het dan?' Hij moest lachen.
'Dat is de Hanekamp,' antwoordde zijn vader, 'die stond vroeger in de Wipstrik, tegenover het huis van je grootvader.'

'Daar gaan we koffiedrinken.'
'Dat werd tijd.'
Ze namen plaats op het terras, tegen het huis. Het was nog stil, een stille, zonnige ochtend in september met gedempte, geïsoleerde geluiden. Twee tafels van hen af zaten nog twee mensen en verderop een vader en een moeder met twee kleine kinderen. Op het pad en in de Kruidentuin kuierden kleine groepjes bezoekers. Ze verdwenen langzaam uit het gezicht terwijl er van buiten de gezichtskring weer nieuwe te voorschijn kwamen, traag, met grote tussenpozen.
Ze bestelden koffie, zijn vader met een plak cake, Nicolien en hijzelf met appelgebak.
'Heb je hier nou emoties bij?' vroeg Maarten.
'Waarbij?' vroeg zijn vader.
'Dat je hier voor de Hanekamp zit?'
'Ach, dat is al zo lang geleden.'
'Wekt het ook geen herinneringen?'
Zijn vader schudde zijn hoofd. 'Nee, herinneringen wekt het niet.'
'Gek.'
'Waarom is dat gek? Als het geen herinneringen wekt, dan wekt het geen herinneringen.'
'Omdat de meeste mensen naar het Museum komen omdat het hen aan vroeger herinnert.'
Zijn vader draaide zich om en keek naar het gebouw. 'Daarvoor is er te veel veranderd,' stelde hij vast, zich weer terugdraaiend. 'Zo'n terras had je vroeger niet, en binnen kwam je niet, daar zaten alleen maar boeren die van de markt kwamen. Het heeft niets meer van vroeger.'
De koffie en de cake en appeltaart werden gebracht. Zodra ze op tafel stonden, waren er ook wespen. Zijn vader wuifde ze weg en haalde de cake naar zich toe.
'Dat zou betekenen dat zo'n museum flauwekul is.'
'Natuurlijk is zo'n museum flauwekul,' zei zijn vader, 'maar als de mensen dat nou leuk vinden, laat ze dan. Het doet geen kwaad.'
Maarten en Nicolien lachten.
'Ja, daar kun je nou wel om lachen,' zei zijn vader geamuseerd, 'maar zo is het wel.'

'Ja, zo is het,' gaf Maarten toe.
'Wat is jouw inbreng hier nou eigenlijk?' vroeg zijn vader met volle mond.
'Geen enkele,' hij had zijn appelgebak opgenomen en probeerde met zijn lepeltje de wespen ervan af te houden.
'Ja, dat zegt je broer ook,' zei zijn vader ironisch. 'Dat hebben jullie van je vader.'
'Maar in mijn geval is het waar.'
'O, ongetwijfeld.'
'Nee, het is echt waar.'
'Ja, ik twijfel er niet aan,' herhaalde zijn vader met een scheef lachje.
'De enige functie van zo'n Commissie,' zei Maarten met nadruk, 'is dat ze de schijn hoog houdt dat er controle is op de Directeur, zodat het Departement zich daarmee niet hoeft te bemoeien, maar in feite is daar natuurlijk geen sprake van.'
'Een heel nuttige functie,' vond zijn vader. 'Hoe minder het Departement zich ermee bemoeit, hoe beter. Van het Departement hoef je niets goeds te verwachten.'
'Nee,' gaf Maarten toe, 'maar van de Commissie ook niet.'
'Dat ligt eraan wie erin zitten.'
'Daar hoef je je geen enkele illusie over te maken.'
Zijn vader glimlachte.
'Wat een wespen, hè?' zei Nicolien.
'Daar moet je je niks van aantrekken,' zei zijn vader. 'Je moet er alleen voor zorgen dat je ze niet in je mond steekt. Als je daarvoor oppast, dan doen ze je niets.'
'Je humeur is in ieder geval goed,' stelde Maarten vast.
'Mijn humeur is altijd goed,' zei zijn vader met grote stelligheid.

Van de Hanekamp liepen ze de Kruidentuin in. Het was warmer geworden. Zonder in het bijzonder naar iets te kijken, kuierden ze tussen de planten. Het rook er naar kruiden. Het was de enige plek in het Museum die Maarten aan vroeger herinnerde, aan de stille zomerdagen in de kwekerij van zijn grootvader. Uit een behoefte die herinneringen vast te houden talmde hij bij een perk met lila, crocusachtige bloemen. 'Weet jij nog hoe die heten?' vroeg hij.

'Dat is herfsttijloos,' antwoordde zijn vader. 'Het staat er trouwens bij.'
'Zien wij die niet altijd in Frankrijk, Maarten?' vroeg Nicolien.
'Ja.'
'Ik dacht altijd dat dat wilde crocussen waren,' zei ze.
'Toen ik een jongen was, vond je die nog in de weilanden langs de IJssel,' herinnerde zijn vader zich. 'De koeien hadden er de pest aan.'
Ze liepen langzaam verder, hun blik gericht op de planten en bloemen in de perken en stonden plotseling bij de vijver met de grote, hardstenen pomp.
'Gut,' zei zijn vader verrast, 'de stadspomp!' Hij bekeek hem aandachtig met iets van ontroering, alleen zichtbaar als je hem kende.
'Waar stond die dan?' vroeg Maarten, ontroerd door de ontroering van zijn vader.
'Bij de kerk,' antwoordde zijn vader zonder zijn ogen van de pomp af te wenden. 'In de gaatjes van dat rooster heb ik als jongen nog gevist.'
'Gevist?' vroeg Maarten verrast.
'Met een kromme spijker aan een touwtje.'
'Maar daar zitten toch geen vissen?'
'Nee, natuurlijk niet,' zei zijn vader, 'maar als je een kleine jongen bent, weet je dat nog niet.'

Ze bezochten het Kruidentuinhuisje, waar een tentoonstelling was over 'bitter', en liepen langs de Hanekamp de Drentse buurt in. Toen ze bij het schooltje uit Lhee waren, kwam uit de tegengestelde richting een groep joelende kinderen aanrennen, achter een klein konijntje dat angstig wegschoot tussen een paar struiken naast het schooltje.
'Ach, een konijntje,' zei Nicolien ontzet.
Maarten keek als vastgenageld toe, terwijl de kinderen naar de plaats waar het konijntje verdwenen was toe renden en vroeg zich in paniek af wat hij eraan kon doen, maar voor hij een beslissing had genomen, stapte zijn vader op de kinderen toe en versperde hun de weg. 'Laat dat konijntje met rust, jongens,'

zei hij. Tot Maartens verrassing gehoorzaamden ze en dropen af. Zijn vader draaide zich naar hen om en wachtte hen op, een broze, vermoeide man.
'Dan kun je toch weer zien dat je onderwijzer bent geweest,' zei Maarten opgelucht.
'Dat was dan nog ergens goed voor,' zei zijn vader berustend.

★

Toen Maarten door de draaideur de hal inkwam, stond Wigbold in het gangetje naar de keuken. 'Bent u weer terug?' vroeg hij.
'Ik ben weer terug,' antwoordde Maarten, hij liep door naar het bord in de portiersloge, schoof zijn bordje door en stelde vast dat alleen Meierink en Balk er al waren. 'Is Slofstra er nog niet?'
'Die komt wat later. Trombosedienst.'
Natuurlijk. Eén maand vakantie en je bent er helemaal uit, dacht hij, de voortrap opklimmend. Hij ging het tussenkamertje in en duwde de deur van de kamer van Balk open. Balk zat achter zijn bureau. 'Ik ben terug.'
Balk keek hem afwezig aan en knikte.
'Is er nog iets gebeurd?' vroeg Maarten, met de kruk van de deur in zijn hand.
Balk schudde zijn hoofd, met zijn gedachten ergens anders. 'Nee.'
'Goed.' Hij sloot de deur weer en liep de gang door naar de achtertrap. De deur van de kamer van Meierink stond halfopen. Meierink zat met de krant voor zich aan zijn bureau. 'Dag Geert,' zei Maarten vanaf de drempel.
Meierink keek traag op. 'Dag Maarten,' antwoordde hij langzaam.
'Wil je noteren dat ik twintig vakantiedagen heb gehad?'
'Twintig?'
'Twintig!' Hij klom de trap op naar zijn afdeling, hing zijn jas aan de kapstok, ging zijn kamer in, hing zijn jasje op een knaapje aan de stapel dozen met vragenlijsten op de hoek van zijn bureau, opende het raam en ging zitten. Zijn bureau was

bedolven onder de stapels boeken, mappen, papieren. Hij stond weer op, verplaatste de boeken en mappen zodat het groene, rubberen schrijfblad vrijkwam en ordende de papieren enigszins op een stapel. Toen hij dat gedaan had, ging hij opnieuw zitten, uitgeput. Zijn huid was strak en droog. Omdat hij niet geslapen had, voelde hij zich gejaagd en nerveus. Hij zag tegen zijn werk op als tegen een blinde muur.
Bart kwam de kamer in. 'Dag Maarten,' zei hij verheugd. 'Ben je weer terug?'
'Ik ben weer terug.'
Bart zette zijn tas op zijn stoel en kwam naar Maartens bureau. 'Heb je een goeie vakantie gehad?'
'Meesterlijk.' Hij glimlachte nerveus.
Bart keek hem vriendelijk belangstellend aan. 'Hoeveel hebben jullie nou gelopen?'
'Vijfhonderd kilometer?' schatte Maarten.
'Vijfhonderd kilometer!' zei Bart geïmponeerd. 'Dat zou ik nooit kunnen.'
'Dat lijkt meer dan het is. Dat is niet meer dan twintig, vijfentwintig kilometer per dag, en je bent om negen uur al op pad, tot een uur of zes.'
'En heb je nog aardige waarnemingen gedaan?'
'Roofvogels en slangen.'
'Roofvogels en slangen!' herhaalde Bart. 'Dat lijkt me toch wel heel bijzonder. Ook giftige slangen?'
'Ik dacht het wel. Adders vooral. Hoe gaat het met de uil?'
'Ik hoor hem nog regelmatig, dus ik geloof dat het wel goed gaat.'
Maarten knikte. 'En met Sien?'
'Met mevrouw De Nooijer gaat het ook wel goed, geloof ik, maar daar weet ik niet zoveel van af natuurlijk. Dat kun je beter aan Jan vragen.' Hij aarzelde. 'Ad is ziek.'
Het bericht verraste Maarten nauwelijks. 'Wat heeft hij?'
'Hij heeft weer last van een stip in zijn keel. Ik heb hem aangeraden om toch eens naar een specialist te gaan, maar hij wil het liever homeopathisch genezen, geloof ik.'
'Misschien moet hij zijn amandelen eens laten knippen.'
'Dat weet ik niet,' weerde Bart af, 'daar heb ik geen verstand van.'

'Mijn amandelen zijn ook geknipt,' als om zich voor zijn opmerking te verontschuldigen. 'Ik heb nog een gulden gehad van de dokter omdat ik niet huilde.' Hij glimlachte bij de herinnering. 'En mijn broer omdat hij niet huilde en niet schreeuwde.'
'Ja, het schijnt dat het heel pijnlijk kan zijn.'
'Ja. Is er verder nog iets gebeurd?'
'Nee. Behalve dan dat er op het Muziekarchief een nieuwe dame is aangesteld in de plaats van mevrouw Greep.'
Beerta kwam de kamer in. 'Dag heren. Het doet me genoegen dat je er weer bent.' Achter hem ging de deur opnieuw open en Jan kwam binnen. 'Ik zag je jas hangen,' zei hij luidruchtig, 'en ik dacht: Die is er weer!' Hij bleef bij Maartens bureau staan.
'Hoe heb je het gehad?'
Maarten knikte. 'Goed.'
Jan grinnikte. 'Altijd natuurlijk. Veel gelopen?'
'Heel veel,' verzekerde Maarten glimlachend.
Bart wendde zich af en trok zich terug achter zijn bureau.
'Ik heb anders ook nog een gek verhaal,' zei Jan vertrouwelijk. 'Ik heb gesolliciteerd naar de plaats van Hoofdadministrateur bij de VU. Ik dacht, laat ik dat voor de aardigheid eens proberen, krijg ik toch niet. En laat ik hem nou krijgen!' Hij lachte onzeker. 'Nooit op gerekend natuurlijk.'
Maarten reageerde niet. Hij keek Jan aan, bezig met het verwerken van de mededeling.
'Zoals hier krijg ik het natuurlijk nergens meer,' zei Jan nerveus.
'Nee,' zei Maarten, 'maar ik begrijp wel dat dat geen reden is om te blijven. Wanneer wil je weg?'
'Zo gauw als het kan?'
'Goed. Ik zal het met Balk bespreken.'
'Ik vind het wel lullig hoor,' zei Jan verlegen.
'Nee, waarom zou het lullig zijn? Je komt hier geen stap verder.'
'Dat is ook weer zo,' gaf Jan toe. Hij aarzelde, onzeker hoe hij het gesprek moest afronden.
'Hoe gaat het met Sien?' vroeg Maarten.

'Wist jij dat van Jan?' vroeg Maarten toen Jan de kamer verlaten had. Hij stond op en keek over de boekenkast naar Bart.
'Jawel, maar ik vond dat het niet op mijn weg lag om je dat als eerste mee te delen.'
'Nee.' Die steeds terugkerende angst van Bart om waar dan ook de verantwoordelijkheid voor te nemen irriteerde hem. Hij ging weer zitten en keek voor zich uit. Het vooruitzicht weer een ander te moeten vinden, net nu hij enigszins aan Jan gewend was, en dan daar weer aan te moeten wennen, was meer dan hij op dat ogenblik verdragen kon. Hij herinnerde zich de opmerking van Bart dat er op het Muziekarchief iemand voor Jacqueline Greep was aangesteld en besloot daar eerst maar eens mee kennis te gaan maken. Hij stond op. 'Hoe was de vergadering van de Redactieraad eigenlijk?' vroeg hij aan Beerta.
'Je hebt wat gemist,' antwoordde Beerta, zonder van zijn werk op te kijken.
'Dat zal wel,' zei Maarten sceptisch, 'maar ik bedoel eigenlijk de vergadering zelf.'
'Ik heb de notulen op je bureau gelegd. Lees die maar eerst.'
Maarten liep door naar de deur. 'Ik ben even op het Muziekarchief,' zei hij tegen Bart en ging de gang op.
De nieuwe medewerkster zat net als Jacqueline Greep met haar deur halfopen, een vorm van promiscuïteit die hem irriteerde, niet erg, maar toch. Ze zat aan haar bureau toen hij de kamer binnenkwam, een boek voor zich. Voor het overige was haar bureau leeg. 'Ik ben Koning,' hij stak zijn hand uit. 'Ik werk hier ook.'
'Elsje Helder,' ze stond op. Ze had een flets gezicht en in haar blik een uitdrukking die het midden hield tussen schuwheid en vrijpostigheid, alsof ze tegen haar natuur geleerd had dat ze op haar hoede moest zijn.
'Ik heb een onderwijzer gehad die Helder heette,' herinnerde hij zich.
'In Den Haag?'
'Op de lagere school in de Vlierboomstraat.'
'Dat was dan mijn vader.'
'Hé,' zei hij verrast.
Ze lachte, de schuwheid in haar ogen was op slag verdwenen.

'De wereld is klein, hè?'
'Hebben we dan ook nog samen op school gezeten?' Het gemeenschappelijke verleden nam de afstand op slag weg.
'Ik ben van vijfendertig.'
'Ja natuurlijk, maar dan heb je wel tegelijk met mijn jongste broer op school gezeten.'
'Koning?' – ze schudde haar hoofd.
'Gek hoor,' vond hij. 'En wat doe je hier nu?'
'Dat nieuwe meisje op het Muziekarchief is de dochter van een van mijn onderwijzers,' zei Maarten, de kamer weer inkomend.
'Dacht ik het niet!' zei Bart. 'Dat heb ik nou gedacht! Toen ik hoorde dat ze uit Den Haag kwam, toen dacht ik: Dan heeft Maarten haar vast gekend.'
'Ik ken anders niemand.'
'Nou, ik heb daar een ander idee over.'
Beerta zei niets.
Maarten zette zich weer achter zijn bureau en nam de stapel post die daar tijdens zijn vakantie was opgestapeld voor zich. Hij bladerde de stapel door, vond de notulen van de Redactieraad en begon ze met aandacht te lezen. De notulen bevatten, behalve een uiteenzetting over de financiële situatie, de werving van nieuwe abonnees en de plannen voor de eerstkomende nummers, een voorstel van Pieters om de Redactieraad uit te breiden met vertegenwoordigers van Noord-Brabant en Nederlands Limburg. Voor Noord-Brabant dacht hij aan doctorandus Morsman, voor Limburg aan professor Appel. 'Dat kan natuurlijk niet,' zei hij hardop.
'Daar was ik al bang voor,' zei Beerta, zijn pen neerleggend. 'Ik neem tenminste aan dat je het over de notulen hebt,' hij draaide zich naar Maarten om.
'Ja. Waarom heb je dat niet meteen geblokkeerd?'
'Ik heb toch gezegd dat ik het eerst met jou moest bespreken?' verdedigde Beerta zich. 'Dat staat erin.'
'Zoiets hoort helemaal niet besproken te worden!' zei Maarten heftig. 'We gaan toch niet iemand uitnodigen voor de Redactieraad omdat hij Brabander is, of Limburger?'

460

'Maar Appel zit toch ook in de Commissie?'
'Toch niet omdat hij Limburger is? Dan hadden we Morsman wel voor Brabant genomen. Maar waarom hebben we Morsman niet genomen? Omdat hij niks voorstelt! Dát is het criterium. Niet of hij Brabander is!'
'Tegen Morsman heb ik ook bezwaar gemaakt,' zei Beerta timide. 'Ik heb gezegd dat ik hem niet zwaar genoeg vind.'
Maarten schudde zijn hoofd. 'Je had bezwaar moeten maken tegen de manier van denken.'
'Je weet hoe Pieters is. Pieters denkt in die dingen nu eenmaal anders dan wij.'
'Daarom!' – hij las de passage nog eens over terwijl Beerta naar hem keek. 'Als we niet reageren dan staan Morsman en Appel al in het volgende nummer op de binnenkant van de omslag,' stelde hij vast.
'Zeg maar wat ik doen moet.'
'Je moet een brief schrijven dat het niet doorgaat.'
'Als jij dan maar zegt wat erin moet staan.'
'En waarom alleen Brabant en Limburg?' vroeg Maarten geamuseerd, in de notulen kijkend. 'Hij trekt de grens gewoon bij de Moerdijk.'
'Natuurlijk. Voor hem ligt daar de grens.'
'Ja, voor mij ook, maar niet als Pieters er zijn hand naar uitsteekt, dan ligt hij tussen Roosendaal en Essen, waar hij hoort!'

*

'Hier is een meneer Boesman voor u,' zei Slofstra.
'Dank u,' zei Maarten. Hij wachtte even tot Slofstra had overgeschakeld. 'Dag meneer Boesman,' zei hij opgewekt.
'Nee,' de stem van Slofstra, hij lachte kort, 'hij is hier!'
'O, is hij bij u,' zei Maarten verbluft.
'Wil ik hem even aan de telefoon vragen?'
'Nee, stuurt u hem dan maar naar boven.'
'Ik wil het best even doen, hoor,' zei Slofstra bereidwillig.
'Nee, stuurt u hem maar naar boven, de voortrap, ik ga hem wel tegemoet.' Hij legde de hoorn neer. 'Daar is Boesman,' zei hij ontsteld, opstaand.

Ad keek op. Hij glimlachte, niet zonder leedvermaak.
'Zal ik dan maar niet naar hiernaast gaan?' vroeg Bart.
'Wat je wilt,' antwoordde Maarten, in beslag genomen door het onverwachte bezoek. Hij opende de deur en ging de gang op. Gebogen over de balustrade zag hij Boesman de trap opkomen, met dun achterover geplakt haar waartussen de hoofdhuid schemerde en een lichtgrijze, nieuwe jas aan, zijn hoed in de hand. 'Dag meneer Boesman,' zei hij.
Boesman keek op. 'Dag heer Koning,' hij snufte even waarbij hij met zijn rechteroog knipperde, 'ik wist niet dat u zo hoog zou zitten.' Hij stapte op de laatste tree en richtte zich even op om adem te halen, zich vastgrijpend aan de balustrade. Zijn jas was te licht en te grijs voor zijn verweerde kop en zijn grote, paarse neus.
'Het is toch niet tè hoog?' vroeg Maarten bezorgd.
'Nee, maar je bent het niet gewend, hè, dat trappen klimmen, dat heb je niet bij ons.' Hij keek om zich heen.
'Daarheen,' zei Maarten. Hij liep voor hem uit naar de achterkant. Bij de kapstok draaide hij zich om. 'Geef uw jas maar.' Hij nam zijn jas, zijn shawl en zijn hoed over. Onder de jas droeg Boesman een nieuw, donker kostuum met een vest.
'Zijn daar de toiletten?' vroeg Boesman, naar de w.c.'s wijzend.
'Ja.'
'Dan gaan we daar maar even eerst heen.'
'Heb je hem weggewerkt?' vroeg Ad nieuwsgierig, toen Maarten alleen de kamer inkwam.
'Hij is op de w.c.' Hij liet de deur openstaan en ging aan de vergadertafel zitten met zicht op de gang. 'Jij komt er toch ook bij?' Uit de w.c. klonk het klateren van de plassende Boesman.
'Als je denkt dat dat nodig is?'
'Natuurlijk.'
De w.c. werd doorgetrokken. De deurkruk ging een paar keer op en neer. Boesman kwam naar buiten. Hij schudde even aan zijn broek, wat doorzakkend in zijn knieën, en keek gedesoriënteerd om zich heen.
'Ik ben hier!' waarschuwde Maarten, opstaand.

'Juist!' zei Boesman. 'Ik was even de richting kwijt.' Hij kwam de kamer in. 'Dag heer Muller.'
'Dag meneer Boesman,' zei Ad. Hij glimlachte met zijn lippen op elkaar, alsof hij zijn gedachten achterhield. Ze gaven elkaar een hand.
'Gaat u zitten,' zei Maarten.
'Is Boerakker er niet?' vroeg Boesman, terwijl hij plaatsnam aan het hoofd van de tafel.
'Die heeft een andere baan,' antwoordde Maarten. 'Wilt u een kop koffie?'
'Wel graag.'
'Zal ik die even halen?' bood Ad aan. Hij ging de kamer uit.
'Dat is jammer,' vond Boesman, 'want daar had u een goeie aan.'
'Ja, dat is jammer,' bevestigde Maarten. 'Zo'n goeie krijgen we niet weer.'
'En ook iemand die hart had voor zijn werk,' hij snufte.
'Ja.'
Ze zwegen. Boesman keek om zich heen. 'U zit hier anders wel mooi in het centrum.'
'Heel mooi. Moest u hier zijn?'
'Ik ben bij mijn zoon. Mijn zoon woont in Purmerend, ja, mijn tweede zoon dan, ik heb er twee, en ik dacht: Kom, ik ga de heren eens opzoeken.'
'Daar hebt u goed aan gedaan.'
'Het is anders een heel eind. Ik bedoel van Drente hiernaartoe.'
'Dat is een heel eind,' gaf Maarten toe.
Ad kwam binnen met een blad met drie koppen koffie, een pot suiker en een kan melk. 'Ik wist niet of u suiker en melk wilt hebben,' zei hij.
'Geef maar wat, heer Muller,' zei Boesman, met zijn gedachten elders. 'Maar waar ik nou eigenlijk voor kwam, heren, dat is de zaak van de film. Hebt u daar nou al met de directeur van het Museum over gesproken?' Hij keek Maarten aan.
'Nee, want de directeur gaat aan het eind van de maand weg. Er komt een nieuwe.'
'En hoe heet die? Die nieuwe bedoel ik.'
'Vester Jeuring.'

'Vester Jeuring,' hij haalde een notitieboekje en een potlood uit zijn binnenzak en zocht een nieuwe bladzij. 'Is Vester zijn voornaam?' wilde hij weten, het potlood op het papier zettend. Ad richtte zich wat op en trek met een nieuwsgierige glimlach op de opengeslagen bladzijde.
'Nee, dat hoort nog bij zijn achternaam,' zei Maarten. 'Zijn voorletter is M.'
'Komt hij misschien uit Drente?' vroeg Boesman terwijl hij dat opschreef.
'Dat weet ik niet.'
'Want dat zou het wat gemakkelijker maken, lijkt me zo.' Hij roerde in zijn kopje, gooide er een schep suiker in, roerde nog eens en nam nadenkend een slok. 'En wanneer zoudt u deze meneer Vester Jeuring kunnen aanspreken?'
'Toch niet eerder dan december, dan heb ik een vergadering.'
'En als u hem nou eens opbelt?'
'Voor zoiets kan ik hem niet opbellen,' hij voelde zich in het nauw gedreven.
'Je zou er natuurlijk wel eens naartoe kunnen gaan,' merkte Ad op.
'Hij moet zich toch eerst inwerken?' zei Maarten wat geïrriteerd.
De deur van de kaartsysteemkamer ging open, Sien kwam langs. In het voorbijgaan knikte ze terloops naar Boesman. Boesman besteedde geen aandacht aan haar. 'De zaak is namelijk deze, heren,' zei hij, toen ze de gang op was, 'dat de jongens in het dorp ongeduldig wordt. We hebben nu speciaal voor de film een boerengilde opgericht en we zijn druk bezig met de verschillende werkzaamheden te oefenen zodat we straks de rollen over de besten kunnen verdelen, maar ze willen nu ook wel eens weten voor wanneer de film gepland is, anders gaat de geestdrift weg.'
'Maar zover ben ik nog lang niet,' zei Maarten ongerust.
'Nee, precies,' zei Boesman, 'en daarom ben ik dan ook hier.'

'Hadden we niet met hem moeten gaan lunchen?' vroeg Ad toen Maarten Boesman had uitgelaten.
'Om elf uur?' vroeg Maarten, op zijn horloge kijkend. 'Dan

hadden we hier nog anderhalf uur moeten zitten. Dat had ik nooit volgehouden.' Hij ging zitten met één arm op de tafel, aan het eind van zijn Latijn.
'Wat ga je nou doen?' vroeg Ad.
'Ik weet het nog niet,' zei Maarten moedeloos.
'Het loopt ons aardig uit de klauwen,' stelde Ad met enig leedvermaak vast.
De deur ging open. Sien kwam terug van de koffie.
'Dat was nu Boesman,' zei Ad plaagziek.
Ze keek hem niet-begrijpend aan. 'Daar heb ik nooit van gehoord hoor,' zei ze afwerend en ze liep door alsof hij haar een oneerbaar voorstel had gedaan.

★

Hij nam haar jasje van de kapstok en hield haar dat voor, een kort, elegant bontjasje dat sterk naar parfum rook. 'U hoort dus zo spoedig mogelijk van ons,' beloofde hij terwijl hij haar in het jasje hielp, 'als het kan nog deze week.'
'Dank u,' ze gaf hem een hand. 'Dag meneer...' ze aarzelde.
'Koning.'
'Dag meneer Koning.' Ze wendde zich af en liep naar de trap.
'Nee, u kunt beter niet die trap nemen,' zei hij, 'dan komt u in de kelder terecht en dan komt u er misschien nooit meer uit. Deze trap is beter,' hij liep voor haar uit naar de voortrap en bleef daar staan, zijn hand aan de balustrade. 'Dag juffrouw Van Everdingen,' zei hij met een lichte buiging. 'U vindt het verder wel?'
'Dag meneer Koning,' herhaalde ze. 'Dank u wel.'
Hij keek haar nog even na terwijl ze de trap afdaalde, wendde zich af en liep langzaam terug naar de kamer. 'En?' vroeg hij, de kamer binnenkomend.
Ad en Bart zaten naast elkaar aan de tafel, tegenover de plaats waar de sollicitante had gezeten, papieren met aantekeningen voor zich.
'Niks,' zei Ad.
'Nee,' zei Maarten. Hij ging weer op zijn plaats aan het hoofd van de tafel zitten. 'Ze heeft een auto en ze draagt een bontjas.'

'Ik vind niet dat je zulke zaken als criterium mag gebruiken,' zei Bart ontstemd.
'Dus jij vindt haar wel geschikt, Bart?' vroeg Ad.
'Dat zeg ik niet, maar niet om de redenen die Maarten nu noemt.'
'Om welke reden dan?' vroeg Maarten.
'Ik denk niet dat ze zich hier op haar plaats zou voelen,' zei Bart zorgvuldig. 'Ze lijkt me meer geschikt voor een wat dynamischer bedrijf. Ik zie haar in ieder geval niet de hele dag bezig met het tikken van fiches en het ordenen van knipsels.'
'Ik ook niet,' zei Maarten. Hij sloeg de brief om en bekeek de volgende. 'Nummer elf. Juffrouw Tjitske van den Akker, vijfentwintig jaar, HBS, Bibliotheek- en Documentatieschool, studeert M.O. Geschiedenis, wil om die reden drie dagen per week werken. Is ze er al?' – hij keek op zijn horloge.
'Ik heb haar geloof ik al gehoord,' zei Ad.
'Dan zal ik haar even halen,' hij stond op. 'Hier heb je haar brief,' hij schoof de brief door naar Bart.
De sollicitante zat in de aangrenzende kamer aan de bezoekerstafel, tegenover Sien, die haar had ontvangen. Het was een klein, armoedig gekleed meisje, met argwanende, bruine ogen in een klein, bijna kinloos gezicht. 'Tjitske van den Akker,' mompelde ze toonloos, toen Maarten zijn naam genoemd had.
'We zitten hiernaast,' zei Maarten. Ze deed hem heel even aan Henriette denken, misschien omdat ze zoveel afweer toonde, en dat wekte zijn sympathie. 'Hierna komt er nog één,' zei hij tegen Sien.
'Ik blijf hier wel,' zei ze.
'Daar is het,' zei hij tegen het meisje, dat onzeker was blijven staan, en hij wees op de geopende deur. Toen ze de deur doorging, viel zijn oog op de bureaustoel die Jan bij de verhuizing van het Hoofdbureau had meegenomen. Hij bedacht zich niet, pakte de stoel op en liep ermee achter haar aan. 'Dit zijn Asjes en Muller,' zei hij, hij grijnsde van voldoening om hun verrassing en droeg de stoel achter hen langs naar zijn bureau terwijl zij zich voorstelde. 'Oorlogsbuit,' zei hij tegen Bart en Ad, zijn plaats aan het hoofd van de tafel weer innemend.
'Daar zat ik op te wachten,' zei Bart, de brief weer voor hem neerleggend.

'U bent dus juffrouw Van den Akker?' zei Maarten tegen het meisje.
Ze knikte argwanend, bijna vijandig.
'Ik zal u eerst vertellen wat wij hier doen zodat u weet waarnaar u precies solliciteert.' Hij wachtte even, niet om na te denken, want wat hij zeggen ging had hij al zo vaak gezegd, maar om haar de gelegenheid te geven zich op het opnemen van informatie in te stellen. 'Wij houden ons bezig met de ruimtelijke verspreiding van gewoonten, gebruiken, gereedschappen, technieken, zoals het paasvuur, de dorsvlegel, de zeis, het roggebrood, met de bedoeling om uit die verspreiding de ouderdom van dat gebruik vast te stellen. Dat is ons tot nu toe nog nooit gelukt, maar daar hoeft u zich geen zorgen over te maken, want u zou een plaats krijgen bij de Documentatie. Die Documentatie heeft de beschikking over een bibliotheek, een knipselarchief, een verhaalarchief, ongeveer vijftigduizend vragenlijsten, en een kaartsysteem met ongeveer 600.000 fiches. De bibliotheek moet op peil worden gehouden, het knipselarchief moet van knipsels worden voorzien volgens een bestaande systematiek, het verhaalarchief met verhalen die we met veldwerkers verzamelen, in het kaartsysteem moeten onder ongeveer 60.000 trefwoorden alle gegevens uit de vragenlijsten worden ondergebracht en verder alle gegevens die wij in de litteratuur, boeken, tijdschriften op ons vakgebied aantreffen.' Hij had het allemaal al zo vaak gezegd dat het voor hem zijn inhoud verloren had. Om dat te compenseren praatte hij wat langzamer dan gewoonlijk, met veel nadruk, waarbij hij voor zich uit keek om haar niet voortdurend aan te hoeven kijken. Elke keer als hij haar even aankeek, om contact te houden, en Bart en Ad daar zwijgend tegenover zag zitten, voelde hij zich een beetje belachelijker worden. Ze keek roerloos naar hem, met diezelfde argwanende blik in haar ogen, waardoor hij steeds sterker het gevoel had dat ze niet alleen niet hoorde wat hij zei, maar het ook niet wilde horen. Dat was de reden dat hij zijn betoog bekortte en abrupt afbrak. 'Dat is het ongeveer,' zei hij binnensmonds, hij keek haar aan. 'Is er nog iets wat u daarover wilt vragen?'

Ze schudde kort haar hoofd, een beweging die hem opnieuw aan Henriette deed denken. 'Nee.'
'Hebben jullie iets te vragen?' vroeg hij aan Bart en Ad, om even verlost te zijn van deze drukkende communicatie.
'Ja, ik heb wel een vraag,' zei Bart. 'U schrijft in uw brief,' hij boog zich over zijn papier en wees met zijn vinger de passage bij die hij uit haar brief had overgeschreven, 'dat u bezig bent met uw examen M.O. Geschiedenis.' Hij keek op met een overvriendelijk lachje. 'Kunt u ook zeggen hoe ver u precies bent?'
'Ik moet nog twee tentamens doen.'
'En welke zijn dat precies?' vroeg Bart met datzelfde lachje.
'Vaderlandse Geschiedenis en Paleografie.'
Bart knikte. 'Dank u wel.' Hij keek naar Maarten. 'Dat was het in eerste instantie.'
Maarten keek naar Ad. 'En jij?'
'Ja,' zei Ad, hij schraapte zenuwachtig zijn keel. 'U hebt de Bibliotheek- en Documentatieschool gedaan. Beviel u dat niet?'
'Jawel,' zei ze verbaasd. 'Waarom niet?'
'Omdat u daarna Geschiedenis bent gaan doen.' Hij glimlachte om de scherpte van zijn woorden weg te nemen, een wat vals lachje.
'Als het me niet bevallen was, was ik er wel mee opgehouden,' zei ze verontwaardigd.
'Maar toen bent u toch maar Geschiedenis gaan doen.'
'Is daar dan bezwaar tegen?' – het klonk agressief.
'Nee, maar wat trekt u dan in deze vacature aan?'
'Ik dacht dat het wel een historische bibliotheek zou zijn.'
'Ja, dat is zo.' Hij keek naar Maarten.
'Hebt u een auto?' vroeg Maarten.
Ze schudde haar hoofd, een beetje verbaasd. 'Nee.'
'Hoe denkt u dan in deze wereld vooruit te komen?'
Ze kneep haar ogen dicht en schudde plotseling van het lachen, een geluidloos lachen.
Dat amuseerde hem.

'U krijgt dus zo spoedig mogelijk bericht van ons,' zei hij terwijl hij haar jekkertje van de kapstok nam, 'als het kan nog voor het eind van de week.'

'Geeft u maar,' zei ze, toen hij de jekker voor haar ophield, en ze pakte hem uit zijn handen.
'U wilt niet in uw jas geholpen worden,' stelde hij vast. Ze herinnerde hem daarin nog eens aan Henriette.
'Nee,' mompelde ze.
Hij wachtte terwijl ze onhandig haar jekker aantrok. 'U komt uit Friesland?'
Ze knikte.
'Bent u familie van de Van den Akker die *Van de mond van de oude Middelzee* heeft geschreven?'
'Mijn familie komt uit de Wouden.'
'Anarchisten,' in zijn stem was ironie.
Ze kneep haar ogen dicht en lachte geluidloos, wendde zich af en liep onzeker voor hem uit naar de voortrap. Even aarzelde ze, toen wilde ze de trap afdalen, zonder om te kijken.
'Dag juffrouw Van den Akker,' zei hij achter haar.
Ze draaide zich om, knikte, en stak toen toch nog haar hand uit. 'Dag meneer Koning,' mompelde ze.
'Dat was dus juffrouw Van den Akker,' zei hij nadenkend, terugkomend in de kamer.
Bart en Ad zeiden niets.
Hij ging op zijn plaats zitten. 'Ze herinnerde me aan een vriendin van ons.' Hij keek hen aan. 'Wat vonden jullie ervan?'
'Ik beschouw haar in ieder geval als een serieuze kandidaat,' zei Bart.
'Geen bezwaar,' vond Ad.
'Van degenen die we tot nu toe gehad hebben is ze in ieder geval veruit de beste.'
Bart en Ad reageerden daar niet op.
Hij sloeg haar brief om op de stapel links van hem en keek op de laatste. 'Nummer twaalf. Manda Kraai. Ook al van zesenveertig. Heeft een opleiding gevolgd in de fysiotherapie, maar wil nu toch maar liever een administratieve functie, is bereid zich te laten omscholen. Fysiotherapie! Ik stel me daar niks bij voor.'
'Waarom heb je haar dan opgeroepen?' vroeg Bart.
'Omdat ik iedereen oproep.'
'Ik vind toch dat je de mensen geen dupe mag laten worden van jouw nieuwsgierigheid.'

'Ze solliciteren toch?'
'Als je van tevoren al weet dat je ze toch niet neemt, dan mag je ze geen valse hoop geven. Ik vind het al akelig genoeg naar al die intimiteiten te moeten vragen. Je kunt dat beter tot het uiterste beperken.'
'Naar wat voor intimiteiten hebben we dan gevraagd?' vroeg Ad. Het klonk venijnig.
'Al die vragen over hun burgerlijke staat, en dan ook nog of ze een auto hebben. Ik vind dat we daar niets mee te maken hebben.'
'Ik vind het ook vervelend, maar ik vind het geen intimiteiten,' zei Maarten, opstaand. 'En ik zie ook niet hoe we het anders zouden moeten doen. Ik ga juffrouw Kraai halen.'
Juffrouw Kraai zat bij Sien aan de bezoekerstafel te wachten. Het was een lang, slungelig meisje met een gezicht dat zowel wat de vorm als de kleur betreft deed denken aan een pruim, maar ze had ook iets geamuseerds in haar blik, alsof het wat haar betreft allemaal niet zo hoefde. Het lag op zijn lippen om te vragen of ze familie was van koningin Victoria, maar dat grapje hield hij voor zich.
'De heren die u daar ziet zitten, zijn de heren Asjes en Muller,' zei hij met onverholen ironie, 'die werken hier al.' Bart en Ad stonden op, gaven haar vormelijk een hand en noemden hun namen nog eens. Maarten ging zitten. 'Juffrouw Kraai,' zei hij. Ze keek hem afwachtend aan, met diezelfde geamuseerde blik.
'Er is een voetballer die Kraai heet,' herinnerde hij zich.
Ze moest daarom lachen, meer een proesten. 'Dat ben ik heus niet.'
Hij lachte. 'Ik zal u eerst vertellen wat we hier doen,' hij had toen ze naar hem keek plotseling moeten denken aan Picasso's portret van de vrouw met de twee neuzen en hij moest die indruk eerst verwerken, 'zodat u ongeveer weet waar u terecht bent gekomen. Niet dat ik de illusie heb dat u dat allemaal zo snel kunt volgen, het hoort nu eenmaal bij het ritueel en ritulen zijn een van de onderwerpen waarmee wij ons hier bezighouden.' Hij keek haar terloops aan en zag dat ze moeite deed haar lachen te houden. Dat amuseerde hem.

'Hebt u nog iets te vragen?' vroeg hij toen hij uitgesproken was.
'O, een heleboel natuurlijk, maar kan ik niet ergens iets over u lezen?'
De vraag verraste hem. Hij keek naar Bart en Ad. 'Hebben we iets om te laten lezen?'
Bart en Ad keken bedenkelijk.
'Het hoeft niet hoor,' zei ze snel. 'Ik vind het ook best als er niets is natuurlijk.' Ze had daar zelf plezier om. 'Misschien is dat nog wel leuker zelfs.'
'Het stuk van jou in het Mededelingenblaadje van negenenzestig?' opperde Bart.
'En het stuk over het kaartsysteem in *Ons Tijdschrift*,' zei Ad.
'Dan wordt dat ook nog eens gelezen.'
'Wil jij die even halen?' vroeg Maarten. 'In de boekenkast naast mijn bureau.' Hij wendde zich tot juffrouw Kraai terwijl Ad opstond. 'Er wordt voor gezorgd.'
'Ongelooflijk,' zei ze verbaasd.
'Is dat genoeg?'
'Dat zal wel niet, maar ik kan er vast mee beginnen.'
Maarten keek naar Ad. Ad zocht tussen de doubletten in het kastje naast Maartens bureau, haalde de beide nummers ertussenuit en bracht ze mee terug.
'Geweldig,' zei ze, ze van hem overnemend.
'Hebben wij nog vragen?' vroeg Maarten aan Bart en Ad.
'Ik heb wel een vraag,' zei Bart. 'U schrijft dat u bereid bent u te laten omscholen als dat nodig is. Hebt u daarbij een bepaalde opleiding op het oog?'
'Nou, het is meer dat je zoiets in zo'n geval schrijft, maar ik was zelf van plan om Taalkunde te gaan studeren.'
'En hebt u daar een bijzondere reden voor?' vroeg Bart. 'U hoeft mij niet te antwoorden als u dat niet wilt,' voegde hij er haastig aan toe.
'O, daar wil ik best op antwoorden. Ik heb alleen geen echte reden, behalve dat ik van taal houd.'
Bart glimlachte vriendelijk. 'Ik ook.'
'Nou!' zei ze vrolijk, alsof ze zeggen wilde: Waar praten we dan nog over?

'En is dat de reden dat u hiernaar gesolliciteerd hebt?' vroeg Ad.
'Nee.' Ze aarzelde even. 'Ik zal het maar eerlijk zeggen, de eigenlijke reden is dat ik hier bijna mijn hele leven gewoond heb.' Ze lachte vermaakt. 'Dat is wel gek natuurlijk.'
'Hier?' vroeg Maarten verbaasd.
'Nou ja, in dit huis. Mijn vader was hier conciërge totdat u hier inkwam. Wij hebben hierboven gewoond.
'Waar de badkamer nog is.'
Ze probeerde haar lachen de baas te blijven. 'In dat bed heb ik gezeten.'
'Dat is wel een heel sterk argument,' vond hij.
'Ja, dat vond ik ook,' zei ze, 'en daarom heb ik gesolliciteerd.'

'U weet de weg?' vroeg hij boven aan de trap.
'Het zou toch gek zijn als ik nu ineens nee zei,' antwoordde ze. Hij glimlachte. 'Het kan zo veranderd zijn dat u het niet meer herkent.'
'Nee hoor, het is precies hetzelfde gebleven.'
'In ieder geval hoort u zo spoedig mogelijk van ons,' hij gaf haar een hand. Terwijl ze de trap afliep, bleef hij nog even staan. Daarna liep hij in gedachten terug. Hij opende de deur van de bezoekerskamer. Sien zat nog aan de tafel te werken. 'Kom jij ook bij de nabespreking?'
'Moet ik daar ook bij zijn?' vroeg ze verschrikt, opkijkend.
'Natuurlijk.'
'Maar ik weet daar niets over te zeggen.'
'Je hebt ze toch allemaal gezien?'
'Maar dat zegt toch nog niets over hun geschiktheid?'
'Voor mij zegt dat alles. Kom er in ieder geval maar bij. Als je niks te zeggen hebt, dan zeg je niks.'
Ze stond met duidelijke tegenzin op en volgde hem naar de andere kamer, waar Bart en Ad zwijgend zaten te wachten. Maarten ging op zijn plaats zitten, Sien tegenover Bart en Ad, op de plaats van de sollicitanten. Haar gezicht was afwerend, als om duidelijk te maken dat ze onder protest aan de bespreking deelnam. Hij trok zich daar niets van aan. 'We hebben ze nu alle twaalf gezien. Wie nemen we?' Hij keek de kleine kring rond.

Ze zwegen.

'Bart?'

Bart keek op zijn papier en liep langzaam het rijtje door, telkens een punt zettend voor hij overging naar de volgende. 'Ik heb een lichte voorkeur voor mevrouw Van den Akker,' zei hij tenslotte, 'hoewel ik daarmee niets ten nadele van de andere sollicitanten wil zeggen.'

'Daar wil ik mij wel bij aansluiten,' zei Ad.

Maarten keek naar Sien.

'Ik zeg niks hoor,' weerde Sien af. 'Jullie moeten maar beslissen. Ik heb ze ontvangen, maar meer ook niet.'

'Het bezwaar tegen juffrouw Van den Akker is dat ze maar drie dagen per week wil werken,' zei Maarten. 'Om die reden heb ik een voorkeur voor juffrouw Kraai.'

'Ik ben er niet helemaal van overtuigd dat haar sollicitatie ook serieus is,' zei Bart voorzichtig.

'Ze is in ieder geval intelligent en ze heeft gevoel voor humor.'

'En ik weet niet of dat nu werkelijk zo'n voordeel is voor deze functie,' zei Bart zuinig. 'In sommige gevallen ben je met wat minder intelligente mensen beter af.'

'Ik heb geen bezwaar tegen Kraai,' zei Ad.

'Sien ook niet?' vroeg Maarten.

'Ik zeg geen ja en ik zeg geen nee,' antwoordde Sien stug.

'Goed,' zei Maarten, 'dan begin ik maar eens met morgen naar Balk te gaan.'

'En wat wou je hem dan voorstellen?' vroeg Bart.

Maarten dacht even na. 'Ik zal vragen of ik ze alle twee mag aanstellen.'

'Daar maak ik dan toch ernstig bezwaar tegen,' zei Bart.

'Waarom?' vroeg Maarten.

'Omdat we dan twee mensen moeten inwerken.'

'Dan zouden we juffrouw Van den Akker moeten laten vallen.'

'En toch vind ik dat we het niet moeten doen.'

'Wat vind jij?' vroeg Maarten aan Ad.

'Het kan mij niet schelen,' zei Ad.

Maarten aarzelde. 'Ik stel het Balk voor,' besliste hij. 'Ze lijken me allebei goed. We kunnen ze best gebruiken.'

Een half uur later, op weg naar huis, merkte hij pas hoe triest hij was. Hij dacht met weerzin aan zijn rol, aan de grapjes die hij had gemaakt en aan de beslistheid van zijn oordelen, die volstrekt in tegenspraak was met de onzekerheid die hij in werkelijkheid voelde. Hij herkende daarin zijn vader. Opgesloten in de gebeurtenissen van de dag liep hij zonder iets te zien of te horen langs de Herengracht, schuin het Koningsplein over, de Voorburgwal af. Hij voelde zich leeg, uitgeblust, en bedacht voor de zoveelste keer dat hij volstrekt ongeschikt was om op zo intieme voet met mensen te verkeren. Hij zou alleen moeten zijn, op zijn akker, als een boer.

'Wat ben je stil,' zei Nicolien. 'Is er iets?'
'Ik heb de hele dag moeten praten,' verontschuldigde hij zich.
'Wat was er dan?'
'Sollicitanten.'
'Zie je wel, je moet ook geen nieuwe mensen nemen. Waarom blijf je niet gewoon met zijn vieren. Je hoeft zo'n vacature toch niet te vervullen?'
'Natuurlijk moet dat,' zei hij geïrriteerd. 'Ik ben toch verantwoordelijk? Ik kan zo'n afdeling toch niet laten verkommeren?'

Onmogelijk om zo gedeprimeerd iets anders te doen dan de hele avond voor je uit kijken tot het tijd is om naar bed te gaan. Hij sliep meteen, maar toen hij een paar uur later wakker werd, had hij hoofdpijn, die ieder uur heviger werd en tegen de ochtend zo ernstig was dat hij moest overgeven. Misselijk, krom als een oude man, zocht hij zijn bed weer op en verstopte zijn hoofd onder het kussen, kwam weer overeind en ging rechtop zitten tegen de muur, zijn hand geklemd tegen zijn voorhoofd. 'Wil je opbellen naar het Bureau dat ik vandaag niet kom?' vroeg hij toen Nicolien opstond.
'Wat moet ik dan zeggen?'
'Dat ik een hoofdpijnaanval heb.'
'Ze zullen wel denken.'
Wat ze zouden denken interesseerde hem niet. Hij lag in het donker tegen een stapel kussens, een natte waslap op zijn hoofd, af en toe indommelend en dan weer wakker wordend.

Hij hoorde de voordeur en veel later muziek, sliep in en werd weer wakker. 'Wil je nog iets drinken?' vroeg ze, met haar hoofd om de deur. 'Een beker melk maar,' antwoordde hij en sufte opnieuw in. 'Hier is het,' haar stem kwam van ver. Hij kwam overeind, nam de beker met zijn ogen dicht van haar over, dronk hem leeg en zakte terug in de kussens, uitgeput.

Het duurde tot de avond voor de hoofdpijn langzaam wegtrok. Toen hij in zijn kamerjas, zijn hoofdkussen onder zijn arm, de kamer inkwam, zat Nicolien onder de lamp te lezen, als in een andere wereld. 'Wil je al wat eten?' vroeg ze.
'Jawel.'
'Wat wil je dan eten?'
'Spinazie.'
Na het eten maakte de hoofdpijn langzaam plaats voor een grote helderheid waarin hij alles doorzag en die hem een grote rust gaf. Hij zette een plaat op en luisterde met zijn hoofd tegen zijn kussen, als een herstellende zieke, naar de muziek.
'Hoe kwam dat nou?' vroeg ze.
'Van dat contact met al die vreemde mensen. Ik kan daar niet tegen.'
'Gek hè?'
'Ja, gek.'
Ze zweeg even. 'En wat wou je daar nou aan doen?'
'Daar wou ik niets aan doen,' antwoordde hij. 'Gewoon weer naar mijn werk gaan morgen.'

*

'We hebben eergisteren de sollicitanten voor de vacature Boerakker ontvangen,' zei hij. 'Deze twee springen eruit,' hij reikte Balk de twee sollicitatiebrieven aan.
Balk haalde ze naar zich toe, liet zich terugzakken tegen de leuning van zijn stoel en verdiepte zich in de brieven. 'Hoe kom je erbij om een fysiotherapeute uit te kiezen?' vroeg hij, opkijkend.
'Ze lijkt me intelligent.'
'Heb je haar eindexamenlijst?'

'Als die er niet bij is niet,' hij keek naar de brief.
'Vraag die dan op, die wil ik eerst zien. En van die andere ook.'
Maarten zweeg. Het autoritaire optreden van Balk was vernederend, maar hij wist niet hoe hij zich daartegen moest verweren.
'Wie van de twee staat nummer één?' vroeg Balk, de brieven terugschuivend.
'Ik wou ze allebei nemen.'
'Heb je daar dan geld voor?'
'Van den Akker wil drie dagen werken, die zou de resterende twee dagen van De Nooijer kunnen krijgen, en die dag die dan overblijft kan ik van de losse krachten betalen als dat nodig is.'
'Dat zal ik dan toch eerst moeten bekijken.'
'Natuurlijk.'
'Goed. Roep ze maar op, dat ik ze kan zien.' Hij boog zich naar voren en bladerde in zijn agenda. 'Ik ben morgen en overmorgen op het Bureau. Hebben ze telefoon?'
'Ik geloof het wel, en anders stop ik wel een brief bij hen in de bus.'
'Laat Wigbold dat dan doen, dan doet die man ook eens wat.'
'Goed. Ik zal wel zien.'
Vernederd, kokend van gefrustreerde woede, klom hij terug naar zijn kamer.
'Balk wil de eindexamenlijsten zien,' zei hij, de kamer inkomend.
'Je zegt het alsof je hem dat kwalijk neemt,' zei Bart.
'Ik vind het idioot,' zei Maarten humeurig.
'Ik vind zoiets juist heel aardig van meneer Balk. Wij zijn te veel geneigd zo iemand menselijk te benaderen. Hij vormt daar een goed tegenwicht tegen en dat waardeer ik in hem.'
'Ik dus niet.' De telefoon op zijn bureau ging over.
'Hij wil ook onze eindexamenlijsten hebben,' zei Ad met enig leedvermaak.
Maarten nam op. 'Met Koning.'
'Dag heer Koning,' riep een harde stem met een sterk Drents accent in de hoorn.
'Dag meneer Boesman.'
'Hebt u al met de heer Jeuring Vesters gesproken?'

'Dat zou ik toch pas in december doen?'
'Ja, zoiets meende ik ook. Daarom heb ik de televisie opgebeld, want de jongens worden ongeduldig, en ik heb daar gesproken met een heer Bakker, en die ziet wel wat in zo'n film.'
'Wat is dat voor man?' – hij zag niets in de televisie.
'Misschien dat u even contact met hem kunt opnemen?' toeterde Boesman. 'Hij zit in Hilversum, dat is niet ver van Amsterdam, en ik heb zijn telefoonnummer. Als u even een papier pakt. Hebt u dat?'
'Ja,' hij begreep dat het geen zin had om tegen de stroom op te roeien.
'Hebt u het?'
'Ik heb het.' Hij noteerde het nummer van de heer Bakker zonder enige geestdrift.
'En als het niet lukt,' riep Boesman, 'dan heb ik nog wel wat. De tandarts hier heeft een filmtoestel en die wil het ook wel opnemen, als u lampen hebt, want lampen heeft hij niet, zegt hij.'
'Lampen!' herhaalde Maarten.
'Dan kunnen we in januari of februari draaien!'
'Maar u hebt toch geen roggeschoven?'
'Roggeschoven heb ik gekregen via een zwager van me in Oosterhesselen, en een lemen deel heb ik nu ook, in een boerderij hier die stamt nog uit de Middeleeuwen, ook heel interessant voor de televisie. Nu nog koeien, want er moeten koeien op de deel staan, maar dat lukt nog wel. Bent u er nog?'
'Ik ben er nog.' Maar niet lang meer, dacht hij.
'Dus u neemt contact op met de heer Bakker?'
'Dat zal ik doen.'
Hij legde de hoorn neer. 'Boesman heeft de televisie ingeschakeld,' zei hij. Hij ging zitten en keek verslagen voor zich uit.
Bart en Ad stonden allebei op en keken naar hem vanachter hun boekenkasten, Bart ernstig, Ad met een glimlach.
'En het Museum dan?' vroeg Bart. 'Je zou er toch eerst met de directeur van het Museum over praten?'
'Met Jeuring Vesters,' er was een lichte spot in zijn stem.
'Ik dacht dat hij Vester Jeuring heette?'
'Hij heet nu Jeuring Vesters,' zei Maarten met galgehumor.

*

'U spreekt met Koning van het Bureau,' hij zei het langzaam en nadrukkelijk, 'spreek ik met meneer Bakker?'
'Daar spreekt u mee,' antwoordde een zakelijke stem.
'U hebt telefonisch contact gehad met meneer Boesman.'
'Boesman?' – hij zocht in zijn geheugen. 'Is dat die boer uit Drente?'
'Ja.'
'Wat wil die man eigenlijk?'
'Die wil samen met ons een aantal landbouwtechnieken op film vastleggen.'
'En waarom belt hij ons dan?'
'Hij heeft begrepen dat u daar wel in geïnteresseerd bent.'
'Ja, in een paar shots, voor *Van Gewest tot Gewest*. U kent *Van Gewest tot Gewest*?'
'Ik heb geen televisie.'
'*Van Gewest tot Gewest* is een programma waarin wij aandacht besteden aan evenementen in de provincie. Als u zo'n film maakt, dan zijn wij daarin wel geïnteresseerd.'
'Dus u maakt zo'n film niet,' begreep Maarten opgelucht.
'Nee!' zei de man beslist. 'Maar als u hem maakt, dan willen wij er graag bij zijn.'
'Goed. Dan weet ik genoeg.'
'Hebt u al een cineast op het oog?'
Maarten aarzelde. Hij dacht aan de tandarts. 'Nee, zover zijn we nog niet.'
'Als u zover bent, dan kan ik u eventueel wel een paar namen opgeven.'
'In dat geval zal ik graag contact met u opnemen.'
'U houdt mij dus op de hoogte?'
'Ik houd u op de hoogte. Dag meneer Bakker.'
'Dag meneer... hoe was uw naam ook weer?'
'Koning! Koning van het Bureau!' Hij legde de hoorn neer.
'Zo, de televisie is afgeslagen!' stelde hij tevreden vast. 'Boesman zal met zwaarder geschut moeten komen.'
'Je was anders heel vriendelijk tegen die meneer,' vond Bart.
'Vriendelijk ben ik altijd. Dat heb ik van mijn moeder. Maar

als je in mijn hart kijkt, dan tref je daar meneer Bakker aan voor het vuurpeloton.'
'En Boesman?' vroeg Ad.
'Boesman niet, hoewel...' hij lachte, 'tenslotte komt bijna iedereen natuurlijk voor het vuurpeloton.'
'Wat heb jij toch een verschrikkelijke kijk op je medemensen,' zei Bart.
'Ja, dat heb ik,' gaf Maarten toe. 'Hoe dat komt weet ik ook niet. Dat zal de oorlog wel zijn.'

*

'Wat vond je van ze?' vroeg Maarten. Hij was op zijn hoede. Het autoritaire optreden van Balk maakte ieder contact met hem tot een marteling omdat hij er geen verweer tegen had. Daarom was hij stug en terughoudend.
'Die Van den Akker daar brandt een vuurtje in,' zei Balk opgeruimd.
'En Kraai?' vroeg Maarten zonder instemming te tonen.
'Daar zul je een goeie aan hebben,' meende Balk, ongewoon toeschietelijk.
'Dus ik kan ze aanstellen?'
'Geen bezwaar. Laat Bavelaar maar contact opnemen met het Hoofdbureau voor de inschaling.'
Maarten knikte. 'Kan ik die cijferlijsten dan terugkrijgen?'
'Welke cijferlijsten? Ik weet van geen cijferlijsten.'
'De cijferlijsten van Van den Akker en Kraai.'
Balk rommelde tussen de papieren op zijn bureau, tilde ze op, zocht wat verderop, draaide zich om en vond ze op een kastje.
'Asjeblieft,' zei hij, ze aanreikend. 'Nog iets?'

*

'Karnemelk?' vroeg Maarten, hij hield het pakje boven het kopje dat hij voor Buitenrust Hettema had neergezet.
Buitenrust Hettema zat in gedachten voor zich uit te kijken, zijn onderlip ver vooruitgeduwd, zijn brood uitgepakt op het vel doorslagpapier dat Maarten voor hem had klaargelegd. 'Ja-

wel,' zei hij, langzaam terugkerend in de werkelijkheid.
'Hoe is het nu, nu je gepensioneerd bent?' vroeg Maarten, terwijl hij bij hem aan de tafel ging zitten.
'Je zult het misschien niet geloven,' zei Buitenrust Hettema, 'maar ik heb het druk.' Hij glimlachte jongensachtig. 'Ik realiseer me nu dat Anton dat ook altijd zegt, maar ik heb het echt druk, en als je me nu vraagt hoe dat komt, dan is dat omdat ik nu alles zelf moet doen, ik moet zelf mijn brieven tikken, zelf mijn aantekeningen ordenen, zelf drukproeven corrigeren. Vroeger deed juffrouw De Vletter dat allemaal. Daar is je niet zo bij stil, maar daar gaat ontzettend veel tijd in zitten.'
'Dat zal wel,' hij nam een hap van zijn brood, 'je bent verwend natuurlijk.'
'Verwend is het woord niet. Het is meer een kwestie van efficiëntie. De één schrijft gemakkelijk, de ander vindt het prettig om dat te ordenen. Ik heb nooit het gevoel gehad dat daar nou mijn kracht lag, in dat ordenen bedoel ik.'
'Nee,' zei Maarten neutraal.
De tussendeur ging open, Sien kwam de kamer in. 'Dag professor,' zei ze beleefd en opvallend vriendelijk. Ze wendde zich tot Maarten. 'Ik wilde even gaan pauzeren. Kan dat?'
'Ga maar,' zei Maarten.
'Maar er is verder niemand.'
'Laat de deur maar openstaan. Ik let wel op.'
'Dat is een aardig meisje,' zei Buitenrust Hettema goedkeurend, toen Sien zich had teruggetrokken. 'Ik heb de indruk dat je keus van vrouwen gelukkiger is dan die van mannen.'
'Deze is gewoon aan komen lopen.'
'Dat moesten ze dan meer doen.' Hij lachte, een scheef, wat meesmuilend lachje. 'Dat herinnert me aan de opmerking van iemand in het kamp toen er een Japans vliegdekschip in de lucht was gevlogen: Dat moesten ze meer doen.'
Maarten glimlachte.
Ze zaten enige tijd zwijgend te eten, voor zich uit kijkend.
'Hoe vond je achteraf je afscheid?' vroeg Maarten.
'Dat vond ik heel aardig. Het is gek, maar bij zo'n gelegenheid merk je weer hoeveel mensen er eigenlijk op je gesteld zijn. Dat *Vriendenboek* waar jij ook nog in geschreven hebt, was ook

heel aardig trouwens, al zou ik de meeste van de bijdragen nooit geschreven willen hebben. Daar sta je nooit zo bij stil, maar bij zo'n gelegenheid valt het je weer op met wat voor onzin de meeste mensen zich bezighouden.'

'Zoals de dorsvlegel.'

'De dorsvlegel is daar een voorbeeld van,' beaamde Buitenrust Hettema zonder een spoor van aarzeling. 'Dat is nou een onderwerp waar ik me nooit mee bezig zou houden. Hoe gauwer je daar vanaf bent, hoe beter, zou ik zelfs zeggen.'

'Voor de directeur van een museum toch wel een merkwaardige opvatting.'

'Welnee! Hoe kom je daar nou bij? Een directeur van een museum hoeft zich toch niet voor alles wat oud is te interesseren? Asjeblieft niet, zeg.'

Ze zwegen opnieuw, langzaam kauwend op hun brood.

'Wat is eigenlijk jouw indruk van mijn opvolger?' vroeg Buitenrust Hettema.

'Ik denk niet dat ik hem zou hebben uitgekozen.'

'Eigenaardig. Dat zegt Lies nu ook. Die vertrouwt hem niet. Terwijl het toch een prima vent is. Ik was er in ieder geval heel gelukkig mee toen hij beschikbaar bleek te zijn.'

'Ik kan me best vergissen,' gaf Maarten toe. 'Het is maar een indruk natuurlijk.'

★

'Hebben jullie even tijd?' vroeg Maarten. Hij nam een stapeltje papieren op en liep daarmee naar de tafel.

Ad en Bart stonden op en namen aan weerszijden van hem plaats. Ad keek op zijn horloge.

'Nu Jan er niet meer is, zullen wij die meisjes zelf moeten opleiden. Ik heb daarvoor een schema gemaakt,' hij legde voor allebei een vel papier neer, 'waarover ik dus wil praten.' Hij wachtte even om ze de gelegenheid te geven aan het papier te wennen. 'Op dat papier staat wat ze in eerste instantie moeten leren: één, twee, drie. Eén: ze moeten leren om een fiche te maken, technisch, ik heb daarvoor vijf moedervoorbeelden gemaakt, een voor boeken, een voor tijdschriften, een voor

handschriften een voor vragenlijsten en een voor mondelinge mededelingen,' zij legde bij allebei een stapeltje fiches. 'Twee: ze moeten worden ingewerkt in de systematiek van het knipselarchief. En drie: Ze moeten wegwijs gemaakt worden bij het geven van trefwoorden. Op dat papier stel ik voor dat wij alle drie een van die meisjes onder onze hoede nemen: Bart neemt Tjitske, Ad neemt Sien en ik neem Manda.'
'Wacht even,' onderbrak Bart hem. 'Wie is nu Tjitske? Ik kan er nog altijd niet aan wennen dat jullie die dames maar meteen bij de voornaam noemen.'
'Tjitske is juffrouw Van den Akker.'
Bart schreef dat bij op zijn papier. 'Dan is Manda dus mevrouw Kraai,' stelde hij vast, 'want wie Sien is, weet ik nu langzamerhand wel.'
'Juist!'
'En waarom heb je mevrouw Van den Akker aan mij toegewezen?'
'Omdat ze Geschiedenis studeert en omdat ik denk dat die combinatie de beste is.'
'Hoe kun je dat nou beoordelen?' – hij was geïrriteerd.
'Dat is een gevoel.'
'Zoiets zou ik nou nooit voor een ander durven beslissen.'
'Je mag ook wel een ander hebben.'
'Wie dan?'
'Kies maar.'
'Bart wil ze liefst alle drie hebben,' zei Ad boosaardig, 'niet Bart?'
'Ik vind dat jullie het wel erg in het erotische vlak trekken,' vond Bart.
'Wat is het dan anders?' plaagde Ad.
'Dat is niet de bedoeling,' zei Maarten.
'Maar jij bent wel degene die is begonnen met over combinaties te praten. Ik vind dat zulke overwegingen bij zo'n verdeling helemaal geen rol behoren te spelen.'
'Goed. Maak maar een andere verdeling.'
'Nee, nou zal ik mevrouw Van den Akker wel nemen, maar ik maak bezwaar tegen de manier waarop die keuze tot stand is gekomen.'

'Het is genoteerd,' verzekerde Maarten. 'Aangenomen dus dat jullie deze indeling accepteren, dan hebben we te maken met drie informatiestromen: de knipsels, de tijdschriften en de nieuwe boeken.'
'En de handschriften dan?' wilde Bart weten.
'De handschriften, de vragenlijsten en de mondelinge mededelingen laat ik even buiten beschouwing.'
'Die zijn anders niet onbelangrijk.'
'Die zijn belangrijk, maar pas in de tweede fase.'
'Ik mis de verhalen in deze opsomming,' zei Ad.
'Die vallen onder de mondelinge mededelingen. Tweede fase. Goed?'
'Ik moet natuurlijk eerst weten waar je naartoe wilt, voor ik daar antwoord op kan geven,' zei Bart.
'Goed. De knipsels. Punt twee. Alle knipsels komen binnen bij Sien. Sien verdeelt ze over drie mappen, vijftig per map. Elk van de meisjes krijgt een map. Ze hecht aan elk knipsel in haar map een slap fiche met een voorstel voor rubricering en een trefwoord. Vervolgens gaat de map naar haar partner. Die controleert de rubriek, doet eventueel tegenvoorstellen, waarna de map volgens een vast rouleersysteem, waarvan jullie hier een voorstel hebt,' hij reikte twee nieuwe papieren uit, 'langs alle anderen rouleert. Die krijgen de gelegenheid opmerkingen te maken. De map komt terug bij nummer een. Nummer een bespreekt de opmerkingen en aanmerkingen met nummer twee en bergt tenslotte de knipsels op.'
'Wacht even, want het duizelt me,' zei Bart.
'Laat het dan even tot je doordringen.'
Ad grijnsde.
Bart las, gebogen over het papier, de tekst nog eens over terwijl de beide anderen wachtten.
'Begrijp ik goed dat je hiermee onze gezamenlijke besprekingen wil laten vervallen?' wilde Bart weten, van zijn papier opkijkend.
'Ja. Dat gaat voortaan schriftelijk.'
'Daar heb ik toch wel ernstig bezwaar tegen.'
'Met zijn zessen wordt dat te veel tijdverlies.'
'Dat hoeft toch ook niet met zijn zessen? Die besprekingen

kunnen we toch wel met zijn drieën blijven houden?'
'Nee. Iedereen is in principe gelijk.'
'Maar je regelt het wel zo dat de ene helft de andere controleert.'
'Tot ze zijn ingewerkt.'
'Is die roulering wel nodig?' vroeg Ad.
'Anders loop je het risico dat er drie afwijkende systemen ontstaan, vooral met de trefwoorden. Om die reden stel ik ook nog voor om elk jaar van partner te wisselen, onderaan blad één.'
'Partnerruil,' zei Ad geamuseerd.
'Is het nu echt nodig om voortdurend dat vervelende woord partner te gebruiken?' vroeg Bart geïrriteerd.
'Heb je een ander?' vroeg Maarten.
'Collega,' stelde Bart voor.
'Dat vind ik niks, maar het kan me niet schelen hoe je het noemt. Punt drie. De tijdschriftenmappen. Die verdeel ik, net als de boeken, onder punt vier, omdat die ongelijk van inhoud zijn, maar verder gaat het net zoals de knipsels: trefwoorden bij alle artikelen op ons vakgebied, rubrieknummers voor de boeken, roulering.' Hij zweeg en keek naar hen.
Ze volgden zijn woorden op het papier dat voor hen lag.
'En de verzoeken om inlichtingen?' wilde Ad nog weten.
'Dat vind je op dit papier,' hij reikte een nieuw papier uit. 'Alle bezoekers worden ontvangen door Manda, omdat die er de hele week is. De eerste drie maanden wordt ze daarbij door een van ons begeleid volgens dit rouleersysteem,' hij wees op hun papieren aan wat hij bedoelde. 'Na drie maanden beslist ze in elk geval zelf of ze daaraan behoefte heeft. De schriftelijke verzoeken komen bij mij en als ik er niet ben bij Bart en dan bij Ad. Ze worden door mij verdeeld over de drie meisjes en draaien via hen het rouleersysteem binnen.' Al pratend was zijn toon steeds beslister geworden. Hij hoorde dat zelf en probeerde zich in te houden, maar dit ver doorgevoerde systematiseren had hem in een roes gebracht waaruit hij zich niet meer kon bevrijden. Hij had het gevoel dat zijn hoofd opzette en hij moest een paar keer slikken om de speekseltoevloed in zijn mond weg te werken. Uit onbehagen over zijn rol en uit de

behoefte er zo gauw mogelijk vanaf te zijn verhoogde hij het tempo. 'Afgezien daarvan,' hoorde hij zichzelf zeggen, 'stel ik voor alle brieven en stukken die bij ons binnenkomen of door ons geproduceerd worden te laten circuleren volgens dit schema,' hij gaf hun een laatste papier, 'zodat iedereen voortaan van alles op de hoogte is en als een van ons onder de tram komt meteen zijn werk kan overnemen.'
'Daar heb ik ernstig bezwaar tegen,' zei Bart. 'Ik vind niet dat de dames van alles wat wij hier doen kennis moeten nemen.'
'En jij?' vroeg Maarten aan Ad.
'Ik heb daar geen bezwaar tegen,' zei Ad rustig.
'Als we dat niet doen,' zei Maarten tegen Bart, 'dan maken we een tweedeling binnen de afdeling en op de duur werkt dat tegen ons. Je moet ons zien als een hydra, in dit geval een hydra met zes koppen.'
'En zes borsten,' merkte Ad met een dubbelzinnig lachje op.

★

1972

'U bent de eerste,' zei Wigbold terwijl hij het bonnetje dat Maarten hem toeschoof opnam en over de pen drukte.
'Ja,' zei Maarten, 'de anderen slapen nog.'
Wigbold trok een kop naar zich toe. 'Een beetje suiker en een beetje melk.'
'Juist!' zei Maarten. 'U bent op de hoogte.'
'Dat moet ook.' Hij nam een schep suiker uit de suikerpot, gooide er weer wat van af en wierp de rest in het kopje, tilde de kop op en hield hem onder het kraantje van de koffieketel.
Maarten wachtte tot hij ook nog een scheut melk bij de koffie had gegoten, trok de kop naar zich toe en wendde zich af. Hij nam de post van de balie, haalde zijn zakmes uit zijn achterzak en ging zitten.
Wigbold keek toe vanachter het loket, met zijn onderarmen leunend op de balie.
De eerste brief was van Van de Kasteele. Maarten vouwde hem open en las hem door. Van de Kasteele bracht hem in herinnering dat ze een aantal jaren geleden gesproken hadden over de uitgave van een aantal door hem verzamelde verhalen en dat Maarten hem toen een voorstel had gedaan waarop hij nog niet had gereageerd. Hij wilde nu weten of Maarten nog altijd bereid was de verhalen uit te geven. In dat geval zou hij er graag nog eens over praten. De brief verbaasde Maarten. Hij probeerde zich te herinneren wanneer dat was geweest, maar het was zo lang geleden dat hij zich de details niet meteen voor de geest kon halen. Dat moet wel verdomd lang geleden zijn, dacht hij geamuseerd.
Terwijl hij daarover nadacht, kwamen Elsje Helder en Freek Matser druk pratend uit de hal door de klapdeur de koffieruim-

te binnen. Elsje liep voorop, Freek raakte even met zijn hand haar schouder aan, alsof hij haar wilde sturen. Ze groetten hem, haalden hun koffie aan het loket en zetten zich naast hem, Elsje Helder in het midden. 'Jullie hebben er twee nieuwe bij, hè?' zei ze.
'Zijn ze al langs geweest?' Hij was blij dat ze hem geen gelukkig nieuwjaar wenste en voelde dat als een vorm van vertrouwelijkheid.
Elleke Laurier, Koos Rentjes en Mark Grosz kwamen van de achtertrap. De harde, hortende stem van Rentjes ging hen vooruit. Elleke Laurier droeg, net als Sien, een minirok, waardoor haar benen even lang leken als de rest van haar lichaam, maar in tegenstelling tot Sien was ze donker en had ze iets verschrikts. Rentjes had in de kerstvakantie zijn snor laten staan.
'Ik heb het met mijn vader over je gehad,' zei Elsje Helder naast hem, 'maar volgens hem heeft hij jou niet in de klas gehad maar je broer. Heet dic niet Kees?'
'Ja, Kees,' zei Maarten, zich weer tot haar wendend. 'Ik heb alleen zangles van hem gehad.'
'O, dat kan natuurlijk.'
Maarten lachte. 'Hij heeft me een keer aan mijn oor uit de bank getrokken.'
'Nee!'
'D-daar zul je het dan wel naar gemaakt hebben,' veronderstelde Freek verontwaardigd. Hij praatte zo zacht dat zijn stem in het geschreeuw van Rentjes, die met de beide anderen voor het loket stond, bijna niet te verstaan was.
'Bij *In 't groene dal, in 't stille dal*,' herinnerde Maarten zich. Hij glimlachte. Zijn aandacht werd afgeleid door Sien, Tjitske en Manda, die door de klapdeur de koffieruimte binnenkwamen.
'En hier drinken we koffie en thee,' legde Sien uit. 'Daar moeten jullie bonnetjes voor kopen.' Ze wendde zich naar het loket. 'Dit is meneer Wigbold. En dit zijn Tjitske van den Akker en Manda Kraai.'
'De eerste dag is gratis,' zei Wigbold terwijl hij hun door het loket een hand gaf.
Elleke Laurier, Koos Rentjes en Mark Grosz waren schuin te-

genover Maarten gaan zitten, Elleke met een benauwd lachje, haar benen angstvallig over elkaar. Toen Maarten zijn ogen van haar afwendde en naar zijn eigen groepje voor het loket keek, viel het hem op dat Tjitske ook een minirok droeg, maar met daaronder dikke, wollen kousen, alsof ze op de ijsbaan was.
'Hoe was dat dan?' vroeg Elsje nieuwsgierig.
'Hij tikte af,' vertelde Maarten, zich weer tot haar wendend. 'Er zit een brommer tussen, zei hij, opnieuw! We zetten weer in en terwijl wij zongen, sloop hij langs de rijen.' Hij moest lachen. 'Ik zong extra hard, want ik dacht toen nog dat ik goed kon zingen. Tot hij me plotseling aan mijn oor de bank uittrok. Daar heb je hem, zei hij, heel sadistisch.'
'Dat kan niet,' zei Elsje geschokt. 'Zo is mijn vader niet.'
'Nee, zo is jouw vader vast niet,' viel Freek haar bij.
Maarten keek lachend op. Geert Meierink stond voor hem en stak zijn hand uit. 'Nog wel de beste wensen, hè?'
'Dank je, Geert,' zei Maarten vluchtig. 'Toen wel,' zei hij tegen Elsje, 'maar misschien was dat een uitzondering?'
Hun stemmen gingen verloren in het rumoer. Tjitske, Manda en Sien hadden een stoel van hem af plaatsgenomen. Tjitske zat er afwerend en onwennig bij, Manda keek met geamuseerde verbazing om zich heen. Jantje Bavelaar kwam met een sigaret tussen haar vingers door de klapdeur de ruimte in. 'Iedereen nog gelukkig nieuwjaar hoor!' zei ze boven het rumoer uit voor ze zich afwendde naar het loket. In de hal, achter de klapdeuren stond Dé Haan met Bart de Roode te praten, Dé Haan met haar hoofd ver vooruit, wat haar iets gretigs gaf, Bart beleefd ironisch naar voren gebogen, een hand op de knoop van zijn jasje. Hij zei iets waar Dé Haan schaterend om moest lachen. Goud kwam van de voortrap de hal in en liep met verende tred, afwezig glimlachend, langs hen. Hij opende de klapdeur en liep, nog steeds glimlachend, naar het loket. Ad, die inmiddels ook binnen was gekomen, zette zich met zijn koffie op de lege stoel tussen Tjitske en Maarten. 'En hoe vond je het gebouw?' vroeg hij aan Tjitske.
Ze knikte. 'Groot.'
'Heeft Sien jullie ook onze kluis laten zien?'

'Ja, maar ze had de sleutel niet.' Ze kneep haar ogen dicht en lachte.
Maarten zocht naar een opmerking waarmee hij zich bij hen kon voegen, maar alles wat hij bedacht vond hij te onbenullig.
'Dag meneer Koning,' zei Goud, 'nog wel een gelukkig nieuwjaar.' Hij stak zijn hand uit.
'Dag meneer Goud,' zei Maarten glimlachend, hem de hand drukkend. 'U ook. Of zit dat er niet in?'
Zijn opmerking vermaakte Goud. 'Nou, ik hoop het wel, maar je weet het maar nooit.' Hij ging naast Maarten zitten op de stoel waar Elsje net nog had gezeten.
'Daarom zou je elkaar beter geen gelukkig nieuwjaar kunnen wensen,' vond Maarten, 'want dat is de goden verzoeken.' Hij zei het wat luider dan nodig was om ook Tjitske en Manda te bereiken en schaamde zich daar meteen weer voor.
Goud had veel plezier om die grap. 'Daar kon u wel eens gelijk in hebben,' zei hij vrolijk, 'maar je doet het toch maar wel.'
'Tegen beter weten!'
'Ja,' zei Goud lachend. 'Tegen beter weten.'
Hun gesprek stierf weg in het geroezemoes. Maarten keek op de brief die al die tijd opengevouwen op de stapel op zijn schoot had gelegen. 'Was jij hier eigenlijk al toen Van de Kasteele hier geweest is?' vroeg hij aan Ad. Hij praatte opnieuw wat harder, maar Tjitske en Manda toonden geen belangstelling.
'Wie is dat?' vroeg Ad.
'Die heeft ons indertijd een bundel verhalen aangeboden en daar wil hij opnieuw over praten.'
'Nee, toen was ik er nog niet. Wat waren dat voor verhalen?'
'Goeie verhalen,' hij keek met een zijdelingse blik naar Tjitske. Tjitske bleef onbewogen voor zich uit kijken. 'Ik vroeg me af of wij hem niet eens samen zouden opzoeken,' hij overhandigde Ad de brief, 'dan kun jij ook kennis met hem maken.' Hij nam de stapel post en zijn kop en stond op.

'Van de Kasteele wil opnieuw praten over de uitgave van zijn verhalen,' zei hij, de kamer inkomend.
Beerta hield op met tikken en draaide zich naar hem om. 'Wel, wel, beter laat dan nooit.'

'Weet jij nog wanneer dat was?' Hij trok de bovenste la van het archiefkastje naast zijn bureau open.

'Wanneer ik weet welk jaar het was, kan ik het zo nakijken,' hij volgde omgewend wat Maarten deed, zich met een hand vasthoudend aan de leuning van zijn stoel.

Maarten trok een map uit de la, sloeg haar open, maakte een vinger nat en bladerde door de doorslagen. 'Van de Kasteele,' zei hij, meer voor zichzelf, hij trok een blad papier ertussenuit en keek erop. 'Ik heb die brief geschreven op 28 juli 1958. Dertieneneenhalf jaar geleden!'

'Dan kun je niet zeggen dat hij over één nacht ijs is gegaan,' vond Beerta.

Maarten las de brief over. 'Ik heb toen nog een afschrift van die banden gemaakt.'

'Dat herinner ik me niet.'

'Ik ook niet, maar ik vraag me af of ik dat nog heb.' Hij keek opnieuw in de map.

'Je moet altijd van alles een doorslag maken. Dat is een van de eerste dingen die ik je heb geleerd.'

'Ik heb hem dan ook,' zei Maarten tevreden, een dik pak tevoorschijn halend. Hij keek naar de eerste bladzij, bladerde het snel door, legde het op zijn bureau, deed de map dicht en stopte haar terug op haar plaats.

Beerta wendde zich af. 'Je hebt toch meer van me opgestoken dan ik soms wel eens denk,' zei hij, terwijl hij weer begon te tikken.

'In ieder geval dus het belangrijkste,' zei Maarten ironisch.

'Dat in ieder geval,' stemde Beerta in.

Sien en Ad kwamen de kamer in, Sien liep door naar de kaartsysteemkamer, Ad zette zich achter zijn bureau. Maarten stond op en bracht hem de papieren die hij zojuist gevonden had.

'Dit zijn de verhalen en dit is de brief. Als jij die nu eerst leest, dan maken we daarna een afspraak met die man.' Hij wendde zich af, aarzelde en ging de tussendeur door naar de bezoekerskamer. Tjitske en Manda zaten aan de raamkant, tegenover elkaar, ieder aan een bureau. Hij bleef staan, enigszins onzeker. 'Zullen we om elf uur verdergaan met ons gesprek?' stelde hij voor. 'Als jullie bekeken hebt wat ik jullie daarnet gegeven heb?'

'Als u niet verwacht dat we het dan allemaal al weten,' zei Manda vrolijk. Tjitske zei niets.
'Nee, natuurlijk niet,' zei hij haastig, 'dat komt later wel.' Hij wendde zich af en liep ontevreden met zichzelf terug naar zijn kamer, de deur achter zich sluitend. Met een onbestemd onbehagen, alsof de ruimte waarin hij verbleef met de komst van deze twee nieuwelingen opeens onveilig was geworden, zette hij zich achter zijn bureau. Hij nam de stapel post voor zich en pakte zijn briefopener. Bij de brieven was een uitnodiging voor het congres van de Europese Atlas in Stockholm, 17-21 juli. Hij vouwde haar open, nam haastig kennis van de tekst, sloeg de bladzij om en keek naar het programma. Hij wilde haar al weer opzij leggen toen hij met een schok tussen de namen van de sprekers zijn eigen naam zag staan met een inleiding over de verspreiding van de kerstboom in Nederland. Verbijsterd herlas hij wat er stond met een gevoel alsof het bloed wegtrok uit zijn hart. Toen stond hij langzaam op, de uitnodiging in zijn hand. 'Ik lees hier dat ik in juli een lezing houd over de kerstboom,' hij keek naar Beerta, die met zijn rug naar hem toe zat te tikken, zijn stem had in zijn eigen oren een onnatuurlijke, metaalachtige klank.
Beerta hield op met tikken en draaide zich langzaam naar hem om. 'Ik dacht dat ik je dat gezegd had.' Aan zijn gezicht was te zien dat hij niet de waarheid sprak.
'Nee, dat heb je niet gezegd.'
'Heb ik je dat niet gezegd?' – zijn verbazing was gespeeld.
'Nee.'
'Ik word oud.'
'Wanneer is dat besloten?'
Beerta stond nu ook op. Hij keek naar Maarten met zijn hand op de rugleuning van zijn stoel, alsof hij steun zocht. 'In de vergadering van het bestuur in Bratislava, toen jij met vakantie was.'
'Ik dacht dat Lopez dat zou doen.'
'Lopez is ziek.'
'Ja,' zei Maarten schamper.
'Nee, hij is echt ziek.'
'En toen hebben ze jou gevraagd.'

Beerta trok met zijn mond, zonder antwoord te geven.
'En toen heb jij gezegd: Nee, dat moet Koning dan maar doen. In het Duits dan,' het klonk sarcastisch.
'Maar wees nu toch redelijk,' pleitte Beerta. 'Ik kan dat op mijn leeftijd toch niet meer op me nemen? Ik word oud.'
'Ja, maar de vraag is of je het dan op mijn bord moet leggen. Hoe kan ik nou in een half jaar een lezing maken over een onderwerp waar ik niets van af weet.' Hij ging weer zitten, moedeloos.
'Dat kun je best! Niemand weet er toch iets van af? Je hoeft alleen maar te vertellen wat je in Nederland gevonden hebt? We hebben er toch een vragenlijst over?'
'Ik wil je wel helpen,' zei Ad. Hij was opgestaan en keek over zijn boekenkast naar Maarten.
'Hoe wou je dat doen?' vroeg Maarten.
'Ik kan gegevens verzamelen.'
'Zie je wel!' zei Beerta. 'Dat is de oplossing!'
Maarten zweeg. Hij keek naar de brief, die hij nog steeds in zijn hand had. 'Ik zal erover denken,' zei hij toen gedeprimeerd. Hij keek naar Ad. 'Ik vind het aanbod in ieder geval heel aardig.'

*

Ze stapten uit in Wehl. De straat liep een klein eind langs de spoorlijn, boog toen naar rechts om het dorp heen tot een zijweg een paar honderd meter verder die de velden inliep. Het was koud. Het gras in de weilanden zag wit van de rijp, de kale takken van de populieren aan weerszijden van de weg waren wit getekend, hun voetstappen klonken hard en hol. Een tijdlang liepen ze voort, zonder iets te zeggen, allebei gekleed in een jopper, allebei een schoudertas om. Er was nagenoeg geen verkeer behalve een melkauto en de auto van de kruidenier die hen passeerde en voor hen uit de langs de weg verspreid liggende boerderijen aandeed. Op een veld aan hun linkerhand zaten wat kraaien die opvlogen toen ze dichterbij kwamen en een eind verder weer neerstreken. Daarachter, een vijfhonderd meter verderop, was een sparrenbos. Zodra ze dat gepasseerd waren, werd de witte ruimte tot aan de horizon alleen nog ge-

broken door de populieren langs de wegen in de verte, de daken van verspreide boerderijen tussen de bomen en de paaltjes langs de weilanden.
'Vind je dit nu wel leuk?' vroeg Ad.
'Nee,' zei Maarten, hij aarzelde, 'dat wil zeggen, ik vind het wel leuk om hier te lopen natuurlijk, maar het wordt verpest doordat we naar Van de Kasteele moeten.'
'En als je daar nou niet aan zou denken?'
'Ik denk er niet aan, maar ik weet het, ook als ik er niet aan denk.' Hij zocht naar een vergelijking. 'Net of je een stuk brood hebt ingeslikt zonder te kauwen.'
Ad zweeg.
Er was even wat wind. Hij ritselde in de bomen en joeg de ijskristallen over de weg, maar hij ging ook meteen weer liggen. In de kou was hun adem zichtbaar.
'Waarom ben je dit werk eigenlijk gaan doen?' vroeg Ad nieuwsgierig, terwijl ze stevig doorstapten.
'Omdat ik niks anders wist.'
'Je had toch ook leraar kunnen blijven?'
'Dat is nog veel erger,' zei Maarten beslist. 'Hier kun je tenminste nog een deel van de dag uit het gezicht blijven, achter je boekenkast.'
'En dat organiseren, zoals dat werk van die meisjes?'
'Dat vind ik niet leuk. Dat vind ik verschrikkelijk zelfs. Dat is alleen verantwoordelijkheidsgevoel.'
'Dat heb ik dan niet. Niet zoals jij dat hebt tenminste.'
Ze zwegen. Een boer kwam hen op een tractor tegemoet. Hij stak zijn hand op toen hij hen passeerde. Achter de tractor hing een aanhangbak met een koe. Het getuf van de tractor en het kraken en piepen van de bak waren in de stilte nog lang te horen.
'Verantwoordelijkheidsgevoel is natuurlijk niets anders als angst,' zei Maarten toen het geluid was weggestorven.
'Voor Balk?' vroeg Ad gretig.
'Ook wel voor Balk, maar vooral voor de Commissie,' antwoordde Maarten nadenkend.
'Maar de Commissie kan je toch niks maken?'
'Als ik naar een Commissievergadering ga, heb ik het gevoel een ruimte binnen te gaan die ik niet ken. Je probeert te voor-

komen dat ze een aanmerking maken, en om dat te voorkomen probeer je de toekomst tot in de kleinste details te regelen. Er mogen geen verrassingen zijn. Als er geen verrassingen zijn, dan kunnen ze je ook niets maken.' Hij lachte bij een herinnering die zich onverwacht opdrong en die er dus mee te maken moest hebben, al zag hij zelf niet meteen hoe. 'We hebben een keer op een huis van vrienden gepast. Die hadden zo'n huis van twee onder één kap, met zes kamers of zoiets. Ik heb zes weken bijna niet geslapen omdat ik dat huis niet kon overzien. Dat is net zoiets, maar dan ruimtelijk. Ik moet altijd overal tegelijk kunnen zijn. Onmogelijk!'
Ad reageerde daar niet op.
'Voor de mensen waarmee je omgaat bedoel ik,' verduidelijkte Maarten.
Er was een korte stilte, waarin alleen hun voetstappen te horen waren.
'Wij hebben net zo'n huis gekocht,' zei Ad, hij keek opzij, 'in Heiloo.'
'Waarom in Heiloo?' vroeg Maarten verrast.
'Om wat dichter bij het strand te zijn.'
'Hé.'
Er was opnieuw een stilte, waarin de spanning voelbaar was.
'Zou dat ook niet iets voor jullie zijn?'
'Nee,' zei Maarten beslist, 'ik zou niet uit Amsterdam weg willen.'

Het huis van Van de Kasteele lag midden in het dorp, niet ver van de kerk. Het was een groot, vierkant herenhuis met een opvallend brede voordeur. Toen Maarten op de bel drukte, klonk uit het binnenste van het huis een zacht welluidend klingelen. Van de Kasteele deed open. Hij droeg een donkerblauw huisjasje met zwartfluwelen revers. 'Dag meneer Koning,' zei hij rustig, alsof hij Maarten de vorige dag nog gesproken had. Hij was ouder geworden, maar niet wezenlijk veranderd.
'Dit is Muller,' zei Maarten, 'die werkt ook bij ons.'
Ad kneep zijn lippen samen tot een glimlach en knikte terwijl hij Van de Kasteele een hand gaf, waarna hij omstandig zijn voeten veegde op de deurmat.

Ze werden in een grote, vierkante kamer gelaten, aan de voorkant van het huis, met een opvallend robuuste eikenhouten kast, zonder enige versiering, en grote eikenhouten meubelen, op een dik, donkerbruin kleed. Aan de wand hing een groot, bruin kruis.

'Gaat u zitten,' zei Van de Kasteele. 'Rookt u?' Hij zette een kist met sigaren voor hen op de tafel, waarover een boerenkleed lag.

'Dank u,' zei Ad.

'Een pijp,' zei Maarten, zijn pijp uit zijn zak halend. Hij had zijn brief ontdekt, op het tafeltje naast de stoel van Van de Kasteele, maar vermeed het in die richting te kijken.

'Pijptabak heb ik ook,' zei Van de Kasteele. Hij zette een bruine tabakspot bij hem neer. Alles in deze kamer was bruin, behalve de koperen kandelaars en de grote, rode Chinese kommen op de hoeken van de kast.

'Wilt u misschien een glas bier?' vroeg Van de Kasteele.

'Ik wil wel graag een glas bier,' antwoordde Maarten.

'Nee, dank u wel,' zei Ad.

'Thee misschien?'

'Nee, dank u wel,' herhaalde Ad, 'op het ogenblik liever niets.'

'Licht? donker?' informeerde Van de Kasteele zonder verrassing te tonen, zich tot Maarten wendend.

'Licht.'

Terwijl Van de Kasteele de kamer uit was, zaten ze zwijgend bij elkaar. Het geluid van het verkeer door de Dorpsstraat drong gedempt de kamer binnen. Maarten keek naar de kast. Hij kon zich niet herinneren ooit ergens anders zo'n kast te hebben gezien, behalve in een museum. 'Dat is een mooie kast,' zei hij, toen Van de Kasteele de kamer weer inkwam met twee glazen en twee flesjes Grolsch, 'hoe oud is die?'

'Dat is een middeleeuwse kast,' antwoordde Van de Kasteele. 'Dat is een hobby van me. Wilt u zelf inschenken?' Hij gaf Maarten zijn fles, ging zitten en schonk zichzelf in, zorgvuldig, het glas een beetje scheef. Maarten schonk het zijne vol. Ad keek met een lachje toe.

'Ik heb u gevraagd om nog eens te komen praten,' zei Van de Kasteele, zijn glas terzijde zettend op het tafeltje naast zijn

stoel, 'omdat die verhalen op mijn ziel blijven drukken. Naar mijn mening verdienen ze het te worden uitgegeven.'
'Ja,' zei Maarten.
'U hebt mij dat ook geschreven,' vervolgde Van de Kasteele, Maartens brief van dertieneneenhalf jaar geleden opnemend, 'en daarmee was ik uiteraard zeer ingenomen, maar ik moet bekennen dat de voorwaarden die u er indertijd aan verbonden hebt mij hebben doen aarzelen. U schrijft,' hij nam de brief van het tafeltje en keek erin, 'dat u een letterlijk afschrift wilt,' hij ging met zijn vinger langs de tekst, 'een inleiding over de gemeenschap waarin de vertellers woonden en een aantal geschreven portretten,' hij legde de brief weg en keek Maarten aan. 'Ja, dat is veel werk.'
'Ja, maar u bent de enige die dat zou kunnen.'
Ze zwegen.
Van de Kasteele nam zijn glas op, hief het even omhoog, 'proost', en nam bedachtzaam een slok, waarna hij het weer terugzette zonder het los te laten. 'Ik heb daarover een gesprek gehad met de heren Kipperman en Van den Ende.'
'Van het Genootschap voor Volkscultuur,' begreep Maarten. De mededeling verraste hem niet, maar ze emotioneerde hem wel. Kipperman liep alle zegslieden van Maarten, van wie hij de namen in het jaarverslag vond of van Beerta lostroggelde, regelmatig af om kopij voor zijn tijdschrift, waarbij hij opmerkelijk weinig scrupules toonde.
'U kent ze?' vroeg Van de Kasteele.
'Ik ken ze.'
'Dan kent u hun tijdschrift ook.'
Maarten knikte. '*Neerlands Volkseigen.*'
Van de Kasteele nam opnieuw, langzaam, een slok van zijn bier. 'Zij willen een aantal van mijn verhalen in hun tijdschrift opnemen,' hij keek aandachtig naar zijn glas en bewoog het traag heen en weer, 'een flink aantal, en dan zonder die voorwaarden,' hij keek Maarten aan, 'maar ik geef ze liever bij u uit.'
'Waarom zou u dat doen als zij het u zoveel gemakkelijker maken?' vroeg Maarten, zijn emotie bedwingend.
'Een uitgave van het Bureau heeft nu eenmaal meer standing.'

'Dan toch alleen omdat er een inleiding bij is.'
'Daarover valt niet te praten?'
'Nee.'
'U wilt daar ook niet nog eens over denken?'
'Ik wil er wel over denken, maar ik ken het antwoord.'
Ze zwegen.
'Dan zal ík er nog eens over denken,' zei Van de Kasteele tenslotte.
Het was lange tijd stil. Van de Kasteele dronk langzaam zijn pils, Maarten keek naar buiten, door het gat tussen de vitrages, terwijl hij zijn pijp rookte, Ad keek met een lachje om zijn lippen voor zich uit.
'Die mensen van wie u die verhalen hebt opgetekend,' zei Maarten, 'die wonen aan de rand van het dorp?'
'Ja,' zei Van de Kasteele. 'Vroeger was daar een hei. Het zijn oorspronkelijk heidebewoners, zwervers.'
'Kunnen we daar niet eens gaan kijken? Dat interesseert me wel.'
'Daar kunnen we wel eens gaan kijken,' zei Van de Kasteele rustig, alsof de vraag hem niet in het minst verraste.

'Wou je er echt niet meer over denken?' vroeg Ad, toen ze een paar uur later in de bus naar Zevenaar zaten.
'Nee,' zei Maarten.
'Dan gaan ze zeker naar Kipperman.'
'Dan gaan ze maar naar Kipperman. Dat interesseert me niet.'
'En je vindt het wel mooie verhalen.'
Maarten lachte. 'Maar ze interesseren me geen bal. We zijn er niet om verhalen uit te geven. Het moet zin hebben, anders sta je binnen de kortste keren tot je knieën in de troep.'
'Welke troep?' vroeg Ad nieuwsgierig.
'Zoals *Neerlands Volkseigen*,' verduidelijkte Maarten. 'Valse romantiek zonder enige poging tot relativeren.'

'Ik heb er wel eens over gedacht om een klusjesdienst te beginnen,' zei Ad in de trein terug. 'Daar kun je tegenwoordig een hoop geld mee verdienen en je bent je eigen baas,' hij keek Maarten onderzoekend aan.

Maarten reageerde niet.

'Zou jij daar niets voor voelen, om zoiets samen te gaan doen?'
De spanning in de vraag maakte Maarten behoedzaam. Aan de toon was te horen dat Ad er al een tijdje mee had rondgelopen. Dat verraste hem en hij herinnerde zich plotseling een eerdere situatie, toen ze samen het raam van Mia van Idegem hadden losgetrokken. 'Gewoon je handen gebruiken en verder niks,' begreep hij.

'Ja,' zei Ad gretig, alsof het antwoord in die woorden besloten lag.

In die gretigheid uitte zich een behoefte aan vertrouwelijkheid die Maarten niet eerder zo gevoeld had en die hem schuw maakte. 'Ik geloof niet dat ik dat zou kunnen,' zei hij voorzichtig.

'Waarom niet?' vroeg Ad teleurgesteld. 'We zouden het toch samen kunnen doen?'

Maarten schudde zijn hoofd. Hij schrok terug voor de gedachte aan de intimiteit van een dergelijke nauwe samenwerking en tegelijkertijd voelde hij wantrouwen, alsof er iets oneerbaars in het voorstel stak. 'Ik zou daar niet voor geschikt zijn.'

'Het was ook maar een idee.'

'Ja, dat soort ideeën heb je wel eens,' gaf Maarten toe.

Daarna zwegen ze, onwennig, tot ze in Amsterdam uitstapten en allebei een andere kant op gingen.

'En al die keren dat hij thuis zou blijven omdat hij denkt dat hij ziek is?' merkte Nicolien op toen hij het haar na enige aarzeling verteld had.

Daar had hij nog niet aan gedacht. 'Misschien zou hij dat dan niet hebben?'

'Natuurlijk zou hij dat hebben. Daarin verandert iemand toch niet? Zodra het nieuwtje eraf zou zijn, zou hij zich ziek melden. Hij wil alleen maar dat jij de verantwoordelijkheid neemt. Je zou wel gek zijn als je dat deed.'

'Ik doe het ook niet. Ik had alleen de indruk dat het een teleurstelling voor hem was.'

'Ja, dat zal wel,' ze was niet erg geïnteresseerd, 'maar daarom hoef je het nog niet te doen.'

Maar de vraag bleef hem bij, omdat ze zicht had gegeven op een leven dat vlakbij was, maar verscholen achter de muur die hij tussen zichzelf en de mensen op het Bureau had opgetrokken. Ze maakte hem bewust, wat hij eigenlijk al wist, dat hij daar met niemand iets te maken wilde hebben en hij van de mensen om zich heen hetzelfde verwachtte.

*

'Zullen we eerst een stuk lopen?' stelde hij voor.
'Dat kan nog wel, hè?' zei ze.
Ze staken het Stationsplein over, de Stationsweg op, langs de halte van lijn 8, en sloegen linksaf de Hoefkade op. De lucht was laag en goor en er woei een harde, koude wind. Niettemin was het druk op straat, de drukte van een zaterdagmiddag. Kleine winkels, rommelige mensen. Het herinnerde hem aan Parijs, alleen waren de huizen lager. Op hetzelfde ogenblik dat hij dat dacht, werden ze gepasseerd door een man en een vrouw. 'A la ville de Paris,' zei de vrouw. Ze was net zo gekleed als de andere vrouwen in de straat en ze duwde een kinderwagen. De muren van de huizen waren beplakt met papieren, reclames, oproepen, half afgescheurd, half leesbaar. In een zijstraat waren de huizen dichtgetimmerd. Op een stoffige vlakte was een bulldozer bezig een groepje afgebrokkelde en ingestorte huizen, een eiland van steen midden in de ruimte, met de grond gelijk te maken. Ze liepen door tot het Hobbemaplein. Bij het Hobbemaplein namen ze de tram: een stampvolle tram, vol vrouwen die met tassen van de markt kwamen. De moeder van Klaas deed hen open. Achter haar kwamen een tante en nog een oude vrouw uit een zijkamer, de oude vrouw met haar jas aan, klaar om het huis te verlaten. Terwijl ze plaats voor haar maakten, kwam Klaas, ingezeept en met een scheermes in zijn hand, vanachter uit een lange, smalle gang aanlopen. 'Hoi!' zei hij verheugd.
Terwijl ze in zijn kamer op hem wachtten, Nicolien in een kleine damesfauteuil, Maarten op de divan tussen de geborduurde kussens, keek hij om zich heen. De kamer had twee ramen aan de straat, waar regelmatig mensen langsliepen. Tussen

de ramen was een zwarte schoorsteenmantel om een zacht brandende grijze gaskachel, vol Indisch houtsnijwerk en een grote, rijk versierde koperen klok. In de hoek stond een vogelkooi met een kanarie, die af en toe even met zijn veren schudde. Tegen de achtermuur was een boekenkast aangebracht, die uitpuilde van boeken. Op een bureau voor het achterste raam en op de grond ernaast waren nog meer boeken lukraak opgestapeld, stapels schoolschriften, papieren met aantekeningen. Behalve het bureau stonden er nog drie fauteuils, de divan, en een kleine, vijfhoekige met blauwe en groene steentjes ingelegde tafel. Afgezien van de kanarie was de inrichting precies dezelfde als die van de vorige kamer, alleen wat meer op elkaar gedrukt omdat deze kleiner was. Omdat de vorige kamer bovendien aan de achterkant had gelegen en op tuinen had uitgekeken, vroeg Maarten zich af wat hem bewogen had te verhuizen.

'Zielig, hè, zo'n kanarie?' zei Nicolien gedempt.

'Ja,' zei hij afwerend.

Ze zwegen. Hij keek naar de achterwanden, waartegen twee enorme schilderijen hingen: onduidelijke voorwerpen tegen een blauwe achtergrond. Achter de boekenkast klonken de stemmen van de beide oude vrouwen. 'Zal ik thee voor jullie maken?' vroeg de moeder van Klaas wat luider. 'Wel graag ja,' antwoordde Klaas vanaf de gang. Meteen daarop ging de deur open. 'En, hoe vinden jullie het?' vroeg hij.

'Hoe lang woon je hier nu?' wilde Maarten weten.

'Drie weken. Wat vinden jullie van mijn schilderijen?'

Nicolien draaide zich nu ook om en keek omhoog.

Maarten bekeek ze wat aandachtiger. De voorwerpen op het ene schilderij deden nog het meest denken aan een stok en een knot wol, op het andere aan een stuk van een vliegtuigvleugel, die vanuit de lijst brutaal het blauw binnendrong. 'Wie heeft ze gemaakt?' vroeg hij.

'Een leerling van me.'

Maarten begreep het. 'En wat stellen ze voor?'

'Je vindt ze dus niet mooi.' Hij ging zitten.

'Ik vind ze prachtig natuurlijk,' zei Maarten met duidelijke ironie, 'maar ik wil altijd weten wat het betekent. Wat beteke-

nen die stok en die knot wol bijvoorbeeld?'
'Dat zijn de tegengestelde polen in zijn karakter,' antwoordde Klaas met enige tegenzin.
'En die rechter vliegtuigvleugel?'
'Ja, dat weet ik niet hoor,' het klonk korzelig.
'Nee, ik vind ze niet mooi,' zei Maarten, zich afwendend. 'Ze zijn voor mij niet weggelegd.'
'En jij?' vroeg Klaas aan Nicolien.
'Ik ook niet.'
'Dat pleit dan niet voor jullie smaak.'
Ze lachten.
De moeder van Klaas kwam met een pot thee de kamer in. 'En, wat vinden jullie van Klaas zijn nieuwe kamer?' vroeg ze vrolijk. Het was een enigszins meisjesachtige vrouw met grijs haar en heldere, ondeugende ogen.
'Ik moet er nog aan wennen,' bekende Maarten, 'maar ik moet altijd overal aan wennen.'
'Ik vind hem wel mooi hoor,' zei Nicolien vergoelijkend. Ze lachte.

'Hoe gaat het op je werk?' vroeg Klaas terwijl hij met een natte vinger de kruimels van zijn koekje oppikte. 'Hebben ze je nog niet ontslagen?'
'We zijn bezig met de voorbereidingen voor een film,' antwoordde Maarten.
'Met jou in de hoofdrol,' zei Klaas grijnzend.
'Met een groep boeren in de hoofdrol.'
'Is dat zo?' vroeg Klaas ongelovig aan Nicolien.
'Ja,' zei ze. 'Maarten zegt het tenminste.'
'Waarom is dat nou?' vroeg hij verbaasd. 'Daar heb je toch zeker geen geld voor?'
'Het Museum heeft daar geld voor. Dat had ik ook niet gedacht, maar die waren meteen enthousiast.'
'Een speelfilm?' vroeg Klaas ongelovig.
'Een gedramatiseerde documentaire. Ik heb er ook een hard hoofd in, maar ik hield het niet meer in de hand en van het een kwam het ander. Volgende maand komt er een aankondiging in *Van Gewest tot Gewest*.' Hij lachte verlegen.

Klaas keek hem onderzoekend aan.
'Het is echt zo,' verzekerde Maarten. 'Ik zit je niet te belazeren.'
'Dat zou anders de eerste keer niet zijn.'
'Het zou nog de eerste keer zijn ook,' zei Maarten lachend, 'maar dat is het dus niet.'
'En waarom is het dan uit de hand gelopen?' wilde Klaas weten.
'Omdat ik eigenlijk alleen maar de bewegingen bij het dorsen wilde vastleggen, maar die boeren die dat zouden demonstreren, hebben net zolang doorgedramd tot het een film werd, of één boer eigenlijk, Boesman.'
'En daarvoor betaal ik belastinggeld.'
'Nee, van jouw belastinggeld ben ik van de week naar de Achterhoek geweest.'
'Ook voor de film?'
'Voor de uitgave van een boek met volksverhalen.'
'Je zit wel tot je nek in het werk,' vond Klaas. 'Je mag wel oppassen!'
'Tot mijn nek!' bevestigde Maarten. 'En daartussendoor moet ik nog een lezing over de kerstboom maken ook, dus je mag je handen in elkaar knijpen dat we hier vanmiddag zitten.'
Klaas grijnsde. Hij stond op, stapelde de kopjes in elkaar, op de schoteltjes. 'Willen jullie wat drinken?'
'Wat heb je?' vroeg Maarten.
'Ik zal eens kijken.' Hij ging met de kopjes de kamer uit. Zodra het stil was, klonken achter de boekenkast opnieuw de stemmen van de twee oude vrouwen.
'Het is hier wel gehorig, hè?' zei Nicolien.
'Behoorlijk,' bevestigde Maarten.
Klaas kwam fluitend de kamer weer in, opende een kastdeur naast de boekenkast, waarna de stemmen woordelijk te verstaan waren, en monsterde de inhoud. 'Ik heb nog een staartje slibowitz, een beetje port en één flesje bier.'
'Maar dat is warm,' begreep Maarten.
'Het is hier niet zo warm.'
'Geef mij maar slibowitz.'
'Mij ook,' zei Nicolien.
Klaas nam port.

'Herinner jij je nog dat we het er een jaar of twee jaar geleden over hadden dat ik me verantwoordelijk voel tegenover de Commissie en dat jij dat niet kent?' vroeg Maarten toen ze hun borrel voor zich hadden.
Klaas fronste zijn wenkbrauwen. 'Nee.'
'Dat is angst.'
'Angst?' vroeg Klaas verbaasd. 'Waarvoor?'
'Dat ze iets kunnen aanmerken.'
Klaas schudde zijn hoofd. 'Nee, ik geloof niet dat me dat wat zou kunnen schelen.'
'In de grond van de zaak is het waarschijnlijk ook angst voor intimiteit. Iemand die aanmerkingen kan maken, heeft macht over je.'
Klaas keek sceptisch. 'Denk jij dat ook?' vroeg hij, zich tot Nicolien wendend.
'Ik heb dat niet,' zei ze.
'Jij kent helemaal geen angst?' vroeg Maarten aan Klaas.
Klaas dacht na. 'Nee, ik ben wel eens bang natuurlijk, maar dat bedoel je waarschijnlijk niet.'
Maarten wachtte of er nog meer kwam, maar Klaas zweeg. Hij wiegde zijn port in zijn glas en nam bedachtzaam een slokje.
'Geef eens een voorbeeld?' vroeg Maarten.
'Vorige week bijvoorbeeld,' zei Klaas, alsof zijn gedachtestroom vanzelf weer boven de grond kwam, 'toen liep ik hier langs het kanaal en toen reed er een auto met twee jongens en twee meisjes erin de stoep op, vlak langs me. En toen ik voor de grap een klap op het dak gaf, kwam een van die jongens eruit, zette een mes op mijn keel en zei: Als je dat nog een keer doet dan gaat hij door je strot. Toen was ik even bang.' Hij keek Maarten rustig aan.
'Ja, dat kan ik me voorstellen.'
'Wat een rotzakken!' zei Nicolien verontwaardigd.
'Ik zou zo'n jongen zo tegen de muur kunnen zetten,' viel Maarten haar bij.
'Ik denk dat hij wilde showen omdat er meisjes bij waren.'
'Maar intussen!'
'Ja,' gaf Klaas toe, 'leuk was het niet, maar dat bedoel je niet, denk ik.'

'En daarna?' wilde Maarten weten. 'Vermijd je nu die plek?'
'Nee. Waarom?'
'Dat zou ik geloof ik doen. In ieder geval zou ik vlak langs de huizen gaan lopen, of binnendoor, via de portieken, als dat kon,' hij lachte, 'zoals Kafka.'
'Nee,' zei Klaas, 'ik vergeet het gewoon.'

'Merkwaardig dat hij daar zo laconiek op reageerde,' zei Maarten toen ze een paar uur later weer in de trein naar huis zaten. 'Ik geloof dat ik me door zo'n ervaring volledig in een hoek zou laten drijven.'
'Nee, ik niet,' zei ze. 'Zoiets gebeurt toch maar één keer?'
'Dat weet je niet. Ik zou er in ieder geval rekening mee gaan houden.'
'Maar het is natuurlijk niet waar dat hij zich niet in een hoek laat drijven. Ik heb dat niet willen zeggen, maar hij heeft zich zijn hele leven in een hoek laten drijven.'
'Hoe dan?'
'Door er niet voor uit te komen dat hij homosexueel is. Ik vond het onbegrijpelijk dat hij dat zei.'
'Ja, dat is waar,' gaf hij toe. 'Wat stom dat ik daar niet aan gedacht heb.'
'Juist daarom!' zei ze. 'Als je je echt in een hoek laat drijven dan laat je dat niet merken.'

*

'Weten jullie dat Hans vandaag vijftig is geworden?' vroeg Jantje Bavelaar, de kamer inkomend.
Maarten keek op. 'Nee, dat wist ik niet.'
'Moeten we daar niets aan doen?' – ze bleef bij de open deur staan.
'Wat zouden we daaraan moeten doen?'
'Een Abraham,' begreep Bart.
'Ja,' zei ze. 'De Koningin heeft toen toch ook een Abraham gehad? Ik weet wel een bakker die die dingen maakt.'
'Is Balk er niet?' vroeg Maarten.
'Nee,' zei ze. 'Balk is een paar dagen weg.'

Hij aarzelde. 'We kunnen toch moeilijk Balk met een precedent opzadelen.'
'Het is toch een aardigheid?' Ze keek naar Bart en Ad. 'Is het niet?'
'Ik vind het een heel aardige gedachte,' zei Bart.
'Maar dan alleen met onze afdeling,' besliste Maarten. 'Omdat het ons werk is.'
'Misschien wil Mia ook wel meedoen,' zei Ad.
'Goed,' zei Maarten, 'onze afdeling met Jantje en Mia. Is er nog iemand?'
'Mevrouw Moederman?' stelde Bart voor. 'Die heeft altijd veel belangstelling.'
'En mevrouw Moederman,' besliste Maarten.
'Zal ik Slofstra dan vragen om zo'n ding te halen?' vroeg Bavelaar.
'Als Slofstra weg kan,' zei Maarten, 'anders doet een van ons het wel.'
'Dan past Wigbold maar eens een keertje op de telefoon hoor, daar zal hij niet minder van worden.' Ze ging de kamer uit.
'Dan moet ik Muziek eigenlijk ook vragen,' overwoog Maarten, 'want eigenlijk is dat ook onze afdeling.'
'Die doen het vast niet,' zei Ad, 'die druiloren.'
Bart had daar stil plezier om. 'Je moet me niet kwalijk nemen,' zei hij, als om zich te verontschuldigen, 'maar jij kunt de dingen soms zo beeldend zeggen.'
'Vraag jij Mia?' vroeg Maarten.
'Ik wil Mia wel vragen,' beloofde Ad.
Maarten liet zich terugzakken in zijn stoel en keek naar de boeken in de kast voor hem waarachter Bart verscholen zat. 'Waar komt dat gebruik eigenlijk vandaan?' vroeg hij zich hardop af. 'Zoiets zou Kipperman nu meteen weten.'
'Zou het niet iets met de Bijbel te maken hebben?' opperde Bart. Hij stond op en liep naar de boekenkast tegen de wand achter Maarten.
Maarten volgde hem met zijn blik. 'Zoiets moet natuurlijk ook in het kaartsysteem te vinden zijn.' Hij stond ook op en liep achter Bart langs naar de deur van de kaartsysteemkamer. Sien zat aan haar bureau te werken. 'Hans Wiegersma is van-

daag vijftig geworden,' zei hij. 'We geven hem een Abraham. Doe je mee?'
'Is dat hier de gewoonte?'
'Er is hier nog nooit iemand vijftig geworden. Ze vertrekken voor die tijd of ze gaan dood.'
'En Slofstra dan?'
'Slofstra was al vijftig,' zei hij lukraak. 'Mevrouw Moederman ook. Weet jij waar dat gebruik vandaan komt?'
'Wil ik het even opzoeken?' vroeg ze, opstaand.
'Nee,' weerde hij af. Hij draaide zich om naar de letter A en trok de bovenste bak eruit. 'Dé Haan en Meierink zijn hier natuurlijk vijftig geworden,' bedacht hij hardop terwijl hij de bak op de tafel zette, 'maar toen was het nog geen gewoonte. Met de Koningin is de ellende begonnen.'
'Je hebt er niet zoveel zin in, geloof ik.'
'Ik vind het verschrikkelijk. Als ik ergens de pest aan heb, dan is het aan dit soort tradities. Abraham!' – hij nam een pak fiches uit de bak.
'En je bestudeert ze,' zei ze verbaasd.
'Daarom. Ik deug niet voor mijn werk,' hij tikte de fiches een voor een om. 'Ik heb het!' zei hij tevreden. 'Johannes 8, vers 57!' – hij liep de kamer uit. 'De joden dan zeiden tot hem: Gij hebt nog geen vijftig jaren en hebt gij Abraham gezien?' las hij hardop. 'Ik heb het zelf nog getikt ook. Mijn geheugen is een zeef!' – hij hield het fiche omhoog.
Bart stond met een opengeslagen boek voor de boekenkast. 'Maar daarmee heb je de oorsprong van het gebruik nog niet.'
'Nee. Wat is de oorsprong?'
'Het schijnt dat het uit Noord-Holland komt. Meer weet ik nog niet.'
Maarten keek over Barts schouder naar de passage die hij aanwees, bukte zich om te zien welk boek het was. 'Kruizinga!' Hij hield het stapeltje fiches op. 'Hier heb ik de fiches, ik ga even de afdeling langs.' Hij legde ze op de tafel en ging de tussendeur door naar de bezoekersruimte, waar Manda en Tjitske zaten. Tjitske was er niet. 'Hans Wiegersma is vandaag vijftig geworden,' zei hij.
Manda keek hem geamuseerd aan, haar wenkbrauwen opge-

trokken. 'U zegt het alsof u dat nooit had verwacht.'
Hij lachte. 'Nee, maar we gaan hem met de afdeling een Abraham geven.'
'Wat leuk.'
'Vind je dat leuk?'
'Nou, ik moet er niet aan denken dat ik er zelf een zou krijgen.'
'Als Hans Wiegersma er een krijgt, dan krijg jij er straks ook een.'
'Asjeblieft niet,' zei ze lachend. 'Dat zou een reden zijn om ontslag te nemen.'
'Maar je doet wel mee?'
'Ja hoor,' ze trok een la van haar bureau open. 'Hoeveel is dat?'
'Nee, dat komt nog wel.' Hij ging glimlachend de kamer weer uit. 'Manda vindt het een reden om ontslag te nemen,' meldde hij. 'Ik ben nu bij Muziek.' Hij liep de gang op.
Freek Matser zat in zijn kamer, gebogen over zijn schrijfmachine, zijn vingers op de toetsen. Hij keek op toen Maarten binnenkwam en sperde zijn ogen wat verder open, alsof hem dat verbaasde.
'Hans Wiegersma wordt vandaag vijftig,' zei Maarten.
'Dat weet ik,' zei Freek droog.
'We willen hem met de afdeling een Abraham geven. Doen jullie ook mee?'
Freek moest even duwen voor hij antwoord gaf. 'B-ben je er wel zeker van d-dat hij dat op prijs zal stellen?'
'Nee.'
'Daar zou ik dan toch wel eerst uitsluitsel over willen hebben.'
'Dat kan ik je natuurlijk niet geven.'
'Dan doe ik niet mee,' besliste Freek, 'want zelf zou ik zo'n ding voor nog geen goud willen hebben.'
'Je krijgt er een,' beloofde Maarten boosaardig. 'Als het aan mij ligt tenminste.'
'Verheug je er niet te vroeg op, want voor die tijd ben ik al lang verdwenen.'
'Goed, niet dus. Hoe gaat het met juffrouw Veldhoven?'
'Slecht.'
Maarten knikte. 'Wat is slecht?'
'Zo slecht dat ze overweegt om zich te laten afkeuren.'

Maarten reageerde daar niet op. Hij keek Freek aan alsof hij nog meer verwachtte.
'Voor de afdeling zou dat een onvoors-stelbaar verlies zijn.'
'Ja,' zei Maarten neutraal. 'Doe haar bij gelegenheid mijn groeten en wens haar het beste.' Hij ging de kamer weer uit, de gang op.
Jaring Elshout stond naast zijn bureau met een afwezige, dromerige blik, die zich langzaam op Maarten richtte.
'Je bent er,' stelde Maarten vast.
'Ik sta op het punt om de deur uit te gaan,' verontschuldigde Jaring zich.
'Doe je mee met een Abraham voor Hans Wiegersma?'
'Daar wil ik wel mee meedoen,' zei Jaring rustig. Hij haalde een portefeuille uit zijn binnenzak. 'Hoeveel is dat?'

Elsje Helder zat op haar plaats. 'Ik heb het aan mijn vader gevraagd,' zei ze toen ze Maarten zag, 'maar het kan niet dat hij je aan je oor heeft getrokken. Zoiets deed hij niet, zegt hij.'
'Toch is het zo, maar het kan me niet schelen. Doe jij mee met een Abraham voor Hans Wiegersma?'
'Wie is dat?'
'De tekenaar. Die kale man met van die bossen haar aan de zijkant van zijn hoofd, net als Jaring. Een aardige man.'
'O die,' begreep ze. 'Daaraan wil ik wel meedoen.'

'Dag meneer Graanschuur,' zei Maarten.
'Dag meneer Koning,' zei Graanschuur, zijn getik onderbrekend.
'Doet u mee met een Abraham voor Wiegersma?'
'Ja hoor,' hij greep naar zijn achterzak, 'hoeveel is dat?'
'Dat komt nog,' hij bleef staan. 'Hoe gaat het?' – hij keek Graanschuur onderzoekend aan.
'Lekker!' verzekerde Graanschuur. Hij grijnsde.
Maarten knikte. 'Goed,' hij wendde zijn blik naar het raam. Aan de andere kant van de lichtschacht, achter het raam van de kaartsysteemkamer, zat Sien aan haar bureau, gebogen over haar werk. 'U hebt wel zicht op elkaar,' stelde hij vast.
'Ik zie haar niet hoor,' stelde Graanschuur hem gerust. 'Daar heb ik geen tijd voor.'

Hans Wiegersma stond achter zijn tekentafel, bij het raam, in zijn grote, bijna lege kamer. Hij keek verrast over de rand van het tekenbord toen ze met zijn achten binnenkwamen, Maarten voorop, de Abraham in een wit papier in zijn hand. 'Ach hemel,' zei hij verschrikt.
'Hans!' zei Maarten, hij lachte verlegen en een beetje zenuwachtig. 'We zijn hier op veldwerk, want we hebben gehoord dat jij vandaag Abraham gezien hebt, en omdat dat ons vak is komen we je daarover interviewen.' Hij keek opzij.
Bart stapte naast hem naar voren en hield Wiegersma het ronde doosje van een schrijfmachinelint voor. De anderen stonden er een beetje lachend om heen.
Wiegersma lachte verlegen. 'Ja, wat moet ik daar nou op zeggen,' hij schudde zachtjes met zijn hoofd.
'Daar hebben we rekening mee gehouden,' vervolgde Maarten, 'omdat we gehoord hebben dat op jouw leeftijd dergelijke herinneringen weer snel vervagen.' Hij had moeite zijn lachen te houden, van de zenuwen. 'En daarom hebben we een afbeelding van die man voor je meegebracht, van die goeie man, zou mijn schoonmoeder zeggen, om je geheugen op te frissen.' Hij overhandigde Wiegersma het pak en stak zijn hand uit.
Wiegersma nam het aarzelend aan, zag toen pas de hand en haastte zich ook een hand te geven. 'Nou, dank jullie wel,' zei hij verlegen. Hij lachte.
'Eerst uitpakken,' beval Maarten. 'Eerder mag je niet bedanken!'
'O ja,' zei Wiegersma geschrokken. Zijn handen trilden bij het uitpakken en zijn hoofd beefde een beetje. 'Ja, dat dacht ik al wel,' zei hij toen de speculaaspop tevoorschijn kwam. Hij keek op. 'Dank jullie wel.'
Ze lachten.
Hij keek hulpeloos naar Maarten. 'Moet ik nog meer zeggen?'
'Nee,' zei Maarten, ook verlegen.

'De enige troost is,' zei Maarten humeurig toen hij met Bart, Ad en Sien terug was in zijn kamer, 'dat de mensheid dit niet lang meer hoeft mee te maken.'
Sien liep door naar haar kamer.

Bart hield Maarten het doosje van het schrijfmachinelint voor dat hij nog in zijn hand had. 'Wij interviewen de zeventigjarige heer Koning,' zei hij vrolijk, 'aan de vooravond van de ondergang van de wereld.'
'Ja,' zei Maarten.
'Wat zegt de heer Koning daarop?'
'De heer Koning grinnikt,' antwoordde Maarten.

★

De NOS was er al. Bij de staldeuren stond een groep mannen, waartussen Maarten Boesman herkende. Bij de auto van de NOS, die naast de deuren tegen de achtergevel was geparkeerd, groepten een stuk of twintig kinderen uit het dorp, die door twee politieagenten op afstand werden gehouden.
'Er wordt op ons gewacht,' stelde Lanting vast.
Winkler, de cineast, een vriend van Vester Jeuring met veel ervaring met filmen in het oerwoud, bracht het Volkswagenbusje tot stilstand achter de wagen van de NOS, trok de handrem aan en schakelde de motor uit. Maarten stapte uit. Een jongen in een bruin windjack kwam met een blocnote in zijn hand op hem toe. 'Koks, van de *Asser Courant*,' zei hij, 'bent u de producer?'
'Nee, dat is die meneer,' zei Maarten, op Vester Jeuring wijzend.
'Ik ben Koks van de *Asser Courant*,' zei de jongen tegen Vester Jeuring. 'Ik hoor dat u de producer bent?'
'Praat u maar met de heer Lanting, die is het hoofd Algemene Zaken van ons Museum,' zei Vester Jeuring, op Lanting wijzend. Net als Maarten droeg hij een coltrui, en daarover een groen geruit jasje, wat hem de allure van een landedelman gaf. Boesman kwam uit de groep bij de staldeuren op hen toelopen.
'Dat is Boesman,' waarschuwde Maarten.
'Dag heer Koning,' zei Boesman verheugd.
Uit de groep kinderen werd geroepen en gefloten. 'Hé daar,' riep een van de politieagenten, 'een beetje rustig, hè?'
Terwijl Boesman en Vester Jeuring met elkaar in gesprek raak-

ten en langzaam naar de groep bij de staldeuren liepen, draaide Maarten zich om naar Ad. Ad stond met Winkler bij de laadbak van het busje en nam een lamp van hem over. Lanting praatte tegen de jongen van de *Asser Courant* die zijn woorden ijverig noteerde. Er stond een schrale wind, dwars op het erf, de grond was modderig, het licht was goor, het gore licht van een bewolkte, winderige winterdag. Hij keek naar de boerderij die volgens Boesman nog uit de Middeleeuwen stamde, en schatte dat ze hooguit van het eind van de achttiende eeuw was maar waarschijnlijk nieuwer. Twee mannen trokken de staldeuren open en de groep dromde naar binnen. Maarten en Ad liepen achter hen aan, gevolgd door Winkler met een filmcamera aan zijn hand. 'Hoe oud schat je die boerderij?' vroeg Maarten.
'Dat kan ik niet zien,' zei Ad.
Zwiers stond bij de ingang op hen te wachten. 'Dag Koning, dag Muller,' zei hij, hun een hand gevend.
'Dag Zwiers,' zei Maarten.
Ad glimlachte, met zijn lippen op elkaar geklemd.
Een paar mannen van de NOS kwamen weer naar buiten, op weg naar hun auto. Ze bleken Winkler te kennen en bleven staan. Op de deel was het een grote drukte. De deuren aan de andere kant werden opengetrokken zodat het achterin licht werd en ze plotseling op de tocht stonden. Een aantal mannen rolde een auto de deel af, het erf op, anderen sjouwden met strobalen en legden jutezakken over de voorwerpen in de zijbeuken.
'Zijn er geen koeien?' vroeg Maarten, wat luider, om zich in het geroep en gepraat verstaanbaar te maken.
'Dat wilde Boesman wel,' zei Zwiers, 'maar dat kon ja niet. Dan had de hele stal ontruimd moeten worden en er zijn ja ook geen stalhouten en reppels meer.'
Ze deden een stap opzij. De mannen van de NOS sleepten statieven en lampen aan en rolden kabels uit op aanwijzing van Winkler. Tussen al die mannen zag Maarten ook een vrouw in klederdracht lopen: een lange gestreepte rok met een wat donkerder gestreepte onderrok tot op de grond, een zwart jak en een gebloemde hoofddoek. 'Wie is die vrouw?' vroeg hij.

'Dat is Jo Katoen,' antwoordde Zwiers. 'Die moet straks na de drobbelslag een borrel schenken. Dat was hier vroeger gebroek.'
'Altijd?' vroeg Maarten ongelovig.
'Dat was ongeliek,' zei Zwiers diplomatiek.
Op hetzelfde ogenblik zag Maarten dat een paar van de mannen een rooie halsdoek om hadden en begreep hij dat Boesmans enscenering van het verleden nog veel verder zou gaan dan hij gevreesd had. 'Ik moet nu even naar Winkler,' zei hij tegen Zwiers. Hij wendde zich af. Winkler was bezig, geholpen door Ad en de mannen van de NOS, met het aanbrengen van de lampen. Hij stond op een ladder en dreef de lichtbundel door de ruimte. De deuren werden aan beide zijden dichtgeduwd, waardoor het buiten de lichtkring halfdonker werd. In het halfdonker legden mannen de laatste hand aan het verbergen achter strobalen en onder jutezakken van het moderne machinepark van de boer en de plastic zakken met kunstmest die in een van de vakken lagen opgestapeld. Een aantal anderen stond aan de rand van de lichtkring te wachten. Maarten keek toe vanaf de voet van de ladder, die door Ad werd vastgehouden.
'Zo is het wel goed,' zei Winkler, de ladder afdalend.
Maarten klampte hem aan: 'Wat mij vooral interesseert, is hoe ze straks de vlegel opheffen, hoe hoog ze de knuppel opzwaaien, hoe hij scharniert en weer terugkomt naar de grond,' hij praatte haastig, gespannen, alsof hij Winkler met zijn woorden in het gelid wilde dwingen.
Winkler luisterde opmerkzaam, een beschaafde man, die in het oerwoud geleerd had geduld te hebben. 'Dat neem ik wel mee,' beloofde hij. Hij wendde zich af naar de cameraman van de NOS, die zich bij hen had gevoegd. 'Hoe zullen we de posities verdelen?' vroeg hij.
Terwijl het geleidelijk stil werd, zocht Maarten een plek op een strobaal buiten de lichtkring. Hij gaf het over. Hij keek toe hoe Zwiers, Van der Harst, Weggeman en Haan, alle vier in verschoten, blauwe boezeroens en met een rode zakdoek om de hals, de schoven in de lichtkring uitlegden tot een bed, en er vervolgens met zijn vieren met de vlegels ritmisch over-

heen gingen, terwijl de camera's zoemden en de hengel met de microfoon hen van dichtbij begeleidde. Hij probeerde de bewegingen van de vlegels tot in details te volgen, maar het ging te snel. Bovendien werkte het ritmisch kloppen, dat alleen van tijd tot tijd onderbroken werd als Winkler en de cameraman van de NOS van positie veranderden, hypnotiserend. Langzaam groeide de zekerheid dat het er allemaal geen bliksem toe deed en toen Jo Katoen na de laatste slag met een jeneverfles uit het donker de lichtkring binnentrad met een: 'Zo mannen, hoorde ik daar den drobbelslag? dan zal een lekker glaasje zeker wel smaken!' – luisterde hij zelfs met een zekere berusting naar de afgrijselijke dialoog die daarop volgde en die ongetwijfeld geheel van de hand van Boesman was.

★

'Zo jongen,' zei zijn vader.
Maarten hing zijn jopper aan de kapstok en volgde hem naar zijn kamer. De schemerlamp brandde, de televisie stond aan. De kamer zag blauw van de rook en weerspiegelde in het zwarte glas van de tuindeuren.
'Ga zitten,' zei zijn vader, hij zette de televisie uit. 'Wil je een pijp stoppen?' – hij schoof hem een blikje tabak toe.
Maarten opende het blikje. 'Zat je naar de televisie te kijken?' – hij haalde zijn pijp uit zijn zak.
'Alleen naar het nieuws.'
Op het tafeltje tussen hen in lagen, behalve boeken en kranten, wat losse papieren met aantekeningen en een vulpen. Maarten keek ernaar terwijl hij zijn pijp stopte. Hij aarzelde. 'Ze gaan het gebouw van de krant afbreken, hè?'
'Hoe weet je dat?'
'Ik las het vanavond in de krant.'
'Ja, ze gaan het gebouw van de krant afbreken.' Het klonk berustend.
Ze zwegen.
Zijn vader schraapte zijn keel. 'Ben je daarom hiernaartoe gekomen?' – in de klank van zijn stem was een nauwelijks bedwongen emotie.

'Nee, ik was het toch al van plan.'
Ze zwegen, allebei trekkend aan hun pijpen. Maarten keek naar hun weerspiegeling in het glas. Een vader met zijn zoon.
'Gaat het je aan je hart?'
'Ach,' hij boog zich naar voren en klopte zijn pijp uit, 'het was toch al lang mijn krant niet meer.'
'Maar je hebt er toch herinneringen aan?'
'Ja, dat wel natuurlijk,' hij schraapte opnieuw zijn keel.
Het was enige tijd stil. Zijn vader stopte een pijp. Maarten keek tersluiks naar hem. In die wat te grote stoel maakte hij een nog nietiger indruk. Hij zag er bovendien vermoeid uit, met wallen onder zijn ogen, slecht geschoren, blauwig wit. 'Ja jongen,' zei hij terwijl hij zijn pijp in zijn mond stak en naar lucifers zocht.
'Je hebt wel eens verteld hoe jullie op de dag van de Bevrijding het gebouw binnengingen en weer in bezit namen,' herinnerde Maarten zich.
'Ja,' hij keek naar hem, de vlam door de tabak trekkend, 'ik vond dat niet leuk.'
'Nee?' vroeg Maarten ongelovig.
'Ik moest mensen ontslaan. Die mensen deugden wel niet, maar je doet dat niet voor je plezier.'
Ze zwegen. Maarten keek naar de beschreven vellen op de tafel, naast de asbak. 'Wat was je aan het schrijven?'
'Een hoofdartikel. Ik schrijf nog iedere dag een hoofdartikel.'
Het antwoord verraste Maarten. 'Wat doe je daar dan mee?'
Zijn vader glimlachte, een scheef, wat verlegen lachje. 'Als ik het af heb, verscheur ik het weer.'
'Om lenig te blijven,' begreep Maarten.
'Ja,' zei zijn vader, 'om lenig te blijven.'

*

'Ik had eigenlijk gedacht om naar Ad en Heidi te gaan,' zei hij op zondagmorgen na het ontbijt, 'voor hun nieuwe huis.'
'Als je denkt dat dat aardig is?' zei ze.
'Ik dacht het. We zouden een bos bloemen kunnen brengen.'

Vanaf het station naar het huis was ongeveer tien minuten lopen. Het lag aan de rand van de bebouwing, aan een weg die om het dorp liep. Aan de overkant waren weilanden, daarachter, in de verte, de duinen. Het was er zonnig. Er woei een frisse wind. De struiken in de tuinen begonnen al uit te lopen, de bomen waren nog kaal. Zo vroeg op de ochtend was het nog stil op straat, alleen een man die zijn hond uitliet. De man groette.

Het was een huis van twee onder één kap met één verdieping. Het had een voortuin die vergeleken met de omringende tuinen een rimboe was. Het hek was verroest, het tuinhek hing scheef en stond halfopen. Tegen de zijkant van het huis, waar de voordeur was, stonden zakken cement en vuilniszakken. Het pad werd afgesloten door een garage. Naast de voordeur was een raam, half verscholen in de klimop die de muur tot het dak bedekte. Achter het raam was Ad in het licht van een plafondlamp aan een aanrecht bezig met de afwas. Hij merkte niet dat ze naar hem keken. Toen Maarten tegen het raam tikte, keek hij opzij, zonder een spoor van verrassing of vreugde. Hij knikte, legde de kwast neer en ging de keuken uit. De voordeur ging open. Hij stond in de vestibule, met zijn hand aan de deur, en keek hen niet bijzonder uitnodigend aan.

'Ha,' zei Maarten, hij had meteen spijt van zijn plan. 'We kwamen toevallig langs, maar misschien zijn jullie nog niet klaar?'

'Heidi is ziek,' antwoordde Ad, hij deed een stap terug om hen binnen te laten.

'O, maar dan gaan we weer weg,' zei Nicolien. Ze had een bos narcissen in haar hand.

'Je kunt wel even binnenkomen,' zei hij zonder enige hartelijkheid.

'Wat heeft ze?' vroeg Maarten, over de drempel stappend.

'Longontsteking,' hij opende de glas-in-looddeur naar de gang en sloot de voordeur achter Nicolien.

'Dan gaan we toch zeker meteen weer weg?' zei Nicolien tegen Maarten.

'Ja,' zei Maarten. 'We kwamen alleen even langs.'

'Wie is daar?' riep Heidi van boven.

'Koning en zijn vrouw,' riep Ad terug. Hij ging de keuken in.

Ze volgden aarzelend. Nicolien legde de bloemen op het aanrecht. Het gedrag van Ad werkte vervreemdend.
'Waren jullie in de buurt?' vroeg Ad zonder aandacht aan de bloemen te besteden.
'We maakten een wandeling,' zei Maarten, niet geheel in overeenstemming met de waarheid.
'Is Heidi erg ziek?' vroeg Nicolien bezorgd.
'Ze knapt alweer op.' In zijn optreden was iets argwanends, alsof hij hun eigenlijke bedoelingen wantrouwde. Hij maakte ook geen aanstalten om hen verder te laten.
'Zullen we dan maar niet weer gaan?' vroeg Nicolien.
'Ja,' zei Maarten. 'Hoe kom je van hier naar de duinen?'
'Hoe zijn jullie gekomen?'
'Van het station.'
'Ik zal het je wijzen.' Hij liep voor hen uit, door het portaaltje, de voordeur uit, het pad af naar de weg. 'Als je nou zo loopt,' zei hij, in de verte wijzend, 'dan vind je daar na een paar honderd meter een pad linksaf door de weilanden, langs een boerderij, een brugje over, en dat loopt helemaal door tot Egmond.'
'Dank je,' zei Maarten. 'Ik vind het wel.'
'Het beste met Heidi,' zei Nicolien. 'Doe haar de groeten.'
'Ik zal het doen. Bedankt.' Hij wendde zich af en liep terug naar zijn huis zonder nog om te kijken.
Ze bleven staan tot de deur in het slot viel. Toen wendden ze zich af en liepen wat beduusd in de richting die Ad hun gewezen had.
'Nou hebben we nog niet eens de katten gezien,' merkte Nicolien spijtig op.
'Nee,' zei Maarten afwezig. Hij probeerde het gedrag van Ad te plaatsen.
'Waar zouden die nou gezeten hebben?'
'In de kamer denk ik.'
'Wat jammer nou. Die had ik nou zo graag weer eens gezien.'
'Ja,' zei hij werktuiglijk.
Ze vonden het pad zonder enige moeite en liepen de weilanden in langs een afgerasterde vijver met siereenden.
'Koning en zijn vrouw,' zei Maarten na een tijdje. Hij kon er niet over uit dat ze zo genoemd waren.

'Gek dat hij nergens naar vroeg. Hij is toch alweer een paar weken niet op het Bureau geweest?'
'Misschien was dat de reden,' opperde hij.

★

Er werd gebeld.
'Er wordt gebeld,' waarschuwde ze.
'Ja,' zei hij. Hij stond op vanachter zijn bureau, schoof het raam open en keek naar buiten. Henriette stond voor de deur, een zwarte boodschappentas aan haar hand. 'Ha!' riep hij.
Ze keek omhoog.
'Ik kom!' Hij schoof het raam weer dicht. 'Henriette!' Hij ging de kamer door, liep zijn pas versnellend de gang uit, roffelde de trap af en rende in looppas naar de voordeur. 'Ha!' zei hij, de deur wijd opentrekkend.
Ze zwaaide met haar hoofd: 'Ha,' en stapte over de drempel. Onwillekeurig keek hij naar haar tas maar wendde meteen zijn blik weer af.

Ze haalde een fles wijn uit haar tas, zette die op tafel, legde er een doos camembert naast en ging op haar vaste plaats zitten, de tas naast zich.
'Lekker,' zei Nicolien.
'Ja, lekker,' zei Maarten. Hij zette zich op de divan en pakte zijn pijp.
Nicolien keek afwachtend toe.
Henriette viste haar tasje uit de tas, haalde haar vloeitjes en haar shag eruit, zocht tussen de papieren en reikte Maarten een klein stukje papier aan, uit een blocnote gescheurd. 'En dat is ook nog voor jou,' mompelde ze.
Het was een gedicht. Hij las het, terwijl ze een sigaret begon te rollen, en toen nog eens, langzamer, om de betekenis tot zich te laten doordringen:

> *Wij praatten met elkaar*
> *over het leven dat al achter ons ligt.*
> *In de schemering, in gemakkelijke stoelen,*

vermoeid en bleek, leunden wij achterover.
Onze krachten reiken niet meer, zo besloten wij.
Wie toehoorde, trachtte zich nog te verweren,
maar wij legden ons neer.
Tijd verging. De lamp werd aangestoken,
het eten werd op tafel gebracht.
Comfortabel aangeschoven, proefden wij onze mislukking.
Toch week de rij gevels die aan de ruiten drong
nu terug uit de kamer, die zich vulde met ruimte.
Hier bijeen, putten wij in het geheim nieuwe kracht.
Nog was de plaats die wij bezet hielden de onze.

'Ja,' zei hij.
Ze keek naar hem terwijl ze aan het vloeitje likte.
Hij gaf het gedicht aan Nicolien en begon zijn pijp te stoppen.
'Ja,' zei Nicolien verlegen, 'dat is wel een aardig gedicht.' Ze gaf het aan Maarten terug.
Maarten las het nog eens over terwijl hij de tabak in de kop van zijn pijp aanduwde. Hij stak de pijp in zijn mond en streek een lucifer af. 'Er is alleen nog maar heel weinig om kracht uit te putten,' zei hij. 'Bij iedere stap die ik doe heb ik het gevoel dat ik verder van huis raak.'
'Ja,' zei Henriette.
'Kracht put je uit de zekerheid dat je leeft zoals je leven wilt,' vervolgde hij. 'Als je iets doet, of iets gelooft, dat het verdedigen tegen de ideeën van de meerderheid waard is.'
'Ja, dat is...' ze maakte haar zin niet af.
Ze zwegen enige tijd.
'Het werken van half negen tot kwart over vijf op een Bureau hoort daar niet bij,' zei hij toen, als conclusie.
Ze reageerde daar niet op.
Hij stak zijn pijp opnieuw aan en leunde terug tegen de kussens. 'Ik moet in Stockholm een lezing over de kerstboom houden.' Hij lachte.
Ze keek even naar hem, maar wendde haar blik meteen weer af naar de tafel voor haar.
Hij haalde de krant naar zich toe die naast hem op de divan lag, keek naar de koppen, sloeg hem open en bladerde hem door.

'Lees jij de rouwadvertenties?' – hij keek naar haar, langs zijn krant.
'Nee.'
'Ik lees tegenwoordig de rouwadvertenties. De moeder van Nicolien leest alleen nog maar de rouwadvertenties, dus het is waarschijnlijk een ouderdomsverschijnsel.'
'Mijn moeder leest helemaal niet alleen de rouwadvertenties,' zei Nicolien verontwaardigd. 'Hoe kom je daar nou bij?'
'Bij wijze van spreken.' Hij lachte, een scheef lachje. 'De krant van maandag is de mooiste,' zei hij, zich weer tot Henriette wendend, 'want dan is er een dubbele portie. Lees je echt geen rouwadvertenties?'
Ze schudde haar hoofd.
'Waarom doet iemand dat?' vroeg hij zich af terwijl hij de krant weer opvouwde en naast zich neerlegde. Hij nam de pijp uit zijn mond, boog zich naar de tafel en krabde aandachtig de aslaag weg. 'Omdat hij niet verrast wil worden? Omdat hij er vanaf wil zijn als het er toch van komen moet?' – hij keek haar van opzij aan. 'Stel je voor dat iemand zich dag in dag uit alleen nog maar bezighoudt met dingen die hem geen bal interesseren, dat hij geen ruimte heeft voor iets anders, omdat hij zich dan weer schuldig voelt. Wat dan?'
Ze keek gespannen naar de punt van haar sigaret, voorovergebogen, haar ellebogen op haar knieën.
'Dan leest hij rouwadvertenties,' zei hij tevreden. 'Psychologisch luistert dat heel nauw.'
'Tja,' zei ze.
Het was enige tijd stil. De deur piepte. Jonas kwam de kamer in. Hij bleef staan toen hij Henriette zag zitten, liep weer door, snuffelde even aan haar tas en sprong toen naast Maarten op de divan. Ze keken alle drie naar hem. Maarten strekte zijn hand uit en krabde hem zachtjes op zijn kop. Nicolien stond op. 'Willen jullie een borrel?' vroeg ze. Ze keek naar Henriette. 'Je blijft toch zeker eten?'

*

'Meneer Koning!' zei Slofstra, zijn loge uitkomend.

'Ja, meneer Slofstra,' zei Maarten. Hij bleef staan.
'Ik ga met pensioen!'
'Met pensioen?' vroeg Maarten verrast. 'Wanneer?'
'Eén augustus.'
'Wanneer bent u dan ook al weer jarig?'
'Achttien juli!'
'Dus u bent een kreeft.'
'Dat kan wel,' zei Slofstra onverschillig.
'Daar gelooft u niet in.'
'Dat is toch allemaal flauwekul,' zei Slofstra laatdunkend.
'Dat weet ik nog zonet niet. Ik ben ook een kreeft en ik vind dat we heel wat met elkaar gemeen hebben.'
Slofstra lachte kort. 'Die is goed!'
'Ik meen het!'
'Het zal wel. Maar nu zegt mijn vrouw: Kun je daar niet nog een poosje blijven?' – hij keek Maarten slim aan.
'Ik ben bang dat dat niet kan,' zei Maarten, nu ernstig. 'Als iemand vijfenzestig is, moet hij de dienst uit.'
'Maar hebt u dan niet een ander werkje voor me?'
'Vindt u het niet leuk thuis?'
'Mijn vrouw zal me zien aankomen,' zei Slofstra sceptisch. 'Die is blij als ik de deur uit ben.'
Maarten aarzelde. 'Ik zal erover nadenken.'
'Dank u,' zei Slofstra vormelijk. Hij richtte zich wat op, een rudiment uit de tijd dat hij nog bij de politie was, en wendde zich af.
Maarten klom in gedachten terug naar zijn kamer. 'Slofstra vraagt of we geen werkje voor hem hebben.' Hij bleef staan bij de boekenkast tussen de bureaus van Ad en Bart. 'Hij gaat één augustus met pensioen.'
Bart draaide zich om, Ad keek naar hem.
'We zouden hem kunnen aanstellen als student-assistent,' opperde Maarten.
'Moet je dat dan niet eerst aan meneer Balk vragen?' vroeg Bart.
'Student-assistenten hoef ik niet aan Balk te vragen.'
'En wou je hem dan per uur betalen?' vroeg Ad.
'Dat kan niet,' gaf Maarten toe. 'Dat geeft gelazer. We zouden hem in stukloon kunnen aanstellen.'

'Kun je dat wel doen met zo'n oude man?' vroeg Bart bedenkelijk.
'Hij heeft toch een pensioen? En het gaat erom dat hij onder dak is. Als we hem nou registers laten overtikken, hoeveel fiches is dat per uur?'
Ad pakte een fiche van een stapel naast zich en draaide dat in zijn machine. 'Hoeveel komt erop?'
'Een trefwoord, een jaartal, een verkorte titel en een bladzijnummer.'
Ad keek op zijn horloge, tikte de aangegeven woorden en getallen op het fiche, draaide het eruit, pakte een nieuw fiche, draaide dat in zijn machine en keek op zijn horloge. 'Veertig per uur.'
'Laten we zeggen dertig,' zei Maarten. 'Een tientje per uur, dat is drieendertigeneenderde cent, laten we zeggen veertig. Veertig cent per fiche.'
'Ik vind het haast onmenselijk,' zei Bart. 'Ik word er akelig van.'
'Niks onmenselijk,' vond Maarten. 'Hij heeft een alibi, hij kan zoveel werken als hij wil, en als hij werkt verdient hij meer dan hij nu verdient. Ik zie niet in waarom dat onmenselijk zou zijn.' Hij ging achter zijn bureau zitten. 'Ik heb me overigens nooit gerealiseerd hoe duur die fiches zijn. Hoeveel fiches hebben we nu? Laten we zeggen zevenhonderdvijftigduizend. Dat is ruim driehonderdduizend gulden.'
'Veel meer,' zei Ad, 'want de meeste fiches zijn door ons getikt en er staat ook veel meer op.'
'Een half miljoen dan.'
'Je gaat nu toch niet zeggen dat het dat niet waard is?' waarschuwde Bart.
Maarten lachte. 'Ik zeg niets.'

Toen Maarten zich met zijn kop in zijn hand van het loket afwendde om te gaan zitten, kwam Balk door de klapdeur de koffieruimte binnen. 'Jij hebt Slofstra wel heel erg blij gemaakt,' zei hij nadrukkelijk. Hij bleef staan. Achter hen was het rumoer, gepraat en gelach van de andere personeelsleden.
'Ja,' zei Maarten. Hij voelde het optreden van Balk als bedreigend en was op zijn hoede.

'Kun je dat verantwoorden?'
'Ik had met hem te doen. Hij krijgt geen aanstelling. Ik betaal hem per fiche.'
'En waar wou je hem dan zetten?'
'Hij zou bij Wigbold kunnen zitten, dan kan hij hem meteen vervangen als Wigbold ziek is.'
'En als Wigbold daar bezwaar tegen maakt?'
'Dan kan hij bij mij.'
Balk knikte. 'Goed, op jouw verantwoording.'
'Natuurlijk.' Hij wendde zich af en ging op een stoel tussen Huub Pastoors en Tjitske zitten. Huub Pastoors vroeg hem iets. Maarten keek hem aan en hoorde toen pas, met enige vertraging, dat hij gevraagd had of hij in Stockholm ook een lezing moest houden. 'Ja,' zei hij, 'over de kerstboom.' Tegelijkertijd zag hij Balk zich met zijn koffiekop van het loket omdraaien, rondkijken en naar hem toe komen. 'Kun je straks nog even bij me komen?' vroeg hij.
'Ja,' zei Maarten.
'Dat lijkt me wel interessant,' zei Huub Pastoors naast hem.
Maarten keek afwezig naar hem. 'Dat is ook wel interessant,' het verzoek van Balk leidde hem af. Hij vroeg zich af wat hij met hem bespreken wilde, behalve dan de kwestie met Slofstra.
'Ben je nog tot bepaalde conclusies gekomen?'
Maarten schudde zijn hoofd. 'Conclusies niet. Het wordt meer een aanval op de manier waarop ze bij de Atlas te werk gaan.'
'Dat lijkt me helemaal interessant.'
Maarten glimlachte afwezig. 'Ja.' Hij dronk zijn kop uit en stond op. Toen hij de trap opklom, naar de kamer van Balk, voelde hij hoe gespannen hij was. Hij bereidde zich voor op een confrontatie en maakte zich bij voorbaat kwaad.
Balk zat achter zijn bureau.
'Je wilde me nog spreken?' vroeg Maarten stug.
'Ja,' hij pakte een stapel brieven van de hoek van zijn bureau en reikte ze Maarten aan. 'Wil jij deze eens lezen? Dat zijn sollicitaties naar de vacature Slofstra. Haan is er niet. Ik wou graag dat jij daarbij was.'

★

'Nog één!' zei Balk opgeruimd, hij keek met een snelle blik op zijn horloge. 'Als hij nou een beetje opschiet, dan zijn we om twaalf uur klaar. Hoe heet hij?'
'De Vries,' antwoordde Maarten op de brief kijkend. 'Vijfenvijftig. Ongetrouwd. HBS-B.'
'Wat heeft hij gedaan?'
Maarten schudde zijn hoofd. 'Van alles. De laatste vijftien jaar bankemployé.'
'Wat zoekt hij hier dan? Enfin, dat moet hij zelf weten.'
'We hadden het erover dat ze ook Wigbold moeten vervangen als die ziek is,' zei Maarten. 'Zou het niet handig zijn als we een deur lieten maken tussen de loge en de keuken? Dan hoef je niet meer om te lopen.'
'Is dat geen steunmuur?'
'Dat weet ik niet.'
Balk maakte een aantekening op de rand van zijn blocnote. 'Ik zal het de RGD vragen.'
Beneden ging de bel.
'Daar zal je hem hebben,' zei Balk. Hij sprong op, trok het raam wat verder open en keek over de vensterbank. 'Een man met een rotkop,' stelde hij vast terwijl hij zijn hoofd weer terugtrok. 'Ik stel me er niks van voor.' Hij ging weer zitten en wipte ongeduldig met zijn voet terwijl hij naar de deur keek. Het duurde even voor de deur geopend werd. 'Gaat u hier maar naar binnen,' zei Bavelaar. – 'Dank u wel,' antwoordde de man. Zijn stem had iets onderdanigs, alsof hij erbij boog. Balk stond op, Maarten volgde zijn voorbeeld. De man, die wat schutterig de kamer binnenkwam, droeg een bril met een donker montuur. Hij had een saai, enigszins chagrijnig gezicht, zijn haar was achterover geplakt en hij droeg een bruin, kreukelig pak met een zwart dasje.
'Balk!' zei Balk, hem de hand reikend.
'De Vries,' zei de man, hij deed zijn hoofd wat opzij.
'Koning,' zei Maarten op zijn beurt.
'Dank u wel,' zei de man beleefd.
'Gaat u zitten,' zei Balk met een kort gebaar naar de derde stoel.

De man ging zitten, rechtop, met zijn handen aan de buitenkant van zijn knieën.
'U bent meneer J. de Vries,' stelde Balk op besliste toon vast, de brief op zijn knieën.
'Jawel meneer,' zei De Vries.
'En u solliciteert naar de vacature van telefonist!'
'Jawel meneer.'
'Bent u al eens eerder telefonist geweest?'
'Telefonist niet zozeer, meneer.'
'Wat dan wel?'
De Vries boog even. 'Ik ben telegrafist geweest, meneer.'
'Telegrafist!' zei Balk verrast. 'Waar bent u dat geweest?'
'Bij de verbindingstroepen, meneer.'
'In militaire dienst!'
'Niet zozeer in militaire dienst, meneer, ja ook wel in militaire dienst, maar dan na de oorlog, in Duitsland, bij de bezettingstroepen.'
'Hoe kwam u daar nou?' vroeg Balk verbaasd.
'Nou, eigenlijk als tolk meneer, maar toen heb ik meteen maar een opleiding voor telegrafist gevolgd. In die tijd kon dat allemaal.'
'U bent dus nogal avontuurlijk.'
'Ach meneer,' zei De Vries bescheiden. 'Je bent jong en dan doe je zulke dingen. Nu zou ik dat niet meer doen natuurlijk.'
'Juist!' zei Balk. Hij keek in de brief. 'Kunt u koffiezetten?' – hij keek De Vries weer aan.
'Jawel meneer. Ik heb altijd koffiegezet voor mezelf.'
'Ik bedoel voor meer mensen,' zei Balk ongeduldig.
'Ook wel voor meer mensen meneer.'
'Onze conciërge is namelijk nogal eens ziek en die moet dan vervangen worden. Hebt u daar bezwaar tegen?'
'Nee meneer.'
'Hoe staat het met uw ziekteverzuim?'
'Goed meneer. Ik bedoel, ik ben zelden ziek meneer.'
'Mooi!' zei Balk tevreden. 'Kunt u lang stilzitten?'
'O jawel meneer.'
'Hebt u hobby's?'
'Ook wel meneer.'

'Wat bijvoorbeeld?'
'Ik ben radioamateur meneer en ik bouw zelf ook wel radio's.'
'Betekent dat dat u een zendmachtiging hebt?' vroeg Balk verbaasd.
'Jawel meneer.'
'Dat is tenminste wat.'
'Ach, het lijkt meer dan het is.'
'En verder?'
'Ik schilder ook wel meneer.'
'Schilderen? Wat schildert u dan?'
'O, van alles meneer, aquarel, olieverf. En tekenen ook wel. En ik zit ook nog in een schaakclub.'
'Aan welk bord zit u?' vroeg Maarten nieuwsgierig.
'Dat is verschillend meneer. Soms aan het tweede, maar de laatste tijd meestal aan het eerste.'
'Hoe vindt u daar allemaal tijd voor?' vroeg Balk.
'Ach meneer, je moet wat te doen hebben.'
'Ja,' zei Balk met een kleine glimlach. Hij kneep zijn lippen samen en keek opnieuw in gedachten in de brief. 'Heb jij nog iets te vragen?' vroeg hij, zich tot Maarten wendend.
'Nee,' hij schudde zijn hoofd.
'Goed,' zei Balk. 'Dan hoort u zo spoedig mogelijk van ons.' Hij stond op.
De Vries stond ook op.
'Laten we zeggen: tot ziens!' – hij stak zijn hand uit.
'Dag meneer,' zei De Vries terwijl hij hem een hand gaf. 'Dank u wel.'
'Dag meneer De Vries,' zei Maarten op zijn beurt.
Ze keken hem na terwijl hij de kamer uitging. Toen hij de deur achter zich gesloten had, wendde Balk zich tot Maarten. 'Die man nemen we!' zei hij beslist.

★

Er klonk een belletje. Op het matglazen bord naast de deur naar de cabine verscheen met rode letters *No smoking* en *Fasten your seatbelts*, het toerental van de motoren liep terug, ze daalden. Beneden zich zag hij groene bossen, meren, een groepje huizen tussen in het bos uitgespaarde velden die snel dichterbij kwamen, en daarna plotseling opduikend uit het niets hangars, een landingsbaan, rijen lampjes. Even was er een lichte schok toen het landingsgestel de grond raakte, het geluid van de motoren zwol aan, de vaart waarmee de gebouwen voorbijdraaiden werd trager, ze taxieden in de richting van het stationsgebouw. Hij maakte de veiligheidsriem weer los, nam zijn tas op schoot en wachtte tot ze tot stilstand waren gekomen. Een busje bracht hen van het vliegtuig naar het stationsgebouw. Omdat hij als een van de laatsten was ingestapt, stapte hij als eerste weer uit. Voor de anderen uit liep hij het gebouw in, de trap af, via de groene route langs de douane, naar de uitgang, feilloos, alsof hij deze route iedere dag liep. Zonder aarzelen stapte hij in een gereedstaande bus, kocht een kaartje en liep door naar de voorste plaats, schuin achter de chauffeur, met het overmoedige gevoel dat hem in ieder geval voorlopig niets kon gebeuren. In de bus was het warm. Terwijl het achter hem langzaam volliep met de andere passagiers uit zijn vliegtuig, keek hij door de met uitgesmeerde muggen besmeurde voorruit naar het troosteloze, zonnige, boomloze plein voor het stationsgebouw met vluchtheuvels, haltebordjes en verkeersborden. De chauffeur startte de motor, waarna de bus zacht begon te trillen. Toen hij de voordeur sloot, tikte iemand Maarten op zijn schouder. Hij draaide zich om en keek in een gezicht dat hij vaag herkende maar waar hij zo gauw geen naam bij wist.

'Gutentag, Herr Koning,' zei de man met een zware bromstem. 'Wie gehts Ihnen?'

Zodra hij zijn stem hoorde, wist Maarten wie het was. 'Gutentag Herr Klee,' zei hij nog net op tijd. Op hetzelfde ogenblik realiseerde hij zich dat er van zijn voornemen om die middag in zijn eentje Stockholm te bekijken niets zou komen en zakte de overmoed van zo even weg in een gevoel van moedeloze berusting. Verpest.

De bus begon te rijden. Klee moest zich snel vastgrijpen aan Maartens stoel om zijn evenwicht te bewaren. 'Frau Slovačevičova ist auch dabei,' zei hij terwijl hij in de bocht tegen Maarten aangeperst werd. 'Wir sitzen dahinten,' hij maakte een beweging met zijn hoofd.

'Ich komme,' zei Maarten. Hij nam zijn tas op en volgde Klee, zwaaiend door het middenpad, zich links en rechts vastgrijpend aan de stoelleuningen van de andere passagiers.
Frau Slovačevičova was een opvallend mooie vrouw met een regelmatig, klassiek gezicht, maar ze had ook iets lijdends, alsof haar meer onrecht was aangedaan dan andere mensen. Ze zat op de achterste bank en stak Maarten een slap handje toe toen hij voor haar stond.
'Guten Tag, Frau Slova... Slova...' probeerde Maarten.
'Slovačevičova,' hielp ze gelaten. 'Wie gehts Ihnen, Herr Koning, seit Helsinki?'
'Und Ihnen?' vroeg Maarten. In Helsinki had hij geen aandacht aan haar besteed, uit verlegenheid, maar ook omdat hij zich slecht bij haar op zijn gemak voelde.
'Nicht so gut. Leider habe ich Kopfschmerzen.'
Op dat ogenblik nam de bus een bocht waardoor Maarten bijna zijn evenwicht verloor, maar door een snelle manoeuvre kwam hij met een plof naast haar. Ze sloot haar ogen even, alsof het haar te veel werd.
'Wir saßen schon im Flugzeug als Sie in Amsterdam einstiegen,' vertelde Klee voor haar langs. 'Frau Slovačevičova hat Sie noch gerufen, aber Sie haben uns nicht bemerkt.'
'Leider,' zei Maarten. Hij meende te merken dat Klee blij was dat hij nu in ieder geval voor de helft van Slovačevičova verlost was en kon zich in die gevoelens verplaatsen al deelde hij ze niet. 'In welchem Hotel hat man Sie untergebracht?' informeerde hij.
'Im Aston Hotel,' antwoordde Klee.
'Mich auch,' zei Slovačevičova.
'Und mich,' zei Maarten, met de zekerheid dat daarmee de laatste mogelijkheid op een vrije middag verkeken was.
'Man wird uns alle dort untergebracht haben,' veronderstelde Klee.
'Herr Beerta nicht,' wist Maarten.
Klee lachte cynisch. 'Nein, aber der gehört zum Vorstand! Die werden sich sicher etwas besseres auserwählt haben.'

Het Aston Hotel lag op een eiland dat door een dam met het

centrum, waar de bus voor het Centraal Station zijn eindpunt had, verbonden was. Frau Slovačevičova stelde voor om een taxi te nemen, maar Maarten verzette zich daartegen, uit verlegenheid, uit zuinigheid, maar ook omdat hij zich bij het bestuderen van de kaart op deze wandeling verheugd had. Ze gingen te voet. Over de dam liepen een spoorweg en een drukke verkeersweg, waarlangs behalve auto's en vrachtauto's grote aantallen bussen reden. Op het smalle trottoir en in het rumoer van het langsrijdende verkeer was het niet goed mogelijk een geregeld gesprek te voeren. Bovendien was het warm, ondanks de wind en het water. Omdat het trottoir te smal was voor hun drieën, gingen Slovačevičova en Maarten voorop, Maarten met zijn tas en de loodzware koffer van Slovačevičova. Daarbij gleed zijn regenjas telkens van zijn schouder, zodat hij de tas bij de koffer moest nemen om hem weer op te halen. Slovačevičova had alleen een handtas, Klee, die achter hen liep, een weekendtas. Halverwege de dam lag links en rechts de oude stad met haar paleizen, kerken en oude patriciërshuizen, maar in deze omstandigheden kon hij daar niet van genieten. Terwijl hij er in het voorbijgaan naar keek, voelde hij slechts irritatie. 'Das Wetter ist schön,' merkte hij op, opzij kijkend naar de vreemde vrouw naast hem.
'Sehr schön,' beaamde ze zonder enige geestdrift.

Zijn kamer zag uit op een klein plantsoen. Hij zat voor het open raam en keek naar de groene bomen en de moeders met kinderen en kinderwagens op het grindpad en op de banken. Als hij zich naar voren boog, kon hij aan het eind een drukke straat zien met auto's en bussen, waarvan het rumoer tot in zijn kamer doordrong. Zo, gezeten in de luwte, met de deur achter zich op slot, kwam het vakantiegevoel, de opwinding in een vreemde stad te zijn, weer even terug, maar de zojuist gemaakte afspraak om straks samen de stad in te gaan, dempte die vreugde onmiddellijk. Hij stond op, haalde de congresmap die hem bij het binnenkomen was overhandigd van het bed en raadpleegde de lijst van deelnemers. 'Slovačevičova,' hij sprak de naam een paar keer langzaam uit om hem in zijn geheugen te prenten en bekeek vervolgens de andere namen. De meeste kwamen hem bekend voor, al kon hij zich er niet altijd een voorstelling bij maken. Dat Beerta en hij als enigen geen voornamen maar alleen hun voorletters hadden opgegeven, amuseerde hem, alsof zijn land zich daarmee gunstig onderscheidde. Hij keek het programma door en stelde vast dat hij al de eerste ochtend aan de beurt was, na een bezoek aan het columbarium waar de as van Erik Sigurdson werd bewaard. Nu zijn lezing af was zag hij daar niet meer tegenop, integendeel, de vermelding in het programmaoverzicht bracht hem in een strijdbare stemming. Op dat ogenblik, in de veilige beslotenheid van zijn kamer, lustte hij ze rauw.

Klee zat al in de hal te wachten, Slovačevičova was er nog niet.
Maarten zette zich naast hem.
'Ich habe gesehen, daß Sie auch einen Vortrag halten,' zei Klee.
'Ja,' antwoordde Maarten, 'anstatt Lopez.'
Klee lachte. 'Ach ja, Lopez.'
'Lopez war krank,' herinnerde Maarten hem met enige ironie.
'Ja,' zei Klee cynisch, 'erst zieht er alle Frauen mit ins Bett, und nachdem ist er zu müde um zu arbeiten. Versteht sich, nicht?'
Hij lachte.
Maarten glimlachte. 'Vielleicht ist er wirklich krank. Er steht nicht auf der Liste der Teilnehmer.'
'Ja, liebeskrank,' meende Klee.
Ze zwegen omdat Slovačevičova de trap afkwam en zich bij hen voegde. Ze had een andere jurk aangetrokken, een lichte zomerjurk met daarover een dun, wollen jasje. 'Ach,' zei ze vermoeid, 'Sie warten ja schon auf mich.'

Ze liepen de weg terug die ze gekomen waren tot halverwege de dam. Daar sloegen ze rechtsaf, langzaam, zonder veel te zeggen. Op het plein voor het paleis bleven ze even staan om een en ander in zich op te nemen, waarna ze om het paleis heen en langs het gebouw van de Rijksdag over een brug het centrum inliepen. Daar zetten ze zich, omdat Slovačevičova moe was, op een terras en keken vanonder een parasol naar de voorbijgangers, waarna ze langs dezelfde weg terugkeerden naar hun hotel om zich voor te bereiden op het 'zwangloses Treffen' in de foyer van het Stedelijk Museum.

★

Het columbarium met de urn van Erik Sigurdson bevond zich half onder de grond, aan de voet van een marmeren trap, achter een glazen wand met glazen deuren. Het was er koel. Ze werden ontvangen door een man in een zwart pak, die zich enige tijd met Larsson, de Zweedse organisator, onderhield terwijl de overige congresgangers achter hen samendromden. De stemmen van de pratende mannen waren gedempt. Ze spraken bovendien Zweeds, zodat Maarten hen niet kon verstaan. De anderen zwegen of fluisterden zachtjes, geïmponeerd door de gewijde omgeving. Pas toen de in het zwart geklede man zich afwendde en op de glazen deuren toeliep, kwamen ze weer in beweging en volgden hem in een immense marmeren ruimte waarvan de wanden bestonden uit aluminium loketkastjes, ieder kastje voorzien van een spits toelopende aluminium bloemenhouder, de meeste leeg, een enkele met een of een paar bloemen, die als enige wat kleur gaven aan de wanden. Behalve hun eigen groep liepen of stonden er, verloren in de ruimte, nog wat enkelingen of groepjes van twee of drie, die net als zij op weg waren naar een van de kastjes of, voor de wand staande, hun blik zwijgend op zo'n kastje gericht hielden. Het enige geluid dat Maarten hoorde was het holle drentelen van de schoenen van zijn collega's terwijl ze zich in een eerbiedig tempo achter de employé van het columbarium voortbewogen, tot hij de pas inhield en zich tot Larsson wendde. Larsson boog met een beleefd handgebaar naar Horvatić. Horvatić overhandigde de man een in cellofaan verpakte roos. De man boog op zijn beurt, rolde een trapje langs de wand, klom omhoog en plaatste de roos in de bloemenhouder van een kastje in de op een na hoogste rij, het kastje van Sigurdson. Vervolgens daalde hij weer af, legde zijn handen over elkaar voor zijn geslacht en keek omhoog, een voorbeeld dat in de voorste rij, waar het voltallige Bestuur stond opgesteld, gevolgd werd. Een of twee minuten stonden ze zo, in een gepast stilzwijgen, ieder voor zich met zijn eigen gedachten. In de stilte hoorde Maarten, die in de achterste rij stond, het drentelen en de gedempte stemmen van de schaarse bezoekers elders

in de ruimte en het zachte zoemen van ventilatoren. Toen hij voorzichtig om zich heen keek, om te onderzoeken waar ze zich bevonden, nam Horvatić het woord. 'Sehr verehrter Herr Professor Doktor Sigurdson,' zei hij, omhoogkijkend naar het kastje, 'wir sind hier beisammen um Sie, den Grundleger unseres Atlasses, zu ehren, und zu Ihrem Gedächtnis nochmal feierlich zu bestätigen, daß wir unsere gemeinsame Arbeit in Ihrem Geiste fortsetzen werden'.... hij sprak zo zacht dat de rest van zijn woorden onverstaanbaar was. Toen hij uitgesproken was en zich afwendde, deed Nilsson, de opvolger op de leerstoel van Sigurdson, die nog niet eerder de congressen van de Atlas had bijgewoond, een stap naar voren. Het was een stevige, enigszins gezette man, met een vierkant achterhoofd en een wat te krap zomerjasje. Er ontstond enige onzekerheid omdat Horvatić doorliep. Om hem heen volgde men hem, maar toen Nilsson begon te praten, kwamen ze op hun schreden terug, duidelijk tot ongenoegen van Horvatić, die half afgewend bleef staan wachten. Wat Nilsson zei ging evenwel in de ruimte verloren, omdat ook hij zich regelrecht tot Sigurdson richtte.
'Wat zeiden ze precies?' vroeg Maarten aan Beerta toen ze naast elkaar naar de bus liepen.
'Ze zeiden allebei dat ze de werkelijke opvolger van Sigurdson zijn,' zei Beerta ernstig. 'Horvatić en Nilsson mogen elkaar niet en daar maak ik mij wel eens zorgen over.'

Terwijl Maarten de kaarten van de verspreiding van de kerstboom in Nederland omstreeks 1900 en in 1934 met punaises op het wandbord bevestigde, zijn lezing gereedlegde op de katheder en zijn glas vulde uit de karaf die ernaast stond, druppelden de overige deelnemers langzaam de gehoorzaal binnen en namen plaats. Klee bleef voor de kaarten staan en keek er aandachtig naar.
'Schön nicht?' zei Maarten, zich bij hem voegend.
'Sehr schön,' bromde Klee. 'Sie haben ein dichtes Belegnetz.'
Beerta kwam er ook bij. Hij keek naar de kaarten, zijn handen op zijn rug, zijn wenkbrauwen opgetrokken.
'Das ist der Verdienst von Herrn Beerta,' merkte Maarten op.

'Wat ga je daar nu over zeggen?' wilde Beerta weten, zonder op zijn woorden acht te slaan.
'Dat zul je wel horen,' zei Maarten geheimzinnig.
'Als je maar geen ruzie maakt,' zei Beerta bezorgd.
Klee scheen hem te verstaan want hij lachte geamuseerd en wendde zich af.
'Horvatić wil je straks vragen om ook de Europese kaart voor je rekening te nemen,' zei Beerta ernstig. 'Zeg nu eens niet dadelijk nee, denk daar eerst eens over na.'
'Ik denk niet dat hij me dat straks nog vraagt,' antwoordde Maarten.
Beerta keek hem onderzoekend aan. 'Ik maak me ernstig zorgen.'
'Dat hoeft niet,' stelde Maarten hem gerust.
'Ik hoop het.'
Horvatić kwam de zaal binnen. 'Es freut mich immer Sie beide zusammen zu sehen,' zei hij met een zoetsappige glimlach, 'so ruhig, so anspruchslos, wie die Niederländer sind.'
'Nicht alle,' zei Beerta bescheiden.
'Doch, doch,' zei Horvatić. Hij wendde zich tot Maarten. 'Und jetzt werden Sie Ihren Vortrag halten, und nachher werden wir dann so ein bisschen zusammen plaudern.'
Maarten hoorde het aan zonder te reageren.
Beerta wendde zich af en zocht een plaats op de voorste rij. Horvatić wendde zich tot de zaal. Het werd stil. Maarten plaatste zich achter de katheder en keek de zaal in. Terwijl hij de gezichten langskeek en de namen automatisch meekwamen, werd hij kalm. 'Und jetzt wird unser Kollege aus den Niederlanden, Doktor Koning, seinen Vortrag über die Diffusion des Weihnachtsbaumes halten,' zei Horvatić. 'Bitte, schließen Sie die Türen.' Hij stapte van het podium af en nam plaats op de eerste rij terwijl een student van Larsson haastig opstond en de deuren sloot.
Maarten keek de zaal in. Hij wachtte even. In de stilte klonk buiten het rumoer van het verkeer dat langs het Museum zijn weg zocht naar het centrum. De zon viel in een smalle baan over de vloer langs de ramen. De gezichten van de mensen in de zaal waren naar hem toe gewend. Het gaf hem een licht ge-

voel van opwinding, zoals hij dat vroeger had, op school, als hij voor een volle zaal op het toneel stond. 'Meine Damen und Herren,' zei hij en hij hoorde zijn stem als de stem van een vreemde. 'Man hat mich gebeten Ihnen etwas über die Verbreitung des Weihnachtsbaumes in meinem Lande zu erzählen.' Hij wachtte even om zijn opkomende emotie te onderdrukken. 'Daß mir das auf so kurzem Termin überhaupt möglich war, verdanke ich einer Umfrage nach dem Vorkommen des Weihnachtsbaumes, welche von unserem Institut in 1934 eingestellt wurde. Die Antworten finden Sie auf der ersten Karte,' hij draaide zich om en wees op de kaart uit 1934 die hij zojuist op het wandbord geprikt had en die over het gehele land bedekt was met cirkeltjes. 'Wie Sie sehen war ein solcher Brauch damals fast allgemein bekannt, in Zahlen ausgedrückt in vier-und-achzig Prozent der Wohnorte.' Hij bleef nog even staan, zijn blik gericht op de kaart alsof hij haar in zich wilde opnemen, en wendde zich toen opnieuw tot de zaal. 'Was schenkt uns nun diese Karte,' vervolgde hij met een ondertoon van emotie, 'außer der Freude etwas auf eine Karte eingezeichnet zu haben?' Hij wachtte even. 'Wie ich hiernach zeigen werde, sehr wenig.' Hij keek vluchtig in de richting van Horvatić, voor wie deze passage in het bijzonder bedoeld was, maar hij was niet zeker genoeg om hem ook aan te blijven kijken, zodat hij het effect van zijn woorden niet zag. 'Nehmen wir an, daß wir nur diese Karte hätten,' zei hij met ingehouden, boosaardige vreugde, 'so wie das gewöhnlich der Fall ist in unserer Disziplin. Dann würden wir höchstwahrscheinlich schließen, daß ein uralter Brauch sich bis in unsere Zeit fast allgemein bewahrt hat und wir würden uns freuen über die Aufdeckung einer makellosen alten Kulturlandschaft.' Hij wachtte even om de anderen de gelegenheid te geven in die vreugde te delen. 'Leider ist das nicht der Fall,' zei hij toen, hij lachte boosaardig. 'Diese Enttäuschung danken wir den Umstand, daß bei der Umfrage auch gefragt wurde wie es in der Jugend unserer Gewährsleute gewesen war. Diese Antworten finden Sie auf der zweiten Karte,' hij draaide zich om en wees de tweede kaart aan die in tegenstelling tot de eerste slechts een zeer klein aantal cirkeltjes bevatte, ongelijk verdeeld over het land. Het was doodstil in de zaal. 'Wie Sie dort sehen, war der Weihnachtsbaum in meinem Lande etwas früher als 1934, sagen wir um 1900, nur vereinzelt bekannt und falls wir diese Karte als Ausgangspunkt für unsere Untersuchungen nehmen würden, dann hätten wir es ungleich schwieriger mit der Hypothese eines uralten Brauches. Die einzige Möglichkeit wäre, daß der Brauch um 1900 nahezu völlig verschwunden war, und nachdem innerhalb dreißig Jahren aus unbekannten Gründen wieder aufgelebt ist. Es wird sich zeigen, daß eine solche Hypothese sich den Fakten gegenüber nicht behauptet.' Hij zweeg opnieuw, sloeg een bladzij om en zocht in zijn tekst de plaats waar hij was. 'Analysiert man die Antworten auf den Fragebogen,' zei hij, opkijkend, 'dann zeigt es sich, daß um 1900 der Weihnachtsbaum nicht auf dem Lande, bei den Bauern und Fischern, bekannt war, so wie man das bei einem rudimentären Brauch erwarten dürfte, sondern eben in den Städten, in den industrialisierten Gebieten, in den höheren Kreisen, und bei den deutschen Immigranten. In den Fällen wo von einem Weihnachtsbaum auf dem Lande die Rede ist, steht er nicht in der Familie, sondern in der Sonntagsschule. Unterbaut man diese Indizen mit weiteren historischen Fakten, dann bestätigen diese, daß der Weihnachtsbaum in den Niederlanden in der erste Hälfte des neunzehnten Jahrhunderts als neuer Brauch aus Deutschland von deutschen Einwandern eingeführt worden ist und sich sprunghaft über ihre Kontakte verbreitet hat. Davon gebe ich ein Beispiel aus meiner persönlichen Umgebung. Mein Großvater war Bäcker in einer kleinen Stadt im Osten des Landes. Der erste Weihnachtsbaum in dieser Stadt stand um 1890 in seinem Haus. Er wurde dort hineingebracht von meiner Großmutter die als Dienstmädchen aus Litauen nach den Niederlanden ausgewandert war. Es ist nur ein Beispiel aus dem komplizierten Netz von Kontakten die an diesem Brauch zugrunde liegen. Wenn wir die Verbreitung des Weihnachtsbaumes erklären wollen, werden wir zuerst dieses Netz ausfadern müssen.' Hij zweeg even, met een grimmige voldoening, zichzelf opladend voor het genadeschot. 'Was lehrt uns diese Geschichte,' zei hij langzaam, opkijkend van zijn papier – hij zag de gezichten voor hem als witte vlekken, zonder individualiteit. 'Erstens, daß Karten so wie wir sie benützen, gezeichnet auf Grund einmaliger Umfragen, nicht ohnehin als Sprungbrett in die Urzeit benutzt werden können. Wir werden damit rechnen müssen, daß ihre Reichweite, so wie in diesem Falle, nicht größer ist als einzelne Jahrzehnten. Das heißt, daß wir nicht eine Karte, sondern eine Reihe von Karten in Abstand von, sagen wir dreißig Jahren, nachstreben müssen. Zweitens: An den Hypothesen, daß ein Brauch sich jahrhundertelang in einer selben Kulturlandschaft bewahrt hat, oder das Bräuche sich wellenartig von einem Punkt aus verbreiten, zwei Hypothesen die in unserem Disziplin nebeneinander benutzt werden, soll wenigstens eine dritte Hypothese hinzugefügt werden, die der sprunghaften Verbreitung. Und drittens: Das Problem einer Verbreitung so wie die Karte sie zeigt, kann nur gelöst werden, wenn wir unsere Umfragen verbinden mit historischen Untersuchungen. Die Karte mag das erste Wort sein, das letzte hat die Geschichtsforschung. Ich danke Ihnen für Ihre Aufmerksamkeit.' Terwijl hij zijn papieren bij elkaar schikte, kwam uit de zaal een instemmend, aanzwellend roffelen, dat geruime tijd aanhield. Hij was te gespannen geraakt door de lading die hij zijn woorden had meegegeven om op te kijken, maar gebogen over zijn papieren zag hij tot zijn voldoening dat Horvatić niet aan het applaus deelnam. Pas toen deze opstond en naar voren kwam, had hij zichzelf weer in zoverre in zijn macht dat hij op kon kijken. Afwachtend bleef hij achter de katheder staan, klaar om zich te verdedigen. Horvatić negeerde hem. Hij keek naar de zaal en wachtte tot het geheel stil was. 'Ich muß sagen,' zei hij toen langzaam, 'daß ich dieser Vorlesung, wenn man sie so nennen darf, zugehört habe weil ich als Vorsitzender dazu verpflichtet bin, auch wenn sie völlig außer dem Rahmen unserer gemeinsamen Arbeiten fällt. Was sollen wir mit diesem Dienstmädchen aus Litauen bei einer Arbeit die darauf gerichtet ist die großen Kulturgebiete und Kulturströmungen unserer europäischen Zivilisation aufzudecken. So etwas kann man nicht ernst nehmen. Am besten kann man es verneinen. Deshalb unterbreche ich jetzt die Sitzung für die Mittagspause. Heute nachmittag um vierzehn

Uhr pünktlich finden wir uns hier wieder.' Hij wendde zich af, opende de deur en verliet de zaal. Maarten had even nodig om zijn woorden te verwerken. Terwijl de anderen opstonden en de zaal begonnen te verlaten, kwam hij verbluft achter de katheder vandaan, niet goed wetend in hoeverre hij gekwetst of juist voldaan was, gekwetst in ieder geval om de opmerking over zijn grootmoeder, maar voldaan? Hij wist niet goed raad met deze afloop en zocht vergeefs houvast om zich ertegen te weer te stellen.

'Das war ein sehr mutiger Vortrag, Herr Koning,' zei Güntermann, zich bij hem aansluitend toen hij tussen de anderen, een paar passen achter Beerta en Seiner, de zaal verliet.

'Ausgezeichnet,' viel Nilsson hem bij.

'Danke,' zei Maarten verlegen. De lof van deze twee mannen, die hij zelf als de besten van zijn generatie beschouwde, was zo onverwacht dat hij er niet meteen raad mee wist.

'Endlich einer der sagt was gesagt werden sollte,' vond Nilsson – van dichtbij was zijn gezicht dik en opgeblazen. 'Was sagt Herr Beerta hierzu?'

'Das weiß ich nicht,' antwoordde Maarten.

'Weil er nie etwas sagt,' meende Nilsson.

'Er sagt nicht viel,' gaf Maarten toe en hij voelde dat op hetzelfde ogenblik als verraad. De situatie verwarde hem.

Klee tikte hem op zijn rug. 'Sehr gut,' zei hij toen Maarten zich naar hem omdraaide. 'Sie haben den Horvatić endlich die Wahrheit unter die Nase gerieben.'

'So wie der die Diskussion abbrach, das war doch schrecklich,' zei Frau Grübler, 'so etwas hätte Herr Professor Seiner nie gemacht.'

'Nein,' zei Maarten. Van het ene ogenblik op het andere was hij de spreekbuis van zijn generatie geworden en hij was daar verlegen mee.

Ze gingen het restaurant van het Museum binnen, waar op lange tafels de lunch gereedstond. Maarten bleef wat achter. Hij keek om zich heen, onzeker waar hij zou gaan zitten.

'Setzen Sie sich doch zu uns, Herr Koning,' zei Güntermann, een plaats tussen hem en Nilsson vrijlatend, 'wenn Sie wollen.'

Hoewel hij zich liever bij Klee of Klastrup had aangesloten,

begreep Maarten dat hij geen keus had. In de verte, aan het hoofd van de tafel, nam op hetzelfde ogenblik Beerta plaats naast Horvatić. Hij ging zitten, bevangen, en monsterde de schalen met brood, kaas, vis, worst.
'Womit beschäftigen Sie sich im Augenblick in Ihrem Institut?' informeerde Güntermann beleefd.
De vraag overviel Maarten. Hij was zo in beslag genomen door de kerstboom dat hij op dat ogenblik geen idee had waar hij nog meer mee bezig was. Tegelijk merkte hij op dat Nilsson zich naar hem toe wendde om zijn antwoord op te vangen.
'Wir machen einen Film über das Bauernleben früher,' zei hij op het laatste ogenblik, op goed geluk.
'Interessant,' vond Güntermann, zonder veel interesse, 'aber ich meine: wissenschaftlich.'

Aan het eind van de middag, na afloop van de lezingen, begaf het gezelschap zich voor een tochtje door de lagune van het Stadsmuseum naar de ligplaats van het ss Blidösund, achter het paleis van de Koning, de ouderen in de auto's van de Zweedse organisatoren, de jongeren te voet, langs de kade. Toen ze kwamen aanlopen lag de Blidösund al onder stoom, een slank, wit schip met een groot aantal raampjes, en begaven Horvatić, Beerta en Seiner zich juist over de loopbrug aan boord.
'Here we are,' merkte Stanton op, die met Klastrup en Maarten achteraan liep.
'Yes,' zei Klastrup bedachtzaam.
Ze gingen als laatsten de loopbrug over en daalden af in de kajuit, waar het gezelschap zich verzameld had en glazen met champagne werden rondgedragen. Ze voegden zich bij Klee, Edith Schenkle en Panzer. Schenkle was een Oostenrijkse, die eruitzag alsof ze de hele dag taart at, Panzer een gezette, gedrongen man uit Rostock met een vriendelijk, rond hoofd. Schenkle kende hij al langer, Panzer was er voor het eerst bij en voelde zich kennelijk nog wat onwennig, wat Maarten voor hem innam. Wat ze tegen elkaar zeiden ontging hem in het geroezemoes. Terwijl ze daar dicht op elkaar gepakt stonden, begon het schip zacht te trillen, het geluid van de motor

zwol aan, de vloer van de kajuit deinde licht, het schip draaide weg van de wal.
'We're casting off,' merkte Stanton op.
'Yes,' zei Klastrup.
'Gehen wir doch nach oben,' zei Schenkle.
Ze gingen met hun glazen in de hand het dek op en keken over de railing naar de kade met het standbeeld van een Zweedse koning en de tuin en achterzijde van het paleis, die ze achter zich lieten. De schaduw van het paleis lag over de tuin en reikte tot aan de kade, het water tussen de kade en het schip was glad, het was nog warm, maar in de warmte was de koelte van de naderende avond soms al even voelbaar.
'You cannot leave a shore without feeling sad,' zei Maarten tegen Stanton.
'I suppose so,' zei Stanton.
Er kwamen meer mensen aan dek om naar het wegvaren te kijken.
Maarten dacht aan de Tsjech op het eerste congres van de Duitse atlas waar hij bij was geweest. 'Were you in Bonn in fifty-eight or fifty-nine?' vroeg hij.
'Yes,' zei Stanton. 'Fifty-nine.'
'There was also a Czech.'
Stanton knikte. 'Kramarik.'
'Do you know what became of him?'
'He died shortly after of lung cancer.'
De mededeling schokte Maarten. 'That's a pity,' hij zocht naar de juiste woorden om uitdrukking te geven aan zijn spijt, 'it was a nice man.'
'He certainly was,' beaamde Stanton.
Ze zwegen en keken over het water. Ze voeren langs een kade waaraan kleine zeeschepen lagen en waarop kranen stonden. Daarachter liep een spoorlijn en waren huizen. Maarten was met zijn gedachten bij de Tsjech. Hij zag hen samen tegen de heuvel naar het huis van Seiner opklimmen en blijven staan omdat de Tsjech niet verder kon. *Es duftet nach dem Frühling.* Een besef van vergankelijkheid overspoelde hem.
Güntermann kwam naast hem staan. 'Ich habe heutenachmittag noch über Ihren Vortrag nachgedacht und es würde mich

sehr freuen wenn Sie mal für meine Studenten eine Vorlesung halten wollten.'
'Ich?' vroeg Maarten verschrikt. 'Worüber?'
'Zum Beispiel über den Weihnachtsbaum. Den Weg, den Sie heutemorgen gezeigt haben, halte ich für die weitere Entwicklung unseres Faches für sehr wichtig.'
'Nein, das war doch nur weil...' hij zweeg, hij kon Güntermann moeilijk uitleggen dat hij er alleen op uit was geweest om Horvatić van zijn lijf te houden.
'Doch,' zei Güntermann, 'Sie sind wirklich zu anspruchslos, Herr Koning.'
Maarten zweeg. Hij begreep dat het op valse bescheidenheid zou lijken als hij zich bleef verzetten. 'Auf deutsch?' vroeg hij ongelukkig.
'Warum nicht? Ihr Deutsch ist sehr gut, aber wenn Sie wollen, können Sie auch englisch sprechen.'
'Gut, gerne,' zei Maarten zonder enige geestdrift.
'Vielleicht können wir schon einen Tag verabreden?' stelde Güntermann voor, een agenda uit zijn binnenzak halend. 'Haben Sie Ihren Terminkalender bei sich?'
'Nein,' zei Maarten, 'leider.' Hij had niet eens een agenda.
'Dann schreibe ich Ihnen und mache einen Vorschlag,' beloofde Güntermann.
Op dat ogenblik voegde Seiner zich bij hen. 'Haben Sie Herrn Koning schon eingeladen?' vroeg hij.
'Ja,' zei Güntermann.
'Schade,' hij keek naar Maarten, 'sonst hätte ich Sie nach Bonn eingeladen, aber vielleicht wird das zuviel?'
'Ja, das wird zuviel,' zei Maarten verlegen. 'Vielleicht ein anderes Mal?'
'Gerne,' zei Seiner, 'denn Ihre Vorlesung von heutemorgen war ausgezeichnet, auch wenn Kollege Horvatić darüber eine andere Meinung hat.'
'Danke,' zei Maarten verward.
Seiner wendde zich tot Güntermann. 'Mit Ihnen habe ich auch noch etwas zu besprechen. Vielleicht können wir uns hier irgendwo in eine Ecke hinsetzen?'
Terwijl ze om zich heen keken naar een plaats waar ze zich

konden terugtrekken, wendde Maarten zich af en liep blindelings naar voren, langs groepjes collega's die bij de railing stonden en in de verte keken. Helemaal vooraan, voor de stuurhut, vond hij een lege stoel. Hij ging zitten en keek zonder iets te zien naar de groene eilanden waar ze tussendoor voeren. Langzaam drong het besef tot hem door dat hij met zijn lezing van de regen in de drop was geraakt. De gedachte dat hem tussen mensen als Güntermann, Seiner en Nilsson een rol werd toegewezen werkte zo verlammend dat hij haar niet tot het eind kon doordenken. Het was alsof hij in een maalstroom terecht was gekomen en in een steeds hoger tempo naar de diepte werd gezogen. Beweginloos keek hij voor zich uit. Zijn stoel trilde zachtjes met het stampen van de motor. Terwijl het schip zijn weg zocht door de van zee komende deining, ging de zon langzaam onder en trokken de schaduwen over het water. Hij merkte het nauwelijks op, bevangen als hij was door de schaduwen van de toekomst.

'Ach, sind Sie hier!' zei Frau Grübler, ze stond plotseling naast hem. 'Wir suchen Sie überall, Herr Koning!'
'Das wußte ich nicht,' zei hij verlegen, overeind komend uit zijn stoel.
'Unten gibt es auf schwedische Art zubereitete Heringe. Wenn Sie sich nicht beeilen, gibt es sie nicht mehr.'
'Ich komme,' haar bezorgdheid ontroerde hem.
'Es wird außerdem doch viel zu kalt,' zei ze bestraffend, terwijl ze naar de kajuit liepen. 'Sie würden sich noch erkälten.'
Hij lachte. 'So bald erkältet man sich nicht.'
'Doch!' zei ze. 'Man erkältet sich eher als man denkt.'

*

Harald Larsson, de Zweedse gastheer van de conferentie, bewoonde een kleine villa in een buitenwijk van Stockholm. In de vroege avond van de derde dag werden ze daar in een groot aantal auto's heen gereden. Klee, Klastrup, Panzer en Maarten zaten in een van de laatste auto's en toen ze het huis binnengingen, stonden de twee kleine woonkamers en de keuken al vol

pratende collega's. Ze kregen een glas witte wijn van Larssons vrouw, die met een blad rondging, een verlegen vrouw die zich duidelijk niet op haar gemak voelde, en ze kozen ieder een snack van het blad dat een van de twee meisjes die ook rondliepen en die sprekend op de vrouw leken, hun voorhield.
'Laßt uns hinausgehen,' stelde Maarten voor toen ze met de glazen en de snacks in hun handen om zich heen keken om een plek te vinden.
Buiten was het een stille zomeravond. De berkenbomen aan weerszijden van het tuinhek lagen nog in de zon, het grasveld en de borders met bloemen en lage struiken waren al in de schaduw. In de laan waaraan het huis lag was het doodstil. Het rook vochtig. Ze stonden met zijn vieren bij de openstaande voordeur, waar het geroezemoes van het gezelschap naar buiten drong, en keken naar de stille tuin en het stuk van de laan voor het huis dat vanaf hun plaats te zien was.
'Man spürt schon den Herbst,' merkte Maarten op.
'Weil wir so nördlich sind,' meende Klee.
'Eben,' zei Panzer.
Klastrup knikte.
'Hat man das bei Ihnen in Rostock auch schon?' vroeg Maarten aan Panzer.
'Daß man im Sommer den Herbst spürt?' vroeg Panzer.
'Ja,' zei Maarten.
'Doch. Rostock ist nicht weit von hier.'
Ze zwegen. Maarten nam een slok wijn. Klastrup raapte een stuk van zijn snack op en veegde het zand eraf voor hij het in zijn mond stak.
'Die rote Erde,' merkte Maarten op.
'Ja,' zei Klastrup.
'Das war ein guter Film,' zei Maarten voor alle zekerheid.
'Sehr gut,' beaamde Klastrup.
'Was war das für ein Film?' vroeg Panzer.
'Über den dänischen Widerstand gegen die Deutschen,' zei Maarten, zich op hetzelfde ogenblik realiserend dat Panzer ook een Duitser was, 'also gegen Sie.'
'Ich war zu jung,' verontschuldigde Panzer zich.
'Wir auch,' zei Maarten verzoenend.

Ze zwegen opnieuw. Klee stak de rest van zijn snack in een keer in zijn mond en veegde zijn hand af langs zijn broek.

'Was mir besonders gefiel war wenn der Mann sagt: Ich tue das nicht für meine Volksgenossen, sondern für mich selbst, sonst würde ich mich schämen.'

'Ausgezeichnet,' beaamde Klastrup.

Larsson kwam zijn voordeur uit. Hij bleef bij hen staan, glimlachend, niet goed wetend wat hij zeggen moest.

'Herr Larsson,' zei Klee, 'Sie haben ein schönes Haus.'

'Und einen schönen Garten,' vulde Panzer aan.

Larsson glimlachte. 'Und ich habe noch etwas,' hij wendde zich af en verdween om de hoek van het huis. Even later kwam hij terug met vier croquethamers en een doos met gekleurde houten ballen. Hij legde een van de ballen op het grasveld, nam een hamer en sloeg de bal met een kort tikje door een poortje van ijzerdraad waarvan er een aantal in het grasveld waren opgesteld. 'So!' zei hij, opkijkend. Hij reikte hun de hamers aan. 'Spielen Sie wenn Sie wollen.' Hij lachte verlegen, wendde zich af en ging weer naar binnen.

Een ogenblik stonden ze besluiteloos met de hamers in hun handen. Toen zette Maarten zijn glas op de grond. Hij begaf zich naar de bal, keek naar het volgende poortje, hief zijn hamer op en gaf de bal een korte tik. De bal rolde een eind in de richting van het poortje en kwam tot stilstand. 'Herr Klee?' vroeg hij, opkijkend. Klee kwam dichterbij terwijl Maarten leunend op zijn hamer toekeek. Hij sloeg de bal door het poortje, maar faalde bij de tweede slag. Panzer en Klastrup waren nu ook naderbij gekomen en gaven de een na de ander een tik.

'Gehen wir wieder hinein?' stelde Maarten voor, toen hij voor de tweede maal aan de beurt was. Hij zette zijn hamer tegen het huis en nam zijn glas weer op. 'Verstehen Sie warum man so etwas spielt?' vroeg hij aan Klastrup.

'Nein,' zei Klastrup.

'Ein Spiel für alte Männer,' meende Klee.

Panzer lachte.

Ze gingen het huis weer binnen en zochten tussen de anderen een weg naar de tafel met wijnflessen en snacks. Met een vol glas en een nieuwe snack in zijn handen vond Maarten een

plaats enigszins terzijde van het gewoel, bij het raam, vanwaar hij naar het gezelschap keek. Zijn gezicht was aan de slapen strak van de spanning en hij had een beginnende hoofdpijn. Hij was triest. Terwijl hij daar stond kwam Larsson, ook met een glas in zijn hand, naar hem toe. Maarten knikte tegen hem en glimlachte.
'Sie haben gestern gut gesprochen,' zei Larsson verlegen.
'Ja?'
'Ja.'
Ze zwegen en keken allebei naar het gezelschap, zoekend naar een onderwerp van gesprek.
'Noch einen Tag,' zei Maarten.
'Ja,' zei Larsson.
'Sie können froh sein wenn es vorüber ist. Sie haben es gut gemacht.'
'Samstag gehen wir in die Ferien,' zei Larsson. 'Ich freue mich.'
'In Schweden,' veronderstelde Maarten.
'Wir haben ein kleines Haus im Norden, nicht weit von dem Polarkreis.'
'Das muß schön sein.'
'Das ist es auch.'
'Gibt es dort auch Adler?'
'Viele,' hij spreidde zijn armen waarbij de wijn over de rand van zijn glas ging, 'groß! drei Meter!'
'Na,' zei Maarten geïmponeerd.
Larsson lachte. 'Einmal, im Sommer, ich war ganz nackt,' hij streek over zijn colbert, 'mein Oberleib ganz nackt, da war einer oben mir. Da hatte ich Angst.'
'Und?'
'Ich habe mit einem Tannenast über mein Haupt geschwungen.'
'Aber die greifen doch nur Säuglinge?'
'Ja, nur wußte ich nicht ob er das wußte.'
Ze lachten. Er was een sfeer van vriendschap. Ze zwegen enige tijd, drinkend uit hun glazen.
'Wenn Sie wollen können Sie auch in mein Haus,' zei Larsson.
'Nein,' zei Maarten. Het aanbod overrompelde hem en hij zocht instinctief naar argumenten om het vriendelijk af te wijzen.

'Ja!'
'Aber ich habe keinen Wagen.'
'Sie kommen nach Stockholm, mit Ihrer Frau, und wir bringen Sie, und dann gehen wir wieder zurück, und nach vier Wochen holen wir Sie wieder.'
'Und Sie selbst?'
'Der schwedische Sommer dauert lange genug für zwei,' zei Larsson met grote stelligheid.

*

De excursie op de laatste dag eindigde 's middags in een klein openluchtmuseum, niet meer dan een tiental houten huizen, ongeveer tachtig kilometer ten noorden van Stockholm. Omdat ze wanneer ze met de bus terugreden het vliegtuig niet meer konden halen, had Larsson voor Beerta en Maarten een taxi besteld, die hen tegen het eind van de middag ophaalde. Toen de taxi voorreed zaten ze met zijn allen op houten banken voor het café van het museum bier te drinken. Ze namen afscheid. Larsson bracht hen naar de taxi. Ze schudden handen, zetten hun bagage in de achterbak, schudden nog eens handen en stapten in. Larsson zei iets tegen de chauffeur, Maarten draaide het raampje open en stak zijn hand op naar Klee en Klastrup, die mee waren gelopen. 'Auf Wiedersehen.'
'Also Sie kommen mal in mein Haus,' zei Larsson zich naar voren buigend door het voorportier, 'und wir sehen uns in zwei Jahr wieder in Visegrad,' zei hij tegen Beerta. 'Auf Wiedersehen! Das Taxi ist bezahlt,' hij sloeg het portier dicht. De chauffeur startte de motor. Maarten draaide het raampje dicht.
'Wat zei hij nou?' vroeg Beerta aan Maarten.
'De taxi is betaald.'
'Nein!' – hij boog zich voor Maarten langs. 'Nein!' – hij tikte hard tegen het raampje. 'Wir haben Geld! We have money!'
Het voorportier ging weer open, Larsson keek grijnzend naar binnen.
'Wir haben Geld!' riep Beerta zich naar hem toe wendend.
'Too late!' zei Larsson grijnzend. Hij zei iets tegen de chauffeur en sloeg het portier weer dicht. De auto reed weg.

'Nein! nein!' riep Beerta wanhopig, voor Maarten langs op het raampje tikkend. 'We have money! Wir haben Geld!'
Maarten keek om. Achter zich zag hij Larsson, Klee en Klastrup lachend, wuivend, kleiner worden. Hij wuifde terug, wat gegeneerd door het misbaar dat Beerta maakte. 'Ze wuiven,' waarschuwde hij.
'Hoe kan hij dat nou doen,' zei Beerta ontdaan, terugzakkend op zijn plaats zonder nog om te kijken.
'Wat kan je dat nou schelen.'
'Zulke dingen kunnen me nou juist heel veel schelen. Ik wil niet dat er voor mij betaald wordt.'
'Maar alles wordt toch voor je betaald?'
'Maar niet door de Zweedse regering.'
'Dat hele congres wordt toch betaald door de Zweedse regering?'
'Ach, je begrijpt er niks van,' zei Beerta kribbig. 'Je praat naar je wijs bent.'
Maarten zweeg, verbaasd. Hij wendde zijn hoofd af en keek naar het landschap, naaldbossen, bouwland. 'Die Larsson is een aardige man,' zei hij na enige tijd.
'Ja,' zei Beerta, nog steeds uit zijn doen, 'hij zegt alleen zo weinig.'
'Dat vind ik nu juist aardig.'
Beerta gaf daar geen antwoord op.

Drie kwartier nadat ze waren opgestegen, zette het vliegtuig al weer een daling in voor de tussenlanding in Kopenhagen. De waarschuwingslichten gingen aan, de muziek viel stil, ze gespten de riemen om en luisterden naar het brommen van de motoren. Buiten was het donker geworden. In de diepte waren wat spaarzame lichten van een dorp en in de verte de lichten van de stad. Het vliegtuig daalde met kleine schokken, alsof het telkens een eindje viel, ze verloren hoogte, in de diepte zag Maarten de lichten van de landingsbaan. Op hetzelfde ogenblik veranderde het geluid van de motor en voelde hij dat het toestel weer optrok. Ze stegen en draaiden van de stad weg, opnieuw het donker in. Geruime tijd gebeurde er niets. Hij had de indruk dat ze rondcirkelden. De waarschuwingslichten gingen uit, de steward kwam van achter uit het toestel door het gangpad en verdween in de cockpit. Om hen heen was het doodstil geworden. Niemand zei meer iets. Hij keek op zijn horloge en stelde vast dat ze al twintig minuten rondcirkelden. Er klikte iets in de luidspreker en meteen daarna werd het Ave Verum ingezet. De steward kwam niet terug. Hij luisterde gespannen naar de motoren. Hij vermoedde dat iedereen luisterde, de stilte in het toestel was beklemmend. Pas toen het Ave Verum abrupt werd afgebroken, de steward weer tevoorschijn kwam en de waarschuwingslichten opnieuw aangingen, zakte de spanning weg. Een paar minuten later zette de piloot hen veilig op de landingsbaan.

'Wat dacht jij toen ze het Ave Verum opzetten?' vroeg Maarten toen ze weer in de lucht waren, op weg naar Amsterdam.
'Ik dacht dat mijn laatste uur geslagen had,' bekende Beerta.
'Ja. Ik ook.'
'En ik dacht: Hoe moet dat nu met de afspraak voor de tandarts, want Karel zal er vast niet aan denken om die af te zeggen.'
'Die leest het wel in de krant.'
'Toch niet dat ik erin zat?'
'Natuurlijk! Jouw naam staat in de kop: Groot geleerde komt om op de terugreis van een belangrijk congres!' Hij lachte gemeen.
'Je spot maar,' zei Beerta berustend.
De steward bracht een souper rond. Het was een fors gebouwde jongen, met een roze gelaatskleur, in een wat te krap zittend uniform en met enigszins vrouwelijke bewegingen. Beerta keek belangstellend naar hem terwijl hij dichterbij kwam en keek hem aan toen hij zijn plateau in ontvangst nam. In de blik waarmee de man terugkeek was iets onbeschaamds.
'Als die man geen h-homo is,' zei Beerta geamuseerd toen hij voorbij was, 'dan ben ik er een.'
De opmerking was zo onverwacht, dat Maarten in de lach schoot.
Beerta lachte ook. 'Weten ze het op het Bureau?' vroeg hij vertrouwelijk.

'Natuurlijk.'
'Praten ze er ook over?'
Maarten schudde zijn hoofd. 'Niet waar ik bij ben tenminste.'
Het souper bestond uit twee stukjes kaas, een kadetje, een pakje roomboter, een gebakje en een flesje cognac. Terwijl ze bezig waren de kaas van plastic te ontdoen, bracht de steward een kop koffie. Beerta keek hem na. 'Onder stewards vind je veel homo's,' zei hij, kennelijk uit een behoefte nog wat over het onderwerp door te praten.
'Waarom is dat dan?'
'Om het gevaar. Homo's hebben niets te verliezen.'
'Eigenaardig.'
Beerta keek van opzij naar hem. 'Waarom is dat eigenaardig?'
'De homo's die ik ken zijn ambtenaar of leraar,' hij dacht aan Beerta zelf, aan Karel en aan Klaas.
'Wie zijn dat dan?' wilde Beerta weten.
'Die ken je niet,' weerde Maarten af, de vertrouwelijkheid ging hem te ver.
'Nee, waarschijnlijk niet,' gaf Beerta toe.

★

Toen Maarten om kwart over vijf de trap afkwam om naar huis te gaan, zat De Vries nog in de loge, roerloos voor zich uit kijkend. Maarten bleef in de deuropening staan. 'Hoe is het u vandaag bevallen, zo'n eerste dag?'
'Dank u wel, meneer,' hij ging rechtop zitten.
Maarten keek hem onderzoekend aan. Naast het telefoontoestel lagen verschillende blaadjes papier met telefoonnummers, in alle richtingen, cijfers, namen, omgekrulde hoeken, inktvlekken. 'Is het niet lastig zo'n toestel, met al die onbekende namen?'
'Ach, dat went wel, meneer.'
Maarten aarzelde. 'Als u zich verveelt, waarschuwt u me dan, dan heb ik wel werk voor u.'
'Dank u wel, meneer.'
'Goed.' Hij wendde zich af en zag toen hij zijn bordje doorschoof dat hij de laatste was. 'Is Wigbold al weg?' vroeg hij verbaasd.

'Die moest wat vroeger naar huis omdat zijn vrouw ziek is, meneer.'

Maarten begreep het. Als Bavelaar ziek was, was er na vier uur, wanneer Balk naar huis ging om de middagspits te vermijden, een machtsvacuüm en daar maakte Wigbold gebruik van. Hij was er wel zeker van dat hij het niet aan Balk gevraagd had. 'En wie sluit er nu af?'

'Daar zou een meneer voor komen, meneer.'

'Sparreboom,' begreep Maarten.

'Ja meneer, ik geloof het wel.'

Klaas Sparreboom had een krantenwijk en kwam daarna naar het Bureau, waar hij tot acht of negen uur bezig bleef met de apparatuur en de banden die hem waren toevertrouwd. Dat hij er nog niet was, verbaasde Maarten. 'U hebt nog geen sleutel?'

'Nee meneer.'

'Gaat u dan in ieder geval maar vast naar huis.'

'Dank u wel, meneer.' Hij stond op en pakte zijn jas van een haak die tegen de achterwand was aangebracht.

'Tot morgen,' zei Maarten vriendelijk.

'Dank u wel, meneer.'

Terwijl Maarten omliep naar de keuken kwam De Vries achter hem aan, een oude, zwarte aktetas aan zijn hand, en verdween in de draaideur.

Slofstra stond in de keuken, zijn jas aan, een donkere regenjas waarvan hij de ceintuur strak had aangetrokken, maar omdat hij te corpulent was, gaf hem dat geen middel.

'Dag meneer Slofstra,' zei Maarten. 'Bent u er nog?'

'Dag meneer Koning. Ik wacht op Klaas.'

'Maar u bent nu met pensioen. Dus u hoeft niet meer op Klaas te wachten.'

'Nee, misschien niet,' zei Slofstra droog, 'maar Wigbold is er niet, dus wie moet het dan doen, want die De Vries kent Klaas niet eens.'

'Ik zal het wel doen. Hoe laat komen de schoonmakers?'

'Om kwart voor zes.'

'Goed, als Klaas niet komt dan wacht ik wel op de schoonmakers.'

'Dank u wel.'

Maarten keek naar de machine van Slofstra. Het boek dat hij hem gegeven had om het register over te tikken lag links, met een fiche op de plaats waar hij gebleven was, rechts lagen de fiches die hij gemaakt had. Hij nam ze op en bekeek ze. Het waren drie fiches. 'Hebt u dat vandaag gedaan?'
'Jawel.'
'Dat is niet veel.'
'Nee.'
'Vindt u het vervelend werk?' – hij keek hem onderzoekend aan.
'Neu,' zei Slofstra neutraal.
'Drie fiches, dat is maar één gulden twintig.'
'Jawel.'
Maarten legde de fiches terug, aarzelend, niet wetend wat hij hiermee aan moest.
'Dan ga ik maar,' zei Slofstra, zich oprichtend.
'Goed. Dag meneer Slofstra, tot morgen.'
'Dag meneer Koning.' Hij pakte zijn tas, een bruine aktetas, en verliet de keuken.
Maarten hoorde hem de draaideur doorgaan en daarna de doffe klap van de buitendeur. Hij keek om zich heen en ging toen ook de keuken uit, de hal in. Vijf voor half zes. Hij ging de loge in en trok de stoel van De Vries achteruit toen de buitendeur opnieuw dichtviel en Sparreboom door de draaideur de hal inkwam. Hij droeg een dubbele, oranje fietstas over zijn onderarm en glimlachte goedmoedig toen hij Maarten zag staan, alsof hij met hem te doen had. 'Dag meneer Koning.'
'Dag meneer Sparreboom,' zei Maarten. 'Ik begon net aan uw komst te wanhopen.' Sparreboom herinnerde hem altijd aan *De Idioot* van Dostojewski: een grote man met een enorme baard, een groot hoofd en een zachtmoedige, enigszins afwezige glimlach.
'En u dacht zeker: Die komt niet meer,' begreep Sparreboom glimlachend. Hij was voor Maarten blijven staan en keek beschermend op hem neer. 'Maar dat komt, er is een journalist op de krant, en die heeft op het ogenblik wat problemen thuis en daar wilde hij even over praten, misschien kent u hem wel, zijn naam is Houtzager, Marinus Houtzager.'

'Nee, hoe zou ik die kennen?'
'Het kon zijn. Omdat uw vader ook journalist geweest is?'
'Maar daarom ken ik nog geen journalisten.'
Sparreboom reageerde daar met een glimlach op, alsof hij het een beetje dom vond maar er wel begrip voor had. 'Nee, maar het had toevallig kunnen zijn.'
'In ieder geval: u bent er.'
'Het probleem is dat hij en zijn vrouw graag een kindje willen hebben, maar dat het niet lukt,' vervolgde Sparreboom onverstoorbaar, 'en nu schijnt het dat hij daar de schuld van is. Ik weet niet of u daar wel eens van gehoord hebt, dat dat ook kan?' Hij keek Maarten afwachtend aan.
'Jawel. Dat is heel triest natuurlijk, maar daar is weinig aan te doen. Let u nu verder op het gebouw?'
'Maar in zijn geval heeft het wel tot spanningen in het huwelijk geleid, want zijn vrouw doet hem daar nu verwijten over. Ik weet niet of uw vrouw dat ook zou doen?'
'Ik denk het niet.' Hij zocht vergeefs naar een afsluitende opmerking.
'Omdat u ook geen kinderen hebt.'
'Dat is waar,' zei Maarten gehaast, 'maar in ons geval heeft dat niet tot spanningen geleid. Maar ik ga nu wel weg want anders komen er spanningen.'
'Dan hebt u wel geluk gehad met uw vrouw, want zo zijn lang niet alle vrouwen.'
'Dat heb ik zeker,' zei Maarten, naar de draaideur lopend. 'U ontvangt de schoonmakers dus?'
'Dat zal ik doen,' zei Sparreboom glimlachend en zich omdraaiend om hem na te kijken. 'Dag meneer Koning, smakelijk eten.'
'Dag meneer Sparreboom.' Hij draaide het portaaltje in, opende de voordeur en stapte zonder nog om te kijken de straat op. Goeie God, wat een ouwehoer, zei hij halfluid. Hij haastte zich voort tot de hoek. Pas toen hij de hoek was omgeslagen, hield hij zijn pas wat in.

*

'Meneer Koning,' zei Slofstra, hij stond in de hal bij de doorgang naar de keuken, het boek en de fiches die Maarten hem gegeven had in zijn hand, 'kan ik u even spreken?'
'Ja, meneer Slofstra.' Hij bleef staan.
Achter het glas van de loge zat De Vries bewegingloos bij het telefoontoestel, zonder acht op hen te slaan.
'Ik ben het weekend bij mijn zwager geweest,' zei Slofstra met zijn krachtige neusstem, 'en die zegt dat het een schande is dat een man van mijn leeftijd voor een hele dag werken maar één gulden twintig krijgt.' Hij keek Maarten onbewogen aan, alsof hij een neutraal bericht overbracht.
De mededeling kwam hard aan. 'Dat is niet verstandig van uw zwager.' Het kostte hem moeite zijn ontstemming te verbergen.
'O.'
'Want als u wilt, kunt u op één dag gemakkelijk honderd gulden verdienen. Dat hebben we uitgerekend.'
'Dat zal wel,' zei Slofstra sceptisch.
Maarten keek hem aan met een opkomend gevoel van vijandigheid. 'Hebt u hem ook verteld hoe lang u daarvoor gewerkt hebt?'
'Neu,' zei Slofstra onaangedaan.
'Zes minuten! Dat kan mij niet schelen. U hoeft van mij niet langer te werken, maar het is wel uw eigen verkiezing.'
'O.'
'Zegt u dat maar tegen uw zwager, dan verandert hij wel van standpunt.'
Slofstra keek hem onbewogen aan, wachtend of er nog meer kwam. Toen dat niet het geval was overhandigde hij Maarten het boek en de fiches. 'Geeft u dat werk maar aan een ander,' zei hij waardig. 'Ik laat me niet uitbuiten.' Hij wendde zich af en liep terug naar de keuken.
Diep gekwetst ging Maarten de trap op naar zijn kamer, een gekwetstheid die overging in woede, niet eens op Slofstra, maar vooral op die zwager. 'Slofstra heeft me dat werk teruggegeven,' zei hij, de kamer inkomend. Hij was zijn stem nauwelijks meester, zo geëmotioneerd was hij. 'Hij verwijt me dat ik hem uitbuit.'

Bart keek op. 'Daar was ik nu al bang voor.'
Ad zei niets.
'Maar dat is toch idioot!' viel Maarten uit. 'Hij krijgt per fiche meer dan Emma Boomsma of Elsje Schot!' – hij was achter de tafel blijven staan, tegenover Bart.
'Het gaat erom dat hij het zo voelt,' zei Bart. 'Dat had je kunnen voorzien.'
'Maar Slófstra voelt het niet zo! Zijn zwager voelt het zo! Zijn zwager heeft tegen hem gezegd dat hij uitgebuit wordt, en nu gelooft hij het!'
'Als zijn zwager bedoelt dat je een man van zijn leeftijd niet per stuk kunt betalen, dan ben ik dat met hem eens.'
Die tegenwerping maakte Maarten woedend. 'Maar het gaat helemaal niet om het geld!' zei hij driftig. 'Zo'n man moet toch inzien dat het er alleen maar om gaat dat Slofstra een alibi heeft! Die man gaat dood als hij thuis zit! Zijn vrouw wil hem niet eens thuis hebben!'
'Dat is nu juist het onmenselijke, dat jij van de mensen verwacht dat ze dat inzien.'
'Wat had je dan gewild?' – hij bedwong zijn woede. 'Had je dan gewild dat ik hem een vast uurloon betaalde? Dat had ik toch nooit kunnen verantwoorden? Dat was dertig gulden per fiche geworden.'
'Dan had je hem beter geen werk kunnen geven.'
'Ja,' hij voelde zich machteloos.
'Ik heb je daar nog voor gewaarschuwd,' herinnerde Bart hem. 'Ik heb gezegd dat ik ertegen was.'
'Ik weet het,' zei Maarten bitter. Hij voelde zich in de steek gelaten.

*

Het was laat in de middag, veel later dan gepland, toen de hoog opgetaste wagen eindelijk, traag schommelend, over de bolle keien van de Dorpsstraat in de richting van de schuur reed, Zwiers en Haan op de bok, Weggeman, Paalman, Van der Harst, Van Wiek en Eefting ernaast, langzaam lopend, met rode zakdoeken om hun hals en door de warmte en vermoeid-

heid getekende, bezwete gezichten. Een meter of tien achter hen liepen Winkler en Maas, een van de fotografen van het Museum, Winkler met de camera op zijn schouder, filmend, Maas met de microfoon aan een lange hengel. Daar weer achter, op enige afstand, Vester Jeuring, Lanting, Boesman, Ad en Maarten, en tenslotte over de hele breedte van de straat de schooljeugd, die door de twee politiemannen met moeite in bedwang werd gehouden.
'Heer Winkler!' riep Boesman. 'Aan uw linkerhand komt direct ons kerkje. Misschien dat u dat ook even kunt nemen, dat is de oudste plek van het dorp!'
Winkler week, terwijl de wagen de bocht nam, gehoorzaam naar links uit en richtte zijn camera van de wagen op de kerk, die terzijde van de straat half in de bomen verscholen lag, een kerk uit het begin van de negentiende eeuw. De andere fotograaf, Dirksen, knielde aan de kant van de weg en nam een foto van het paard van Zwiers tegen de lichte hemel. Traag schommelend reed de wagen over het erf door de openstaande deuren de deel op. 'Ho!' riep Zwiers. De wagen kwam tot stilstand. Zwiers klom met stramme benen de bok af. 'Ho, ho,' herhaalde hij wat zachter. Hij liep naar het paard en klopte het op de hals, streek even met zijn vingers over zijn voorhoofd en draaide zich langzaam om naar de camera, die hem gevolgd was. 'Goed,' zei Winkler. Hij zette de camera stil en draaide zich nu ook om. 'Wat nu?' Ook Winkler zag er moe en warm uit.
Maarten raadpleegde het scenario dat Ad en hij samen met het Boerengilde hadden opgesteld. 'Nu gaat Van der Harst de ladder op om de schoven aan te nemen en Eefting gaat op de wagen om ze op te steken. Waar is de ladder?' Hij keek om zich heen.
'De ladder komt eraan!' zei Boesman. 'Jan!'
'Jawel,' zei Paalman.
'Wacht even!' waarschuwde Maarten. 'Stond de ladder er al? Dit is het laatste voer.'
'Dan stond hij er al,' besliste Boesman.
Paalman kwam met de ladder aanlopen en plaatste hem tegen de balk die de zoldering droeg. Winkler kwam dichterbij om positie te zoeken.

'Heb je licht genoeg, Koert?' vroeg Vester Jeuring bezorgd.
'Als ik op de zoldering nog een lamp krijg,' zei Winkler.
Dirksen ging het erf op om een lamp uit het busje te halen.
'Hendrik!' riep Boesman. 'Kump erbie, jong.'
Van der Harst voegde zich bij hen. 'Wat moet ik doen?'
'De ladder op!' zei Boesman. 'Maar eerst even wachten!'
Dirksen kwam met de lamp de deel weer op. Ze keken toe terwijl hij langs de ladder omhoogklom, op aanwijzing van Winkler de lamp aan een balk bevestigde en het snoer uitrolde, waarna Maas de stekker beneden opving en in het stopcontact stak.
'Zo is het goed,' zei Winkler na enig heen en weer gedraai met de lichtbundel.
Dirksen kwam weer naar beneden. Winkler nam de camera op zijn schouder en richtte haar op de ladder. 'Ik ben klaar.'
De camera begon te lopen terwijl Van der Harst langzaam naar de ladder liep. De ladder zwiepte bedenkelijk toen hij omhoogklom. Hij pakte zich vast aan de balk en hees zich moeizaam en stram op. Even was Maarten bang dat hij geen kracht genoeg had, maar hij haalde het. 'En nu Eefting,' zei hij.
'Klaas!' zei Boesman.
Eefting klauterde met een vork in de hand tegen de wagen omhoog. Hij was iets jonger dan Van der Harst, achter in de zestig, en had er wat minder moeite mee. Winkler volgde zijn bewegingen, liep wat achteruit terwijl Paalman de wezeboom losmaakte, en richtte de camera weer omhoog om Eefting te pakken. Op dat ogenblik zag Maarten dat Eefting een hoed had opgezet, een vlot sporthoedje uit de jaren vijftig. 'Stop!' zei hij. Winkler zette de camera stil en keek naar hem. 'Eefting heeft een verkeerde hoed op.'
'Klaas!' riep Boesman, 'die hoed moet af, jong!'
Eefting keek geïrriteerd naar hen, de vork in zijn hand. 'Hoed blijft op!' zei hij.
Winkler keek vragend naar Maarten.
Maarten aarzelde. 'Laat maar,' besliste hij toen.

★

Toen Maarten de kamer inkwam, stond Buitenrust Hettema bij het bureau van Beerta te praten. Ad zat op zijn plaats, Bart was verdwenen. 'Dag Karst,' zei Maarten.
'Hé,' zei Buitenrust Hettema. 'Ben je er toch? Ik dacht dat je al was gaan lunchen.'
'Nee, ik ben er.' Hij bleef bij zijn bureau staan.
'Ik vertel juist aan Anton dat ik een brief heb gehad van Helena Slovačevičova. Ze schrijft buitengewoon lovend over je.'
'Ken je die dan?'
'Ze is zelfs een heel goeie vriendin van me,' zei Buitenrust Hettema enigszins verontwaardigd. 'We kennen elkaar uit de internationale museumcommissie. Een heel bijzondere vrouw, een van de aardigste vrouwen die ik ken, hoewel er nog wel meer zijn natuurlijk.'
'Ja, die was ook in Stockholm.' Hij trok de la van zijn bureau open en haalde er twee velletjes doorslagpapier uit. 'Blijf je lunchen?'
'Dat was ik wel van plan.'
'Koning heeft met zijn lezing veel opschudding veroorzaakt,' vertelde Beerta terwijl Maarten de velletjes op de middentafel legde.
'Dat kan geen kwaad,' vond Buitenrust Hettema, 'want ik vind het eerlijk gezegd maar een verkalkt zootje daar bij jullie.'
Beerta glimlachte. 'Hij heeft me de s-stuipen op mijn lijf gejaagd.'
'Ik heb van Helena begrepen dat hij vooral Horvatić de stuipen op zijn lijf heeft gejaagd,' zei Buitenrust Hettema langs zijn neus weg.
Maarten haalde zijn brood en zijn glas uit zijn bureau en nam ze met zijn karnemelk mee naar de tafel.
'Horvatić ook,' zei Beerta, 'maar mij ook.'
'Die Horvatić vind ik nou de grootste paljas die ik ooit ontmoet heb,' zei Buitenrust Hettema. 'Wat jullie daar toch in gezien hebt.'
Beerta glimlachte. 'Het is een heel knappe man.'
'Nou, ik zie het er niet in,' zei Buitenrust Hettema sceptisch.
'Zal ik kijken of er nog koffie voor je is?' vroeg Maarten. 'Of heb je liever karnemelk.'

'Ik wil wel karnemelk.'
'Dan haal ik even een glas.' Hij ging de kamer uit, de trap af. De Vries zat in zijn loge. Maarten liep om de loge heen naar de keuken en nam een glas uit de kast. 'Het zou makkelijker zijn als er tussen de loge en de keuken een opening was als Wigbold er niet is,' zei hij, terugkomend.
'Jawel meneer,' antwoordde De Vries.
Maarten rende met twee treden tegelijk de trappen op en ging de kamer weer in. Buitenrust Hettema had aan de tafel plaatsgenomen en zijn brood uit zijn tas gehaald. Beerta was weer aan het werk.
'Je glas,' zei Maarten.
Bart kwam binnen. 'Dag professor,' zei hij.
'Dag Asjes,' antwoordde Buitenrust Hettema ongeïnteresseerd.
'Ik stoor toch niet?' vroeg Bart.
'Natuurlijk niet,' zei Maarten, hij ging zitten. 'Het is toch ook jouw kamer?' Hij schonk het glas van Buitenrust Hettema vol en daarna zijn eigen glas. 'Ik hoorde op de vergadering van de Museumcommissie dat juffrouw De Vletter door Vester Jeuring is ontslagen?'
Buitenrust Hettema verstarde. Hij trok wit weg. 'Daar kun je beter niet over praten!' zei hij met ingehouden drift.
Die reactie verraste Maarten. Hij zweeg, haalde zijn brood uit het zakje en begon te eten, voor zich kijkend.
Ze aten zwijgend. Beerta en Bart zaten te tikken, Ad keek een paar keer onderzoekend in hun richting. Maarten zocht naar een onderwerp van gesprek, maar hij wist niets te verzinnen. Hij begreep niets van de uitval van Buitenrust Hettema en naarmate de tijd verstreek en Buitenrust Hettema volhardde in een ijzige stilte, groeide zijn onstemming. Buitenrust Hettema at één boterham, vouwde het zakje weer dicht en stopte de ander terug in zijn tas. 'Ik wou je eigenlijk even alleen spreken,' zei Maarten zijn brood neerleggend, voor hij goed overwogen had wat hij zou moeten zeggen.
Buitenrust Hettema knikte alleen.
Ze gingen de kamer uit.
'In de kamer van juffrouw Veldhoven maar,' zei Maarten.

Buitenrust Hettema zei niets.
Ze gingen de kamer binnen. Het was er licht en zonnig. Maarten sloot de deur. Ze stonden tegenover elkaar.
'Ik begrijp niet dat ik daar niet over praten mag,' zei Maarten. 'Iedereen weet het toch?'
Buitenrust Hettema zweeg. Zijn gezicht was wit en gespannen. Toen Maarten hem bleef aankijken, wendde hij zich af en keek naar buiten. Er kwamen tranen in zijn ogen.
'Je wilt er niet over praten,' begreep Maarten.
Buitenrust Hettema zei niets.
Enkele ogenblikken stonden ze zwijgend bij elkaar, Buitenrust Hettema bleef naar buiten kijken. Maarten wachtte tot hij iets zou zeggen, maar hij bleef zwijgen. 'Goed,' zei hij tenslotte, 'dan gaan we maar weer terug.' Hij opende de deur en liet Buitenrust Hettema voorgaan. Zonder iets te zeggen liepen ze terug naar Maartens kamer. Buitenrust Hettema tilde zijn tas van de grond, een grote schoudertas, en hing hem over zijn schouder. 'Ik ga maar weer,' zei hij. 'Gegroet.' Hij wendde zich af en verliet de kamer.
Beerta was opgehouden met tikken en keek hem na.
'Begrijp jij dat nou?' vroeg Maarten.
'Nee,' zei Beerta, 'maar ik denk dat hij het er maar moeilijk mee heeft.'
'Waarom denk je dat Vester Jeuring haar ontslagen heeft?' vroeg Ad nieuwsgierig.
'Omdat ze de vertrouwelinge van Buitenrust Hettema was,' veronderstelde Maarten. 'Hij breekt stelselmatig alles af wat Buitenrust Hettema gedaan heeft en dat zal ze niet genomen hebben.'
'Ik vind dat akelig,' zei Bart. 'Ik zou dat eigenlijk helemaal niet willen weten.'

★

Freek Matser zat achter zijn bureau. Maarten trok een stoel bij en ging tegenover hem zitten. Freek legde zijn pen neer en keek hem aan, afwerend.
'Juffrouw Veldhoven is afgekeurd,' zei Maarten.

'Dat weet ik.'
Maarten zweeg even. 'Volg jij haar op?'
'Ik d-denk er niet over!' – hij sperde zijn ogen verontwaardigd open.
'Waarom niet?'
'Omdat ik geen zin heb om ook ziek te worden.'
'Ziek?'
'En bovendien blijf ik hier niet.'
'Zolang je hier bent, blijf je hier, tot de laatste dag.'
Freek zweeg.
Maarten keek naar hem.
'En toch d-doe ik het niet,' zei Freek kwaad.
'Jij bent de enige academicus hier en bovendien doe je hetzelfde werk als juffrouw Veldhoven.'
'Ik doe het niet.'
'Wie moet het dan doen?'
'Dat kan me niet schelen, maar ik doe het niet.'
Maarten zweeg. Hij dacht na. 'Dat is verdomd vervelend.'
'Dat kan ik me voorstellen, maar voor mij is dat geen reden om van standpunt te veranderen.'
'Goed,' hij zag in dat verder aandringen geen zin had. 'Ze moet ook worden opgevolgd in de redactieraad van *Ons Tijdschrift*. Doe je dat wel?'
'Wat houdt dat in?' vroeg Freek achterdochtig.
'Eén keer per jaar vergaderen met de Belgen en met Kaatje Kater, Buitenrust Hettema, Appel, Beerta en mij over het beleid.'
Freek aarzelde.
'Het stelt niets voor.'
'Maar er wordt waarschijnlijk wel van me verwacht dat ik dan ook publiceer.'
'Nee. Als je dat niet wilt, dan hoef je dat niet.'
'Dan wil ik er wel over denken,' zei Freek zuinig, 'maar ik beloof nog niets.'
'Goed,' hij stond op, 'dan zal ik Jaring vragen of hij juffrouw Veldhoven wil opvolgen. Is Jaring er?'
'Dat weet ik niet.'
Jaring was er. Hij zat onderuit in zijn stoel, achter zijn bureau, dat geheel leeg was op een opengeslagen agenda en het tele-

foontoestel na. Toen Maarten binnenkwam, keek hij afwezig naar hem.

Maarten ging zitten op de stoel aan de andere kant van het bureau. Hij keek naar de agenda en toen naar Jaring. 'Je weet dat juffrouw Veldhoven is afgekeurd?'

'Dat weet ik,' zei Jaring zachtmoedig. 'Ik heb haar eergisteren nog gesproken.'

'Wil jij haar opvolgen?'

Jaring aarzelde. 'Kan Freek dat niet beter doen?'

'Freek wil niet.'

Jaring keek in de verte. Zijn hand pakte zijn pen, tilde haar op en liet haar weer langzaam zakken. 'Ik voel mij eigenlijk niet zo aangesproken.'

'Maar een van jullie tweeën zal het toch moeten doen.'

'Dat is wel zo, maar ik vind mijzelf niet de meest voor de hand liggende keus.'

'Jij bent de oudste.'

'Ja, maar ik zit in een lagere rang.'

Maarten dacht na. Hij wist niet meer in welke rang Jaring zat. 'In welke rang zit je ook weer?'

'In 103.' Hij trok de la van zijn bureau open en haalde er een boekje uit. 'Freek zit in 112.' Hij bladerde in het boekje tot hij de bladzij gevonden had en bekeek die aandachtig. 'Ik zou dan toch 128 moeten hebben, dan loop ik ongeveer parallel met jouw rang. Ik neem tenminste aan dat jij 133 hebt.' Hij gaf het boekje aan Maarten.

Maarten bekeek het. Het was een boekje met de salarisschalen van de Rijksoverheid. 'Ik wil dat wel met Balk bespreken,' zei hij met tegenzin, het boekje teruggevend.

Jaring legde het weer in zijn la en schoof de la dicht. 'En als het mij nu toch niet zou bevallen, zit ik er dan aan vast?'

'Ik steun je natuurlijk.'

'Dat is heel vriendelijk, maar wat houdt dat in?'

'Dat ik bereid ben het van je over te nemen als er niemand anders is.'

Jaring zweeg. Hij wreef langs zijn kin, zijn elleboog op de leuning van zijn stoel. 'Mag ik er nog even over denken?' vroeg hij tenslotte.

'De heren voelen zich geen van beiden geroepen om juffrouw Veldhoven op te volgen,' zei Maarten humeurig, de kamer inkomend.
'Dat vind ik in ze te prijzen,' zei Bart.
Ad keek alleen op.
'Wie moet dat dan doen?' vroeg Maarten.
'Dat is hun zaak niet,' vond Bart.
'Nee, dat is mijn zaak,' zei Maarten bitter.
'Kun je haar zelf niet opvolgen?' suggereerde Ad.
'Wat weet ik nou van muziek? Geen bal!'
'Het gaat in deze dingen toch alleen maar om de macht en niet om wat je weet?' zei Bart venijnig.
'Het gaat om het nemen van verantwoordelijkheid,' zei Maarten nijdig. 'Iemand moet dat doen.'
'Ik weet niet of dat niet op hetzelfde neerkomt.'
'Ik wel. Het heeft geen bal met elkaar te maken.'
'Toen ik nog student-assistent was, heb jij me een keer opgebeld,' herinnerde Bart zich, 'en toen mijn moeder vroeg met wie ze sprak, zei je: Met zijn baas,' er was een ondertoon van lang gekoesterde rancune in zijn stem.
'Wat had ik dan moeten zeggen?' vroeg Maarten verbluft.
'Met een collega.'
'Maar ik ben toch je baas?'
'Zo zie ik dat niet.'
'In ieder geval draag ik wel de verantwoordelijkheid.'
'En dat is nu precies het verschil tussen ons,' zei Bart, 'want ik vind dat ik die zelf draag.'

★

'Willen jullie nog een stuk appeltaart?' vroeg Inez.
'Nee, ik barst,' antwoordde Maarten. 'Ik vind hem heel lekker, maar ik heb echt genoeg.'
'Nee, ik ook niet,' zei Nicolien.
'Heus niet?' drong ze aan. 'Opa is maar één keer jarig.'
'Maar als ik barst is hij nooit meer jarig,' zei Maarten, 'althans niet voor mij.' Hij keek naar zijn vader.
'Hè bah,' zei ze.

Zijn vader zat er bleek en humeurig bij, weggedoken in zijn stoel.
'Wat vinden jullie van de uitslag van de verkiezingen?' vroeg Kees.
'Mijn partij is een van de weinige partijen die gelijk is gebleven,' zei Maarten.
'Op wie heb je dan gestemd?' vroeg Kees.
'Op wie heb jij nou gestemd, vader?' vroeg Maarten zonder antwoord te geven.
'Dat gaat je geen bliksem aan,' zei zijn vader.
'Waarom gaat me dat geen bliksem aan?' vroeg Maarten verbaasd.
Zijn vader reageerde met een scheef lachje, alsof hij zich betrapt voelde. 'Omdat het je geen bliksem aangaat.'
'Op de Partij van de Arbeid?'
'Nee, niet op de Partij van de Arbeid.'
'Nee?' vroeg Maarten ongelovig. 'Dat kan toch niet?'
'Toch is het zo.'
'De Partij van de Arbeid heeft toch helemaal geen gezicht meer met zo'n Van der Louw?' zei Inez.
Maarten keek naar zijn vader. 'Heb je op DS'70 gestemd?'
'Nee.'
'Je gaat me toch niet vertellen dat je op de VVD hebt gestemd?'
'Nee,' herhaalde zijn vader, hij sloeg de tabak van zijn broek en stak zijn pijp in zijn mond. 'Ik heb niet gestemd.' Hij keek schuldig.
Maarten keek hem verbaasd aan. 'Dat is wel het laatste.'
'Ja, dat is het laatste,' gaf zijn vader toe. Hij wendde zijn blik af.
'Wat hebben jullie dan gestemd?' herhaalde Kees.
'PSP,' antwoordde Maarten.
'Nee!' zei Kees geschokt, hij wendde zich tot zijn vader. 'Hoor je dat vader?'
'Ik hoor het,' zei zijn vader ongemakkelijk.
'Wat vind je daar dan van?'
'Daar wil ik niet over praten.'
'Waarom wil je daar niet over praten?' vroeg Maarten.
'Omdat ik niet wil dat er in mijn huis over politiek gepraat wordt!'

'Maar er is mijn hele leven in jouw huis over politiek gepraat!' zei Maarten verontwaardigd.
'Dat kan wel zijn, maar nu wil ik het niet!'
Maarten zweeg verongelijkt. Even overwoog hij om op te stappen, maar hij hield zich in.
'Moeten we niet eens naar huis?' vroeg Nicolien, 'het is al half tien.'
Aan haar stem hoorde Maarten dat ze ook kwaad was. Hij keek op zijn horloge. 'Nog even,' zei hij bedwongen.

'Wat gedroeg je vader zich weer onmogelijk vanavond,' zei ze op weg naar het station.
'Ik denk dat hij zich niet lekker voelde.'
'Maar dat is toch geen reden om ons zo te behandelen?'
'En hij voelde zich schuldig. Ik had de indruk dat hij er enorm mee zat, dat hij niet gestemd heeft. Voor hem is dat het einde.'
'Maar het was ook omdat wij PSP hebben gestemd. Dat verdraagt hij niet.'
'Dat ook,' gaf hij toe.

*

'Maar nu iets anders,' zei Kaatje Kater – ze zaten met zijn drieën in een eersteklascoupé, op weg naar de vergadering van de Redactieraad van *Ons Tijdschrift* in Antwerpen, Kaatje Kater en Beerta tegenover elkaar bij het raam, Maarten naast Beerta. 'Wat is er met Veldhoven gebeurd?' Ze keek hen met grote ogen aan, als een uil.
Beerta spitste zijn lippen. 'Mevrouw Veldhoven is afgekeurd.'
'Ja, dat weet ik ook, maar ze heeft een brief aan het Bestuur geschreven dat ze onvoldoende steun kreeg, en dat geeft toch te denken, ik wil maar zeggen.'
'Daar weet ik niets van,' zei Beerta.
'Ik begrijp dat ook niet,' zei Maarten.
'Dus jullie hebt geen idee wat ze daarmee kan bedoelen? Want ze zal dat toch niet voor niets schrijven?'
'Weet jij daarvan?' vroeg Beerta aan Maarten.
'Nee,' zei Maarten.

'A mystery,' begreep Kaatje Kater.
'Ja,' zei Maarten, 'tegen mij heeft ze nooit ergens over geklaagd.'
'En tegen Balk? Ik bedoel maar.'
'Misschien tegen Balk, maar dan heb ik er nooit iets over gehoord.'
'En nu?' wilde Kaatje Kater weten. 'Ik bedoel, wie volgt haar nu op?'
'Elshout, als de Commissie daarmee accoord gaat tenminste.'
Hij was op zijn hoede, Kaatje Kater was onberekenbaar en hij wist nog altijd niet hoe hij daarmee moest omgaan.
'Die heeft toch niet gestudeerd?' zei ze, hem vorsend aankijkend.
'Nee,' gaf Maarten toe.
'Ik had ook liever gezien dat hij Matser genomen had,' zei Beerta.
Die opmerking irriteerde Maarten. Beerta wist dat die geweigerd had en hij hoorde aan zijn stem dat hij leedvermaak had.
'Matser heeft beloofd dat hij haar plaats zal innemen in de Redactieraad,' zei hij met nauwelijks bedwongen ergernis.
'En waarom is hij er dan vandaag niet?'
'Omdat hij ziek is. En omdat de Commissie dat voorstel nog niet heeft goedgekeurd,' voegde hij er nog net op tijd aan toe.
De ogen van Kaatje Kater glinsterden. 'Maar dat verklaart nog niet waarom hij haar ook verder niet opvolgt. Ik bedoel maar.'
'Nee,' gaf Maarten toe, hij voelde zich in het nauw gedreven.
'Dus...' drong Kaatje Kater aan.
'Ik heb Matser gevraagd, maar hij wil niet.'
'Dus dat is de reden,' zei Kaatje Kater triomfantelijk.
'Matser is een moeilijke man,' hielp Beerta nu, 'ook voor zichzelf.'
'Bovendien is Elshout ouder,' zei Maarten.
Kaatje Kater lachte geamuseerd. 'Ik geloof jullie direct.'
Op hetzelfde ogenblik had Maarten door dat ze door Beerta al op de hoogte was gesteld en dat het gesprek gespeeld was. Hij voelde zich genomen maar verborg dat achter een glimlach.
'Gelukkig,' zei hij ironisch.

In Rotterdam voegde Buitenrust Hettema zich bij hen. Hij boog zich wat naar voren en keek met een scheef lachje hun coupé in voor hij de deur openschoof. 'Ik dacht al, dat zijn bekende gezichten,' zei hij. 'Dag Kaatje.' Hij legde zijn paraplu in het net.
Kaatje Kater bracht haar handen tegen elkaar en boog op boeddhistische wijze.
'Ja, zo kan het ook,' zei Buitenrust Hettema meesmuilend. Hij hing zijn jas aan een haakje, ging naast haar zitten en keek naar Beerta en Maarten. 'Hoe gaat het met jullie sinds eergisteren?'
'Goed,' zei Beerta, hij spitste zijn lippen.
Maarten glimlachte.
'Ik vroeg me net af,' zei Buitenrust Hettema, 'toen ik op het perron op jullie stond te wachten, hoe vaak ik deze reis nu al gemaakt heb,' hij glimlachte, 'en hoe vaak je hem nog zult maken, zei de gek, maar daar houd ik me eigenlijk nooit zo mee bezig.'
'Daar houd ik mij regelmatig mee bezig,' verzekerde Beerta.
'Ja, dat is echt iets voor jou,' vond Buitenrust Hettema.
'Er is een tijd om geboren te worden en een tijd om te sterven,' citeerde Beerta plechtig.
'Je kunt Anton geen kwartier spreken of je krijgt een citaat uit de Bijbel,' merkte Buitenrust Hettema geamuseerd op. 'Waar heb jij dat eigenlijk geleerd, zeg, want ik dacht dat ze bij jou thuis niet zo godsdienstig waren?'
'Ik lees elke avond voor ik ga slapen een hoofdstuk uit de Bijbel,' antwoordde Beerta, 'al vanaf dat ik een jongen was.'
'Hear, hear,' zei Kaatje Kater vrolijk.
'Maar je onthoudt het ook,' stelde Buitenrust Hettema vast.
'Natuurlijk onthoud ik het. Stel je voor dat ik het niet onthield, dan zou het slecht met me gesteld zijn.'
'Heb jij dat ook?' vroeg Buitenrust Hettema, zich tot Maarten wendend.
Maarten schrok even. 'Nee.'
'Gelukkig, anders zou ik het gevoel krijgen dat ik niet normaal ben.'
'M-maar ik b-ben ook niet n-normaal,' zei Beerta.
Buitenrust Hettema lachte geamuseerd. 'Nee, dat weten we, maar je weet je heel aardig te redden.'

Beerta spitste ironisch zijn lippen. 'Had jij niet nog iets te bespreken?' vroeg hij, zich tot Maarten wendend. 'We zijn nu compleet.'
'Ja,' zei Maarten, 'ik wilde voorstellen om Wiegel in de redactieraad op te nemen.'
'Wie is Wiegel?' vroeg Kaatje Kater. 'Toch niet die politicus?'
'Wiegel is bij mij bibliothecaris geweest,' zei Buitenrust Hettema. 'Wel iemand met een gebruiksaanwijzing overigens.'
'Wiegel heeft voor hij naar het Museum ging bij ons gewerkt,' zei Maarten, 'en sindsdien maakt hij voor *Ons Tijdschrift* het overzicht van de tijdschriften. Ik vind dat hij er daarom bij hoort.'
'Ik zou dat zeer toejuichen,' zei Beerta.
'Waarom is het iemand met een gebruiksaanwijzing?' wilde Kaatje Kater weten.
'Omdat hij altijd een puber is gebleven,' zei Buitenrust Hettema, hij lachte jongensachtig.
'Hij kan veel,' vond Beerta.
'Als hij wil,' zei Buitenrust Hettema sceptisch.
'En wil hij?' informeerde Kaatje Kater.
'Dat zou ik moeten vragen,' zei Maarten.
'Vraag het hem dan maar,' besliste ze, ze keek naar Buitenrust Hettema, 'of niet soms?'
'Ik heb geen bezwaar,' zei Buitenrust Hettema. 'Tenslotte is hij intussen ook weer wat ouder geworden.'

Pieters zat met de andere Vlamingen in zijn kamer in het Museum op hen te wachten. Toen ze met zijn vieren binnenkwamen, stonden ze op en Pieters kwam hen tegemoet. 'Komt binnen,' zei hij hartelijk. 'Bestelt gij even vier koppen koffie voor onze Nederlandse vrienden?' zei hij tegen De Brouckere, hem even bij de arm nemend. 'Mevrouw!' – hij wendde zich tot Kaatje Kater, 'ik heb mij verheugd op uw komst!'
Kaatje Kater kreeg de slappe lach. 'Dat hoeft nou ook weer niet.'
'Niettemin,' verzekerde Pieters, wat verbaasd.
'Ja, het is goed,' zei ze.
'Appel is verhinderd,' zei Maarten.

'Daarvan heeft hij mij verwittigd,' antwoordde Pieters. 'Aan onze kant ontbreken Vandenbracken en Rocks. U kent de heren Geschiere, Stalpers en Nelissen, ik stel u voor aan de heer Dop. De heer Dop zal mij te zijner tijd opvolgen aan de Universiteit en wij hebben het voegzaam geacht hem uit te nodigen en al zitting te nemen in de Redactieraad voor Brabant.'
'Louis Dop,' zei Dop toen hij Maarten voor alle anderen een hand gaf. Hij had een hard, enigszins onbeschaamd gezicht, dat Maarten aan het gezicht van Karel herinnerde, misschien ook door zijn matte teint met de grote hoornen bril.
'Koning,' zei Maarten.
Ze drukten over en weer handen en zetten zich rond de tafel.
'Gij moet nog altijd een keer naar Brugge komen,' zei Stalpers tegen Maarten, die naast hem had plaatsgenomen. 'Wij in West-Vlaanderen zullen het als een eer beschouwen u te ontvangen. Wij hebben ook een interessant Museum.'
'Ik zal zeker een keer komen,' beloofde Maarten verlegen.
'Nee, dat niet zo zeer,' zei Buitenrust Hettema boven alle anderen uit tegen Geschiere, de Gentse hoogleraar in de Taalwetenschap, een vriendelijke, wat verlegen man. 'Ik ben nu bezig met een boek over wajangpoppen, dat is nog een hobby van me uit de tijd dat ik in Indië hoogleraar was.'
'In de Volkenkunde,' begreep Geschiere.
'Nou, eigenlijk in de archeologie,' zei Buitenrust Hettema met een lachje.
'Als u mij dat vergunt dan wilde ik de vergadering openen,' zei Pieters dwars door het gesprek heen, hij wachtte even, maakte zijn polshorloge los en legde dat voor zich op tafel, 'met een hartelijk welkom aan onze Nederlandse vrienden'...
'Maar dat loopt bij mij allebei een beetje door elkaar,' zei Buitenrust Hettema wat minder luid, waarna ook hij zich naar het hoofd van de tafel wendde.
De deur ging open en een meisje met een schortje om kwam binnen met een blad met koffie.
...'waarbij ik de wens uitspreek,' vervolgde Pieters, 'dat wij een vruchtbare vergadering mogen hebben, in het belang van *Ons Tijdschrift*. Wij hebben voor half twee een tafel besproken,' hij wendde zich tot De Brouckere. 'Hebt gij het restaurant ervan verwittigd dat wij met tien komen?'

'Jawel meneer de Stadssecretaris,' antwoordde De Brouckere – hoewel Pieters al enige tijd geen stadssecretaris meer was, bleef hij hem hardnekkig zo noemen.
'Dan stel ik voor dat wij voor die tijd zoveel mogelijk van de agenda trachten af te werken als ons mogelijk is,' zei Pieters. 'De rest kunnen wij dan daarna afronden.'
'Als we daartoe dan nog in de stemming zijn,' merkte Buitenrust Hettema droog op.
'Wel ja,' zei Kaatje Kater vrolijk, 'waarvoor zijn we hier anders. Ik bedoel maar.'
'Dank u wel,' zei Maarten, een kop van het meisje overnemend.
'Dan stel ik voor dat wij overgaan tot punt één van de agenda, de financiële situatie,' zei Pieters.
'Meneer de Voorzitter, ik heb eerst nog een punt van orde,' onderbrak Beerta hem. 'Wordt deze vergadering genotuleerd? Met de vorige is dat niet het geval geweest en ik zou daar toch wel prijs op stellen.'
'Onze vriend De Brouckere zal zich daarmee belasten,' zei Pieters. 'Is dat accoord?'
'Graag,' antwoordde Beerta.
'Punt één van de agenda derhalve,' zei Pieters. 'Ik geef het woord aan de heer De Brouckere.'
'Dank u wel, meneer de Stadssecretaris,' zei De Brouckere. Hij keek op de papieren voor zich. 'Als ik dan de getallen bekijk, waarvan ik u straks nader inzage zal geven, dan kom ik tot de slotsom dat de financiële situatie van *Ons Tijdschrift* zeer bevredigend is te noemen, zij het dat aan de inkomstenkant het aantal abonnementen wat minder snel stijgt dan wij zouden wensen.'
'Kunt gij daarvan geen getallen geven?' vroeg Pieters.
'Voor België zitten wij nu op een aantal van 312 abonnees tegen vorig jaar 298, voor Nederland op 81 tegen vorig jaar 80.'
'In absolute zin toch wel een stijging,' stelde Pieters vast. 'Dat stemt tot optimisme.'
'Maar verhoudingsgewijs een geringe,' antwoordde De Brouckere, 'in het bijzonder voor wat betreft Nederland.'
'Dan wend ik mij nu tot onze Nederlandse vrienden,' zei Pie-

ters, 'met de vraag of zij wellicht een verklaring zien voor deze geringere belangstelling bij hen vergeleken bij Vlaanderen,' hij keek vorsend de tafel rond langs de Nederlandse aanwezigen, breed, onverzettelijk. Er was een stilte die onderbroken werd omdat Kaatje Kater haar lachen niet kon houden.
'Nou, ik moet zeggen dat ik het tijdschrift ook niet bijzonder aantrekkelijk vind,' merkte Buitenrust Hettema op. 'Het is dat ik het voor niets krijg, maar anders zou ik me er zeker niet op abonneren.'
'Dat geldt toch niet voor Vlaanderen,' meende Stalpers.
'Dat wilde ik ook al opmerken,' viel Dop hem bij.
De tussenkomst van Dop irriteerde Maarten. Hij vond dat iemand die er voor het eerst was zijn mond diende te houden.
'Dat komt omdat de functie van *Ons Tijdschrift* in Vlaanderen een heel andere is als in Nederland,' merkte hij scherp op, naar Dop kijkend.
'Dat kun je wel zeggen,' zei Kaatje Kater vrolijk. 'Dat is dan nog vriendelijk uitgedrukt. Ik bedoel maar.'
Beerta glimlachte voorzichtig.
'Kunt u dat nog nader toelichten?' vroeg Pieters.
'In Nederland bestaat heel weinig belangstelling voor de eigen cultuur,' zei Maarten tegen Pieters. 'Wie zich in Nederland voor cultuur interesseert kijkt naar de derde wereld, terwijl de eigen cultuur voor u een kwestie van zelfbehoud is, tegenover de Walen.'
'Het komt mij voor dat de heer Koning daar niet helemaal ongelijk in heeft,' viel Geschiere hem bij.
'Maar het is een deel van de waarheid,' meende Pieters.
'Wel een belangrijk deel,' vond Stalpers.
'Ik ben het daar toch niet mee eens,' zei Buitenrust Hettema. 'Volgens mij is het in de eerste plaats een kwestie van kwaliteit. Al die scripties van uw studenten die u opneemt zorgen toch wel voor een heel sterk Vlaams accent en ik kan me voorstellen dat dat de Nederlandse lezer afschrikt.'
'Mijn studenten vormen samen éénderde van het totaal aantal abonnees,' antwoordde Pieters ongemakkelijk. 'Het gaat niet aan een zo grote groep voor het hoofd te stoten.'
'Maar het moet toch mogelijk zijn om daartussen weer een on-

derscheid naar kwaliteit te maken,' meende Buitenrust Hettema.
'Wie met goed gevolg zijn exaam heeft afgelegd, heeft bewezen in staat te zijn tot wetenschappelijk werk en zich daarmee het recht verworven op plaatsing van zijn scriptie in *Ons Tijdschrift*,' zei Pieters wrevelig.
'Hear, hear!' zei Kaatje Kater. 'Als we zo gaan beginnen... Ik wil maar zeggen.'
'Toch kan ik professor Pieters daarin wel volgen,' suste Beerta. 'Voor de toekomst van ons vak moeten wij natuurlijk in de eerste plaats denken aan zijn studenten.'
'Nou,' zei Buitenrust Hettema, 'dat zeg je nu wel, maar dat weet ik zo net nog niet.'
'Doctor Beerta begrijpt mij!' stelde Pieters vast. 'Ik waardeer dat!'
'De studenten zouden het zeker niet waarderen als zij plotseling moesten horen dat hun scriptie niet geplaatst werd,' merkte Dop op. 'Dat zou ons abonnees gaan kosten.'
'En laten wij niet vergeten,' stelde Pieters, 'dat er in die scripties veel gewichtig ongepubliceerd materiaal zit dat op deze wijze voor verdere studie toegankelijk wordt gemaakt. Daarmee maken wij *Ons Tijdschrift* tot een zoekplaats voor toekomstige geleerden.'
'Nou, ik moet die geleerden nog zien,' zei Buitenrust Hettema sceptisch.
'Gij zult ze zien!' verzekerde Pieters.
'Ja, als ik maar lang genoeg wacht,' zei Buitenrust Hettema met een ontwapenend lachje.

*

In Enschede moest hij overstappen. De trein naar Münster, een klein, rood treintje, stond aan het eind van het perron, voorbij het kantoor van de douane. Behalve hijzelf waren er nog vier reizigers. Hij nam plaats en wachtte op het vertrek. Het was koud in de trein en heel stil, behalve het zachte praten van twee van de andere reizigers aan de andere kant van de wagon. Hij was moe. Het vooruitzicht voor de studenten van Güntermann te moeten optreden had hem de hele nacht uit de slaap gehouden, en hoewel hij te moe was om zich er nu nog zorgen over te maken, was hij toch te gespannen om uit te rusten. Gedachteloos, met dikke ogen van vermoeidheid en een gezicht dat strak was van nervositeit, keek hij op het lege perron. De treinbestuurder kwam met een dikke, zwarte tas aan zijn hand langzaam langs, een Duitse treinbestuurder. De conducteur stapte in. De deuren sloegen dicht. Er klonk een belletje. De trein zette zich in beweging. Langzaam reden ze het station uit, langs een wissel, waarna de trein geleidelijk wat vaart kreeg. Hij leunde terug tegen de bank, zette zijn elleboog op de leuning, legde zijn hand voor zijn ogen en probeerde zich te ontspannen.

Toen hij in Münster uitstapte, motregende het. Hij liep van het station door een troosteloze, grauwe winkelstraat naar het centrum, passeerde een brede allee met een dubbele rij kale bomen, kwam in een wat drukkere winkelstraat met warenhuizen en grote magazijnen, die uitmondde in een geheel herbouwde, middeleeuwse hoofdstraat met rechts het stadhuis en links een overwelfde galerij met winkeletalages. Er was wat verkeer en er liepen wat voetgangers, maar het maakte vooral een provinciale, wat trieste indruk, als een kamer die al heel lang niet gelucht is. Alleen het plein met de Dom, achter de hoofdstraat, gaf door zijn uitgestrektheid enig gevoel van ruimte, al kon hij daar met zijn slappe, vermoeide benen en zijn doffe hoofd nauwelijks van genieten.
Het gebouw van de Universiteit bevond zich in de hoek van het plein, een fantasieloos, grijs gebouw, strak, Duits, met lange rijen stalen ramen. Het seminarium van Güntermann was op de derde verdieping, aan het eind van een lange gang, achter een met gewapend glas beveiligde deur. Hij opende de deur en trad binnen in een adembenemende stilte. Langs de muren van de gang stonden kasten met boeken, achter een openstaande deur was een bibliotheek. Niemand. Pas toen hij de gang verder was ingelopen en opnieuw was blijven staan, hoorde hij in de verte praten. Het geluid kwam uit een kamer aan het eind van de gang. Hij bleef voor de deur staan, stelde vast dat de

stemmen daarvandaan kwamen, aarzelde en klopte aan. 'Ja,' riep iemand en hij herkende de stem van Güntermann.
'Herr Koning!' zei Güntermann verheugd, uit zijn stoel opkomend. 'Kommen Sie bitte herein!' Hij kwam vanachter zijn bureau vandaan. De andere man, iets jonger dan Güntermann, met een rood, rond gezicht, zat op een stoel aan de andere kant van het bureau en legde zijn armen op de leuningen, klaar om zich ook te verheffen.
'Herr Güntermann,' zei Maarten.
'Sie hatten eine gute Reise?' informeerde Güntermann, hem de hand drukkend.
'Sehr.'
'Sie sind über Rheine gekommen?'
'Ja,' zei Maarten werktuiglijk, 'nein,' verbeterde hij zichzelf haastig. 'Über Gronau,' zijn gezicht trok nerveus omdat Güntermann zijn hand al die tijd vasthield.
'Ach so, Gronau,' zei Güntermann, zijn hand eindelijk loslatend. 'Das hier ist Herr Dietermann,' hij wendde zich in de richting van de andere man, die nu van zijn stoel opstond en op Maarten toekwam, 'der wird heutenachmittag, als Grundlage für die Diskussion, auch einen Vortrag halten.'
'Dietermann,' zei de man, Maarten een hand gevend.
'Auch über den Weihnachtsbaum,' wist Maarten. De man deed hem aan Bart denken, een man met een dikke bril en een vriendelijk maar precies gezicht.
'Das heißt in Westfalen,' preciseerde Dietermann.
'Aber setzen Sie sich,' zei Güntermann. Hij maakte een uitnodigend gebaar naar een zitje opzij van zijn bureau.
Ze zetten zich om een kleine, vierkante tafel, vol boeken en tijdschriften.
'Also,' zei Güntermann.
'Aber ich kann natürlich nicht über den Weihnachtsbaum reden ohne auch über Sankt Nikolaus zu sprechen,' zei Dietermann. Ook zijn toon herinnerde Maarten aan Bart, de toon van iemand die verwacht dat hij zal worden tegengesproken en zich heeft voorgenomen zich niet te laten ompraten.
'Das versteht sich,' zei Maarten. Hij meende ongeveer te begrijpen wat Dietermann bedoelde en vond dat best. Alles

hangt met alles samen, al verbaasde het hem wel dat dat in dit geval ook voor Westfalen gold.
'Sie wollen hier wirklich nicht übernachten?' vroeg Güntermann.
'Nein,' zei Maarten. 'Ich möchte heuteabend wieder nach Hause gehen.'
'Ich bestelle sehr gerne noch ein Hotelzimmer für Sie,' drong Güntermann aan.
'Nein, wirklich nicht,' herhaalde Maarten koppig.
'Und wie spät fährt Ihr Zug?'
'Um sieben Uhr.'
'Dann müssen wir um halb sieben Schluß machen und dann bringe ich Herrn Koning zum Bahnhof,' zei Güntermann tegen Dietermann. Dietermann knikte. Güntermann keek op zijn horloge. 'Dann schlage ich jetzt vor, daß wir beiden etwas essen gehen.'
'Ich habe mein Brot bei mir,' zei Maarten. Nu hij zat, merkte hij hoe moe hij was en hij moest er niet aan denken weer te moeten opstaan.
'Nein, wir gehen in den Rathauskeller,' besliste Güntermann. 'Ich muß sowieso doch auch essen.'

De Rathauskeller bevond zich onder de grond, achter een deur met glas-in-loodruiten. Het was een grote ruimte, onderverdeeld door zware steunberen, met grote, glimmend gewreven eikenhouten tafels en grote eikenhouten stoelen op een vloer van grote, rode plavuizen. De mensen die er zaten en hun stemmen gingen in de ruimte verloren, en zelfs als je aan één tafel zat, was het moeilijk elkaar te bereiken.
'Ist was dabei, das Sie besonders möchten?' vroeg Güntermann, nadat ze allebei enige tijd een enorme kaart hadden bestudeerd.
'Ich zögere noch,' antwoordde Maarten. Hij liep voor de derde of vierde keer de lange rij gerechten langs zonder een spoor van eetlust. 'Ich suche etwas Kleines, ohne Fett.'
Güntermann keek nu ook weer op de kaart. 'Gar kein Fett?' informeerde hij, 'oder nur wenig?'
'Wenn möglich gar kein Fett.'

'Doch nicht wegen Ihrer Leber?' informeerde Güntermann bezorgd.
'Doch,' zei Maarten verlegen.
Güntermann zocht nu met nog meer ernst. 'Vielleicht dreiundzwanzig,' stelde hij voor, 'ein Gericht mit gekochtem Rindfleisch.'
Maarten keek vluchtig naar nummer 23, zonder dat de betekenis van wat daarachter stond tot hem doordrong. 'Gut,' zei hij, om er vanaf te zijn, 'das nehme ich.' Hij voelde zich zo versleten dat hij zich zorgen begon te maken over het verdere verloop van de middag.
Güntermann wenkte een oudere vrouw in een zwarte jurk met witte schort, die op enige afstand de ruimte overzag. 'Und zwei Bier,' zei hij, nadat hij de bestelling had doorgegeven. 'Sie trinken doch Bier, Herr Koning?' vroeg hij. 'Oder möchten Sie lieber Wein?'
'Nein Bier,' zei Maarten haastig, 'lieber Bier.'
'Und zwei Bier,' herhaalde Güntermann. Terwijl de vrouw zich verwijderde nam hij het servet van zijn bord en legde het over zijn knieën.
Maarten volgde zijn voorbeeld.
'Ärgern Sie sich so, Herr Koning?' vroeg Güntermann meelevend, 'daß Sie kein Fett vertragen?'
De vraag verraste Maarten. Aan de mogelijkheid dat leverklachten met ergernis te maken hebben had hij niet eerder gedacht, maar ze leek hem heel waarschijnlijk, en dat bracht Güntermann plotseling nader. 'Vielleicht,' hij aarzelde, op het punt om te zeggen dat hij zich aan de wetenschap ergerde, ook al wist hij niet of dat zo was, maar op het laatste ogenblik verwierp hij dat als te vertrouwelijk, 'aber worüber könnte ich nicht sagen.'
'So ist das meistens,' meende Güntermann.
Ze zwegen. Maarten zocht naar een onderwerp van gesprek en Güntermann misschien ook want hij verlegde zijn mes iets en legde het vervolgens weer terug, alsof hij argumenten tegenover elkaar plaatste. Naarmate de stilte langer duurde, werd de beklemming groter.
'Was halten Sie vom europäischen Atlas?' vroeg Maarten ab-

rupt. Het was het enige wat hem te binnen viel.

'Den halte ich für sehr wichtig,' antwoordde Güntermann ernstig. Het antwoord was ontnuchterend en nam meteen de vertrouwelijkheid die er even geweest was weg.

'Glauben Sie?' vroeg Maarten ongelovig. Hij kon zich niet voorstellen dat Güntermann in zijn hart geen kritiek had.

'Weil es das erste Mal nach dem Krieg ist, daß wir auf europäischer Ebene zusammenarbeiten, sogar mit den Ländern im Ostblock.'

'Aber die Voraussetzungen,' probeerde Maarten nog, 'der Gedanke, daß solche Karten jahrhundertelange Kulturgrenzen aufzeigen, statt eine Momentaufnahme in einer kontinuierlichen Änderung.'

'Darüber müssen wir diskutieren. Das war das große Verdienst Ihres Vortrages.'

'Mit Horvatić?' vroeg Maarten ongelovig.

'Auch mit Horvatić, sogar mit Horvatić, denn er ist einer der Stützen der Organisation. Ohne ihn kommen wir nicht weiter.'

'Mit ihm auch nicht.'

'Das glaube ich nicht. Meines Erachtens sind Sie da zu pessimistisch, Herr Koning. In der Diskussion sollen alle Standpunkte ihren rechten Platz haben, auch der des Professor Horvatić.'

Maarten zweeg. Hij herinnerde zich het moedeloze gebaar van Güntermann in Helsinki, toen hij na een discussie met Horvatić terugliep naar zijn plaats en begreep dat hij niet het achterste van zijn tong wilde laten zien. Het wekte een vaag gevoel van teleurstelling, te vaag om onder woorden te brengen.

'Jetzt lasse ich Sie hier allein,' zei Güntermann toen ze ruim een uur later terug waren in zijn kamer, 'damit Sie Ihren Vortrag nochmal durchsehen und sich auf die Diskussion vorbereiten können. Ich hole Sie ab in...' hij keek op zijn horloge, 'knapp zwei Stunden,' hij zocht op zijn bureau nog wat stukken bij elkaar, keek nog even onderzoekend om zich heen en liep naar de deur. 'Bis gleich.'

Maarten hoorde zijn voetstappen zich verwijderen, daarna was het heel stil in de kamer, behoudens het zacht gonzen van een luchtververser. Hij nam plaats in een van de stoelen van het zitje, met zijn rug naar het raam, en keek de kamer in. Het was een betrekkelijk kleine kamer voor een hoogleraar, althans voor Nederlandse begrippen. Behalve het bureau van Güntermann en het zitje, waren er alleen nog boeken, ongelooflijk veel boeken, naast en op elkaar, in kasten langs de drie wanden. Hij sloot zijn ogen, duizelig van vermoeidheid. Het bier had hem doezelig gemaakt en hij had een beginnende hoofdpijn. Heel in de verte hoorde hij voetstappen en stemmen op de gang. Hij zocht met zijn hand naar zijn tas, half met het idee om de raad van Güntermann op te volgen en zijn lezing nog eens door te zien, maar omdat hij geen idee had wat dat inhield en zich bovendien niet in staat voelde zich te concentreren, waarop dan ook, liet hij zijn hand op zijn tas liggen. Even doezelde hij in, maar meteen daarop schrok hij weer wakker, te gespannen om echt in slaap te vallen. Hij voelde zich geradbraakt.

'Herr Doktor Koning,' zei Güntermann en hij deed een stap opzij om plaats te maken.
Maarten stond op van de voorste rij, waar hij samen met Dietermann had plaatsgenomen, en begaf zich naar de katheder. Zijn benen waren slap, hij moest zich even aan de katheder vasthouden omdat het zwart werd voor zijn ogen, terwijl de studenten in de collegezaal met hun knokkels op hun lessenaars sloegen, ter verwelkoming. Meteen daarop had hij zichzelf weer onder controle. Hij legde zijn lezing op de katheder en keek de zaal in. Güntermann had naast Dietermann plaatsgenomen en keek naar hem met zijn handen gevouwen in zijn schoot. Achter hem zaten zijn studenten, een ordeloze groep jongens en meisjes, sommigen in truien. Het was benauwd.
'Meine Damen und Herren,' zei Maarten. 'Unser Institut, das Büreau in Amsterdam, hat sich schon in seinem ersten Fragebogen, 1934, mit dem Weihnachtsbaum beschäftigt'... in de zaal werd geglimlacht, hij zag het en begreep dat zijn Duits lachwekkend klonk, maar hij was te moe om zich daar zorgen over te maken, sterker nog, het kon hem geen bliksem meer schelen.

'Sie haben Ihren Stockholmer Vortrag noch umgearbeitet,' stelde Güntermann vast toen ze in zijn auto op weg waren naar het station.
'Ja,' zei Maarten, 'weil das Publikum ein anderes war.'
'Das hatte ich mir schon gedacht,' zei Güntermann. De toon waarop hij dat zei gaf Maarten de indruk dat hij dat betreurde, maar hij was niet bij machte daar nu nog over na te denken. Hij deed ook geen moeite het gesprek aan de gang te houden en aangezien Güntermann blijkbaar evenmin raad wist, zwegen ze tot op het tochtige, slecht verlichte perron, waar het treintje naar Gronau voor vertrek gereedstond. Nog vijf minuten en het was voorbij.
'Herr Koning!' zei Güntermann, zijn hand uitstekend – ze stonden voor de openstaande deur van de trein. 'Nochmals herzlich, herzlich Dank, und ich hoffe wir sehen uns bald wieder, vielleicht nächstes Jahr?'
Dat was net te veel. 'Danke schön,' zei Maarten. Zijn gezicht trok van nervositeit, hij zocht radeloos naar een opmerking in het Duits die bij deze situatie paste. 'Gutentag,' mompelde hij, begreep dat dat idioot was, wendde zich haastig af, alsof hij haast had, wilde instappen maar stapte verkeerd, struikelde en viel op zijn vooruitgestrekte handen de trein in. Haastig kwam hij weer overeind, ging de coupé binnen alsof hij niet gevallen was, en keek met een grijns naar het perron, waar hij nog net het hoofd van Güntermann in het trapgat zag verdwijnen. Verslagen ging hij zitten, met het gevoel dat hij zich als een idioot gedragen had, en keek naar zijn handen. Ze schrijnden en waren zwart van het vuil, maar hij was te moe om zich daar op dat ogenblik zorgen over te maken.

*

Amsterdam, 21 juli 1991 –
21 januari 1992

PERSONENREGISTER

De cijfers verwijzen naar de bladzijden waarop de betreffende persoon binnen een episode voor de eerste maal optreedt (romein) of genoemd wordt (*cursief*). De episoden worden afgesloten door een regel wit of door een ★. Een enkele maal is daarvan afgeweken, wanneer daarvoor reden was. Alleen personen die meer dan eenmaal voorkomen en in het verhaal een rol spelen zijn opgenomen. Van het vorige deel is alleen de pagina van het register opgenomen.

Ad *zie Muller, Ad*
AKKER, Tjitske van den: **2**: 466, *479*, *482*, 487, 490, 522
ANSING, Hendrik: **1**/769. **2**: *16*, *54*
Anton *zie Beerta, Anton P.*
APPEL, Karl: **2**: 199, *215*, 363, *460*, *558*
ASJES, Bart: **1**/769. **2**: 7, 16, 18, *19*, 21, 29, 40, 55, 58, 72, 74, 75, 79, *83*, 90, 102, 117, *123*, 131, *138*, *139*, 147, 165, 169, 175, 184, 187, 190, 216, 227, *229*, 252, 262, 272, 276, 278, 288, 292, 297, 310, 333, 338, *350*, 353, 354, 357, 362, 390, 401, *407*, 415, 423, 438, 450, 457, 460, 462, 465, 476, 478, 481, 504, 520, 552, 556, 560
ASJES-SPELBERG, Marion: **2**: 131, 147, *190*, *253*

BALK, Jaap: **1**/769. **2**: 6, 17, *18*, *19*, 23, *25*, *28*, 29, *31*, *33*, 41, 59, 64, *71*, 74, 75, *78*, *79*, 80, 82, *86*, 88, 90, 94, 110, 125, *129*, 130, 141, 143, *153*, 177, 180, 186, 253, 257, 270, *278*, 284, *292*, 296, *299*, *301*, 304, 317, 334, 337, 361, 364, 402, 450, 456, 475, 479, 521, 523
Bart *zie Asjes, Bart*
BAVELAAR, Jantje: **1**/769. **2**: 6, 23, 30, 43, 91, *124*, 129, 133, 144, 239, 254, *260*, 278, 284, 296, 299, 304, *323*, 334, *339*, 401, 445, 479, 488, 504, 523
BEERTA, Anton P.: **1**: *passim*. **2**: *10*, *15*, 21, *29*, 33, *38*, 40, *49*, *51*, *52*, 80, *83*, *90*, 91, 93, *99*, 100, *102*, 108, 116, *117*, 117, 121, 124, 131, 142, *153*, 164,

579

165, *178*, 179, 189, 193, 197, 200, 201, 212, 214, 218, *223*, *227*, *237*, 240, 249, 289, 293, 296, 312, 317, *344*, *355*, 363, 379, 385, 404, *405*, *415*, 422, 441, 449, 459, 460, *480*, 489, *529*, 531, *536*, 537, 544, 555, *558*, 562
BLOCH: **2:** 210, 381, 383
BOERAKKER, Ien: **2:** 187, *190*, *359*
BOERAKKER, Jan: **2:** *17*, 24, 40, 55, 72, 75, 79, 90, 102, 116, 123, 133, 139, 144, 159, 165, 169, *175*, 184, 187, 190, 216, 252, 262, 271, 276, 278, 288, 290, 292, 296, 299, 304, 310, 316, 325, 332, *340*, *350*, 357, *359*, 362, 411, 422, 428, 447, 448, 450, 458, *462*
BOESMAN, Karst: **1**/770. **2:** 429, 461, 476, *478*, 510, 553
BOOMSMA-VARKEVISSER: **2:** 18, 29, 102, 139
BOSMAN, Wim: **1**/770. **2:** 6, 30, 55, 77, 102, 133, 143, 268, *288*, 296, 403, 437, *441*, 443, 445
Broer (van Maarten) *zie Koning, Kees*
BROUCKERE, De: **1:** 684. **2:** 565
BRUIN, Cor de: **1**/770. **2:** *295*
BRUUL, Heidi *zie Muller-Bruul, Heidi*
BUITENRUST HETTEMA, Karst: **1**/770. **2:** 94, 98, 186, 232, 311, 354, 364, 405, *415*, 424, 479, 555, *558*, 564
Bulgaar, de: **2:** 210, *220*

DAMSMA, J.J.: **1**/770. **2:** *229*
Deen, de *zie Klastrup, Axel*
DEKKER: **1**/770. **2:** 5, 52, 92

ELSHOUT, Jaring: **1**/770. **2:** 57, 64, *69*, *72*, 133, *287*, *411*, 438, 440, 508, *558*, *563*

FAGEL, Henriette: **1**/770. **2:** *84*, 388, *466*, 517
FISCHBÄCHLE: **2:** 165, 388
FLIPSE, Sien *zie Nooijer-Flipse, Sien de*
FLUITER, Flip de: **2:** 54, 75, 77, 101, 127, 133, 143, *185*, 268, *288*, 296, 403, 445
Frans *zie Veen, Frans*
Freek *zie Matser, Freek*

GOUD, Nico: **2:** 71, 89, 129, 133, 296, 304, 401, 445, 488
GRAANSCHUUR, Stanley: **2:** 217, 240, *256*, *287*, 324, 438, 508
GREEP, Jacqueline: **2:** *287*, 323, 360, 409, 438, *458*
GROSZ, Mark: **2:** *254*, *288*, 297, 300, 334, 401, 446, 487
GRÜBLER: **2:** 202, 212, 370, 374, 385, *536*, 540
GRUITER, C.P. de: **1**/770. **2:** 6, *15*
GÜNTERMANN, Wolf: **1**/770. **2:** 197, 204, 209, 212, 369, 372, *536*, 538, 571

HAAN: **2**: 512, 552
HAAN, Dé: **1**/770. **2**: *28*, *54*, 55, *63*, 102, 143, *178*, 185, *190*, 222, *239*, 254, 268, 284, 290, 297, *344*, *440*, *442*, 488, *506*
HAMBURGER: **2**: *89*, *113*, *120*, *122*, *125*
HARST, Van der: **2**: 432, 512, 552
HEERTJES: **1**/770. **2**: 169
Heidi *zie Muller-Bruul, Heidi*
HELDER, Elsje: **2**: 459, 486, 508
Henriette *zie Fagel, Henriette*
HINDRIKS: **1**/770. **2**: 6, 52, 91
HORVATIĆ: **2**: *52*, *166*, 191, 194, 197, 201, 373, *379*, 383, 530, 532, 537, *555*, *574*

IDEGEM, Mia van: **2**: *270*, *271*, 277, 284, 326, *339*, 354, 401, 445, 505
IEPEREN, Van: **1**/770. **2**: 5, 23, 102, 133, *142*, 143, *149*, *178*, *239*

Jan *zie Boerakker, Jan*
Jaring *zie Elshout, Jaring*

KASTEELE, Van de: **1**/771. **2**: *486*, *489*, 494
KATER, Kaatje: **1**/771. **2**: *81*, 92, 93, 98, 114, 119, 121, 363, *558*, 562
Klaas *zie Ruiter, Klaas de*
KLASTRUP, Axel: **2**: 208, 212, *215*, *218*, 381, 383, 384, 537, 540, 544
KLEE, Henri: **2**: 370, 374, 385, 526, 529, 531, 537, 540, 544
KONING, Inez: **2**: *220*, 560
KONING, Kees: **1**/771. **2**: 220, 560
KONING, Klaas: **1**/771. **2**: 47, 119, 218, *221*, *346*, *348*, 393, 452, 513, 560
KONING, Maarten *passim*
KONING, Nicolien: **1**/771. **2**: 8, 19, 28, 31, 35, *43*, 50, 73, *80*, 83, 87, 103, 118, 135, 153, 158, 172, 181, 219, 223, *243*, 273, 280, 302, 315, 318, 327, 337, 338, 341, 347, 388, 393, 413, 417, 453, 474, 498, 499, 514, 517, 560
KOPPEJAN, Ada: **2**: *14*, *36*, *137*
KRAAI, Manda: **2**: 469, *479*, *482*, 487, 490, 506
KRAK: **2**: 44, *123*, 128, *270*, *271*
KRAMARIK: **1**: 226. **2**: *538*
KRETSCH, Irmgard: **2**: 212, 381, 383
KRUYSBERGEN, Van: **2**: *15*, *137*

LAND, Ritsaert van der: **1**/771. **2**: 94, 232, 364, 423
LANTING: **2**: 510, 553
LARSSON: **2**: 530, 540, 544
LEGUYT, Lotje: **1**/771. **2**: 133, 145, *256*
Lex *zie Schip, Lex van 't*
LOPEZ: **2**: 381, 383, *491*, *529*

Manda *zie Kraai, Manda*
Marion *zie Asjes-Spelberg, Marion*

MATSER, Freek: 1/771. 2: 57, 69, 130, 133, 217, *287*, 314, 325, 440, *443*, 445, 486, 507, 557, *563*
MEIERINK, Geert: 1/771. 2: 129, 169, 297, 445, 456, 488, *506*
Mia *zie Idegem, Mia van*
Moeder (van Nicolien): 1/771. 2: 31, *36*, *69*, 73, 327
MOEDERMAN: 1/771. 2: 7, 24, 31, 91, 133, 239, 265, *288*, 299, 505
MULLER, Ad: 1/771. 2: *18*, 139, *149*, 151, 159, 165, 170, 175, 184, 187, 216, 227, 229, 237, 242, 252, 262, 271, *275*, *277*, 280, 288, 290, 292, 296, 299, 310, 316, 325, *341*, *350*, 352, 354, 357, 359, 362, *407*, 412, 415, 422, 428, 438, 448, 450, *457*, 462, 465, 476, 479, 481, 488, 490, 492, 493, 505, 514, 520, 552, 553, 560
MULLER-BRUUL, Heidi: 1/771. 2: 18, *44*, 102, 139, *148*, 151, 163, 275, 277, 280, 514

NELISSEN, Jan: 2: *168*, 249, 566
Nicolien *zie Koning, Nicolien*
NILSSON: 2: 531, 536
NOOIJER-FLIPSE, Sien de: 2: 446, 449, *457*, 464, 466, 480, *482*, 487, 490, 505

Oostenrijkse, de *zie Kretsch, Irmgard*

PAMEIJER: 1: *449*. 2: *89*, *93*, *115*, *117*, *120*, *122*, *125*
PANZER, Ulrich: 2: 537, 540
PAPENDAL: 1/772. 2: *60*, 110
PASTOORS, Huub: 2: 307, 332, 403, 522
PETSCH: 2: 374, 383
PIETERS, Staaf: 1/772. 2: *167*, *179*, 249, 408, *460*, 565
POELMAN, Joop: 2: *441*, *443*

RENTJES, Koos: 1/772. 2: 129, 145, 284, 297, 298, 303, 316, 322, 333, 401, 445, 450, 487
Roemeen, de: 2: 210, *218*
ROODE, Bart de: 1: 189. 2: 30, 392, 403, 488
RUITER, Klaas de: 1/772. 2: *39*, 82, 347, 499
Rus, de *zie Bloch*

SARTORIUS: 1: 719. 2: *240*
SCHAAFSMA, Pier: 1/772. 2: 5, 55, 102, 128, *288*
SCHIP, Lex van 't: 2: 256, 304, 401
SCHOT-VAN HEUSDEN: 2: 18, 26, *148*
SEINER: 1/772. 2: *166*, 197, 201, 209, 372, 383, 537, 539
SERLÉ: 1: 719. 2: *217*
Sien *zie Nooijer-Flipse, Sien de*
SIGURDSON, Erik: 2: *168*, *195*, *530*
SLOFSTRA, Douwe: 1/772. 2: 6, 16, 21, 30, *75*, 91, 128, 143, *228*, 237, 238, 254, *288*,

296, *302*, 303, 309, 314, 332, 401, 446, *456*, 461, 505, 519, 548, 551
SLOVAČEVIČOVA, Helena: 526, 529, *555*
SPARREBOOM, Klaas: **2**: 443, 548
STANTON, Alex: **2**: 194, 209, 212, 369, 374, 385, 537
STELMAKER: **1**/772. **2**: 95, 363
STOUTJESDIJK, Kees: **1**/772. **2**: *18*

Tjitske *zie Akker, Tjitske van den*
TRÄNKLE, Walter: **2**: 196, 209, 212

Vader (van Maarten) *zie Koning, Klaas*
VALKEMA BLOUW: **2**: 232, 426
VALKURA: **2**: *166*, *202*, 384
VANHAMME, Jan: **1**/772. **2**: *228*, *404*, *405*
VEEN, Frans: **1**/772. **2**: 8, 35, 135, 153, 159, *182*, 221, 341, 416

VELDHOVEN, Berthe: **1**/772. **2**: 95, 284, 322, *360*, *440*, *445*, *507*, *557*, *562*
VERVLOET: **1**/772. **2**: 94, 364
VESTER JEURING, M.: **2**: 425, *463*, *476*, *481*, 510, 553, 556
VLETTER, Landa de: **2**: *406*, *415*, *480*, *556*
VRIES, J. de: **2**: 523, 547, 551, 556

WAGENMAKER: **1**/772. **2**: 95
Walter *zie Tränkle, Walter*
WEGGEMAN, Jan: **2**: 512, 552
WIEGEL, Koert: **1**/772. **2**: *565*
WIEGERSMA, Hans: **2**: 238, 270, *288*, 409, 504
WIGBOLD, Henk: **1**/773. **2**: 5, 28, 30, *37*, *52*, 60, *63*, 75, *88*, 130, 133, 144, *149*, 159, *237*, *280*, 295, 298, 300, *302*, *303*, *304*, 331, *337*, 355, 392, 401, 456, *476*, 486, *505*, *522*, 547
WINKLER: **2**: 510, 553

ZWIERS, Jan: **1**: 416. **2**: 432, 511, 552

INHOUD

(1965) 5

1966 35

1967 139

1968 175

1969 262

1970 347

1971 413

1972 486

Personenregister 579

COLOFON

Het Bureau van J.J.Voskuil is een roman in zeven delen. Dit tweede deel, *Vuile handen*, werd in opdracht van Uitgeverij G. A. van Oorschot te Amsterdam gezet uit de Bembo en werd geproduceerd door Knijnenberg Boekproducties te Krommenie. Het omslagontwerp werd vervaardigd door Collage, Aldeboarn.

HET BUREAU van J.J. VOSKUIL:

Deel 1 – *Meneer Beerta*
Deel 2 – *Vuile handen*
Deel 3 – *Plankton*
Deel 4 – *Het A.P. Beerta-Instituut*
Deel 5 – *En ook weemoedigheid*
Deel 6 – *Afgang*
Deel 7 – *De dood van Maarten Koning*